# A Good Girl's Guide to Murder

*A Good Girl's Guide to Murder*
Text copyright © 2019 Holly Jackson
All rights reserved.

Korean translation copyright © 2023 by BOOKRECIPE

Korean translation rights arranged with
HARPERCOLLINS PUBLISHERS LIMITED
through EYA(Eric Yang Agency)


이 책의 한국어판 저작권은 EYA(Eric Yang Agency)를 통해 HARPERCOLLINS
PUBLISHERS LIMITED와 독점 계약한 북레시피가 소유합니다.
저작권법에 의하여 한국 내에서 보호를 받는 저작물이므로
무단 전재 및 복제를 금합니다.

© Netflix [2025]. Used with permission.

# 핍의 살인 사건 안내서
### - 여고생 핍의 사건 파일 1

홀리 잭슨 지음 | 장여정 옮김

북레시피

이 첫 번째 소설을 부모님께 바칩니다.

- 홀리 잭슨

## 차례

1부　007
2부　143
3부　345
3개월 후　507

감사의 말　517
역자 후기　520

# 학업성취도평가

## 2017/18학년 심화탐구활동(Extended Project Qualification)[*]

**수험번호**
4169

**이름**
피파 피츠-아모비

## A. 탐구활동 제안서

**수험생 작성란**

**탐구활동 관련 분야:**
영어. 저널리즘. 탐사보도. 형법.

**탐구활동 제목**(가제):
탐구활동 주제를 서술형이나 질문형, 가설 형태로 기술하시오.

2012년 리틀 킬턴에서 발생한 앤디 벨 실종사건 수사 관련 연구. 앤디 벨 사례를 통해 경찰 수사에서 인쇄·영상매체 및 소셜미디어의 역할이 얼마나 중요해졌는지를 상세하게 살펴본다. 또한 유력 용의자 샐 싱에 대한 언론 보도 및 그 파급력에 대해 분석한다.

**탐구활동 기초자료:**
실종사건 전문가 인터뷰. 해당 사건을 보도했던 지방지 기자 인터뷰. 신문 기사. 지역사회 주민들 인터뷰. 형사사건 절차. 심리학. 언론의 역할 등에 관한 이론서 및 기사 등.

---

1 Extended Project Qualification(EPQ). 영국 대입시험의 일환으로 진행되는 일종의 수행평가. 학생 스스로 자유롭게 주제를 골라 연구, 조사하고 결과보고서를 쓰는 방식으로 진행된다.

**지도교사의 말:**

우리 동네에서 발생했던 잔인한 범죄라니, 전에도 얘기했지만 꽤 민감한 주제를 선택했네요. 피파 학생이 뜻을 굽히지 않을 줄은 알지만, 어디까지나 윤리적인 선을 지킨다는 조건하에 이 과제를 허락한 점 잊지 말았으면 해요. 민감한 사안을 지나치게 파고들기보다는 최종 보고서 방향을 잘 잡는 게 중요할 것 같네요.

분명히 해둘 게 있는데. 이 사건 관계자들 중 가족들에겐 절대 연락 금지예요. 연락을 취할 경우 윤리규정 위반으로 간주해서 탐구활동 과제 자체가 실격 처리됩니다. 그럼 과제에 힘 너무 많이 빼지 말고 즐거운 여름방학 되길 바라요.

**본인 확인란**
본인은 수험생 주의사항을 읽고 불공정 관행 관련 규정을 모두 숙지하였음을 확인합니다.

**서명:** 피파 피츠-아모비

**날짜:** 2017. 07. 18.

1

그 집이라면 핍도 잘 알고 있었다.

리틀 킬턴 주민들은 다 아는 집이었다.

귀신 들린 집이라고 할까. 그 집 앞을 지날 때면 사람들의 발걸음은 빨라지고 말소리는 목에 탁 걸려서, 혹은 아예 목구멍까지 올라오지도 못하고 흩어져버려서 입 밖으로 흘러나오는 법이 없었다. 학교가 끝나고 그 집 앞을 지나갈 때면 아이들은 요란스레 무리를 지어 갔다. 감히 어느 누구 하나 그 집 문 앞으로 달려가 손끝 하나 대어볼 엄두도 내지 못했다.

하지만 그 집은 사실 귀신 들린 집이 아니었다. 그 집엔 예전과 다름없이 세 명의 가족이 매일매일 슬픔을 안고 살아가고 있었다. 전깃불이 저절로 깜박이고 공중에 의자가 날아다니는 그런 집이 아니었다. 그저 외벽에 '쓰레기 가족'이라고 스프레이로 낙서가 되어 있는 집, 유리창은 어디선가 날아든 돌에 깨져 있는 그런 집일 뿐이었다.

저 가족은 대체 왜 이사를 가지 않는 걸까, 핍은 늘 궁금했다. 이사를 꼭 가야 한단 뜻이 아니라, 저 가족이 잘못한 건 없으니 하는 말이다. 어떻게 저런 생활을 버틸 수 있을까.

핍은 똑똑했다. 길이가 긴 단어에 대한 공포증을 뜻하는 '히포포토몬스트로세스퀴페달리오포비아hippopotomonstrosesquipedaliophobia'라는 단어도, 아기들은 태어날 때 슬개골이 없단 사실도 알았고, 플라톤과 카토(로마의 정치가)의 유명한 어록들도 외우고 있었다. 세상에는 감자의 종류만 4천여 종이 넘는단 사실도 알고 있었다. 하지만 핍은 싱 가족이 이 동네, 이곳 킬턴에서 저렇게 버틸 수 있는 힘은 대체 어디서 나오는 건지 알 수가 없었다. 부릅뜬 시선들과 속닥임을 가장한 비난의 무게 속에서, 이제 이웃들이 안부를 묻는 정도 외엔 더는 대화를 이어가지 않으려는 이곳에서 말이다.

하필 그 집이 리틀 킬턴 그래머 스쿨에서 그토록 가까운 것도 참 잔인한 일이었다. 앤디 벨과 샐 싱이 다녔던 학교, 리틀 킬턴 그래머 스쿨은 몇 주 후 8월 불볕더위에 담뿍 전 태양이 9월에 살짝 발을 디밀면 핍이 고등학생으로는 마지막 해를 보내게 될 곳이기도 했다.

핍은 걸음을 멈추고 아주 잠깐 동네 여느 아이들보다 용감해져선 그 집 대문에 손을 올려보았다. 그러고는 현관으로 이어지는 통로를 눈으로 쭉 따라가보았다. 1미터도 채 안 되는 거리였지만 핍이 서 있는 이곳과 대문 너머 저곳 사이에는 마치 낭떠러지라도 있는 것만 같았다. 터무니없는 생각인지도 모른다. 핍도 그걸 모르는 건 아니었다. 아침 햇볕은 따가웠고 무릎 뒤편으로는 벌써 청바지가 칠씩 딜라붙고 있었다. 터무니없는 생각이거나 혹은 대담한 생각이거나, 둘 중 하나였다. 역사 속 위대한 인물들은 늘 안전한 길보다는 대담한 길을 선택하라고 했다. 비록 터무니없는 생각이라 하더라도 그런 말들을 떠올리면 위안이 되었다.

눈 꾹 감고 가상의 낭떠러지를 애써 무시하며 핍은 현관문 앞까지 걸어갔다. 정말 괜찮은 걸까? 핍은 잠시 멈춰 서서 다시금 생각을 가다듬은 다음 문을 세 번 두드렸다. 긴장한 핍의 모습이 문에 비쳐 보였다. 짙은 색의 긴 머리칼 끝은 햇살에 바래 밝은 갈색을 띠었고, 프랑스 남부에서 일주일 휴가를 보내고 막 돌아온 참인데도 얼굴색은 창백했다. 녹갈색 눈동자는 곧 닥쳐올 상황에 대비하는 듯 예리하게 빛나고 있었다.

문고리의 체인이 달그락대는 소리에 이어 이중 자물쇠가 딸깍하더니 문이 열렸다.

"누구시죠?"

빼꼼히 열린 문 사이로 반쯤 끼어든 손이 보였다. 핍은 노골적으로 쳐다보지 않으려고 눈을 깜박였지만 마음처럼 되지 않았다. 라비 싱은 샐 싱과 똑 닮아 있었다. TV 뉴스며 신문에 실린 사진을 통해 지겹도록 보았던 샐, 핍의 기억에서 이제 사라져가고 있던 그 샐 말이다. 라비는 자기 형처럼 떡갈나무색 피부에 옆으로 빗어넘긴 검은색 곱슬머리, 두꺼운 아치형 눈썹을 하고 있었다.

"누구시죠?" 라비가 다시 물었다.

"아……." 핍은 당장 대답하지 못하고 우물쭈물했다. 턱에 보조개가 있는 건 제 형이랑 다르고, 자기랑 비슷하다고 핍은 한창 생각하던 중이었다. 그리고 핍의 기억 속에서보다 라비는 키가 훨씬 더 자라 있었다. "아, 죄송해요. 안녕하세요." 핍은 어색하게 손을 반쯤 흔들어 보였고 곧바로 후회했다.

"안녕하세요?"

"안녕하세요, 라비." 핍이 인사했다. "저는…… 선배는 저를 잘 모르실 텐데…… 저는 피파 피츠-아모비라고 하고요. 선배보다 두 학년 아래 후배예요."

"그런데……?"

"혹시 잠깐만 짬을 내어 귀중한 시간을 좀 할애해주실 수 있을까요? 어, 그러니까…… 정말 잠깐이면 되거든요. 짬이라고 정말 1초, 이런 건 아니고요. 아주 잠깐이면 되어요."

가관이었다. 긴장을 하거나 궁지에 몰리면 핍은 꼭 이렇게 쓸데없는 말을 주절주절 늘어놓았다. 그리고 긴장하면 유독 고상한 말투를 썼다. 어설프게 귀족 흉내를 내는 중산층 말투 정도가 아니라 한 네 단계쯤 더 업그레이드된 그런 고상한 말투. 귀중한 시간을 할애해달라고? 대체 언제부터 그렇게 정중한 화법을 구사했다고…….

"뭐라고?" 라비는 혼란스러운 표정으로 되물었다.

"죄송해요, 방금 한 말은 그냥 무시해주세요." 핍은 뒤늦게 수습했다. "제가 지금 학교에서 EPQ를 하는 중인데요……."

"EPQ가 뭔데?"

"심화탐구활동이요. A레벨\*과는 별개로 학생 개별로 진행하는 수행평가 같은 거예요. 주제는 자기 마음대로 선택할 수 있고요."

"아, 난 그 전에 학교를 관둬서." 라비가 대답했다. "최대한 빨리 학교를 떠나느라고."

---

\* 영국의 대입시험. 수험생은 고등학교 재학 중 일부 심화과목을 선택, 공부하여 시험을 치게 된다.

"음, 저…… 혹시 EPQ 관련해서 선배와 인터뷰를 할 수 있을까 해서요."

"무슨 인터뷰인데?" 라비의 진갈색 눈썹과 눈 사이의 거리가 더 좁아졌다.

"그…… 5년 전 일 관련해서요."

라비는 크게 한숨을 내쉬었다. 라비의 입술은 곧 화라도 낼 것처럼 오므라들었다.

"왜?" 라비가 물었다.

"왜냐면 전 선배의 형이 범인이라고 생각 안 하니까요. 제가 그걸 증명해 보일 거고요."

피파 피츠-아모비
EPQ 2017. 08. 01.

## 활동일지 1

라비 싱 인터뷰는 금요일 오후로 잡았다. (질문지 준비할 것.)

안젤라 존슨 인터뷰 녹취록 전사할 것.

활동일지를 적는 건 EPQ 과제를 진행하면서 어려운 점이나 진척 상황, 최종 보고서의 방향 등을 기록하기 위해서지만 내 경우는 좀 다르다. 난 EPQ 주제와 당장 관련이 있든 없든 내가 하는 모든 활동은 다 기록할 예정이다. 현재로서는 나도 내 최종 보고서가 어떤 방향이 될지, 무엇이 관련 있고 무엇이 관련 없는지 알지 못하기 때문이다. 나도 어떤 결론에 도달하게 될지는 모르겠다. EPQ 마무리 시점 즈음 내가 어떤 입장을 취하게 될지는 그냥 지켜보는 수밖에 없고, 최종 보고서도 그에 따라 작성하게 되겠지. (벌써 약간 일기 같은 느낌인데???)

개인적으로는 최종 결과물이 모건 선생님께 제출한 제안서처럼 나오진 않았으면 좋겠다. 내가 바라는 건 진실을 밝히는 거다. 2012년 4월 20일 앤디 벨에게 무슨 일이 일어난 걸까? 내 직감이 맞는다면 샐 싱은 범인이 아니다. 그럼 대체 누가 앤디 벨을 죽인 거지?

내가 정말로 사건을 해결하고 앤디 벨을 살해한 진범을 밝혀낼 수 있다고 생각하는 건 아니다. 당연한 말이지만 나는 과학수사를 활용할 수 있는 경찰관도 아니고 그렇다고 망상론자도 아니다. 하지만 이 과제를 통해 샐이 유죄라는 기존의 정론에 합리적 의심을 제기할 수 있을 정도의 사실과 논리를 제시할 수 있게 되면 좋겠다. 추가 수사 없이 사건을 종료한 경찰의 결정이 실수였다고 지적할 수 있으면 좋겠다.

따라서 본 과제의 진행을 위한 실질적 방법론이라면 사건과 밀접한 관련이 있는 관계자들과의 인터뷰와 더불어 스토킹급 소셜미디어 분석, 그리고 아주아주 대범한 가설 설정 등등이 있겠다. **(모건 선생님한텐 절대 들키면 안 됨!!!)**

그렇다면 본 과제의 첫 단계는 안드레아 벨, 일명 '앤디 벨'에게 무슨 일이 벌어졌는지, 앤디 벨 실종을 둘러싼 정황 조사가 될 테다. 이 부분과 관련된 내용은 당시 신문 보도와 경찰 보도자료 등을 통해 확보할 예정이다. (출처 정리 나중으로 미루지 말고 지금 할 것!!!)

앤디 벨 실종 관련 최초 전국구 언론 보도:

금요일 안드레아 벨(17세)이 버킹엄셔 리틀 킬턴 자택에서 실종되었다. 벨 양은 본인 차량(검은색 푸조 206)을 끌고 집을 나설 당시 휴대폰을 소지하고 있었으며, 별도의 옷은 지참하지 않았다. 경찰은 벨 양의 실종이 평소 행실과는 전혀 다른 것으로 보고 있다.
일명 '앤디'는 금발의 백인 여성으로, 키는 167cm가량이고 실종 당일 밤 짙은 색 청바지와 파란색 크롭탑 차림을 하고 있었던 것으로 추정된다.

사건 발생 이후 나중 기사에서는 앤디가 아직 생존해 있을 당시 마지막으로 목격된 시점 및 납치 추정 시점과 관련하여 보다 자세한 내용을 다루고 있었다.

앤디 벨은 여동생 베카 양에 따르면 "2012년 4월 20일 오후 10시 30분경 마지막으로 목격"되었다. 4월 24일 화요일 경찰 기자회견에서도 위 내용이 확인되었다. "리틀 킬턴 하이스트리트에 위치한 STN은행 CCTV 판독 결과 오후 10시 40분경 앤디의 차량이 지나가는 장면이 포착되었습니다."
앤디 벨의 부모인 제이슨 벨과 던 벨에 따르면 앤디는 파티에 가 있던 벨 부부를 "새벽 0시 45분에 데리러 올 예정"이었다. 앤디가 나타나지도 않고 전화 통화도 되지 않자 부부는 앤디의 친구들에게 전화를 걸어 앤디의 소재를 묻기 시작했다. 제이슨 벨은 "토요일 새벽 3시 경찰에 전화로 실종 신고"를 했다.

그러니까 그날 밤 앤디에게 무슨 일이 있었는지 그 내용은 알 수 없지만, 아무튼 밤 10시 40분에서 다음 날 새벽 0시 45분 사이에 무슨 일이든 있었던 건 분명했다.

이쯤에서 어제 안젤라 존슨과의 전화 인터뷰 녹취록을 적어두는 게 좋을 것 같다.

## 실종자 조사국 안젤라 존슨 전화 인터뷰 녹취록

안젤라: 여보세요.

핍: 안녕하세요. 안젤라 존슨 씨 되시나요?

안젤라: 네, 그런데요. 피파 양인가요?

핍: 네, 이메일에 답변해주셔서 정말 감사해요.

안젤라: 천만에요.

핍: 혹시 이 인터뷰를 녹음해도 될까요? 학교 과제 제출 목적이에요.

안젤라: 그럼요. 10분밖에 시간 못 내줘서 미안해요. 실종자 관련해서 궁금한 게 뭔가요?

핍: 음, 실종자 신고가 접수되면 어떤 절차가 진행되는지 궁금해요. 처음 신고가 접수되면 경찰에서 가장 먼저 하는 일은 무엇이고, 그 이후에는 어떤 식으로 일이 진행되나요?

안젤라: 999번 혹은 101번으로 실종신고가 접수됐다, 그러면 경찰은 실종자 관련 잠재적 위험을 확인하고 경찰이 적절한 대응을 할 수 있도록 최대한 많은 정보를 확보하려고 노력합니다. 처음 실종자 신고 전화가 걸려오면 주로 이름, 나이, 인상착의, 마지막으로 목격됐을 당시 입고 있던 옷, 실종 당시 정황, 실종자의 행실이 평소와는 달랐는지 여부, 차량이 이용된 경우 차량 정보 등등을 물어보죠. 이런 정보를 종합해서 경찰은 이 사건의 위험 수준이 높은지, 낮은지, 혹은 보통인지를 판단하고요.

핍: 고위험 사건은 어떤 경우인가요?

안젤라: 나이나 신체장애 등의 사유로 실종자가 취약자로 분류되는 경우 고위험 사건이 될 테고요. 평소와는 행실이 사뭇 다르다, 이런 경우도 위험에 노출되었다는 지표가 될 가능성이 높아서 고위험이 될 수 있겠죠.

핍: 음, 그럼 실종자가 열일곱 살이고 평소답지 않은 상태에서 실종된 경우라고 하면 고위험 사건으로 취급하나요?

안젤라: 그럼요, 미성년자 사건이라면요.

핍: 그럼 고위험 사건의 경우 경찰은 어떻게 대응하나요?

안젤라: 음, 실종자의 실종 위치에 즉각 경찰이 배치됩니다. 친구라든가 애인 혹은 배우자, 건강 상태, 혹시 현금 인출 시도를 할 경우를 대비해 재정 상황 같은 추가 정보도 경찰이 확보해야 하고요. 실종자의 최근 사진도 여러 장 확보하죠. 고위험 사건의 경우에는 추후 과학수사 가능성을 대비해서 DNA 샘플을 확보하기도 해요. 그리고 실종자가 집 안에 은폐돼 있지는 않은지 집주인의 동의하에 철저히 수색하고 추가 단서를 확보하기 위해 해당 장소를 조사하게 되죠.

핍: 그렇게 곧바로 실종자가 범죄 피해자가 되었을 가능성을 염두에 두는 거예요?

안젤라: 그럼요. 실종 상황이 의심스러울 때는요. 평소 의심스러운 상황에서는 늘 살인사건 가능성을 염두에 두노록 훈련을 받으니까요. 물론 실종사건이 실제 살인사건으로 이어지는 경우는 정말 극소수에 불과하지만, 경찰은 살인사건 수사에서처럼 초기부터 증거를 기록하도록 훈련을 받죠.

핍: 집을 수색한 후에도 별다른 단서가 없으면요?

안젤라: 그 인접 지역까지 수색을 확대하죠. 통화 정보를 요청할 수도 있고요. 친구, 이웃 등등 관련 정보를 알 법한 사람들을 조사하겠죠. 실종자가 청년층이나 십 대 청소년인 경우에는 신고자인 부모가 자녀의 모든 친구나 지인을 안다고 할 수 없어요. 그 친구들이 다른 중요한 연락처, 이를테면 공개하지 않은 남자친구의 존재 등을 확인해줄 수 있는 중요한 정보원이 되겠죠. 일반적으로 언론 대응에 대한 논의도 진행돼요. 이런 상황에서는 언론에 정보를 요청하는 게 아주 유용할 수 있거든요.

핍: 그럼 실종자가 열일곱 살 여학생이라면 경찰이 수사 초기부터 친구들과 남자친구에게 연락을 취하겠네요?

안젤라: 그렇죠. 실종자가 가출을 한 경우 가까운 사람과 함께 숨어 있을 가능성이 높기 때문에 조사가 이뤄지겠죠.

핍: 실종사건에서 경찰이 시신을 수색하기로 결정하는 시점은 언제인가요?

안젤라: 시점이라, 그게 꼭…… 아, 피파 양, 미안해요. 가봐야겠네요. 회의가 있어서요.

핍: 네, 괜찮아요. 시간 내주셔서 정말 감사합니다.

안젤라: 혹시 질문이 더 있으면 이메일 보내세요. 시간 날 때 확인할게요.

핍: 네, 다시 한번 감사합니다.

안젤라: 그럼 이만.

인터넷에서 다음과 같은 통계를 발견했다:

- 실종자 80%가 최초 24시간 내 발견된다. 97%가 실종 1주 내 발견된다. 99%는 실종 1년 내 종결된다. 남은 건 1%다.

- 1%의 실종자들은 절대 발견되지 않는다. 그러나 주목할 점이 또 있다. 실종자 전체 중 치명적인 결과로 이어지는 경우는 0.25%에 불과하다.

위 통계가 사실이라면 앤디 벨은 어디에 속하는 거지? 1%와 0.25% 구간 사이 어디쯤 부유하며 숨을 이어가고 있다는 얘기가 된다.

하지만 대부분의 사람들은 앤디 벨이 죽었다고 결론을 내렸다. 아직까지도 시신은 확인되지 않았는데 말이다. 그 이유는 뭘까?

섈 싱 때문이다.

## 2

핍의 검지가 철자 사이를 맴돌며 키보드 위를 방황하고 있는데 아래층에서 한바탕 요란한 소리가 들려왔다. 쾅, 뒤따르는 쿵쿵 발소리에 이어 바닥에 발톱 긁히는 소리, 이내 터져 나오는 소년의 웃음소리. 이제 보지 않아도 상황은 뻔했다.

"조쉬! 왜 아빠 옷을 개가 입고 있지?" 쩡쩡 울리는 아빠의 목소리가 천장을 뚫고 2층 핍의 방까지 들려왔다.

핍은 킥킥대며 작성 중이던 활동일지 파일을 저장하고 노트북을 닫았다. 매일 저녁 아빠가 집에 돌아오면 그 순간부터 집 안의 모든 음량이 서서히 올라갔다. 아빠는 조용히 말하거나 차분히 행동하는 법이 없었다. 본인은 속삭인다는데 아빠 목소리는 다른 방에서도 들릴 정도였고, 아빠가 무릎을 치고 웃으면 다른 사람들은 그 소리에 흠칫 놀라 눈을 끔벅이곤 했다. 매년 크리스마스이브, 한 번도 빠짐없이 핍은 산타의 선물이 담긴 양말을 가지고 뒤꿈치를 든 채 2층으로 올라오는 아빠의 발소리에 잠을 깨었다. 핍의 새아빠 빅터는 그야말로 섬세함과는 동떨어진 사람이었다.

아래층에서는 추격 신이 한창이었다. 조쉬는 낄낄대며 부엌에서 복도를 지나 거실로 내달리기를 반복하고 있었다.

골든 리트리버 바니가 조쉬 바로 뒤를 따르고 있었다. 바니는 아빠 옷 중에서도 제일 요란한 셔츠를 걸치고 있었다. 지난번 나이지리아에 갔을 때 샀던, 눈이 멀어버릴 것처럼 쨍한 녹색 바탕에 문양이 있는 셔츠였다. 신이 난 바니는 반질반질 윤이 나는 마룻바닥을 미끄러지듯 가로질렀다. 바니의 이빨 사이로 흥분한 숨소리가 새어 나왔다.

그리고 그 뒤를 휴고 보스 스리피스 양복 차림의 빅터가 쫓고 있었다. 2미터에 달하는 거구의 몸으로 쩌렁쩌렁한 웃음소리와 함께 소년과 개를 뒤쫓는 모습은 흡사 〈스쿠비 두〉의 한 장면 같다고 해도 과언이 아니었다.

"아휴 정말, 저 과제 중이었다고요." 핍은 미소 지으며 추격자들을 피해 뒤로 살짝 물러났다. 바니는 달리기를 멈추고 핍의 다리에 제 머리를 비비려다가 막상 아빠와 조쉬가 함께 소파에 털썩 주저앉자 그 둘 쪽으로 가버렸다.

"어이, 따님." 아빠가 소파 옆자리를 툭툭 치며 핍을 불렀다.

"아빠, 들어오시면 기척이라도 좀 내세요. 오신 줄도 모를 뻔했잖아요."

"우리 딸이 얼마나 똑똑한데 한번 써먹은 농담을 또 써먹나 그래?"

핍은 아빠와 조쉬 옆에 자리를 잡고 앉았다. 거친 숨을 고르는 두 사람 때문에 핍의 다리 뒤에 닿는 쿠션까지 들썩였다.

조쉬의 손가락이 오른쪽 콧구멍으로 향하자 아빠가 조쉬의 손을 툭 쳤다.

"그래, 오늘 학교에선 뭐 했니?" 아빠의 질문에 조쉬는 순식간에 아까 그 축구 이야기로 돌아갔다.

이미 축구장에서 조쉬를 데려오는 길에 다 들었던 이야기라 핍은 관심을 껐다. 아까도 조쉬의 백업 코치 때문에 사실 이야기는 듣는 둥 마는 둥이었다. 핍이 조쉬를 데리러 왔다며 손가락으로 가리키자 코치는 백합처럼 하얀 핍의 피부색에 어리둥절한 모습이었다. "제가 조쉬 누나예요."

핍의 가족을 빤히 쳐다보며 머릿속으로는 바쁘게 파악 중인 사람들, 조심스럽게 꺼내는 말들…… 이젠 익숙해질 때도 됐는데 말이다. 거대한 이 나이지리아계 남자는 누가 봐도 핍의 새 아빠였고 조쉬는 이부형제였다. 하지만 핍은 그런 단어, 그런 차가운 사전적 용어를 쓰고 싶지 않았다. 사랑하는 사람들은 수학적 대상이 아니다. 계산을 하는, 뺄셈을 하고 소수점 이하는 버리는 그런 대상이 아니다. 다시 말해 빅터와 조쉬는 핍에게 있어 8분의 3, 가족 구성원의 40%쯤 되는 존재가 아니었다. 이들은 온전한 핍의 가족이었다. 핍의 아빠였고, 짜증나는 남동생이었다.

핍의 '진짜' 아빠, 그러니까 핍에게 '피츠'라는 성을 물려준 사람은 핍이 아직 10개월 아기일 적 교통사고로 세상을 떠났다. 돌아가신 네 아빠는 꼭 이 닦을 때 노래를 불렀는데, 혹시 기억나니? 네가 두 번째로 말한 단어가 "응가"였는데 그 소릴 듣고 네 아빠가 얼마나 웃었게? 가끔 엄마가 그런 이야기를 할 때면 핍은 고개를 끄덕이며 웃음을 지어 보였지만 사실 핍은 아빠를 기억하지 못했다. 하지만 때때로 기억이란 나 자신을 위한 것이 아니라 다른 누군가를 웃게 만들기 위한 것이기도 하다. 그런 거짓말은 괜찮다.

"EPQ는 어떻게 되어가니, 핍?" 바니에게 입힌 셔츠 단추를 풀며 빅터가 물었다.

"그럭저럭요." 핍이 대답했다. "아직은 그냥 배경 조사랑 자료 모으는 단계라서요. 오늘 아침에 라비 싱을 만나러 가긴 했어요."

"오, 그래서?"

"오늘은 안 되고 금요일에 다시 오래요."

"나 같으면 안 간다." 조쉬가 조심스럽게 말했다.

"그렇겠지, 너는 아직도 신호등 안에 난쟁이가 사는 줄 아는 꼬맹이니까. 자기 믿고 싶은 것만 믿으려 하고 말야." 핍은 조쉬를 쳐다보았다. "싱 가족은 잘못한 것 없어."

아빠가 끼어들었다. "조쉬, 잘못은 누나가 했는데 그걸로 네가 혼이 난다고 생각해 봐."

"누나가 무슨 잘못이요? 누난 맨날 숙제만 하잖아요."

핍은 조쉬의 얼굴을 조준해 쿠션을 날리는 흉내를 냈다. 빅터가 당장 복수하려는 조쉬의 양팔을 붙들고 옆구리에 간지럼을 태웠다.

"엄마는요?" 핍은 움직이지 못하고 있는 조쉬 얼굴에 보들보들한 양말 신은 발을 가져다 대며 약을 올렸다.

"엄마는 회사서 곧장 '술이 있는' 북클럽 가신대." 아빠가 말했다.

"그럼…… 저녁에 피자 먹어도 돼요?" 핍이 물었다. 갑자기 적대 전선은 어디로 가고 핍과 조쉬는 다시 연대 전선을 형성했다. 조쉬는 벌떡 일어나 누나의 팔짱을 끼더니 애원하는 눈초리로 아빠를 쳐다보았다.

"당연하지." 빅터는 씩 웃으며 허리춤을 툭툭 쳐 보였다. "피자 아니면 아빠가 어떻게 여기 이렇게 지방을 도톰히 쌓았겠어?"

"아빠, 이제 그만요." 민망한 핍이 대꾸했다.

피파 피츠-아모비
EPQ 2017. 08. 02.

## 활동일지 2

앞서 1번 일지에서 다룬 시점 이후 앤디 벨 사건은 꽤나 혼란스럽다. 신문 보도만 봐선 그렇다. 나중에 인터뷰를 통해 그림이 좀 더 확실해질 때까지 그 빈칸은 추측과 소문으로 채울 수밖에 없다. 그나마 다행인 건 샐과 가장 가까운 사이였던 라비와 나오미가 이 부분을 도와줄 수 있을 것이란 점이다.

안젤라 경찰관 말대로라면 아마 경찰은 벨 가족들 진술을 먼저 청취하고 벨네 집을 철저히 수색한 다음 앤디의 친구들을 상대로 보다 자세한 조사를 진행했을 것이다.

나는 유서 깊은 수사기법, 즉 페이스북 스토킹을 통해 앤디와 가장 친했던 친구들로 클로에 버치와 엠마 허튼을 특정했다. 아래 게시물 같은 것이 그 증거다.

---

 **엠마 허튼, 샐 싱 외 97명**

댓글 6개

**엠마 허튼** 오 마이 갓 앤디, 넌 진짜 장난 아니다. 레알 미인.
**좋아요** · 답글 달기 · 2012년 4월 7일 오후 10:34

**클로에 버치** 아오, 너랑 같이 사진 찍기 싫어. 니 얼굴 나 줘.
**좋아요** · 답글 달기 · 2012년 4월 7일 오후 10:42

**앤디 벨** 고맙지만 사양한다.
**좋아요** · 답글 달기 · 2012년 4월 7일 오후 11:22

**엠마 허튼** 앤디, 다음 파티 때 우리 셋 같이 사진 어떰? 새 플필 사진용 :)
**좋아요** · 답글 달기 · 2012년 4월 7일 오후 11:27

댓글을 입력하세요……

앤디 실종 2주 전에 올라온 게시물이다. 클로에나 엠마나 둘 다 이제 리틀 킬턴에 살고 있는 것 같지는 않다. (쪽지를 보내서 전화 인터뷰 가능한지 물어볼까?)

클로에와 엠마는 앤디 실종 첫째 주(21일, 22일) 트위터로 템스밸리 경찰의 '#앤디를찾아주세요' 캠페인을 열심히 공유했다. 경찰이 금요일 밤 혹은 토요일 아침 클로에와 엠마에게 연락했을 것이란 추측이 그리 무모한 넘겨짚기 같지는 않다. 두 사람이 경찰에 무슨 이야기를 했는지는 물론 알 수 없다. 부디 알아낼 수 있다면 좋겠지만 말이다.

경찰이 당시 앤디의 남자친구와도 이야기를 했단 건 알고 있다. 남자친구의 이름은 샐 싱, 당시 킬턴 그래머 스쿨에 재학 중이던 앤디의 동급생이었다.

경찰이 샐에게 연락을 취한 건 토요일이었다.

'리처드 호킨스 경위에 따르면 4월 21일(토) 샐 싱에 대한 경찰 조사가 이뤄진 것으로 알고 있다. 경찰은 싱에게서 전날 밤, 특히 앤디 실종 (추정)시간대 중심으로 그의 소재를 확인했다.'

그날 밤 샐은 맥스 헤이스팅스네 집에서 친구들과 어울렸다. 그 자리에는 나오미 워드, 제이크 로렌스, 밀리 심슨, 맥스, 이렇게 샐의 가장 친한 친구들 네 명이 함께 있었다.

다음 주 나오미 언니와 얘기하면서 확인은 해봐야겠지만 아마도 샐은 경찰에게 오전 12시 15분경 맥스네 집을 나왔다고 얘기한 것 같다. 샐은 집까지 걸어갔고 샐의 아버지(모한 싱)가 12시 50분경 샐이 귀가했다고 확인해주었다. 주: 구글 검색 결과 맥스네 집(튜더레인)에서 샐네 집(그로브 플레이스)까지는 도보로 30분 정도 걸린다.

경찰은 네 명의 친구들을 통해 그 주말 샐의 알리바이를 확인했다.

실종자를 찾는 포스터가 게재됐고 일요일 집집마다 조사가 진행됐다.

월요일, 인근 숲 지대를 대상으로 한 경찰 수색에 자원봉사자 100명이 참여했다. 나도 당시 뉴스에서 사람들이 숲속에서 개미 떼처럼 줄지어 선 채 앤디 이름을 외치던 모습을 본 기억이 난다. 같은 날 과학수사팀이 앤디 벨네 집을 조사하는 모습이 확인됐다.

화요일, 상황이 180도 바뀌었다.

아무래도 그날 일, 또 그 이후의 일을 파악하는 데에는 시간순으로 접근하는 것이 최선의 방법 같다. 비록 이 동네 주민으로서 우린 시간순으로 이 사건을 접하진 않았지만 말이다.

화요일 오전 나오미 워드와 맥스 헤이스팅스, 제이크 로렌스, 밀리 심슨이 학교에서 경찰에 연락해 자신들이 허위 정보를 제공했다고 자백했다. 이들의 진술에 따르면 샐이 거짓말을 해줄 것을 요청했으며, 실은 앤디가 실종된 날 밤 샐이 맥스의 집을 나선 것은 22시 30분이었다고 했다.

이런 경우 경찰이 어떤 조치를 취하는진 잘 모르겠지만 아마 이 시점에서 샐이 유력 용의자로 부상했을 것이다.

하지만 경찰은 샐을 찾지 못했다. 샐은 학교에도, 집에도 없었다. 전화도 받지 않았다.

나중에 밝혀진 바에 따르면 그날 아침 샐은 전화를 전혀 받지 않았으나 아버지에게는 문자를 보냈다. 언론에서는 이 문자를 두고 샐이 자백한 것이라고 했다.

화요일 저녁 경찰 수색팀이 숲에서 시신 한 구를 발견했다.

샐이었다. 자살이었다.

샐이 어떤 방식으로 목숨을 끊었는지 언론에서는 보도되지 않았으나 고등학교라는 곳이 으레 그렇듯 소문은 내 귀에까지 들려왔다. (물론 나 말고 킬턴의 다른 학생들도 마찬가지였다.)

샐은 집 인근의 숲으로 들어가 수면제를 잔뜩 먹고 머리에 비닐봉지를 뒤집어쓴 다음 목 주변으로 고무줄을 단단히 감았다. 샐은 의식이 없는 상태에서 질식사했다.

그날 밤 경찰 기자회견에서 샐 관련 언급은 없었다. 경찰은 오후 10시 40분경 집에서 차를 타고 나가는 앤디의 모습이 담긴 CCTV 영상 관련 정보만 약간 공개했다.

수요일, 앤디의 차가 주거지 일대(로머클로즈) 도로에 주차된 것이 발견됐다.

그다음 주 월요일이 되어서야 경찰 대변인은 다음 내용을 발표했다. "앤디 벨 사건과 관련하여 새로운 내용이 확인되었습니다. 새로운 정보 및 과학수사 결과 경찰은 18세 남성 샐 싱을 앤디 벨 납치 및 살해 유력 용의자로 볼 수 있는 충분한 이유가 있다고 판단하였습니다. 위 용의자를 체포, 기소할 증거도 충분했으나 용의자의 사망에 따라 현재 경찰은 앤디 벨 관련 다른 용의자를 추적하고 있지 않은 상태입니다. 경찰은 앤디 벨의 소재를 확인하기 위한 수색 노력을 늦추지 않을 것이며 실종자 가족 및 관련 주변인들에게 깊은 위로를 전하는 바입니다."

경찰이 말하는 충분한 증거란 아래와 같다.

- 샐의 시신에서 앤디의 휴대폰이 발견됐다.

- 과학수사 결과 샐의 오른손 중지와 검지의 손톱 밑에서 앤디의 혈흔이 확인됐다.

- 버려진 앤디의 차 트렁크에서도 앤디의 혈흔이 확인됐다. 계기판 주변과 운전대에서 앤디와 다른 벨 가족들의 지문 외에 샐의 지문도 확인됐다.

경찰 말로는 샐을 기소하고 (경찰의 희망 사항이지만) 유죄 판결을 받을 만한 충분한 증거가 있었다고 했다. 하지만 샐은 죽었고 따라서 재판도, 유죄를 확정 짓는 판결도 없었다. 변론의 기회도 물론 없었다.

그 후로 몇 주간 숲 일대와 리틀 킬턴 주변으로 수색이 계속 이어졌다. 사체 탐지견이 동원되기도 했고, 킬번 강에 잠수 경찰이 투입되기도 했다. 하지만 앤디의 시신은 발견되지 않았다.

2012년 6월 앤디 벨 사건은 종결 처리되었다. 사건의 '종결 처리'란 "수사 종결 전 사건 기록상 사망하지 않은 피의자를 기소할 수 있는 충분한 증거가 있는 경우"에만 가능하며, 사건은 "새로운 증거나 단서가 나타나면 언제든 재개될 수 있다."

영화 보러 나가기까지 15분밖에 없다. 조쉬가 죽었다 깨어나도 가족들 다 같이 보러 가야 한다고 하는 바람에 별수 없이 〈슈퍼히어로〉 영화를 보러 간다. 지금 딱 앤디 벨/샐 싱 사건 배경 조사 마지막 부분만 남았고 한창 달리는 중이었는데 말이다.

앤디 벨 사건 종결 18개월 후 경찰은 지방검시관에게 보고서를 제출했다. 이런 사건에서는 검시관이 관련 실종자의 사망 가능성, 충분한 시간이 경과했는지 등에 대한 판단을 거쳐 사망 관련 추가 수사가 필요한지 여부를 결정하게 되어 있다.

그런 다음 검시관은 검시관법(1988) 제15조에 따라 법무부 장관에게 시신 부재 사인 규명을 신청하게 된다. 시신이 없는 사인 규명에서는 경찰 측 증거 및 관련 실종자의 사망 가능성에 대한 사건 담당 선임경찰관의 판단 등이 주요하게 작용한다.

사인 규명은 사망 관련 의학적 사인과 정황에 대한 법적 조사다. 사인 규명은 "어떤 개인에 대하여 사망의 책임을 묻거나 형사적 책임을 성립"시키는 효력은 없다.

2014년 1월, 검시관은 "부정 사망"이라는 판단을 내놓았고, 앤디 벨에 대해서는 사망확인서가 발부되었다. 부정 사망이란 말 그대로 "해당인이 불법적 행위에 의하여 다른 사람에 의해 살해되었다", 혹은 보다 정확하게는 "살인, 과실치사, 유아 살해 혹은 위험한 운전에 의한 사망" 등으로 인한 사망을 뜻한다.

모든 상황이 완료된 것은 이 시점에서다.

비록 시신은 발견되지 않았지만 앤디 벨은 법적으로 사망한 것으로 처리되었다. 정황상 '부정 사망'이라는 판단은 살인을 의미하는 것으로 추정된다. 사인 규명 이후 검찰은 "정황증거 및 과학수사 증거를 기반으로 샐 싱에 대한 기소를 진행했을 것"이며 "샐 싱이 앤디 벨을 살해했는지 여부는 검찰 아닌 배심원이 판단할 부분이었을 것"이라고 발표하였다.

그러니까 샐은 결국 기소되지 않았다. 법정에서 아드레날린 때문에 손에 땀이 흥건한 배심원단 대표가 자리에서 벌떡 일어나 "우리는 피고인이 유죄라고 판결합니다" 같은 선언을 하지도 않았다. 그런 재판 자체도 없었고, 샐이 스스로를 변호할 기회도 없었다. 그럼에도 샐은 유죄였다. 엄밀히 말해 법적으로는 샐이 유죄가 아니었지만, 다른 모든 의미에서 샐은 유죄였다.

이 동네 사람들한테 앤디 벨 사건에 대해 묻는다면 그들은 조금도 주저하지 않고 "샐 싱이 죽였다"고 할 것이다. 죽였다는 '의혹'이나 '정황'이 있다거나 '아마도 (샐 싱이) 죽였을 것 같다'라고조차 하지 않을 것이다.

샐 싱이 범인이라고 사람들은 말한다. 샐 싱이 앤디를 죽였다고.

하지만 난 도무지 확신이 들지 않는다…….

(다음 일지에서는 샐 싱이 검찰 기소되어 법정 다툼까지 갔을 경우를 상정해볼 것이다. 그런 후에 꼬치꼬치 따져가면서 허점을 찾아내야지.)

# 3

긴급상황이란다. 도움을 요청하는 문자였다. 답은 뻔했다. 핍은 단박에 상황 파악이 됐다.

핍은 차 열쇠를 휙 낚아챈 다음 엄마와 조쉬에게 대충 인사를 하고 현관으로 달려 나갔다. 그리고 가는 길에 가게에 들러 로렌의 가슴에 생긴 커다란 상처를 메울 만한 킹사이즈 초콜릿을 샀다.

로렌의 집 앞에 차를 세우고 보니 카라도 핍과 생각이 같았던 모양이다. 하지만 이별 후 처치를 위해 카라가 준비한 구급상자가 핍의 것보다는 다양한 구성을 갖추고 있었다. 카라는 티슈, 과자, 디핑 소스, 색색의 다채로운 페이스 마스크 세트까지 챙겨왔다.

"준비됐어?" 핍은 엉덩이를 가볍게 부딪히며 카라에게 인사를 건넸다.

"응, 눈물이라면 충분히 받아줄 수 있지." 카라는 각 티슈를 들어 보였다. 물 빠진 듯한 카라의 금발 곱슬머리 한 가닥이 티슈 상자에 걸렸다.

핍은 카라의 머리카락을 정리해준 다음 초인종을 눌렀다. 신경을 거스르는 기계음에 둘 다 움찔거렸다.

로렌의 엄마가 문을 열어주었다.

"아, 위로 원정대로구나." 로렌의 엄마가 웃어 보였다. "로렌은 제 방에 있단다."

2층으로 올라가자 로렌은 침대 위 이불로 지은 성에 폭 파묻혀 있었다. 이불 밖으로 삐져나온 빨간 머리 덕분에 로렌이 어디 있는지쯤은 충분히 알 수 있었다. 로렌을 이불 밖으로 나오게 하기까지 어르고 달래기를 1분쯤, 그리고 초콜릿 미끼가 필요했다.

"일단," 카라가 로렌의 손에서 휴대폰을 비틀어 빼내며 말했다. "앞으로 24시간 동안 휴대폰 금지야."

"문자 통보라니!" 로렌이 울부짖었다. 로렌이 코를 풀자 얇은 티슈에 비통한 콧물 한 포대가 쏟아져 나왔다.

"남자들은 바보야. 그런 남자들 상대 안 해도 된다는 게 나로선 얼마나 다행인지." 카라는 로렌의 어깨에 팔을 두르고 날렵한 턱을 로렌의 얼굴 가까이 가져다 대며 말했다. "로렌, 걔한텐 네가 훨씬 아까워."

"맞아." 핍은 로렌에게 초콜릿 한 줄을 더 잘라주며 말했다. "그리고 톰은 혀 짧은 소리에 발음도 제대로 안 되잖아."

카라는 핍의 말에 전적으로 동의의 표시를 해 보였다. "아주 심각한 위험 신호였지."

"봄이랑은 헤어디는 게 낫다고 댕각해." 핍이 말했다.

"내 댕각도 마탄가디야." 카라가 덧붙였다.

로렌은 콧소리를 내며 웃었고, 카라는 핍에게 윙크를 해 보였다. 말이 필요 없는 두 사람의 승리였다. 카라와 핍이 힘을 합치면 로렌을 다시 웃게 만들기까지 오랜 시간이 걸리진 않을 터였다.

"와줘서 고마워, 애들아." 로렌의 눈에는 눈물이 그렁그렁했다. "너희가 와줄 줄 몰랐어. 내가 맨날 톰이랑 논다고 너희랑 한 6개월쯤 제대로 얘기도 안 한 것 같은데. 이제 난 단짝 친구 두 명 사이에 낀 들러리 역할이나 하게 되겠지."

"무슨 헛소리야." 카라가 말했다. "우리 셋 다 똑같이 절친이거든?"

"그럼." 핍이 고개를 끄덕였다. "우리 셋, 그리고 우리가 마지못해 끼워주는 거긴 하지만 남자애들 걔네 셋까진 절친으로 쳐줘야지."

카라와 로렌이 웃음을 터뜨렸다. 남자애들 — 앤트, 잭, 코너 — 은 지금 모두 여름휴가를 떠나고 없었다.

하지만 이들 가운데서도 핍이 가장 오래 알고 지내왔으며 또 가장 가까운 친구가 카라라는 건 사실이었다. 말하자면 입 밖으로 꺼내지 않는 진실이랄까. 여섯 살 꼬맹이 카라가 "너도 토끼 좋아해?" 하면서 왜소하고 친구 하나 없는 핍을 꼭 안아주었던 그때 이후로 핍과 카라는 떼려야 뗄 수 없는 사이가 되었다. 혼자서 감당하기에 삶의 무게가 너무 무거울 때 두 사람은 서로 의지할 수 있는 목발 같은 존재였다. 카라의 엄마가 병마와 싸우다가 결국 세상을 등졌을 때 핍은 겨우 열 살이었지만 카라 옆에서 힘이 돼주었다. 2년 전 카라가 커밍아웃했을 때도 다정한 미소를 잃지 않았고 새벽까지 이어지는 전화 통화로 카라의 버팀목이 되어주었다.

카라는 단짝 친구 정도가 아니었다.

자매였고, 또 가족이었다.

카라의 식구들은 핍에게 두 번째 가족이나 다름없었다. 엘리엇은 — 학교에선 공식적으로 워드 선생님이라고 불렸다 — 역사 선생님이었지만 한편으론 핍에게 새아빠, 돌아가신 아빠에 이어 세 번째 아빠 같은 존재였다. 핍이 카라네 집을 얼마나 들락거렸으면 그 집에는 핍의 이름이 새겨진 머그컵, 그 집 자매들과 한 세트인 슬리퍼까지 있었다.

"좋아." 카라는 TV 리모컨을 향해 몸을 던졌다. "로코? 아님 남자애들 잔인하게 죽는 영화? 뭐가 당겨?"

로렌은 넷플릭스에서 한 시간 반짜리 슬픈 영화를 한 편 보고 나서야 현실 부정의 단계를 지나 조심스레 이별을 받아들이는 단계에 이르렀다.

"머리를 잘라야겠어." 로렌이 입을 열었다. "원래 이럴 땐 머리를 자르는 거야."

"내가 맨날 말하잖아. 너 짧은 머리 잘 어울릴 것 같다고." 카라가 말했다.

"코에 피어싱도 할까?"

"오오. 좋다, 좋다." 카라가 고개를 끄덕였다.

"나는 콧구멍에 굳이 또 구멍을 뚫는다는 게 상식적으로 이해가 안 가더라." 핍이 말했다.

"명언 제조기 또 나왔다. 교과서에 실어야 해." 카라는 허공에 대고 적는 척을 해 보였다. "지난번에 네가 뭐랬더라? 나 빵 터진 적 있잖아."

"아, 소시지." 핍이 한숨을 쉬며 말했다.

"아, 맞아." 카라가 큭 웃었다. "로렌, 들어봐. 내가 핍한테 잠옷 뭐 입을래, 이랬더니 핍이 아무렇지도 않게 '어차피 다 소시지야.' 이러는 거야. 근데 그게 얼마나 황당한 대답인지도 모르는 거 있지."

"황당할 게 대체 뭐가 있는데." 핍이 대꾸했다. "돌아가신 아빠의 본가가 원래 독일계란 말야. '어차피 다 소시지', 이건 독일어에서 일상적인 표현이라고. '아무거나'랑 똑같은 말이야."

"아니면 머릿속에 소시지 생각뿐이거나." 로렌이 웃음을 터뜨렸다.

"……라고 포르노 스타의 따님이 말했습니다." 핍이 비아냥대며 말했다.

"아 진짜, 몇 번을 말해? 한 번이었다니까. 80년대에 누드사진 찍은 거 딱 한 번!"

"아무튼 밀레니엄 시대 남자 이야기로 넘어와서……." 카라가 핍의 어깨를 쿡 찌르며 말했다. "라비 싱 만났어?"

"화제 전환하는 방법이 좀 희한하다. 암튼, 응. 근데 내일 다시 인터뷰하러 갈 거야."

"EPQ를 이미 시작했다니 놀랍다." 로렌은 죽어가는 백조 흉내를 내며 침대에 털썩 드러누웠다. "난 벌써부터 주제 바꾸고 싶은데. 기근은 너무 우울해."

"곧 우리 언니도 인터뷰한다고 하겠네." 카라의 시선이 핍을 향했다.

"아마도. 다음 주쯤 녹음기랑 연필 들고 언니 보러 간다고 네가 미리 얘기 좀 해줄래?"

"그래." 대답을 하고 나서 카라는 망설였다. "언니가 거절은 하지 않겠지만 본격 취조는 안 하면 안 될까? 언니가 아직도 가끔은 엄청 힘들어하거든. 알잖아, 섈이 언니랑 진짜 가까운 친구 중 하나였으니까. 사실상 언니한텐 가장 친한 친구였을걸."

"그럼, 당연하지." 핍이 씩 웃었다. "내가 뭘 어쩐다고? 아무렴 내가 너희 언니 묶어놓고 대답하라고 고문이라도 하겠냐고?"

"내일 라비한텐 그럴 작정이었어?"

"아니."

그때 로렌이 벌떡 일어나 앉았다. 로렌이 코를 삼키는 소리에 카라가 깜짝 놀라 움찔했다.

"너 정말 그 집에 갈 거야?"

"응."

"하지만…… 네가 그 집에 들어가는 걸 보고 사람들이 어떻게 생각하겠어?"

"어차피 소시지야."

피파 피츠-아모비
EPQ 2017. 08. 03.

## 활동일지 3

난 중립적이지 않다. 나한테 중립성 따위가 있을 리가. 활동일지 1, 2편에 기록한 상세 내용을 다시 읽을 때마다 머릿속에 법정 드라마가 절로 그려진다. 자신만만한 변호사 피파 피츠-아모비는 이의를 제기하려 자리에서 벌떡 일어선다. 자신이 쳐놓은 함정에 검사가 발을 내디디는 순간 피파 피츠-아모비는 서류를 흔들어 보이면서 샐한테 윙크를 하고, 판사 앞으로 달려가 벤치를 쾅 내리치면서 이렇게 외친다. "판사님, 샐이 한 짓이 아닙니다!"

왜인지는 나 스스로도 설명을 잘 못하겠다. 그냥 난 샐 싱이 살인범이 아니었으면 좋겠다. 열두 살 때부터 쭉 그랬다. 지난 5년간 그 생각이 날 괴롭혀왔다.

하지만 확증편향이라면 나도 충분히 조심하고 있다. 샐 싱이 유죄라고 확신하는 누군가와 이야기를 해보는 게 좋겠다고 생각한 것도 이 때문이다. 방금 《킬턴 메일》지의 스탠리 포브스 기자에게서 이메일을 받았는데, 오늘 중으로 아무 때나 연락을 해도 된다고 한다. 스탠리 포브스 기자는 지방 신문에 앤디 벨 기사도 엄청 많이 썼고, 심지어 검시관 사인 규명 현장에도 참석했던 사람이다. 솔직히 말해서 이 사람이 훌륭한 기자라고는 생각 안 한다. 싱 가족한테 명예훼손으로 열두 번도 더 고소당해도 마땅한 사람이라고 또한 생각한다. 인터뷰가 끝나면 여기 곧장 녹취록을 기록할 예정이다.

하아아아아······.

## 《킬턴 메일》 스탠리 포브스 기자 인터뷰 녹취록

스탠리: 네, 여보세요.

핍: 안녕하세요. 피파라고 하는데요. 전에 이메일 드렸었어요.

스탠리: 아, 그래요. 앤디 벨/샐 싱 사건으로 물어볼 게 있다고 했던 그 친구죠?

핍: 네, 맞아요.

스탠리: 그래요. 물어봐요, 그럼.

핍: 감사합니다. 음, 일단은 기자님께서 앤디의 사인 규명 검시에 참석하셨었죠?

스탠리: 그랬죠.

핍: 전국지 보도에는 그냥 판정 내용이랑 나중에 나온 검찰 성명만 있고 상세한 내용은 없어서 그런데, 검시관에게 제시한 경찰 증거로는 뭐가 있었을까요?

스탠리: 이것저것 아주 많았죠.

핍: 그렇겠죠. 혹시 구체적으로 경찰이 언급한 부분이 뭐였는지 말씀해주실 수 있을까요?

스탠리: 음, 앤디 사건 책임 수사관이 실종 관련해서 상세정보, 시간 등등을 간략하게 언급했고요. 그다음으로 샐이 앤디 살인에 연관되었단 증거로 넘어갔어요. 앤디의 차 트렁크에서 확인된 혈흔을 꽤 중요하게 다뤘죠. 정확한 장소는 모르지만 앤디가 어디선가 살해됐고 시신이 유기된 장소까지 앤디의 시신이 그 트렁크에 실려 있었다는 걸 증명하는

게 그 혈흔이라고요. 마지막에 검시관이 '앤디는 성적 동기로 인해 살인 피해자가 된 것이 명확해 보이고 시신을 유기하기 위해 상당한 노력이 있었다'는 취지의 말을 했어요.

핍: 리처드 호킨스 경위나 다른 경찰관이 그날 밤 시간대별 사건 정황과 샐이 어떻게 앤디를 살해했는지 그 방법에 대해서도 이야기를 했나요?

스탠리: 그래요, 기억이 나는 것 같네요. 앤디는 자기 차를 몰고 집을 나섰고 샐이 걸어서 집으로 가던 중 어느 시점에서 앤디를 납치했어요. 운전은 누가 했든 샐이 앤디를 외진 곳으로 데려가 죽였고요. 샐은 트렁크에 시신을 옮긴 다음 시신을 숨기거나 유기할 장소를 찾아 차를 몰고 갔어요. 5년이 지났는데도 아직까지 시신이 발견되지 않은 걸 보면 구멍을 엄청 깊이 팠나 보죠. 그런 다음 샐은 차가 발견됐던 로머클로즈인가 하는 그 장소에 차를 버렸어요. 그리고 집으로 걸어갔죠.

핍: 그럼 경찰은 트렁크의 혈흔을 근거로 앤디가 어딘가에서 살해됐고 그 후 다른 장소에 그 시신이 유기된 거라고 판단한 거예요?

스탠리: 그렇죠.

핍: 알겠습니다. 이 사건 관련 기사에서 기자님께서는 주로 샐을 '살인자', '킬러', '괴물' 등등으로 부르셨는데요. 형사사건 보도 시에 유죄 판결이 나오기 전까지는 피의자의 행위를 '혐의'라고 해야 하는 것으로 알고 있는데요.

스탠리: 고등학생한테 기사를 어떻게 써야 한다고 충고를 듣긴 또 처음인데, 아무튼 샐 짓인 건 명백했고 다들 알고 있었죠. 샐은 앤디를 죽였고 그 죄책감 때문에 자살했으니까.

핍:   알겠습니다. 그럼 기자님께서 샐의 유죄를 확신하는 이유는 무엇인가요?

스탠리: 꼽을 이유가 너무 많다고 해야겠죠. 증거도 증거지만 샐이 앤디 남자친구였잖아요, 그쵸? 이런 건 늘 남자친구 아니면 구 남친이거든. 게다가 샐이 인도 사람이었고.

핍:   음…… 샐은 영국에서 나고 자랐는데요. 기자님 기사에서는 거의 항상 인도인이라고 되어 있긴 하더라고요.

스탠리: 뭐, 같은 거지. 인도계잖아요.

핍:   그게 그런데 무슨 상관인데요?

스탠리: 내가 무슨 전문가 이런 건 아닙니다만 그 사람들은 우리랑 삶의 방식이 좀 다르잖아요, 안 그래? 우리랑은 여자를 대하는 방식이 다르지. 그 사람들한테 여자란 소유물 같은 거잖아. 그러니까 내 짐작에 앤디가 이제 샐한테 헤어지자 이러니까, 샐은 분노해서 앤디를 죽인 거죠. 왜냐면 샐의 눈에는 앤디가 자기 소유물이니까.

핍:   와…… 솔직히 지금까지 기자님이 명예훼손죄로 고소 안 당하신 게 놀라울 정도네요.

스탠리: 내가 진실을 보도했다는 걸 다 알고 있으니까 그렇겠죠.

핍:   아뇨, 전 아닌데요. 아직 재판이 열리지도, 유죄 판결이 확정되지도 않은 상황에서 '의혹'이나 '혐의' 같은 말을 붙이지 않고 어떤 용의자를 바로 살인자로 규정하는 건 대단히 무책임한 짓이라고 생각해요. 샐을 괴물이라고 부른 것도 마찬가지고요. 언어 사용 얘기가 나왔으니 말인데, 최근 슬라우에서 있었던 교살 사건 관련한 기자님 보도랑 비교

해보면 참 인상적이기도 하고요. 그 사람은 다섯 명을 죽이고 법정에서 유죄를 인정했는데도 기자님은 헤드라인에 '상사병 걸린 청년'이라고 하셨더라고요. 그건 그 사람이 **백인이라서**였나요?

스탠리: 그건 샐 사건이랑은 전혀 관계가 없지. 나는 그냥 있는 그대로 보도를 한 겁니다. 이 친구 진정 좀 해야겠네. 어차피 샐은 죽은 사람인데 살인자라고 했다고 뭐 그리 달라지나? 그런다고 그 친구한테 피해가 갈 것도 없잖아.

핍: 그 가족은 살아 있잖아요.

스탠리: 이제 보니 그 친구가 범인이 아니라고 생각하는 모양인데. 경찰의 경험과 전문성은 존중하지 않는 건가?

핍: 그냥 샐 사건에서 누락되었거나 일치하지 않는 정보가 있다는 생각이 들어서요.

스탠리: 그래, 그 친구가 체포되기도 전에 그렇게 스스로 목숨을 끊지만 않았더라도 그런 일은 없었을 텐데 말이야.

핍: 기자님은 감정이란 게 없으신가 봐요.

스탠리: 감정이란 게 없는 건 금발의 미녀 여자친구를 죽이고 시신을 숨긴 그 녀석 아닌가?

핍: 죽인 게 아니라 죽였다는 의혹이요!

스탠리: 그 녀석 짓이란 증거가 더 필요한가, 팹 아가씨? 기사로 나오진 않았지만 경찰 내부 정보원 말로는 앤디 사물함에서 살인 협박 쪽지가 나왔다더군. 앤디를 협박하고 실제 범행을 저지른 거야. 아직도 그 친구가 무죄인 것 같아?

핍:     네. 그리고 기자님은 인종차별주의자에 편협한 머저리고
       요. 시궁창이나 뒤지면서 기삿거리를 찾고 다니는 놈이라곤
       없는…….

(스탠리가 전화를 끊는다.)


뭐, 그래. 저 기자랑 친구 먹을 것도 아니고.

그렇지만 이번 통화에서 전에는 알지 못했던 새로운 정보를 두 가지 얻었다. 첫째, 앤디가 어딘가에서 살해됐고, 그 후 시신이 유기된 또 다른 장소까지 앤디의 시신은 앤디의 차 트렁크에 실려 있었을 것으로 경찰이 판단했다는 점이다.

우리 스탠리 기자님께서 제공해주신 소중한 두 번째 정보는 이 '살인 협박 쪽지'다. 지금까지 그 어떤 기사에서도, 경찰 성명에서도 그 얘긴 한마디도 없었다. 어쩌면 경찰은 그게 별로 관련성이 없다고 생각했을지도 모르겠다. 아니면 경찰이 샐과 그 협박 쪽지와의 연관성을 입증할 증거를 찾지 못했을 수도 있겠지.

어쩌면 스탠리 기자가 꾸며낸 말일지도 모른다. 어떤 경우건 나중에 앤디의 친구들과 이야기를 나눌 때를 대비해 기억해둘 가치가 있는 정보다.

그럼 사선 당일 밤에 대한 경찰 입장은 (대강) 알았고 기소가 됐다면 어떻게 흘러갔을지도 짐작이 되니까 이제 사건 수사를 위한 지도를 만들 차례다.

일단 저녁부터 먹고. 3초 안에 엄마가 곧 부르지 싶다. 3…… 2……
빙고.

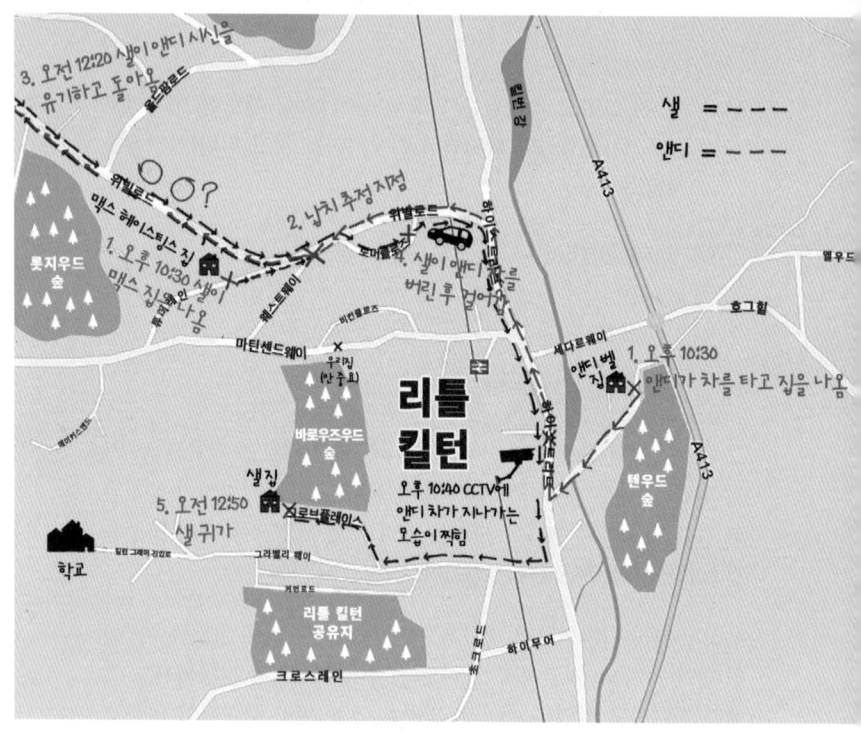

제법 그럴싸한데. 아니, 정말로 이렇게 그려보니까 경찰 관점을 시각화하는 데 도움이 된다. 지도를 그리는 중에 확실한 사실 아닌 추측을 기반으로 한 지점이 두어 곳 있다. 첫 번째는 맥스네 집에서 샐 집까지 도보로 갈 수 있는 경로가 여러 가지란 것인데, 나는 하이스트리트로 다시 돌아가서 가는 길을 택했다. 구글에서 그게 가장 빠른 길이라고도 했고, 한밤중에 걸어가야 한다면 일반적으로 불이 훤히 밝혀진 길을 사람들이 선호하겠거니 싶어서다.

그리고 이 길이 맞는다고 가정하면 납치 추정 지점도 나온다. 아마 위빌로드 어느 지점에서 앤디가 차를 세우고 샐이 그 차에 탔을 것이다. 형사의 시선으로 볼 때 위빌로드 주변에는 실제로 조용한 주거지 골목과 농장이 있기도 하고 말이다.

이렇게 조용하고 외진 곳(동그라미 표시)이야말로 아마 살인에 적합한 장소일 것이다(경찰 판단은 그렇단 얘기다).

앤디의 시신이 유기된 곳에 대해서는 굳이 추측하지 않았다. 나뿐만 아니라 다들 그렇듯 조금도 짐작이 가질 않으니 말이다. 다만 앤디의 차가 버려져 있었던 로머클로즈에서부터 샐의 집까지 도보로 18분가량이 소요된단 점을 감안하면, 샐은 최소 오전 12시 20분경까지는 위빌로드로 다시 돌아왔단 얘기가 된다. 샐이 앤디를 납치한 시각을 오후 10시 45분경으로 추정하면, 샐은 앤디를 살해하고 그 시신을 숨기기까지 1시간 35분 정도의 시간적 여유가 있었단 뜻이다. 그러니까 내 말은, 시간만 놓고 보면 안 될 게 없다. 가능한 시나리오다. 하지만 이미 머릿속에선 '왜', '어떻게'의 질문들이 꼬리에 꼬리를 물고 이어지고 있었다.

앤디와 샐은 둘 다 오후 10시 30분경 밖으로 나왔다. 그렇다면 당연히 둘이 만나기로 약속을 했겠지? 둘이 사전에 약속한 게 아니라면 대단한 우연의 일치 같다. 하지만 경찰은 이 둘이 사전에 만나기로 했다는 전화나 문자 기록이 남아 있단 얘기는 전혀 하지 않았다. 두 사람이 이를테면 학교에서 약속을 한 터라 기록이 남아 있지 않은 거라면, 왜 그냥 곧장 맥스네 집으로 샐을 데리러 가겠다 하지 않았을까? 내가 보기엔 그 점이 이상했다.

새벽 2시, 몸이 떨린다. 아무래도 조금 전 토블론 화이트초콜릿을 반 개나 먹어서 그런 것 같다.

# 4

귓가에서 무슨 음악이라도 흘러나오는 것 같았다. 손목에서, 또 목에서 맥박이 펄떡펄떡 박자를 맞추고 있었고, 목청을 가다듬으며 흘러나오는 소리는 불협화음 같았다. 갑자기 괴로운 사실 한 가지를 깨달았다. 일단 내 숨소리가 의식되기 시작하면 죽었다 깨어나도 그 소리를 귀에서 떨쳐버릴 방법은 없었다.

현관 앞에 서서 핍은 제발 문이 열리기만을 기다리고 있었다. 핍이 문과 눈싸움을 벌이고 서 있는 동안 시간은 느릿느릿, 끈적끈적 흘러갔다. 찰나의 시간은 영원할 것 같았다. 문을 두드린 지 얼마나 됐을까? 더는 기다리지 못하고 핍은 옆구리에서 갓 구운 따끈한 머핀이 든 수증기 맺힌 밀폐용기를 빼내어 들고 뒤돌아 걸음을 옮겼다.

오늘은 귀신 들린 집이 방문객을 받지 않는 날이었다. 실망감은 사그라들 줄 몰랐다.

몇 발짝 채 가지 않아 뒤에서 끼익, 그리고 딸깍 소리가 났다. 핍이 뒤를 돌아보자 문간에는 라비 싱이 서 있었다. 라비는 헝클어진 머리에 혼란스러운 표정이었다.

"아." 핍은 평소 목소리와 딴판인 높은 톤의 목소리로 말했다. "죄송해요. 금요일에 오라고 했던 것 같아서요. 오늘이 금요일이고요."

"음, 그랬지." 라비는 픱의 발목 언저리 즈음 시선을 두고 머리를 긁적였다. "솔직히 말하면…… 난 네가 놀리는 줄 알았어. 장난이겠거니 했지 진짜 올 줄 몰랐어."

"아, 유감이네요." 픱은 상처받은 티를 내지 않으려고 애를 썼다. "장난 아니에요. 정말로요. 진지하게 물어본 거였어요."

"응, 진지해 보이긴 한다." 라비는 뒤통수가 퍽이나 가려운 모양이었다. 픱이 긴장하면 잡학다식을 늘어놓듯 라비 싱도 긴장하면 뒤통수가 가려운 건가. 밖에서 보면 갑옷에 방패까지 갖추고 위풍당당 서 있는 것 같아도 사실 그 갑옷 속 기사는 우물쭈물 어쩔 줄 모르고 있을지도 모르는 것처럼.

"터무니없을 정도로 진지하죠." 픱이 씩 웃으며 라비에게 밀폐용기를 내밀었다. "머핀도 구워왔어요."

"뇌물이야?"

"레시피에 그렇게 쓰여 있긴 하더라고요. '뇌물용'."

라비의 입가가 슬쩍 들썩였지만 미소라고까진 할 수 없었다. 픱은 그제야 이 동네에서 라비 싱의 생활이 얼마나 고된 것일지 짐작이 갔다. 죽은 형의 영혼이 라비의 얼굴에 드리워져 있었다. 미소를 짓기조차 어려운 것도 놀랄 일은 아니었다.

"그럼 들어가도 돼요?" 픱은 눈을 한껏 크게 뜨고 아랫입술을 바짝 슬어올리며 애원하는 표정을 지어 보였다. 아빠는 픱의 이 표정을 두고 화장실 며칠 못 간 사람 같다고 했다.

"응, 그래." 라비는 당혹스러운 정적 끝에 대답했다. "그러니까 그런 표정은 이제 안 지어 보여도 될 것 같아." 라비는 픱이 들어올 수 있도록 한 발 뒤로 물러서주었다.

"아아, 드디어. 고맙습니다." 핍은 냉큼 대답했다. 마음이 한참 이나 앞서 핍은 현관 앞 계단에서 발을 헛디뎠다.

라비는 눈썹을 들어 올리며 문을 닫은 다음 핍에게 차 한잔하 겠느냐고 물었다.

"네, 고맙습니다." 핍은 어색하게 복도에 서서 최대한 위축된 자세로 대답했다. "블랙티로 주세요."

"나는 블랙티 선호파는 안 믿는데." 라비는 부엌으로 따라오 라고 핍에게 신호를 해 보였다.

부엌은 아주 넓고 빛이 잘 들었다. 거대한 미닫이 유리문으로 되어 있는 바깥쪽 벽은 여름의 열기와 동화 같은 넝쿨식물이 넘 실대는 기다란 정원으로 이어졌다.

"그럼 선배는 차 어떻게 마시는데요?" 백팩을 식탁 의자에 내 려놓으며 핍이 물었다.

"하얀색이 될 때까지 우유를 듬뿍 넣은 다음 설탕 세 개." 라 비는 시끄러운 주전자 소리 너머로 말했다.

"설탕 세 개요? *세 개?*"

"놀라기는. 하긴 내가 그리 달콤한 축에 끼는 사람은 아니니 까."

핍은 달그락대며 차를 준비하는 라비의 모습을 지켜보았다. 주전자 물 끓는 소리가 두 사람 사이의 정적을 메워주었다. 라 비는 거의 바닥을 보이는 그릇에서 티백을 꺼낸 다음 물을 따르 고 설탕과 우유를 넣는 동안 손가락을 가만히 두지 못했다. 긴 장은 전염성이 있었고 핍의 심장도 움직이는 라비의 손가락을 따라 더욱 빠르게 뛰었다.

라비는 머그컵 두 개를 들고 돌아와 핍에게 줄 컵은 뜨거운 바닥을 잡은 다음 손잡이 쪽을 내밀었다. 핍의 컵에는 귀여운 만화와 글귀가 새겨져 있었다. '치과는 언제 갈까요? 이가 아야할 때.'

"부모님은 안 계세요?" 핍은 컵을 식탁에 내려놓으며 물었다.

"응." 라비는 그런 다음 차를 한 모금 마셨다. 다행히 라비는 요란하게 소리를 내며 차를 홀짝이는 편은 아니었다. "부모님이 계셨으면 넌 아마 발도 못 들였을걸. 형 얘기는 잘 안 하려고 하거든. 엄마가 불편해하셔서. 사실 누구든 다 불편해하는 얘기지만 말이야."

"저로선 짐작도 안 돼요……." 핍은 조용히 말했다. 5년이란 시간이 흘렀다는 것도 별 의미가 없었다. 아직도 라비에게는 어제처럼 생생한 일이었다. 라비의 얼굴에 그렇게 쓰여 있었다.

"그냥 이제는 형이 여기 없다, 그런 문제가 아니고 뭐랄까, 그 일 때문에 우리는 떠난 형을 애도하지도 못하는 거야. 형이 보고 싶다고 하면 난 괴물이 돼버리는 거니까."

"그렇지 않아요."

"나도 그렇게 생각해. 하지만 너랑 나처럼 생각하는 사람이 많지는 않을걸."

핍은 침묵을 메우려 차를 한 모금 마셨지만 차가 아직 너무 뜨거워서 눈살이 찌푸려졌고 이내 눈물까지 났다.

"벌써 우는 거야? 아직 슬픈 부분은 시작도 안 했는데." 라비의 오른쪽 눈썹이 이마까지 솟았다.

"차가 뜨거워서요." 핍은 숨을 토해내며 말했다. 혀가 얼얼하고 타는 듯했다.

**"잠깐만 짬을 내어 차 좀 식히고 마시지 그러니? 짬이라고 정말 1초, 이런 건 아니고."**

"어, 기억하시네요."

"그런 첫인사를 어떻게 잊겠어. 그래서, 나한테 물어보고 싶은 건 뭔데?"

핍은 무릎에 놓인 휴대폰을 내려다보며 말했다. "일단, 지금 이 대화를 녹음해도 될까요? 이따 저녁에 정확하게 기록하고 싶어서요."

"아주 신나는 금요일 밤 계획이네."

"녹음해도 된다고 이해할게요." 핍은 황동색 백팩의 지퍼를 열고 노트를 꺼냈다.

"그건 뭐야?" 라비가 손가락으로 가리키며 물었다.

"미리 준비해 온 질문지요." 핍은 종이를 가지런히 정리했다.

"와, 너 정말 진심이구나?" 라비는 호기심과 의구심 사이 어디쯤의 표정으로 핍을 쳐다보았다.

"당연하죠."

"긴장해야 하나?"

"아직은 괜찮아요." 핍은 마지막으로 라비를 한번 쳐다본 다음 빨간색 녹음 버튼을 눌렀다.

피파 피츠–아모비
EPQ 2017. 08. 04.

## 활동일지 4
## 라비 싱 인터뷰

핍: 현재 나이는요?

라비: 나이는 왜?

핍: 그냥 전반적인 사실관계를 취합하는 차원에서요.

라비: 알겠습니다, 경관님. 이제 막 스무 살 됐습니다.

핍: (웃음) [으악, 녹음해서 들으니까 내 웃음소리 왜 저래. 앞으로 웃음 금지!] 샐이 세 살 위 형이었나요?

라비: 응.

핍: 2012년 4월 20일 금요일, 혹시 형이 평소랑 좀 다르게 행동했다든가 하진 않았나요?

라비: 와우, 돌직구네. 음, 아니, 전혀. 한 7시쯤 저녁을 조금 일찍 먹었어. 나중에 아버지가 형을 맥스네 집까지 데려다줬고. 형은 별로 특별한 얘긴 없었고, 그냥 평소랑 똑같았어. 설사 형이 남몰래 살인을 계획하고 있었더라도 최소한 가족들이 알아볼 정돈 아니었이. 형은 음…… 그래, 활기찼이. 그 정도가 딱 정확한 설명일 것 같다.

핍: 맥스네 집에 다녀온 후로는요?

라비: 나야 이미 잠든 후였지. 하지만 다음 날 아침엔 형 기분이

진짜 좋아 보였어. 그건 기억이 나. 형은 늘 아침형 인간이었어. 일어나서 가족들한테 직접 아침을 차려줬고, 그 후에 앤디 친구한테서 전화를 받았어. 앤디가 실종된 걸 우리가 알게 된 것도 그때였고. 당연한 얘기지만 그 순간부터 이제 활기찬 형은 온데간데없고 걱정이 많았지.

핍: 그럼 금요일 밤엔 앤디 부모님도, 경찰도 샐한테 연락을 안 했단 거예요?

라비: 내가 아는 선에서는. 앤디 부모님은 형을 잘 알지 못했어. 형은 앤디 부모님을 만난 적도, 그 집에 간 적도 없었어. 평소에는 앤디가 우리 집으로 오거나, 아님 둘이 학교나 파티에서 주로 만났지.

핍: 두 사람이 사귄 지는 얼마나 됐었어요?

라비: 바로 그 전년도 크리스마스 직전에 사귀기 시작했으니까 한 넉 달쯤. 그날 밤 형한테 전화가 두 통 정도 오긴 했었다. 새벽 2시쯤 앤디 단짝 중 하나가 형한테 전화했었는데 형이 전화를 무음으로 해둬서 못 듣고 그냥 잤지.

핍: 그 주 토요일엔 또 무슨 일이 있었나요?

라비: 앤디가 실종됐단 소식을 들은 후로 형은 진짜 말 그대로 손에서 전화기를 한시도 내려놓지 않고 수시로 앤디한테 전화를 걸었어. 그때마다 음성자동안내로 넘어갔고. 무슨 사고라도 난 게 아닌 이상 그래도 앤디가 형 전화라면 받겠거니 했거든.

핍: 잠깐, 샐이 앤디한테 전화를 했다고요?

라비: 응, 한 백만 번은 했을걸. 주말 내내 하고, 월요일 돼서도 또 하고.

핍: 이미 죽은 사람한테 못 받을 줄 뻔히 알면서 전화를 해요? 심지어 제 손으로 죽인 사람한테? 굉장히 의아한 행동이네요.

라비: 게다가 그 죽은 사람 전화기를 스스로 직접 제 방이나 어디 숨겨놓곤 굳이 전화를 그렇게 걸었다고 생각하면 더욱 의아하지.

핍: 그거 아주 예리한 지적인데요. 그날 또 무슨 일이 있었나요?

라비: 부모님이 형더러 앤디 집에 가지 말라고 했어. 경찰 수색 때문에 정신이 없을 테니까. 그래서 형은 그냥 집에서 애꿎게 전화만 걸었지. 어디 짐작 가는 곳이라도 없냐고 형한테 물어봤는데, 형도 당혹스러워했어. 그나마 형 이야기 중에 기억나는 게 있는데, 형은 앤디가 일부러 이런 짓을 벌인 거라고, 어쩌면 앤디가 누군가를 벌줄 생각으로 도망친 건지도 모른다고 했어. 주말이 끝나갈 무렵 형도 이제 그런 상황은 아닌 걸 알게 됐지만.

핍: 앤디가 벌주려던 사람은 누구였을까요? 샐?

리비: 모르지, 나도 더 캐묻진 않았고. 내가 앤디랑 잘 아는 사이도 아니었으니까. 앤디가 놀러 온 것도 끽해야 몇 번 되지도 않고. 다만 형이 말하던 그 '누군가'가 혹시 앤디 아빠인 건 아닐까 생각은 했어.

핍: 제이슨 벨 씨요? 왜요?

라비: 앤디가 놀러 왔을 때 들은 게 있어서. 아빠랑 사이가 별로 좋지 않은 것 같았어. 구체적인 내용은 기억이 안 나고.
(휴, 다행히 라비는 혀 짧은 발음 문제 같은 건 없다.)

핍: 구체적인 내용을 알면 좋을 텐데요. 그래서 경찰은 언제 샐한테 연락을 했나요?

라비: 토요일 오후. 경찰에서 이야기를 좀 할 수 있겠느냐고 먼저 전화가 왔고, 한 서너 시쯤 집으로 경찰이 찾아왔지. 부모님이랑 나는 부엌으로 자리를 비켜주느라 사실상 경찰이랑 형이 하는 얘긴 전혀 듣지 못했고.

핍: 경찰에서 어떤 질문을 했는지 샐이 이야기하던가요?

라비: 약간. 형은 경찰이 대화를 녹음했단 점 때문에 약간 흥분한 상태였고…….

핍: 경찰이 녹음을요? 녹음이 보편적인 건가요?

라비: 나야 모르지, 지금 경찰 역할은 너잖아. 경찰 말로는 원래 이렇게 하는 거라고, 그리고 그냥 그날 밤 형이 어디서 누구랑 있었는지 정도만 물어봤다고 했어. 그리고 형과 앤디의 관계에 대해서도 물어봤댔고.

핍: 두 사람 관계가 어땠는데요?

라비: 남동생인 내가 알 턱이 있나. 하지만 뭐, 형이 앤디를 엄청 좋아하긴 했어. 같은 학년에서 제일 인기 많고 제일 예쁜 여자애랑 사귀게 된 거니까 형이 꽤나 행복해했지. 근데 앤디가 문제를 몰고 다니는 것 같긴 했어.

핍: 무슨 문제요?

라비: 글쎄, 그냥 굳이 없는 문제도 만들어내고 싶어하는 그런 타입 같았달까.

핍: 부모님은 앤디를 좋아하셨나요?

라비: 응, 우리 부모님은 맘에 들어하셨어. 딱히 싫어하실 구실을 앤디가 만들지 않았지.

핍: 경찰 조사 후에는요?

라비: 음, 저녁에 형 친구들이 왔었어. 형 괜찮은지 확인하러.

핍: 그럼 샐이 친구들한테 자기 알리바이 관련해서 경찰에 거짓말을 해달라고 부탁한 것도 그때인가요?

라비: 아마도.

핍: 샐이 왜 그런 부탁을 했을까요?

라비: 나도 모르겠어. 경찰 조사 후에 불안한 마음 같은 게 생겼는지도 모르지. 자기가 용의자로 몰릴 수도 있다고 생각하니까 갑자기 겁이 나서 뭔가 보호막 같은 게 필요하다고 생각한 걸 수도 있고. 나도 잘 모르겠어.

핍: 샐이 범인이 아니란 가정에, 혹시 샐이 맥스네 집을 나온 10시 30분부터 집에 돌아온 12시 50분까지 그 시간 동안 샐이 어디 있었는지 짐작 가는 곳 있으세요?

라비: 아니, 왜냐면 형은 12시 15분경에 맥스네 집을 나와 집까지 걸어왔다고 했으니까. 어쩌면 형이 어디 혼자 있었을 수도 있을 것 같아. 그런데 그렇게 사실대로 얘기하면 알리바이를 증명할 수 없단 걸 형도 알았겠지. 별로 희망은 없다, 그치?

핍: 뭐, 경찰에 거짓말을 해달라고 친구들한테 부탁했다는 것도 샐한테 그리 유리하게 들리진 않죠. 하지만 그렇다고 그 정황만으로 샐이 앤디의 죽음과 관련이 있다고 할 수 있는 건 아니고요. 일요일 상황은 어땠어요?

라비: 일요일 오후에는 형이랑 나랑 형 친구들이랑 자원해서 실종자 벽보 붙이고 전단 배포하는 일을 하러 갔어. 월요일엔 학교에서 형을 거의 보지 못했지만 다들 앤디 이야기뿐이었으니까 아마 형한텐 꽤 힘든 하루였겠지.

핍: 기억나요.

라비: 경찰도 와 있었고. 경찰이 앤디 사물함을 수색하는 걸 나도 봤거든. 그러니 뭐, 그날 밤은 형도 당연히 기운이 없었어. 별말은 안 했지만 걱정이 많았지. 당연하잖아, 자기 여자친구가 실종됐는데. 그리고 다음 날은…….

핍: 다음 날은 얘기 안 하고 싶으면 안 해도 돼요.

라비: (잠시 침묵) 괜찮아. 형이랑 같이 걸어서 학교에 갔고, 나는 먼저 교실로 갔어. 형은 주차장에 있었고. 형은 밖에서 잠깐 앉아 있다 가겠다고 했어. 내가 형을 마지막으로 본 것도 그때야. 마지막 인사라곤 '이따 봐', 그게 다였네. 그날…… 그날 경찰이 학교에 와 있단 걸 알고는 있었어. 들리는 소문으론 경찰이 형 친구들이랑 이야기를 한다고 했고. 한 2시쯤 돼서야 엄마가 계속 나한테 전화를 걸었던 걸 알고 집으로 갔어. 부모님은 경찰이 형을 찾는다고, 형이 어디 있는지 아느냐고 물었어. 아마 경찰이 형 방도 이미 수색 중이었을걸. 나도 형한테 전화를 해봤지만 받지 않았어. 아버지는 형한테 마지막으로 받은 문자를 나한테 보여줬고.

핍: 무슨 내용인지 기억나요?

라비: 응. '*저예요. 제가 그랬어요. 죄송해요.*' 그리고…… (잠시 정적) 그날 저녁 경찰이 다시 찾아왔어. 부모님이 문을 열러 가시고 나는 안에서 듣고 있었지. 경찰이 숲속에서 시신을 찾았다길래 나는 당연히 앤디 이야긴 줄 알았어.

핍: 이런 질문 너무 죄송하지만…… 혹시 그 수면제는…….

라비: 아, 그건 아버지 거였어. 불면증 때문에 페노바르비탈을 드셨거든. 나중에 아버지는 본인 탓을 하셨지. 이제 더는 약을 안 드셔. 그냥 잠을 못 주무시지.

핍: 형이 자살할 거라고 생각해본 적 있었어요?

라비: 전혀, 단 한 번도 생각해본 적 없어. 형은 그야말로 세상에서 가장 행복한 사람이었는걸. 항상 웃고 장난치며 다니고. 좀 낯간지러운 얘기지만 형은 그 존재만으로도 주변을 환하게 만드는 사람이었어. 못하는 게 없는 올A 모범생이었고 부모님의 자랑이었지. 이제 부모님한텐 나뿐이지만 말야.

핍: 죄송하지만 이제 가장 부담스러운 질문을 해야 할 것 같아요. 형이 앤디를 죽였다고 생각하세요?

라비: 나는…… 아니, 아닌 것 같아. 그건 상상도 안 되는 일이야. 그냥 나한텐 말이 안 되는 소리랄까. 이 지구상에서 형만큼 착한 사람도 다신 없을길. 내가 아무리 형한데 덤벼도 형은 흥분한 적이 없어. 싸움 같은 데에 휘말리는 사람이 아니지. 내가 도움이 필요할 때면 언제나 달려오는, 세상에 다시없을 최고의 형이었고 내가 아는 가장 훌륭한 사람이었어. 그러니까 나로선 절대 형 짓이 아니라고 할 수밖에. 하지만 뭐, 나도 모르는 일이지. 경찰은 워낙 확신했

던 것 같고 증거가 또…… 형한테 불리하긴 했으니까. 나도 알아. 하지만 아직도 형이 그런 짓을 저지를 만한 사람이라곤 전혀 상상조차 할 수가 없어.

핍: 이해가 돼요. 여쭤보고 싶은 건 지금으로선 여기까지예요.

라비: (등을 기대고 앉아 긴 한숨을 내쉬며) 그럼, 피파…….

핍: 그냥 핍이라고 부르세요.

라비: 핍, 알겠어. 이게 수행평가 과제 같은 거라고 했지?

핍: 네.

라비: 이유가 뭐야? 이걸 과제로 고른 이유가? 그래, 우리 형이 범인이 아니라고 생각할 수야 있겠지. 하지만 굳이 그걸 입증해 보이겠단 이유는 뭔데? 너한테 어떤 의미가 있길래? 지금껏 이 동네에서 우리 형이 괴물이 아니라고 생각하는 사람은 내가 본 적이 없거든. 다들 그냥 형을 괴물로 치부하고 넘어갔단 말이야.

핍: 카라라고 저랑 제일 친한 친구가 있는데, 나오미 워드가 걔 언니예요.

라비: 아, 나오미 누나. 나한테 참 잘해줬는데. 맨날 우리 집 놀러 와서 강아지처럼 형만 쫓아다니고 말야. 그 누나 우리 형한테 마음 있었다고 내가 장담한다.

핍: 아, 정말요?

라비: 그런 것 같더라고. 별로 재미도 없더구만 형이 무슨 농담 한마디 할 때마다 꺄르르 웃는 것하며. 형은 근데 같은 마음은 아니었던 것 같고.

핍: 흠.

라비: 그럼 나오미 누나 때문에 이러는 거야? 아직 잘 이해가 안 되네.

핍: 아니, 그런 게 아니라요. 제 말은…… 저도 샐을 알아요.

라비: 안다고?

핍: 네. 카라네서 놀고 있으면 가끔 샐이 놀러 왔었거든요. 한번은 샐이 15세 관람가 영화를 보여준 적이 있었어요. 그때 저랑 카라랑은 아직 열두 살이었고요. 코미디 영화였는데, 엄청 많이 웃었던 기억이 나요. 잘 이해하지도 못하면서 배가 아프도록 웃었는데, 워낙에 샐의 웃음소리가 전염성이 있어서 그랬던 것 같아요.

라비: 높은 톤에 킥킥대는 소리 말이지?

핍: 네. 열 살 때는 어쩌다 보니 샐이 저한테 '젠장'이라는 욕을 처음 가르쳐주기도 했었어요. 팬케이크 뒤집는 법도 알려줬었죠. 혼자서 잘하지도 못하는 주제에 옆에서 도와준다고 하면 무조건 싫다니까 직접 가르쳐준 거죠.

라비: 뭐가 됐든 형은 늘 자상하게 잘 가르치긴 했어.

핍: 그리고 1학년 때 남자애들 두 명이 저를 괴롭혔었어요. 너희 아빠 나이지리아 사람이라며? 이러면서요. 그걸 본 샐이 와서 걔들한테 자분하게 이렇게 이야기를 했죠. "친구를 괴롭히면 학교에서 쫓겨날 수도 있는데, 그럼 너희 30분이나 떨어진 학교에 가야 해. 그마저도 그 학교에서 너흴 받아준다고 할 때 얘기지만. 너희 정말 아는 친구들 하나도 없는 새 학교에 가고 싶어?" 그때 이후로 다시는

개들이 절 괴롭히지 않았고요. 그런 다음에 샐이 제 옆에 앉더니 기운 내라면서 킷캣을 줬어요. 그날 이후로는…… 뭐, 됐어요.

라비: 아니, 얘기해줘. 나도 인터뷰해줬잖아. 비록 네가 가져온 머핀에서 치즈 맛이 나더라만 말이지.

핍: 그날 이후로 샐은 저에게 늘 영웅이었어요. 샐이 살인범이라니, 전 절대 못 믿어요.

피파 피츠-아모비
EPQ 2017. 08. 08.

## 활동일지 5

두 시간 동안 검색을 해본 결과 '정보공개법'*에 따라 템스밸리 경찰서에 샐의 경찰 신문조서 사본 공개를 청구할 수 있을 것 같다.

정보공개법상 허용되는 정보공개에도 예외사항은 있는데, 이를테면 현재 수사가 진행 중인 사건과 관련된 정보요청이나 살아 있는 사람에 대한 개인정보 누설로 인해 개인정보보호 관련법을 침해할 소지가 있는 경우 등등은 청구가 제한된다. 하지만 샐은 죽은 사람이니까 조서를 굳이 공개하지 않을 이유는 없겠지? 앤디 벨 사건 수사기록과 관련해서 다른 경찰 기록을 열람할 수 있는지도 확인해 볼 것이다.

또 하나. 앤디 벨의 아버지, 제이슨 벨에 대한 라비의 말이 머릿속을 떠나질 않는다. 샐이 처음에는 앤디가 누군가를 벌줄 생각으로 도망쳤을지도 모른다고 생각했다는 것, 그리고 앤디네 부녀관계가 썩 좋지 않았다던 얘기 말이다.

제이슨 벨과 던 벨 부부는 앤디의 사망확인서가 발부되고 얼마 지나지 않아 이혼했다(리틀 킬턴에서야 다 아는 얘기긴 하지만 그래도 나는 페이스북으로 재차 사실 검증을 했다). 제이슨 벨 씨는 이사를 갔고 이제 여기서 15분 정도 거리의 동네에 산다. 제이슨 벨 씨는 이혼하고 얼마 되지 않아 본인보다 훨씬 어려 보이는 에쁘장한 금발 여자와 함께 있는 모습을 드러내기 시작했다. 지금은 두 사람이 부부가 된 것 같다.

---

* 영국에서 2005년 1월 시행된 법(Freedom of Information Act)으로 공공기관이 보유하는 정보에 대해 일반의 공개청구를 허용한 법이다.

앤디 실종 후 초기 기자회견 영상을 유튜브에서 몇 시간이고 돌려 보았다. 왜 예전엔 이걸 눈치채지 못했을까 싶은데, 제이슨 벨 씨는 뭔가 이상한 구석이 있었다. 딸 생각에 눈물을 보이는 아내의 팔을 거세게 붙들질 않나, 이쯤 얘기했으면 됐다 싶으니까 마이크에 대고 얘기하고 있는 아내 앞으로 자기 어깨를 들이밀면서 아내 입을 막으려 든다든가 하는 행동들. "앤디, 우리는 널 사랑한다.", "혼내지 않을 테니 집으로 돌아와라." 이러면서 누가 시킨 것도 아니고 마지못해 말하는 것처럼 갈라지는 저 목소리. 그리고 아빠의 시선 앞에서 위축되는 앤디의 여동생 베카의 모습. 그다지 객관적인 형사의 관점은 아닌 줄 알지만, 그래도 제이슨 벨의 저 차가운 눈빛은 왠지 신경이 쓰였다.

그러다 대대적으로 이상한 점이 눈에 띄었다. 4월 23일 월요일 저녁 기자회견 당시 제이슨 벨은 이렇게 말했다. "그냥 우리 딸이 무사히 돌아왔으면 좋겠습니다. 집안 분위기도 말이 아니고, 우리가 뭘 할 수 있는지도 모르겠어요. 앤디가 어디 있는지 아시는 분들은 제발 앤디에게 전해주세요. 집에 전화해서 무사하다는 말 한마디만 해달라고. 우리 가족에게 앤디는 너무나 **중요한 존재였습니다**. 앤디가 없는 집은 너무 고요합니다."

그렇다. "**였습니다**"라고 했다. **과거형**이다. 이 기자회견은 샐과 관련된 의혹이 아직 제기되기도 전에 열린 것이었다. 이 시점에서는 다들 아직 앤디가 살아 있을 것으로 생각하고 있었다. 하지만 정작 아버지란 사람은 이미 **과거형**을 쓰고 있었다.

그냥 단순한 실수일까, 아니면 그가 이미 딸의 죽음을 알고 있었기 때문일까? 제이슨 벨의 말실수일까?

내가 알기로 제이슨 벨, 던 벨 부부는 그날 밤 디너파티에 참석했고 앤디가 부모님을 모시러 가기로 되어 있었다. 제이슨 벨 씨가 중간에 파티장을 떠났을 가능성도 있을까?

혹시 제이슨 벨 씨가 파티장을 떠나지 않았더라도, 설사 확실한 알리바이가 있다고 하더라도, 제이슨 벨이 앤디 실종에 어떻게든 관련돼 있을 가능성을 완전히 배제할 순 없다.

관련 인물 목록에 1순위로 제이슨 벨의 이름을 올려야겠다.


<u>관련 인물</u>

제이슨 벨

## 5

어색한 분위기가 방 안을 잠식했다. 텁텁한 방 안의 공기에 점점 숨이 막혀오더니 급기야 날숨을 쉴 때는 흡사 무슨 거대한 젤리 덩어리라도 토해내는 느낌이었다. 나오미를 알고 지낸 지가 대체 몇 년인데, 이런 어색함은 처음이었다.

핍은 나오미에게 걱정할 것 없다는 듯이 미소를 지어 보이곤 자기 레깅스에 붙은 바니의 털 이야기로 가볍게 입을 열었다. 나오미는 희미하게 웃으며 투톤으로 염색한 금발머리 사이로 손가락을 집어넣어 가느다란 머리칼을 쓸어넘겼다.

두 사람은 엘리엇 워드의 서재에 있었는데, 핍은 책상용 회전식 의자에, 나오미는 건너편 흑적색 팔걸이의자에 앉아 있었다. 나오미의 시선은 핍을 향해 있지 않았다. 나오미는 저 뒤편 벽에 걸린 그림 세 점을 뚫어져라 바라보고 있었다. 색색의 필치로 워드 가족들의 모습을 거대한 캔버스에 영원히 박제해둔 그림들이었다. 낙엽이 진 숲길을 걷고 있는 나오미의 부모님, 김이 모락모락 나는 머그컵을 든 엘리엇, 그리고 그네를 타고 있는 어린 나오미와 카라. 모두 나오미와 카라 자매의 어머니가 남긴 유작이었다. 워드 가족에게 이 그림들이 어떤 의미인지는 핍도 잘 알고 있었다. 워드 가족은 이 그림들 속에서 자신들의 가장 행복하고도 또 슬픈 시절을 엿보았다. 전에는 여기 그림이 두어 점 더 나와 있었다. 어쩌면 그 그림들은 나중에 딸들이 커서 독립할 때 주려고 엘리엇이 창고에 넣어뒀는지도 모르겠다.

7년 전 어머니가 돌아가시고 난 후 나오미가 상담을 받고 있다는 건 핍도 알고 있었다. 겨우겨우 불안장애를 극복하고 간신히 대학을 졸업한 것도 잘 알고 있었다. 하지만 런던에서 취업까지 했던 나오미는 공황발작 때문에 몇 달 전 다시 아빠와 여동생이 있는 집으로 돌아와 있는 상태였다.

나오미는 금방이라도 부서질 것 같았다. 간신히 붙여놓은 조각들이 행여라도 자기 때문에 다시 와르르 부서지기라도 할까, 핍은 신중에 신중을 기했다. 핍은 곁눈질로 하릴없이 흘러가는 녹음기의 타이머를 확인할 수 있었다.

"그날 밤 맥스 집에서 뭘 했는지 언니 혹시 기억나요?" 핍은 부드럽게 말했다.

나오미가 몸을 움직였다. 시선은 무릎 주변을 맴돌았다.

"음, 그냥 술 마시고 이야기하고, 엑스박스 게임도 하고. 딱히 특별한 건 없었어."

"사진도 찍었어요? 그날 밤 찍은 사진을 페이스북에서 몇 장 봤어요."

"응, 바보 같은 사진들도 찍었지. 그냥 정말 별거 안 하고 놀았어." 나오미가 대답했다.

"근데 그날 밤 사진에 샐은 없더라고요."

"아, 그게 아마 우리가 사진을 찍기 전에 샐이 집에 갔을걸."

"샐이 가기 전 이상한 행동을 하진 않았나요?" 핍이 물었다.

"음…… 딱히 그런 것 같진 않아."

"앤디 이야기는 혹시 안 했어요?"

"어…… 조금은 했던가." 나오미가 앉은 자리에서 몸을 뒤척이자 가죽 때문에 요란한 소리가 났다. 핍의 동생이 여기 있었다면 이 소리에 웃느라 정신이 없었을 것이다. 그리고 다른 상황이었다면 핍도 이 소리에 웃음이 터졌을 것이다.

"앤디에 대해 어떤 이야기요?" 핍이 물었다.

"음." 잠깐 엄지손톱의 큐티클을 뜯느라 나오미가 말을 멈췄다. "샐은, 음…… 아마 두 사람이 좀 싸웠던 것 같아. 샐은 당분간 앤디랑 말 안 할 거라고 했어."

"왜요?"

"정확하게는 기억이 안 나. 근데 앤디는…… 앤디가 원래 사람을 좀 괴롭게 하는 구석이 있었어. 늘 사소한 일로 샐한테서 트집을 잡으려고 했지. 샐은 다투느니 그냥 받아주는 편이었고."

"그 트집이라는 게 어떤 건데요?"

"진짜 터무니없는 거. 예를 들어 샐이 문자에 답을 빨리 안 했다든지 그런 거 있잖아. 음…… 한 번도 샐 앞에서 얘기한 적은 없는데, 난 항상 앤디가 약간 골칫거리라고 생각했어. 내가 평소 한마디라도 했더라면, 글쎄, 그랬더라면 혹시 그런 일은 벌어지지 않았으려나 싶기도 하고."

나오미의 어두운 얼굴을 보면서, 떨리는 저 윗입술을 보면서 핍은 간신히 열린 나오미의 마음의 문이 다시 닫혀버리기 전에 무슨 얘기든 얼른 끄집어내야 한다는 걸 깨달았다.

"그날 밤 샐이 혹시 자기 먼저 가겠다는 말을 한 적이 있나요?"

"아니, 안 했어."

"샐이 맥스 집을 나선 건 몇 시였어요?"

"10시 30분쯤이었을 거야."

"나가기 전에 혹시 샐이 한 말이 있었나요?"

나오미는 몸을 뒤척이며 잠시 눈을 감았다. 눈을 얼마나 꼭 감았으면 떨리는 나오미의 눈꺼풀이 멀찍이 떨어져 앉은 핍의 눈에까지 보였다. "응." 나오미가 입을 열었다. "그냥 별로 놀 기분이 아니라며 집에 가서 일찍 잔다고 했어."

"언니는 맥스 집에서 몇 시쯤 나왔어요?"

"난 그날 밤 그 집에서 잤어. 밀리랑 같이 다른 방에서 잤지. 다음 날 아침에 아빠가 데리러 오셨고."

"언니가 자러 간 건 몇 시쯤이었어요?"

"글쎄, 12시 반 좀 못 되어서였던 것 같아. 근데 정말 잘 기억은 안 나."

갑자기 서재 방문을 똑, 똑, 똑 두드리는 소리가 나더니 카라가 문틈으로 고개를 빼꼼히 내밀었다. 카라의 너저분한 올림머리가 문틀에 걸렸다.

"꺼져줄래? 녹음 중이거든." 핍이 말했다.

"미안, 진짜 긴급상황이라서. 2초만." 카라가 머리만 들이민 상태로 말했다. "언니, 재미 다저스* 구키 어딨어?"

"내가 어떻게 알아."

"어제 아빠가 한 팩 뜯는 거 내가 봤는데. 어디로 갔지?"

---

* 잼이 들어간 영국 비스킷.

"나도 몰라, 아빠한테 물어봐."

"아빠 아직 안 오셨어."

"카라." 핍이 눈썹을 들어 올려 보였다.

"알았어, 미안. 이만 꺼져줄게." 카라는 머리를 빼내고 다시 문을 닫았다.

"그럼," 핍은 방해받기 전 나누고 있던 이야기로 다시 돌아가고자 했다. "언니가 앤디 실종 소식을 처음 들은 건 언제예요?"

"토요일에 샐한테 문자가 왔어. 아마 아침 늦게였던 것 같아."

"언니는 처음에 앤디가 어디 있을 거라고 생각했어요?"

"잘 모르겠어." 나오미는 어깨를 으쓱해 보였다. 나오미가 저렇게 어깨를 으쓱해 보인 적이 있었던가, 핍은 기억이 나지 않았다. "앤디는 워낙에 인맥이 넓은 애였으니까. 아마 남들 모르게 우리가 모르는 친구들이랑 놀고 있겠거니 했던 것 같아."

핍은 노트를 노려보며 마음의 준비 차원에서 숨을 깊이 들이마셨다. 다음 질문은 신중하게 해야 했다. "샐이 자기가 맥스네 집을 떠난 시각 관련해서 경찰에 거짓말을 해달라고 부탁한 게 언제인가요?"

나오미는 뭔가 대답을 하려고는 했지만 적당한 단어를 찾지 못하는 것 같았다. 작은 방 안에 심해와 같은 이상한 침묵이 피어올랐다. 핍의 귀가 그 무게 때문에 먹먹해졌다.

"음," 나오미가 드디어 입을 열었다. 목소리가 조금 갈라졌다. "토요일 저녁에 샐이 괜찮은지 보러 갔었어. 그동안 벌어진 일에 대해 이야기를 하고 있는데 샐이 경찰에서 자기를 벌써 조사하고 갔다며 긴장된다고 했어. 앤디의 남자친구였기 때문에 자신이 용의선상에 오를 거라고, 그러면서 혹시 원래 자기가 맥스 집을 나선 시각 말고 그보다 좀 더 늦은 시각에 나갔다고 경찰에 얘기해줄 수 있겠느냐고 했어. 그러니까 한 12시 15분쯤, 이런 식으로. 그러면 경찰이 자길 조사하는 대신 앤디를 찾는 데 집중할 테니까. 그게, 음, 그러니까 그때 난 그게 그렇게 큰 잘못이라고 생각하지 않았어. 그냥 샐이 이성을 유지하는 가운데 앤디를 더 빨리 찾을 수 있도록 노력을 하고 있구나, 그렇게만 생각했지."

"샐이 그날 밤 10시 반에서 12시 15분 사이에 자기가 어디 있었는지는 얘기했어요?"

"음, 기억이 안 나. 아니, 아마 안 한 것 같아."

"안 물어봤어요? 궁금하지 않았어요?"

"기억이 안 나, 핍. 미안해." 나오미는 코를 훌쩍였다.

"괜찮아요." 핍은 그 질문을 하면서 자기도 모르게 나오미 쪽으로 몸을 기울이고 있었단 걸 깨달았다. 핍은 노트를 정리한 다음 다시 자세를 바로하고 앉았다. "경찰한테서는 일요일에 전화가 온 거죠? 그리고 언니는 샐이 12시 15분에 맥스네 집을 떠났다고 했고요?"

"응."

"그런데 화요일에는 왜 언니랑 다른 세 명 모두 마음을 바꿔서 경찰에 샐의 알리바이가 거짓말이었다고 한 거예요?"

"나는…… 우리도 시간을 갖고 생각을 좀 해봤고, 거짓말 때문에 우리가 문제에 휘말릴 수도 있겠단 생각이 들었던 것 같아. 우린 샐이 그런 식으로 앤디 일에 연루됐을 거라고는 전혀 의심하지 않았기 때문에 경찰에 사실대로 말한다고 해도 문제 될 게 없다고 생각했어."

"사실대로 말하자고 다른 세 사람하고도 미리 얘기를 했어요?"

"응, 월요일 밤에 통화를 했고 모두 동의했어."

"하지만 샐한테는 경찰에 얘기하겠다고 말하지 않았죠?"

"음," 나오미의 손이 다시 머리칼을 쓸어내렸다. "안 했어. 샐이 우리한테 화를 낼까봐."

"좋아요, 마지막 질문이에요." 나오미의 얼굴이 누가 봐도 안도감에 한층 밝아졌다. "언니는 샐이 그날 밤 앤디를 죽였다고 생각해요?"

"내가 아는 샐이라면, 아니." 나오미가 대답했다. "샐은 성격도 최고고 착한 아이였어. 장난꾸러기에 늘 사람들을 웃게 만드는 친구였지. 앤디한텐 또 얼마나 잘해줬게? 걔가 그런 대접을 받을 만한 애는 아니었지만 말이야. 그래서 나도 사건의 진상은 알지 못하지만, 혹은 정말로 샐이 한 짓인지 아닌지 그 진실은 모르겠지만, 아무튼 샐이 한 짓이라고는 생각하고 싶지 않아."

"좋아요, 끝났어요." 핍은 씩 웃으며 휴대폰의 녹음 정지 버튼을 눌렀다. "인터뷰 응해줘서 고마워요, 언니. 어려운 일인 거 알아요."

"괜찮아." 나오미는 고개를 끄덕이며 자리에서 일어났고, 의자 가죽에 다리가 붙어 있던 탓에 소리가 났다.

"잠깐만요, 하나만 더요." 핍이 말했다. "맥스, 제이크, 밀리도 인터뷰할 수 있어요?"

"아, 밀리는 지금 휴대폰 없이 호주 여행 중이야. 제이크는 여친이랑 같이 데본에 살고 있고. 최근에 아기도 낳았어. 그래도 맥스는 킬턴에 있어. 이제 막 석사 마쳤고 걔도 나처럼 취업 준비 중이야."

"맥스가 인터뷰에 응해줄까요?" 핍이 물었다.

"맥스 전화번호를 줄 테니까 직접 물어봐." 나오미는 핍이 나오도록 서재 문을 잡아주었다.

부엌에서는 카라가 막 입안에 토스트 두 조각을 동시에 밀어 넣는 중이었고, 조금 전 집에 돌아온 엘리엇은 눈이 시리도록 밝은 파스텔 옐로 셔츠 차림으로 부엌 바닥을 닦고 있었다. 나오미와 핍의 기척을 듣고 엘리엇이 고개를 돌렸다. 천장 조명에 갈색 머리칼 사이사이 흰머리와 두꺼운 안경테가 반짝 빛났다.

"끝났니?" 엘리엇이 상냥하게 웃어 보였다. "타이밍 완벽한데. 지금 막 주전자에 물 올리려던 참이었어."

피파 피츠-아모비
EPQ 2017. 08. 12.

## 활동일지 7

맥스 헤이스팅스 집에 다녀오는 길이다. 거기 있자니 뭐랄까, 꼭 재구성된 범죄 현장을 둘러보는 느낌이라 기분이 이상했다. 집 안 곳곳은 나오미 무리가 5년 전 운명의 그날 밤 찍은 페이스북 사진에서 본 그대로였다. 그날 밤 이후로 리틀 킬턴은 다시는 예전처럼 돌아가지 못했다…… 맥스도 여전했다. 큰 키에 나풀대는 금발 머리, 날렵한 턱에 비해 조금은 큰 입, 약간의 허세기. 그래도 날 기억한다고 얘기해준 건 고마웠다.

맥스와 이야기를 나눈 소감은…… 잘 모르겠다. 자꾸만 뭔가 의심스러운 구석이 있단 생각이 든다. 샐 친구들 중 누군가가 그날 밤일을 잘못 기억하고 있든지, 그게 아니면 거짓말을 하고 있든지, 둘 중 하나다. 하지만, 왜?

## 맥스 헤이스팅스 인터뷰 녹취록

핍: 녹음 시작할게요. 맥스, 선배가 지금 스물세 살인가요?

맥스: 아니. 한 달 뒤 스물다섯이 되지.

핍: 아.

맥스: 일곱 살 때 백혈병을 앓아서 학교를 많이 빠졌거든. 그래서 1년을 꿇었어. 이 몸이 바로 살아 있는 기적이지.

핍: 전혀 몰랐어요.

맥스: 사인은 이따가 해줄게.

핍: 좋아요, 그럼 바로 시작할게요. 샐이랑 앤디, 두 사람 관계는 어땠나요?

맥스: 괜찮았어. 무슨 세기의 사랑, 그런 건 아니었지. 하지만 둘 다 서로 잘생기고 예쁘다고 생각했으니까 잘 사귄 거겠지.

핍: 더 깊이 있는 그런 관계는 아니었고요?

맥스: 글쎄, 고등학생들 연애엔 별로 관심이 없었던지라.

핍: 두 사람은 어떻게 사귀게 됐나요?

맥스: 크리스마스 파티에서 둘 다 술에 취해 눈이 맞았지. 그때부터 쭉 사귀게 됐고.

핍: 그 파티란 게, 뭐더라…… 아, 일명 '대참사 파티', 맞죠?

맥스: 오우, 맞아. 우리 집에서 열었던 하우스 파티를 '대참사'라고 했었지. 네가 그걸 안다고?

핍: 네. 아직도 '대참사' 파티가 열려요. 이제 전통이 된 거죠. 선배가 그 창시자라는 건 전설이고요.

맥스: 뭐야, 요즘도 하우스 파티를 열면서 '대참사'라고 한다고? 이거 어깨 좀 올라가는데. 신이라도 된 느낌이다. 요즘에도 다음 파티는 누가 주최할 건지 트라이애슬론이랑 뭐 그런 거 해서 결정하니?

핍: 저는 가본 적이 없어서 잘 모르겠어요. 아무튼, 선배는 앤디랑 샐이 사귀기 전 앤디랑 아는 사이였나요?

맥스: 응, 학교에서랑 파티에서 본 적은 있지. 가끔 말은 해본 적 있어. 근데 본격 친구 사이까진 전혀 아니었고. 잘 아는 사이도 아니었고, 그냥 면식만 있는 정도.

핍: 좋아요. 그럼 4월 20일 금요일 선배 집에 다들 모여 있을 당시 샐이 혹시 평소와는 달리 이상하게 행동하던가요?

맥스: 그다지. 굳이 다른 점이 있다면 평소보다 좀 조용했던 것도 같고.

핍: 그 당시에 샐이 왜 저럴까 하는 생각을 했었나요?

맥스: 아니, 이미 꽤 취한 상태였거든.

핍: 그날 밤 샐이 앤디 이야기를 했나요?

맥스: 아니, 전혀 안 했어.

핍: 당시에 앤디랑 싸웠다든가 뭐 그런 얘기도 안 했어요? 아니면…….

맥스: 아니, 그냥 앤디 얘기 자체를 꺼내지 않았어.

핍: 그날 밤 일은 얼마나 기억이 나세요?

맥스: 다 기억나. 제이크랑 밀리랑 거의 저녁 내내 콜오브듀티 게임을 했지. 밀리가 남녀평등이 어쩌고 하더니 한 판을 못 이겨서 기억이 나.

핍: 샐이 집에 간 다음에요?

맥스: 응, 엄청 일찍 갔으니까.

핍: 다들 게임하고 있을 때 나오미 언니는 어디 있었나요?

맥스: 행방불명.

핍: 없었어요? 집에 같이 안 있었어요?

맥스: 음, 아니. 그…… 잠깐 위층에 있었어.

핍: 혼자서요? 뭐 하느라고요?

맥스: 나도 몰라. 잠깐 눈 붙이러 갔었나 보지. 화장실 갔거나. 알 게 뭐야.

핍: 얼마나요?

맥스: 기억 안 나.

핍: 그럼 샐이 가면서는 뭐라고 했어요?

맥스: 별말 안 하고 그냥 조용히 갔어. 당시에는 걔가 집에 가는 줄도 몰랐어.

핍: 다음 날 저녁 앤디가 실종됐단 얘길 듣고 다 같이 샐을 보러 갔었죠?

맥스: 응, 샐이 완전 혼이 나가 있겠거니 싶었으니까.

핍: 샐이 자기 알리바이 관련해서 어떤 식으로 거짓말을 해달라고 하던가요?

맥스: 그냥 나와서 그렇게 얘기하던데. 상황이 자기한테 안 좋게 돌아가는 것 같다고, 우리한테 시간만 조금 바꿔서 말해달라고 했어. 별거 아니었어. '내 알리바이 좀 만들어줘', 뭐 이렇게 거창한 부탁을 한 게 아니고, 그냥 친구 사이에 충분히 할 수 있는 부탁 같은 거였어.

핍: 샐이 앤디를 죽였다고 생각하세요?

맥스: 샐 짓이어야 하는 것 아닌가? 내 말은, 내 친구가 살인을 저지를 만한 사람이었냐고 물으면 당연히 내 입장에선 아니라고 생각하지. 샐은 별의별 것에까지 섬세하게 구는 다정한 이모님 스타일이었으니까. 하지만 혈흔이나 뭐 그런 증거를 보면 아마 샐 짓이겠지. 그리고 샐이 자살을 결심했다는 건 진짜 뭔가 끔찍한 짓을 저질렀기 때문이라고밖엔 생각이 안 되거든. 그러니 안타깝긴 해도 앞뒤가 들어맞긴 하지.

핍: 네, 고맙습니다. 질문은 여기까지예요.

두 사람의 기억이 서로 달랐다. 나오미 말론 샐이 앤디 이야기를 했다. 샐이 친구들에게 앤디랑 싸웠다는 얘기를 했다고 했다. 맥스는 샐이 앤디 이야기를 전혀 안 했다고 했다. 나오미 말론 샐이 "놀 기분이 아니"라면서 집에 일찍 갔다. 맥스 말론 샐이 그냥 조용히 집에 갔다.

물론 두 사람 다 5년도 더 된 어느 날 밤의 기억을 더듬어 한 얘기다. 기억이 정확하지 않은 것도 당연하다.

하지만 맥스 이야기 중에 나오미가 없어졌었단 부분 말이다. 맥스는 나오미가 자리를 얼마 동안 비웠는지는 모르겠다고 했지만, 그 바로 직전에 '거의 저녁 내내' 제이크랑 밀리랑 게임을 했다면서 나오미는 게임을 같이 하지 않았음을 시사했다. 일단 나오미가 '위층'에 한 시간쯤 있었다고 가정해보자. 왜지? 왜 친구들이랑 같이 있지 않고 남의 집에서 혼자 위층에 올라가 있었을까? 나오미가 그날 밤 잠깐 밖에 나갔었고 맥스가 그 사실을 나한테 실수로 얘기하는 바람에 부랴부랴 수습하려고 한 게 아닌 이상 말이다.

내 손으로 직접 이걸 적고 있다는 것도 참 놀라울 일인데, 이제 나오미 언니가 앤디 일과 뭔가 연관이 있는 건 아닌가 싶은 의심조차 든다. 나오미 언니를 알고 지낸 게 11년이다. 거의 내 평생 동안 나오미 언니를 큰언니처럼 의지하고, 언니 같은 사람이 되어야지 생각했다. 언니는 친절했다. 아무도 내 이야기를 듣지 않고 있어도 날 위해, 내가 이야기를 이어가도록 격려의 웃음을 지어주는 사람. 나오미 언니는 그런 사람이었다. 부드럽고, 섬세하고 차분한 사람이었다. 그런 언니라도 불안정해질 수 있나? 언니의 내면에 폭력적 성향이 숨어 있을까?

모르겠다. 너무 넘겨짚는 것도 같다. 하지만 라비는 나오미가 샐을 무척 좋아했던 걸로 기억하고 있었다. 나오미 언니가 앤디를 별로 좋아하지 않았다는 건 언니 말만 들어도 꽤 명백했다. 그리고 나오미 언니와의 인터뷰는 너무 어색하고 긴장된 분위기였다. 물론 내가 언니에게 괴로운 기억을 떠올리게 한 거긴 하지만 그렇게 치면 맥스도 마찬가지인데, 맥스랑 이야기하는 건 미풍이 불듯 가벼웠다. 그렇다면…… 혹시 맥스와의 인터뷰가 지나치게 수월했던 걸까? 맥스가 너무 냉정한 건가?

제대로 된 판단이 서지 않는 와중에 내 상상력이란 녀석은 이제 목줄도 팽개치고 도망가는 강아지처럼 저만치 달아나며 나를 향해 가운뎃손가락을 들어 보이고 있다. 이제 머릿속에서는 질투에 눈이 멀어 앤디를 죽이는 나오미의 모습이 재생된다. 우연히 그 현장을 목격하게 된 샐은 심란하다. 자신의 절친한 친구가 자기 여자친구를 죽인 것이다.

하지만 여전히 나오미를 아끼는 샐은 나오미가 앤디의 시신을 유기하도록 도와주고, 두 사람은 다시는 그 이야기를 입 밖으로 꺼내지 않기로 한다. 하지만 샐은 시신을 숨기는 일을 도와줬다는 죄책감을 끝내 떨치지 못한다. 그에게 유일한 탈출구는 죽음뿐이다.

혹시 아무것도 아닌 일로 괜히 혼자 폭주하는 건가?

아마 그럴 가능성이 높다. 어쨌거나 나오미 언니도 관련 인물 목록에 올려야겠다.

머리 좀 식혀야지.


관련 인물

제이슨 벨
나오미 워드

# 6

"좋아, 이제 냉동 완두콩이랑 토마토랑 실만 사면 돼." 핍의 엄마는 아빠가 적은 쪽지를 저만치 멀리 들고는 간신히 나머지 장보기 목록을 확인했다.

"실(thread) 아니고 빵(bread)인데요." 핍이 말했다.

"아, 그러네." 리앤이 실실 웃었다. "하마터면 이번 주 점심 도시락으로 제대로 된 샌드위치도 못 싸갈 뻔했네."

"안경 어쨌어요?" 핍은 진열대에서 빵을 한 봉지 집어 든 다음 아무렇게나 장바구니에 던져 넣었다.

"안경 쓰긴 싫어. 아직은 패배를 인정하고 싶지 않다고. 나이 들어 보인단 말야." 리앤은 냉동고 문을 열며 말했다.

"엄마 나이 든 거 맞거든요." 핍의 말에 리앤은 냉동 완두콩 봉지로 핍의 팔을 찰싹 때렸다. 치명상을 입은 연기를 하는 와중에 라비가 핍의 눈에 들어왔다. 흰색 티셔츠에 청바지 차림의 라비는 손등으로 입을 가리고 조용히 웃고 있었다.

"선배." 핍은 라비 쪽으로 건너가 인사를 건넸다.

"안녕." 라비는 씩 웃으며 핍의 예상대로 뒤통수를 긁적였다.

"여기서 보는 건 처음 같네요." '여기'란 기차역에 붙은 콩알만 한 리틀 킬턴의 유일한 슈퍼마켓이었다.

"응, 평소에는 주로 다른 동네에서 장을 보지." 라비가 말했다.

"근데 비상사태라서. 우유가 다 떨어졌거든." 라비는 커다란 통의 저지방 우유를 들어 보였다.

"차를 블랙으로 마시면 그런 비상사태는 없을 텐데."

"차를 블랙으로 마시는 일은 절대 없을 거고요." 저편에서 장바구니를 들고 오는 핍의 엄마를 향해 라비는 웃음을 지어 보였다.

"엄마, 라비 선배예요." 핍이 소개했다. "우리 엄마예요."

"안녕하세요." 라비는 가슴팍으로 우유통을 끌어안고 오른손을 뻗으며 인사했다.

"안녕." 리앤은 라비의 손을 잡고 흔들며 말했다. "그러고 보니 우리 전에 만난 적이 있구나. 지금 너희 집 내가 중개해준 건데. 세상에, 그러고 보니 15년은 됐겠다. 그때 네가 다섯 살쯤 됐었나? 맨날 피카추 우주복에 튀튀(발레 치마) 입고 있더니."

라비의 볼이 붉어졌다. 핍은 라비의 미소를 확인하고 그제야 콧소리를 내며 웃었다.

"그 패션이 유행을 안 탄 게 참 미스터리야." 라비가 싱긋 웃었다.

"그러게요. 뭐, 반 고흐 작품들도 생전엔 인정을 못 받았으니까." 다 같이 계산대로 걸어가며 핍이 말했다.

"라비, 먼저 하렴." 리앤이 라비에게 손짓을 해 보였다. "우리는 더 오래 걸리니까."

"정말요? 감사합니다."

라비는 계산대로 걸어가 점원에게 완벽한 미소를 지어 보이곤 우유를 계산대에 내려놓았다. "이것만 할게요."

점원의 얼굴이 혐오스럽다는 표정으로 일그러지면서 미간에 주름이 잡혔다. 점원은 우유의 바코드를 찍은 다음 라비에게 차갑고 불쾌한 시선을 던졌다. 다행히, 정말 다행히도 그 점원의 시선이 그다지 치명적이진 않았다. 라비는 아무것도 보지 못한 듯이 자기 발만 내려다보고 있었지만, 라비가 점원의 표정을 이미 보았다는 것을 핍은 알고 있었다.

핍의 배 속 깊숙한 곳에서부터 뭔가 격렬한 감정이 끓어올랐다. 처음에는 멀미 같은 게 배 속에서 울렁이는 것 같더니 점점 부풀어 올라 이제 걷잡을 수 없이 귀까지 차올랐다.

"1파운드 48." 점원이 퉁명스레 말했다.

라비가 점원에게 5파운드짜리 지폐를 건네자 점원은 몸서리를 치면서 재빨리 자기 손을 뺐다. 지폐는 활공을 하듯 바닥으로 떨어졌고 핍은 폭발했다.

"이보세요." 핍은 힘차게 걸어가 라비 옆에 섰다. "무슨 문제라도 있나요?"

"핍, 하지 마." 라비가 조용히 말했다.

"이봐요, 레슬리 씨." 핍은 이름표를 확인하곤 점원의 이름을 불렀다. "무슨 문제라도 있으시냐고요?"

"있죠." 점원이 대꾸했다. "저 손이랑 닿기 싫어서요."

"레슬리 씨, 여기 이분도 당신이랑 손 안 닿고 싶어해요. 그러다 당신 병이라도 옮으면 어쩌게요."

"자꾸 이러시면 매니저한테 전화합니다."

"그러시든가요. 본사에 고객불만 접수하기 전에 무슨 내용인지 대충 알려드리죠, 뭐."

라비는 5파운드 지폐를 카운터에 내려놓고 우유를 집어 든 다음 조용히 출구로 성큼성큼 걸어갔다.

"선배?" 핍은 라비를 불렀지만 라비는 핍을 무시했다.

"휴우." 핍의 엄마가 항복 자세로 양손을 들고 대치 중인 핍과 얼굴이 시뻘겋게 달아오른 점원 사이에 와서 섰다.

핍은 휙 몸을 돌렸다. 매끈한 슈퍼마켓 바닥에 운동화가 마찰음을 냈다. 출구 앞에서 다시 핍은 뒤를 돌아보며 말했다. "참, 레슬리 씨. 거울 한번 보시는 게 좋겠어요. 이마에 '등신'이라고 쓰여 있네요."

밖으로 나오자 한 10미터 전방에서 빠른 걸음으로 언덕을 내려가고 있는 라비가 보였다. 무슨 일이 있어도 뛰지 않는 핍이었지만 이번엔 라비를 잡으러 내달렸다.

"괜찮아요?" 핍은 라비 앞을 가로막아 서며 물었다.

"아니." 라비는 핍을 피해 걸음을 멈추지 않았다. 옆구리에 낀 커다란 우유통 안에서 우유가 찰랑였다.

"내가 뭐 잘못했어요?"

라비가 핍을 돌아보았다. 짙은 눈동자가 반짝 빛났다. "있잖아, 나는 잘 알지도 못하는 웬 여고생 도움 같은 건 필요 없어. 이건 내가 해결할 내 문제지 네가 끼어들 일이 아냐, 피파. 내 문제를 네 것인 양 굴지 마. 그래봤자 하나도 도움 안 되니까."

라비는 그대로 멈추지 않고 걸어갔고 핍은 카페의 차양막에 가려 라비가 보이지 않을 때까지 그 뒷모습을 지켜보고만 있었다. 그 자리에 그대로 서서 가쁜 숨을 고르는 동안 핍은 분노가 다시 배 속 깊이 가라앉는 느낌이 들었고, 타오르던 불길은 서서히 잦아들었다. 분노가 가라앉고 나니 핍은 공허한 느낌이 들었다.

피파 피츠-아모비
EPQ 2017. 08. 18.

## 활동일지 8

누가 피파 피츠-아모비를 기회주의자라고 했던가. 기회주의자 아니라고 하고 싶은데 사실이었다. 특히나 인터뷰 요청이라면 더더욱 부정하기 어려웠다. 오늘 로렌과 카라네 집에 갔었다. 남자애들도 나중에 합류했는데, 걔들은 꼭 축구 경기를 배경으로 틀어놔야 한다고 우겼다. 카라의 아빠, 엘리엇은 뭔가 이야기 중이었는데 그때 문득 엘리엇이 샐을 잘 알고 있겠단 생각이 들었다. 단순히 딸 친구여서가 아니라, 샐이 엘리엇의 제자이기도 했으니까 말이다. 이미 샐 친구들과 친동생(말하자면 또래 집단이라고 할 수 있겠지)에게서 샐의 성품을 확인하긴 했지만, 카라의 아빠라면 그것과는 또 다른 어른의 시선을 알려줄 수도 있을 것이다. 엘리엇도 동의했다. 물론 내가 그다지 선택의 여지를 주지 않기도 했지만 말이다.

## 엘리엇 워드 인터뷰 녹취록

핍: 샐을 얼마나 가르치셨어요?

엘리엇: 음, 보자. 내가 킬턴 그래머 스쿨에서 근무를 시작한 게 2009년이고 샐은 내 첫 GCSE* 과정 제자들 중 한 명이었으니까…… 한 3년 정도인 것 같다. 맞을 거야.

핍: 샐이 GCSE랑 A레벨 때 둘 다 선택과목으로 역사를 골랐어요?

엘리엇: 샐은 역사를 선택과목으로 고른 정도가 아니라 아예 옥스퍼드에서 역사를 전공하고 싶어했지. 혹시 기억하는지 모르겠지만 내가 전에 옥스퍼드에서 부교수로 있었거든. 역사 강의를 했었고. 애들 엄마 건강 문제 때문에 교사 생활을 시작한 거였지.

핍: 아, 네.

엘리엇: 그러니까 사실 그 일이 있기 전 그해 가을 학기에 샐이랑 자주 보기는 했어. 대입 원서 작성하면서 자기소개서 쓸 때도 내가 도와줬고. 옥스퍼드로 면접을 보러 가게 됐을 때는 학교에서든 밖에서든 여러모로 내가 도움을 많이 줬지. 참 명민한 아이였어. 아주 뛰어난 아이였지. 물론 옥스퍼드도 합격했고. 나오미한테서 소식을 전해 듣고 축하 카드랑 초콜릿도 사줬더랬지.

핍: 샐이 영리한 학생이었나요?

---

* General Certificate of Secondary Education의 줄임말로, 말하자면 중등교육 과정이다. 주로 2년 과정으로 진행되며, 시험을 거쳐 이후 A-Level로 진학하게 된다.

엘리엇: 그럼, 당연하지. 아주아주 똑똑한 청년이었어. 결국 그렇게 끝나다니. 너무 비극적이야. 두 젊은이의 인생이 그렇게 허무하게 막을 내렸다는 게 말야. 대학에 가서도 전 과목 A를 휩쓸었을 텐데.

핍: 앤디가 실종되고 바로 월요일에 샐이랑 수업이 있으셨죠?

엘리엇: 음, 세상에. 듣고 보니 그렇네. 그래, 수업 후에 샐이랑 이야기하면서 괜찮은지 물어봤던 기억이 난다. 그러니까 네 말이 맞아, 수업이 있었던 것 같다.

핍: 샐이 이상하게 행동하던가요?

엘리엇: 그거야 '이상하다'를 어떻게 정의하느냐에 따라 다르겠지. 그날은 학교 전체가 다 이상했으니까. 우리 학생 하나가 실종됐고 뉴스는 그 소식으로 도배가 됐었잖니. 샐이 좀 조용했던 것 같고, 어쩌면 곧이라도 눈물을 터뜨릴 것 같았지. 확실히 걱정스러워 보이긴 했었어.

핍: 앤디를 걱정하는 것 같더란 말씀이시죠?

엘리엇: 그렇지, 아마도.

핍: 화요일, 그러니까 샐이 자살했던 그날은요? 그날 아침 혹시 샐을 학교에서 보셨어요?

엘리엇: 음…… 아니, 그날은 내가 병가를 냈던 터라 샐을 보진 못했어. 몸이 좀 좋지 않아 아침에 애들만 학교 데려다주고 하루 집에서 쉬었지. 오후에 학교에서 전화가 오기 전까지는 아무것도 모르고 있었어. 나오미와 샐 알리바이하며 경찰이 학교에서 아이들을 조사했다는 얘길 하더구나. 그러니까 샐을 마지막으로 본 건 월요일 수업 시간이었어.

핍: 샐이 앤디를 죽였다고 생각하세요?

엘리엇: (한숨) 샐 짓이 아니라고 생각하는 것도 너무나 당연해. 샐은 정말 좋은 아이였으니까. 하지만 증거가 너무 분명해서 샐이 한 짓이 아니라고 생각할 수가 없어. 정말 나도 믿기 힘들지만, 샐이 했다고밖엔 볼 수 없을 것 같아. 달리 설명할 길이……

핍: 앤디 벨은요? 앤디도 가르치셨어요?

엘리엇: 아니. 아, 그래. 앤디도 샐이랑 같은 GCSE 역사 수업을 들었었으니까 그해에는 앤디도 내 수업을 듣기는 했겠다. 하지만 그 이후로는 앤디가 역사 수업을 안 들어서 앤디를 잘 안다고는 못 하겠어.

핍: 알겠어요, 감사합니다. 이제 감자 손질하러 가셔도 돼요.

엘리엇: 허락까지 해주고 참 고맙다.

라비는 샐이 옥스퍼드에 합격했단 얘기를 해주지 않았다. 샐에 대해 라비가 하지 않은 이야기가 더 있을지도 모른다. 하지만 라비가 과연 나랑 다시 이야기를 하려고 할지 모르겠다. 이틀 전 그 일 때문에 말이다. 라비에게 상처를 주려던 건 아니었다. 도와주려던 거였다. 혹시 사과를 하러 가야 하나? 면전에 대고 문을 쾅 닫아버릴 것 같은데. (아무튼 그 생각은 이제 접어두자.)

샐이 옥스퍼드에 합격할 정도로 그렇게 똑똑했다면, 어떻게 샐이 앤디의 죽음과 연관되는 그토록 확실한 증거가 남아 있을 수 있었을까? 혹시 앤디 실종 당시 샐에게 알리바이가 없었더라면? 최소한 샐이 그 의혹을 충분히 벗어날 수 있을 만큼 똑똑한 사람이었던 것만은 분명하다.

PS. 나오미 언니랑 모노폴리 게임을 했다. 어쩌면 내가 전에 너무 오버한 건지도 모르겠다. 아직 관련 인물 목록에서 나오미 언니를 빼진 않았지만 언니가 살인자라니, 말도 안 되는 소리다. 언니는 짙은 파란색 카드를 두 개나 들고 있어도 그렇겐 못 하겠다면서 건물을 안 짓겠단 사람이다. 반면 나는 최대한 호텔을 많이 지어서 다른 사람들이 내 죽음의 덫에 빠져들 때 킬킬대는 사람이고 말이다. 사람을 죽일 거라면 최소한 내가 나오미 언니보단 잘할 거다.

# 7

 이튿날 핍은 템스밸리 경찰서에 보낼 정보공개 청구서를 마지막으로 다시 한번 검토했다. 후덥지근한 방 안 공기가 텁텁하게 느껴졌다. 창문을 열었는데도 방 안에 햇살의 기운이 그득했다.
 이메일을 소리 내어 읽어보고 마무리하려던 차 아래층에서 누군가 문을 두드리는 소리가 들렸다. "좋아, 됐어." 핍은 전송 버튼을 눌렀다. 답을 받기까지는 (공휴일과 주말을 빼고) 20일을 기다려야 한다. 핍은 기다리는 걸 싫어했다. 게다가 오늘이 토요일이니까 그 20일마저 오늘부터 시작되는 게 아니었다.
 "핍." 아빠가 아래층에서 큰 소리로 핍을 불렀다. "내려와봐."
 한 걸음 한 걸음 계단을 내려갈 때마다 공기는 조금씩 상쾌해졌다. 그야말로 불구덩이 수준이었던 핍의 방에 비하면 이 정도 후끈한 공기는 참을 만했다. 계단을 다 내려와 양말 신은 발이 마룻바닥에서 미끄러지며 원치 않게 한 바퀴 휙 회전을 했지만 핍은 문밖에 서 있는 라비 싱을 보고 급제동을 걸었다. 아빠는 라비에게 뭔가 열정적으로 이야기를 하고 있었다. 갑자기 얼굴이 다시 달아올랐다.
 "음, 선배." 핍이 두 사람 쪽으로 다가가며 인사를 건넸다. 뒤에서 바니가 잽싸게 우다다 달려오더니 핍보다 먼저 라비한테로 가서 가랑이에 주둥이를 가져다 댔다.

"안 돼, 바니. 저리 가." 핍이 달려가며 소리쳤다. "미안, 워낙에 사람을 좋아해서요."

"아빠를 그런 식으로 말하면 안 되지." 빅터가 끼어들었다.

핍은 아빠를 향해 눈썹을 들어 올려 보였다.

"알았어, 알았어." 그러곤 아빠는 부엌으로 들어갔다.

라비는 허리를 숙여 바니를 쓰다듬어주었고 바니가 꼬리를 흔들자 핍의 발목으로 살랑살랑 바람이 불어왔다.

"우리 집은 어떻게 알았어요?" 핍이 물었다.

"너희 어머니 회사에 물어봤지." 라비가 허리를 펴고 일어서며 말했다. "그나저나 너희 집 거의 궁전이네."

"방금 문 열어준 이상한 아저씨가 나름 잘나가는 기업 변호사라서요."

"왕 아니고?"

"그런 날도 있긴 하죠. 드물지만." 핍이 대답했다.

라비의 시선은 핍의 눈이 아닌 아래 방향을 향하고 있었다. 라비의 입술이 달싹이더니 이내 입가에 커다란 미소가 번졌다. 그제야 핍은 자기 옷차림을 의식했다. 핍은 헐렁한 멜빵 청바지에 흰 티셔츠 차림이었다. 티셔츠 가운데에는 'TALK NERDY TO ME(찐따 좋아하는 편)'이라고 되어 있었다.

"그래서 어쩐 일로 여기까지?" 핍이 물었다. 배 속이 요동쳤고 그제야 핍은 자신이 긴장한 사실을 깨달았다.

"음…… 왜 찾아왔냐면…… 너한테 사과하고 싶었어." 라비는 정면으로 핍을 쳐다보지 못하고 시선을 떨구었다. 미간에 주름이 잡혔다. "그런 말을 하는 게 아니었는데 화가 나서 실수했어. 네가 아무 여고생 따위는 절대 아닌데, 미안해."

"괜찮아요." 핍은 대답했다. "나도 사과할게요. 선배 일에 끼어들려던 건 아니었어요. 그냥 도움이 되고 싶었고, 그 여자한텐 그러지 말라고 하고 싶었어요. 내가 가끔 생각보다 말이 앞서는 게 문제긴 해요."

"그건 저언혀 몰랐네." 라비가 대꾸했다. "이마에 뭐라고 쓰여 있단 말은 꽤 인상적이었어."

"그거 들었어요?"

"너 화났을 때는 목소리가 꽤 크더라."

"다른 때도 만만치 않다고들 해요. 학교 퀴즈 게임에 나갔을 때랑 누가 맞춤법 틀렸을 때가 특히 심하고요. 그럼…… 우리 이제 화해한 거죠?"

"응." 라비가 씩 웃고는 다시 바니를 내려다보며 말했다. "네 주인이랑 나랑 이제 화해했어."

"마침 바니랑 산책하러 나갈 참이었는데, 선배도 같이 갈래요?"

"그래, 좋아." 라비는 바니의 귀를 만지작거리며 말했다. "이렇게 잘생긴 얼굴에 대고 어떻게 안 된다고 하겠어?"

'어우, 면전에서 그런 말 하면 부끄럽잖아요'라고 농담을 하고 싶은 욕구가 목구멍까지 차올랐지만 핍은 꾹 참았다.

"알겠어요, 신발만 가져올게요. 바니, 기다려."

핍은 잽싸게 부엌으로 튀어갔다. 부엌 뒷문은 열려 있었고 밖에서 꽃 손질을 하는 부모님과 공차기 삼매경인 조쉬의 모습이 보였다.

"바니 산책시키고 올게요. 이따 봐요." 핍은 문밖에 대고 소리쳤고 엄마가 정원 장갑을 낀 손을 흔들어 보이며 들었다는 표시를 했다.

원래 있어야 할 자리는 아니었지만 아무튼 부엌에 있던 운동화에 발을 구겨 넣고 목줄을 집어 든 다음 핍은 현관으로 향했다.

"자, 가요." 핍은 바니의 목걸이에 줄을 채우고 나오면서 문을 닫았다.

차량 진입로 끝에서 길을 건넌 다음 두 사람은 건너편 숲으로 향했다. 나무 그늘이라고 해 봐야 잠깐잠깐뿐이었지만 그래도 열이 오른 핍의 얼굴에는 도움이 됐다. 핍이 목줄을 풀어주자 바니는 순식간에 뛰어갔다.

"나도 개를 키우고 싶었는데." 빨리 따라오라며 한 바퀴 휙 돌아 다시 그들을 향해 달려오는 바니를 보고 라비는 씩 웃었다. 그러더니 라비는 잠시 입을 선뜻 떼지 못했다. "근데 형이 알레르기가 있어서…… 그래서 키울 수가 없었어."

"그렇군요." 핍은 달리 대꾸할 말을 찾지 못했다.

"내가 일하는 술집에 주인이 키우는 개가 있거든. 맨날 침 질질 흘리는 그레이트데인인데, 이름은 피넛이야. 가끔 실수로 피넛한테 남은 음식을 줄 때도 있어. 어디 얘기하진 말고."

"개한테 실수로 남은 음식 좀 주면 어때요." 핍이 말했다. "어느 술집이에요?"

"아머샴 쪽에 있는 '조지 앤드 드래곤'. 평생직장으로 다니는 건 아니고, 그냥 리틀 킬턴을 최대한 멀리 벗어날 준비가 될 때까지 돈이나 좀 모으려고."

그 말에 핍은 뭐라 표현할 수 없는 안타까움이 느껴져 목이 메어왔다.

"평생 하고 싶은 일은 뭔데요?"

라비는 어깨를 으쓱해 보였다. "예전엔 변호사가 되고 싶었어."

"예전엔?" 핍이 라비를 쿡 찔렀다. "선배는 훌륭한 변호사가 될 것 같은데."

"흠, 나 GCSE 봤을 때 거의 D, E 아니면 '미달'이었는데?"

라비는 농담마냥 가볍게 얘기했지만 핍은 농담이 아니란 걸 알았다. 앤디와 샐이 죽은 후 라비의 학교생활이 얼마나 끔찍했는지는 라비도, 핍도 잘 알고 있었다. 심지어 라비가 괴롭힘을 당하는 모습도 핍은 본 적 있었다. 라비의 사물함엔 빨간 글씨로 '그 형에 그 아우'라고 낙서도 돼 있었다. 눈 오는 날 아침 상급생 남자애들 여덟 명이 라비를 못 움직이게 해놓고 머리 위에 가득 찬 휴지통을 네 통씩이나 쏟아부은 일도 있었다. 그날 열여섯 살 라비의 표정을 핍은 절대 잊지 못할 것이다. 절대로.

갑자기 차디찬 기운이 배 속으로 스며들면서 핍은 문득 지금 라비와 자신이 어디에 와 있는지 자각했다.

"으앗." 핍은 탄식하며 두 손으로 얼굴을 감싸 쥐었다. "정말 미안해요, 선배. 생각도 못 했어요. 여기가 샐이 발견된 곳인 줄 까마득히 잊어버리곤……."

"괜찮아." 라비가 핍의 말을 끊었다. "정말이야. 너희 집 앞에 있는 숲이 하필 그 숲인 게 네 탓은 아니잖아. 그리고 킬턴에서 형 생각이 안 나는 곳이 어디 있겠어."

바니가 라비의 발 앞에 막대기를 물어오면 라비는 진짜로 다시 막대를 던져주기 전까지 팔을 들어 가짜로 던지는 시늉을 하면서 한참을 바니와 장난을 쳤다. 핍은 그 모습을 물끄러미 지켜보았다.

두 사람은 잠시 말없이 있었다. 각자 나름의 생각에 잠겨 있던 두 사람에게 그 침묵이 불편하지는 않았다. 알고 보니 두 사람은 결국 같은 생각을 하고 있던 터였다.

"네가 처음 우리 집 문을 두드렸을 때 나 좀 경계했어." 라비가 입을 열었다. "근데 너는 정말로 형 짓이라고는 생각 안 하는 거지, 그렇지?"

"아무래도 납득이 안 되니까요." 핍이 쓰러진 고사목을 밟으며 말했다. "머릿속에 아직 그 찝찝함이 남아 있었던 거죠. 그러니까 학교 과제가 어쩌고 하면서 핑계 삼아 이 사건을 다시 조사해보고 싶었던 거고요."

"완벽한 핑곗거리라고 생각해." 라비는 고개를 끄덕였다. "난 그렇게 구실 삼을 만한 게 없었어."

"그게 무슨 말이에요?" 핍은 자기 목에 걸쳐놓았던 목줄을 만지작대며 라비를 쳐다보았다.

"나도 3년 전에 너 같은 시도를 했었어. 부모님은 그냥 하지 말라고 하셨어. 그래봤자 나만 더 힘들어질 뿐이라면서. 하지만 나도 그냥 그렇게 받아들여지지가 않더라."

"사건을 다시 조사해본 거예요?"

"그렇습니다, 경관님." 라비는 핍에게 장난스레 경례를 해 보였다. 마치 약해진 모습을 더는 보여주지 않으려는 것처럼. 갑옷에 금이 갔다는 걸 남들이 알아채기 전에 얼른 감추기라도 해야 한다는 것처럼.

"조사라고 해봤자 별로 한 건 없어." 라비가 말을 이어갔다. "할 수가 없었지. 대학생인 나오미 워드에게 전화를 했을 때 나오미는 그냥 울면서 나랑은 형 이야기를 할 수가 없다고 했어. 맥스 헤이스팅스랑 제이크 로렌스는 내 메시지에 답도 안 했고. 앤디 단짝 친구들한테도 연락을 해봤지만 내가 누군지 밝히자마자 다들 전화를 끊어버렸어. 살인범 동생인데요, 이러니 시작도 제대로 못 하는 거지. 앤디 가족들에겐 당연히 말도 안 되는 얘기고. 난 이 사건과 너무 가까운 사람인 거지. 형이랑 닮아도 너무 닮았고. 그러니까 '살인범'이랑 너무 닮은 거야. 핑계 삼을 학교 과제 같은 것도 없었고."

"안타깝네요." 라비가 겪었을 억울함에 핍은 할 말을 잃고 당혹스러웠다.

"괜찮아." 라비가 핍의 옆구리를 쿡 찔렀다. "그래도 이번엔 혼자가 아니니까. 이제 네 추리를 들어보고 싶어." 라비는 다시 바니의 막대기를 집어 들어 나무가 우거진 방향으로 던졌다. 이제 막대는 바니의 침으로 범벅이 돼 있었다.

핍은 망설였다.

"얘기해봐." 라비는 핍의 눈을 쳐다보곤 씩 웃으면서 한쪽 눈썹을 들어 올렸다. 라비가 지금 핍을 시험하는 걸까?

"좋아요. 내가 생각한 시나리오는 네 가지예요." 핍이 머릿속으로 막연히 생각만 하던 것들을 이렇게 정리해 이야기하는 건 처음이었다. "가장 쉽고 뻔한 추론은 물론 이미 다수가 정설이라고 받아들인 그 가설이죠. 그러니까 샐이 앤디를 죽였고 그 죄책감에, 혹은 발각될지 모른단 두려움에 스스로 생을 마감했다는 설이요. 경찰이야 물론 앤디 시신은 발견되지 않았고 진상을 밝혀줄 샐이 없으니 어쩔 수 없이 불확실한 구석이 있는 거라고 주장하겠죠. 하지만 여기서 나는 첫 번째 주장을 펼치는 거죠." 핍은 손가락을 들어 보였다. 검지가 맞는지 재차 확인한 후에 핍은 말을 이어갔다. "앤디 벨을 죽인 건 제3자인데, 샐은 어쩌다 보니 그 이후 앤디 시신을 처리하는 과정에서 방조를 했든 뭐든 하여간 어떻게 연루가 됐어요. 이 경우도 샐은 죄책감 때문에 자살했고, 비록 앤디 벨을 죽인 건 샐이 아니지만 확인된 증거만 봐선 샐이 범인 같아 보이는 거죠. 실제 살인범은 여전히 미궁이고요."

"응, 나도 그 생각은 해봤어. 별로 맘에는 안 들지만. 두 번째는?"

"두 번째 가능성은," 핍이 말을 이었다. "앤디를 죽인 건 제3자고, 샐은 전혀 관련이 없어요. 인지도 못 했고요. 이 경우도 샐이 자살한 건 맞는데, 그건 앤디의 죽음에 따른 죄책감 같은 것 때문이 아니라 여자친구의 실종으로 인한 슬픔이라든가, 뭐 그런 여러 가지 요소들이 복합적으로 작용한 탓인 거죠. 샐한테 불리하게 작용했던 혈흔이나 전화기 같은 증거는 앤디의 죽음과는 관련이 없는, 전혀 다른 이유가 있는 거죠."

라비는 신중하게 고개를 끄덕였다.

"형이 그럴 사람이 아니란 생각엔 변함이 없지만, 아무튼 좋아. 세 번째는?"

"세 번째 가능성은," 핍은 침을 삼켰다. 목구멍이 바싹 말라오고 따끔거렸다. "앤디는 금요일 밤 제3자에게 살해됐어요. 그리고 살인범은 샐이 앤디의 남자친구였기 때문에 완벽한 용의자가 될 거란 사실을 알고 있었어요. 특히 샐은 그날 밤 두 시간 정도 알리바이도 없었고요. 그래서 앤디 살인범은 샐을 죽이고 자살처럼 보이게끔 위장을 해요. 혈흔도 묻히고 휴대폰도 소지하고 있었던 것처럼 꾸며놓고. 모든 일이 살인범 계획대로 흘러간 거죠."

라비는 잠시 걸음을 멈췄다.

"정말로 형이 살해됐을 가능성이 있다고 생각해?"

핍은 날카로워진 라비의 눈을 보며 이것이 라비가 찾던 답이었음을 알 수 있었다.

"충분히 가능한 시나리오라고 생각해요." 핍은 고개를 끄덕였다. "네 번째는 가장 설득력은 없는데요." 핍은 크게 숨을 들이마신 다음 쉬지 않고 말했다. "앤디 벨을 죽인 사람은 없어요. 왜냐, 앤디 벨은 죽지 않았으니까. 앤디는 자신의 실종을 가장하고 샐을 숲으로 불러낸 다음 샐을 죽이고 샐의 죽음을 자살로 위장해요. 자기 휴대폰이랑 피를 샐에게 묻혀놓고 사람들이 앤디가 죽었다고 믿게 하고요. 왜 그런 짓을 했느냐? 그냥 어떤 이유가 됐든 앤디가 자기 존재를 감추고 싶었나 보죠. 생이 무서워서 자기가 이미 죽은 것처럼 꾸미고 싶었는지도 모르고요. 아니면 공범이 있을 수도 있겠죠."

두 사람은 다시 말이 없어졌다. 핍이 숨을 고르는 동안 라비는 핍의 말을 곱씹었다. 집중하는 라비의 윗입술이 달싹거렸다.

두 사람은 숲의 둘레길 끝에 다다랐다. 나무들 사이로 저쪽에 밝은 햇살이 내리쬐는 길이 보였다. 핍은 바니를 불러 목에 다시 줄을 채웠다. 두 사람은 길을 건너 핍네 집 앞까지 천천히 걸어 돌아갔다.

어색한 침묵의 순간이 흘렀고 핍은 라비를 들어오라고 해야 할지 말아야 할지 알 수가 없었다. 라비는 뭔가를 기다리고 있는 듯했다.

"저기," 라비가 한 손으로 제 뒤통수를, 다른 한 손으로는 개의 머리를 쓰다듬으며 말했다. "오늘 널 만나러 온 이유는······ 너랑 협상을 하고 싶어서야."

"협상이요?"

"응, 나도 이 사건 조사에 합류하고 싶어." 라비의 목소리에서 작은 떨림이 느껴졌다. "난 기회가 없었지만 너한텐 기회가 있을지도 몰라. 넌 이 사건 관계자도 아니고 탐구활동이라는 구실도 있으니까 가능성이 열려 있을 거야. 너한테라면 사람들이 입을 열 수도 있어. 나로선 실제 무슨 일이 벌어졌는지 진실을 알 수 있는 마지막 기회가 너인지도 몰라. 이런 기회를 정말 오래 기다렸어."

다시금 핍의 얼굴이 달아올랐다. 떨리는 라비의 목소리 끝자락이 핍의 가슴속에서 무언가를 잡아당기는 듯했다. 라비는 정말로 핍을 믿고 도움을 청하고 있었다. 이제 막 탐구활동을 시작하는 상황에서 이런 일이 생길 거라고는 핍도 정말 생각하지 못했다. 라비 싱과 한 팀이 된다니 말이다.

"좋아요." 핍이 손을 내밀며 씩 웃었다.

"그럼 동의한 거다." 라비는 따뜻하고 축축한 손으로 핍의 손을 잡았다. 비록 손을 흔드는 건 잊어버린 것 같았지만 말이다. "좋아, 너한테 줄 게 있어." 라비는 뒷주머니로 손을 뻗더니 구형 아이폰을 손바닥에 꺼내 보였다.

"음, 고마운데 나도 휴대폰은 있거든요."

"형 거야."

# 8

"그게 무슨 소리예요?" 핍은 입을 다물지 못하고 라비를 쳐다보았다.

라비는 대답 대신 휴대폰을 손에 들고 가볍게 흔들어 보였다.

"샐 거라고요?" 핍이 물었다. "그걸 어떻게 선배가 갖고 있어요?"

"경찰에서 앤디 사건 종결 몇 달 후 돌려줬어."

핍의 목 뒷덜미에 전기가 흘렀다.

"내가…… 직접 봐도 돼요?"

"당연하지." 라비가 웃었다. "그러라고 가져온 거잖아, 바보야."

주체할 수 없는 흥분이 온몸으로 빠르게 퍼지고 있었다. 현기증이 날 지경이었다.

"세상에 마상에." 핍은 허둥지둥 문을 열었다. "얼른 올라가서 같이 봐요."

핍과 바니가 집 안으로 들어섰지만 뒤따라와야 할 발이 보이지 않았다. 핍은 뒤를 돌아보았다.

"뭐해요?" 핍이 말했다.

"미안. 진지할 때 허둥대는 모습이 꽤 볼만해서 말야."

"빨리요." 핍은 복도를 지나 계단을 올라가면서 손짓했다. "떨어뜨리면 안 돼요."

"안 떨어뜨려."

핍은 가볍게 계단을 뛰어 올라갔고 라비는 한없이 느긋하게 핍의 뒤를 따라갔다. 라비가 아직 들어오기 전 핍은 혹시 라비한테 보이면 안 될 것들이 있진 않은지 재빨리 방 안을 둘러보았다. 핍은 의자 쪽으로 성큼 다가가 세탁 후 걸어두었던 브래지어를 양팔로 가득 안아 서랍에 던져 넣은 다음 서랍을 닫았다. 때마침 라비가 방 안으로 들어왔다. 핍은 라비에게 책상 의자를 가리켜 보였다. 핍은 아직 진정이 되지 않은 상태였다.

"이게 공부방이야?" 라비가 물었다.

"넵." 핍이 대답했다. "침실에서 일을 하는 사람도 있겠지만, 나는 공부방에서 잠을 자는 사람이라서요. 엄밀히 전자랑 후자는 다르거든요."

"자, 여기. 어젯밤에 충전도 해놨어."

라비는 핍에게 휴대폰을 넘겨주었고 핍은 돌아가신 아빠가 매년 독일 시장에서 샀다는 크리스마스트리 장식품 포장을 풀 때처럼 두 손을 둥글게 모아 아주 조심스럽게 휴대폰을 받아들었다.

"선배는 본 적 있어요?" 핍은 새 휴대폰을 막 받았을 때보다도 더 조심스레 휴대폰 화면의 잠금 버튼을 밀었다.

"응, 그럼. 거의 강박적인 수준으로 봤지. 하지만 경관님께서 직접 보셔야 하니까요. 경관님이라면 어디부터 확인하시겠습니까?"

"통화기록." 그러고서 핍은 녹색 수화기 모양 버튼을 눌렀다.

핍은 먼저 부재중 통화목록을 살펴보았다. 4월 24일 화요일 샐이 죽은 날 부재중 전화가 수십 통쯤 있었다. 엄마, 아빠, 라비, 나오미, 제이크, 그리고 저장되지 않은 번호들. 아마 경찰이 소재를 확인하려고 건 전화일 것이다.

핍은 앤디가 실종된 그날까지 스크롤을 더 내려보았다. 그날은 부재중 전화가 두 통 있었다. 하나는 오후 7시 19분 '맥시 보이'한테서 온 거였는데, 아마 맥스가 언제 올 거냐며 전화를 걸었을 것으로 추정된다. 또 다른 부재중 전화는 오후 8시 54분 '앤디<3'이라고 되어 있었다. 핍은 심장이 뛰었다.

"그날 밤 앤디가 전화를 했었네요. 9시 직전에." 꼭 라비에게 하는 말이라기보다 핍이 스스로에게 하는 말이기도 했다.

라비가 고개를 끄덕였다. "근데 형이 안 받았어."

"피파!" 아래층에서 심각함을 가장한 장난스러운 빅터의 목소리가 들려왔다. "방에 남자 들이는 건 안 된다고 했지."

핍의 볼이 달아올랐다. 핍은 라비가 보지 못하게 재빨리 고개를 돌리고 아래층으로 소리쳤다. "지금 EPQ 같이 하고 있어요! 방문 열려 있고요."

"그래, 그럼 됐고!" 아래층에서 대답이 들려왔다.

핍은 라비 쪽을 흘긋 살펴보았고 라비는 다시 핍을 보며 킬킬 웃었다.

"가족 시트콤이 따로 없죠." 핍은 그런 다음 다시 핸드폰을 살펴보았다.

핍은 계속해서 샐의 통화기록을 살펴보았다. 앤디의 이름이 반복해서 길게 이어졌다. 그러다가 토요일에 간혹 집, 아빠, 나오미 등등의 이름이 보였다. 핍은 샐이 앤디에게 전화를 몇 번이나 걸었는지 세어보았다. 토요일 오전 10시 반부터 화요일 아침 7시 20분까지 샐은 앤디에게 112번 전화를 걸었다. 통화 시간은 매번 2~3초였고 그때마다 곧바로 음성자동안내로 넘어갔다.

"형은 백 번도 넘게 앤디에게 전화를 걸었어." 라비는 핍의 얼굴을 살피며 말했다.

"샐이 앤디를 죽이고 앤디의 휴대폰을 어딘가 직접 숨겨놓은 거라면 왜 굳이 그렇게 전화를 많이 걸었을까요?" 핍이 물었다.

"나도 몇 년 전 경찰에 바로 그 점을 지적했었지." 라비가 대답했다. "경찰 말로는 형이 피해자한테 일부러 전화를 그렇게 한 거래. 의심을 피하려고 일부러 전화를 했다는 거지."

"하지만," 핍이 반박했다. "만약 정말 경찰 말대로 샐이 발각되지 않게 의식적으로 노력을 한 거라면, 그럼 앤디 휴대폰은 왜 그대로 갖고 있었던 건데요? 앤디의 시신이 있는 곳에 휴대폰을 같이 두었어도 됐잖아요. 그럼 샐이 앤디의 죽음과 관련이 있다고 생각하지 않았을 텐데요. 일부러 전화를 걸 정도의 노력을 하던 샐인데, 왜 가장 중요한 증거를 자기가 갖고 있었을까요? 자기한테 그 정도로 치명적인 증거를 갖고 있는 사람이 절박해져서 스스로 생을 마감한다?"

라비는 핍에게 손가락 총을 두 번 쏘았다. "경찰도 그 반박에는 답을 못 하더라고."

"앤디랑 샐이 주고받은 마지막 문자도 봤어요?" 핍이 물었다.

"응, 너도 한번 봐. 성적인 거 전혀 없으니까 걱정 말고."

핍은 다시 홈 화면으로 가서 문자 앱을 열고 앤디 탭을 클릭했다. 갑자기 시간을 넘나드는 시간 여행자 같은 기분이 들었다.

샐은 앤디 실종 후 두 개의 문자를 남겼다. 첫 번째는 일요일 아침이었다. '*앤디 그냥 집으로도라와 다들걱정해.*' 그리고 월요일 오후에는 이렇게 문자를 보냈다. '*무사하다고 제발아무한테나 전화좀해조.*'

　그 전 문자는 앤디가 실종된 금요일이었다. 오후 9시 1분 샐은 앤디에게 이렇게 문자를 보냈다. '*그만두지않으면 너랑말안해.*'

　핍은 방금 본 문자를 라비에게 보여주었다. "그날 밤 앤디 전화는 안 받고 그다음에 이런 문자를 보냈네요. 두 사람이 혹시 무슨 일로 다퉜는지 선배는 알아요? 뭘 관두라는 걸까요?"

　"전혀 모르겠어."

　"이 문자, 활동일지에 기록해놔도 돼요?" 핍은 라비 쪽으로 몸을 기울여 노트북을 집어 들었다. 그런 다음 침대에 자리를 잡고 구두법을 무시한 원래 문자 그대로 노트북에 옮겨 적었다.

　"이제 형이 아빠한테 보낸 마지막 문자를 열어봐." 라비가 말했다. "자백 문자라고 했던 바로 그 문자야."

　핍은 그 문자로 창을 넘겼다. 샐의 생애 마지막 날이었던 화요일 아침 10시 17분, 샐은 아버지에게 이렇게 문자를 보냈다. '*저예요. 제가 그랬어요. 죄송해요.*' 핍은 눈을 깜박이며 몇 번이고 그 문자를 읽고 또 읽었다. 드디어 뭔가가 보이기 시작했다. 형상화된 글자 하나하나가 수수께끼였다. 거리를 두고 보아야만 비로소 풀리는 그런 수수께끼였다.

　"너도 보이는 거지?" 라비가 핍을 바라보고 있었다.

　"맞춤법이나 띄어쓰기 말이죠?" 핍은 라비의 눈을 바라보며 동의를 구했다.

"나는 형만큼 똑똑한 사람을 본 적이 없어. 그런데 형은 문자를 할 때만큼은 전혀 똑똑한 사람 같지 않았지. 맨날 급하게 보내서 맞춤법도 다 틀리고, 띄어쓰기도 제대로 안 하고."

"자동수정 기능을 안 썼나 봐요." 핍이 말했다. "하지만 마지막 문자에서는 마침표도 세 번 다 찍고 구두법을 다 맞춰 썼네요. 띄어쓰기도 되어 있고."

"이걸 보고 어떤 생각이 들어?" 라비가 물었다.

"조금 이상한 정도가 아니네요." 핍이 말했다. "거의 에베레스트급으로 대단한 발견 같은데요. 다른 사람이 쓴 문자 같아요. 작성자 본인의 평소 버릇대로 맞춤법을 맞춰 쓴 것 같아요. 어쩌면 대충 확인한 다음에 이 정도면 샐이 쓴 것 같다고 생각했을 수도 있겠네요. 말투로 볼 때 그럴 법도 하니까."

"휴대폰을 처음 돌려받은 직후에 내 생각도 딱 그거였어. 하지만 경찰은 날 돌려보냈고, 부모님도 내 얘길 별로 듣고 싶어 하지 않으셨지." 라비는 한숨을 내쉬었다. "부모님은 헛된 희망을 품는 게 싫으셨던 것 같아. 솔직히 말하자면 나도 그렇고."

핍은 휴대폰의 다른 부분도 샅샅이 뒤져보았다. 문제의 그날 밤 샐은 아무런 사진도 찍지 않았고 앤디 실종 이후로는 아예 사진을 찍지 않았다.

핍은 혹시나 하는 마음에 휴지통 폴더도 확인했다. 달력 일정은 전부 과제 제출 기한 관련된 거 아니면 그 밖에 엄마 생신 선물 준비하는 것 정도만 하나 있었다.

"메모장에 흥미로운 게 하나 있어." 라비가 의자를 끌고 와서 앱을 열어 보여주며 말했다.

메모는 대부분 오래된 것들이었다. 집 무선인터넷 비밀번호, 복부 운동 순서, 관심 있는 일자리 등등. 하지만 나중 메모장 가운데 2012년 4월 18일 수요일에 작성된 것이 하나 있었다. 핍은 그 메모를 열어보았다. 간단한 메모였다. 'R009 KKJ'.

"차 번호판이지?" 라비가 말했다.

"그런 것 같네요. 앤디 실종 이틀 전에 이런 메모를 남긴 거네요. 아는 번호예요?"

라비는 고개를 저었다. "혹시 차 주인을 알 수 있을까 해서 구글에 검색도 해봤는데 아무것도 못 찾았어."

핍은 어쨌거나 활동일지에 이 번호와 함께 적혀 있던 메모의 마지막 편집 시각을 기록했다.

"이게 다야. 내가 찾은 건 거기까지야." 라비가 말했다.

핍은 아쉬워하며 마지막으로 휴대폰을 한번 쳐다본 다음 라비에게 돌려주었다.

"실망한 것 같네." 라비가 말했다.

"그냥 뭔가 추적할 거리가 보이는 실질적인 단서가 있지 않을까 기대했거든요. 문자의 맞춤법이 다르단 점이랑 앤디에게 전화를 많이 걸었다는 점은 확실히 샐한테 유리해 보이긴 하는데, 그렇다고 뭔가 더 추적해볼 만한 단서로 이어지진 않으니까요."

"아직은 그렇지." 라비가 말했다. "그래도 일단 네가 직접 확인은 해봐야 하니까. 넌 그동안 뭐 알게 된 거 없어?"

핍은 잠시 멈칫했다. 있었다. 있었지만, 그중 하나는 나오미가 관련돼 있을 가능성이 있었다. 본능적으로 나오미를 보호해야 한다는 생각에 입이 차마 떨어지지 않았다. 하지만 라비와 한 팀이 되기로 한 이상, 두 사람은 서로에게 솔직해야 한다. 핍도 모르지 않았다. 핍은 자기 활동일지 문서를 열어 제일 첫 페이지로 스크롤을 올린 다음 라비에게 노트북을 넘겨주었다. "아직까지는 이게 다예요."

라비는 조용히 일지를 읽은 다음 핍에게 돌려주었다. 신중한 얼굴이었다.

"좋아, 그럼 형의 알리바이 문제는 더 고민할 여지가 없네." 라비가 말했다. "10시 반에 맥스네 집에서 나왔으면 형은 혼자 있었을 거고, 그럼 당황한 형이 친구들한테 거짓말을 해달라고 한 게 설명이 되니까. 그냥 집으로 오는 길에 벤치에 앉아 〈앵그리버드〉나 하여간 무슨 게임 같은 걸 하고 있었을 수도 있고."

"동의해요." 핍이 말했다. "아마 혼자 있었을 가능성이 크고, 그래서 알리바이가 없는 거죠. 이러면 앞뒤가 맞아요. 그러면 이 부분은 일단 정리됐죠. 이제 다음으로 할 일은 앤디에 대해 최대한 조사해보고 그 과정에서 앤디를 죽일 만한 동기가 있는 사람이 있는지 알아보는 것일 듯해요."

"제 머릿속을 읽으셨네요, 경관님." 라비가 말했다. "앤디랑 가장 친했던 엠마 허튼이랑 클로에 버치부터 시작하면 어떨까. 너라면 입을 열지도 몰라."

"두 사람한테 다 메시지 보내놨어요. 아직 답은 안 왔고요."

"좋아." 라비는 혼자 고개를 끄덕이곤 노트북을 보았다. "기자 인터뷰 때 이 사건에서 앞뒤가 안 맞는 부분이 있다고 했었잖아. 앞뒤가 안 맞는 부분은 또 뭐가 있어?"

"음, 사람을 죽였다고 하면," 핍이 입을 열었다. "그럼 돌아와서 손톱이고 몸이고 몇 번씩 박박 씻겠죠? 특히나 알리바이도 거짓이고 잡히지 않기 위해 일부러 피해자한테 전화를 하고 있는 경우라면 더더욱이요. 선배라면 안 그러겠어요? 손에서 그 끔찍한 피를 빨리 씻어내고 싶지 않을까? 잡히지 않으려면 너무 당연한 거잖아요."

"맞아, 형이 확실히 그 정도로 바보는 아니지. 차에서 나온 지문은 무슨 얘기야?"

"앤디 차에서 샐 지문이 안 나올 수가 없죠. 남친이었는데요." 핍이 말했다. "그리고 지문은 날짜를 정확하게 추정할 수가 없고요."

"시신 관련해서 한 얘긴 뭐야?" 라비가 앞으로 몸을 기울였다. "이 동네 지리를 생각해보면 앤디 시신은 아마 숲속 아니면 동네 밖에 버려졌겠지."

"내 말이 그 말이에요." 핍이 고개를 끄덕였다. "앤디의 시신이 절대 발견되지 않을 정도의 깊은 구멍이라. 샐이 맨손으로 그렇게 큰 구멍을 팔 만한 시간이 충분히 있었을까요? 삽이 있어도 쉽지 않은 일이었을 것 같은데."

"앤디 시신을 꼭 땅 밑에 묻은 게 아닐 수도 있지."

"그럴 수도 있고요. 아무튼 시신을 유기하는 데는 시간도 더 들고 장비 같은 것도 더 필요할 거라고 봐요." 핍이 말했다.

"그리고 네 생각엔 이게 가장 쉽고 뻔한 가설이란 거지?"

"그렇다고 봐요." 핍이 말했다. "**어디서, 무엇을, 어떻게**, 이런 점들을 따져보기 시작하는 순간 달라질 순 있겠지만요."

## 9

핍이 듣고 있을 거라곤 생각 못 했겠지. 아래층 거실에서는 핍의 부모님이 다투고 있었다. 무릇 자기 이름은 벽이며 층고를 넘어서도 들리는 법이다. 핍이 이미 오래전 깨달은 사실이었다.

문틈으로 훔쳐 듣는 거라 처음부터 끝까지 선명하게 들리진 않아도 대충 대화의 흐름은 파악할 수 있었다. 엄마는 아까운 여름방학 내내 학교 과제만 붙들고 있는 딸이 못마땅했고 아빠는 엄마가 그런 말을 하는 것이 못마땅했다. 그러자 엄마는 아빠가 자기 말뜻을 제대로 이해하지 못하는 데에 화가 났다. 앤디 벨 사건을 그렇게 파고들어 봤자 딱히 핍 본인에게 별로 도움될 일도 없다는 것이 엄마 입장이었다. 아빠는 그게 정말 핍에게 별 도움이 되지 않는다 한들, 본인이 직접 시행착오를 겪어야지 엄마가 끼어들 일은 아니라는 입장이었다.

주거니 받거니 이어지는 부모님의 말다툼도 곧 지겨워져서 핍은 방문을 닫았다. 이런 주기적인 말다툼은 딱히 누가 끼어들지 않아도 금세 수그러들게 마련이란 걸 핍은 잘 알고 있었다. 그리고 무엇보다 핍은 당장 중요한 통화를 앞두고 있었.

지난주 핍은 앤디와 가장 친했던 친구 둘에게 메시지를 보냈다. 그리고 몇 시간 전 드디어 엠마 허튼에게서 답장을 받았다. 엠마는 질문 "몇 가지" 정도라면 얼마든지 괜찮다며 오늘 밤

8시쯤 연락하라고 자기 전화번호를 알려주었다. 라비에게 이 이야기를 해주자 라비는 충격받은 표정과 함께 파이팅 넘치는 주먹 이모티콘을 문자창 가득 채워 보냈다.

핍은 컴퓨터 화면의 시계를 슬쩍 확인했다. 이내 핍은 시계를 노려보기에 이르렀다. 시계의 숫자는 오후 7시 58분에서 좀처럼 움직이지 않고 있었다.

"아, 제발 좀." 스물까지 세었는데도 분침의 숫자는 59로 넘어가지 않고 있었다.

한참이 지나서야 7시 59분이 되었다. "이 정도면 약속한 시간은 맞춘 걸로 봐야지." 핍은 앱의 녹음 버튼을 누른 다음 엠마의 전화번호를 눌렀다. 긴장감에 피부에는 닭살이 돋았다. 전화벨이 세 번 울린 후 엠마가 전화를 받았다.

"여보세요?" 높고 상냥한 목소리였다.

"엠마? 안녕하세요, 피파예요."

"아, 안녕. 잠깐만, 내 방에 들어가서 받을게."

마음 급한 핍의 수화기 너머로 엠마가 경쾌하게 계단을 뛰어 올라가는 소리가 들려왔다.

"이제 괜찮아." 엠마가 말했다. "그래, 앤디 관련 탐구활동을 한다고?"

"네, 그 비슷해요. 정확하게 말씀드리면 앤디 실종사건 수사 및 언론의 역할에 대해서예요. 사례연구 같은 거죠."

"그렇구나." 엠마의 목소리엔 확신이 없었다. "내가 얼마나 도움이 될진 잘 모르겠네."

"걱정하지 마세요. 그냥 수사 관련해서 몇 가지 간단하게 여쬐보려고 하는데, 기억나는 대로만 말씀해주시면 돼요." 핍이 말했다. "일단, 실종 사실은 언제 알게 되셨어요?"

"음…… 그날 새벽 1시경이었어. 앤디 부모님한테서 전화가 왔어. 클로에 버치도 전화를 받았고. 우리가 앤디랑 가장 친한 사이였거든. 난 앤디를 못 봤다, 딱히 전화 연락도 없었다, 주변에 전화해서 나도 좀 알아보겠다, 그 정도로 말씀을 드렸지. 그날 밤 샐 싱한테도 전화를 했는데 다음 날 아침이 돼서야 연락이 닿더라고."

"경찰에서도 연락이 왔나요?" 핍이 물었다.

"응, 토요일 아침에. 와서 이것저것 물어봤었어."

"경찰한텐 어떤 얘길 하셨어요?"

"앤디 부모님께 드린 말씀이랑 똑같았지, 뭐. 앤디가 어딨는지 전혀 모르겠다, 딱히 어디 간다는 말도 없었다, 등등. 앤디 남자친구를 묻길래 샐 얘기를 하면서 내가 샐한테 전화해 앤디가 실종됐다는 말은 해줬다고 했어."

"샐에 대해서는 경찰에 어떤 얘기를 하셨어요?"

"그 주 학교에서 두 사람이 약간 다퉜다는 얘기만 했어. 분명 목요일, 금요일에 둘이 싸우는 걸 봤는데 평소 같은 분위긴 아니었거든. 평소라면 앤디가 주로 싸움을 걸고, 샐은 앤디 페이스에 말려들지 않았거든. 그때는 샐이 뭔가 단단히 화가 난 것 같더라고."

"무슨 일로요?" 핍이 물었다. 경찰이 그날 오후 샐을 그렇게 압박 조사한 이유가 갑자기 좀 더 확실해졌다.

"솔직히 나도 잘 몰라. 앤디한테 물어봐도 그냥 샐이 괜히 히

스테리를 부린다고만 해서."

핍은 한발 후퇴했다. "그렇군요. 그럼 앤디는 금요일 밤 샐이랑 데이트 계획 같은 건 없었겠네요?"

"없었지. 사실 그날 밤은 딱히 계획이 있을 수가 없었지. 앤디가 집에 있어야 하는 날이었어서."

"어, 왜요?" 핍은 자세를 고쳐 앉았다.

"음, 얘기해도 되는지 모르겠네."

"괜찮아요." 핍은 행여 자기 목소리에 다급함이 묻어나진 않을까 조심했다. "관계없는 내용은 최종 보고서엔 안 들어가니까요. 그냥 당시 상황 자체를 더 잘 이해하기 위한 차원에서 여쭤보는 거예요."

"그래, 좋아. 음, 그 일이 있기 몇 주 전에 앤디 여동생 베카가 자해를 해서 입원했었어. 그날 밤은 앤디 부모님이 약속이 있으셔서 앤디한테 집에 남아 동생을 돌보라고 했고."

"아." 핍이 할 수 있는 대답은 그뿐이었다.

"그러게 말야, 불쌍한 베카. 그런데도 앤디는 걜 또 혼자 내버려 뒀으니…… 이제 와서 말이지만 앤디 같은 언니가 있단 게 베카로서도 참 쉽진 않았을 거야."

"그게 무슨 뜻이죠?"

"그냥, 나도 죽은 사람 험담까지 하고 싶진 않은데…… 5년이란 시간이 지났고 그사이 나도 스스로를 되돌아보니 당시의 나 자신이 그리 맘에 들진 않거든. 앤디랑 어울리던 그 시절의 나 말야."

"앤디가 별로 좋은 친구가 아니었나요?" 핍은 많은 말을 자제

했다. 중요한 건 엠마가 계속해서 이야기를 이어가는 것이었다.

"그렇기도 하고 아니기도 했지. 설명하기 참 어려운데……." 엠마가 한숨을 쉬었다. "앤디가 힘이 되어주는 그런 친구는 아니었어. 하지만 난 당시 앤디한테 푹 빠져 있었고, 앤디처럼 되고 싶었지. 보고서에 이런 건 안 적는 거 맞지?"

"당연한 말씀을요." 사소한 거짓말이랄까.

"좋아. 앤디는 예쁘고 인기도 많고 재밌는 애였어. 그런 앤디와 친하다는 것, 앤디의 친구로 선택을 받는다는 것, 그것만으로도 내가 특별해지는 기분이었지. 앤디가 날 원하다니 말야. 하지만 앤디는 그러다가도 돌변해서 내 약점을 이용해 우리 관계를 시험하고 상처를 주곤 했어. 그런데도 우린 앤디 곁에 남아서 또 앤디의 선택을 받았다며 행복해하길 택했지. 친구로서 앤디는 최고와 최악, 극단을 오가는 편이었는데 오늘의 앤디가 전자일지 후자일지는 전혀 미리 짐작이 안 됐어. 그렇게 지내면서도 나한테 자존감이란 게 남아 있었다는 것이 오히려 놀라울 지경이랄까."

"앤디가 다른 사람들한테도 그랬나요?"

"음, 나랑 클로에한텐 확실히 그랬어. 앤디가 싫어해서 그 집에 자주 놀러 가진 않았는데, 딱 봐도 앤디와 베카의 관계 역시 비슷했어. 앤디가 때론 참 잔인했지." 엠마는 잠시 말을 멈췄다. "물론 그렇다고 해서 앤디가 그런 일을 당해도 싸다는 뜻은 아니야. 그럴 리가. 남의 손에 목숨 잃고 구덩이에 파묻혀도 될 만한 사람이 이 세상에 어딨겠니. 내 말은 그러니까, 앤디가 어떤 사람인지를 이해하게 된 지금에 와서는 샐이 왜 그렇게 앤디한테 화가 나서 걜 죽이게 됐는지 어찌 보면 이해가 된다는 거지. 천국과 지옥을 오가는 기분을 맛보게 하는 애가 앤디였으니까. 어쩌면 애당초 결말은 비극일 수밖에 없었단 생각도 들어."

엠마는 말을 마치고 콧물을 훌쩍였다. 핍은 인터뷰가 여기까지임을 직감했다. 엠마는 울고 있다는 사실을 숨기지도, 굳이 숨기려 하지도 않았다.

"네, 제 질문은 여기까지예요. 도와주셔서 정말 감사해요."

"내가 뭘." 엠마가 말했다. "미안해, 이제 다 극복한 줄 알았는데 아니었나 봐."

"아니에요, 옛날 기억을 다시 떠올리게 해서 제가 죄송하죠. 참, 그런데 제가 클로에 버치 선배한테도 메시지를 드렸는데 답이 안 왔어요. 혹시 클로에 선배랑도 아직 연락하세요?"

"아니, 거의 안 해. 생일에 축하 문자 정도는 보내는데…… 앤디 일 이후로, 그리고 학교를 졸업한 후론 우리도 확실히 소원해졌어. 우리 둘 다 차라리 그렇게 되길 바란 것 같기도 하고. 그 시절의 우리 자신과 완벽하게 작별하고 싶었달까."

핍은 다시 한번 감사 인사를 하고 전화를 끊었다. 그리고 숨을 토해낸 다음 잠시 전화기를 멍하니 쳐다보았다. 앤디가 예쁘고 인기가 많았다는 건 핍도 알고 있었다. 소셜미디어만 봐도 알 수 있었다. 그리고 학교에서 인기가 많다고 꼭 밝고 행복하기만 한 건 아니라는 것쯤은 고등학교를 다닌 사람이라면 누구나 아는 사실이었다. 하지만 핍도 이 정도일 줄은 예상 못 했다. 엠마는 그토록 오랜 시간이 흘렀음에도, 자신을 괴롭히던 존재를 흠모하던 스스로에게 아직 화가 나 있었다.

이게 그 완벽한 미소와 반짝반짝 빛나는 파란 눈 뒤에 숨은 앤디 벨의 진짜 모습일까? 앤디의 주변 사람들은 모두 눈이 부시도록 밝은 앤디의 빛에 가려 그 이면에 도사리고 있을지 모르는 어두움을 미처 알아차리지 못했던 것이다. 그리고 알아차렸을 땐 이미 늦어버렸고 말이다.

피파 피츠-아모비
EPQ 2017. 08. 25.

## 활동일지 11

업데이트: 샐 메모장에 적혀 있던 차 번호 'R009 KKJ'의 주인을 찾을 수 있는지 알아보았다. 라비 말이 맞았다. 운전면허청에 확인 요청을 하려고 해도 제조사랑 모델은 알아야 한다. 이 단서는 없는 셈 쳐야겠다.

자, 다시 당장 하고 있던 것부터 처리하자. 방금 막 클로에 버치와 통화를 끝냈다. 이번에는 전략을 좀 바꾸었다. 엠마를 통해 이미 알고 있는 내용을 반복할 필요도 없거니와 앤디 관련해 묻어두었던 감정들을 굳이 끄집어내 인터뷰에 지장이 생기는 것도 싫어서였다.

결국은 그 길을 완전히 피해 갈 순 없었지만 말이다.

## 클로에 버치 인터뷰 녹취록

(매번 인터뷰 도입부 적기도 지겹다. 늘 똑같은 내용에, 내 목소리도 항상 어색하다. 이제 도입부는 패스하고 바로 본론만 기록하기로 한다.)

핍: 일단 앤디와 샐의 관계는 어땠는지 듣고 싶어요.

클로에: 뭐, 좋았지. 샐은 앤디에게 잘해줬고, 앤디는 샐이 섹시하다고 생각했어. 샐은 늘 차분했고 동요하는 일이 없어 보였어. 샐이 앤디한테 긍정적인 영향을 주지 않을까 했는데 말이야.

핍: 앤디가 긍정적인 영향이 필요한 사람이었나요?

클로에: 아, 그냥 앤디 주변에 늘 뭔가 문젯거리가 많았거든.

핍: 그래서 샐이 긍정적인 영향을 줬나요?

클로에: (웃으며) 아니.

핍: 두 사람이 진지한 사이였어요?

클로에: 글쎄, 아마도. 진지하다는 게 무슨 뜻?

핍: 좀 불편한 질문일 수도 있는데, 둘이 혹시 같이 자는 사이였나요?

(이 부분은 다시 들어도 민망해 미치겠다. 하지만 일단은 다 알고 있어야 하니까.)

클로에: 와우, 요즘 애들은 우리 때랑은 많이 다른가 봐. 그게 너랑 무슨 상관인데?

핍: 앤디가 그런 얘긴 안 했어요?

클로에: 당연히 했지. 그리고 사실 대답은 '아니요'야.

핍: 아. 앤디가 아예 아무랑도 관계를 가진 적이 없었나요?

클로에: 아니, 그건 아니었어.

핍: 그럼 앤디는 누구랑 관계를…….

클로에: (잠시 침묵) 몰라.

핍: 모르세요?

클로에: 원래부터 비밀이 많은 애인 걸 나더러 어쩌라고? 걘 비밀이 유세였어. 엠마랑 내가 알지 못하는 비밀이 있다는 데에서 짜릿함을 느끼는 게 앤디였지. 하지만 막상 또 우리한테 관심을 받는 건 좋아해서 늘 본인이 먼저 미끼를 던졌어. 이를테면 그 돈이 다 어디서 났느냐고 물으면 앤디는 그냥 웃으며 윙크만 하고 마는 식이었지.

핍: 돈이요?

클로에: 응. 걘 쇼핑이 일상이었고 현금도 늘 많았어. 그리고 졸업반이던 해에는 립 필러랑 코 수술을 한다고 돈을 모으고 있다고 했고. 그 얘긴 엠마한테는 안 하고 나한테만 했었지. 하지만 남한테도 돈은 잘 쓰는 편이었어. 우리한테 메이크업 제품 같은 것도 잘 사주고 옷도 자주 빌려줬고. 물론 그러면서도 파티 같은 데서 딱 타이밍 재고 있다가 한마디씩 던지긴 했지. "어머 클로에, 네가 전에 빌려갔던 옷이 다 늘어났나 봐. 이제 이건 베카나 줘야겠다." 참 천사 납셨지?

핍: 돈이 어디서 나서요? 앤디가 아르바이트를 했나요?

클로에: 아니. 얘기했잖아, 나도 모른다니까. 나야 그냥 아빠가 돈을 주시나 보다, 하고 말았지.

핍: 용돈이요?

클로에: 그렇겠지.

핍: 앤디 실종 소식을 처음 전해 듣고 혹시 앤디가 누군가를 벌줄 생각으로 도망친 걸 수도 있다고 생각하신 적 있으세요? 이를테면 아빠라든가?

클로에: 다 버리고 도망칠 생각을 하기엔 가진 게 너무 많은 애였는걸.

핍: 하지만 앤디가 아빠랑 그렇게 사이가 좋은 편은 아니었잖아요?

(내가 '아빠'라는 단어를 꺼내자마자 클로에의 말투가 180도 바뀌었다.)

클로에: 그게 너랑 무슨 상관인데? 그래, 내가 물론 앤디를 좋게만 말한 것도 아니고 개도 무조건 착한 앤 아니었다만, 그래도 갠 내 가장 친한 친구였고 살해당했어. 아무리 긴 시간이 흘렀다 한들 함부로 개의 개인사나 가족들 이야기를 떠벌리는 건 아니라고 봐.

핍: 그렇죠, 맞아요. 죄송해요. 그냥 앤디가 어떤 사람이었는지, 당시 어떤 상황에 놓여 있었는지 알면 사건을 더 잘 파악할 수 있지 않을까 해서 여쭤봤어요.

클로에: 좋다 그래. 그래도 이런 질문은 인터뷰하고 전혀 상관없는 것들이잖아. 샐 싱이 앤디를 죽였어. 그리고 인터뷰 몇 번으로 네가 앤디란 사람을 알게 되진 못해. 단짝인 나도 개가 어떤 애인지 알지 못했는데.

(어떻게든 사과로 수습을 하고 인터뷰를 이어가보려고 했지만 클로에는 이미 더는 말할 생각이 없는 것 같았다. 도와주어 고맙다고 인사한 뒤 그만 전화를 끊었다.)


으아악. 너무 실망스럽다. 클로에한테서도, 엠마한테서도, 뭔가 그럴듯한 이야기를 끌어내고 있다고 생각했는데 아니, 그냥 여전히 정리되지 않은 거대한 감정의 산만 더듬다가 인터뷰를 망쳐버렸다.

두 사람 다 그 시절을 이미 극복했다고 생각하는 것 같지만 둘 다 아직 앤디의 손아귀에서 말끔히 벗어나진 못한 것 같다. 아직까지 두 사람은 앤디의 비밀을 어느 정도 지켜주고 있는지 모른다. 클로에는 분명 앤디 아빠 이야기에 발끈했다. 뭔가 숨은 이야기가 있는 걸까?

몇 번이고 녹취록을 다시 읽어보는데……

어쩌면 숨은 맥락이 더 있는지도 모르겠다. 내가 앤디의 잠자리 상대를 물었을 때는 **샐이랑 사귀기 전에** 앤디가 누구랑 잤는지, 그러니까 앤디의 전 남자친구는 누구인지 알아보고자 하는 의도였다. 그런데 내가 무심코 "그럼 앤디는 누구랑 관계를……" 하고 물었을 때, 문장 자체만 놓고 보면 이 말은 마치 **샐이랑 사귀는 중에** 앤디가 다른 사람이랑 잤는지 묻는 것 같기도 하다. 하지만 클로에는 내 말을 정정하지 않았다. 그냥 모른다고만 했다.

지푸라기를 붙들고 이러고 있단 건 나도 알고 있다. 클로에가 물론 원래 내 질문의 의도를 알아듣고 대답을 한 것일 수도 있다. 어쩌면 결국 별것 아닌 걸지도 모른다. 나도 딱히 문법적 정확성을 따져 묻는 걸로 이 사건이 해결되리라고 생각하는 건 아니다. 현실은 그렇게 단순하지 않은 법이다.

하지만 일단 내 레이더망에 걸린 이상 그냥 무시할 순 없다. 앤디가 다른 사람을 몰래 만나고 있었을까? 샐이 그 사실을 알게 됐고, 그래서 두 사람이 다툰 걸까? 앤디가 한눈을 팔았기 때문에 샐이 앤디에게 그런 문자를 보낸 걸까? '*그만두지않으면 너랑말안해.*' 앤디 실종 전 샐은 앤디에게 마지막으로 이 문자를 보냈다.

난 경찰관이 아니고, 어차피 이건 고등학교 수행평가 과제다. 누구한테든 사실대로 말해달라 강요할 수 없다. 게다가 이런 류의 내용은 아주 가까운 친구들끼리나 조용히 나눌 얘기지 잘 알지도 못하는 웬 여고생한테 할 수 있는 얘기도 아니다.

세상에. 방금 기가 막히는 아이디어가 떠올랐다. 아주 형편없는, 도덕적으로도 문제의 소지가 있고 바보 같은 생각이긴 하지만 말이다. 확실히 떳떳한 일은 아니다. 그럼에도 실행에 옮겨야 한다. 앤디와 샐 사이에 실제로 어떤 일이 있었는지 알아내려면 이 문제를 꼭 짚고 넘어가지 않을 수 없다.

클로에인 척하고 엠마에게 말을 걸 생각이다.

작년 휴가 때 쓰고 남은 선불 심카드가 아직 있다. 그걸 내 폰에 장착하면 새로운 번호로 엠마에게 문자를 보내면서 클로에인 척할 수 있다. 안 될 것도 없는 게, 엠마 말론 이제 클로에랑 자주 연락을 하지 않는다고 했다. 엠마가 알아채지 못할 수도 있다.

물론 실패할 가능성도 있기야 하지만 어차피 내가 딱히 손해 볼 건 없다. 하지만 성공하면 비밀을 알게 될 수 있다. 어쩌면 살인범을 찾아낼 수 있을지도 모르고 말이다.

엄마, 나 클로에야. 최근에 번호가 바뀌었어. 킬턴의 웬 여고생이 자기 과제 어쩌고 하면서 나한테 앤디 일을 묻는데, 혹시 너한테도 연락 왔어?

어머 세상에 안녕 🖐
응, 나도 며칠 전에 전화 왔었어.
솔직히 약간 옛날 생각나면서 감정이 북받치더라.

앤디가 우리한테 좀 그런 존재긴 했지. 앤디 연애사 얘긴 안 했지?

비밀의 연상남 말이지?
샐 말고?

응.

안 했어.

나도.
근데 앤디가 너한텐 얘기했나 늘 궁금하긴 했어. 대체 누구야?

그럴 리가.
맘만 먹으면 그 남자 맘가뜨릴 수 있다, 그 한마디 했지.

맞아 걘 참 비밀 좋아했어.

솔직히 그런 남자가 정말 있긴 했나 싶어.

있어 보이려고 꾸며낸 건지도 모르지.

> 그럴 수도.
> 그 여자애가 앤디 아빠 얘기도 묻던데, 걔도 아나?

알 수도 있지. 이혼한 지 얼마 안 돼서 그 창녀랑 결혼했으니 딱 봐도 뻔하잖아.

> 응, 근데 앤디가 알고 있었다는 것까지 얘가 아나?

글쎄, 그걸 아는 건 우리뿐이었는데. 앤디 아빠랑. 근데 걔가 알든 말든 무슨 상관?

> 그렇긴 해.
> 아직도 난 앤디 비밀을 지켜줘야 할 것 같은 생각이 드나 봐.

너도 좀 더 놓는 연습을 해봐. 난 앤디 관해선 확실히 거리두기를 했더니 훨씬 좋아졌어.

> 그러게. 이제 가봐야겠다.
> 일찍 일하러 가야 해서. 그나저나 우리 조만간 한번 봐야지?

응, 좋지! 시간 될 때 알려줘. 런던 오면 꼭 연락하고. 👍

> 응, 그럴게. 안녕.

세상에 마상에. 내 평생 이렇게 비 오듯 땀을 흘려보긴 처음이다. 내가 저런 대답을 성공적으로 끌어내다니, 충격적인 수준이다. 두어 번 위기가 있었지만 그래도 해냈다.

물론 기분이 썩 좋진 않다. 워낙 엠마가 친절하게 답을 했고 전혀 의구심도 갖지 않다 보니…… 하지만 죄책감을 느낀단 건 나쁜 게 아니다. 내가 아직은 나름의 윤리적 기준이 있다는 뜻이니까 말이다. 나도 아직은 양심적인 걸로…….

자, 이렇게 이제 단서를 두 개 더 확보했다.

제이슨 벨이야 이미 관련 인물 목록에 올렸지만 이제는 굵은 표시로 유력 용의자가 됐다. 제이슨 벨은 바람을 피우고 있었고 앤디도 그 사실을 알고 있었다. 그보다도 자신의 외도 사실을 앤디가 알고 있단 걸 제이슨 벨도 알고 있었다. 앤디가 아빠에게 먼저 얘기한 모양이다. 어쩌면 앤디가 직접 아빠의 외도 현장을 잡은 건지도 모르고. 그렇다면 확실히 두 사람 사이가 좋지 않았던 게 설명이 된다.

그러고 보니 그 출처 모를 앤디의 돈이라는 게 혹시 아빠에게 받은 걸까? 앤디가 아빠의 외도 사실을 알았기 때문에? 혹시 앤디가 아빠를 협박했을 수도 있으려나? 아니지, 이건 정말 근거 없는 추측이다. 돈 부분은 출처를 알게 될 때까지는 별개의 문제로 다뤄야 한다.

두 번째 단서는 이날의 가장 큰 성과이기도 한데, 앤디가 샐이랑 사귀는 와중에 나이 많은 남자를 몰래 만나고 있었단 사실이다. 친구들에게 누군지 정체도 밝히지 않을 정도로 비밀스러운 상대였고, 자기가 맘만 먹으면 그 남자를 망가뜨릴 수 있다고 했다. 내 사고회로로는 즉각 유부남이라는 가설로 향한다. 그 사람이 돈의 출처일까? 새로운 용의자가 생겼다. 앤디의 입을 막아야 할 동기가 확실히 있는 사람.

이건 내가 알고 있던 앤디와는 사뭇 다르다. 사건을 조사하는 과정에서 드러나는 앤디의 모습은 그간 알려진 앤디의 모습과는 너무나 거리가 멀다. 금발의 아리따운 소녀, 가족들과 친구들의 사랑을 한 몸에 받았던, 너무 이른 나이에 남자친구 손에 잔인하게 희생된 앳된 영혼. 어쩌면 그 앤디는 사람들의 동정심을 끌어모아 신문 부수를 늘리려고 만들어진 가상의 인물이었는지도 모른다. 이제 나는 그 가상의 이미지를 구석부터 슬슬 벗겨내는 중이다.

라비에게 전화를 걸어야겠다.

관련 인물

**제이슨 벨**
나오미 워드
비밀의 연상남(얼마나 연상?)

## 10

"캠핑 진짜 싫어." 로렌은 구겨진 캔버스 천에 발을 헛디디며 투덜댔다.

"뭐, 어쩔 수 있나. 내 생일파티고 난 캠핑 좋아하니까." 카라는 혀를 살짝 빼문 채 설명서를 읽고 있었다.

여름방학의 마지막 금요일 밤이었다. 세 사람은 킬턴 외곽 너도밤나무 숲 공유지에서 조금 일찍 카라의 열여덟 살 생일을 축하하는 중이었다. 밤새도록 지붕 없는 곳에서 잠을 자고 쭈그려 앉아 볼일을 보는 게 카라의 소원이라니 말이다. 핍 역시 선택권이 있었다면 캠핑을 택하진 않았을 터였다. 편리한 현대식 시설을 두고 굳이 구식 화장실, 구식 잠자리를 원하는 이유를 핍은 도무지 이해할 수 없었다. 그래도 핍은 아닌 척 연기 정도는 할 수 있었다.

"원래 캠프장 아닌 데서 캠핑하는 거 불법이거든." 로렌은 복수라도 하듯 텐트에 발길질을 해 보였다.

"뭐, 그럼 단속반 경찰이 내 인스타그램은 안 보길 바라야겠네. 이미 내가 동네방네 캠핑 간다고 소문냈거든." 카라가 말했다. "자, 이제 쉿. 나 설명서 좀 보자."

"카라, 있잖아." 핍이 망설이며 말했다. "네가 들고 온 게 엄밀히 텐트는 아닌 거 알지? 이건 마르키라고, 천막이야."

"그게 그거지." 카라가 대답했다. "우리 말고 남자애들 세 명 더 들어가야 하니까."

"근데 이건 바닥이 없거든." 핍은 손가락으로 설명서상의 그림을 가리켰다.

"바닥 안 갖고 온 건 너고요." 카라는 엉덩이로 핍을 밀쳤다. "아빠가 따로 바닥 깔 거 챙겨줬어."

"남자애들은 언제 오는데?" 로렌이 물었다.

"조금 전에 이제 막 출발한다고 문자 왔어. 근데 로렌, 그건 아니야." 카라가 톡 쏘아붙였다. "남자애들 올 때까지 기다렸다가 걔들한테 텐트 쳐달라고 부탁 같은 건 안 할 거야."

"난 그런 말 한 적 없는데."

카라는 우두둑 손을 꺾었다. "텐트 하나 내 손으로 설치할 때 가부장제도 한 단계 해체되는 거라고."

"텐트 아니고 천막이라니까." 핍이 정정했다.

"너 진짜 혼날래?"

"아……니요."

10분 후 숲속에 3m×6m 크기의 흰색 천막이 자리를 잡았다. 전혀 이곳과 어울리는 천막은 아니었다. 일단 팝업 프레임을 세우고 나니 나머진 쉬웠다. 핍은 휴대폰을 확인했다. 벌써 7시 반이었고 날씨 앱에 따르면 15분 내로 해가 진다고 했다. 물론 해가 진 후에도 완연한 어둠이 내리기까지 몇 시간쯤은 석양빛이 남아 있겠지만 말이다.

"진짜 재밌겠다." 카라는 뒤로 한 발 물러나 손수 세운 천막을 뿌듯하게 바라보았다. "난 캠핑 너무 좋아. 진이랑 딸기맛 스트링젤리 토할 때까지 먹어야지. 내일 아침에 아무것도 기억하고 싶지 않아."

"멋있는 목표네." 핍이 말했다. "너희 둘이 차에 가서 나머지 음식 가져올래? 내가 침낭 펴고 벽 세우고 있을게."

카라의 차는 천막에서 한 200미터 떨어진 작은 콘크리트 주차장에 있었다. 로렌과 카라는 나무들 사이로 주차장을 향해 걸어갔다. 아직 해가 떨어지기 전 오렌지빛 석양이 나무들을 비추고 있었다.

"손전등도 챙겨와." 핍은 시아에서 멀어져가는 두 사람의 등에 대고 말했다.

지붕에 캔버스 천으로 된 커다란 벽을 붙이다 결국 벨크로가 말을 듣지 않아 한쪽 벽면을 처음부터 아예 다시 시작해야 하는 상황이 되자 핍은 꿍얼댔다. 바닥 깔개와도 한참을 씨름하고 있는데 그제야 숲속에서 바스락대는 발소리가 들려왔다. 로렌과 카라가 돌아오는 것이겠거니 반가워하며 핍은 기척이 나는 쪽을 바라보았지만 아무도 없었다. 어둑해진 나무 꼭대기에 까치 한 마리만이 앉아 앙상한 울음소리로 핍을 비웃고 있을 뿐이었다. 핍은 마지못해 까치에게 인사를 하곤 세 사람이 잘 침낭을 나란히 늘어놓았다. 이런 숲 지대 땅속 깊이 앤디 벨이 파묻혀 있을지도 모른다는 생각은 되도록이면 떨쳐버리려고 했다.

마지막 침낭을 놓는데 바스락대는 소리가 점점 커졌다. 요란법석 웃음소리 같은 것들이 들려오는 걸 보니 남자애들이 도착한 모양이었다. 핍은 남자애들과 함께 양팔 가득 짐을 들고 오는 카라와 로렌을 향해 손을 흔들었다. 여기서 남자애들이란 열두 살에 친구가 된 이래 (이름에서도 짐작이 가듯) 키가 거의 자라지 않은 앤트, 핍의 집에서 네 집 아래 사는 잭 첸, 그리고 핍, 카라와 초등학교 때부터 친구인 코너였다. 코너는 요즘 부쩍 핍에게 지나치게 관심을 보이는 중이었다. 진지하게 고양이 심리학자를 꿈꾸던 그 시절 코너처럼 부디 저 관심이 어서 식어야 할 텐데 말이다.

"여어, 핍." 잭과 함께 아이스박스를 들고 오던 코너가 인사를 건넸다. "오우 이런, 여자애들이 좋은 자리 다 차지해버렸네. 이런 '**핍**박받는' 처지라니."

당연하지만 핍의 애칭으로 하는 농담 따먹기가 처음은 아니었다.

"하하. 아주 재밌다, 코너." 핍은 눈가의 머리카락을 걷어내며 건조하게 말했다.

"아아," 앤트가 끼어들었다. "코너, 너무 상심하지 마. 네가 학교 숙제였으면 핍이 너랑 같이 자줬을 텐데."

"아님 라비 싱이거나." 카라는 핍에게만 들리도록 속삭이며 윙크를 해 보였다.

"숙제가 남자애들보단 남는 게 훨씬 많지." 핍은 카라의 갈비뼈 쪽을 팔꿈치로 쿡 찌르며 말했다. "이 조개낙지 같은 게, 앤트 너 입조심해라."

"조개낙지는 또 뭐냐?" 앤트는 손을 굴려 보이며 핍에게 설명을 구했다.

"아, 조개낙지는 관계를 할 때 성기가 떨어져서 평생 한 번밖에 관계를 못 갖는대."

"그거라면 내가 확인해줄 수 있는데." 작년에 앤트와 사귀기 직전까지 갔던 로렌이 말했다.

모두들 웃음이 터졌다. 잭이 앤트의 등을 철썩 때리며 앤트를 위로했다.

"어휴, 너넬 누가 말리냐." 코너가 껄껄 웃었다.

숲속에 은빛 어둠이 내렸다. 잠든 나무들 사이로 밝은색 작은 천막만이 랜턴마냥 불을 밝히고 있었다. 천막 안에는 배터리로 작동하는 노란색 램프 두 대와 손전등 세 개가 놓여 있었다.

다행히 비가 억수로 쏟아지기 바로 직전 모두들 천막 안에 들어가 앉았다. 그나마 우거진 나무들이 비를 꽤 막아주고 있었다. 한가운데 간식과 음료를 두고 모두 둥글게 둘러앉았고, 남자애들 체취도 뺄 겸 천막 양 끝은 살짝 말아 올렸다.

핍은 별 무늬가 있는 남색 침낭을 허리춤까지 올리고 앉아 맥주 한 캔을 거의 다 비웠다. 핍은 맥주보단 감자칩이랑 사워크림 소스파이긴 했지만 말이다. 핍은 술기운이 퍼지고 통제력을 잃는 그 느낌을 좋아하지 않았다.

앤트는 턱 아래 손전등을 갖다 댄 채 으스스한 얼굴을 만들어 보이면서 유령 이야기에 한창이었다. 이야기의 주인공도 물론 숲속에서 천막을 치고 캠핑 중인 남자 셋, 여자 셋, 친구들이었다.

"그리고 생일을 맞은 여자는," 앤트가 과장되게 연기를 해 보였다. "딸기맛 스트링젤리를 한 봉지 거의 다 먹어가고 있었어. 턱에는 피처럼 젤리가 붙어 있었지."

"됐고요." 카라는 입안에 젤리를 가득 물고 말했다.

"그녀는 손전등을 든 잘생긴 남자에게 '됐고요'라고 했어. 그리고 바로 그때, 이상한 소리가 들려왔어. 천막을 누군가 긁는 것 같은 소리였지. 밖에 뭔가, 누군가가 있었어. 서서히 천막을 손톱으로 긁는 소리가 나더니 곧이어 천막에 구멍이 났지. '너희 혹시 파티 중이니?' 웬 여자 목소리였어. 그러더니 그 여자가 갑자기 구멍을 확 찢으면서 단숨에 체크 셔츠를 입고 있던 남자의 목을 갈랐지. '나 안 보고 싶었어?' 여자는 날카롭게 소리쳤고 남은 친구들은 마침내 그 여자의 얼굴을 알아볼 수 있었어. 썩어서 좀비가 된 앤디 벨이었어. 앤디는 복수를 하러……."

"그만해, 앤트." 핍이 앤트를 밀쳤다. "재미없거든."

"다른 애들은 다 웃는데?"

"너 하는 짓이 어이가 없으니까 웃지. 범죄 피해자를 그런 형편없는 얘기에 써먹지 마."

"EPQ엔 써먹어도 되고?" 잭이 끼어들었다.

"그건 전혀 다른 문제잖아."

"지금 막 앤디의 숨겨진 연상남이자 연쇄살인범 부분으로 넘어가려던 참이었단 말야." 앤트가 말했다.

핍이 움찔 놀라 앤트를 무시무시한 눈초리로 쏘아보았다.

"로렌이 말해줬어." 앤트가 조용히 말했다.

"카라가 알려줬어." 로렌이 말끝을 흐렸다.

"카라?" 핍이 카라 쪽을 돌아보았다.

"미안." 카라는 진 여덟 잔을 마시고 만취 상태로 말을 더듬었다. "비밀인지 몰랐어. 언니랑 로렌한테만 얘기했다고. 다른 사람한텐 얘기하지 말라고 했어." 카라는 휘청이며 로렌을 향해 비난의 손가락질을 했다.

사실이었다. 핍은 비밀로 해달라고 꼬집어 얘기하지 않았다. 그럴 필요 없는 줄 알았다. 다시는 이런 실수를 하지 않으리.

"내 과제가 너네 심심풀이 땅콩이야?" 핍은 카라, 로렌 그리고 앤트를 차례로 쳐다보며 말했다. 핍은 화가 나서 언성이 높아지려고 하는 것을 꾹 참았다.

"어차피 우리 학년 애들 절반은 네가 앤디 벨 사건으로 EPQ를 하고 있는 거 알걸." 앤트가 말했다. "그리고 소중한 여름방학의 마지막 금요일 밤에 우리가 EPQ 따위나 이야기하고 있어야겠어? 잭, 보드 꺼내봐."

"무슨 보드?" 카라가 물었다.

"내가 위저보드*를 샀거든. 멋지지?" 잭은 자기 배낭을 끌어오더니 가방 속에서 알파벳이 새겨진 싸구려 플라스틱판과 글자를 들여다볼 수 있는 작은 투명 플라스틱 창이 달린 플랜체트**를 꺼냈다. 잭은 한가운데 보드판과 플랜체트를 내려놓았다.

"싫어." 로렌이 팔짱을 끼며 말했다. "이건 아니야. 이건 선을 넘어도 한참 넘는 거지. 무서운 얘기까진 그렇다 쳐도 위저보드는 아냐."

---

* 유령을 부르는 게임으로 '토킹 보드', '스피릿 보드'라고도 불린다. 여러 사람이 함께 플랜체트(다음 주석 참고)에 손가락을 올리고 플랜체트가 움직이는 대로 메시지를 따라 읽는다. 게임의 유래는 14세기 프랑스까지 거슬러 올라가며, 1920년대 미국에서 큰 인기를 얻었다.

** 위저보드를 이용할 때 쓰는 작은 하트 모양의 지시판.

무슨 꿍꿍이인진 모르겠지만 남자애들은 어떻게든 계획한 장난을 쳐볼 생각으로 게임을 하자고 로렌을 설득하는 데 정신이 없었고, 핍은 곧 흥미를 잃었다. 이것도 앤디 벨과 관련된 거겠지. 핍은 다시 과자 한 봉지를 집으려고 위저보드 쪽으로 손을 뻗었다. 핍이 무언가를 발견한 건 그때였다.

나무 사이에서 흰색 불빛이 보였다.

핍은 엉덩이를 들고 쭈그려 앉았다. 다시금 불빛이 보였다. 저 멀리 어둠 속에서 직사각형 모양의 작은 불빛이 잠깐 보였다가 사라졌다. 꼭 휴대폰 화면이 켜졌다 꺼진 것 같은 모양새였다.

잠시 기다려보았지만 그 불빛은 다시 돌아오지 않았다. 이제 밖에는 어둠뿐이었다. 그리고 대기중엔 비 내리는 소리뿐이었다. 밖은 달빛에 잠든 나무들의 실루엣만 어른대고 있었다.

그러다 갑자기 어두운 나무 그림자들 가운데 하나가 두 다리로 움직였다.

"애들아," 핍이 조용히 말했다. 앤트에겐 입을 다물어보라는 신호로 정강이를 살짝 찼다. "그대로 움직이지 말고 들어. 우릴 지켜보고 있는 사람이 있는 것 같아."

# 11

"어디?" 코너가 소리 내지 않고 입 모양으로 말했다. 핍을 바라보는 코너의 눈이 가늘어졌다.

"내 쪽에서 10시 방향." 핍이 속삭였다. 매서운 추위 같은 공포가 핍의 배 속에 툭 자리잡았다. 모두들 눈이 점점 더 커졌다.

코너가 별안간 손전등을 들고 벌떡 일어났다.

"어이, 변태." 코너가 의외의 용기를 내보이며 소리쳤다. 그러고선 천막 밖으로 뛰쳐나가 어둠 속으로 내달렸다. 코너의 손에 들린 불빛이 거칠게 흔들렸다.

"코너!" 핍은 코너의 이름을 부르며 간신히 침낭을 벗었다. 넋이 빠져 있는 앤트의 손에서 손전등을 가로챈 다음 핍은 코너를 뒤쫓아갔다. "코너, 기다려!"

온 사방을 둘러싼 뒤엉킨 거미줄 같은 검은 그림자는 진흙 길을 달리는 핍의 손에 들린 손전등이 흔들릴 때마다 나무가 되어 튀어나왔다. 떨어지는 빗방울이 눈에 보이기 시작했다.

"코너." 핍은 다시금 코너의 이름을 외쳐보았나. 숨 막히는 어둠 속에 저만치 한 줄기 희미한 손전등 불빛만이 코너의 존재를 알려주고 있었다.

등 뒤에서 바스락대며 몇 사람의 발소리가 더 들려왔고, 핍의 이름을 부르는 소리도 들렸다. 여자 목소리였다.

배가 당기기 시작했다. 맥주 기운에 긴장이 풀려 있었다고 한들 이제는 아드레날린이 알코올 기운을 압도하고 있었다. 핍은 예리했고 어떤 상황이든 대처할 준비가 돼 있었다.

"핍." 누군가 귀에 대고 소리쳤다.

앤트가 핍을 따라잡았다. 앤트는 휴대폰 손전등에 의지해 숲길을 걸어온 터였다.

"코너는?" 앤트가 숨을 헐떡이며 물었다.

핍은 숨을 쉴 수가 없었다. 핍은 반짝이는 저 앞쪽의 불빛을 가리켰고 앤트가 핍을 대신해 코너를 따라갔다.

여전히 뒤쪽에서 발소리가 들려왔다. 핍은 주변을 둘러보려 했지만 점점 커져가는 흰 불빛의 점 하나밖엔 보이지 않았다.

핍은 앞을 향했고 손전등은 핍을 향해 다가오는 두 사람의 형상을 비추었다. 핍은 부딪히지 않으려고 방향을 틀다가 털썩 무릎으로 주저앉고 말았다.

"핍, 괜찮아?" 앤트가 가쁜 숨을 몰아쉬며 손을 내밀었다.

"응." 핍은 습한 공기를 잔뜩 들이마셨다. 이제 창자가 꼬인 듯 가슴팍까지 아파왔다. "코너, 너 미쳤어?"

"놓쳤어." 코너가 탄식했다. 코너는 제 무릎에 닿을 만큼 고개를 아래로 떨구었다. "그놈은 일찌감치 딴 길로 샌 거 같아."

"남자였어? 봤어?" 핍이 물었다.

코너는 고개를 저었다. "아니, 확인은 못 했는데 남자이지 않았을까? 검은색 후드를 쓰고 있었어. 내가 손전등 잠깐 내린 사이에 도망을 갔는데 바보같이 내가 원래 가던 길로 쫓아간 것 같아."

"애초에 그러게 왜 따라갔어, 바보같이." 핍이 화를 내며 말했다. "그것도 혼자."

"딱 봐도!" 코너가 말했다. "한밤중에 숲속에서 고등학생들 구경하며 자위나 하고 있던 변태 새끼였겠지. 아주 본때를 보여줬어야 했는데."

"쓸데없이 위험한 짓을 하고 그래. 그래서 뭐 남는 게 있다고."

핍의 주변에서 흰 불빛이 한 줄기 비쳤고 잭이 나타났다. 하마터면 잭은 핍, 앤트와 부딪힐 뻔했다.

"뭐냐 지금?" 잭은 딱 그 한마디만 했다.

바로 그때 비명 소리가 들려왔다.

"젠장." 잭은 발걸음을 돌려 왔던 방향으로 다시 뛰어갔다.

"카라! 로렌!" 핍이 손전등을 꼭 쥔 채 잭을 따라갔고, 다른 두 명도 핍과 함께 달렸다. 다시금 어둠 속에서 나무들을 헤치고 달려가는데 나뭇가지들이 마치 악몽에 등장하는 손가락들처럼 자꾸만 핍의 머리칼을 잡아채는 것 같았다. 핍이 한 걸음 한 걸음 옮길 때마다 배는 더욱 심하게 당겼다.

30초쯤 지났을까, 잭의 손전등 불빛 속에 카라와 로렌이 서로 팔짱을 끼고 서 있는 모습이 보였다. 로렌은 울고 있었다.

"무슨 일이야?" 핍이 카리와 로렌 모두에게 팔을 두르며 물었다. 낮은 기온도 아닌데 모두들 떨고 있었다. "왜 소리를 지른 거야?"

"길은 잃었지, 손전등은 부서졌지, 술은 취했지." 카라가 말했다.

"왜 천막에 안 남아 있고?" 코너가 물었다.

"우리만 남겨두고 너희 다 가버렸잖아." 로렌이 울먹였다.

"알겠어, 괜찮아." 핍이 말했다. "우리 다 너무 과민반응을 한 것 같다. 다 괜찮아. 그냥 천막으로 돌아가자. 누군진 모르겠지만 그 사람은 아무튼 도망갔고 우린 여섯 명이니까, 그치? 괜찮아." 핍은 로렌의 턱에 맺힌 눈물을 닦아주었다.

\*

손전등을 켜고 가도 천막까지는 족히 15분이 걸렸다. 한밤중의 숲속은 흡사 다른 행성 같았다. 심지어 잭의 휴대폰 지도 앱으로 큰길까지 얼마나 남았는지 확인을 해야 할 정도였다. 나무 기둥 사이로 흰 천막과 어렴풋한 노란색 불빛이 보이자 모두들 걸음이 바빠졌다.

서둘러 빈 캔과 과자봉지를 쓰레기봉투에 넣고 침낭 펼 자리를 정리하는 동안 아무도 입을 열지 않았다. 천막 옆면을 모두 바닥까지 내리고 나니 4면의 캔버스 벽은 안전했다. 비닐 창으로 보이는 나무는 실제 같지 않았다.

남자애들은 한밤의 숲속 질주를 두고 벌써부터 농담을 하기 시작했다. 로렌은 아직 농담까지 할 여유가 돌아오진 않았다.

핍은 로렌의 침낭을 자신과 카라 가운데 자리로 옮긴 다음 지퍼 올리는 걸 도와주었다. 취해서 지퍼와 씨름하고 있는 모습을 더는 지켜만 보고 있을 수가 없었다.

"위저보드는 이제 못 하겠지?" 앤트가 말했다.

"공포체험은 이 정도면 된 것 같다." 핍이 대답했다.

핍은 한동안 카라 옆에 앉아 물을 먹이면서 한가로이 로마제국 멸망 이야기로 카라의 주위를 분산시켰다. 로렌은 이미 잠들었고, 잭도 천막 다른 한쪽에서 잠이 들었다.

카라의 눈꺼풀이 점점 무거워지자 핍은 자기 침낭으로 기어들어갔다. 앤트와 코너가 아직 자지 않고 속닥이고 있었지만 핍은 잘 준비가 됐다. 최소한 누워서 잠을 청할 준비는 됐다. 핍이 침낭 속으로 다리를 밀어 넣는데 바스락하고 오른발에 무언가가 닿았다. 핍은 무릎을 가슴까지 끌어올린 다음 손을 안쪽으로 깊이 뻗었다. 손가락에 종이가 한 장 잡혔다.

침낭 안에 과자봉지가 들어간 모양이었다. 핍은 종이를 꺼냈다. 과자봉지가 아니었다. 반으로 접혀 있는 새하얀 인쇄용지였다.

핍은 쪽지를 펼쳤다. 종이에는 진지한 서체로 아주 커다랗게 이렇게 적혀 있었다.

***이쯤에서 관둬, 피파.***

핍은 쪽지를 손에서 놓쳤다. 하지만 핍의 시선은 여전히 그 종이 위에 머물러 있었다. 어둠 속에서 손전등 불빛에 의지해 나무 사이를 뛰어갔던 아까 그때처럼 다시금 핍의 숨이 가빠졌다. 슬슬 공포보다 불신이 커졌다. 5초 후, 이제 불신은 서서히 분노로 변했다.

"진심이야?" 핍은 쪽지를 들어 보이며 남자애들에게 버럭 소리를 쳤다.

"쉿." 깨어 있는 둘 중 하나가 말했다. "카라랑 로렌 자잖아."

"너넨 이게 재밌니?" 핍은 남자애들을 쳐다보며 반으로 접힌 쪽지를 흔들어 보였다. "진짜 어이가 없다."

"뭔 소리야?" 앤트가 눈살을 찌푸리며 핍을 쳐다보았다.

"너네잖아. 내 침낭 안에 쪽지 넣어둔 거."

"난 쪽지 같은 거 안 넣었는데." 앤트는 쪽지를 직접 확인하려는 듯했다.

핍이 손을 뒤로 뺐다. "그 말을 믿을 것 같아? 아까 정체불명 그 사람도 너네가 짠 거지? 다 너희 시나리오였어? 아까 그건 누구였는데? 조지?"

"아니야, 핍." 앤트는 핍을 똑바로 쳐다보았다. "네가 무슨 소리를 하는 건지 솔직히 진짜 모르겠다. 쪽지에 뭐라고 써 있는데?"

"발뺌할 생각 마시고요." 핍이 말했다. "코너, 넌 뭐 할 말 없어?"

"핍, 그게 우리 장난이었으면 내가 아까 그렇게 열심히 변태를 쫓아갔겠어? 우리가 짠 거 아니야. 정말이야, 내 말 믿어."

"진짜 너희가 쪽지 넣어둔 거 아니야?"

둘 다 고개를 끄덕였다.

"너희 진짜 짜증나." 핍은 그런 다음 여자애들 방향으로 등을 돌렸다.

"핍, 정말이야. 우리가 한 거 아니야." 코너가 말했다.

핍은 코너의 말을 무시하고 굳이 부스럭부스럭 소리를 내며 자기 침낭으로 들어갔다.

돌돌 말은 웃옷을 베개 삼아 핍은 자리에 누웠다. 쪽지는 접히지 않은 채 그대로 핍 옆에 놓여 있었다. 앤트와 코너가 핍의 이름을 네 번은 더 불렀지만 핍은 무시했다.

이윽고 깨어 있는 사람은 핍 하나가 됐다. 숨소리로 알 수 있었다. 아직까지 잠들지 않은 건 핍 혼자뿐이었다.

분노는 모두 타버렸지만 그 재는 또 새로운 생명을 얻었다. 재와 먼지가 스스로 새로운 존재를 만들어냈다. 공포와 의구심, 혼란과 이성 사이 어디쯤 존재하는 그런 감정이었다.

머릿속으로 얼마나 그 말을 반복했으면 이제는 그 말이 이상하게 들리고 외국어처럼 느껴질 지경이었다.

***이쯤에서 관둬, 피파.***

아니다. 그냥 잔인한 장난일 거다. 누군가의 장난.

핍은 쪽지에서 눈을 뗄 수가 없었다. 핍의 눈은 잠 못 든 채 검은색 잉크로 그려진 그 글자들의 곡선을 따라 앞뒤로 움직이고 있었다.

죽음이 내린 듯 캄캄한 밤중의 숲속이었지만 핍 주변은 모두 살아 있었다. 툭탁대는 나뭇가지 소리, 나무 사이로 들려오는 푸드덕 날갯짓과 비명 소리. 저 울부짖음이 여우 소리인지 사슴 소리인지 핍은 알 수 없었다. 시간의 벽을 뚫고 나온 앤디 벨의 비명 같기도, 또 아닌 것 같기도 했다.

***이쯤에서 관둬, 피파.***

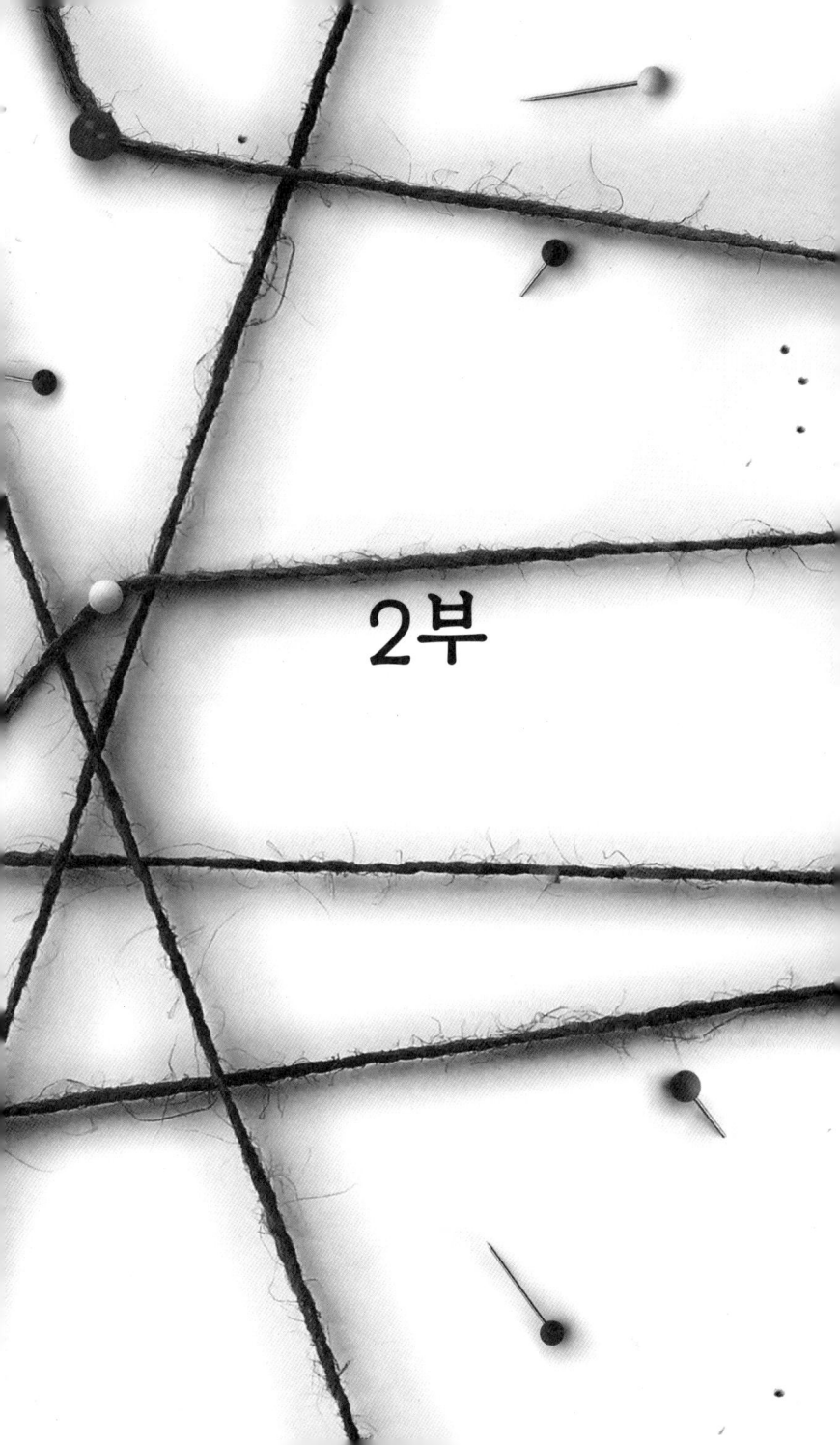

# 12

핍은 식탁 앞에 앉아 안절부절못하고 있었다. 부디 제 이야기 하느라 바쁜 카라가 눈치채지 못하기만을 바랐다. 지금까지 핍은 카라에게 말하지 않은 비밀이란 걸 가져본 적이 없었다. 긴장한 핍의 손은 제멋대로 움직였고 배는 아파왔다.

개학 3일째였다. 이제 선생님들도 이번 학기 수업계획 이야기는 마무리하고 본격 수업을 진행하기 시작했다. 두 사람은 학교가 끝나고 카라네 집 부엌에서 숙제를 하는 중이었다. 아니, 하는 척만 했지 사실 카라는 존재의 위기를 와르르 쏟아내는 중이었다.

"어느 대학을 쓸지는 차치하고 당장 대학에서 뭘 공부해야 할지 모르겠다, 이러니까 '카라, 시간은 널 기다려주지 않아.' 이러잖아. 그러니까 나도 너무 스트레스인 거지. 넌 부모님이랑 얘기해봤어?"

"응, 며칠 전에." 핍이 말했다. "케임브리지 쓰려고. 킹스 컬리지."

"영문학?"

핍이 고개를 끄덕였다.

"나 원 참, 네 앞에선 미래에 대한 분노도 마음껏 터뜨릴 수가 없다." 카라가 콧소리를 냈다. "나중에 뭐 되고 싶은지도 이미 계획 다 세웠겠어."

"당연하지. 루이 서룩스,* 헤더 브룩,** 미셸 오바마를 합친 사람이 되는 게 내 꿈이야."

"거참 짜증나게 야무지네."

핍의 휴대폰에서 시끄러운 기차 경적음이 울렸다.

"누구?" 카라가 물었다.

"라비 싱." 핍은 눈으로 문자를 읽으며 대답했다. "뭐 새로운 내용 있냐고 묻는 거."

"아하, 이제 문자도 주고받는 사이란 거지?" 카라가 장난스럽게 말했다. "나 그럼 다음 주에 결혼식 가야 해? 주말 비워둘까?"

핍이 카라에게 볼펜을 던졌고 카라는 능숙하게 그것을 피했다.

"그래서, 앤디 벨 사건 조사는 뭐 새로운 내용 있어?" 카라가 물었다.

"아니, 전혀."

거짓말을 하니 배 속이 더 뒤틀리는 것 같았다.

핍은 학교에서 앤트와 코너를 만나 침낭 속에 들어 있던 쪽지에 대해 다시 물어보았지만 두 사람은 여전히 자기들 짓이 아니라고 부정했다. 잭이나 여자애들 짓 아니냐고 도리어 되물었

---

* 영국 다큐멘터리 감독이자 언론인. 방송과 저작 등 다방면에서 활동하는 대중적 지식인이다.
** 미국 출신 언론인. 2009년 영국 의원들의 수당 정보를 공개할 것을 청구하여 큰 파문을 이끌어냈다.

다. 물론 부정한다고 그 두 사람 짓이 아니라고 단정 지을 순 없었다. 하지만 이쯤 되니 '혹시'라는 다른 가능성도 생각하지 않을 수 없었다. 혹시 정말로 앤디 벨 사건과 관련이 있는 사람이 핍을 협박해서 과제를 포기하게 하려던 거라면? 핍이 계속 진상을 파헤칠 경우 잃을 것이 많은 사람이라면 그럴 수 있을지도 모른다.

핍은 아무에게도 그 쪽지 이야기를 하지 않았다. 카라나 로렌은 물론 남자애들, 부모님, 하물며 라비에게도 말하지 않았다. 가족들과 친구들이 걱정하기 시작하면 핍은 EPQ를 계속하지 못하게 될 수도 있다. 그리고 정보의 유출도 되도록 통제할 필요가 있었다. 핍은 비밀을 가슴에 묻어둬야 했다. 그리고 그런 일이라면 전문가 앤디 벨 양에게 배우면 될 터였다.

"아빠는 오늘 안 계셔?" 핍이 물었다.

"뭐야, 방금 과외 간다고 하고 가셨잖아. 진짜, 한 15분 됐나?"

"아, 그렇지." 거짓말과 비밀 때문에 핍은 정신이 팔려 있었다. 엘리엇은 일주일에 세 번 늘 과외가 있었다. 정해진 일정이었고 핍도 잘 알고 있었다. 핍은 다른 데 신경이 쓰여 평소처럼 예리하지 못했다. 카라라면 곧 알아차릴 것이다. 카라는 핍을 너무 잘 알았다. 진정할 필요가 있었다. 핍이 오늘 카라네 집에 온 건 목적이 있어서다. 긴장한 모습을 보이면 다 탄로 나고 말 것이다.

옆방에서 웅웅대는 TV 소리가 들려왔다. 나오미가 피융피융 총소리와 '젠장'이란 대사가 많이 나오는 미국 드라마를 보고 있었다.

지금이다. 행동에 나설 때였다.

"카라, 네 노트북 잠깐 빌려도 돼?" 핍은 의심을 사지 않도록 부드러운 표정을 지어 보였다. "영문학 책 한 권만 찾아보게."

"응, 그럼." 카라가 식탁 너머로 노트북을 건네며 말했다. "열려 있는 창은 닫지 마."

"알겠어." 핍은 카라가 보지 못하도록 노트북 화면을 제 쪽으로 돌렸다.

심장 뛰는 소리가 생생하게 핍의 귀에까지 들려왔고 얼굴로는 피가 쏠리는 게 느껴졌다. 아마 지금쯤 얼굴이 시뻘게져 있겠지. 핍은 허리를 숙이고 노트북 화면 뒤에 숨어 제어판을 클릭했다.

그놈의 '혹시' 때문에 핍은 간밤 새벽 3시까지 잠들지 못했다. 그래서 핍은 인터넷으로 초딩이 썼을 법한 질문 글이며 무선 연결 프린터 설명서까지 별별 글을 다 찾아보았다.

누구든 숲속까지 핍을 따라올 순 있었다. 그건 사실이었다. 누구든 핍을 지켜보다가 핍과 친구들을 천막 밖으로 유인한 다음 그 쪽지를 남길 수도 있었다. 이 역시 사실이었다. 하지만 핍의 '관련 인물' 목록에서 핍과 카라가 캠핑을 간단 사실을 정확히 알고 있었던 사람은 딱 한 명, 나오미뿐이었다. 지금까지 핍은 자신이 나오미를 잘 안다고 생각해서 바보같이 나오미를 딱히 주목하지 않았었다. 핍이 알지 못하는 나오미의 다른 면이 있을지도 모른다. 앤디가 죽은 그날 밤 나오미는 잠시 맥스네 집에서 종적을 감추었고 어쩌면 이 사실을 숨겼을 가능성도 있다. 나오미가 샐을 좋아했을 수도 있다. 어쩌면 죽이고 싶을 만큼 앤디를 싫어했을지도 모른다.

몇 시간을 집요하게 찾아본 결과 무선 연결 프린터에서 과거 인쇄물 목록을 확인할 방법은 없단 것을 알게 됐다. 그리고 제정신이 박힌 사람이라면 그런 협박성 쪽지를 제 컴퓨터에 저장해둘 리도 없으니 나오미의 인쇄 기록을 살펴보는 것도 별 의미는 없을 터였다. 하지만 핍이 할 수 있는 일이 있었다.

핍은 카라의 노트북에서 '장치 및 프린터'를 클릭하고 이 집 가족들이 공유하는 프린터 위로 마우스 포인터를 가져갔다. 프린터 이름은 '프레디 프린트 주니어'라고 되어 있었다. 핍은 '프린터 등록정보'를 우클릭한 다음 더 보기 탭을 눌렀다.

위키하우 같은 웹사이트에서 그림 설명이 동반된 설명서를 순서대로 외워 온 핍은 '인쇄된 문서 계속 유지하기' 옆 박스에 체크하고 적용을 눌렀다. 이제 됐다. 핍은 제어판을 닫고 다시 카라의 과제 페이지를 열었다.

"고마워." 핍은 노트북을 다시 돌려주며 말했다. 핍의 심장은 가슴에 무슨 붐박스라도 달아놓은 것마냥 쿵쾅대고 뛰었다. 이 정도면 핍의 심장 소리가 남들 귀에도 들릴 것 같았다.

"천만에."

카라의 노트북에는 이제 가족 공유 프린터에서 출력되는 모든 문서의 기록이 남아 있을 것이다. 또 프린터로 뽑은 그런 쪽지를 받는다면 이젠 나오미 짓인지 아닌지 핍도 확실히 알 수 있을 것이다.

백악관 폭발음과 함께 연방정부 요원들이 "밖으로 나가!", "도망쳐!" 하며 외쳤고 뒤이어 부엌문이 열렸다. 나오미가 문간에 서 있었다.

"너무하네." 카라가 말했다. "언니, 우리 숙제하잖아. 소리 좀 줄여."

"미안." 나오미는 목소리를 낮췄다. 그렇다고 딱히 TV 소리가 줄어드는 것도 아닌데 말이다. "마실 것 좀 가져가려고. 핍, 너 괜찮아?" 의아하단 표정으로 핍을 바라보는 나오미를 보고 그제야 핍은 자신이 나오미를 뚫어져라 쳐다보고 있었음을 깨달았다.

"아…… 그냥 언니 보고 깜짝 놀라서요." 핍은 부자연스러우리만치 활짝 웃으며 대답했다. 핍의 미소가 볼까지 파여 있었다.

피파 피츠-아모비
EPQ 2017. 09. 08.

## 활동일지 13
## 엠마 허튼 인터뷰 (2)

핍: 다시 인터뷰 응해주셔서 감사해요. 이번에는 정말 짧게 할게요.

엠마: 괜찮아.

핍: 감사합니다. 일단 제가 그동안 앤디에 관해 조사를 좀 해 봤는데, 직접 확인해보고 싶은 소문이 있어서요. 앤디가 샐이랑 사귀던 중에 다른 사람을 만났을 수도 있다고 하더라고요. 나이가 많은 사람이라는 것 같았어요. 혹시 이런 소문 들으셨어요?

엠마: 누가 그래?

핍: 죄송해요, 알려준 사람이 꼭 익명으로 해달라고 해서요.

엠마: 클로에니?

핍: 죄송해요. 얘기하지 말아달라고 그쪽에서 부탁해서요.

엠마: 클로에겠지. 그걸 아는 건 우리뿐이었으니까.

핍: 그럼 진짜예요? 앤디가 샐이랑 사귀는 중에 나이 많은 사람을 만난 게?

엠마: 뭐, 앤디 말론 그렇대. 한 번도 이름이나 뭐 다른 얘긴 한 적이 없고.

핍: 혹시 얼마나 만났는지 대충 짐작은 가세요?

엠마: 실종 시점 기준으로 그리 오래된 건 아니었어. 3월쯤부터 얘기를 했던 것 같아. 근데 이것도 그냥 추측이야.

핍: 그 사람이 누군지 전혀 모르시고요?

엠마: 몰라. 앤디는 우리가 모르는 그 상황을 즐겼으니까.

핍: 경찰에 그 얘기를 해볼 생각은 없으셨어요?

엠마: 응. 솔직히 우리가 그 이상 아는 게 없었으니까. 앤디가 뭔가 있어 보이려고 꾸며낸 존재일 거라고 생각하기도 했고.

핍: 샐 관련해 그런 일들이 있고 나서도 경찰에는 말할 생각 안 하셨어요? 그게 어떤 동기가 됐을지도 모른다거나 하는?

엠마: 전혀. 왜냐면 그 남자가 실존하는 존재인지조차 확신이 없었으니까. 그리고 앤디가 샐한테 그 남자 얘기를 할 정도로 바보 아니지.

핍: 샐이 어떻게든 알게 됐을 수 있잖아요?

엠마: 흠, 아니라고 봐. 비밀이라면 앤디는 철두철미했거든.

핍: 마지막 질문으로 넘어갈게요. 혹시 앤디랑 나오미 워드가 싸운 적이 있나요? 아니면 두 사람 관계가 그냥 좋지 않았다든가요.

엠마: 나오미 워드? 샐 친구 말야?

핍: 네.

엠마: 아니, 내가 알기론 싸운 적 없어.

핍: 앤디가 나오미와의 갈등을 이야기하거나, 아니면 나오미에 대해 나쁘게 이야기를 했다든가 한 적은 없을까요?

엠마: 아니. 근데 그러고 보니 앤디가 확실히 그 집안 사람을 싫어하긴 했었네. 나오미는 아니고.

핍: 그게 무슨 말씀이시죠?

엠마: 워드 선생님 있잖아, 역사 선생님. 아직도 킬턴 그래머 스쿨에 계시는지 모르겠네. 아무튼 앤디가 워드 선생님을 안 좋아했어. 앤디가 선생님을 개자식이라고 했던 게 기억나.

핍: 왜요? 그게 언제쯤이에요?

엠마: 음, 정확히는 기억이 안 나는데 아마 부활절 전후였을 거야. 그러니까 그 사건 있기 얼마 전 일이었지.

핍: 앤디는 역사 수업 안 들었잖아요?

엠마: 응, 아마 선생님이 앤디한테 치마가 너무 짧다고 했다던가 그랬을 거야. 앤디는 그런 잔소리 듣는 걸 늘 싫어했거든.

핍: 제 질문은 여기까지예요. 다시 한번 도와주셔서 감사해요.

엠마: 아니야. 안녕.


**아니다.** 그건 그냥 아니다.

처음엔 나오미더니 뭐야, 이제 엘리엇? 이제 난 나오미 언니 눈도 제대로 못 쳐다본다. 왜 앤디 벨 사건을 캐면 캘수록 내 주변 사람들이 자꾸 관련되는 거지?

좋아, 앤디가 사망 전 친구들에게 선생님 욕을 한 건 순전히 우연 같다. 그래. 전혀 상관없는 일일 수 있다.

하지만 (사소한 일이라기엔 심상치가 않거니와) 엘리엇은 앤디를 잘 모른다고, 앤디가 죽기 전 2년간은 앤디하고 거의 부딪힐 일 자체가 없었다고 했다. 별로 엮일 일도 없는 엘리엇을 앤디는 왜 개자식이라고 했을까? 엘리엇이 거짓말을 했나? 왜지?

가까운 사이란 이유로 의구심을 품지 않는다면 (전에도 내가 그런 실수를 한 만큼) 그건 위선적인 거다. 그러니까 물리적으로 괴로워도 일단 생각은 해보겠다. 별 의미 없는 것 같은 이 단서가 실은 엘리엇이 그 비밀의 연상남임을 가리키는 걸까?

원래 나는 비밀의 연상남이 이십 대 중후반 정도의 남자일 것으로 생각했다. 하지만 내 본능이 틀렸을지도 모른다. 어쩌면 그보다 나이가 훨씬 많은 사람이었을지도 모르는 거다. 엘리엇은 47세. 지난번에 생일 케이크를 구운 적이 있어서 안다. 그럼 앤디 실종 당시엔 42세였단 얘기다.

앤디는 친구들에게 이 남자를 "망가뜨릴 수 있다"고 했다. 나는 그 남자가 (누구진 몰라도) 유부남이겠거니 했다. 엘리엇은 유부남이 아니다. 엘리엇의 아내는 이미 그 사건이 있기 2년 전 세상을 떠났다. 하지만 엘리엇은 교사고, 교사는 신뢰가 필요한 자리다. 학생과 부적절한 관계가 있었다면 엘리엇은 징역을 살 수도 있다. 그 정도면 확실히 "망가뜨리는" 거다.

엘리엇이 그런 짓을 할 법한 사람인가? 아니, 아니다. 엘리엇이 열일곱 살 아리따운 금발 소녀에게 욕망을 품는 그런 사람인가? 아니라고 본다. 물론 엘리엇이 인물이 못난 것도 아니고 중후한 분위기 같은 것도 있기는 한데…… 그냥 아니다. 전혀 그림이 그려지지 않는다.

지금 이런 생각을 하고 있다는 것 자체가 기절초풍할 일이다. 이제 관련 인물 목록에 올릴 다음 타자는 그럼 카라인가? 라비? 아빠? 나?

아무래도 마음 단단히 먹고 직접 엘리엇에게 물어봐서 사실을 가려내야 할 것 같다. 이러다가 나중에는 앤디랑 말 한번 섞어봤다고 '당신이 범인이지' 의심하는 수준에 이를 것 같다. 그런 강박은 내 스타일이 아니다.

하지만 엘리엇에게 어떻게 가볍게 앤디 이야기를 꺼낼 수 있을까? 앤디는 범죄 피해자고 엘리엇은 여섯 살 때부터 알던 친구의 아버지인데 말이다.

관련 인물

**제이슨 벨**
나오미 워드
비밀의 연상남
엘리엇 워드

## 13

핍의 오른손은 뇌의 신호대로 움직이는 게 아니라 저만의 회로가 따로 있는 모양이었다.

"하지만 레닌은 1921년 붉은 군대의 그루지야 침공 이후 스탈린의 對 그루지야 정책을 영 못마땅해했지." 메모도 하고 날짜에 밑줄도 그으며 손은 바삐 움직이고 있었지만, 사실 핍은 수업에 집중을 하고 있지 않았다.

핍의 머릿속에서는 한창 전쟁이 진행 중이었다. 팽팽하게 갈라선 양측은 서로 네가 옳네, 내가 옳네, 다투고 있었다. 앤디가 엘리엇을 '개자식'이라고 했단 이야기를 과연 핍이 엘리엇에게 직접 물어보아도 될 것인가, 아니면 혹시 그랬다가 핍의 수사에 지장이 생길 것인가? 스승에게 범죄 피해자인 제자 일을 꼬치꼬치 캐묻는 건 무례한 일인가, 아니면 핍다운 행동이라고 충분히 용서받을 수 있는 일인가?

점심시간 종이 울렸다. 바닥에 의자 끌리는 소리, 가방 지퍼 소리에 교실은 소란스러웠지만 엘리엇은 개의치 않고 학생들에게 소리쳤다. "다음 시간에는 3장을 읽고 오도록. 너무 흥미진진해서 도저히 참을 수가 없으면 4장 트로츠키까지 읽고 행진을 하고 와도 말리진 않겠다." 그러곤 엘리엇은 자기 농담에 스스로 낄낄 웃었다.

"같이 갈 거야, 핍?" 코너는 자리에서 일어나며 가방을 휙 둘러멨다.

"음, 금방 따라갈게." 핍이 대답했다. "선생님께 뭐 하나만 좀 여쭤보고."

"나한테 물어볼 게 있다고?" 핍이 하는 말을 듣고 엘리엇이 말했다. "이거 뭔가 불길한데. 벌써부터 과제 고민 중인 건 아니겠지."

"아니에요. 아, 생각은 하고 있는데 여쭤보려는 건 과제 얘긴 아니고요."

핍은 다른 학생들이 다 나갈 때까지 기다렸다.

"무슨 일인데?" 엘리엇은 손목시계를 슬쩍 확인했다. "10분 주마. 10분 넘어가면 나도 초조해져서 안 돼. 파니니 줄이 너무 길어진단 말이지."

"네, 죄송해요." 핍은 남아 있는 마지막 용기를 짜내어보려고 했지만 마음대로 되지 않았다. "음……."

"무슨 일 있는 건 아니지?" 엘리엇은 책상에 걸터앉아 팔짱을 끼고 다리를 꼬았다. "대입 원서 쓰는 것 때문에 걱정돼서 그러니? 언제 자소서를 한번 같이……."

"아뇨, 그런 건 아니고요." 핍은 숨을 크게 한번 들이쉰 다음 입을 뗐다. "지난번에…… 전에 제가 앤디에 관해서 여쭤봤을 때 앤디랑은 마지막 2년 동안 별로 마주칠 일이 없었다고 하셨잖아요."

"맞아, 그랬지." 엘리엇이 눈을 깜박였다. "내 수업을 안 들었으니까."

"맞아요, 그런데……." 갑자기 용기가 물밀듯 밀려오면서 마음속 말들이 앞다투어 쏟아져나오기 시작했다. "앤디 친구 말로는 앤디가 실종되기 몇 주 전쯤 선생님더러, 이런 말 써서 죄송해요, '개자식'이라고 욕을 했었대요."

핍은 굳이 왜냐고 물을 필요가 없었다. 핍의 말에 이미 '왜'라는 질문이 함축돼 있었다.

"아." 엘리엇은 짙은 머리칼을 이마 뒤로 쓸어넘겼다. 엘리엇은 핍을 쳐다보며 한숨을 내쉬었다. "글쎄, 이 이야기까진 안 하고 싶었는데 말야. 지금 굳이 끄집어내봤자 뭐 좋을 게 있나 싶기도 하고. 그래도 핍 네가 EPQ를 아주 제대로 하고 있단 것만큼은 잘 알겠다."

핍은 고개를 끄덕였다. 기나긴 핍의 침묵이 엘리엇의 대답을 재촉했다.

엘리엇은 몸을 뒤척였다. "이미 세상을 떠난 학생인데 안 좋은 이야기를 하려니 입이 선뜻 떨어지지가 않는구나." 엘리엇은 열려 있는 교실 문을 흘긋 쳐다보더니 몸을 기울여 문을 닫았다. "음, 교사로서야 내가 앤디랑 부딪힐 일이 거의 없었지만 난 나오미의 아빠이기도 하니까, 그런 측면에선 앤디를 또 모른다고 할 수 없었지. 그리고…… 그런 이유로, 그러니까 나오미를 통해서 앤디에 대해 알게 된 사실이 있었어."

"어떤 건데요?"

"달리 돌려 말할 방법이 없으려나…… 앤디는 학교폭력 가해자였어. 같은 학년의 다른 여자애를 괴롭혔지. 피해 학생 이름이 지금은 기억이 안 나는데, 포르투갈 쪽 이름이었던 것 같다.

사건이라고 해야 하나, 아무튼 앤디가 인터넷에 올린 영상이 문제가 됐지."

핍으로서는 놀랍기도 했지만 한편으론 또 새삼스러울 게 없기도 했다. 미로 같은 앤디 벨의 삶에 또 다른 통로가 열렸다. 앤디 벨의 참모습은 고대 양피지 문서마냥 몇 번이고 덧쓴 기록들을 들춰내야 겨우 보일까말까 했다.

"앤디가 벌인 일은 학교 징계 차원에서 끝날 수준이 아니라 경찰에도 불려갈 수 있는 수준이었어." 엘리엇은 이야기를 이어갔다. "그리고 내 딴에는…… 그때가 막 부활절 방학 끝나고 학기 첫 주였고 곧 A레벨 시험도 있고 하니까 앤디가 안타까웠지. A레벨 시험에 앤디의 미래가 달려 있었으니까." 엘리엇은 한숨을 내쉬었다. "원칙대로라면 그 일을 알게 된 이상 교장실에 찾아가 보고를 하는 게 맞았겠지. 하지만 학교폭력이나 사이버폭력은 단 한 번이라고 하더라도 눈감아줄 수 없다는 게 우리 학교 입장이고, 그럼 앤디는 A레벨이고 대학이고 그냥 당장 학교에서 쫓겨날 거란 말이야. 글쎄, 왠지 그렇겐 못 하겠더라. 아무리 학교폭력 가해자라지만 학생 한 명의 인생이 망가질 수도 있는 일인데, 교사인 내가 학생한테 그런 일을 한다는 것도 싫었고."

"그래서 어떻게 하셨어요?" 핍이 물었다.

"앤디 아버지 번호를 찾아 전화를 했지. 학기 첫날에 말야."

"그럼 앤디가 실종된 그 주 월요일에요?"

엘리엇이 고개를 끄덕였다. "그래, 아마 맞을 거다. 제이슨 씨에게 내가 아는 대로 상황을 다 전달한 다음 따님과 학교폭력과 그 여파에 대해 이야기를 한번 나눠보심이 좋겠다, 인터넷 접속을 제한하시는 방법도 있다, 말씀을 드렸지. 아버님께서 상황 정리를 잘해주시리라 믿는다, 그게 안 되면 나도 학교에 얘기하는 수밖에 없는데 그러면 앤디는 퇴학이다, 이렇게도 얘기를 했고."

"그랬더니요?"

"뭐, 자기 딸한테 기회를 준 점을 고마워했지. 그마저도 앤디에겐 과분한 기회였던 것 같지만 말이다. 제이슨 씨는 알아서 하겠다, 앤디와 이야기해보겠다고 약속을 했어. 지금 와서 생각해보니 아마 제이슨 씨가 딸과 이야기를 하는 과정에서 나한테 이야기를 전해 들었다고 얘기한 게 아닌가 싶구나. 그 주에 앤디가 콕 집어 나한테 그런 말을 썼다면 딱히 놀랍진 않구나. 그냥 실망스러울 뿐이지."

핍은 큰 숨을 내쉬었다. 조금의 꾸밈도 없는, 안도의 한숨이었다.

"왜?"

"그냥, 전에 사실대로 말씀 안 해주셨던 게 무슨 다른 심각한 이유 때문이 아니라 다행이다 싶어서요."

"핍, 아무래도 너 추리소설 너무 많이 본 것 같다. 추리소설 말고 역사적 인물의 전기 같은 걸 읽는 건 어때?" 엘리엇은 부드럽게 미소를 지었다.

"전기라고 뭐 다 좋은 내용만 나오나요." 핍이 잠시 말을 멈췄다. "혹시 이 얘기…… 다른 사람한테 하신 적 있으세요? 앤디의 학교폭력 이야기요."

"당연히 안 했지. 그 후로 그런 비극적인 사건이 벌어졌는데 무슨 의미가 있나 싶더라고. 얘길 꺼내는 것 자체가 무례한 일이기도 하고." 엘리엇은 턱을 만지작댔다. "그 일을 내가 묻어두고 싶어하는 건 나비효과 때문이야. 혹시 내가 곧장 학교에 보고를 했더라면 어땠을까? 그래서 앤디가 그 주에 퇴학을 당했더라면? 그랬다면 결과는 달라졌을까? 샐이 앤디를 살해할 구실 같은 것도 없었을까? 두 사람은 아직 살아 있었을까?"

"그쪽 길로는 전혀 발을 들이실 필요가 없을 것 같고요." 핍이 말했다. "그때 앤디에게 괴롭힘을 당한 여학생 이름은 아예 기억 안 나시는 거죠?"

"응, 미안하다." 엘리엇이 말했다. "나오미는 알 거야. 나오미한테 한번 물어봐. 그런데 이게 범죄 사건 수사에서 언론의 역할과 당최 무슨 관계가 있는지 모르겠구나." 엘리엇은 핍을 나무라듯 쳐다보았다.

"음, 최종 보고서 제목은 아직 미정이에요." 핍이 씩 웃었다.

"좋아, 핍 너도 굳이 안 가도 되는 길에 발을 들이진 말도록." 엘리엇이 손가락을 흔들어 보였다. "이제 튜나 멜트 샌드위치가 너무나 고픈 선생님은 이쯤에서 실례하마." 엘리엇은 웃어 보이며 복도로 달려 나갔다.

엘리엇이 교실을 떠나고 핍은 마음이 가벼워졌다. 가슴을 무겁게 짓누르던 의심도 사라졌다. 그리고 자칫 헛다리 수사로 이어질 수 있는 근거 없는 추측 대신 이제 핍이 정말로 추적해볼 만한 단서도 생겼다. 관련 인물도 한 명 줄었다. 소기의 성과가 있었다.

하지만 단서는 다시금 나오미를 가리키고 있었다. 핍은 아무렇지 않은 척 태연하게 나오미의 두 눈을 들여다보아야 할 터였다.

피파 피츠-아모비
EPQ 2017. 09. 13.

# 활동일지 15
## 나오미 워드 인터뷰 (2)

핍: 녹음 시작. 앤디가 당시에 언니랑 같은 학년 여학생을 괴롭혔단 이야기를 엘리엇 아저씨한테 들었어요. 사이버폭력 같은 건데, 무슨 동영상이랑 관련이 있다고 하시더라고요. 이 일에 관해서 언니 혹시 아는 것 있어요?

나오미: 아, 전에도 말했지만 내가 보기엔 앤디가 좀 골칫거리였어.

핍: 좀 더 자세히 얘기해주실 수 있을까요?

나오미: 나탈리 다 실바라고, 우리 학년 여학생이었어. 걔도 금발에 미인이었지. 사실 두 사람이 꽤 닮은 구석이 있었어. 그리고 내 생각엔 앤디가 걔한테 위협감을 좀 느낀 것 같아. 마지막 학년 학기 초부터 앤디가 걔에 대해 소문을 막 내고 망신 줄 궁리를 하고 그런 거 보면 말야.

핍: 언니는 그걸 어떻게 알게 된 거예요? 샐이랑 앤디는 그해 12월 이후에 사귀기 시작했다면서요.

나오미: 원래 나탈리랑 친했어. 생물학 수업을 같이 들었거든.

핍: 아하. 앤디가 어떤 소문을 냈는데요?

나오미: 딱 십 대 여자애가 낼 법한 소문 있잖아. 가족들이 근친상간이라는 둥, 나탈리가 탈의실에서 벗고 있는 다른 애들 보면서 자위를 했다는 둥, 뭐 그런 거.

핍: 언니 생각에는 나탈리가 미인이라 앤디가 의식해서 그랬다는 거죠?

나오미: 난 앤디 수준이 정말 딱 그 정도였다고 봐. 앤디는 모든 남학생들이 우러러보는 우리 학년 여왕벌이었고 나탈리는 경쟁상대였으니까 앤디가 걜 끌어내려야 했던 거지.

핍: 당시에 언니는 이 동영상에 대해 알고 있었어요?

나오미: 응, 인터넷에 난리가 났었으니까. 부적절한 콘텐츠라고 신고가 들어가기 전까지 아마 며칠은 올라가 있었을걸.

핍: 그게 언제예요?

나오미: 부활절 방학 동안이었어. 학기중이 아니었으니 망정이지, 학기중에 벌어진 일이었으면 정말 나탈리로선 끔찍했을 거야.

핍: 어떤 동영상이었는데요?

나오미: 내가 아는 선에서 얘기하자면 전후 상황은 이래. 앤디가 자기 무리 포함해서 학교에서 다른 애들이랑 어울려 놀고 있었어.

핍: 자기 무리란 클로에 버치랑 엠마 허튼 얘기죠?

나오미: 응, 걔네들. 샐이랑 우리 무리 말고. 학교에 크리스 팍스라는 남자애가 있었는데, 나탈리가 크리스를 좋아한다는 건 이미 소문이 파다했어. 나도 자세한 내용까진 모르겠는데 앤디가 하여간 그 남자애 번호로 나탈리한테 문자를 보낸 거야. 남자애 휴대폰을 빌린 건지, 아님 남자애한테 문자를 보내도록 시킨 건지, 어떻게 한 건진 잘 모르겠어. 아무튼 나탈리야 크리스를 좋아했고 당연히 크리스한테 온 문자인 줄 알았으니까 답장을 했지. 그랬더니 앤디인지 크리

스인지가 나탈리한테 가슴을 찍어 보내달라고 한 거야. 얼굴 보이게 동영상으로 찍어 보내라고.

핍: 나탈리가 그걸 찍어 보냈어요?

나오미: 응, 너무 순진했지. 하지만 나탈리는 상대가 크리스라고만 생각했으니까. 그리고 그다음 이야기야 뭐, 뻔하지. 인터넷에 그 동영상이 올라갔고 앤디를 포함해서 엄청나게 많은 사람들이 자기 계정에 그 영상을 공유했어. 댓글 참 볼만했지. 그 영상 내려가기 전까지 사실상 우리 학년 애들은 거의 다 봤을걸. 나탈리는 참담했어. 부활절 방학 끝나고도 이틀이나 결석을 했을 정도였으니까.

핍: 샐은 그게 앤디 짓인 걸 알고 있었어요?

나오미: 내가 샐한테 얘기는 했어. 샐도 당연히 그게 잘한 일이라고 생각하진 않았고. 하지만 그건 앤디 일이고 자기가 끼어들 문젠 아니다, 그게 샐 입장이었어. 샐이 어떤 면에선 참 강 건너 불구경하듯 그런 점이 있었어.

핍: 나탈리랑 앤디 사이에 다른 갈등도 있었나요?

나오미: 응, 사실은 있었어. 동영상 사건만큼이나 질 나쁜 것 같은데, 아마 아는 사람은 거의 없을걸. 어쩌면 나탈리가 나한테만 얘기했을지도 모르겠다. 생물학 시간에 나탈리가 울고 있어서 나도 알게 된 거거든.

핍: 무슨 일이었는데요?

나오미: 그 가을 학기에 졸업반이 연극을 올리려고 준비하고 있었어. 〈크루서블〉*이었던 것 같다. 오디션을 봐서 나탈리가 주인공을 맡았어.

핍: 애비게일 역이요?

나오미: 아마도? 나도 잘은 몰라. 물론 앤디 역시 애비게일 역을 맡고 싶어했고 잔뜩 열 받았지. 배역 공지가 다 끝난 후에 앤디는 나탈리를 조용히 불러서…….

핍: 불러서?

나오미: 미안, 내가 빠뜨린 부분이 있다. 나탈리한테는 다니엘이라는 오빠가 있었어. 우리보다 다섯 살쯤 위던가? 아무튼 그 오빠가 다른 일자리 구하기 전까지 한 1년간 우리 학교에서 경비 아르바이트를 했었거든. 그때 우리는 열대여섯 살이었고.

핍: 그런데요?

나오미: 자, 그러니까 앤디가 나탈리를 조용히 불러서 하는 말이, 너네 오빠가 학교에서 일할 적에 내가 너네 오빠랑 잤다, 그런데 당시에 나는 열다섯 살 미성년이었다, 이런 거지. 그러면서 나탈리한테 연극에서 빠져라, 아니면 너희 오빠가 날 강간했다고 경찰에 신고할 거다, 이렇게 협박을 한 거야. 그래서 나탈리는 연극에서 빠졌어. 앤디가 무슨 짓을 저지를지 모르니까.

핍: 진짜예요? 앤디가 나탈리 오빠랑 사귀었어요?

나오미: 나도 몰라. 나탈리도 사실 그게 정말인지는 알지 못했어. 그래서 연극에서 빠졌고. 그렇다고 자기 오빠한테 직접 물어본 것 같진 않아.

---

* 미국의 극작가 아서 밀러가 1952년에 쓰고 1953년에 초연한 희곡. 마녀재판과 전체주의 광기의 무서움을 고발했다..

핍: 나탈리는 지금 어디 있어요? 혹시 제가 직접 만나볼 수 있으려나요?

나오미: 지금은 내가 걔랑 연락이 거의 끊어져서…… 지금 부모님 댁에 와 있는 건 알아. 근데 나탈리 관련해서 들은 소문이 좀…….

핍: 무슨 얘긴데요?

나오미: 음, 나탈리가 대학에서 무슨 싸움 같은 데 휘말렸나 봐. 상해죄로 기소까지 돼서 징역도 산 모양이더라고.

핍: 세상에.

나오미: 그러게나 말이야.

핍: 혹시 나탈리 전화번호를 알 수 있을까요?

# 14

"어휴 경관님, 저 만나러 오신다고 이렇게 갖춰 입고 오신 거예요?" 녹색 체크무늬 플란넬 셔츠에 청바지 차림의 라비가 문간에 기대어 말했다.

"학교에서 바로 오는 길이에요." 핍이 대답했다. "선배 도움이 필요해요. 얼른 신발 신어요." 핍은 서두르라는 듯 손뼉을 쳐 보였다. "선배도 같이 가는 거예요."

"무슨 임무 수행이라도 하러 가는 거야?" 라비는 뒷걸음질로 복도에 팽개쳐져 있던 낡은 운동화에 발을 구겨 넣었다. "야간용 고글이랑 장비 벨트도 챙길까?"

"오늘은 없어도 돼요." 핍은 씩 웃으며 정원 사잇길을 걸어가기 시작했다. 라비가 문을 닫고 핍의 뒤를 따랐다.

"어디 가는데?"

"유력한 앤디 살해 용의자 두 명이 있는 집. 그중 한 명은 무려 '신체상해죄'로 복역하고 갓 출소한 사람이거든요." 핍은 '신체상해죄'라고 하면서 손가락으로 따옴표를 만들어 보였다. "폭력적 성향의 관련 인물을 만나러 가는 거라 백업이 필요해요."

"백업?" 라비는 핍의 걸음을 따라잡으며 되물었다.

"왜, 위기 상황에서 내가 소리를 지르면 도와주러 올 사람은 있어야죠."

"잠깐만, 핍." 라비는 핍의 팔을 붙들고 가던 길을 멈춰 세웠다. "실제로 신변에 위험이 될 수 있는 일이라면 안 하는 게 좋겠어. 형도 그건 원치 않을 거야."

"아, 선배도 참." 핍은 라비의 팔을 떨구어냈다. "그래봤자 수행평가인데, 위험해봤자 내가 뭘 또 얼마나 대단한 위험을 감수한다고요. 그냥 그 언니한테 차분하게 몇 가지만 좀 물어볼 생각이에요."

"아, 여자야? 그럼 뭐."

핍은 어깨에 걸치고 있던 가방으로 라비의 팔을 휙 내려쳤다.

"방금 그 발언 위험했어요. 여자들도 남자들 못지않게 위험해질 수 있거든요."

"오우, 알겠어, 알았다고." 라비는 팔을 문지르며 말했다. "가방 안에 대체 뭘 넣고 다니는 거야? 벽돌이라도 들었어?"

동그란 헤드라이트가 달린 땅딸막한 핍의 차를 보고 라비는 한참을 웃은 후 그제야 안전벨트를 맸고, 핍은 휴대폰 창에 주소를 입력했다. 시동을 켠 다음 핍은 라비에게 지난번 만난 이후 새롭게 알게 된 내용을 전부 이야기해주었다. 딱 하나, 숲속의 그 어두운 형체와 핍의 침낭 안에 들어 있던 쪽지 이야기만 빼고. 형 사건을 다시 조사하는 것이 지금 라비에겐 사실상 자신의 전부나 다름없는 일임에도 핍이 위험해질 수도 있단 걸 알게 되면 당장 관두자고 할 게 뻔했다. 핍은 라비가 그런 말을 하게 만들고 싶지가 않았다.

"앤디가 참 문제가 많은 학생이었던 것 같네." 라비는 핍의 이야기를 끝까지 듣고 나서 말했다. "그런데도 다들 그렇게나 쉽게 괴물은 샐이라고 믿어버렸단 거지. 와우, 방금 나 제법 통찰력 있지 않았어?" 라비는 핍 쪽을 돌아보았다. "혹시 방금 내가 한 말 보고서에 인용하고 싶으면 써도 돼."

"그럼요, 각주도 달고 다 적어야죠." 핍이 대꾸했다.

"라비 싱," 라비는 손가락으로 허공에다 글을 써 보였다. "다듬어지지 않은 통찰력, 2017년 핍의 차에서."

"오늘 EPQ 설명회가 있었는데 주석 다는 얘기만 한 시간을 하는 거예요." 핍은 다시 정면의 도로로 시선을 돌렸다. "아니, 학술논문에 출처 표기하는 법 같은 건 내가 이미 엄마 배 속에서 마스터하고 나온 사람인데, 그 정도를 모르겠냐고요."

"아주 대단한 초능력일세. 마블에 한번 연락해봐."

핍의 휴대폰에서 약간 재수 없는 말투로 도착지점이 500여 미터 남았다는 기계음 섞인 안내 음성이 흘러나왔다.

"이 집인가 봐요." 핍이 말했다. "나오미 언니가 밝은 파란색 대문을 찾으면 된다고 했거든요." 핍은 그런 다음 갓길에 차를 바짝 대었다. "어제 나탈리한테 두 번이나 전화했어요. 처음에 학교 과제 때문이라고 하니까 바로 끊어버리더라고요. 두 번째엔 아예 전화를 안 받고요. 제발 문을 열어줘야 할 텐데요. 같이 갈 거죠?"

"글쎄." 라비는 자기 얼굴을 가리켜 보이며 말했다. "여기 '살인마 동생' 딱 이렇게 쓰여 있어서 말이지. 내가 없는 편이 더 수월할지도 몰라."

"아."

"내가 저쪽에 숨어 기다리면 어때?" 라비는 집 앞 정원을 가르는 콘크리트 길을 가리켰다. 현관은 그 지점에서 왼쪽으로 홱 꺾인 방향에 있었다. "저기라면 집 쪽에선 안 보일 거야. 저기 숨어서 언제든 뛰쳐나갈 수 있게 준비하고 있을게."

두 사람은 차에서 내렸고 라비는 핍에게 가방을 건네주며 무거워 죽겠다는 듯 과장된 연기를 해 보였다.

라비가 자리를 잡자 핍은 라비를 향해 고개를 한번 끄덕해 보이곤 현관으로 걸어갔다. 핍은 짧게 초인종을 두 번 눌렀다. 어두운 그림자 형체가 간유리 쪽으로 다가오는 것을 보고 핍은 긴장해서 재킷 목깃을 만지작거렸다.

문이 천천히 열렸고 그 틈으로 얼굴이 보였다. 귀까지 짧게 자른 백금발에 너구리 같은 짙은 아이라인을 그린 젊은 여자였다. 화장 뒤에 숨겨진 얼굴에서 왠지 모르게 앤디 같은 느낌이 있었다. 앤디처럼 크고 파란 눈에 도톰하고 창백한 입술이 특히나 그랬다.

"안녕하세요." 핍이 입을 열었다. "나탈리 다 실바 씨 되시나요?"

"그……런데요." 여자는 주저하며 말했다.

"저는 핍이라고 해요." 핍은 침을 꿀꺽 삼켰다. "어제 전화드렸는데 혹시 기억하세요? 나오미 워드 통해 연락처를 알게 됐어요. 나오미 워드와 동창 맞으시죠?"

"응, 나오미랑은 친구였지. 왜? 걔한테 무슨 일 있니?" 나탈리는 걱정스러운 얼굴이었다.

"아, 별일 없어요." 핍은 웃어 보였다. "지금은 나오미 언니도 고향집에 와 있어요."

"몰랐네." 나탈리가 문을 조금 더 열었다. "그러게, 얼굴 한번 봐야 하는데. 그런데……."

"아, 죄송해요." 핍은 그제야 나탈리의 전신을 볼 수 있었고, 발목에 차고 있는 전자발찌를 눈치챘다. "그, 어제 유선상으로도 말씀드렸지만 제가 지금 학교에서 하는 과제가 있는데 관련해서 혹시 몇 가지 여쭤봐도 될까 해서요." 핍은 재빨리 나탈리의 얼굴로 시선을 돌렸다.

"뭐에 대해서?" 나탈리는 발찌를 찬 발을 문 뒤로 숨겼다.

"음, 앤디 벨 사건에 관련해서요."

"미안, 싫은데." 나탈리가 뒤로 물러서며 문을 닫으려고 했지만 핍은 재빨리 한 발을 앞으로 내밀며 막아섰다.

"제발요. 앤디가 언니를 얼마나 괴롭혔는지 다 들었어요. 별로 얘기 안 하고 싶은 마음도 충분히 이해가 가지만……."

"그년이 내 인생을 망쳐놨어." 나탈리가 거칠게 말했다. "걔 일이라면 난 1초도 더 낭비하기 싫어. 비켜."

바로 그때 콘크리트 바닥을 가로지르는 신발 소리가 들려왔다. 뒤이어 작은 목소리도 들렸다. "이런 젠장."

소리가 나는 쪽을 흘긋 쳐다본 나탈리는 이내 눈이 커졌다. "너……." 나탈리가 조용히 말했다. "샐 동생이잖아."

질문이 아니었다.

핍은 그제야 뒤를 돌아보았다. 거기에는 라비가 당황한 듯한 얼굴로 서 있었다. 라비 옆에는 콘크리트판이 수평을 잃고 기울어져 있었다. 아마 저기 걸려 넘어진 모양이었다.

"안녕하세요." 라비가 고개를 숙이며 손을 들어 인사했다. "라비입니다."

라비가 핍 옆에 와서 섰다. 문을 붙잡고 있던 나탈리의 손에 긴장이 풀리면서 문이 활짝 열렸다.

"샐은 늘 친절했어." 나탈리가 말했다. "그럴 필요 없을 때조차 친절했지. 내가 정치학을 어려워하니까 샐은 자기 점심시간도 포기하고 나한테 과외를 해줬었어. 샐이랑 이야기한 건 그때가 마지막이네. 너희 형 일은 정말 유감이야."

"감사합니다." 라비가 말했다.

"너도 꽤 힘들었겠네." 나탈리는 말을 계속 이어갔다. 나탈리의 눈을 보면 아직도 시간여행 중인 듯했다. "워낙에 앤디 벨을 숭배하는 동네잖아. 킬턴의 성녀이자 이웃집 소녀, 앤디 벨. 그 기념 벤치도 참 웃겨. '너무 일찍 떠난 그녀'라니, '너무 늦게 떠난 그녀'라고 썼어야지."

"확실히 앤디가 성녀는 아니었죠." 핍은 어떻게든 나탈리에게서 이야기를 끌어내보려고 부드럽게 말했다. 하지만 나탈리는 핍을 보고 있지 않았다. 나탈리의 시선은 라비만을 향해 있었다.

라비가 다가갔다. "앤디한테 괴롭힘을 당했어요?"

"그럼." 나탈리가 쓸쓸하게 웃었다. "그리고 걘 지금까지도, 무덤에서도 내 인생을 망가뜨리는 중이지. 이미 내 발찌는 봤겠지." 나탈리가 자기 발찌를 가리켰다. "대학에서 룸메이트한테 주먹 한번 날렸다가 이렇게 됐지 뭐야. 각자 방을 정하려고 하는데 얘가 꾀를 쓰는 거지. 딱 앤디 같은 짓을 하는데 참을 수가 있어야지."

"앤디가 올렸다는 동영상 얘기는 들었어요." 픱이 말했다. "그걸로 충분히 형사처벌도 가능했을 것 같은데요. 당시 아직 미성년자였으니까요."

나탈리는 어깨를 으쓱해 보였다. "형사처벌은 아니었지만 어쨌든 걔도 그 주에 결국 벌 받았잖아. 신의 뜻 같은 걸로. 샐 덕분에 말이지."

"앤디가 죽길 바랐어요? 앤디가 한 짓 때문에?" 라비가 물었다.

"당연하지." 나탈리의 목소리가 어두워졌다. "당연히 걔가 죽어버렸으면 했지. 너무 당혹스러워서 학교도 이틀이나 안 갔는걸. 수요일에 학교에 가니까 다들 날 보고 웃었어. 복도에서 울고 있는데 앤디가 지나가면서 나더러 창녀라더라. 너무 화가 나는데 무서우니까 면전에 대고는 아무 말도 못 하고 걔 사물함에 쪽지를 넣어뒀지."

픱은 곁눈질로 라비를 흘긋 쳐다보았다. 라비의 턱은 바짝 긴장해 있었고 미간은 찡그린 상태였다. 라비도 픱과 같은 생각을 하고 있다는 걸 알 수 있었다.

"쪽지요?" 라비가 물었다. "혹시…… 협박 쪽지 같은 거였나요?"

"당연히 협박 쪽지지." 나탈리가 웃었다. "*나쁜 년, 죽여버릴 거야.* 뭐 이런 거였어. 근데 나보다 샐이 한발 빨랐네."

"꼭 그렇지 않았을 수도 있겠죠." 픱이 말했다.

나탈리가 고개를 돌려 픱의 얼굴을 쳐다보았다. 그런 다음 큰 소리로 억지웃음을 웃어 보였다. 침방울이 픱의 볼에까지 튀었다.

"와, 이거 너무 재밌는데." 나탈리가 콧방귀를 뀌었다. "지금 혹시 앤디 벨을 죽인 범인이 나라고 의심하는 거야? 나한테 그럴 만한 동기가 있었으니까? 그렇지? 지금 그런 생각인 거지? 내가 그날 어디서 뭐 했다고 해명이라도 하리?" 나탈리가 잔인하게 웃었다.

핍은 아무 대꾸도 하지 않았다. 입안에 불편하리만치 침이 잔뜩 고였지만 핍은 침을 삼키지 않았다. 핍은 조금도 움직이고 싶지 않았다. 라비의 팔이 핍의 손과 어깨를 스쳤다.

나탈리는 두 사람 쪽으로 몸을 기울였다. "앤디 벨 덕분에 나한텐 친구라는 게 없었어. 그 금요일 밤에 갈 곳이라는 게 없었지. 그날 밤도 난 부모님이랑 새언니랑 집에서 스크래블 게임을 하다가 11시에 잤다고. 이거 참 실망을 안겨드려 죄송하네."

핍은 침을 삼키고 말고 할 여유가 없었다. "새언니가 집에 있었으면, 그럼 오빠분은요?"

"아, 우리 오빠도 용의자야?" 나탈리의 목소리가 더욱 거칠고 어두워졌다. "나오미가 얘길 했나 보군. 오빠도 그날 밤 경찰 동료들이랑 펍에 술 마시러 나가고 없었어."

"오빠가 경찰이에요?" 라비가 물었다.

"그해 막 견습 기간을 마쳤었지. 그래, 그러니까 안타깝지만 이 집에 살인범은 없어. 그럼 이만 꺼져. 나오미한테도 꺼지라고 전해주고."

나탈리는 한 발 물러서더니 두 사람의 면전에 대고 문을 쾅 닫았다.

핍은 문틀이 바르르 떨리는 모양을 지켜보았다. 얼마나 집요하게 쳐다보고 있었으면 아주 잠깐이지만 문이 닫히며 쾅 하는 소리에 미세한 공기 입자가 진동하는 모습까지 보이는 것만 같았다. 핍은 세차게 고개를 저은 다음 라비 쪽을 쳐다보았다.

"가자." 라비가 부드럽게 말했다.

다시 차로 돌아온 핍은 잠시 숨을 고르면서 흐릿한 생각을 언어로 정리해보고자 했다.

라비가 먼저 입을 열었다. "음, 그럼 내가 수사를 방해한 꼴이 된 건가? 목소리도 높아졌고……."

"아니요." 핍은 라비를 쳐다보며 싱긋 웃었다. "선배가 등장한 게 오히려 다행이었지. 선배 아니었으면 입도 뻥긋 안 했을걸요."

라비가 자세를 바로 하고 앉자 천장에 머리가 닿아 정수리 부분 머리가 눌렸다. "그 기자가 말했던 살인 협박 말야."

"나탈리 짓이었던 거죠." 핍이 라비의 말을 이어받으면서 시동을 걸었다.

차를 뺀 다음 한 5미터쯤 갔을까, 나탈리 집 인근을 막 벗어나던 중 핍이 갑자기 차를 세우고 휴대폰을 찾았다.

"뭐 하는 거야?"

"나탈리 오빠가 경찰이라면서요." 핍은 브라우저 앱을 열고 검색어를 입력했다. "나탈리 오빠를 찾아봐야죠."

가장 먼저 나온 결과는 '템스밸리 경찰 다니엘 다 실바' 페이지였다. 경찰 웹사이트에 따르면 다니엘 다 실바 순경은 지방 경찰팀에서 리틀 킬턴 지역을 담당하고 있었다. 링크드인 프로필에는 2011년 말부터 순경으로 근무했다고 돼 있었다.

"어, 나 이 사람 알아." 라비가 핍의 어깨 너머로 몸을 기울이며 다니엘의 사진을 손가락으로 가리켰다.

"안다고요?"

"응. 내가 형 사건을 다시 조사하고 다니기 시작했을 때 나더러 포기하라고, 형 짓이라는 데 의심의 여지가 없다고 한 게 이 사람이었어. 이 사람 확실히 날 싫어해." 라비의 손은 뒤통수를 향했고 짙은 머리칼 속에 손가락이 파묻혀 보이지 않았다. "지난여름 내가 카페 야외석에 앉아 있었거든. 근데 이 사람이⋯⋯." 라비는 다니엘의 사진을 가리켰다. "나더러 '얼쩡대지 말고' 자리를 옮기라는 거야. 야외석에 앉아 있는 사람이 나 혼자였던 것도 아닌데, 다른 사람들한텐 아무 말 않고 유색인종에 살인범 동생인 나한테만 와서 얼쩡대지 말라고 하는 게 참 웃기지 않니."

"무슨 그런 형편없는 놈이 다 있대요?" 핍이 대꾸했다. "선배가 형 사건 관해서 물어본 건 다 묵살해버리고?"

라비는 고개를 끄덕였다.

"앤디 실종 바로 직전 킬턴에서 처음 근무를 시작했네요." 핍은 휴대폰 화면 속 다니엘의 사진을 뚫어져라 쳐다보았다. 저 미소는 영원히 저 사진에 박제되어 있겠지. "선배, 누군가 샐에게 누명을 씌우고 샐의 죽음을 자살로 위장했다고 쳐요. 그럼 경찰 사건처리 절차를 잘 아는 사람이 그런 짓을 하기 더 쉽지 않았을까요?"

"그렇습니다, 경관님." 라비가 대꾸했다. "그리고 확인되진 않았지만 앤디가 열다섯 살 때 이 사람이랑 잤다는 얘기도 있었잖아. 그걸 구실로 앤디가 나탈리를 협박해서 연극을 못 하게 하기도 했고."

"맞아요. 그리고 혹시 그 후에 두 사람이 다시 만났다면? 그러니까 다니엘이 결혼을 한 후에 말이죠. 앤디는 아직 고등학생인 거고요. 이 사람이 비밀의 연상남일지도 몰라요."

"그럼 나탈리는? 솔직히 나탈리 말을 믿고 싶긴 해. 자긴 그때 친구도 없어서 그날 밤 부모님이랑 집에 있었다고 했잖아. 하지만…… 나탈리가 폭력적인 성향이 있는 건 확인됐으니까." 라비는 손으로 시소처럼 저울질을 해 보였다. "무엇보다 나탈리에겐 확실한 동기가 있고 말이야. 남매 살해단, 뭐 이런 건가?"

"아니면 나탈리랑 나오미 언니가 한 패이거나요." 핍이 괴로워하며 말했다.

"나오미가 그 얘기 한 걸로 나탈리가 꽤 화가 난 것 같긴 하더라." 라비도 동의했다. "너 이 과제 최종 보고서 몇 장 이내로 써야 해?"

"정해진 분량 안엔 절대 못 맞추죠. 그렇게는 절대 요약 못 해요."

"아이스크림이나 먹으면서 머리 좀 식힐까?" 라비는 예의 그 미소 띤 얼굴로 핍을 쳐다보았다.

"네, 그게 좋겠어요."

"너도 쿠키도우 맛 좋아하는 편?" 라비는 마이크에 대고 말하는 것처럼 연기를 해 보였다. "저자, 라비 싱. 최고의 아이스크림 맛을 찾아서, 9월, 피파 피츠-아모비의 차 안……."

"적당히 하시죠."

"옙."

피파 피츠-아모비
EPQ 2017. 09. 16.

## 활동일지 17

다니엘 다 실바에 대해서는 아무것도 찾을 수가 없다. 추가적인 단서가 될 만한 여지가 있는 정보가 없다. 페이스북 프로필에도 별 내용이 없다. 2011년 9월 결혼했다는 것, 딱 그거 하나 정도다.

하지만 이 사람이 비밀의 연상남이 맞는다면, 앤디가 이 사람을 "망가뜨릴" 방법은 두 가지다. 첫째, 당시 아직 신혼이던 부인에게 당신 남편 바람났다고 혼인 관계를 박살낸다. 혹은 둘째, 그로부터 2년 전 일인 법률상 강간 혐의로 다니엘을 경찰에 신고한다. 두 가지 모두 현재로선 확인되지 않은 설에 불과하긴 하나, 그게 사실이라면 다니엘에겐 확실히 앤디의 죽음에 대한 동기가 있었던 셈이 된다. 앤디가 다니엘을 협박했을지도 모른다. 앤디의 평소 행실로 미루어볼 때 앤디가 다니엘을 협박하는 게 그리 생뚱맞은 일은 분명 아니다.

경찰 직무 수행과 관련해서도 온라인에 별 내용이 없다. 3년 전 호그힐 추돌사고 건으로 스탠리 포브스 기자랑 인터뷰한 내용 정도가 다다.

하지만 다니엘이 정말로 우리가 찾고 있는 진범이라고 한다면, 다니엘은 어떻게든 경찰관으로서의 유리한 입장을 이용해 수사를 방해했을지도 모를 일이다. 내부자로서 말이다. 앤디네 집 수색 중 자신에게 불리한 증거를 훔치거나 파기해버렸을지도? 어쩌면 자기 여동생에게 불리한 증거를 그렇게 손봤을지도 모른다.

라비가 샐 관련된 질문을 했을 때의 다니엘 반응도 주목할 만하다. 자기 자신을 보호할 목적으로 라비 입을 막아버린 걸까?

다시 앤디 실종사건 관련 신문 보도들을 뒤져보았다. 경찰 수색 사진부터 꼼꼼히 살펴보았다. 나중에는 안구에 털 달린 작은 다리들이 막 자라는 것 같더니 급기야 안구가 눈 밖으로 튀어나와 징그러운 나방처럼 노트북 화면에 착 달라붙는 듯한 느낌마저 들었다. 사진 속 수사관 중에 다니엘처럼 보이는 사람은 없었다.

딱 한 장, 확신이 잘 서지 않는 사진이 있긴 했는데 일요일 아침 사진이었다. 야광조끼를 입은 경찰들이 앤디 집 앞을 빙 둘러서 있었고, 그중 경찰관 하나가 현관을 향해 걸어가고 있었다. 사진엔 그 뒷모습만 담겨 있었다. 머리색과 길이가 그 시기 즈음 소셜미디어 게시글에서 본 다니엘 다 실바의 헤어스타일과 비슷했다.

이 사람일지도 모른다.

가능한 얘기다.

목록에 올려야겠다.

피파 피츠-아모비
EPQ 2017. 09. 18.

## 활동일지 18

왔다!

정말로 답이 왔다니 믿기지가 않는다.

템스밸리 경찰서에서 내가 전에 신청했던 정보공개청구 건에 대한 답변이 왔다. 이메일 내용은 다음과 같다.

---

피츠-아모비 귀하

### 정보공개청구 제3142/17호

2017년 8월 19일 템스밸리 경찰서에 접수된 귀하의 정보공개청구 건 관련하여 회신드립니다. 다음은 접수된 귀하의 청구서 본문입니다.

*학교에서 안드레아 벨 수사 관련 수행평가를 진행 중인데, 아래 내용에 대해 정보공개를 청구하고자 합니다.*

 *1. 2012. 04. 21일자 샐 싱 조사 녹취록*

 *2. 제이슨 벨 조사 녹취록*

 *3. 2012. 04. 12일 및 2012. 04. 22일 안드레아 벨 자택 수색 결과 기록*

*위 내용 관련하여 도움을 주신다면 매우 감사하겠습니다.*

## 결과

청구내용 2항 및 3항은 정보공개법 제30조1항(a)호(수사) 및 제40조2항(개인정보)에 따라 공개가 거부되었습니다. 본 이메일은 정보공개법(2000) 제17조에 따른 일부 공개 거부에 대한 통지로 작용함을 알려드립니다.

청구내용 1항은 인정되었으나 제30조1항(a)호 및 (b)호와 40조2항에 따라 일부 수정사항이 포함되어 있습니다. 조서 본문은 아래 첨부파일을 확인해주시기 바랍니다.

## 결정 근거

동법 제40조2항에 따라 공개청구 대상 정보가 청구인 본인이 아닌 자의 개인정보인 경우 및 해당 개인정보의 공개가 개인정보보호법(DPA, 1998)상의 원칙에 위배되는 경우에 대해서는 정보공개를 하지 않을 수 있습니다.

또한 동법 제30조1항에 따라 공공기관이 특정 사건의 수사나 절차와 관련하여 보유한 정보를 공개하지 않을 수 있습니다.

본 답변에 이의나 문의사항이 있는 경우 정보담당관 앞으로 불만을 접수하실 수 있습니다. 불만 접수 관련 상세 내용은 아래 첨부파일을 확인 바랍니다.

그레고리 파넷 드림

---

이제 샐에 대한 경찰 조사 내용을 확인할 수 있다! 다른 요청사항은 다 공개 거부됐다. 그래도 공개거부 통지를 하면서 최소한 제이슨 벨도 조사를 받았단 사실은 인정했다. 경찰도 제이슨 벨에 대해 의심스러운 부분이 있었던 걸까?

다음은 첨부파일로 받은 녹취록이다.

**샐 싱 조사 기록**
**날짜: 2012. 04. 21.**
**소요 시간: 11분**
**장소: 참고인 자택**
**수사관: 템스밸리 경찰서 소속 경찰관**

경찰: 본 조사 내용은 녹음됩니다. 2012년 4월 21일, 현재 시각은 오후 3시 55분입니다. 수사관 본인은 제40조2항에 따른 수정으로, 현재 템스밸리 경찰서 제40조2항에 따른 수정 소속입니다. 귀하의 성명을 풀네임으로 말씀해주시겠습니까?

싱: 아, 네. 샐 싱입니다.

경찰: 생년월일을 말씀해주십시오.

싱: 1994년 2월 14일입니다.

경찰: 밸런타인데이네요?

싱: 네.

경찰: 자, 샐. 전후 설명 같은 건 일단 패스할게요. 아시다시피 자발적인 조사니까 언제든지 중간에 그만하고 싶으면 그만하고 싶다고 말해도 됩니다. 샐은 안드레아 벨 실종사건 수사 관련해서 주요 목격자로 조사를 받고 있고요.

싱: 말씀 끊어서 죄송합니다만, 저는 학교가 끝나고는 앤디를 전혀 보지 못해서 목격이라고 할 만한 것도 없는데요.

경찰: 용어가 좀 헷갈리죠. 주요 목격자라는 건 피해자, 혹은 이 경우 잠재적 피해자와 특별한 관계가 있는 참고인을 지칭하는 말이기도 합니다. 저희가 듣기로 샐이 안드레아의 남자친구라던데, 맞습니까?

싱: 네. 안드레아라고는 잘 안 불러요. 그냥 앤디라고 하죠.

경찰: 아, 미안합니다. 그럼 앤디랑은 사귄 지 얼마나 되었나요?

샐: 작년 크리스마스 바로 전부터요. 그러니까 한 4개월 정도 됐네요. 죄송하지만, 앤디가 '잠재적 피해자'라고요? 제가 지금 잘 이해가 안 되는데요.

경찰: 그냥 형식적인 거예요. 앤디가 지금 실종 상태잖아요. 그런데 미성년자인 데다 평소 갑자기 자취를 감춘다거나 그런 행동을 할 사람은 아니니까 앤디가 범죄 피해자가 되었을 가능성도 완전히 배제할 수는 없다, 이런 거죠. 물론 그런 일은 없어야 하고요. 괜찮아요?

샐: 아, 네. 그냥 걱정이 돼서요.

경찰: 이해합니다. 그럼 샐, 일단 앤디를 마지막으로 본 게 언제죠?

샐: 말씀드렸다시피 학교에서였어요. 그날 방과 후 주차장에서 잠깐 만났고 그 후 저는 집으로 걸어왔어요. 앤디도 집까지 걸어갔고요.

경찰: 금요일 오후 기준으로 혹시 이전에 앤디가 샐에게 어디로 도망가 버리고 싶다든가 하는 마음을 내비친 적이 있습니까?

샐: 전혀요.

경찰: 앤디가 집에서 가족들과 문제가 있다든가 그런 이야기를 한 적이 있습니까?

샐: 그거야 뭐, 하기는 했죠. 막 심각한 문제 같은 건 아니고 그냥 흔한 십 대 청소년과 부모 간의 갈등 같은 거였어요. 평소 그런 생각은 했었어요. 앤디와 제40조2항에 따른 수정 하지만 최근에는 앤디가 딱히 도망가고 싶어한다거나 그럴 만한 계기가 될 일은 없었어요. 전혀요.

경찰: 앤디가 집을 나가고 싶어한다거나 종적을 감추고 싶어한다거나, 뭐 그럴 만한 이유가 있을까요?

샐: 음, 모르겠어요. 없는 것 같아요.

경찰: 앤디와 샐의 관계는 어떤가요?

샐: 그게 무슨 말씀이시죠?

경찰: 성적인 관계였습니까?

싱: 어, 약간이요.

경찰: 약간?

싱: 저희가 그, 사실은 아직 끝까지는 안 가서요.

경찰: 앤디와 아직 잠자리를 하지 않았다는 건가요?

싱: 네.

경찰: 그런데도 두 사람이 건강한 연인관계라고 하시겠습니까?

싱: 글쎄요. 그건 무슨 뜻이죠?

경찰: 두 사람 사이에 말다툼이 잦은 편입니까?

싱: 아니요, 말다툼은 안 해요. 저는 대놓고 따지는 스타일은 아니에요. 그래서 앤디랑도 잘 지내는 거겠죠.

경찰: 앤디가 실종되기 며칠 전 앤디와 말다툼을 했나요?

싱: 음, 아니요. 안 했습니다.

경찰: 오늘 아침 제40조2항에 따른 수정의 서면 진술에 따르면 둘 다 이번 주 학교에서 샐과 앤디가 말다툼하는 장면을 목격했다고 하던데요. 목요일, 금요일이요. 제40조2항에 따른 수정에 따르면 처음 막 사귀기 시작한 이후로 두 사람이 그렇게 심하게 다투는 건 처음 봤다는 취지로 얘기했고요. 여기에 대해 샐은 어떻게 생각합니까? 사실이에요?

싱: 음, 약간은 사실일 수도 있겠네요. 앤디가 성격이 좀 불같은 구석이 있어서 가끔은 전혀 대꾸를 안 하고 있기가 어려워요.

경찰: 이때는 무슨 일로 다툰 건지 말해줄 수 있습니까?

싱: 음, 아니요. 말을 해도…… 아니, 아니요. 개인적인 일이라서요.

경찰: 말해줄 수 없다?

싱: 음, 네. 말 못 해요. 얘기하고 싶지 않습니다.

경찰: 전혀 상관없어 보이는 사소한 일이라도 앤디를 찾는 데 도움이 될 수 있어요.

싱: 음, 아니요. 그래도 말 못 합니다.

경찰: 정말로요?

싱: 네.

경찰: 좋아요, 그럼 넘어가죠. 어젯밤 앤디를 만나기로 했었습니까?

싱: 아니요, 전혀 계획에 없었어요. 친구들을 보기로 했었습니다.

경찰: 제40조2항에 따른 수정 말에 따르면 앤디가 밤 10시 30분경 집을 나섰고, 당시 앤디가 남자친구를 만나러 가는 줄 알았다고 하던데요.

싱: 아뇨, 앤디는 제가 친구네 있는 걸 알고 있었고 저도 앤디를 만날 생각이 없었습니다.

경찰: 그럼 어젯밤에는 어디 있었습니까?

싱: 저는 제40조2항에 따른 수정 집에 있었습니다. 시간도 말씀드려요?

경찰: 네, 그러면 좋죠.

싱: 8시 반경 거기에 도착했던 것 같습니다. 아빠가 태워다주셨어요. 그리고 12시 15분쯤 집으로 걸어왔습니다. 친구네서 자고 오는 게 아니라면 새벽 1시까지는 집에 돌아오는 게 규칙이라서요. 아마 1시 직전에 들어왔을 겁니다. 아빠가 아직 안 주무시고 계셨으니까 아빠한테 직접 확인해보셔도 돼요.

경찰: 그리고 제40조2항에 따른 수정 집에는 누구와 함께 있었습니까?

싱: 제40조2항에 따른 수정 제40조2항에 따른 수정

경찰: 어제 저녁에 앤디와 연락을 한 적이 있습니까?

싱: 아뇨, 9시쯤 앤디한테 전화가 오긴 했는데 다른 일 하느라 전화를 못 받았어요. 통화기록 보여드릴까요?

경찰: 제40조2항에 따른 수정 그리고 앤디 실종 이후로는 앤디와 전혀 연락한 적이 없고요?

싱: 오늘 아침에 실종 사실을 알고 나서 앤디한테 한 백만 번쯤은 전화한 것 같은데요. 계속 음성자동안내로 넘어가요. 전화기가 꺼져 있는 것 같아요.

경찰: 좋습니다. 근데 제40조2항에 따른 수정 혹시 물어보려던 게…….

경찰: ……네. 그럼 샐, 이미 모르겠다고 대답한 줄은 압니다만 혹시 앤디가 어디 있을 것 같습니까?

싱: 음, 솔직히 말씀드리면 앤디는 자기가 하기 싫은 건 절대 안 하는 타입이에요. 그냥 어디 가서 쉬고 있을 수도 있을 것 같아요. 전화기 꺼놓고 잠수타고 있는 거죠. 제발 그랬으면 좋겠어요.

경찰: 앤디가 왜 휴식이 필요할까요?

싱: 모르겠어요.

경찰: 앤디가 어디서 그렇게 쉬고 있을 것 같습니까?

싱: 모르겠어요. 앤디는 자기 이야기를 잘 안 하는 편이라, 어쩌면 저희도 잘 모르는 친구들이 있을지도 모르고요. 모르겠어요.

경찰: 좋습니다. 혹시 앤디를 찾는 데 도움이 될 만한 얘기가 또 있을까요?

싱: 음, 아니요. 음, 가능하다면 저도 수색을 돕고 싶어요. 수색을 하신다녀요.

경찰: 제40조2항에 따른 수정 제40조2항에 따른 수정 좋습니다. 현재로서 질문은 여기까지입니다. 조사를 종료합니다. 현재 시각 오후 4시 6분입니다. 녹음을 중지합니다.

좋아, 일단 심호흡부터 하자. 녹취록을 여섯 번도 넘게 읽었다. 심지어 소리 내어 읽어도 보았다. 배 속에 뭔가 툭 가라앉은, 영 찝찝한 기분이 든다. 무언가를 한없이 더 원하면서도 동시에 더는 받아들이고 싶지 않은 기분도 든다.

녹취록에서 뉘앙스를 읽어내기 어려울 때가 있긴 하다지만, 그래도 경찰 조사를 받는 와중에 샐은 앤디와 무슨 일로 다퉜는지 대답을 꽤나 회피하고 있다. 실종된 여자친구를 찾는 데 도움이 될 수 있다는데, 그런데도 경찰에 말 못 할 개인적인 일이라는 게 있을 수 있는 건가 싶다.

앤디가 다른 남자를 만나는 문제였다면 샐이 왜 그냥 경찰에 말하지 않았을까? 그럼 처음부터 수사의 방향이 제대로 진범을 향할 수도 있었는데 말이다.

하지만 샐이 혹시 뭔가 더 심각한 일을 숨긴 거라면? 정말로 앤디를 살해할 동기가 될 만한 그런 일을 숨긴 거라면? 게다가 샐은 여기서 맥스네 집을 나온 시각에 대해 경찰에 이미 거짓말을 하고 있었다.

지금껏 내가 조사를 얼마나 열심히 했는데 결국 샐이 한 짓이 맞는 걸로 밝혀지면…… 그럼 정말 망연자실이다. 라비는 제정신이 아니겠지. 어쩌면 애초에 이 주제로 EPQ를 하지 말았어야 했는지도 모르겠다. 라비에게도 말을 하지 말았어야 했다. 라비한테 이 녹취록을 보여줘야 하는데…… 이제 곧 답변이 올 거라고 안 그래도 어제 라비에게 막 얘기한 참인데…… 라비가 어떻게 받아들일지 모르겠다. 그냥 거짓말로 둘러대고 아직 답변을 못 받았다고 해버릴까?

정말 전부 다 샐 짓이었을까? 샐이 범인이라는 게 언제나 가장 거부감 없는 시나리오긴 했다. 하지만 정말 그게 진실이기 때문에 다들 그렇게 쉽게 받아들인 건가?

그건 아니다. 당장 그 쪽지만 생각해봐도 그렇다.

더는 이 사건을 파헤치지 말라고 누군가 나에게 경고를 해왔다.

물론 누군가 장난으로 남긴 쪽지였을 수도 있고, 정말 그게 장난이었다면 여전히 샐이 범인일 가능성은 있다. 하지만 그런 것 같지는 않다. 이 동네에서 무언가를 숨기고 있는 자가 있고, 내가 추적의 범위를 좁혀가자 그자는 겁을 먹었다.

그냥 이대로 계속 추적해야 한다. 비록 그게 쉬운 길은 아니지만 말이다.


<u>관련 인물</u>

**제이슨 벨**
나오미 워드
비밀의 연상남
나탈리 다 실바
다니엘 다 실바

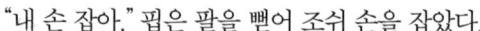

# 15

"내 손 잡아." 핍은 팔을 뻗어 조쉬 손을 잡았다.

두 사람은 함께 길을 건넜다. 핍의 오른손은 끈적이는 조쉬의 손을, 다른 한 손은 바니의 목줄을 잡고 있었다. 앞장서 가는 바니가 자꾸만 목줄을 당겼다.

카페 앞 인도에 도착해 핍은 조쉬의 손을 놓아주었다. 그런 다음 쭈그려 앉아 바니의 목줄을 테이블 다리에 감았다.

"앉아. 착하지." 핍이 바니의 머리를 쓰다듬자 바니는 혀를 내밀고 밝은 얼굴로 핍을 올려다보았다.

핍은 카페 문을 열고 조쉬를 안으로 들여보냈다.

"나도 착하잖아." 조쉬가 말했다.

"착해, 우리 조쉬." 핍은 건성으로 칭찬을 하며 샌드위치 진열대를 훑어보았다. 핍은 각기 다른 맛의 샌드위치 네 개를 골랐다. 아빠 건 당연히 브리 치즈 베이컨 샌드위치였고 조쉬 건 '맛없는 거 빼고' 햄과 치즈만 든 샌드위치였다. 핍은 계산대에 샌드위치를 와르르 내려놓았다.

"안녕하세요, 재키." 핍이 웃으며 돈을 건넸다.

"오, 핍이구나. 오늘 가족들 단합대회 점심이라도 하는 거야?"

"야외용 가구를 조립하고 있는데 점점 힘드네요." 핍이 대답했다. "다들 짜증나 있는 터라 샌드위치로 허기 좀 달래야 할 것 같아요."

"그렇구나." 재키가 말했다. "다음 주에 내가 재봉틀 갖고 간다고 엄마한테 말 좀 전해줄래?"

"네, 그럴게요. 감사합니다." 핍은 재키한테서 종이가방을 건네받은 다음 조쉬를 향해 말했다. "가자, 꼬맹아."

나가려고 문으로 향하는데 테이크아웃 커피잔을 손에 들고 혼자 앉아 있는 여자가 핍의 시야에 들어왔다. 동네에서 한 몇 년 만에 보는 얼굴인 것 같았다. 아직 대학을 다니고 있겠거니 했다. 이제 스물하나 아니면 둘 정도 됐을 거다. 핍의 코앞에서 '뜨거우니 조심하세요'라는 주의 문구를 손가락으로 따라 쓰고 있는 여자의 얼굴은 그 어느 때보다도 앤디를 쏙 닮아 보였다.

얼굴은 더 야위었고 머리색은 예전 제 언니만큼 밝아져 있었다. 하지만 허리까지 내려오던 긴 머리의 앤디와는 달리 앤디의 여동생은 어깨에도 닿지 않는 딱 떨어지는 짧은 머리를 하고 있었다. 또한 닮은 구석이 있어 보이는 얼굴이라도 베카 벨에게서는 앤디 얼굴과 같은 마법 같은 이목구비의 조합을 찾긴 힘들었다. 앤디의 얼굴은 실제 사람이라기보다 거의 그림 같았다.

안 되는 일인 줄은 알고 있었다. 핍도 이러면 안 되는 줄, 무례한 짓인 줄 잘 알고 있었고 EPQ 과제의 방향성을 걱정하던 모건 선생님의 말들도 똑똑히 기억하고 있었다. 그러나 핍의 머릿속에서 이성과 합리를 담당하는 부분이 제아무리 아우성을 친다 한들, 마음 한편에서는 이미 결정이 끝나 있었다. 마음 한구석의 그 작은 무모함이 핍의 모든 이성과 합리적 사고를 오염시키고 있었다.

"조쉬," 핍은 조쉬에게 샌드위치가 든 종이가방을 건네며 말했다. "바니랑 밖에서 1분만 앉아 있을래? 금방 갈게."

조쉬는 뭔가 간절히 바라는 듯한 표정으로 핍을 올려다보았다.

"누나 휴대폰 갖고 가." 핍은 주머니 깊숙이에서 휴대폰을 꺼내며 말했다.

"좋았어." 조쉬는 신이 나서 휴대폰을 받아들었다. 그러곤 곧바로 게임이 있는 페이지로 스크롤을 내리며 화면만 보고 걷다가 문에 부딪히기까지 했다.

이러면 안 된단 생각에 핍의 심장이 갑자기 빨리 뛰기 시작했다. 목구멍 저 밑에 시끄러운 시계라도 들어 있는 것마냥 심장이 요란하게 뛰었다.

"안녕하세요. 베카 벨, 맞죠?" 핍은 가까이 다가가 빈 의자 등받이에 손을 올리며 물었다.

"그런데요. 우리가 아는 사이던가요?" 베카는 눈을 가느다랗게 떴다.

"아뇨, 아니에요." 핍은 할 수 있는 만큼 최대한 상냥하게 미소를 지어 보이려 했지만 얼굴 근육은 뻣뻣하게만 느껴졌다. "저는 피파라고 하고요, 이 동네 살아요. 킬턴 그래머 스쿨 졸업반이에요."

"아, 잠깐." 베카가 자리에 그대로 앉은 채로 몸을 움직였다. "설마 아니겠지…… 혹시 네가 우리 언니 사건으로 과제를 한다는 걔니?"

"아, 그……." 핍은 말을 더듬었다. "어떻게 아세요?"

"음……." 베카가 잠시 말을 멈췄다. "스탠리 포브스랑 만난다고 해야 하나, 하여간 그 비슷한 사이야." 베카가 어깨를 으쓱해 보였다.

충격받은 핍은 아닌 척 헛기침을 해 보였다. "아. 좋은 분이죠."

"응." 베카가 자기 커피잔을 내려다보았다. "이제 막 대학 졸업하고 《킬턴 메일》에서 인턴십 중이거든."

"와, 멋있어요. 저도 사실 기자가 되고 싶어요. 탐사보도 전문 기자요."

"그래서 우리 언니 사건을 주제로 과제를 하는 거니?" 베카는 다시 손가락으로 컵 입구를 따라 원을 그렸다.

"네." 핍이 고개를 끄덕였다. "방해해서 죄송해요. 혹시 불편하시면 가달라고 하셔도 돼요. 저는 그냥 혹시나 언니분 관련해서 몇 가지 여쭤볼 수 있을까 해서요."

베카는 자리를 앞으로 당겨 앉았다. 머리칼이 목 주변에서 찰랑였다. 베카가 기침을 했다. "음, 묻고 싶은 게 뭔데?"

묻고 싶은 거야 차고도 넘쳤다. 그게 다 한꺼번에 쏟아져나오는 바람에 핍은 말을 더듬었다.

"아, 그냥 뭐, 혹시 두 분 다 학창 시절에 부모님께 용돈을 받아 쓰셨는지, 그런 거요."

베카의 얼굴은 어리둥절한 표정이었다. "전혀 예상 못 한 질문이네. 아니, 딱히 그렇진 않았어. 부모님은 그냥 우리가 필요한 게 있으면 그때마다 직접 사주시는 편이었거든. 그건 왜?"

"그냥…… 그런 걸 알면 좋을 것 같아서요." 핍이 말했다. "혹시 언니분이 아버지와 사이가 좋지 않았나요?"

베카의 시선이 바닥을 향했다.

"음." 베카의 목소리가 갈라졌다. 베카는 양손으로 컵을 들고 자리에서 일어났다. 의자가 바닥 타일에 끌리면서 마찰음을 냈다. "이거, 안 하는 게 좋을 것 같아." 베카는 코를 문지르며 말했다. "미안. 그냥……."

"아니에요, 제가 죄송하죠." 핍은 뒤로 한 발 물러났다. "와서 말을 건 제 잘못이에요."

"아니야, 괜찮아." 베카가 대답했다. "그냥 이제 겨우 좀 마음의 정리가 됐거든. 엄마도 나도 이제 새로운 일상을 찾았고 상황도 나아지고 있고. 과거에 머물러 있는 건…… 언니 일을 자꾸 떠올리는 건 엄마한테든 나한테든 좋진 않은 것 같아. 특히 엄마한텐 더더욱. 그냥, 그렇다고." 베카는 어깨를 으쓱해 보였다. "네가 무슨 과제를 하든 그건 네 자유지만 우리까지 끌어들이지 않았으면 좋겠네."

"그럼요. 정말 죄송해요."

"아니야." 베카는 망설이듯 고개를 까딱해 보인 다음 빠른 걸음으로 핍을 지나 카페를 떠났다.

핍은 시차를 조금 두고 기다리다가 카페를 나섰다. 문득 아까 회색 티셔츠 입으려던 걸 갈아입고 나와서 정말이지 천만다행이란 생각이 들었다. 그 옷을 입고 나왔으면 지금쯤 겨드랑이에 둥그렇게 땀자국을 자랑하고 있을 터였다.

"좋아, 집에 가자." 핍은 테이블 다리에서 바니의 목줄을 풀며 말했다.

"저 사람 누나한테 화난 것 같은데." 조쉬는 여전히 핍의 휴대폰 화면에서 눈을 떼지 않고 말했다. 화면 속에서는 만화 캐릭터가 춤을 추고 있었다. "대체 뭐라고 했길래?"

피파 피츠-아모비
EPQ 2017. 09. 24.

## 활동일지 19

그래, 혹시나 해서 한번 시도해봤다. 혹시 베카를 직접 인터뷰할 수 있을까 해서. 그러면 안 되는 거였다. 하지만 절제라는 게 되질 않았다. 떡하니 내 코앞에 앉아 있는데 그럼 어떡하냐고.

게다가 베카는 앤디 살아생전 마지막으로 앤디를 목격한 사람이었다. 물론 진짜 살인범은 제외하고 말이다.

친언니가 살해당했다. 그 이야긴 안 하고 싶은 게 당연하다. 내가 진실을 찾는 것이 목적이라 한들 당사자에겐 중요한 문제가 아니다. 그리고 모건 선생님이 행여 이 사실을 알게 되면 내 EPQ는 그대로 탈락이다. 그렇다고 내가 지금 와서 중도 포기할 일도 없겠지만.

앤디의 가정생활에 대한 정보가 여전히 부족한 건 사실이다. 물론 앤디의 부모님과 직접 이야기를 나눈다는 건 애초에 불가능한 일이고 또 안 될 일이다.

베카의 페이스북을 5년 전, 사건 발생 전까지 추적해보았다. 과거 베카의 머리색은 갈색이었고 볼이 더 통통했다는 것 말곤 별 성과가 없었다. 아, 한 가지 있다면 2012년에 진짜 친한 친구가 한 명 있었던 것 같았다.

친구의 이름은 제스 워커였다. 제스라면 앤디 일로 감정적 동요를 겪을 정도의 사이는 아니면서도 내가 정말 궁금한 것들에 대한 답을 알 정도는 되는, 딱 그 정도 가까운 사이이자 적당한 인터뷰 대상인지도 모른다.

제스 워커의 페이스북 프로필은 군더더기 하나 없이 아주 유용했다. 제스는 현재 대학생이고 뉴캐슬에 있다. 5년 전까지 쭉 스크롤을 해보니(스크롤만 한참 걸렸다) 그 시절 사진들은 죄다 베카 벨이랑 찍은 거였다. 그러다 어느 순간부터 갑자기 둘이 함께한 사진이 보이지 않았다.

*아 이런 젠장 빌어먹을 망했드······.*

5년 전 사진 하나에 실수로 '좋아요'를 눌러버렸다.

젠장. 누가 봐도 스토커 같은 짓을 하다니. '좋아요'는 취소했지만 제스에게 알림은 뜨겠지. 으아, 페이스북 스토킹을 할 때는 노트북과 태블릿 중간쯤 되는 터치스크린 모델은 전혀 도움이 안 되었다.

어쨌거나 이미 늦었다. 제스는 5년 전 자신의 과거를 내가 뒤지고 다닌단 것을 곧 알게 될 것이다. 쪽지를 보내서 전화 인터뷰를 할 수 있는지 물어봐야겠다.

아휴, 엄지손가락은 왜 이렇게 뚱뚱하고 난리야.

피파 피츠-아모비
EPQ 2017. 09. 26.

## 활동일지 20
### 제스 워커(베카 벨 친구) 인터뷰

(제스와 동네 이야기, 제스 졸업 후 어떤 선생님들이 남아 계신지 등등 학교 이야기를 약간 나누었다. 본격적으로 EPQ 이야기로 넘어가기까지는 몇 분 정도 웜업이 필요했다.)

핍: 사실 제가 진짜 궁금한 건 꼭 앤디 벨에 대해서만은 아니고 벨 가족 전체에 대한 건데요. 어떤 가족이었는지, 가족 간 분위기는 어땠는지, 그런 것들이요.

제스: 아. 그렇게 묻는다면야 대답이 참 쉽지는 않은데 말야. (제스가 코를 훌쩍인다.)

핍: 무슨 말씀이세요?

제스: 음, 다들 좀 제멋대로인 집안이라고 할까. 적절한 표현일지 모르겠다. '제멋대로'라는 게 긍정적인 뉘앙스로 쓰일 때도 있잖아. 난 물론 그런 의도는 아니고. 그 가족이 그리 정상적이진 않았거든. 그러니까 완전히 콩가루 집안은 아냐. 하지만 나도 그랬듯 막상 오래 지켜보면 또 그리 정상은 아니다 싶었거든. 그리고 그 집 식구가 아닌 이상 남들은 절대 모를 만한 일들도 난 많이 봤어.

핍: '그리 정상은 아니다'라는 게 무슨 뜻일까요?

제스: 그게 정확한 설명인지 모르겠다. 저러면 안 되는데 싶은 것들이 두어 가지 있었어. 문제는 주로 베카 아버지인 제이슨 씨였고.

핍: 그분이 왜요?

제스: 그냥 딸이랑 부인을 대하는 방식이 좀 그랬어. 한두 번 본 사이 정도면 그냥 아저씨가 농담을 하나 보다 할 텐데 난 아저씨를 자주, 그것도 엄청 자주 봤잖아. 내 생각에는 그게 집안 분위기에도 분명 영향이 있었다고 봐.

핍: 그게 뭔데요?

제스: 미안, 내가 이야기를 자꾸 도돌이표처럼 하지? 참 설명이 어려운데, 음. 아저씨는 가족들이랑 이야기하면서 유독 외모 언급을 자주 했어. 십 대 딸들한테라면 더더욱 조심해야 할 말들을 거침없이 했지. 가족들이 뭘 자신 없어하는지 뻔히 알면서 아저씨는 그런 부분을 꼭 꼬집어서 언급했어. 베카한텐 몸무게 얘길 하곤 농담인 척 웃어넘겼지. 앤디 언니한텐 넌 얼굴이 돈벌이 수단이니까 밖에 나가기 전 꼭 메이크업을 하라 하고 말야. 아저씨 농담은 항상 이런 식이었어. 외모가 세상에서 제일 중요한 것처럼. 하루는 베카네서 저녁 먹고 가려고 기다리는데 앤디 언니가 그날 기분이 안 좋았어. 지원한 대학 다 떨어지고 지방대 하나 붙었거든. 그런데 아저씨가 이러는 거야. "뭐 어때. 어차피 부자 남편감 찾으러 대학 가는 거면서."

핍: 네?!

제스: 아주머니한테도 그랬어. 내가 있는데도 개의치 않고 아주 불편한 말들을 하는데, 이를테면 농담처럼 얼굴 주름 개수를 세면서 나이 들어 보인다고 한달까. 자긴 얼굴 보고 결혼했고 던 아주머니는 자기 돈 보고 결혼했는데, 계약은 일방만 지키고 있다나 뭐라나. 근데 그런 말을 듣고도 또 다들 웃었어. 원래 이 가족은 서로 갈구는 게 일상인 것처

럼. 하지만 그걸 계속 보고 있자니…… 불편했어. 별로 거기 있고 싶지가 않더라.

핍: 그 집 딸들한테 그 영향이 있었던 것 같으세요?

제스: 응. 베카야 당연히 절대 아빠 이야기는 안 하려고 했지만 아저씨가 자기 딸들의 자신감에 나쁜 영향을 준 건 확실해. 앤디 언니는 자기 외모에 대해, 남들 시선에 대해 지나칠 만큼 신경을 많이 쓰기 시작했어. 부모님이 이제 나갈 시간이라는데 언니가 아직 외출 준비가 안 됐다, 머리나 메이크업을 못 했다, 그러면 난리도 그런 난리가 없었어. 언니가 꼭 필요하다고 하는 립스틱을 안 사준다, 그럴 때도 마찬가지였고. 앤디 언니 같은 사람이 어떻게 자기가 못생겼다고 생각할 수가 있었을까 참 신기해. 베카는 반대로 자기 단점에 더 집착하고 식사를 거르기 시작했어. 두 사람한테 그 영향이 다른 방식으로 나타났지. 앤디 언니는 더 유별나게 굴었고, 베카는 속으로 더 삭이고.

핍: 자매 사이는 어땠어요?

제스: 그 부분도 아버지 영향이 다분했어. 아저씨는 뭐든 다 경쟁 구도를 만들었어. 둘 중 누구 하나 뭘 잘했다, 좋은 점수를 받았다, 그러면 아저씨는 그걸 이용해서 다른 딸이랑 비교했어.

핍: 베카와 앤디 두 사람끼리는요?

제스: 죽도록 싸웠다가 또 금세 아무 일 없었던 것처럼 사이가 좋았다가, 십 대 자매 사이가 그렇지, 뭐. 그래도 베카는 늘 언니를 존경했어. 둘이 실제 나이차는 15개월밖에 안 났어. 앤디 언닌 우리 바로 위 학년이었고. 우리가 열여섯 살

이 되면서 내 생각엔 베카가 언닐 따라하기 시작했던 것 같아. 베카 눈엔 앤디 언니가 늘 당당하고 멋있어 보였나 봐. 언니처럼 옷을 입기 시작했고, 언니처럼 열일곱 살이 되자마자 면허 따고 차 사고 싶어서 아빠한테 빨리 운전 가르쳐달라고 날마다 졸랐어. 언니처럼 파티에 가고 싶어 하기도 했고.

핍: 대참사 파티 같은 거요?

제스: 응, 맞아. 그게 우리 위 학년 선배들이 여는 거라 우린 거의 아는 사람도 없는데 베카는 한 번만 같이 가자고 날 설득했어. 3월이었나, 아마 시기상 앤디 언니가 실종되기 바로 전 일이었던 걸로 기억해. 언니가 베카를 초대하고 그런 게 아니라, 그냥 베카가 혼자 다음 파티 장소를 알아내서 무작정 간 거지. 차도 없이 걸어서.

핍: 그래서요?

제스: 아, 끔찍했어. 다른 사람들이랑은 말도 못 해보고 내내 구석에 처박혀 있었지. 앤디 언니는 베카를 완전히 무시했어. 내 짐작엔 베카가 나타난 걸 보고 언니가 화가 났던 것 같아. 우리 둘 다 술을 좀 마셨는데 어느 순간 베카가 사라져서 안 보였어. 파티에 있는 사람들은 다 취해서 놀고 있지, 그 와중에 베카는 안 보이지, 그래서 나도 그냥 취기에 혼자 집까지 걸어갔어. 베키한테 화가 많이 났지. 다음 날 베카한테 전화가 오는데, 간밤의 상황을 듣고 나서는 더 화가 났어.

핍: 무슨 일이 있었길래요?

제스: 나한테 말은 안 하는데 사후피임약 사러 같이 가달라고 하

는 거면 뻔하잖아. 내가 집요하게 몇 번씩 물어봐도 누구랑 잤는지는 절대 말을 안 하는 거야. 어쩌면 걔도 그냥 당황해서 그랬나 싶어. 하지만 당시에는 베카가 그러니까 더 화가 나더라. 특히나 안 가겠다는 나를 굳이굳이 거기까지 끌고 간 건 걘데, 정작 가서는 날 팽개쳐두고 사라질 만큼 걔한텐 그게 그렇게 중요했나 싶었지. 그래서 베카랑 크게 다퉜고, 그러면서 우리 사이도 점점 멀어지기 시작한 것 같아. 베카도 학교를 좀 빠졌고, 주말에도 한동안 서로 좀 소원했지. 그러다가 앤디 언니한테 그런 일이 생겼고.

핍: 실종사건 이후로 벨 가족을 혹시 보신 적 있으세요? 시간이 지나서요.

제스: 몇 번 찾아갔었는데 베카가 별로 얘길 안 하고 싶어했어. 걔네 부모님도 마찬가지였고. 가뜩이나 성미 급한 제이슨 아저씬 성질이 더 불같아졌어. 특히 경찰 조사를 받은 날은 더 그랬지. 앤디가 실종된 날 밤 디너파티에 가 있던 중 사무실 알람이 꺼졌었나 봐. 그거 확인하러 잠깐 차를 타고 갔었는데 꽤 취한 상태로 운전대를 잡은 거라 경찰한테 그 얘기를 해도 되나 걱정을 하셨지. 베카 말론 그렇대. 아무튼 음, 집안이 너무 그냥 조용했달까. 몇 달이 지난 후에도, 그러니까 앤디 언니가 더는 무사히 돌아올 가능성이 없는 걸로 경찰이 결론을 내린 후에도 베카 엄마는 앤디 언니 방을 그냥 그대로 놔두자고 고집을 부렸어. 혹시 모른다고. 정말 너무 슬프더라.

핍: 3월에 대참사 파티에 가셨을 때 혹시 앤디는 뭘 하고 있었는지, 누구랑 같이 있었는지 보셨어요?

제스: 응. 난 사실 언니 실종 전엔 샐이 언니 남자친구인지도 몰랐어. 집에 전혀 데려온 적이 없었거든. 남친이 있다는 건

알았는데, 난 아마 파티에서 본 사람이겠거니 했어. 파티에서 그 두 사람만 따로 자기들끼리 딱 붙어 얘기하는 걸 봤거든. 그것도 여러 번. 샐이랑 같이 있는 건 한 번도 못 봤고.

핍: 그 사람이 누구였는데요?

제스: 음, 키가 크고 금발에 머리가 좀 긴 편이었고, 말투가 약간 고상한 듯 재수 없는 편이었어.

핍: 맥스? 혹시 맥스 헤이스팅스였나요?

제스: 맞아. 응, 그 사람 맞는 것 같아.

핍: 파티에서 맥스랑 앤디가 둘만 따로 있었다고요?

제스: 응, 꽤 친한 사이 같았어.

핍: 오늘 인터뷰 응해주셔서 정말 감사해요. 진짜 큰 도움이 됐어요.

제스: 아, 아니야. 근데 피파, 베카는 혹시 요즘 어떻게 지내는지 근황 알아?

핍: 사실 며칠 전에 봤어요. 잘 지내는 것 같아요. 졸업도 하고 지금은 킬턴 신문사에서 인턴십 중이래요. 좋아 보이던걸요.

제스: 잘됐다. 그런 소식 들으니 좋네.


제스와의 대화로 알게 된 새로운 정보를 소화하느라 정신을 못 차리겠다. 앤디를 알면 알수록 조사의 흐름이 조금씩 달라진다.

제이슨 벨은 캐면 캘수록 더더욱 의심스러운 구석이 많다. 게다가 이제 그날 밤 제이슨 벨이 디너파티장에서 잠깐 자리를 비웠다는 사실도 알게 됐으니 말이다. 제스 말대로라면 제이슨 벨은 가족들을 정신적으로 학대한 것 같다. 가족들을 괴롭히는 남성 우월주의자에 바람까지 피운 아버지 밑에서 자랐으니 앤디가 그런 사람이 된 것도 어떻게 보면 놀라울 것 없는 일이었다. 아버지란 작자가 자식들 자신감을 얼마나 박살냈으면 딸 하나는 아빠를 빼닮아 남들 괴롭히는 재미로 살고 다른 하나는 자해를 하기에 이르렀을까. 앤디와 친했던 엠마 말로는 앤디 실종 몇 주 전 베카가 입원을 했었고 사건 당일 밤에도 앤디가 동생을 돌봐야 했다고 했다. 제스는 자해 건은 모르는지 베카가 그냥 학교를 빠진 줄로만 알고 있었다.

그러니까 앤디도 그림같이 완벽한 그런 여학생이 아니었고, 벨 가족도 그런 완벽한 가족이 아니었다. 사진 속에선 완벽해 보일지 모르나 대부분은 거짓투성이었다.

'거짓' 하니까 말인데 맥스 헤이스팅스, 이 나쁜 자식. 전에 앤디랑 아는 사이였냐는 내 질문에 이렇게 대답했었다. "가끔 말은 해본 적 있어. 근데 본격 친구 사이까진 전혀 아니었고. 잘 아는 사이도 아니었고, 그냥 면식만 있는 정도."

면식만 있는 사이인데 파티에서 딱 붙어 있는다? 지켜보는 사람이 앤디 남친이라고 생각할 만큼?

의심스러운 건 이뿐만이 아니다. 비록 둘이 같은 학년이긴 했지만 앤디는 생일이 여름이고 맥스는 9월생인 데다 백혈병 때문에 한 학년을 꿇었다. 그럼 두 사람은 사실상 두 살 가까이 차이가 나는 셈이다. 그럼 맥스는 엄밀히 앤디에게 연상남이다. 그럼 맥스가 그 '비밀의 연상남'일까? 샐 바로 등 뒤에 숨어 샐 모르게 뒤통수치는 짓을 하고 있었던 걸까.

전에도 페이스북에서 맥스를 검색해본 적은 있다. 맥스 프로필 페이지는 기본적으로 별것 없었다. 휴가 때나 크리스마스 때 부모님이랑 찍은 사진, 가족들의 생일 축하 인사 정도가 다였다. 맥스답지 않은 프로필이라고 생각은 했지만 그냥 대수롭지 않게 넘겼더랬다.

하지만 나 피파 피츠-아모비, 두 번은 그냥 넘기지 않는다. 그리고 무언가 눈에 띄었다. 나오미 언니가 올린 사진 중 맥스에게 달린 태그가 '맥스 헤이스팅스'가 아닌 '낸시 탄고팃츠'로 되어 있었다. 예전에는 자기들끼리만 아는 농담 같은 건가 했는데, 그게 아니었다. '낸시 탄고팃츠'가 맥스 헤이스팅스의 진짜 페이스북 프로필이었다. 제 본명으로 된 계정은 대학 입학관계자나 나중에 구직할 때 인사관계자가 온라인 활동 내역을 찾아볼 때를 대비해 관리한 게 뻔하다. 이게 허무맹랑한 소리가 아닌 게, 내 친구들 중에도 대입철이 임박하니까 자기 프로필 검색 안 되게 하려고 이름을 변경하는 애들이 있었다.

진짜 맥스 헤이스팅스, 친구들과 술판을 벌이고 진탕 취해 있는 맥스 헤이스팅스 본연의 모습들을 담은 사진과 게시물은 모두 '낸시 탄고팃츠'라는 이름 뒤에 숨어 있다. 최소한 내 추정은 그렇다. 사실 '낸시 탄고팃츠'는 계정을 완전 비공개로 설정해둬서 게시물을 전혀 확인할 수가 없다. 그나마 나오미가 태그된 사진이나 포스트 정도만 보일 뿐이다. 이렇게 되면 내가 뭘 더 어떻게 조사할 수 있는 여지가 별로 없다. 뒷배경에 앤디와 맥스가 키스하는 모습이 포착된 비밀스러운 사진 같은 것도, 앤디가 실종된 그날 밤 사진들도 확인할 수 없는 것이다.

이미 나는 교훈을 얻은 바 있다. 살인 피해자에 대해 거짓말을 한 사람이 있다면, 직접 찾아가 왜 거짓말을 했느냐고 물어보는 게 최선의 방법이라는 것이다.

관련 인물

**제이슨 벨**
나오미 워드
비밀의 연상남
나탈리 다 실바
다니엘 다 실바
맥스 헤이스팅스(낸시 탄고팃츠)

# 16

 문이 바뀌어 있었다. 지난번, 그러니까 6주 전쯤 찾아왔을 땐 문이 갈색이었는데 이제는 짙은 밑바탕 색 위에 세로로 흰색 붓칠 자국이 나 있었다.
 핍은 다시 문을 두드렸다. 이번엔 요란한 진공청소기 소리 너머로 노크 소리가 들리도록 조금 더 세게 두드렸다.
 청소기 소리는 뚝 멈췄지만 귓가에는 여전히 이명이 남아 있었다. 곧이어 마룻바닥을 또각또각 걸어오는 발소리가 들려왔다.
 문이 열리고 멀끔한 옷차림에 체리색 붉은 립스틱을 바른 여자가 나타났다.
 "안녕하세요." 핍이 인사했다. "맥스 친구인데요. 혹시 지금 집에 있나요?"
 "아, 안녕." 미소를 지어 보이는 여자의 윗니에 립스틱이 묻어 있었다. 여자는 한 걸음 물러나 핍을 안으로 안내했다. "그럼, 집에 있지. 들어오렴, 음······."
 "피파요." 핍이 씩 웃으며 안으로 들어섰다.
 "그래 피파, 들어오렴. 맥스는 거실에 있어. 죽음의 매치인지 뭔지 중인데 청소기 좀 돌렸다고 아주 난리도 아니란다. 그것 좀 나중에 하면 절대 안 되는 모양이지."

맥스의 엄마는 복도를 지나 거실로 이어지는 아치형 입구로 핍을 안내했다.

맥스는 타탄체크 잠옷 바지에 흰 티셔츠 차림으로 소파에 널브러져 양손에 들린 게임기의 X 버튼만 엄지로 미친 듯이 눌러대고 있었다.

맥스의 엄마가 기척을 냈다.

맥스가 올려다보았다.

"아, 성씨 특이하신 피파 양이로군. 안녕." 맥스가 예의 그 깊고 세련된 목소리로 대꾸했다. 맥스의 시선은 이미 다시 게임으로 돌아가 있었다. "여긴 어쩐 일로?"

핍은 거의 반사적으로 인상을 쓸 뻔했지만 간신히 거짓 미소를 지어 보였다. "아, 별일은 아니고요." 핍은 태연한 척 어깨를 으쓱해 보였다. "그냥 선배가 앤디 벨이랑 **얼마나 잘 아는 사이인지** 다시 한번 물어보려고요."

맥스가 게임을 하다 멈췄다.

그러곤 자리에서 일어나 앉아 핍과 엄마를, 그리고 다시 핍을 번갈아가며 쳐다보았다.

"음." 맥스의 엄마가 입을 열었다. "차 한잔 내줄까?"

"아니, 됐어요." 맥스가 일어섰다. "피파, 위층에서 얘기하자."

맥스는 성큼성큼 두 사람을 제치고 걸어가 복도의 계단을 올라갔다. 맨발이라 발소리가 유독 크게 울렸다. 핍은 맥스 엄마에게 얼른 정중히 손짓으로 인사를 한 다음 맥스의 뒤를 따라갔다. 위층에 도착하자 맥스는 방문을 열어둔 채 핍에게 들어가라고 손짓했다.

핍은 아직 청소기 자국이 남아 있는 카펫 위에 한 발을 올린 채 잠시 망설였다. 맥스랑 둘만 있어도 괜찮을까?

맥스는 그새를 참지 못하고 고갯짓으로 재촉했다.

맥스의 엄마가 바로 아래층에 있으니 아마 안전할 것이다. 핍은 맥스의 방 안으로 큰 걸음을 옮겼다.

"엄마 앞에서 대놓고 얘기해줘서 참 고맙다." 맥스가 문을 닫으며 말했다. "내가 앤디랑 샐 이야길 또 하고 있단 걸 굳이 엄마가 알 필욘 없었는데 말이지. 너란 애는 일단 물었다 하면 절대 놓질 않는구나. 아주 사냥개가 따로 없어. 블러드하운드야."

"핏불이겠죠." 핍이 대꾸했다. "물면 놓지 않는 건 핏불이거든요."

맥스는 자주색 침구 위에 앉았다. "그게 그거지. 그래서 용건은?"

"아까 얘기한 대로예요. 선배가 앤디와 얼마나 잘 아는 사이였는지 궁금해요."

"이미 대답했잖아." 맥스는 침구에 팔꿈치를 기대고 상체를 뒤로 눕힌 채 핍의 어깨 너머로 시선을 던졌다. "그리 잘 아는 사이가 아니었다니까."

"음." 핍은 맥스의 방문에 등을 기댔다. "그냥 면식 있는 정도다, 맞죠? 전에 그렇게 말씀하셨죠."

"그래, 맞아." 맥스가 콧등을 긁었다. "솔직히 말해도 되나? 네 말투 좀 거슬린다?"

"좋네요." 핍은 맥스의 시선을 따라 저쪽 벽에 포스터, 쪽지, 사전 등이 잔뜩 꽂혀 있는 메모판 쪽을 보며 말했다. "저도 선배의 거짓말이 좀 신경 쓰이던 차라서요."

"무슨 거짓말? 난 걔 잘 모른다니까."

"흥미롭네요. 제가 2012년 3월 대참사 파티에 갔던 사람이랑 이야기를 했는데 말이죠. 재밌는 건 뭐냐? 그 사람이 그날 파티에서 선배랑 앤디, 둘만 따로 있는 장면을 여러 번 봤고 두 사람이 꽤 가까워 보이더라고 했단 거죠."

"누가 그러디?" 또다시 찰나에 메모판 쪽으로 향하는 시선.

"제 정보원을 공개할 수는 없죠."

"세상에." 맥스가 쩌렁쩌렁한 웃음을 터뜨렸다. "너 속았구나. 너도 네가 진짜 경찰은 아닌 거 알고 있는 거지?"

"그건 제 질문에 대한 답이 아닌데요." 핍이 말했다. "앤디랑 선배, 샐 몰래 만나는 사이였어요?"

맥스가 다시 웃음을 터뜨렸다. "샐은 내 가장 친한 친구였어."

"그건 제 질문에 대한 답이 아니에요." 핍은 팔짱을 끼었다.

"아니. 난 앤디 벨이랑 만나지 않았어. 전에도 말했지만 난 앤디랑 잘 아는 사이가 아니었어."

"그럼 그 사람은 왜 선배랑 앤디가 같이 있는 모습을 봤을까요? 선배가 앤디 남자친구인 줄 착각할 정도였다는데요?"

그 질문을 듣고 맥스가 어이없다는 듯이 눈을 굴릴 때 핍은 재빨리 메모판을 살펴보았다. 손으로 휘갈겨 쓴 쪽지며 종이가 여러 장씩 겹쳐 꽂혀 있었고, 모서리가 말린 채 일부만 겨우 보이는 것들도 있었다. 그 위에는 맥스가 스키 타는 사진, 서핑하는 사진이 꽂혀 있었다. 그리고 영화 〈저수지의 개들〉 포스터가 큼지막하게 메모판 면적 대부분을 차지하고 있었다.

"글쎄." 맥스가 대답했다. "누군진 모르지만 잘못 봤나 보지. 취했었겠지. 말하자면 신뢰성이 떨어지는 정보라고나 할까."

"좋아요." 핍은 맥스가 눈치채지 못하도록 방문 쪽에서 오른쪽으로 몇 걸음, 그런 다음 뒤로 두어 걸음 메모판 쪽으로 조금씩 다가갔다. "그럼 이거 하나는 확실히 하죠." 핍은 다시 서성이는 걸음으로 메모판 가까이 다가갔다. "그러니까 대참사 파티 중에 선배가 앤디랑 단둘이서 얘기를 나눈 적이 한 번도 없다, 그거예요?"

"한 번도 없는지까진 모르겠어." 맥스가 대답했다. "하지만 네가 말하는 그런 관계는 아니었어."

"좋아요, 알겠어요." 핍은 바닥에서 시선을 들었다. 이제 메모판은 손을 뻗으면 닿을 거리에 있었다. "그런데 이건 왜 그렇게 쳐다보는 거예요?" 핍은 휙 돌아서서 메모판에 꽂힌 종이들을 넘겨보기 시작했다.

"야, 하지 마."

맥스가 자리에서 일어나면서 침대가 삐거덕거렸다.

해야 할 일을 적은 목록들, 손글씨로 적어둔 회사들 이름과 졸업계획, 전단지, 병상에 누워 있는 맥스의 어릴 적 사진…… 핍은 재빨리 메모판에 꽂힌 것들을 훑어보았다.

핍의 등 뒤에서 맨발의 무거운 발소리가 들려왔다.

"전부 내 사생활이거든!"

바로 그때 〈저수지의 개들〉 포스터 아래 숨어 있는 작은 흰 종이가 보였다. 종이를 잡아당기는 핍의 팔을 맥스가 붙잡으면서 종이가 찢어졌다. 핍은 맥스 쪽으로 휙 몸을 돌렸고 맥스는 핍의 손목을 움켜쥐었다. 두 사람의 시선은 동시에 핍의 손에 들린 종이를 향했다. 핍의 입이 쩍 벌어졌다.

"젠장." 맥스는 핍의 팔을 놓아주고 나풀대는 머리칼을 손가락으로 쓸어넘겼다.

"그냥 면식만 있는 정도라고요?" 핍이 떨리는 목소리로 되물었다.

"네가 뭔데? 네가 뭔데 남의 사생활을 캐보는데."

"그냥 면식만 있어요?" 핍은 다시금 맥스의 얼굴에 인쇄된 사진을 들이대 보였다.

앤디의 사진이었다. 거울 앞에서 찍은 앤디의 셀카 사진이었다. 앤디는 빨간색, 흰색 타일 바닥에 서서 오른손으로 핸드폰을 들고 있었다. 입술은 쭉 내밀었고, 눈빛은 야릇했다. 옷이라곤 검은색 팬티 한 장 걸친 게 다였다.

"뭐 할 말 없어요?" 핍이 물었다.

"없어."

"아, 그럼 경찰에 직접 설명하시겠다는 말씀이죠? 알겠어요." 핍은 맥스를 노려본 다음 문을 향해 걸어가는 척했다.

"연기하지 마." 맥스도 초점 없는 파란 눈동자로 핍을 쏘아보았다. "그거랑 앤디 사건이랑은 전혀 상관없는 일이야."

"그건 경찰이 판단할 일이죠."

"아니야, 피파." 맥스가 문으로 향하는 핍을 가로막았다. "정말 네가 생각하는 그런 거 아니야. 그 사진은 앤디가 나한테 준 게 아니라, 내가 우연히 찾은 거라고."

"찾아요? 어디서?"

"그냥 교실에 돌아다니던 거야. 내가 우연히 발견해서 갖고 있었던 거고. 이 사진에 대해선 앤디도 전혀 몰랐어." 맥스의 목소리가 애원조로 바뀌었다.

"앤디의 나체 사진이 교실에 그냥 돌아다니고 있었고, 그걸 선배가 찾았다고요?" 핍은 그 말을 나더러 믿으라는 거냐는 투로 말했다.

"응. 교실 뒤편에 그냥 숨겨져 있었어. 정말이야."

"그렇게 찾은 다음에, 앤디한테든 누구한테든 그런 사진을 찾았단 말도 안 하고요?"

"응, 그냥 가져왔어."

"왜요?"

"나도 몰라." 갑자기 맥스의 목소리가 높아졌다. "왜냐면 앤디는 섹시했고 난 그 사진을 갖고 싶었으니까. 그리고 나중엔 그 사진을 버리면 안 될 것 같아졌고…… 왜? 그렇게 보지 마. 사진을 찍은 건 개라고. 누구든 보라고 찍은 거잖아."

"저더러 지금 선배가 앤디의 이 나체 사진을 우연히 찾았단 말을 믿으라는 거예요? 파티에서 선배랑 딱 붙어 있던 여자의 사진을……."

"그건 전혀 관계없는 일이야." 맥스가 핍의 말을 끊었다. "내가 앤디와 사귀는 사이여서 앤디와 그렇게 이야기를 나눈 것도, 그런 사이여서 그 사진을 가지고 있는 것도 아냐. 우린 사귀지 않았어. 사귄 적 없어."

"그럼 선배가 파티에서 앤디와 단둘이 이야기를 하기는 한 거네요?" 핍은 의기양양하게 말했다.

맥스는 잠시 손으로 얼굴을 가리고 손가락으로 눈을 꾹꾹 눌렀다.

"좋아." 맥스가 조용히 입을 열었다. "사실대로 말해주면, 그럼 다시는 안 찾아올 거지? 경찰한테도 말 안 하고."

"그건 들어봐야 알죠."

"좋아, 알겠어. 전에 얘기했던 것보다 앤디를 잘 아는 사이인 건 맞아. 훨씬 잘 아는 사이였지. 심지어 앤디가 샐이랑 사귀기 전부터. 하지만 내가 걔랑 사귄 건 아냐. 걔한테서 사는 게 있었을 뿐."

핍은 혼란스러운 표정으로 맥스를 쳐다보았다. 핍은 맥스의 마지막 말을 곱씹었다.

"사는 거라면…… 약이요?" 핍이 부드럽게 물었다.

맥스가 고개를 끄덕였다. "아주 심각한 건 아니었어. 그냥 대마초랑 알약 몇 종류 정도."

"세상에. 잠깐만요." 핍은 손가락을 들어 올렸다. 잠시 생각할 시간이 필요했다. "앤디 벨이 마약 거래를 했어요?"

"그렇긴 한데, 대참사 파티랑 우리끼리 클럽에 가거나 뭐 그럴 때 정도만 했어. 그냥 소수한테만. 정말 몇 명 안 됐어. 본격적으로 약을 판 수준은 아니야." 맥스가 말을 멈췄다. "앤디가 진짜 마약상한테 약을 받아와서, 말하자면 우리 학교까지 그 마약상 시장을 넓혀준 셈이지. 양쪽 모두한테 윈윈이었고."

"그래서 늘 그렇게 현금이 많았군요." 핍의 머릿속에서 퍼즐 조각이 딱 맞춰지는 소리가 들리는 듯했다. "직접 약을 하기도 했나요?"

"별로. 앤디는 돈 때문에 하는 것 같았어. 돈이랑 그걸로 자기가 갖게 되는 권력 때문에. 앤디가 즐긴다는 게 내 눈에도 보였지."

"샐은 앤디가 마약을 파는 걸 알고 있었어요?"

맥스가 웃음을 터뜨렸다. "그럴 리가. 당연히 그럴 리가 없지. 샐이 마약을 얼마나 싫어했는데, 알았으면 둘 사이가 잘됐을 리가. 앤디는 샐한테 그 사실을 숨겼어. 비밀이라면 워낙 능숙한 애였으니까. 앤디가 마약을 파는 걸 아는 사람이라면 개한테 약을 사는 애들 정도였을걸. 난 늘 샐이 조금 순진하다 싶었어. 샐이 그걸 절대 모르고 있다는 게 신기했지."

"앤디가 그 일을 얼마나 했나요?" 핍은 불길한 흥분에 휩싸였다.

"꽤 오래 했어." 맥스는 기억을 더듬기라도 하듯 천장을 올려다보며 눈동자를 굴렸다. "아마 내가 개한테 처음 대마초를 산 게 2011년 초였을 거야. 개가 아직 열여섯 살 때였지. 그때가 막 그 일을 시작했을 즈음이었을걸."

"앤디가 거래하던 마약상은 누구였나요? 누구한테서 약을 받아온 거예요?"

맥스는 어깨를 으쓱해 보였다. "나도 모르지. 그 사람은 나도 전혀 몰라. 나는 앤디를 통해서만 샀고 앤디는 한 번도 나한테 얘기 안 했어."

핍은 김이 샜다. "아무것도 몰라요? 앤디가 죽고 난 뒤 킬턴에서 약을 한 번도 안 샀어요?"

"전혀." 맥스는 다시 어깨를 으쓱해 보였다. "나도 더는 몰라."

"하지만 대참사 파티에 가는 애들은 지금도 약을 할 거잖아요. 그 사람들은 약을 어디서 구한대요?"

"나도 모르지." 맥스가 다시금 얘기했다. "피파, 네가 궁금해하던 얘길 해줬잖아. 이제 그만 가쳤으면 좋겠는데."

맥스는 핍에게 다가서더니 핍의 손에서 사진을 휙 낚아챘다. 맥스의 엄지가 사진 속 앤디의 얼굴을 가렸고, 맥스가 떨리는 주먹을 꼭 쥐면서 사진은 구겨졌다. 앤디의 몸 한가운데로 선이 그어지며 사진은 반으로 접혔다.

# 17

핍은 친구들의 대화를 자체 음소거하고 교내 식당에서 들리는 온갖 소음에 주파수를 맞췄다. 바닥에 끌리는 의자 소리, 깊은 테너에서부터 날카로운 소프라노의 음역까지 넘나드는 아이들의 웃음소리가 반주처럼 깔린 가운데 배식대에서 샐러드며 수프며 골라 담은 쟁반을 제각각 끌고 가는 소리, 과자봉지 뜯는 소리, 주말엔 뭘 했느냐는 조잘거림이 오케스트라처럼 한데 어우러지고 있었다.

핍이 먼저 앤트를 발견하고 이쪽이라고 손을 흔들어 보였다. 앤트는 샌드위치 두 팩을 양팔로 감싸 안고 뒤뚱뒤뚱 걸어왔다.

"어이." 앤트는 이미 첫 번째 샌드위치를 뜯으며 카라 옆자리에 미끄러지듯 자리를 잡았다.

"연습은 어땠어?" 핍이 물었다.

앤트는 걱정스러운 표정으로 핍을 쳐다보았다. 입을 꼭 다물지 않고 우물우물 샌드위치를 씹느라 입안의 음식물이 다 보였다. "괜찮아." 앤드가 샌드위치를 삼키고 말했다. "너 왜 이렇게 다정하게 구냐? 뭐 부탁할 거 있어?"

"아니." 핍이 웃었다. "그냥 오늘 축구 어땠나 해서."

"아닌데." 잭이 끼어들었다. "네가 그렇게 다정하게 물을 리가 없는데. 뭔가 있는데."

"그런 거 없거든." 핍은 어깨를 으쓱해 보였다. "국가부채랑 글로벌 해수면 상승 문제가 있긴 하지."

"호르몬 때문인가 봐." 앤트가 말했다.

핍은 허공에 대고 가상의 손잡이를 돌리면서 장난스럽게 앤트를 향해 가운뎃손가락을 올려 보였다.

핍의 예상대로 흘러가고 있었다. 핍은 무리 전원이 시청 중인 좀비 드라마 최신화 이야기를 하는 5분 동안 꿋꿋이 기다렸다. 코너는 아직 최신화를 못 봐서 귀를 막고 시끄럽게 콧노래를 불러댔다.

"저기, 앤트." 핍이 다시 시도를 하고 나섰다. "같이 축구하는 애 중에 조지라고 있지?"

"응, 축구하는 친구 중에 조지라는 애가 있기는 하지." 앤트가 아주 흥미진진하다는 듯이 대답했다.

"걔 요즘도 대참사 파티 다니는 애들이랑 친하지?"

앤트가 고개를 끄덕였다.

"응. 다음 파티가 마침 걔네 집일걸. 조지 부모님 기념일이라던가, 아무튼 그래서 집을 비우신대."

"이번 주말에?"

"응."

"혹시……." 핍이 팔을 괴고 테이블에 더욱 바싹 붙어 앉았다. "혹시 네가 걔한테 얘기해서 우리 다 초대해주면 안 돼?"

무리 전원이 핍을 얼빠진 얼굴로 바라보았다.

"누구세요? 내 친구 피파 피츠-아모비는 어딨어요?" 카라가 말했다.

"뭐?" 핍은 발끈하며 말했다. 이제 별로 설득력도 없는 이유를 네 가지 들 차례다. "올해가 마지막 학년이잖아. 우리 다 같이 가면 재밌을 것 같아서. 곧 과제 마감이랑 모의고사도 있으니까 그 전에 딱 좋은 기회이기도 하고."

"저렇게 말하는 거 보면 또 핍 같긴 한데." 코너가 씩 웃었다.

"하우스 파티엘 가고 싶다?" 앤트가 콕 집어 말했다.

"응." 핍이 대답했다.

"파티 가보면 집 안에 사람 꽉꽉 들어차 있고, 그 와중에 취해서 토하고 뻗어 있고 아주 난리도 아니야. 바닥은 완전 초토화고." 앤트가 말했다. "진짜 네가 갈 만한 곳은 아냐, 핍."

"아주…… 문화적일 것 같네." 핍이 대답했다. "그래도 가고 싶어."

"알겠어, 그럼." 앤트가 손뼉을 치며 말했다. "같이 가자."

학교가 끝나고 집으로 돌아가는 길에 핍은 라비를 보러 들렀다. 라비는 핍에게 홍차를 내어주면서 네 '귀중한 시간'을 조금이라도 빼앗지 않으려고 찬물을 살짝 부었노라고 농담을 했다.

"그랬군." 라비가 마침내 입을 열었다. 라비는 고개를 끄덕이며 인형같이 예쁘장긴 얼굴의 금발 소녀 앤디 벨이 마약 거래를 하는 모습을 상상해보려 애썼다. 라비의 고개는 약긴 떨리고 있었다. "좋아, 그럼 네 생각엔 앤디한테 약을 대준 그 사람이 용의자일 것 같다는 거지?"

"그렇죠. 청소년들 상대로 약 장사를 할 정도면 얼마든지 살인도 가능할 사람 같은 거죠."

"응, 무슨 말인진 알겠어." 라비가 고개를 끄덕였다. "그런데 이 마약상을 어떻게 찾게?"

핍은 머그컵을 탁 내려놓고 가늘게 뜬 눈으로 라비를 쳐다보았다. "잠복근무할 거예요."

# 18

"우리 지금 파티 가는 건 줄은 알지? 팬터마임 공연하러 가는 게 아니라고." 핍은 카라의 손아귀에서 제 얼굴을 빼내려고 안간힘을 썼지만 카라는 핍의 얼굴을 꼭 붙들고 놓아주지 않았다. 이건 뭐 핍의 얼굴을 거의 납치하다시피 한 수준이었다.

"알았다고. 그래도 넌 진짜 다행인 게 아이섀도 잘 받는 얼굴이야. 그만 좀 움직여, 거의 다 됐으니까."

핍은 강제 화장에 굴복하곤 한숨을 쉬며 힘을 뺐다. 가뜩이나 친구들 극성에 입고 있던 멜빵바지도 벗고 로렌의 옷으로 갈아입은 터라 기분도 썩 좋지 않았다. 원피스는 심지어 너무 짧아서 티셔츠라고 해도 무방했다. 그 얘길 하자 친구들은 모두 큰 웃음을 터뜨렸다.

"얘들아." 핍의 엄마가 아래층에서 소리쳤다. "서두르렴. 빅터가 지금 로렌 앞에서 춤을 추기 시작했어."

"내가 못살아." 핍이 말했다. "다 됐어? 로렌 구해주러 가야 해."

카라가 핍의 얼굴 가까이 다가오더니 입김을 훅 불었다. "응."

"좋았어." 핍은 숄더백을 움켜쥐고 다시 한번 핸드폰 배터리가 100% 충전돼 있는지 확인했다. "가자."

"우리 딸!" 핍의 아빠는 아래층으로 내려오는 핍과 카라를 보고 큰 소리로 인사했다. "방금 로렌이랑 얘기 끝났다. 아빠도 너희 참사관 파티 같이 갈 거야."

"대참사 파티겠죠. 아빠 올 거면 저 죽은 후에나 오시고요."

빅터는 핍에게 다가가 핍의 어깨에 팔을 두르고 딸을 꼭 끌어안았다. "우리 꼬맹이가 하우스 파티엘 가다니 다 컸네, 다 컸어."

"그러게 말야." 핍의 엄마는 환한 미소를 짓고 있었다. "술이랑 남자애들이 있는 파티엘 가다니."

"그래." 핍의 아빠는 팔을 풀어준 다음 손가락을 들고 심각한 표정으로 딸을 내려다보았다. "핍, 최소한 이거 하나는 기억하렴. 조금 무책임해도 괜찮아."

"알겠어요." 핍은 차 열쇠를 들고 문을 향해 걸어갔다. "하여간 이상한 부모님이라니까. 저희 다녀올게요."

"잘 다녀오렴." 빅터는 난간을 붙들고 마치 침몰하는 난파선과 운명을 함께하는 선장이라도 된 듯이 비극적인 연기를 해 보이며 집을 나서는 핍과 친구들에게 손을 흔들었다.

음악 소리가 얼마나 큰지 집 밖 보도까지 쿵쿵 울려댔다. 세 사람은 현관으로 걸어갔고 핍은 주먹을 들어 문을 두드렸다. 이내 문이 안쪽으로 활짝 열렸다. 어두운 조명 속에서 사람들의 말소리와 배경음악의 베이스 소리만 뒤섞여 흘러나오고 있었다. 핍은 벌써부터 괴로웠다.

마지못해 핍은 안으로 한 발을 내디뎠다. 보드카 냄새, 땀 냄새, 그리고 희미한 토사물 냄새가 뒤섞인 집 안 공기에 숨이 턱 막혀왔다. 오늘의 파티 주최자이자 앤트의 친구인 조지의 모습이 눈에 들어왔다. 조지는 눈을 부릅뜨고 한 학년 아래 여자애 얼굴을 붙든 채 어떻게든 입술 박치기를 해보려고 애쓰는 중이었다. 조지는 세 사람을 보더니 키스를 중단할 생각도 없이 제 파트너 등 뒤로 손을 흔들어 보였다.

핍은 그따위 인사에 동조하고 싶지 않아서 조지를 무시하고 복도로 걸어갔고, 카라와 로렌도 그 옆에서 나란히 걸어갔다. 가는 길목에는 정치학 수업을 같이 듣는 폴이 벽에 기대 주저앉아 코를 골고 있는 통에 로렌은 폴 위로 건너가야 했다.

"이런 게…… 재미있는 사람들도 있나 보네." 핍은 그렇게 중얼대며 개방형 거실로 들어갔다. 십 대 청소년들이 뒤섞여 있는 난장판이 눈앞에 펼쳐졌다. 음악에 맞춰 허우적대는 몸짓들, 위태롭게 쌓아놓은 맥주병 탑, 아무도 듣는 이 없이 삶의 의미가 어쩌고 하는 취중의 고함에 가까운 독백, 군데군데 젖은 카펫, 대놓고 사타구니를 긁는 사람들, 수증기 맺힌 벽에 기대어 선 커플들.

"너야말로 여기 그렇게 오고 싶어했잖아." 로렌은 그렇게 말하면서 방과 후 연기 수업을 같이 듣는 여자아이들에게 손을 흔들었다.

핍이 침을 삼켰다. "응. 그리고 현재의 핍은 언제나 과거의 핍이 내린 결정에 100% 불만이 없지."

앤트와 코너, 잭이 세 사람을 발견하곤 간신히 인파를 뚫고 그들 쪽으로 건너왔다.

"별일 없었어?" 코너는 핍과 친구들에게 어설프게 포옹을 하며 인사를 건넸다. "늦었네."

"그러게나 말야." 로렌이 대답했다. "핍 옷 좀 갈아입히느라고."

왜 멜빵바지는 부끄러운 거고 로렌이랑 연기 수업 같이 듣는 친구들이 추는 저런 웃기지도 않는 로봇춤은 괜찮은 건지 핍은 도무지 이해가 되지 않았다.

"컵 있어?" 카라가 보드카와 레모네이드를 들어 보이며 말했다.

"응, 이쪽이야." 앤트는 카라를 부엌으로 데리고 갔다.

카라가 핍에게 줄 술잔을 들고 돌아왔고 핍은 이야기를 나누고 고개를 끄덕이면서 가끔 한 모금씩 마시는 척을 했다. 기회가 생기자 핍은 잽싸게 부엌으로 옆걸음질을 친 다음 싱크대에 술을 부어버리고 그 잔에 물을 채워 왔다.

잭이 술을 좀 더 가져다줄까 물어서 핍은 다시금 임기응변으로 둘러댔고, 그러다가 영어 시간 핍 뒷자리에 앉는 조 킹과 이야기를 나눌 수밖에 없는 상황이 돼버렸다. 조 킹은 주로 바보 같은 소리를 한마디 하고 나서 상대가 당황해하면 그때 "농담이야. 내 이름이 '조-킹'이잖아." 하는 걸로 먹고사는 애였다.

'조-킹', 이른바 농담을 세 번째까지 들어준 다음 핍은 그 자리를 피해 구석에 가 숨었다. 다행히 혼자였다. 핍은 구석에 조용히 숨어 파티장 곳곳을 훑어보았다. 춤을 추는 아이들, 지나치게 열정적으로 키스하는 커플들 사이로 혹시 뭔가 의심스러운 장면이 있지는 않은지 살펴보았다. 은밀하게 오가는 거래라든지, 알약이라든지, 약에 취해 풀려버린 턱이나 동공이라든지, 하여간 뭐가 됐든 앤디의 마약 거래에 단서가 되어줄 법한 신호를 찾았다.

10분이 지났지만 핍은 의심스러운 정황을 전혀 발견하지 못했다. 있다면 딱 하나, 스티븐이란 애가 텔레비전 리모컨을 부수고 증거를 화병에 감춘 것 정도였다. 핍은 스티븐이 다용도실을 서성이다 뒷문으로 나가 뒷주머니에서 담배를 꺼내는 모습을 지켜보았다.

그래, 그런 거였다. 이렇게 당연한 걸 몰랐다니.

담배를 피우러 밖에 나가는 애들부터 살펴봤어야 하는 거였다. 핍은 이리저리 휘청이는 사람들 사이에서 스스로를 보호하려 팔꿈치를 세운 채 인파를 뚫고 나아갔다.

밖에는 아이들이 몇 명 나와 있었다. 정원 아래쪽 트램펄린에서는 두어 명의 어두운 그림자가 뒹굴대고 있었다. 쓰레기통 옆에서는 스텔라 채프먼이 눈물이 그렁그렁해선 전화기에 대고 누군가에게 무어라 울부짖고 있었다. 아동용 그네에는 같은 학년 여자애들 둘이 있었는데 뭔가 아주 심각한 대화라도 나누는지 가끔씩 헉하면서 손으로 입을 가리곤 했다. 그리고 스티븐 톰슨인지 팀슨인지 하는 애도 있었다. 스티븐은 수학 시간 핍의 뒷자리에 앉는 애였는데, 정원 담장에 걸터앉아 입에는 담배꽁초를 물고 양손으로 주머니를 한참 뒤지고 있었.

핍은 스티븐 쪽으로 다가갔다. "안녕." 핍은 인사를 하면서 스티븐 옆에 벌썩 주저앉았다.

"안녕, 피파." 스티븐은 입에서 꽁초를 빼며 인사했다. "재밌게 놀고 있어?"

"응, 뭐." 핍이 대답했다. "그냥 한번 나와봤어. 혹시 메리제인 있나 해서."

"메리제인은 누군지 잘 모르겠다. 미안." 스티븐은 드디어 주머니에서 형광 녹색 라이터를 꺼냈다.

"'누구'인 건 아니고." 핍은 스티븐 쪽을 돌아보며 '알잖아' 하는 표정을 지어 보였다. "그, 태우고 싶은 게 있어서."

"뭐?"

핍은 아침에 속어사전에서 요즘은 대마초를 뭐라고 하는지 한 시간 동안 검색을 해보고 온 터였다.

다시 핍이 목소리를 낮추고 속삭였다. "왜, 그 허브 같은 거 있잖아. 히피 풀, 웃음 연기, 스컹크, 떨. 그거 찾는다고. 알지? 간자 말이야."*

스티븐은 웃음이 터졌다. "세상에." 스티븐은 낄낄대며 웃음을 멈추지 못했다. "너 완전 취했구나."

"취하긴 했지." 핍은 취한 것처럼 보이려고 킬킬 웃어보았다. 하지만 핍의 웃음소리는 취한 사람이라기보단 악당 같았다. "그래서, 너 혹시 있어? 대마초?"

스티븐은 마침내 웃음을 멈추고 잠시 핍을 위아래로 훑어보았다. 스티븐의 시선은 누가 봐도 핍의 가슴과 허연 다리에 머물러 있었다. 역겹고 민망하고…… 그야말로 당혹스러움이 훅 밀려왔다. 생각 같아선 스티븐의 면전에 당장 한마디 날려주고 싶었지만 꾹 참고 입을 열지 않았다. 지금 핍은 잠복근무 중이었다.

"응." 스티븐이 아랫입술을 깨물며 말했다. "같이 피울 거 말

---

* 모두 대마초를 일컫는 속어들이다.

아줄게." 스티븐은 주머니를 다시 뒤지더니 대마초가 든 작은 봉지 하나와 종이 한 뭉치를 꺼냈다.

"그래, 좋아." 고개를 끄덕이긴 했지만 핍은 걱정도 되고 흥분도 되고 약간 어지럽기도 했다. "네가 말아줘. 음…… 주사위 쥔 카지노 딜러처럼."

핍의 말에 스티븐은 다시금 웃음이 터졌다. 스티븐은 그 뚱뚱한 혀를 내밀고 종이 한쪽 끝에 침을 묻히는 동안 계속해서 핍과 눈을 맞추려고 했다.

핍은 시선을 피했다. EPQ 구실로 어쩌면 이번엔 선을 너무 많이 넘은 건지도 모른다. 어쩌면. 하지만 이제 이건 학교 과제 수준을 넘어선 일이 돼버렸다. 이건 샐을, 또 라비를 위한 일이었다. 진실을 찾는 일이었다. 그 목적을 생각하면 이런 짓도 얼마든지 할 수 있었다.

스티븐은 대마초를 만 담배에 불을 붙이고 한쪽 끝을 두 모금 길게 빤 다음 핍에게 넘겨주었다. 핍은 검지와 중지로 어색하게 대마초를 받아든 다음 입술로 가져갔다. 그러고는 머리카락에 얼굴이 가려질 정도로 고개를 휙 돌린 뒤 두어 모금 흡입하는 듯이 연기를 했다.

"음, 좋은데." 핍은 대마초를 돌려주며 말했다. "질이 괜찮네."

"너 오늘 예쁘다." 스티븐은 한 모금 빨고 나서 다시 핍에게 대마초를 내밀었다.

핍은 절대 스티븐의 손가락에 제 손가락이 닿지 않게 조심하며 대마초를 받았다. 그리고 다시 한 모금 마시는 척 연기를 했지만 냄새가 너무 괴로워서 질문을 하려다 말고 기침을 했다.

"그럼," 핍이 다시 대마초를 돌려주며 물었다. "이거 어디 가면 구할 수 있어?"

"내가 나눠주면 되지."

"아. 내 말은, 혹시 넌 어디서 사? 나도 한번 해볼까 해서."

"이 동네에 파는 사람이 있어. 하위라고." 스티븐은 핍에게 더 바짝 다가갔다.

"그 하위라는 사람은 어디 사는데?" 핍은 다시 대마초를 넘겨주며 그 핑계로 스티븐과 거리를 다시 넓혔다.

"그건 나도 몰라. 자기 집에서 거래하는 게 아니라서. 나는 역 주차장에서 만나거든. 주차장을 쭉 내려가 카메라 없는 곳에서."

"저녁에?" 핍이 물었다.

"응, 주로 그렇지. 그 사람이 문자를 하면 그때."

"그 사람 번호 있어? 나도 번호 받을 수 있어?" 핍은 가방에서 휴대폰을 꺼냈다.

스티븐은 고개를 저었다. "내가 전화번호 넘긴 거 알면 화낼 걸. 그 사람한테 직접 연락할 필요 없어. 필요할 때 나한테 돈 주면 내가 구해다 줄게. 할인도 해줄 수 있고." 스티븐이 윙크했다.

"난 직접 사고 싶은데." 핍은 불편한 기운이 목 뒷덜미를 타고 올라오는 게 느껴졌다.

"그건 어렵고." 고개를 저으면서도 스티븐의 시선은 핍의 입술을 떠나지 않았다.

핍은 재빨리 시선을 피했고 핍의 긴 머리칼이 두 사람 사이에서 커튼 역할을 해주었다. 좌절감이 너무 큰 나머지 아무런 생각이 떠오르지 않았다. 얘 맘이 바뀌진 않겠지?

그러다 갑자기 좋은 아이디어가 떠올랐다.

"그럼 널 통해선 어떻게 사는데?" 핍이 스티븐에게서 대마초를 넘겨받으며 물었다. "너 내 번호도 모르잖아."

"아, 이런 낭패가 있나." 얼마나 능글맞은 목소리로 말을 하는지 스티븐 입에서 그 말이 그냥 술술 흘러나왔다. 스티븐은 제 뒷주머니에 손을 뻗어 휴대폰을 꺼냈다. 화면을 두드려 비밀번호를 입력한 다음 비밀번호가 해제된 휴대폰을 핍에게 건넸다. "네 번호 입력해줘."

"좋아."

핍은 연락처 앱을 열고 어깨를 살짝 움직여 스티븐에게 화면이 안 보이도록 했다. 그런 다음 연락처 검색창에 'ㅎ'을 검색하자 나오는 결과는 하나뿐이었다. '하위 바워스'의 전화번호였다.

핍은 전화번호를 외웠다. 아아, 외우는 건 불가능이다. 또 다른 아이디어가 떠올랐다. 어쩌면 화면을 사진으로 남길 수 있을지도 모른다. 핍의 휴대폰이 바로 옆에 있었다. 하지만 스티븐이 눈앞에서 손가락을 깨물며 핍을 쳐다보고 있었다. 스티븐의 주의를 돌려야 했다.

핍은 갑자기 앞으로 휘청이면서 대마초를 정원 바닥으로 던졌다. "미안. 벌레인 줄 알았어." 핍이 말했다.

"괜찮아. 내가 주울게." 스티븐이 담장에서 뛰어내렸다.

핍에게 주어진 시간은 단 몇 초였다. 핍은 제 휴대폰을 들고 화면을 왼쪽으로 밀어 카메라를 연 다음 스티븐의 휴대폰 화면을 찍을 준비를 했다.

심장이 쿵쾅대며 뛰었고 가슴이 답답했다.

카메라가 켜졌지만 초점이 맞지 않아 아까운 시간만 흘러가고 있었다.

핍의 손가락이 버튼 위를 맴돌았다.

마침내 카메라 초점이 맞았고 핍은 사진 버튼을 눌렀다. 스티븐이 꽁초를 주워오는데 핍의 휴대폰이 무릎 위로 떨어졌다.

"아직은 불 안 꺼졌어." 스티븐은 다시 담장 위로 뛰어올라 핍 옆에 딱 붙어 앉았다.

핍은 스티븐의 휴대폰을 내밀었다. "음, 미안한데 너한테 번호 주면 안 될 것 같아. 마약은 나랑 안 맞는 것 같아."

"괜히 빼지 말고." 스티븐이 제 휴대폰을 든 핍의 손을 움켜쥐며 말했다. 그러고서 핍에게 몸을 밀착했다.

"아니, 됐어." 핍이 스티븐을 피해 몸을 뒤로 젖히며 말했다. "난 이만 들어가볼게."

바로 그때 스티븐이 핍의 뒤통수에 손을 가져다 대더니 핍의 고개를 당기며 제 얼굴을 들이댔다. 핍은 몸을 돌려 스티븐에게서 빠져나온 다음 스티븐을 밀쳤다. 얼마나 세게 밀었던지 스티븐은 담장에서 1미터는 족히 떨어진 풀밭 위로 날아가 대자로 뻗었다.

"나쁜 년." 스티븐이 자리에서 일어나 바지를 털었다.

"너는 변태, 원숭이 같은 놈이거든." 핍도 소리쳤다. "내가 싫다고 했잖아."

그제야 핍은 정원에 스티븐과 자신 외에는 아무도 없단 사실을 깨달았다. 어떻게, 혹은 언제 이렇게 된 건지 알 수가 없었다.

갑자기 공포가 밀려왔고 살갗에 소름이 돋기 시작했다.

스티븐은 다시 담장으로 올라왔고 핍은 돌아서서 서둘러 문쪽을 향했다.

"야, 딴짓 안 할 테니까 얘기만 좀 더 하자." 스티븐은 핍의 손목을 잡고 핍을 끌어당겼다.

"스티븐, 놔줘." 핍이 단호하게 말했다.

"싫은데……."

핍은 다른 손으로 스티븐의 손목을 잡은 다음 손톱으로 스티븐의 팔목 피부를 꼬집었다. 스티븐은 아파하며 잡고 있던 핍의 손목을 놓아주었고, 핍은 이때를 놓치지 않고 잽싸게 집 안으로 들어가 문을 쾅 닫은 다음 문을 잠갔다.

핍은 페르시안 카펫이 깔린 무대에서 춤추는 인파를 헤치고 나아갔다. 요란하게 흔들어대는 팔다리와 땀에 전 얼굴들 사이로 핍은 아는 얼굴, 카라의 얼굴을 애타게 찾아 헤맸다.

흐느적대는 사람들이 뒤섞인 방 안의 공기는 습하고 더웠다. 그러나 핍은 떨고 있었다. 추위가 뒤늦게 핍의 맨 무릎부터 파고들고 있었다.

피파 피츠-아모비
EPQ 2017. 10. 03.

## 활동일지 22

업데이트: 날이 어두워진 후 차에서 네 시간을 기다렸다. 역 주차장 제일 끝자리에 주차했고 카메라가 없는 것도 확인했다. 그사이 런던 메릴본발 통근열차가 세 번이나 지나갔고, 쏟아져나온 통근객 중에는 아빠도 있었다. 다행히 아빠는 내 차를 보지 못했다.

주변에 얼쩡이는 사람도 전혀 없었다. 약을 팔거나 사러 온 것처럼 보이는 사람은 아무도 없었다. 물론 어떤 사람이 약을 사고팔려는 사람인지 나도 딱히 분간이 되는 건 아니다. 앤디 벨이 그런 사람이었을 줄 난들 알았겠냐고.

어쨌거나 스티븐 그 변태 자식한테서 용케 하위 바우스 번호를 알아내긴 했다. 그냥 하위한테 곧바로 전화를 해서 앤디 일로 물어보고 싶은 게 있는데 얘기를 해줄 수 있겠느냐고 하는 방법도 있기는 했다.

라비 생각은 그랬다. 하지만 현실적으로 그렇게 해서는 아무런 대답도 듣지 못한다. 이 사람은 마약상이다. 날씨 이야기, 무슨 낙수효과* 같은 경제 이론 이야기를 할 것도 아니고, 생판 모르는 사람이랑 전화 통화를 하면서 자기가 마약 거래를 한단 사실을 인정할 리는 없다.

그래, 그 사람의 입을 열려면 우리가 먼저 그럴듯한 협상 도구를 확보해두는 수밖엔 없다.

---

* 대기업과 부유층 중심으로 경제 성장이 이뤄지면 사회 전역에 그 효과가 전달된다는 주장.

내일 저녁 다시 역에 나와야겠다. 라비는 바쁘지만 나 혼자 할 수 있다. 부모님한텐 그냥 카라네 집에서 영어 과제를 한다고 둘러댈 생각이다. 거짓말은 자주 할수록 더 쉬워진다.

하위를 찾아야 한다.

협상의 도구가 필요하다.

잠도 좀 자둬야 한다.


관련 인물

**제이슨 벨**
나오미 워드
비밀의 연상남
나탈리 다 실바
다니엘 다 실바
맥스 헤이스팅스
마약상, 하위 바워스?

# 19

휴대폰의 손전등 빛에 기대어 막 『위대한 유산』 13장을 읽고 있던 참에 가로등 불빛 아래로 기다란 그림자가 지나가는 것이 보였다. 핍은 역 주차장 맨 끝자리에 주차를 한 다음 차 안에 숨어 있었다. 30분마다 지나가는 런던 혹은 에일즈베리행 기차의 요란한 소리 덕분에 시계를 보지 않고도 시간을 알 수 있었다.

한 시간 전쯤 해가 지고 리틀 킬턴의 하늘이 어둑해지자 가로등에 불이 켜졌다. 예의 그 주황빛 도는 흐릿한 노란색의 가로등 불빛은 도시다운 불빛으로 주위를 밝히고 있었다.

핍은 실눈을 뜨고 창밖을 내다보았다. 그림자가 가로등 아래를 지날 때 핍은 재빨리 그림자의 모습을 확인했다. 털모자가 달린 밝은 오렌지색 안감의 짙은 녹색 외투를 입은 남자였다. 모자를 뒤집어쓴 탓으로 마스크를 쓴 것처럼 얼굴에 그림자가 져 있어서 삼각형 코밖에는 보이지 않았다.

핍은 재빨리 휴대폰 손전등 기능을 끄고 조수석에 책을 내려놓았다. 그러고는 운전석을 뒤로 밀어 공간을 확보한 다음 창문 너머로 보이지 않게 바닥에 쭈그려 앉았다. 핍은 창문 바로 아래 고개를 들이밀고 있었다.

남자는 주차장 저 끝까지 걸어가더니 펜스에 기대어 섰다. 양쪽으로 가로등 불빛이 노란 웅덩이를 만들고 있었지만 남자는 빛이 들지 않는 곳에 자리를 잡았다.

숨을 쉬면 자꾸만 창문에 김이 서리면서 시야가 가려지는 탓에 핍은 숨을 쉬는 것도 참고 남자를 관찰했다.

남자는 고개를 숙인 채 한쪽 주머니에서 휴대폰을 꺼냈다. 남자의 휴대폰 화면에 불이 들어오자 드디어 핍은 그의 얼굴을 볼 수 있었다. 날카로운 얼굴선, 앙상한 얼굴에 짙은 색 수염은 짧게 깎은 상태였다. 핍이 나이 가늠을 잘하는 편은 아니었지만 아마도 남자는 이십 대 후반에서 삼십 대 초반 정도인 듯했다.

물론 하위 바워스인가 싶은 남자가 오늘 밤만 해도 처음은 아니었다. 그동안 핍이 숨어서 관찰한 남자가 두 명 더 있었다. 첫 번째 남자는 찌그러진 차에 올라타더니 곧장 차를 몰고 가버렸고, 두 번째 남자는 한참이나 담배를 태우고 서 있으면서 핍의 심장을 뛰게 만들더니 이내 담배를 끄곤 차를 타고 가버렸다.

그러나 앞선 두 명의 남자들은 어딘가 하위 바워스 같지는 않았다. 둘 다 단정한 양복에 외투를 걸친 모양새가 누가 봐도 뒤늦게 도시에서 통근열차를 타고 내린 회사원 느낌이었다. 하지만 이번 남자는 달랐다. 청바지에 짧은 파카 차림의 이 남자는 무언가를, 혹은 누군가를 분명 기다리고 있었다.

그의 엄지손가락이 휴대폰 화면 위에서 바삐 움직였다. 아마 기다리고 있다고 고객에게 문자를 하는 것이겠지. 일단 추측부터 하고 보는 게 핍의 장기였다. 그러나 이번엔 이 남자가 하위임을 확인할 수 있는 확실한 방법이 있었다. 핍은 휴대폰을 꺼낸 다음 화면 불빛이 밖에서 보이지 않게 휴대폰을 낮게 쥐고 화면을 아래로 향하게 했다. 그런 다음 연락처 목록의 스크롤을 내려 '하위 바워스'를 찾아 통화 버튼을 눌렀다.

핍은 통화 종료 버튼 위에서 엄지손가락을 멀리 떼지 않은 채 다시 창밖을 살폈다. 신경이 시시각각 곤두서고 있었다.

그때 핍의 귀에도 소리가 들려왔다.

핍의 휴대폰 발신음보다 훨씬 시끄러운 벨소리였다.

오리가 꽥꽥대는 전화벨 소리가 남자의 손에서 울리고 있었다. 핍은 남자가 휴대폰의 버튼을 누르고 귀에 가져다 대는 모습을 지켜보았다.

"여보세요?" 저 밖에서 남자의 목소리가 들려왔다. 차 안이라 선명하게 들리지는 않았다. 잠시 후 핍의 휴대폰을 통해서도 같은 목소리가 들려왔다. 이제 남자가 하위인 걸로 확인은 됐다.

핍은 종료 버튼을 누르고 하위 바워스가 휴대폰을 귀에서 뗀 다음 한참 쳐다보고 있는 모습을 지켜보았다. 놀라우리만치 반듯한 직선의 두꺼운 눈썹에 가려 하위의 눈은 보이지 않았다. 하위는 엄지손가락으로 다시 휴대폰 버튼을 누른 다음 귀에 휴대폰을 가져다 댔다.

"으악." 핍은 재빨리 휴대폰 설정을 무음으로 바꾸었다. 1초도 채 되지 않아 화면에는 하위 바워스로부터의 전화 수신을 알리는 불이 들어왔다. 핍은 잠금 버튼을 누르고 전화가 계속 울리도록 내버려 뒀다. 심장이 고통스럽게 갈비뼈를 때리고 있었다. 큰일 날 뻔했다. 너무 과감했다. 번호를 숨기지 않고 전화를 걸다니, 정말 바보 같은 짓이었다.

하위는 이제 휴대폰을 넣어두고 그 자리에 그대로 서서 고개를 숙인 채 주머니에 손을 찔러넣고 있었다. 이제 이 남자가 하위 바워스란 건 확인이 되었지만 앤디 벨에게 마약을 대준 사람이 하위 바워스인지는 아직 확인되지 않았다. 확실한 것이라면 앤디가 처음 자신이 거래하던 마약상에게 소개한 바로 그 학교 학생들에게 지금 마약을 팔고 있는 자가 하위 바워스, 이 사람이란 사실뿐이었다. 우연일 수도 있다. 하위 바워스가 지난날 앤디와 거래하던 그 마약상이 아닐 수도 있다. 하지만 킬턴같이 작은 동네에서 그 정도 우연의 가능성이 그리 높지는 않다.

바로 그때 하위가 고개를 들더니 날카롭게 고개를 끄덕해 보였다. 곧이어 또각또각 콘크리트를 걸어오는 발소리가 핍의 귀에도 들려왔다. 발소리는 더욱 커지고 있었다. 또각또각 소리가 날 때마다 숨이 막혀와 핍은 차마 발소리의 주인공을 확인할 엄두도 내지 못했다. 그때 그 사람이 시야에 들어왔다.

베이지색 롱코트 차림의 키가 큰 남자였다. 또각또각 소리를 내던 검은색 신발은 반짝반짝 윤이 나는 것이 새 신발 같았다. 바짝 깎은 짙은 색 머리…… 펜스에 다다르자 남자는 휙 돌아서서 하위 옆 펜스에 기대어 섰다. 눈의 초점이 맞을 때까지 잠시 시간이 걸렸고, 그제야 핍은 깜짝 놀랐다.

핍도 아는 남자였다. 《킬턴 메일》 웹사이트에 올라와 있던 직원 사진에서 저 얼굴을 본 적 있었다. 스탠리 포브스였다.

핍의 수사와는 별 상관없는 인물이긴 했지만 그래도 스탠리 포브스의 이름이 등장한 게 벌써 두 번째였다. 처음엔 베카 벨과 데이트 비슷한 걸 하는 상대로, 이번엔 어쩌면 베카의 언니에게 마약을 대주었을지 모를 남자를 만나러 나타난 것이다.

두 사람 모두 아직 입을 다물고 있었다. 스탠리는 코를 긁적이더니 주머니에서 두꺼운 봉투를 꺼내 하위의 가슴팍에 들이밀었다. 그제야 핍은 붉게 달아오른 스탠리의 얼굴과 떨리는 손을 볼 수 있었다.

핍은 휴대폰을 들어 카메라 플래시가 꺼진 걸 확인한 다음 두 사람이 만나고 있는 장면을 몇 장 찍었다.

"이게 마지막이오, 알겠소?" 스탠리는 굳이 목소리를 낮추려는 노력조차 하지 않았다. 핍은 유리창 너머로 겨우 무슨 말인지 정도만 파악할 수 있었다. "이런 식으로 계속 요구하면 안 되지. 나도 없다고."

하위의 목소리는 너무 조용해서 처음과 끝밖에 들리지 않았다. "하지만…… 말할 겁니다."

스탠리는 하위 쪽으로 돌아섰다. "그렇겐 못 할걸."

두 사람은 팽팽한 긴장 속에 서로의 얼굴을 한참 동안 노려보고 서 있더니 스탠리가 먼저 발길을 돌려 코트 자락을 휘날리며 빠른 걸음으로 자리를 떴다.

스탠리가 떠난 후 하위는 손에 들린 봉투 안을 확인한 다음 외투에 집어넣었다. 그러나 하위는 당장 자리를 뜨지 않았다. 하위는 다시 펜스에 기대어 서서 휴대폰 화면을 두드렸다. 마치 다른 누군가를 기다리기라도 하는 것 같았다.

몇 분 후 다른 누군가가 하위를 향해 다가갔다. 핍은 다시 좌석 아래에 웅크리고 숨어서 상황을 지켜보았다. 이번에도 핍이 아는 사람이었다. 앤트와 축구를 같이 하는 한 학년 아래 남자애로, 이름은 로빈인가 하는 애였다. 그 아이는 손을 흔들며 하위에게 다가갔다.

두 사람의 만남도 아주 짧았다. 로빈은 현금 약간을 꺼내 하위에게 건네주었다. 하위는 돈을 센 다음 외투 주머니에서 봉해진 종이가방을 꺼내 로빈에게 건넸다. 핍은 하위가 로빈에게 종이가방을 건네주고 현금을 주머니에 넣는 모습을 다섯 장 정도 사진으로 남겼다.

두 사람의 입이 움직이는 것까지는 보였지만 둘이 주고받는 은밀한 대화의 내용까지는 들리지 않았다. 하위는 미소를 지으며 로빈의 등을 토닥여주었다. 로빈은 건네받은 가방을 자기 배낭에 집어넣은 다음 주차장 쪽으로 걸어가면서 "다음에 봐요."라고 낮은 목소리로 인사를 했다. 하필 핍의 차 바로 옆을 지나면서 인사를 하는 바람에 그 소리에 핍은 화들짝 놀랐다.

좌석 밑에 쭈그리고 숨어서 핍은 방금 전 찍은 사진들을 넘겨 보았다. 최소한 세 장 정도는 하위의 얼굴이 선명하게 찍혀 있었다. 핍은 하위가 거래한 상대방 아이의 이름도 알고 있었다. 이 정도면 협상의 도구로 아주 정석에 가까웠다. 마약상을 협박하는 방법에 관한 책이라도 있다고 하면 거기 실려도 부족함이 없을 정도였다.

핍은 순간 얼어붙었다. 누군가 휘파람을 불면서 가벼운 발걸음으로 핍의 차 뒤를 걸어가고 있었다. 한 20초쯤 기다리고 있다가 핍은 창밖을 내다보았다. 하위는 이미 역 쪽을 향해 가고 없었다.

이제 고민의 시간이 다가왔다. 하위가 걸어가고 있으니 핍이 차를 몰고 그 뒤를 밟을 수는 없었다. 하지만 정말이지 아무리 땅딸막한 작은 차라지만 핍은 이 안전한 폭스바겐을 두고 굳이 맨몸으로 범죄자 뒤를 밟고 싶진 않았다.

배 속에서부터 공포가 서서히 퍼져나가기 시작하더니 이제 핍의 머릿속에선 딱 한 가지, 앤디 벨이 밤중에 혼자 외출했고 다시는 돌아오지 않았단 사실만이 맴돌았다. 핍은 애써 그 생각을 떨쳐버리고 두려운 마음을 꾹 삼킨 다음 차에서 내려 최대한 조용히 차문을 닫았다. 핍은 하위 바워스에 대해 최대한 많은 것을 알아내야 했다. 이 사람이 앤디의 마약 공급상, 앤디의 진짜 살해범인지도 모른다.

하위는 핍보다 한 40보 정도 앞서 걸어가고 있었다. 이제 하위는 모자를 쓰지 않고 있었고 외투의 오렌지색 안감 덕분에 어둠 속에서도 식별이 잘 되었다. 핍은 거리를 계속 유지하며 그의 뒤를 밟았고, 한 걸음 한 걸음 옮길 때마다 핍의 심장은 족히 네 번씩은 뛰는 것 같았다.

역을 지나 불빛이 환한 로터리에서는 핍도 속도를 늦춰 하위 바워스와의 거리를 늘렸다. 너무 가까이 뒤쫓지는 않을 생각이었다. 하위는 오른쪽으로 꺾어 비탈을 내려가면서 작은 동네 슈퍼마켓을 지나쳐 갔고 핍도 계속 그의 뒤를 밟았다. 하위는 길을 건넌 다음 왼쪽으로 꺾어 하이스트리트를 따라 걸었다. 학교와 라비 집과는 반대편 방향이었다.

핍은 계속해서 하위의 뒤를 따라 철길을 지나는 다리를 건너 위빌로드 방향으로 걸어갔다. 하위는 곧 큰길을 벗어나 노랗게 색이 변하고 있는 산울타리 사이 좁은 길로 들어섰다.

좁고 어두운 주거지 골목이 나타나자 핍은 하위와 조금 더 거리를 두기 위해 잠시 기다렸다가 다시 그 뒤를 따라갔다. 눈은

15미터 전방의 저 주황색 안감의 털모자에 고정돼 있었다. 어둠은 가장 쉬운 변장법이었다. 익숙한 것도 어둠 속에선 낯설어 보였다. 표지판을 보고 그제야 핍은 지금 자신이 어디쯤 와 있는지 알게 되었다.

로머클로즈였다.

심장은 이제 걸음걸음마다 6비트 박자로 뛰기 시작했다. 로머클로즈는 앤디 벨이 실종된 후 앤디의 차가 버려진 채 발견되었던 바로 그 거리였다.

핍은 하위가 앞에서 방향을 트는 것을 보고 잽싸게 나무 뒤에 숨었다. 하위는 작은 단층집 앞에서 걸음을 멈추더니 열쇠를 꺼내 문을 열고 안으로 들어갔다. 문이 닫히는 소리를 들은 다음 핍은 나무 뒤에서 나와 하위의 집 쪽으로 다가갔다. 주소는 로머클로즈 29였다.

한쪽 벽에 이웃집이 바로 붙어 있는 키 작은 주택이었다. 외벽은 황갈색 벽돌로 되어 있고, 점판암 지붕에는 이끼가 끼어 있었다. 집 정면에서 보이는 두 개의 창문에는 모두 블라인드가 내려져 있었고, 막 하위가 안에서 불을 켜면서 왼쪽 창문으로 노란색 불빛이 새어 나오고 있었다. 대문 밖에는 자갈이 깔린 작은 부지가 있고, 거기에는 색바랜 자주색 차가 세워져 있었다.

핍은 그 차를 뚫어져라 쳐다보았다. 그 차의 의미를 알아보기까지는 전혀 오랜 시간이 걸리지 않았다. 핍의 입이 떡 벌어졌다. 속까지 놀랐는지 아까 차 안에서 먹은 샌드위치가 목구멍까지 다시 역류하는 것 같았다.

"세상에."

핍은 그 집에서 한 걸음 물러나 휴대폰을 꺼냈다. 그리고 최근 통화목록에서 라비를 찾아 전화를 걸었다.

"제발 지금 일 끝났다고 해줘요." 핍은 라비가 전화를 받자마자 다짜고짜 말했다.

"이제 막 집에 들어왔어. 왜?"

"지금 바로 로머클로즈로 오세요."

## 20

 지도를 그린 적이 있는 만큼 픱은 라비 집에서 로머클로즈까지 도보로 대강 18분 정도 소요된단 걸 알고 있었다. 라비는 집에서 달려온 터라 그보다 4분 일찍 도착했다.

 "대체 무슨 일이길래?" 라비가 가쁜 숨을 고르며 손으로 머리칼을 빗어 넘겼다.

 "아주 많은 일이 있죠." 픱이 조용히 말했다. "어디서부터 시작해야 좋을지 모르겠으니까 그냥 일단 시작할게요."

 "너 이러니까 무섭잖아." 라비는 눈을 깜박이며 픱의 얼굴을 살폈다.

 "나도 무서워요." 픱은 잠시 말을 멈추고 숨을 크게 들이마시며 아까 놀란 속을 달래보았다. "자, 선배도 내가 파티에서 캐낸 단서로 마약상을 추적 중이던 건 알고 있죠? 오늘 그 사람이 역주차장에 왔었어요. 거래가 끝나고 내가 그 사람을 집까지 미행했고요. 그런데 그 사람이 여기 사는 거예요. 앤디 차가 발견됐던 바로 그 거리에요."

 라비는 어둠이 깔린 거리를 눈으로 살폈다. "그 사람이 앤디한테 약을 대준 사람이 맞는지 어떻게 아는데?" 라비가 물었다.

 "나도 전엔 긴가민가했어요." 픱이 대답했다. "이제는 확신이 생겼고요. 그런데 일단은 그에 앞서 얘기할 게 있어요. 화내지 말고요."

"내가 화낼 만한 일이야?" 핍을 쳐다보는 라비의 시선이 점차 굳어졌다.

"선배한테 거짓말한 게 있어요." 핍은 라비의 얼굴 대신 제 발 쪽으로 시선을 떨구었다. "샐의 경찰 조사 녹취록 못 받았다고 했었잖아요. 실은 2주 전에 받았어요."

"뭐?" 라비의 목소리는 조용했다. 라비의 콧등과 이마에 주름이 졌고 얼굴에선 상처받은 표정을 숨길 수가 없었다.

"미안해요. 하지만 내가 읽어보니까 선배는 안 보는 편이 나을 것 같았어요."

"왜?"

핍이 침을 삼켰다. "샐의 답변으로 봐선 샐한테 하나도 유리할 게 없었거든요. 경찰에 적극 협조도 안 했거니와 심지어 경찰이 목요일, 금요일에 앤디랑 다툰 이유를 묻는데 거기다 대고 대답하고 싶지 않다고 했다고요. 마치 범죄 동기를 애써 숨기려는 사람처럼요. 그걸 보고 나니 혹시 샐이 정말로 앤디를 죽인 거면 어쩌나 덜컥 겁이 났고, 선배를 상심하게 하고 싶지 않았어요." 핍은 라비의 눈을 쳐다보았다. 라비의 눈은 슬퍼 보였다.

"지금까지 이렇게 조사를 하고도 형 짓이라고 생각해?"

"아뇨, 그렇게 생각 안 해요. 그냥 잠깐 의심이 들었고, 그럼 선배는 어떻게 되려나 겁이 좀 났어요. 내 잘못이에요. 미안해요. 주제넘은 짓이었어요. 애초에 샐을 의심한 것도 잘못이었고."

라비는 잠시 대화를 멈추고 뒤통수를 만지작대며 핍을 쳐다보았다. "좋아." 라비가 입을 열었다. "괜찮아. 네가 왜 그랬는지 이해는 돼. 그래서 그 이후로는 뭐가 어떻게 된 건데?"

"샐이 왜 그렇게 경찰한테 적극 협조를 안 하고 이상하게 굴었는지, 샐이 왜 앤디랑 싸웠는지 그 이유를 방금 찾아냈어요. 이쪽이에요."

핍은 라비에게 따라오라며 다시 하위네 집 쪽으로 걸어가선 그 집을 가리켰다.

"이게 그 마약상 집이에요. 이 차를 보세요."

라비가 눈을 깜박이며 차를 살피는 동안 핍은 라비의 얼굴을 지켜보았다. 앞유리, 보닛, 양쪽 헤드라이트, 이윽고 번호판에 시선이 이르자 두 사람은 그 앞에 한참을 머물렀다. 번호판을 읽고 또 읽었다.

"어." 라비가 말했다.

핍이 고개를 끄덕였다. "내 말이요."

"이건 〈세상에 이런 일이〉 수준인데."

두 사람의 눈은 모두 차 번호판을 향해 있었다. 번호판엔 'R009 KKJ'라고 되어 있었다.

"샐 휴대폰 메모장에 저 번호가 적혀 있었죠." 핍이 말했다. "4월 18일 수요일 저녁 7시 45분경에요. 의심스러웠겠죠. 학교에서 소문을 들었다거나 했을 수도 있고요. 그래서 그날 밤 앤니를 따라갔고, 그러다 앤디랑 하위가 함께 있는 걸 봤겠죠. 이 차도, 앤디가 뭘 하고 있었는지도 다 봤을 거예요."

"그래서 실종 며칠 전 두 사람이 다툰 거고." 라비가 덧붙였다. "형은 마약을 싫어했어. 마약이라면 진저리를 쳤지."

"경찰이 다툰 이유를 물었을 때," 핍은 말을 이었다. "샐이 답을 피한 건 범죄 동기를 숨기려던 게 아니라 앤디를 보호하려던 거였죠. 샐은 앤디가 아직 죽지 않았고 살아 돌아올 거라고 생각했고, 그래서 행여 경찰에 앤디의 마약 거래 사실을 이야기하면 앤디가 곤란해질까봐 그게 걱정이었던 거예요. 금요일 밤 샐이 앤디에게 보낸 마지막 문자 기억나요?"

"*그만두지 않으면 너랑 말 안 해.*" 라비는 그 문자를 외우고 있었다.

"있잖아요, 선배." 핍이 씩 웃었다. "샐이 범인이 아니란 게 이렇게 확실했던 적이 또 있었나 싶네요."

"고마워." 라비도 미소로 화답했다. "여자한테 이런 말 하는 거 처음인데…… 네가 어느 날 불쑥 우리 집에 찾아와줘서 참 기뻐."

"선배가 나한테 가달라고 한 거 내가 분명히 기억하는데요."

"음, 그런데도 순순히 가주진 않던데."

"내가 좀 그런 사람이긴 하죠." 핍이 고개를 숙여 보였다. "그럼 이제 같이 남의 집에 불쑥 한번 찾아가볼까요?"

"잠깐, 아니. 뭐라고?" 라비는 깜짝 놀라 핍을 쳐다보았다.

"가요." 핍은 하위네 집 앞으로 성큼성큼 걸어가며 말했다. "이제 본격적으로 해봐야죠."

"본격적으로 뭘 하자는 건지 묻고 싶다만 일단 핍, 잠깐만." 라비가 핍을 저지하며 말했다. "지금 뭐 하는 거야? 저 사람이 우리랑 잘도 이야길 하겠다."

"할걸요." 핍은 머리 위로 핸드폰을 흔들어 보이며 말했다. "협상의 도구가 있거든요."

"무슨 협상의 도구?" 라비는 겨우 현관 바로 앞에서 핍을 붙들었다.

핍은 돌아서서 라비에게 찡긋하고 미소를 지어 보였다. 그런 다음 라비의 손을 붙들곤 라비가 채 손을 빼기도 전에 라비의 손으로 문을 세 번 두드렸다.

눈이 커다래진 라비는 말없이 손가락을 세워 보였다.

집 안에서 인기척과 기침 소리가 들려왔다. 잠시 후 벌컥 문이 열렸다.

하위 바워스는 두 사람을 보고 눈만 깜박이고 서 있었다. 하위는 이제 외투를 벗고 맨발에 얼룩이 져 있는 파란 티셔츠 차림이었다. 집 안에서 연기와 섬유 곰팡내가 뒤섞인 퀴퀴한 냄새가 새어 나왔다.

"안녕하세요, 하위 바워스 씨." 핍이 인사했다. "약을 좀 구할 수 있을까 해서요."

"이건 또 뭐하는 것들이야?" 하위가 거칠게 대꾸했다.

"뭐하는 거냐면, 제가 오늘 이렇게 훌륭한 사진을 찍었다고 보여드리려고요." 핍은 하위의 면전에 휴대폰을 들이대면서 휴대폰에 저장된 사진들을 보여주었다. 그렇게 엄지손가락으로 스크롤하면서 하위에게 모든 사진을 보여주었다. "오늘 그쪽이 만난 이 남학생 있잖아요. 로빈이라는 애거든요. 제가 지금 걔네 부모님께 전화해서 걔 배낭 한번 뒤져보라고 말씀을 드리면 어떻게 되려나요? 혹시 간식 같은 게 들어 있는 작은 종이봉투가 나오지 않을까요? 아니면 제가 경찰에 직접 전화를 거는 방법도 있고요. 경찰이 출동해서 이 집 문을 두드리기까진 얼마나 걸리려나요? 참 궁금해요."

핍은 하위가 상황 파악을 할 때까지 시간을 두고 기다렸다. 하위의 시선은 휴대폰 화면과 라비, 핍의 얼굴을 바삐 오갔다.

"원하는 게 뭔데?" 골치 아프다는 듯 하위가 마지못해 물었다.

"그냥 몇 가지 여쭤보고 싶은 게 있어서요." 핍이 대답했다. "대답만 해주시면 돼요. 다른 건 없어요. 경찰엔 신고 안 할 거고요."

"묻고 싶은 게 뭔데?" 하위는 손톱으로 이 사이에 낀 음식물을 쑤시며 물었다.

"앤디 벨에 관해서요."

하위는 혼란스럽단 표정을 지어 보였지만 표정 연기가 썩 훌륭하진 않았다.

"누군지 아시죠? 학교에서 팔라고 그쪽에서 약 대줬던 여학생 있잖아요. 5년 전에 살해당한 그 여학생이요. 기억나세요?" 핍이 물었다. "혹시 기억 안 난대도 경찰은 기억하지 싶네요."

"알았어." 하위는 뒤로 물러서며 바닥에 널려 있던 비닐봉지 뭉치를 밟고 선 채 문을 잡아주었다. "들어와."

"잘 생각하셨어요." 핍은 어깨 너머로 라비를 돌아보며 '협상의 도구'라고 입 모양으로 말을 해 보였고, 라비는 그런 핍에게 눈을 굴렸다. 하지만 핍이 집 안으로 들어가려 하자 라비는 핍을 제 등 뒤로 끌어당긴 다음 먼저 문지방을 넘었다. 하위가 잡고 있던 문을 놓고 작은 복도를 걸어가는 내내 라비는 하위에게서 눈을 떼지 않았다.

핍은 라비를 따라 집 안으로 들어가면서 문을 닫았다.

"이쪽으로." 하위는 거실로 들어가며 무뚝뚝하게 말했다.

하위는 낡아 빠진 의자에 쓰러지듯 털썩 주저앉았다. 팔걸이에는 이미 개봉한 맥주캔이 놓여 있었다. 라비는 소파 쪽으로 걸어가 널려 있던 옷가지들을 옆으로 민 다음 하위 바로 건너편 자리에 허리를 반듯하게 세운 채 쿠션 끝에 엉덩이만 겨우 걸치고 앉았다. 핍은 라비 옆에 팔짱을 끼고 앉았다.

하위는 맥주캔으로 라비를 가리키며 말했다. "그 살인자 동생이군."

"'용의자'요." 핍과 라비가 동시에 대꾸했다.

방 안의 긴장감이 순식간에 세 사람 주변을 감쌌다. 마치 시선의 움직임을 따라 보이지 않는 덩굴손이 세 사람을 끈적하게 휘감고 있는 느낌이었다.

"앤디 관련해서 저희 질문에 대답 안 해주시면 그냥 경찰 찾아갑니다?" 핍은 하위의 맥주캔을 쳐다보며 말했다. 아마 하위가 집에 돌아와 처음 딴 캔은 아닐 테지.

"어휴, 그럼요." 하위가 웃음을 터뜨렸다. 이 사이로 휘파람 같은 소리가 새어 나왔다. "그렇게나 강조를 하시는데 모를 리가요."

"좋아요. 저도 질문은 쉽고 명확하게 할게요." 핍은 본격적인 질문에 나섰다. "그쪽이 앤디랑 처음 일을 시작한 건 언제고, 어떻게 일을 시작하게 된 거죠?"

"기억이 잘 안 나는데." 하위가 맥주를 한 모금 크게 들이마셨다. "그게 그러니까 2011년 초였으려나. 걔가 날 찾아왔어. 웬 여학생이 주차장에서 용감하게 날 찾아와 자기한테 할인을 해주면 사업 확장을 할 수 있게 해주겠다 이러더군. 돈을 벌고 싶다, 이러길래 나도 너랑 관심사가 비슷하다고 했고. 내가 주차장에서 거래하는 걸 걔가 어떻게 알고 찾아왔는진 나도 몰라."

"그래서 앤디 제안에 동의를 하셨나요?"

"응, 아시다시피. 걘 내가 접근할 수 없는 청소년 고객에게 접근이 가능했으니 윈윈이었지."

"그다음에는요?" 라비가 물었다.

차가운 하위의 눈빛이 라비를 향하며 스파크를 일으켰다. 팔이 거의 맞닿을 만큼 가까이 붙어 앉아 있던 핍에게까지 라비의 긴장감이 전해졌다.

"따로 만나서 물건이랑 돈을 관리하는 방법이라든지 이름 대신 암호를 쓰는 법이라든지, 뭐 그런 기본적인 규칙들을 좀 가르쳤지. 학생들은 주로 뭘 좋아하는지도 물어보고, 사업용 폰도 하나 주고. 그냥 정말 딱 그 정도야. 내가 걜 더 큰 세상으로 이끌어줬지." 씩 웃는 하위의 얼굴과 짧은 턱수염이 이상하리만치 대칭을 이루었다.

"앤디한테 휴대폰이 또 있었다고요?" 핍이 물었다.

"당연하지. 걔네 부모님이 요금 내주는 전화로 사업 이야길 할 순 없잖아, 안 그래? 대포폰을 사서 선불 충전을 해줬지. 그러고 보니 두 대를 사줬구나. 처음 것의 충전요금이 다 떨어져서 다시 하나 더 사줬어. 그러고 얼마 안 있어서 걔가 죽었지."

"앤디가 물건을 어디다 보관했나요?" 라비가 물었다.

"그건 기본 규칙 중 하나였지." 하위는 이제 허리를 젖히고 앉아 맥주캔에 대고 대답했다. "물건이랑 대포폰 숨길 곳을 마련해라, 부모님 눈에 띄면 안 된다, 이렇게 말을 해뒀어. 그게 안 되면 이 사업은 애당초 불가능하다고. 걔 말론 완벽한 장소가 있다고, 거긴 아무도 모른다고 하더군."

"그게 어디냐고요?" 라비가 하위를 압박했다.

하위는 턱을 만지작대며 대답했다. "음, 옷장 속 마룻바닥에 약간 헐렁한 패널 같은 게 있다고 했어. 부모님은 그 안에 그런 데가 있는지도 모른다, 거기 별걸 다 숨겨봤다는 게 걔 주장이었지."

"그럼 대포폰도 아직 앤디 방 안에 숨겨져 있겠네요?" 핍이 물었다.

"나야 모르지. 걔가 그걸 갖고 있다가 그 꼴이 난 거면……." 하위는 자기 손가락으로 목 위에 선을 그으면서 숨넘어가는 소리를 내보였다.

핍은 다음 질문을 던지기 전 라비를 쳐다보았다. 라비는 앙다문 입 때문에 턱 근육까지 팽팽하게 긴장돼 있었다. 마치 눈빛으로 하위를 가둬버릴 것처럼 라비는 그에게서 한순간도 시선을 떼지 않으려고 집중하고 있었다.

"좋아요." 핍이 말을 이었다. "그럼 앤디가 파티에서 팔았던 약은 어떤 건가요?"

하위는 빈 맥주캔을 구겨 바닥에 던졌다. "처음엔 대마초만 팔았어. 그러다 나중엔 이것저것 다양하게 팔았고."

**"어떤 약을 팔았느냐고요."** 라비가 끼어들었다. "구체적으로 이름을 대요."

"알았어, 알았다고." 하위는 짜증이 난 듯 보였다. 하위는 자세를 바로 하고 등을 세우고 앉더니 티셔츠에 붙은 갈색 얼룩 형체를 떼어내며 대답했다. "대마초, 가끔 MDMA도 팔았고 메페드론, 케타민도 팔았어. 로히프놀을 주기적으로 사는 애들도 두엇 있었고."

"로히프놀?" 핍은 충격을 감추지 못하고 되물었다. "루피스 말이에요? 앤디가 학생들 모이는 파티에서 루피스를 팔아요?"

"응. 그것도 그냥 긴장 푸는 목적으로 쓰기도 하니까. 꼭 일반적으로 생각하는 그런 용도로만 쓰는 건 아니고."

"앤디한테서 로히프놀을 산 게 누군지 혹시 아시나요?" 핍이 물었다.

"음, 있는 집 자식이라고 했던 것 같다. 잘은 몰라." 하위는 고개를 저었다.

"있는 집 자식?" 날렵한 턱선, 조소에 가까운 미소, 너풀대는 금발머리…… 핍의 머릿속에 그 즉시 그림이 떠올랐다. "'있는 집 자식'이란 애가 혹시 금발인가요?"

하위는 멍한 표정으로 핍을 쳐다보다가 어깨를 으쓱하곤 말았다.

"대답하실래요, 아니면 경찰 찾아갈까요?" 라비가 끼어들었다.

"그래, 금발머리 그 녀석이었을지도."

핍은 잠시 목을 가다듬으며 생각할 시간을 벌었다.

"좋아요." 핍이 다시 입을 열었다. "앤디는 얼마나 자주 만나셨나요?"

"필요할 때마다. 걔가 픽업할 물건이 있거나 나한테 넘길 현금이 있을 때마다. 일주일에 한 번 정도였으려나…… 그보다 더 자주 볼 때도 있고 더 적게 볼 때도 있었고."

"앤디와는 어디서 만났죠?" 라비가 물었다.

"역에서. 아니면 걔가 이쪽으로 올 때도 있었고."

"혹시 앤디와……" 핍이 말을 멈췄다. "혹시 앤디와 사귀는 사이였나요?"

하위는 콧소리를 내며 웃더니 갑자기 귀 옆을 찰싹 때리면서 자세를 바로 하고 앉았다.

"전혀. 전혀 아니야." 하위는 웃음으로 무마했지만 목덜미에서는 붉은 반점들이 솟아오르고 있었다.

"정말인가요?"

"그래, 정말이야." 이제 웃음기는 사라졌다.

"그런데 왜 그렇게 발끈하세요?" 핍이 물었다.

"당연히 발끈하지. 웬 꼬맹이들 둘이 집까지 찾아와서 몇 년 전 일 가지고 경찰에 찌른다고 협박하고 있는데." 하위는 바닥에 놓여 있던 구겨진 맥주캔을 발로 찼다. 캔은 방 안을 휙 날아 핍의 머리 바로 뒤 블라인드에 부딪혔다.

라비가 소파에서 벌떡 일어나 핍의 앞을 가로막고 섰다.

"뭘 어쩌시게?" 하위가 취청거리며 자리에서 일어나 비웃듯이 라비를 쳐다보았다. "한 입 거리도 안 되는 주제에."

"두 분 다 진정하세요." 핍도 자리에서 일어났다. "거의 끝났어요. 그냥 제 질문에 솔직하게 대답만 해주시면 돼요. 혹시 앤디와 성적인 관계는……."

"아니, 없었다니까. 못 들었나?" 붉은 기운은 이제 얼굴까지 올라와 턱수염 위로 번지고 있었다.

"앤디와 성관계를 갖고 싶으셨나요?"

"아니!" 이제 하위는 거의 소리를 치다시피 하고 있었다. "걘 그냥 사업 파트너였고, 서로 마찬가지였어. 알겠어? 그 이상은 전혀 아니었다고."

"앤디가 죽은 날 밤 당신은 어디 있었죠?" 라비가 대답을 강요하듯 물었다.

"취해서 바로 저 소파에 뻗어 있었지."

"앤디를 죽인 게 누군지 아시나요?" 핍이 물었다.

"응, 쟤 형이 죽였잖아." 하위는 공격적으로 라비를 가리켰다. "아, 목적이 이거였군? 네 살인자 형의 무죄를 밝히고 싶다 이거야?"

핍은 라비를 쳐다보았다. 주먹을 꼭 쥔 채 마디마디 튀어나온 제 손을 내려다보고 있던 라비는 핍과 눈이 마주쳤고, 이내 굳은 표정을 털어내고 손을 주머니에 집어넣었다.

"알겠어요, 저희 질문은 여기까지예요." 핍은 라비의 팔에 손을 얹었다. "이제 가요."

"아니, 그건 안 되지." 하위는 성큼성큼 두 걸음 만에 문 옆으로 걸어가 두 사람을 가로막고 섰다.

"지금 뭐 하는 거죠?" 핍의 긴장감은 이제 공포로 차가워지고 있었다.

"절대 안 되지." 하위는 고개를 저으며 웃었다. "그렇게 호락호락은 못 보내드리지."

라비가 하위와 거리를 좁히며 다가섰다. "비켜요."

"난 묻는 말에 대답을 해줬잖아?" 하위가 핍을 향해 말했다. "이제 네가 내 사진을 지울 차례지."

핍은 약간 안도감이 들었다. "알겠어요. 맞아요, 그게 공정하죠." 핍은 하위 앞에서 휴대폰을 꺼내 들고 주차장에서 찍은 사진을 전부 지웠다. 바니와 조쉬가 개 침대에서 함께 잠든 사진이 나올 때까지 핍은 사진을 한 장 한 장 넘겨가며 하위에게 확인시켜주었다. "다 지웠어요."

하위는 그제야 옆으로 길을 비켜주었다.

핍이 문을 열고 라비와 함께 차가운 밤공기 속으로 나가는데 하위가 마지막으로 한마디를 보탰다.

"어디 가서 위험한 소리 하고 돌아다니면 너도 위험한 소리 듣게 될 줄 알아."

라비는 밖으로 나와 문을 홱 닫았다. 그 집 문 앞에서 스무 발짝쯤 가서야 라비는 입을 열었다. "아주 재미있는 경험이었어. 협박질은 내 생전 처음인데, 같이 하게 해줘서 고마워."

"천만에요. 협박은 나도 처음이었어요. 그래도 성과가 꽤 있었잖아요. 앤디한테 휴대폰이 또 있었단 사실도 알게 됐고, 하위가 앤디한테 복잡한 감정을 갖고 있었단 것도, 맥스 헤이스팅스가 로히프놀을 즐겨 찾는다는 것도 알았으니까요." 핍은 휴대폰을 들어 사진 앱을 클릭해 보였다. "혹시 하위랑 또 협상의 도구가 필요할 때를 대비해서 이제 복원해야죠."

"오, 좋은데. 너무 기대된다. 한 번만 더 해보면 이제 이력서 특기란에 '협박'이라고 적어내도 되겠어."

"선배는 당황하면 꼭 농담하면서 당황하지 않은 척하더라?"

라비가 먼저 산울타리 사잇길을 건너가는 동안 핍은 라비를 향해 씩 웃었다.

"그러는 넌 젠체하고 고상한 척하잖아."

라비는 한참이나 핍을 쳐다보고 있었다. 먼저 침묵을 깬 건 핍이었다. 이내 두 사람 모두 웃음이 터졌고 멈출 수가 없었다. 아드레날린은 이제 히스테리 발작으로 변했다. 핍은 라비에게 기대다시피 한 상태로 깔깔대며 웃었다. 눈물이 맺히고 가쁜 숨을 몰아쉴 정도였다. 라비 역시 얼굴은 하회탈이 되어선 배를 붙잡고 웃었다.

볼이 아프고 배가 당길 때까지 두 사람은 웃어댔다.

간신히 웃음을 멈추고 차분히 숨을 쉬어보았지만 이내 다시금 웃음이 터져 나왔다.

피파 피츠-아모비
EPQ 2017. 10. 06.

## 활동일지 23

이제 정말 입학 원서 작성에 집중해야 한다. 케임브리지 원서 마감일까지 불과 일주일 정도밖에 남지 않았으니 그사이 자소서를 완성해야 한다. 지금은 정말 그냥 입학사정관한테 내 자랑 하는 와중에 잠깐 쉬는 거다.

그럼 하위 바워스도 일단 앤디가 실종된 날 밤 알리바이가 없다. 본인 주장에 따르면 하위는 "취해서" 자기 집에서 "뻗어 있었다"고 했다. 증명되지 않은 이상 이건 완전히 허위 진술일 수도 있다. 하위는 앤디보다 연상이고, 앤디가 혹시나 경찰에 마약 판매 건으로 신고를 하면 얼마든지 "망가뜨릴" 수 있는 상대다.

하위와 앤디의 관계는 이미 범죄를 기반으로 한 것이었고, 하위가 발끈한 걸 보면 아마 둘 사이에 성적인 무언가가 있었을 가능성이 있다. 그리고 (경찰 추정으론 앤디 시신을 트렁크에 싣고 이동했다는) 앤디의 차가 그의 집 앞 도로에서 발견됐다.

맥스는 앤디 실종 당일 밤 알리바이가 있다. 샐이 친구들에게 부탁했던 바로 그 내용과 같은 알리바이다. 하지만 이 지점에서 잠깐 따져보자. 앤디가 납치된 시간대는 밤 10시 40분에서 12시 45분 사이다. 맥스가 이 시간대 관련해서 거짓말을 했을 가능성도 있다.

맥스 부모님은 집에 없었고 제이크와 샐은 이미 각자 집에 돌아간 후였으며 밀리와 나오미는 "12시 반 좀 못 되어서" 다른 방에 자러 간 터였다. 그럼 12시 반에서 45분 사이쯤 아무도 모르게 맥스가 집 밖으로 나왔을 가능성도 있다. 어쩌면 나오미도. 아니면 혹시 둘이 같이?

맥스는 피해자의 나체 사진을 소지하고 있었다. 자기 말론 피해자와 전혀 사귀는 사이가 아니었다고 하지만 엄밀히 따지면 맥스는 앤디보다 연상이고, 앤디의 마약 거래와도 관련이 있으며 앤디한테 정기적으로 루피스도 구매했다. 있는 집 자제분인 우리 맥스 헤이스팅스 씨가 이제 앤디 일과 완전히 무관하다고 하진 못하겠다. 의심이 들기 시작한 이상 증거를 찾으려면 로히프놀 쪽을 더 조사해 봐야 하는지도 모르겠다. (무려 '루피스'를 구매했다는데 어떻게 조사를 안 할 수가 있겠나.)

맥스도, 하위도 모두 의심스럽긴 한데 둘의 공모 가능성은 현재로서는 별로 없는 것 같다. 맥스는 그냥 앤디를 통해 마약을 구매한 것뿐이고 하위도 앤디를 통해 맥스와 맥스의 주요 품목만 약간 아는 정도이니 말이다.

하위를 통해 확보한 가장 중요한 단서는 앤디의 대포폰이다. 이건 **중요도 1순위**다. 그 대포폰에는 앤디의 고객 정보가 들어 있을 가능성이 높다. 어쩌면 이 대포폰이 있으면 하위와 앤디의 관계도 확인이 될지 모른다. 하위가 '비밀의 연상남'이 아닐 경우 앤디는 어쩌면 이 대포폰을 통해 그 '비밀의 연상남'과 연락하면서 비밀 관계를 유지했는지도 모른다.

경찰이 셀의 시신에서 발견한 앤디 휴대폰은 대포폰이 아니다. 그 휴대폰에서 혹시 비밀스러운 관계의 증거라도 발견됐다면 경찰은 그 단서를 추적했을 테니 말이다.

대포폰을 찾을 수만 있다면 비밀의 연상남, 어쩌면 진짜 살인범도 찾고 이 모든 수사도 종료될 가능성이 있다. 현재 '비밀의 연상남' 후보는 맥스, 하위, 다니엘 다 실바, 이렇게 세 명 정도다(아래 관련 인물 목록에서 글자체를 달리 표시해두었다). 대포폰을 통해 이 중 하나라도 확인이 된다면 충분히 경찰에 신고할 수 있을 것이다.

혹은 우리가 아직 찾지 못한 누군가가 있는지도 모른다. 어쩌면 이 사건의 진짜 주인공은 어딘가에 아직 숨어 있는지도 모를 일이다. 어쩌면 스탠리 포브스 같은 사람이려나? 스탠리 기자와 앤디 사이에 직접적인 관련은 전혀 없어서 관련 인물 목록에 이 이름을 올리진 못했다.

하지만 앤디의 남자친구를 살인자로 가정하면서 잔인한 기사들을 썼던 그 기자가 지금은 앤디 여동생과 사귄다는 게 우연이라기엔 왠지 좀 이상하다. 게다가 스탠리 포브스는 앤디와 거래했던 그 마약상에게 돈 봉투를 건네주기도 했다. 이 모든 게 다 우연일까? 난 우연을 믿지 않는다.


관련 인물

**제이슨 벨**
나오미 워드
비밀의 연상남
나탈리 다 실바
*다니엘 다 실바*
맥스 헤이스팅스
*하위 바워스*

# 21

"바니, 바니, 바-니-, 텀벙." 핍은 노래를 부르면서 개의 앞발을 양손으로 붙들고 식탁 주변을 돌며 춤을 추었다. 그러다 갑자기 음악이 멈추었다. "길을 나서, 서-서-서-서-서……." 엄마의 낡은 CD 표면에 생긴 스크래치 때문이었다.

"듣기 좋은 소린 아니네." 핍의 엄마 리앤이 구운 감자 요리를 식탁 위 냄비 받침대에 내려놓으며 말했다. "다음 트랙으로 넘겨, 핍." 그러고서 리앤은 다시 방을 나갔다.

핍은 바니의 발을 내려놓고 CD 플레이어 버튼을 눌렀다. 엄마는 아직도 이 20세기 유물을 버리고 터치스크린과 블루투스 스피커를 들일 마음의 준비가 안 되었다. 뭐, 이해는 한다. 엄마가 TV 리모컨 작동하는 모습만 지켜봐도 괴로운 터라서 말이다.

"여보, 다 잘랐어?" 엄마가 김이 나는 브로콜리와 완두콩 요리를 들고 식탁 쪽으로 뒷걸음질하며 부엌을 향해 소리쳤다. 브로콜리 요리 위에는 버터 한 조각이 녹아내리고 있었다.

"치킨은 다 준비됐습니다, 마이 페어 레이디."

"조쉬, 저녁 먹자!" 엄마가 조쉬를 불렀다.

핍은 아빠를 도와 접시와 로스트 치킨을 식탁 위에 놓았고, 두 사람 뒤에서 조쉬가 슬그머니 나타났다.

"숙제는 다 했어?" 각자 자기 자리로 가 앉는 동안 엄마가 조쉬에게 물었다. 바니의 자리는 핍 옆 바닥석이었다. 핍의 임무는 부모님 몰래 고기를 조금씩 바닥으로 던져주는 것이었고, 바니는 핍의 공범이었다.

핍은 아빠가 선점하기 전에 얼른 감자 요리부터 손을 뻗었다. 아빠처럼 핍도 감자라면 누구 못지않은 애정을 뽐냈다.

"조쉬, 그레이비 좀 줄래?" 아빠가 말했다.

가족들 모두 접시에 각자 음식을 채운 다음 식사를 시작했다. 엄마가 포크로 핍 쪽을 가리키며 물었다. "너 UCAS* 원서 언제까지 보내야 해?"

"15일이요." 핍이 대답했다. "한 이틀 안에 보내려고요. 조금 일찍 보내게요."

"자소서는 제대로 쓴 거야? 요즘 맨날 EPQ에만 매달려 있는 것 같더니."

"뭐든 제가 허투루 하는 거 보셨어요?" 핍은 커다란 브로콜리 줄기에 나이프를 찔러넣으며 말했다. 크기가 가히 브로콜리 중에서도 침엽수급이었다. "행여 제가 마감을 놓쳤다, 그럼 지구 종말 때문이겠죠."

"알겠어. 저녁 먹고 아빠랑 엄마랑 한번 읽어봐도 돼?"

"네, 한 부 뽑아올게요."

그새 핍의 휴대폰에서 기사 경직음이 울렸다. 바니는 그 소리에 화들짝 놀랐고 엄마는 핍을 매서운 눈초리로 쳐다보았다.

---

* 영국의 대학 입학지원 시스템(Universities and Colleges Admissions Service). 영국 내 대부분 학부 및 대학원 과정은 이 시스템을 통해 지원한다.

"식사 중엔 휴대폰 금지야." 엄마가 말했다.

"죄송해요. 무음으로 해놓을게요."

카라인지도 모른다. 가뜩이나 문자할 때 한 문장씩만 적어 보내는 카라인데 행여 독백이라도 터졌다 하면 핍의 휴대폰은 교통정리 안 된 열차들의 대란이 일어난 기차역마냥 요란하게 울려댈 것이다. 물론 라비일 수도 있다. 핍은 휴대폰을 무릎에 올려놓고 얼른 음량 버튼을 눌렀다.

갑자기 얼굴에서 피가 전부 빠져나가는 느낌이었다. 등줄기가 서늘해지고 배 속에서 한바탕 소용돌이가 치더니 저녁 먹은 게 올라왔다. 갑작스러운 서늘함에 식도가 잔뜩 경직됐다.

"핍?"

"어…… 갑자기 화장실이 가고 싶네요." 핍은 그렇게 둘러대곤 손에 휴대폰을 든 채 자리에서 벌떡 일어났다. 하마터면 발치의 바니한테 걸려 넘어질 뻔했다.

핍은 서둘러 식탁을 벗어나 복도 쪽으로 갔다. 그러다 두꺼운 울 양말을 신은 탓에 반짝반짝 윤이 나는 마룻바닥에 미끄러져 넘어지면서 한쪽 팔꿈치로 간신히 몸무게를 버텼다.

"피파?" 아빠의 걱정스러운 목소리가 들려왔다.

"괜찮아요. 그냥 미끄러졌어요." 핍이 몸을 추스르며 말했다.

핍은 화장실 문을 닫은 다음 문을 잠갔다. 서둘러 변기 커버를 내리고 떨리는 몸으로 그 위에 앉아서는 두 손으로 들고 있던 휴대폰을 열어 메시지를 클릭했다.

*멍청한 년, 좋은 말 할 때 여기서 손 떼.*

발신자는 '알 수 없음'이었다.

피파 피츠-아모비
EPQ 2017. 10. 08.

## 활동일지 24

잠이 오질 않는다.

다섯 시간 후면 학교에 갈 시간인데 아직도 잠이 안 온다.

이 정도면 이제 누군가의 장난은 분명 아니다. 침낭에 들어 있던 쪽지에 이어 이런 문자라니, 이건 진짜다. 캠핑날 밤 이후 EPQ 관련해서는 전혀 정보가 샐 거리가 없었다. 조사의 진전사항을 알고 있는 건 라비랑 내가 인터뷰한 사람들뿐이다.

내가 진실에 한 발짝씩 다가가고 있다는 것을 누군가가 알고 겁을 먹었다. 아마 숲속까지 날 따라왔던 사람이겠지. 그리고 그 사람은 내 전화번호를 알고 있다.

소용없는 짓이지만 *누구시죠?* 하고 문자를 보내보았다. 오류가 났다. 애초에 문자 발신 자체가 되지 않았다. 찾아보니까 익명으로 문자를 보낼 수 있는 웹사이트랑 앱 같은 게 있어서, 이런 걸 이용하면 답 문자도 보낼 수 없고 발신자도 확인할 수가 없는 모양이었다.

'알 수 없음'. 거참 적절한 이름이라고 하지 않을 수가 없다. 이 '알 수 없음'이란 자가 앤디 벨을 살해한 진짜 범인일까? 네 목숨도 안전하지 않다고 나한테 겁을 주려는 걸까?

경찰에 신고할 순 없다. 아직은 증거가 충분하지 않다. 지금까지 확보한 증거라고 해봐야 숨겨져 있던 앤디의 여러 이면을 알고 있는 사람들의 진술 정도고, 그마저도 증거로서 법적 효력은 없는 것들이다.

관련 인물은 현재까지 일곱 명이 있지만 그중에 유력 용의자라 할 만한 사람은 아직 없다. 리틀 킬턴, 이 동네엔 앤디를 살해할 만한 동기가 있는 사람들이 너무 많다.

나한테 필요한 건 실체가 있는 증거다.

앤디의 대포폰이 있어야 한다.

'여기서 손 떼'라고? 대포폰을 찾기 전엔 안 된다. 진실이 밝혀지고 당신이 '알 수 없음'의 탈을 벗기 전까진 당치도 않다.

# 22

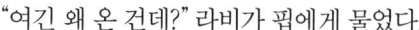

"여긴 왜 온 건데?" 라비가 핍에게 물었다.

"쉿." 핍은 그러면서 자기가 숨어 있는 나무 뒤쪽으로 라비의 외투 소매를 잡아당겼다. 핍은 나무 너머로 고개만 빼꼼히 내민 채 길 건너편 집을 살펴보았다.

"너 학교에 있을 시간 아냐?" 라비가 다시 물었다.

"아프다고 병결 냈어요, 됐어요?" 핍이 대꾸했다. "안 그래도 죄책감 느끼고 있으니까 굳이 말 안 해줘도 되고요."

"너 아프다고 결석하는 거 처음이니?"

"지금까지 학교 빠져본 거 딱 4일인데요. 그땐 진짜로 수두 걸렸었고요." 핍은 커다란 벽돌 외벽의 단독주택에서 눈을 떼지 않고 말했다. 옅은 노란색 벽돌에는 짙은 적갈색 반점들이 점점이 흩뿌려져 있고, 그 위로 넝쿨이 지붕까지 넘실대고 있었다. 휘어진 지붕 위에는 높은 굴뚝이 세 개 서 있었다. 차 한 대 없는 진입로 너머 커다란 차고 문 위로 가을 아침 햇살이 반짝이고 있었다. 교회 쪽 오르막길로 이어지는 이 거리의 마지막 집이었다.

"그러니까 여기서 지금 뭐 하는 거냐고?" 이번엔 나무 반대 방향에서 얼굴을 들이밀며 라비가 물었다.

"내가 8시 막 지나서 도착했거든요." 핍은 숨 쉴 틈 없이 말을 이어갔다. "베카는 20분쯤 전에 나갔어요. 요즘 《킬턴 메일》에서 인턴십 중이래요. 던 아주머니는 내가 도착하자마자 나갔는데, 엄마 말론 위컴에 있는 자선사무소에서 시간제로 근무하신다고 하고 지금이 9시 15분이니까 당분간은 아마 안 돌아올 거예요. 아, 그리고 현관 쪽으로는 경보 시스템도 없어요."

그렇게 대답하고 난 후 핍은 하품을 참지 못했다. 간밤에 '알 수 없음'에게서 온 문자 때문에 잠을 설친 탓이었다. 얼마나 그 문자를 노려보았던지 나중에는 급기야 눈을 감아도 그 문자가 눈꺼풀 안쪽에서 아른댔다.

"핍." 핍의 시선을 다시 제 쪽으로 돌리며 라비가 물었다. "다시 물을게. 여긴 왜 온 거야?" 그러더니 곧이라도 호통을 칠 것처럼 놀란 토끼 눈을 하고 말했다. "설마 내가 생각하는 그런 이유는 아니겠지?"

"무단침입할 거예요." 핍이 대답했다. "대포폰 찾아야죠."

"아무렴 그렇겠지." 라비가 앓는 소리를 냈다.

"이건 실질적인 증거라고요. 정말로 물리적인 증거. 앤디가 하위와 마약 거래를 했단 증거. 어쩌면 앤디가 만나고 있었다는 그 비밀의 연상남 정체가 밝혀질 수도 있고요. 대포폰을 찾아 익명으로 경찰에 제공하면 혹시 경찰에서 수사를 재개할지도 몰라요."

"알겠어, 그런데 객관적으로 한번 생각해보자." 라비는 제 손가락을 들어 보이며 말을 이었다. "네 말은 그러니까 앤디 벨을 살해했다고 모두가 믿어 마지않는 남자의 동생인 나더러 그 피해자인 벨 집에 무단침입을 하라는 거지? 백인 가족이 사는 가정집에 유색인종인 내가 무단침입을 했을 때 생길 법한 골치 아픈 일들은 일단 제쳐두고 말이지."

"으악." 핍은 나무에서 한 발 뒤로 물러섰다. 갑자기 숨이 턱 막혔다. "미안해요. 그 생각은 못 했어요."

정말이었다. 핍은 진실이 이 집 안에서 자신들을 기다리고 있단 생각에 너무 몰두한 나머지 정말로 이 때문에 라비가 곤란해질 수도 있는 입장이란 생각은 미처 하지 못했다. 라비가 핍과 함께 저 집에 들어가지 못하는 건 당연했다. 이미 동네 사람들이 라비를 범죄자 취급하고 있는 마당에 행여 잡히기라도 하면 라비가 얼마나 더 곤란해지겠는가?

핍은 어릴 적부터 아빠와 있으면 여러 가지 일들을 겪곤 했다. 상점 부근에서 누군가 아빠를 뒤쫓아 온다든가, 누군가 아빠에게 다가와 왜 백인 아이와 단둘이 있느냐고 물어본다든가, 회사에서 아빠를 보고 파트너 변호사가 아닌 경비원이라고 지레짐작한다든가 등등. 그럴 때마다 아빠는 핍에게 상황을 설명하면서 세상의 각기 다른 관점과 경험에 대해 가르쳐주곤 했다. 핍은 커서 절대 그런 일들에 무감각해지지 않겠다고, 그리고 직접 싸워서 쟁취한 게 아닌 사회적 혜택은 당연시하지 않겠다고 다짐했다.

그러나 오늘 아침 핍은 그러지 못했다. 무감각했다. 핍은 스스로에게 화가 나서 배 속이 다 꼬이는 것 같았다.

"진짜 미안해요." 핍이 다시 사과했다. "내가 바보였어요. 나랑 같은 입장이 아닌데 선배한테 나와 똑같이 위험을 감수하라고 하면 안 되죠. 나 혼자 들어갈게요. 대신 여기서 망보는 정도는 괜찮지 않을까요?"

"아니." 라비는 손으로 머리칼을 쓸어넘기며 신중하게 말했다. "이게 형의 누명을 벗기는 길이라면 나도 함께해야지. 그건 위험을 감수할 가치가 있는 일이야. 너무 중요한 일이니까. 물론 무모한 짓이고 긴장돼 죽을 것 같지만, 그렇지만……" 라비가 잠시 말을 멈추더니 이내 환한 미소를 지어 보였다. "어쨌든 우린 공범이니까. 무슨 일이 됐든 같이 해야지."

"진심이에요?" 핍이 라비를 돌아보았다. 메고 있던 배낭의 어깨끈 한쪽이 팔꿈치로 떨어졌다.

"물론이지." 라비는 핍의 가방끈을 다시 어깨까지 올려주며 말했다.

"좋아요," 핍은 다시 빈 집을 살피며 말했다. "그리고 혹시 위안이 될지 모르겠는데, 절대 안 잡히게 계획 다 세워놨어요."

"그 계획이란 건 뭔데 그럼? 창문 깨서 들어갈 거야?"

핍은 입을 떡 벌리고 라비를 쳐다보았다. "그럴 리가요. 열쇠로 문을 열어야죠. 여기가 어디냐, 킬턴이잖아요. 어느 집이든 비상 열쇠 한 벌은 밖에 숨겨놨을 거라고요."

"아…… 그러네. 그럼 목표물을 향해 가봅시다, 경관님." 라비는 핍을 향해 복잡한 경찰 사인을 해 보이는 척 연기했다. 핍은 그만하라며 라비를 탁 때렸다.

핍이 앞장섰다. 핍은 재빨리 길을 건넌 다음 앞마당을 지났다. 벨 가족의 집이 조용한 거리 맨 마지막 집이어서 다행이었다. 주변에는 아무도 없었다. 핍은 대문 앞에서 라비가 고개를 숙이고 길을 건너오는 모습을 지켜보았다.

두 사람은 발깔개부터 들춰보았다. 핍의 가족은 그곳에 여벌 열쇠를 숨겨두곤 했다. 안타깝게도 이 집 열쇠는 발깔개 밑에 없었다. 라비는 문 위에 걸린 액자 쪽으로 손을 뻗어 그 주변을 더듬어보았다. 손가락 끝에 먼지와 때만 잔뜩 묻었다.

"좋아요, 선배는 저쪽 덤불을 확인해봐요. 난 이쪽 뒤져볼게요."

양쪽 덤불에도 열쇠는 없었다. 벽등 주변으로도, 외벽을 뒤덮은 덩굴 뒤에 숨은 못에도 열쇠는 없었다.

"설마 저긴 아니겠지?" 라비는 문 옆에 걸린 금속 풍경을 가리켰다. 그러면서 금속관 사이로 손을 집어넣었는데 풍경 소리가 나는 바람에 깜짝 놀라 이를 앙다물 수밖에 없었다.

"라비," 핍이 다급한 목소리로 속삭였다. "지금 뭐 하는……."

라비는 풍경 중앙의 작은 목각 받침대에서 뭔가를 꺼내더니 핍에게 보여주었다. 말라붙은 블루택이 달라붙어 있는 열쇠였다.

"아하. 이제 저도 제법이죠, 경관님? 이래 봬도 제가 수석 수사관이거든요."

"알았다고요."

핍은 가방을 휙 벗어 바닥에 내려놓은 다음 서둘러 가방 안을 뒤졌다. 이내 손에 부드러운 비닐의 감촉이 느껴졌고, 핍은 얼른 그것을 가방에서 꺼냈다.

"너 뭐…… 아니, 묻고 싶지도 않다." 밝은 노란색 고무장갑을 꺼내는 핍을 보고 라비는 고개를 절레절레 흔들며 웃었다.

"곧 범죄 현장이 될 텐데 현장에 내 지문을 남기고 싶진 않아서요. 선배 것도 준비해 왔어요."

핍이 노란 손바닥을 펼쳐 보이자 라비는 그 위에 열쇠를 놓았다. 그러고는 허리를 숙여 핍의 가방 안으로 손을 뻗어 장갑을 꺼냈다. 라비의 손에 들린 것은 보라색 꽃무늬 장갑 한 쌍이었다.

"이게 뭐야?" 라비가 물었다.

"우리 엄마가 정원 손질할 때 쓰는 장갑이요. 계획할 시간이 부족했단 말이에요."

"그런 것 같다." 라비가 중얼댔다.

"그게 더 커요. 그냥 껴요."

"진짜 사나이란 남의 집을 무단 침입할 때 꽃무늬 장갑을 끼는 법." 그러더니 라비는 장갑을 끼고 그 손으로 박수를 쳐 보였다.

라비가 준비되었다는 신호로 고개를 끄덕였다.

핍은 가방을 메고 현관으로 다가갔다. 그러고는 숨을 크게 들이마신 뒤 그대로 숨을 참았다. 흔들리지 않도록 열쇠를 쥔 손을 다른 한 손으로 단단히 받치고서 핍은 열쇠를 자물쇠 구멍에 집어넣은 다음 옆으로 돌렸다.

## 23

 현관문을 열자 반짝이는 한 줄기 햇살이 타일로 장식된 복도로 새어들었다. 집 안으로 발을 들이는 순간 새어 들어온 햇빛에 두 사람의 그림자는 머리 두 개에 움직이는 여러 개의 팔다리가 달린 하나의 형상으로 변해 있었다.

 라비가 문을 닫았고 두 사람은 이제 천천히 복도를 걸어 들어갔다. 집에 아무도 없는 걸 뻔히 알면서도 핍은 자꾸만 뒤꿈치를 들고 걸었다. 셀 수 없이 여러 번 본 집이었다. 하지만 아무리 다각도에서 익숙한 전경이라 한들 그건 어디까지나 검은색 유니폼에 형광색 조끼를 걸친 경찰들이 늘 둘러싸고 있던 외관 정도였다. 집 안의 모습이라곤 문이 열려 있었던 바로 그때, 어느 사진기자가 셔터를 눌러 영원히 박제한 그 한순간의 단면뿐이었다.

 안과 밖의 경계가 여기서는 아주 선명하게 느껴졌다.

 숨죽이고 있는 라비의 모습을 보니 라비도 핍과 비슷한 느낌을 받은 것 같았다. 이 집안의 공기는 어딘가 묵직했다. 침묵 속에 갇힌 비밀이 눈에 보이지 않는 작은 먼지처럼 떠다니고 있었다. 이 고요함을 행여 해치기라도 할까, 핍은 머릿속 생각조차 삼갔다. 이 조용한 집, 살아생전 앤디 벨의 소재가 마지막으로 확인된 곳. 지금 핍 나이쯤이던 앤디가 살던 곳. 이 집은 그 존재 자체가 풀리지 않는 의문이자 이 동네 역사의 일부였다.

두 사람은 계단을 향해 나아갔다. 오른편으로는 안락한 거실이, 왼편으로는 오리알 같은 파스텔 블루 찬장과 커다란 목재 상판이 얹어진 아일랜드 바가 있는 빈티지 스타일의 큰 부엌이 보였다.

그때였다. 위층에서 희미하게 쿵 소리가 들려왔다.

핍은 그 자리에서 그대로 얼어붙었고 라비는 장갑 낀 핍의 손을 잡았다.

다시 쿵, 이번에는 소리가 좀 더 가까워졌다. 바로 두 사람의 머리 위였다.

핍은 문 쪽을 쳐다보았다. 도망칠 시간이 충분할까?

곧이어 딸랑딸랑 요란한 방울 소리가 나면서 계단 저 위쪽에서 검은 고양이 한 마리가 나타났다.

"어휴, 내 심장." 라비는 잡고 있던 핍의 손을 놓았다. 잔뜩 긴장했던 어깨도 축 늘어졌다. 무거운 침묵의 대기 속에 라비의 안도감이 진동처럼 파문을 일으키는 듯했다.

핍은 긴장이 채 풀리지 않은 와중에 허무하게 콧소리를 내며 웃었다. 장갑 낀 손에서는 땀이 나기 시작했다. 고양이는 아래층으로 내려오다가 중간에 멈춰 서서 야옹 하고 울었다. 원래부터 강아지파인 핍은 고양이한테 어떻게 반응해야 할지 알 수가 없었다.

"나비야, 안녕." 계단을 마저 내려와 자기 쪽으로 살그머니 다가오는 고양이를 보고 핍은 속삭이듯 인사했다. 고양이는 핍의 정강이에 제 얼굴을 문지르면서 핍의 다리 사이를 맴돌았다.

"난 고양이 안 좋아해." 보들보들한 머리를 제 발목에 지긋이 비비대는 고양이를 보고 징그럽다는 듯이 쳐다보던 라비가 불안한 목소리로 말했다. 핍은 허리를 숙여 고무장갑 낀 손으로 가볍게 고양이를 만져주었다. 고양이는 다시 핍에게 와서 그르렁거리기 시작했다.

"가요." 핍이 재촉했다.

다리를 휘감고 있던 고양이를 떼어낸 다음 핍은 계단을 올랐다. 핍을 따라 라비가 계단을 오르는데 고양이가 다시 야옹대며 라비의 다리 사이에서 움직였다.

"핍……." 라비의 목소리가 떨렸다. 라비는 고양이를 밟지 않으려고 애쓰는 중이었다. 핍은 고양이에게 저리 가라는 시늉을 해 보였고, 이내 고양이는 다시 아래층으로 내려가더니 부엌으로 들어가버렸다. "꼭 무서워서 그런 건 아니고." 라비가 자신 없는 목소리로 덧붙였다.

고무장갑을 낀 손으로 난간을 붙든 채 핍은 계속해서 계단을 오르다가 하마터면 난간 끝 기둥 위에 교묘하게 균형을 잡고 있던 노트북과 USB 스틱을 떨어뜨릴 뻔했다. 저걸 왜 여기 올려뒀을까 싶었다.

라비가 올라오고 나서야 핍은 문이 열려 있는 방들을 살펴보았다. 오른쪽 뒤편 침실엔 누가 막 침대에서 자고 일어난 듯 꽃무늬 침대보가 구겨져 있고, 구석 한편의 의자에 양말이 한 켤레 놓여 있는 걸로 보아 이 방은 확실히 앤디 방은 아니었다. 그렇다고 바닥에 가운이 펼쳐져 있고 침대 협탁에 물 한 잔이 놓여 있는 앞쪽 침실이 앤디 방 같지도 않았다.

먼저 알아차린 건 라비였다. 라비는 부드럽게 핍의 팔을 톡톡 두드린 다음 다른 방을 가리켜 보였다. 문이 닫혀 있는 방은 딱 하나였다. 두 사람은 그 방을 향해 걸어갔고 핍이 금색 손잡이를 돌려 문을 열었다.

보자마자 이건 분명 앤디 방이라고 확신할 수 있었다.

방 안의 모습은 어딘가 부자연스럽고 오랫동안 그 상태 그대로인 것 같았다. 메모판엔 손가락으로 '브이'를 그리고 있는 엠마, 클로에와 함께 찍은 사진들, 솜사탕을 사이에 두고 샐과 함께 찍은 사진도 보였다. 침대에는 낡은 갈색 곰인형과 보드라운 천케이스가 씌워진 보온 물주머니가 나란히 놓여 있었고, 책상에는 메이크업 박스들이 잔뜩 진열돼 있었다. 누가 봐도 전형적인 여고생의 방이었지만, 그렇다고 이 방이 진짜처럼 보이진 않았다. 그야말로 5년간 슬픔에 파묻혀 있던 방 같았다.

핍은 폭신한 크림색 카펫 위로 발을 내디딘 다음 연보라색 벽에서부터 흰색 원목 가구까지 방 안을 쭉 둘러보았다. 방 안은 깨끗하게 유지돼 있었고 카펫만 봐도 최근에 청소기를 돌린 자국이 남아 있었다. 던 아주머니는 앤디가 떠난 그때 그 모습 그대로 죽은 딸의 방을 남겨둔 모양이었다. 딸은 이제 세상에 없지만 그 방만큼은 아직 그대로였다. 이 방에서 앤디는 아침에 일어나 옷을 갈아입고, 고래고래 성질도 부리고 문도 쾅 닫고 했을 것이다. 밤이면 어머니는 이 방에 올라와 딸에게 잘 자라 속삭이며 불을 꺼주었을 것이다. 핍은 방 주인이 살아 있을 적 모습을 머릿속으로 그려보았다. 영원히 돌아오지 않을 누군가를 기다리고 있는 빈방. 닫혀 있는 이 방문 바깥에서는 현실의 시계가 째깍대며 흘러가고 있었다.

핍은 라비를 돌아보았다. 라비의 집에도 이런 방이 하나 남아 있으리란 건 그의 표정으로 미루어 짐작할 수 있었다.

그리고 이 방에 들어오자 핍은 처음으로 앤디 벨이 진짜 사람처럼 느껴졌다. 그동안 앤디의 여러 가지 비밀을 알게 되면서 아무리 앤디를 잘 안다고 생각했다 하더라도 이 방에 들어서기 전까지는 진짜 사람같이 느껴지진 않았다. 라비와 함께 옷장으로 향하면서 핍은 진실을 꼭 찾겠노라고, 꼭 샐만을 위해서가 아니라 앤디를 위해서라도 그러겠노라고 앤디의 방에 대고 조용히 약속했다.

진실이 어쩌면 바로 이곳에 숨어 있을지도 모른다.

"준비됐어?" 라비가 속삭였다.

핍이 고개를 끄덕였다.

라비가 옷장 문을 열자 원피스며 스웨터며, 옷장이 터져 나갈 만큼 많은 옷들이 원목 옷걸이에 걸려 있었다. 옷장 저 끝에는 앤디의 낡은 킬턴 그래머 스쿨 교복이 걸려 있었고, 반대편 벽까지 치마며 상의가 조금의 여유 공간도 없이 가득가득 들어차 있었다.

핍은 고무장갑을 낀 손으로 간신히 청바지 주머니에서 휴대폰을 꺼내 손전등 기능을 켰다. 두 사람은 나란히 무릎을 꿇고 앉아 걸려 있는 옷들 아래로 기어들어간 다음 옷장 바닥 안쪽의 낡은 마루를 손전등으로 비추어보았다. 두 사람은 손가락으로 패널 틈을 만져도 보고 모서리 부분을 비틀어 들어보기도 하면서 바닥을 꼼꼼히 살펴보았다.

마침내 라비가 발견했다. 안쪽 벽 바로 앞, 왼편 패널이었다.

라비가 패널 한쪽 끝을 누르자 패널 반대편이 들렸다. 핍은 패널을 뒤로 밀어둔 채 마룻바닥 앞으로 나아갔다. 휴대폰을 든 채 핍과 라비는 그 아래 어두운 공간을 들여다보았다.

"없어."

핍은 재차 확인하는 차원에서 손전등을 그 안쪽 작은 공간까지 들이밀고 구석구석에서 손전등 빛을 비춰 보였다. 손전등 불빛에 비쳐 보이는 것이라곤 켜켜이 쌓여 있다 두 사람의 숨결에 회오리처럼 일어나는 먼지뿐이었다.

패널 안쪽 공간은 비어 있었다. 대포폰은 없었다. 현금도, 물건도, 아무것도 없었다.

"없네." 라비가 말했다.

실망감에 배 속이 완전히 뒤집히는 것처럼 괴로웠다. 그리고 이제 무서워졌다.

"정말 여기 있을 줄 알았는데." 라비가 다시 말했다.

핍도 그랬다. 핍은 여기서 대포폰을 찾아 앤디와 샐을 죽인 진짜 범인도 밝혀내고 그다음부터는 경찰이 알아서 할 거라고 생각했다. '알 수 없음'이 더는 핍을 괴롭히지 않을 거라고 생각했다. 이제 다 끝인 줄 알았는데, 갑자기 울음이 터질 것같이 목이 메어왔다.

핍은 마루 패널을 다시 원래 자리에 밀어 넣고 라비를 따라 뒷걸음질로 옷장을 나왔다. 긴 드레스의 지퍼에 걸려 머리가 약간 헝클어졌다. 핍은 일어서서 옷장 문을 닫은 다음 라비를 쳐다보았다.

"그럼 대포폰은 어디 갔을까?" 라비가 물었다.

"앤디가 죽을 당시 가지고 있었는지도 모르죠." 핍이 말했다. "지금 앤디랑 함께 묻혀 있는지도요. 아니면 살인범이 없앴을 수도 있고."

"아니면," 라비는 앤디의 책상 위를 훑어보며 말했다. "아니면 대포폰이 어디 숨겨져 있는지 알고 있던 누군가가 앤디 실종 이후에 가져갔을 수도 있지. 대포폰이 단서가 될 수 있단 걸 알고 말야."

"그럴 수도 있죠." 핍도 동의했다. "하지만 그 가설은 지금 우리한텐 전혀 도움이 안 되네요."

두 사람은 책상으로 다가갔다. 메이크업 박스 위에 놓여 있는 머리빗엔 아직도 긴 금발 머리카락이 감겨 있었다. 핍은 그 옆에 있던 킬턴 그래머 스쿨 2011/2012년 다이어리를 발견했다. 올해 학교 다이어리와 거의 똑같았다. 앤디는 플라스틱 커버 안쪽 다이어리 표지를 하트와 별 그림과 슈퍼모델 사진들로 장식해두었다.

핍은 다이어리를 몇 장 넘겨보았다. 숙제, 프로젝트 과제 같은 것들이 적혀 있었고 11월과 12월에는 대학 입시 일정이 적혀 있었다. 크리스마스 바로 전주에는 '샐 크리스마스 선물?'이라는 메모도 남겨져 있었다. 내참사 파티 날짜와 장소, 과제 제출일, 친구들 생일 등등의 기록도 있었다. 그리고 그 옆에 무작위 이니셜과 시간들이 적혀 있었다.

"이거 봐요." 핍은 다이어리를 들어 라비에게 보여주었다. "이 이니셜, 좀 이상하지 않아요? 이게 무슨 뜻일까요?"

라비는 정원용 장갑을 낀 손을 턱에 괴고 한참 그 메모를 쳐다보았다. 그러더니 이내 눈썹을 찡그리면서 눈빛이 어두워졌다. "하위 바워스가 했던 말 기억나? 앤디한테 이름 말고 암호를 쓰라고 했던 거?"

"이게 그 암호일 수도 있단 거죠?" 핍은 라비의 말을 대신 끝내면서 고무장갑을 낀 손가락으로 메모를 따라가보았다. "이거 기록해둬야겠어요."

핍은 다이어리를 내려놓은 다음 다시 휴대폰을 꺼냈다. 라비의 도움을 받아 장갑 한쪽을 벗은 다음 핍은 엄지손가락으로 카메라를 켰다. 라비가 2012년 2월로 페이지를 넘겨주었고 핍은 2쪽씩 한꺼번에 사진을 찍었다. 그렇게 4월 부활절 방학 직후까지 페이지를 넘겼다. 그주 금요일 앤디가 다이어리에 마지막으로 적어둔 내용은 '프랑스어 과제 정리 곧 시작할 것'이었다. 사진은 총 열한 장이었다.

"좋아요." 핍은 주머니에 휴대폰을 넣고 다시 장갑을 끼었다. "우리……"

아래층에서 현관문이 쾅 닫히는 소리가 들렸다.

라비가 고개를 휙 돌렸다. 라비의 눈동자에 서서히 공포가 어렸다.

핍은 원래 있던 자리에 다시 다이어리를 내려놓은 다음 옷장 쪽으로 고갯짓을 했다. "다시 들어가요." 핍이 속삭였다.

핍은 옷장 문을 열고 안으로 기어들어가 라비를 찾았다. 라비는 벽장 문 바로 앞에서 무릎을 꿇은 채 앉아 있었다. 핍이 라비가 들어올 수 있도록 옆으로 자리를 비켜주었지만 라비는 움직이지 않았다. 왜 저러고 있는 거지?

핍은 팔을 뻗어 라비를 옷장 안쪽으로 끌어당겼다. 그제야 라비는 정신이 든 것 같았다. 라비는 조용히 안쪽에서 옷장 문을 닫았다.

복도에서부터 날카로운 구두 굽 소리가 들려왔다. 던 아주머니인가? 벌써 일이 끝났나?

"몬티." 베카의 목소리였다.

핍이 충분히 느낄 수 있을 정도로 라비는 떨고 있었다. 핍은 라비의 손을 잡았다. 고무장갑 마찰 소리가 났다.

계단을 올라오는 베카의 발소리는 점점 더 커졌고, 그 뒤를 따라 딸랑딸랑 고양이 방울 소리도 들려왔다.

"아, 여기 뒀었구나." 베카는 층계참에서 발걸음을 멈췄다.

핍은 라비의 손을 꼭 쥐면서 진심으로 미안한 마음, 가능하기만 하다면 모든 위험을 라비 대신 혼자 감내하고 싶은 자신의 마음이 부디 라비에게 전해지길 바랐다.

"몬티, 너 여기 있었어?" 베카의 목소리가 한층 가까워졌다.

라비는 눈을 꼭 감았다.

"이 방엔 들어가면 안 되는 거 알면서."

핍은 라비의 어깨에 고개를 묻었다.

베카는 이제 같은 방 안에 있있다. 베카의 숨소리, 혀를 차는 소리까지 들렸다. 베카가 몇 걸음 더 움직였다. 두꺼운 카펫에 발소리는 들리지 않았다. 이내 앤디의 방문이 닫혔다.

"다녀올게, 몬티." 그리고 베카의 목소리가 웅얼웅얼 들려왔다.

천천히 눈을 뜬 라비는 다시 핍의 손을 꼭 쥐었다. 겁에 질린 라비의 입김이 핍의 머리칼 사이를 지나갔다.

다시 현관문이 쾅 하고 닫혔다.

피파 피츠-아모비
EPQ 2017. 10. 09.

## 활동일지 25

남은 하루를 버티려면 커피 한 여섯 잔쯤은 마셔야 할 것 같았다. 하마터면 베카에게 들킬 뻔했던 그 일의 여파는 생각보다 컸다. 라비는 출근 시간이 다 되었는데도 아직까지 평상시 자신의 모습으로 돌아오지 못하고 있었다. 자칫하면 들킬 뻔했다. 아직도 믿기지가 않는다. 대포폰은 없었지만…… 그렇다고 성과가 전혀 없었다고 할 수는 없을지도 모른다.

앤디의 다이어리를 찍어온 사진들을 이메일로 전송해서 좀 더 큰 노트북 화면으로 살펴보기로 했다. 사진을 한 장 한 장 열 번 이상씩 꼼꼼히 살펴본 결과 뭔가 단서가 될 만한 것들을 찾은 것 같다.

덧붙인 사진은 부활절 방학 바로 다음 주, 앤디가 실종되었던 그주의 다이어리 기록이다. 이 페이지만 해도 내용이 꽤 많다. '돼지 다실바 0-3 앤디'라는 점수표는 그냥 지나칠 수가 없다. 이때가 나탈리의 나체 동영상을 앤디가 온라인에 올린 직후 시점이다. 나탈리 말론 18일 수요일에야 겨우 학교에 갈 수 있었고, 앤디가 복도에서 나탈리를 보고 창녀라고 하는 바람에 나탈리는 앤디의 사물함에 살해 협박 쪽지를 남겼다.

'0-3' 낙서만 놓고 보면 앤디는 이 뒤틀린 여왕벌 전쟁에서 나탈리를 상대로 3골을 넣었다고 흡족해하고 있는 것 같다. 만약 첫 골이 나탈리 동영상, 두 번째 골이 연극 〈크루서블〉에서 나탈리를 하차시킨 거라면, 그럼 앤디가 이 시점에서 자축하고 있는 세 번째 골은 뭘까? 그 세 번째 골 때문에 혹시 이성을 잃은 나탈리가 앤디를 죽였을 가능성도 있을까?

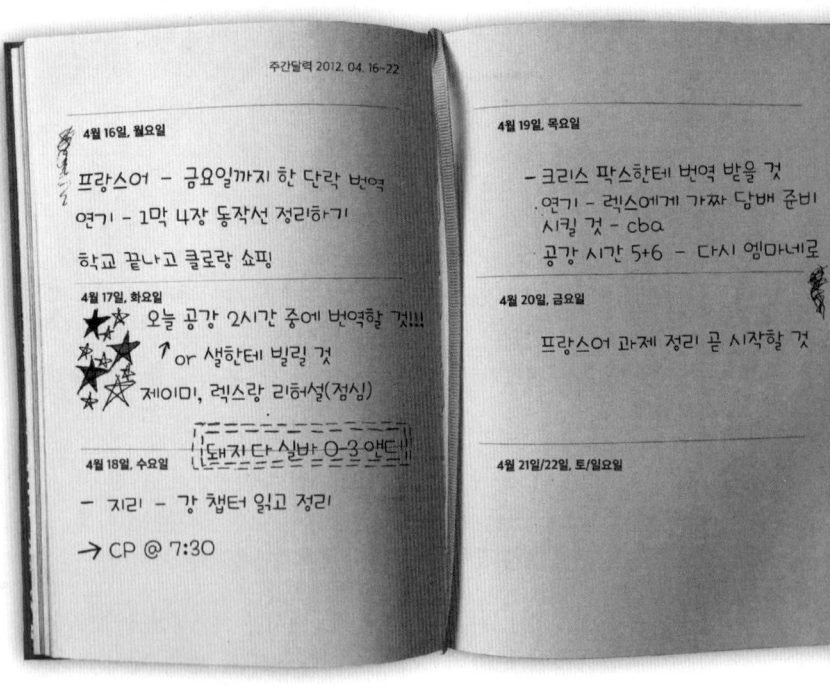

이 페이지에서 또 다른 중요한 내용이라면 4월 18일자 기록이다. 앤디는 18일 수요일란에 'CP @ 7:30'이라고 적어두었다.

앤디가 암호를 썼다는 라비의 추측이 맞는다면, 이미 답이 나온 것 같다. 너무 쉽다.

'CP'란 'car park', 주차장일 것이다. 기차역 주차장처럼. 앤디는 그날 밤 주차장에서 하위와 약속이 있다는 걸 기억하려고 적어둔 것 같다. 그리고 그날 밤 앤디는 정말로 하위를 만나러 갔다. 샐이 자기 휴대폰에 하위의 차 번호를 적어뒀던 게 바로 이날 수요일 밤 7시 42분이었기 때문이다.

찍어온 다이어리 사진을 보면 CP와 시간이 같이 적힌 경우가 더 많이 있었다. 이건 분명 하위와의 마약 거래를 의미하는 걸 테고, 앤디는 혹시나 누가 볼지 모르니 하위가 알려준 대로 암호를 쓴 것일 터이다. 하지만 고등학생들이 으레 그렇듯 (약속은 물론) 뭐든 잊어버리기 십상이었던 앤디는 최소한 수업 시간마다 확인할 수밖에 없는 다이어리에 약속을 적어놓은 것이다. 이렇게 하면 절대 잊어버리지 않을 테니까.

앤디의 암호는 푼 것 같고, 그럼 이제 다이어리에 시간과 함께 적혀 있는 이니셜들이 남았다.

3월 15일 목요일란에는 'IV @ 8'이라고 적혀 있다.

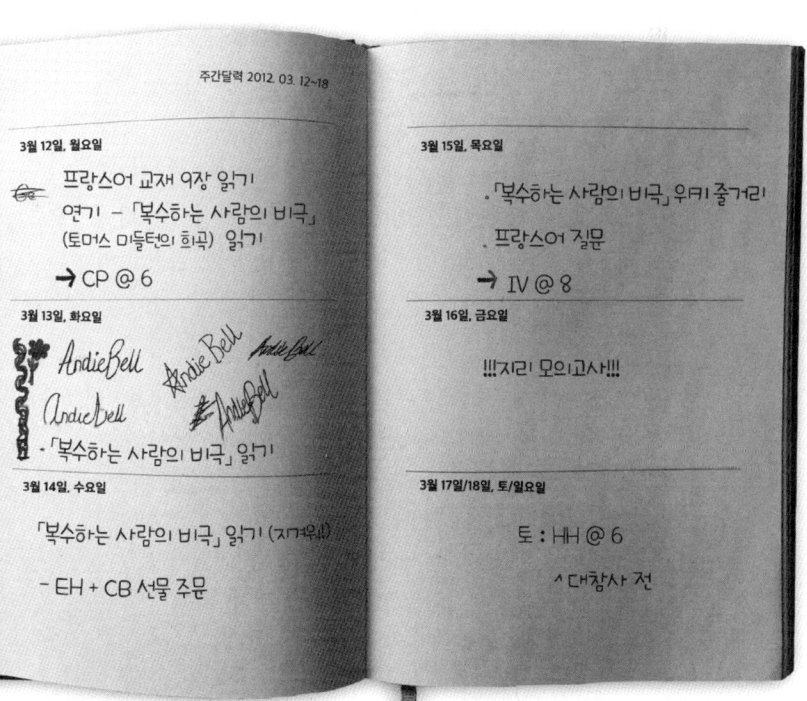

여기서 막혔다. 같은 암호 패턴을 따라간다고 하면 'IV'는……
I……V…….

CP처럼 IV가 장소라고 한다면 조금도 짐작 가는 곳이 없다. 킬턴에서 같은 이니셜을 가진 장소는 전혀 떠오르지 않았다. 혹시 IV가 누군가의 이름을 뜻하는 거라면? 찍어온 다이어리 사진에서는 IV가 딱 세 번 등장했다.

IV보단 좀 더 자주 등장하는데 비슷한 양식이 'HH @ 6'이라는 메모였다. 하지만 3월 17일 토요일란을 보면 '대참사 전'이라고 적혀 있다. '대참사'는 아마 학교 파티를 말하는 걸 거다. 그럼 HH는 그냥 하위네 집을 가리키는 것이고, 앤디는 아마도 파티에 들고 갈 마약을 픽업하러 갔을지도 모른다.

3월 5~11일 주간 내용도 눈에 띄었다. 8일 목요일란에는 숫자를 적었다가 펜으로 덧칠해서 지운 흔적이 있다. 07로 시작하는 11자리면 분명 전화번호다.

여기서 드는 생각. 앤디는 학교 다이어리에 왜 전화번호를 적었을까? 학교 안이 됐든 밖이 됐든 다이어리가 손 닿는 데 있었으니까 그랬겠지. 나도 다이어리를 늘 가방 안에 넣어 다니니까. 하지만 이 번호가 앤디가 모르던 번호라고 한다면, 왜 곧바로 자기 휴대폰에 저장하지 않았을까?

혹시 이 번호를 자기 **평소 휴대폰**에는 저장하고 싶지 않았던 게 아닐까? 어쩌면 이때 당시 대포폰을 안 들고 있었던 앤디는 어쩔 수 없이 다이어리에 번호를 적었고, 그래서 이 번호를 지워버린 건지도 모른다. 비밀의 연상남 번호일까? 아니면 하위의 또 다른 번호일까? 혹은 앤디한테서 약을 처음 사려는 고객? 기록을 남기지 않기 위해 앤디는 다른 휴대폰에 번호를 저장한 다음 다이어리에 적어둔 번호를 펜으로 덧칠해 지워버린 것이다.

저 번호를 족히 30분은 들여다보았다. 처음 8자리는 07700900인 것 같다. 맨 뒤의 '00'은 '88' 같기도 한데 그 위에 펜으로 줄을 그어 놓은 탓에 그렇게 보이는 것도 같다.

마지막 세 자리가 이제 좀 복잡하다. 뒤에서 세 번째는 작대기랑 위쪽에 구부러진 선이 보이는 게 7 아니면 9 같다. 그다음은 위로 쭉 뻗은 모양을 볼 때 분명 7 아니면 1인데, 위로 쭉 뻗은 모양새가 그렇다. 그리고 마지막은 곡선이 있는 숫자니까 6 아니면 0, 아니면 8이다.

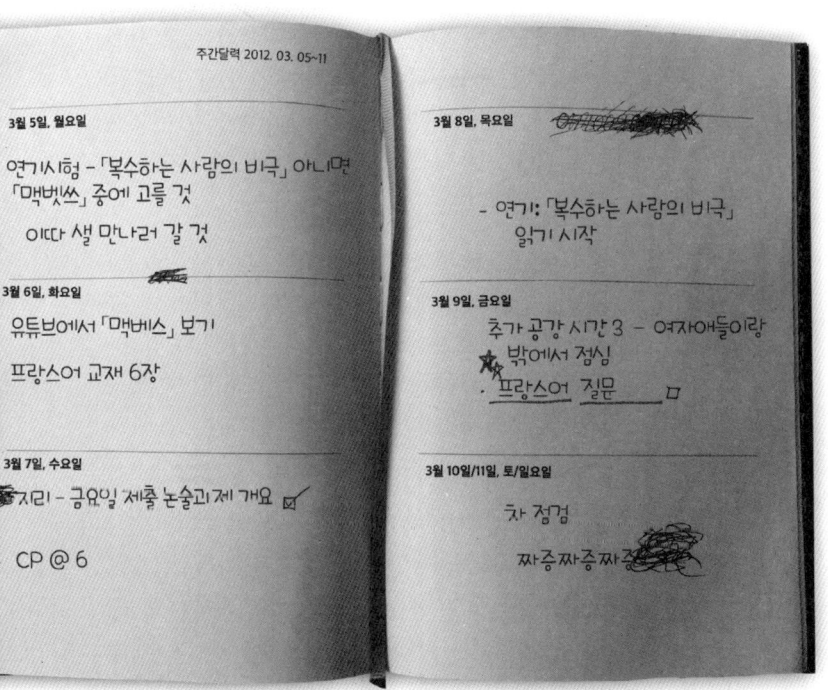

그렇다고 하면 가능한 12가지 숫자의 조합은 이 정도가 나온다.

07700900776　　07700900976　　07700900716　　07700900916

07700900770　　07700900970　　07700900710　　07700900910

07700900778　　07700900978　　07700900718　　07700900918

첫 번째 열의 세 개 번호는 다 전화를 걸어봤다. 전부 기계음 같은 목소리가 흘러나왔다. '죄송합니다. 이 번호는 없는 번호입니다. 전화를 끊고 다시 걸어주시기 바랍니다.'

두 번째 열의 번호로 걸자 맨체스터에 사는 할머니가 전화를 받았다. 리틀 킬턴이라는 동네는 들어본 적도 없다는 분이었다. 나머지 두 개 번호는 역시 '없는 번호입니다'와 '더는 연결이 되지 않는 번호입니다'라는 안내 메시지로 연결됐다. 세 번째 열에서는 두 개 번호가 '없는 번호입니다'였고 다른 하나는 일반적인 음성자동안내 메시지로 연결됐다.

마지막 네 번째 열의 번호로 전화를 걸자 하나는 잉글랜드 북동부 지방의 강한 조르디 억양을 쓰는 가렛 스미스라는 보일러 기사의 음성사서함으로, 다른 하나는 '더는 연결이 되지 않는 번호입니다'라는 메시지로 연결됐다. 그리고 마지막 번호는 바로 일반적인 음성자동안내 메시지로 넘어갔다.

이 전화번호를 추적해본다는 게 참 막막한 일이다. 마지막 세 자리를 내가 알아낼 확률도 희박하거니와, 5년이나 지났으니 이미 없는 번호일 수도 있다. 일반 음성자동안내로 연결된 번호들은 그래도 혹시 모르니 계속 시도는 해볼 거다. 하지만 이제는 진짜 1) 충분한 숙면을 취해야 하고 2) 케임브리지 입학 원서도 마무리해야 한다.

관련 인물

**제이슨 벨**
나오미 워드
비밀의 연상남
나탈리 다 실바
다니엘 다 실바
맥스 헤이스팅스
하위 바워스

피파 피츠—아모비
EPQ 2017. 10. 11.

## 활동일지 26

오늘 아침 케임브리지에 입학 원서를 보냈다. 학교에서도 11월 2일에 있을 ELAT 영문학 시험* 지원자로 등록을 해주었다. 오늘 공강 시간에는 입학처에 보낼 문학 에세이를 다시 읽어보았다. 토니 모리슨 에세이는 맘에 든다. 이걸 보내야지. 다른 건 딱히 좋은 게 없다. 마거릿 애트우드 주제로 에세이를 한 편 새로 쓸까 보다.

정말 지금은 여기 집중해야 할 때가 맞는데, 나도 모르게 자꾸만 앤디 벨의 세계로 끌려 들어가고 있다. 해야 할 새 문서 열기는 안 하고 자꾸 EPQ 문서만 열어본다. 앤디의 다이어리를 얼마나 읽고 또 읽었으면 이제 2~4월의 앤디 일정은 외우고 있을 지경이 됐다.

그러면서 확실해진 것 한 가지가 있다면 앤디 벨이 숙제를 곧잘 미루었다는 것.

그리고 이건 추정에 근거한 것이긴 하지만 또 꽤 명확해진 두 가지가 있다면 CP는 역 주차장에서 마약 거래를 위한 하위와의 접선을, HH는 하위의 집을 뜻한다는 것.

IV는 아직도 미궁이다. IV는 3월 15일 목요일 오후 8시, 3월 23일 금요일 오후 9시, 그리고 3월 29일 목요일 오후 9시, 이렇게 딱 세 번밖에 등장하지 않는다.

CP나 HH는 약속 시간이 널을 뛰는데 IV는 8시가 한 번, 9시가 두 번이다.

---

* English Literature Admissions Test를 줄여 부르는 말로, 영문학과 관련 입학시험.

라비도 계속 IV를 고민하고 있다. 라비는 IV라는 이니셜에 부합하는 인물/장소 목록을 이메일로 보내왔다. 라비는 킬턴 밖으로 범위를 넓혀서 주변 마을이랑 동네까지 살펴보았다. 난 미처 그 생각까진 못했다.

라비가 찾은 IV 후보군은 총 네 개다.

- 아머섬 소재 임페리얼 볼트(Imperial Vault) 나이트클럽

- 리틀 챌폰트 소재 아이비하우스(Ivy House) 호텔

- 체셤 거주 아이다 본(Ida Vaughan) 여사

- 웬도버 소재 더 포 카페(로마 숫자 IV=4라서)

좋아, 그럼 구글 검색에 들어간다.

임페리얼 볼트 나이트클럽 웹사이트에 들어가보니 2010년 문을 열었다고 되어 있다. 지도상으로 거대한 녹지 가운데 주차장 포함 콘크리트 건물이 떡 서 있는 걸 보면 꽤 외딴곳에 위치한 것 같다. 매주 수요일, 금요일은 학생들의 밤이고 정기적으로 '레이디스 나이트' 이벤트를 연단다. 클럽 주인은 롭 휴잇이라는 남자다. 직접 찾아가 살펴보고 주인과 이야기를 시도해볼 수 있을 것이다.

아이비하우스 호텔의 경우 자체 웹사이트는 없고 트립어드바이저 페이지만 있는데, 별점은 두 개 반밖에 안 된다. 챌폰트 역 바로 옆에 있는 방 네 개짜리 B&B 스타일 숙소로, 가족이 운영하는 소규모 호텔이다. 몇 장 안 되지만 아무튼 트립어느바이서에 올라온 사신으로 볼 때 예스럽고 아늑한 분위기 같은데 'Carmel672'라는 이용자 평을 보면 '대로변에 있어 소음이 심하다'고 한다. 'Trevor59'라는 이용자는 방이 이중 예약돼 있어 다른 숙소를 다시 잡아야 했다면서 전혀 만족스럽지 않은 호텔이라는 평을 남겼다.

'T9Jones'라는 이용자는 '주인 가족이 친절했다'면서도 욕실은 '욕조에 낀 때가 보일 정도로 낡고 고루하다'고 했다. 이 사용자는 리뷰를 남기면서 사진도 몇 장 첨부했다.

세상에. 세상에 이럴 수가. 말도 안 된다. 벌써 30초째 이 소리만 연발하고 있는데도 진정이 안 된다. 여기에도 적어야겠다. 세상에, 말도 안 돼!

이럴 때 하필 라비는 왜 전화를 안 받는 거야!

타이핑하는 속도가 지금 머릿속 생각들을 쫓아가질 못하고 있다. 'T9Jones'란 이용자는 여러 각도에서 욕조를 클로즈업한 사진과 욕실 전체를 찍은 사진을 올렸다. 욕조 옆에는 커다란 벽을 가득 메운 거울이 있어서, 거울에 비친 'T9Jones'란 이용자 모습과 이 사람의 휴대폰 카메라 플래시가 보인다. 크림색 천장의 동그란 조명부터 타일 바닥까지 욕실의 다른 부분도 다 보인다. 그리고 낯익은 저 빨간색과 흰색의 타일 바닥.

내가 진짜 장담하는데, 저건 분명히 맥스 헤이스팅스 방에 갔을 때 〈저수지의 개들〉 포스터 뒤편에 숨겨져 있던 저화질 사진에서 본 적 있는 그 타일 바닥이다. 그 사진 속에서 앤디는 손바닥만 한 검은색 팬티만 걸친 채 거울을 보며 입술을 내밀고 있었다. 거울…… 리틀 챌폰트에 있는 아이비하우스 호텔 방 욕실 거울이었다.

내 추측이 맞는다면 앤디는 3주 사이에 이 호텔을 세 번 갔다. 누구를 만나러 간 거지? 맥스? 비밀의 연상남?

내일 학교 끝나고 리틀 챌폰트에 가봐야 할 것 같다.

## 24

 기차는 멈췄다가 다시 속도를 올릴 때마다 끼익하는 소리를 냈다. 기차의 움직임에 쥐고 있던 펜이 제멋대로 노트 위로 선을 죽죽 그어댔다. 핍은 한숨을 쉬며 노트에서 그 페이지를 찢어 공 모양으로 뭉쳐버렸다. 어차피 도입부였고, 잘 쓴 글도 아니었다. 핍은 종이공을 배낭 위쪽에 밀어 넣은 다음 다시 펜을 들었다.

 핍이 몸을 싣고 있는 기차는 리틀 챌폰트행이었다. 라비는 일 끝나고 곧장 그쪽으로 오기로 했다. 하여 핍은 도착할 때까지 11분 동안 마거릿 애트우드 에세이도 어느 정도 작성할 수 있겠거니 생각했다. 하지만 제가 쓴 글을 다시 읽어보는데 영 탐탁지 않았다. 하고 싶은 이야기가 뭔지도 분명했고 머릿속 생각들 또한 잘 다듬어져 있었는데도 막상 글로 옮기다 보니 전달하려던 메시지는 길을 잃고 흐릿해졌다. 핍의 정신은 앤디 벨 사건 곁길 어디쯤 머물러 있었다.

 때마침 다음 역은 챌폰트라고 하는 안내 방송이 흘러나왔다. 핍은 슬슬 얇아져가던 공책을 정리하고 가방 안에 밀어 넣었다. 기차가 속도를 줄이더니 날카로운 기계음을 길게 뿜어내며 정차했다. 핍은 플랫폼으로 뛰어 내려가 개찰구에 열차표를 집어넣었다.

라비는 이미 밖에서 핍을 기다리고 있었다.

"경관님," 라비가 눈가의 머리카락을 쓸어넘기며 말했다. "마침 제가 범죄와의 전쟁에 어울리는 주제곡을 생각하고 있던 참인데 말이죠. 라비 싱 등장 신엔 차분하게 현악기랑 팬파이프 연주가 흐르다가 핍 경관님 등장 신에선 다스베이더 스타일로 웅장하게 트럼펫이 딱 울리는 거죠."

"왜 내가 트럼펫인데요?" 핍이 물었다.

"네 걸음걸이가 약간 쿵쾅대는 편이거든. 솔직하게 말해서 미안."

핍은 휴대폰을 꺼내 지도 앱에 '아이비하우스 호텔'을 검색했다. 도보 3분 거리였다. 두 사람은 지도 앱의 길 안내선을 따라 걸어갔다. 핍의 위치를 알리는 파란색 점이 화면 속에서 미끄러지듯 같이 움직이고 있었다.

핍은 파란색 점이 붉은색 목적지 표시와 충돌하자 고개를 들었다. 차량 진입로 앞에 세워진 작은 나무 간판에 희미하게 '아이비하우스 호텔'이라고 새겨져 있었고 자갈이 깔린 비탈길 끝에는 넝쿨로 뒤덮인 붉은색 벽돌 건물이 서 있었다. 녹색 잎들이 워낙 두텁게 덮여 있어 부드러운 바람에도 건물이 살랑살랑 흔들리는 듯 보였다.

두 사람은 자그락자그락 진입로를 걸어 올라갔다. 주차장에 차가 있는 것을 보니 호텔에 사람이 있기는 한 모양이었다. 부디 손님 말고 주인이 있으면 좋겠는데.

핍은 차가운 금속 재질의 초인종을 길게 한 번 꾹 눌렀다.

문 안쪽에서 작은 목소리가 들리더니 느릿느릿한 발소리에 이어 곧 문이 안쪽으로 열렸다. 문이 열리자 문틀 주변의 넝쿨 잎사귀들도 파르르 떨렸다. 하얗게 센 풍성한 머리에 두꺼운 안경, 유치한 크리스마스 패턴의 스웨터를 입은 노부인이 두 사람을 향해 미소 지었다.

"어서 오세요. 손님이 오시는 줄 모르고 있었네요. 예약자분 성함이 어떻게 되시죠?" 부인은 핍과 라비를 안으로 안내한 다음 문을 닫으며 물었다.

두 사람은 조명이 어두침침한 로비에 들어섰다. 정사각의 공간 왼쪽에는 소파와 커피 테이블이, 반대쪽 벽을 따라서는 흰색 계단이 있었다.

"아, 죄송해요." 핍은 노부인 쪽을 돌아보며 말했다. "사실 예약은 못 했고요."

"그러셨군요. 다행히 오늘은 만실이 아니라서……."

"저, 죄송해요." 핍은 어색한 표정으로 라비를 쳐다보며 노부인의 말을 끊었다. "저희가 숙박을 하러 온 건 아니고요. 저희는…… 호텔 주인분들께 좀 여쭤보고 싶은 게 있어서요. 혹시 선생님이……."

"맞아요, 내가 주인입니다." 노부인은 초점 없는 눈으로 핍의 얼굴 왼편 어느 한 지점만 멍하니 쳐다보고 있었다. "데이비드와 20년간 이 호텔을 운영했지요. 데이비드가 거의 관리를 했지만요. 2년 전 데이비드가 세상을 떠난 후부턴 무척 힘들었어요. 그래도 우리 손주들이 항상 와서 도와주기도 하고 날 데리고 드라이브도 나가고 한답니다. 우리 손주 헨리가 지금 위층에서 청소 중이에요."

"그럼 5년 전에는 부인과 남편분께서 함께 이 호텔을 운영하고 계셨겠군요?" 라비가 물었다.

부인은 라비 쪽으로 시선을 돌리며 고개를 끄덕였다. "아주 잘생겼네요." 부인은 나직한 목소리로 그렇게 말하더니 핍 쪽을 돌아보았다. "자긴 좋겠어요."

"아니, 저흰 그런 사이가……." 핍은 라비를 쳐다보며 대답했다. 굳이 대답하지 말걸. 부인의 시선을 피해 라비는 신이 난 듯 핍을 향해 어깨를 흔들어 보이면서 제 얼굴을 가리키며 '아주 잘생겼네요'라는 부인의 말을 입 모양으로 따라해 보였다.

"좀 앉으시겠어요?" 부인은 창문 아래 녹색 벨벳 소파를 가리켜 보였다. "난 좀 앉을게요." 부인은 소파를 마주 보고 있는 가죽 의자 쪽으로 걸음을 옮겼다.

핍은 일부러 라비의 발을 한번 밟고 소파로 걸어가 부인 쪽을 마주 보고 앉았다. 라비는 여전히 싱글벙글 바보 같은 표정을 한 채 핍 옆에 자리를 잡았다.

"어딨더라……." 부인은 멍한 표정으로 스웨터와 바지 주머니를 여기저기 뒤졌다.

"음, 혹시……" 핍은 다시 부인의 주의를 돌리며 물었다. "그동안 묵었던 손님들 기록을 보관해두시나요?"

"그건 다…… 음, 이제는 그…… 컴퓨터로 해요. 그쵸? 가끔은 전화로도 하고요. 예약 관리는 늘 데이비드가 했어요. 지금은 나 대신 헨리가 하죠."

"그럼 예전 예약기록은 어떻게 보관하고 계시나요?" 원하는 답은 듣지 못할 걸 알면서도 핍이 물었다.

"데이비드가 다 했어요. 매주 예약 상황표를 출력했죠." 부인은 어깨를 으쓱하곤 창밖으로 시선을 돌렸다.

"5년 전 예약 상황표도 아직 보관하고 계실까요?" 라비가 물었다.

"아니요, 설마요. 그럼 종이에 깔려 죽게요."

"혹시 컴퓨터에는 문서로 저장돼 있나요?" 핍이 물었다.

"아니요. 데이비드가 죽은 후 데이비드 컴퓨터는 버렸어요. 아주 작고 느린 컴퓨터였거든요. 나랑 비슷했죠." 부인이 말했다. "지금은 헨리가 예약을 다 관리해줘요."

"하나만 여쭤봐도 될까요?" 핍은 가방 지퍼를 열고 접힌 종이 한 장을 꺼냈다. 프린터 출력물이었다. 핍은 종이를 편 다음 부인에게 건넸다. "이 사진 속 여학생 알아보시겠어요? 혹시 여기 묵은 적이 있나요?"

부인은 앤디의 사진을 한참 내려다보았다. 신문 기사에 가장 자주 사용되던 사진이었다. 핍은 부인의 눈높이에 맞춰 사진을 들어 보였다가 다시 가까이 보여주었다.

"그래요," 부인은 고개를 끄덕였다. 부인은 핍과 라비, 그리고 사진 속 앤디를 차례로 쳐다보았다. "누군지 알아요. 여기 온 적 있어요."

긴장되고 흥분한 나머지 핍은 피부에 소름이 다 돋았다.

"5년 전에 여기 묵은 이 여학생을 기억하신단 거죠? 어떤 남자랑 같이 왔는지도 혹시 기억하세요? 어떻게 생겼던가요?" 핍이 물었다.

부인은 표정이 우울해지더니 핍을 한참 쳐다보았다. 그러고는 눈을 깜박이며 왼쪽, 오른쪽으로 눈동자를 움직였다.

"아니요." 부인이 고개를 저었다. "5년 전이 아니에요. 이 여자를 봤어요. 여기 왔었어요."

"2012년에 말씀이시죠?" 핍이 되물었다.

"아니요, 아니에요." 부인의 시선은 핍의 귀 옆쪽에 머물러 있었다. "불과 한 몇 주 전이었어요. 여기 왔었어요, 기억이 나요."

핍의 심장이 저 깊숙이 쿵 가라앉았다. 가슴이 철렁했다.

"그렇진 않을 거예요." 핍이 대답했다. "이 여학생은 5년 전에 죽었거든요."

"하지만 내가……" 부인은 고개를 저었다. 눈가에 주름이 잡혔다. "하지만…… 내가 기억하는걸요. 여기 왔었어요. 여기 온 적 있어요."

"5년 전에 말씀이시죠?" 라비가 다시금 물었다.

"아뇨." 부인의 목소리에는 이제 화가 묻어나고 있었다. "기억한다니까요. 아닌가? 나도 잘……."

"할머니?" 위층에서 남자의 목소리가 들렸다.

육중한 부츠 소리가 계단을 타고 내려왔고 이내 금발의 남자가 나타났다.

"안녕하세요?" 남자는 핍과 라비 쪽으로 다가와 손을 내밀었다. "헨리 힐입니다."

라비가 자리에서 일어나 남자의 손을 잡았다. "라비입니다. 여긴 핍이고요."

"뭐 필요한 일이라도 있으신지요?" 남자는 걱정스러운 표정으로 할머니를 쳐다보았다.

"그냥 할머님께 5년 전 숙박객에 대해 몇 가지 여쭤보고 있었습니다." 라비가 대답했다.

핍은 부인이 눈물을 비치고 있는 것을 눈치챘다. 눈물은 티슈처럼 얇은 피부를 타고 내려와 턱에 맺히더니 앤디의 사진 위로 떨어졌다.

손자도 알아챈 것 같았다. 남자는 할머니에게 다가가 어깨를 꼭 안아드린 다음 떨리는 손에서 종이를 빼앗았다.

"할머니, 저희 차 한 잔씩만 내어주실래요? 이분들은 제가 알아서 할 테니 걱정 마시고요."

남자는 자리에서 일어나는 부인을 부축해 로비 왼쪽 문으로 안내해주었다. 앤디의 사진은 다시 핍에게 돌려주었다. 핍과 라비는 이해할 수 없다는 표정으로 서로를 쳐다보았다. 잠시 후 주전자 물 끓는 소리가 들리더니 곧 헨리가 부엌문을 닫고 로비로 돌아왔다.

"죄송합니다." 남자는 슬픈 미소를 지었다. "할머니가 판단력이 흐려지면 당황하세요. 치매가…… 증상이 갈수록 심해지네요. 사실은 여기도 정리해서 내놓으려고 청소하는 중이고요. 할머니가 자꾸 기억력이 떨어지셔서요."

"죄송해요. 저희가 눈치를 챘어야 했는데…… 부인 기분을 상하게 하려던 건 아니에요." 핍이 대답했다.

"그럼요, 알죠. 무슨 일인진 모르겠지만 혹시 나라도 도움이 될 수 있을까요?"

"이 여학생에 관해 여쭤보던 중이었어요." 핍이 사진을 들어 보였다. "이 여학생이 혹시 5년 전에 여기 묵은 적이 있나 해서요."

"할머니는 뭐라고 하시던가요?"

"부인은 최근에 보셨대요, 불과 몇 주 전에요." 핍이 침을 삼켰다. "그런데 이 여학생은 2012년에 죽었거든요."

"요즘엔 꽤 자주 그러세요." 남자는 두 사람을 번갈아가며 쳐다보았다. "언제 어떤 일이 있었는지, 그런 시간 개념을 헷갈려 하세요. 가끔은 할아버지가 아직 살아 계신다고 생각하기도 하시고요. 5년 전에 온 걸로 두 분이 알고 계시는 거면, 할머니도 아마 5년 전 그때 왔던 여자분을 알아보신 게 맞을 거예요."

"네, 그런가 봐요." 핍이 대답했다.

"죄송하지만 나도 더는 도움이 안 될 것 같네요. 5년 전 기록은 나도 말씀드릴 수가 없거든요. 오래된 기록은 보관하고 있지 않아서요. 하지만 할머니가 알아보셨다면 대답은 되지 않았을까 하네요."

핍이 고개를 끄덕였다. "맞아요. 부인 기분을 상하게 해드려 죄송해요."

"부인은 괜찮으실까요?" 라비가 물었다.

"괜찮으실 거예요. 차 한 잔이면 괜찮아지실 거예요." 헨리가 정중하게 대답했다.

두 사람이 킬턴 역에 도착해 밖으로 나올 때쯤 이미 해는 서쪽으로 기울고 있었고 시간은 이제 막 6시가 되어가고 있었다.

핍의 머릿속은 흡사 원심분리기처럼 돌아가면서 앤디의 조각조각들을 분리했다가 다시 이리저리 붙여보았다가 하고 있었다.

"여러 가지 정황을 다 감안해볼 때," 핍이 입을 열었다. "앤디가 아이비하우스 호텔에 묵었던 건 맞는다고 봐요." 노부인이 비록 시점을 혼동하긴 했지만 그래도 앤디를 알아본 점, 그리고 욕실 타일이 충분한 증거라고 핍은 생각했다. 하지만 그렇게 확신을 하다가도 이내 자신이 없어지고 생각은 다시 바뀌곤 했다.

오른편 주차장 저 끝에 있는 핍의 차를 향해 걸어가며 두 사람은 '만약'에서 '그렇다면'으로 이어지는 대화를 계속해나갔다.

"만약 앤디가 그 호텔에 갔던 게 맞는다면," 라비가 말했다. "분명 거기서 비밀의 연상남을 만났을 거야. 둘 다 남의 눈에 띄지 않으려고 거길 간 거고."

핍도 고개를 끄덕였다. "그렇다면 비밀의 연상남은, 비록 아직 정체는 모르지만, 앤디를 자기 집으로는 부를 순 없는 사람이었겠죠. 집으로 부를 수 없다는 건 아마도 가족이나 아내가 있는 남자란 얘기일 거고요."

그렇다면 상황은 달라진다.

핍은 말을 이어갔다. "다니엘 다 실바는 2012년 신혼이었고 아내와 같이 살고 있었어요. 맥스 헤이스팅스는 부모님과 함께 살았고, 맥스 부모님은 샐과도 잘 아는 사이였죠. 두 사람 모두 앤디와 몰래 관계를 이어가려면 집 아닌 다른 곳이 필요했을 거예요. 맥스는 게다가 아이비하우스 호텔에서 찍은 앤디의 벗은 사진도 갖고 있었고요. 본인 말론 '우연히 찾은 거'라지만 말이죠." 핍은 손가락으로 따옴표를 그려 보였다.

"그렇지." 라비가 핍의 말을 이어받았다. "하지만 하위 바워스는 당시 혼자 살고 있었어. 앤디가 몰래 만나는 상대가 하위였다면 굳이 호텔을 갈 이유가 없었겠지."

"저도 같은 생각 중이었어요. 그 말인즉, 이제 하위는 비밀의 연상남 후보에서 제외할 수 있다는 거겠죠. 그렇다고 하위가 범인 후보에서 제외되는 건 아니지만요."

"맞아. 하지만 최소한 그림은 좀 더 분명해지니까. 그해 3월 앤디가 샐 몰래 만나던 사람이든 아니면 망가뜨리겠다던 사람이든, 하여간 그 사람이 하위는 아닌 거지."

차로 향하는 내내 두 사람은 추론을 이어갔다. 핍은 주머니에 손을 넣은 채 차 키를 눌러 운전석 문을 열고 차 안에 배낭을 던져 넣었다. 조수석에 올라탄 라비가 핍의 가방을 제 무릎으로 받았다. 차에 올라타려는 찰나 핍은 20미터 전방으로, 밝은 오렌지색 안감의 녹색 외투를 입은 남자가 펜스에 기대어 서 있는 모습을 발견했다. 하위 바워스는 털 달린 후드를 뒤집어쓰고 얼굴을 가린 채 옆의 남자에게 고개를 끄덕이고 있었다.

남자의 말소리는 들리지 않았지만 보아하니 화를 내는 것 같았고 손짓도 꽤 격해 보였다. 남자는 풍성하고 나풀대는 금발머리에 멀끔한 모직 코트를 입고 있었다. 맥스 헤이스팅스였다.

핍의 안색이 어두워졌다. 핍은 자리에 털썩 주저앉았다.

"경관님, 왜 그래?"

핍은 라비 쪽 창문으로 펜스 앞에 서 있는 두 남자를 가리켜 보였다. "저기요."

맥스 헤이스팅스는 또다시 핍에게 거짓말을 했다. 앤디 실종 이후 킬턴에서는 약을 산 적도 없고 앤디가 거래한 마약상도 누군지 모른다고 했었다. 그러더니 저기서 저렇게 앤디가 거래하던 바로 그 마약상에게 소리를 질러대고 있었다. 물론 맥스가 하는 말이 여기까지 들리진 않았지만 말이다.

"아." 그제야 라비가 두 사람을 알아보았다.

핍은 시동을 걸고 맥스나 하위의 눈에 띄기 전에, 손이 떨려 더는 운전을 못 하게 되기 전에 서둘러 주차장을 빠져나갔다.

맥스와 하위는 서로 아는 사이였다.

또다시 앤디 벨의 세계에 지각변동이 일었다.

피파 피츠-아모비
EPQ 2017. 10. 12.

## 활동일지 27

맥스 헤이스팅스. 맥스야말로 관심 인물 목록에서 굵게 표시를 해 둬야 할 인물이다. 제1의 용의자였던 제이슨 벨은 이제 강등됐고, 맥스가 그 자리를 차지했다. 맥스는 앤디 일로 벌써 두 번이나 거짓말을 했다. 뭔가 숨기는 게 있지 않은 이상 거짓말을 할 리가 없다.

다시 되짚어보자. 맥스는 앤디에게 연상남이고, 호텔방에서 찍은 앤디의 나체 사진을 갖고 있다. 그리고 어쩌면 2012년 3월 바로 그 호텔방에서 맥스는 앤디를 만났을지도 모른다. 맥스는 샐과 앤디, 둘 모두와 가까운 사이였다. 맥스는 앤디한테서 정기적으로 로히프놀을 구매했고, 하위 바워스도 꽤 잘 아는 것 같은 눈치다.

이렇게 되면 앤디 사건에서 또 다른 유력한 공범 관계가 대두된다. 맥스와 하위 말이다.

아무래도 이제 로히프놀 쪽을 좀 더 추적해봐야 할 것 같다. 열아홉 살짜리가 학교 파티에서 강간약으로 유명한 루피스를 산다? 그게 평범한 일은 절대 아닌 것 같다. 맥스-하위-앤디 삼각관계의 연결 고리가 바로 그 루피스다.

대참사 파티의 진상을 알려줄 수 있는 사람이 있는지 2012년 킬턴 그래머 스쿨 졸업생들에게 한번 연락을 취해봐야겠다. 그리고 내 짐작이 사실인 걸로 확인되면, 그날 밤 앤디에게 벌어진 일 관련해서 혹시 맥스와 로히프놀이 핵심적인 역할을 했을 가능성도 있을까? 보드게임 클루*에서 사라진 카드 같은 것처럼 말이다.

---

* 살인사건의 범인을 찾아나가는 추리 보드게임.

관련 인물

제이슨 벨
나오미 워드
비밀의 연상남
나탈리 다 실바
*다니엘 다 실바*
**맥스 헤이스팅스**
*하위 바워스*

피파 피츠-아모비
EPQ 2017. 10. 13.

## 활동일지 28

학교에 다녀오니 엠마 허튼에게서 답장이 와 있었다.

> 응, 아마도. 자기 술에 누가 뭘 탄 것 같다던 여자애들이 있긴 했어. 근데 솔직히 말해서 그런 파티에서는 워낙에들 마셔댔으니 아마 자기 주량을 모르거나 아니면 관심받고 싶어서 그런 말을 했지 싶어. 난 한 번도 그런 적 없었고.

한참 조쉬와 〈반지의 제왕〉을 보고 있는데 클로에 버치에게서도 한 40분 전 답장이 왔다.

> 아니, 전혀. 그런 얘긴 들어본 적도 없는데. 근데 여자애들 가끔 너무 취하면 그런 소리 잘 하지 않니?

2012년 나오미 언니의 대참사 파티 사진들에 태그된 사람들 중 용케도 프로필에 이메일 주소를 공개해둔 사람들이 있었다. 어젯밤 이 사람들에게 연락을 했다. BBC 기자 포피라고 거짓말을 약간 하기는 했다. 이렇게 하면 조금 더 용기를 내서 이야기를 하지 않을까 싶었다. 할 얘기가 있는 사람들이라면 말이다. 그중 한 사람에게서 방금 답장이 왔다.

**발신:** pfa20@gmail.com
**수신:** handslauraj116

10.12. (1일 전)

로라 핸즈 님,

안녕하세요. 저는 미성년자들의 하우스 파티와 약물 사용 관련 실태를 조사하고 있는 BBC 기자입니다. 검색 중에 핸즈 님의 2012년 하우스 파티 참석 내용을 보게 되었는데요. 킬턴 지역에서는 '대참사 파티'라고들 불렀던 것 같아요.
혹시 이런 파티에서 자기 음료에 누가 약을 탄 것 같다는 여학생들이 있었는지, 그런 소문이나 사례를 제보해주실 수 있을까 하여 메일 드립니다.
관련 내용을 제보해주신다면 무척 감사하겠습니다. 물론 제보자는 익명으로 처리되며 최대한 피해 가는 일은 없도록 할 겁니다.

시간 내주셔서 감사합니다.

---

**발신:** handslauraj116@yahoo.com
**수신:** pfa20@gmail.com

9:22 (2분 전)

안녕하세요, 포피 기자님,

괜찮습니다. 도움이 되면 좋죠.
사실은 술에 약을 탔다는 말들이 있긴 했었어요.
그런 파티에선 당연히 다들 만취 상태라 정확성은 좀 떨어지는 얘기긴 했죠.
그래도 그런 파티에 갔다가 자기 술에 누가 약을 탄 것 같다고 했던 친구가 하나 있었어요. 나탈리 다 실바라는 애였는데, 그 친구 말론 그날 밤 술은 딱 한 잔밖에 안 마셨는데 전혀 기억이 없다고 했어요.
제 기억이 맞는다면 그게 아마 2012년 초였을 거예요.
혹시 직접 이야기를 해보고 싶으시다고 하면 아직 전화번호가 있는지 찾아볼게요.
기사 잘 나오면 좋겠네요. 나중에 기사 나오면 알려주시겠어요?
저도 궁금해서요.

로라 드림

피파 피츠-아모비
EPQ 2017. 10. 14.

# 활동일지 29

오늘 아침 조쉬의 축구 경기를 다녀오니 답장이 두 건 더 와 있었다. 하나는 전혀 들은 바 없고 할 말도 없다는 내용이었다. 두 번째 메일은 이거다.

---

**BBC 보도 관련 제보 요청**

10. 12. (2일 전)

수신: handslauraj116

조애나 리델 님,

안녕하세요. 저는 미성년자들의 하우스 파티와……

---

Joanna95Riddell@aol.com                12:44 PM (57분 전)
수신: pfa20@gmail.com

포피 퍼스-아담스 기자님,

이메일 잘 받았습니다.
저도 주요 매체에서 더 많이 다뤄야 하는 사안이라고 생각해요.
실제로 제가 알고 있는 사례가 있어요. 처음에는 하우스 파티에서 술을 너무 많이 마신 애들이 그냥 핑계가 필요하니까 하는 말 정도로 생각했어요. 하지만 2012년 2월쯤 제 친구 하나가(이름은 밝히지 않을게요) 그런 파티에 갔다가 완전히 정신을 잃은 적이 있었어요. 말도 못 하고 거의 움직이지도 못할 정도였죠.
다른 사람들 도움을 받아 겨우 걔네 아빠 차에 걜 태워 보냈어요.
다음 날 친구는 파티에 갔던 것조차 기억을 못 했고요.
며칠 후 친구가 킬턴 경찰서에 가서 그 사건을 신고하자고 했어요.
그리고 젊은 남자 경찰관에게 신고를 했고요. 경찰관 이름은 기억이 안 나네요.
그 후로 신고 관련해서 경찰 조치가 있었는진 잘 모르겠어요.
그래도 그 이후론 늘 제 컵을 유심히 살피게 됐죠.
그러니까 네, 맞아요. 제가 보기엔 이런 파티에서 여학생들 술에 약을 타는 일이 있는 것 같습니다(뭘 넣는진 모르지만요). 제 제보가 기자님 보도에 도움이 되면 좋겠네요. 더 필요한 것 있으면 연락주세요.

조애나 리델 드림

이제 가설에 점점 힘이 실린다.

2012년 대참사 파티 때 분명 술에 약을 타긴 한 것 같다. 다만 그런 파티에 갔던 사람들이 그 사실을 다 잘 알고 있는 것 같진 않지만 말이다. 그러니까 맥스는 앤디한테서 로히프놀을 샀고, 맥스가 시작한 그 대참사 파티에서 여학생들 술에는 약이 들어 있었다. 이 두 가지 정보를 연결 짓는 데 딱히 비상한 머리가 필요한 건 아니다.

이게 다가 아니다. 나탈리 다 실바도 맥스의 그런 약물 피해자 중 하나일지 모른다. 이게 앤디와 관련이 있을까? 나탈리가 자기 술에 약이 들었다고 의심했던 그날 밤 나탈리에겐 무슨 일이 있었을까? 직접 묻는 건 불가능하다. 나탈리는 앤디 일로 연락을 취한 사람 중에 드물게 협조가 잘 안 되는 사람이기 때문이다.

그리고 무엇보다 파티에서 약 탄 술을 마신 여학생이 경찰에 그 일을 신고했다. 조애나 리델 말로는 당시 신고를 접수한 사람이 "젊은" 남자 경찰관이라고 했다. 기존에 조사한 바로 2012년 당시 킬턴 경찰서에서 근무 중이던 젊은 남자 경찰관이라면…… 그렇다, 다니엘 다 실바뿐이었다! 킬턴 경찰서에서 두 번째로 어린 경찰은 2012년 당시 나이가 이미 41세였다. 조애나는 신고 후에도 별다른 조치는 없었다고 했다. 그건 단순히 그 여학생이 이미 체내에서 약물이 다 빠져나간 다음에야 신고를 했던 탓일까? 아니면 혹시 그 일에 다니엘이 어떤 식으로든 관련이 있는 것일까? 혹시…… 뭔가를 덮으려고 했다는가 한 건 아닐까? 그렇다면 왜?

어쩌다 보니 이제 관련 인물 목록 중 맥스 헤이스팅스와 다 실바 남매들 간에도 연결고리가 확인된 것 같다. 이 세 사람의 관계가 어떤 의미인지는 나중에 라비와 함께 궁리해보면 될 터다. 하지만 당장 내 수사의 초점은 맥스다. 맥스는 벌써 몇 번이나 거짓말을 한 데다, 이제 파티에서 맥스가 여학생들 음료에 약을 탔고 아이비하우스 호텔에서는 샐 몰래 앤디를 만났을 거란 가설도 어느 정도 근거가 있다.

지금 이 시점에서 EPQ를 마무리한다면 가장 의심스러운 사람은 당연히 맥스다. 가장 유력한 용의자다.

하지만 다짜고짜 맥스를 찾아가 그렇게 말할 순 없는 노릇이다. 맥스도 그리 협조적인 편이 아닌 데다 이제는 성폭력 전과범일지도 모르는 상황이니 말이다. 내가 협상의 도구를 갖고 있지 않은 이상 맥스는 입을 열지 않을 거다. 그렇다면야 내가 가진 유일한 기술, 즉 온라인 스토킹으로 뒷조사를 하는 수밖에.

맥스 페이스북에 올라온 모든 사진과 게시물을 사냥개처럼 샅샅이 뒤져서 앤디나 아이비하우스 호텔, 파티에서의 약물 피해자들과의 연결고리를 찾아내야 한다. 그래야 맥스의 입을 열 수 있을 것이다. 직접 경찰에 찾아갈 수 있을 만한 무언가가 나오면 더 좋고 말이다.

어떻게든 낸시 탄고팃츠(맥스)의 비공개 계정을 확인해야 한다.

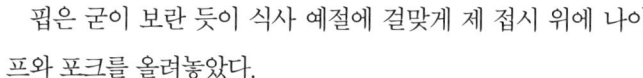

# 25

핍은 굳이 보란 듯이 식사 예절에 걸맞게 제 접시 위에 나이프와 포크를 올려놓았다.

"그럼 이만 먼저 실례해도 될까요?" 그 말에 엄마는 핍을 쏘아보았다.

"굳이 그렇게 서두르는 이유를 모르겠네." 엄마가 대꾸했다.

"지금 한참 EPQ 하는 중인데 자기 전까지 오늘 목표량은 끝내고 싶단 말이에요."

"그래, 가서 해." 아빠는 씩 웃으며 핍이 남긴 음식을 가져오려 팔을 뻗었다.

"여보!" 핍이 자리에서 일어나 의자를 집어넣는데 이번엔 엄마가 아빠를 쏘아보았다.

"여보, 다른 집 부모들은 저녁 대충 먹고 헤로인 하러 가는 자식들 걱정하느라 바빠. 우리 딸은 과제하러 간다잖아, 고마운 줄 알아."

"헤로인이 뭔데요?" 핍의 등 뒤로 조쉬의 작은 목소리가 들렸다.

핍은 한꺼번에 계단을 두 개씩 올라갔다. 핍의 그림자나 다름없는 바니는 계단 발치에 앉아 금견의 구역으로 올라가는 핍의 모습을 고개를 갸우뚱거리며 쳐다보았다.

저녁을 먹는 동안 낸시 탄고툿츠에 대해 찬찬히 생각해보다가 드디어 좋은 생각이 떠올랐다.

핍은 방문을 닫고 휴대폰을 꺼내 번호를 눌렀다.

"안녕, 아가씨." 전화기 너머로 카라의 목소리가 들려왔다.

"카라, 지금 〈다운튼 애비〉 몰아보기 중? 나 남몰래 할 일이 좀 있는데 혹시 도와줄 수 있어?"

"남몰래 해야 하는 일이면 언제든 오케이지. 어떻게 도와줄까?"

"나오미 언니 집에 있어?"

"아니, 런던 갔어. **왜애애?**" 카라의 목소리에 의심이 묻어났다.

"좋아, 비밀 지킬 거지?"

"당연하지. 무슨 일인데?"

핍이 입을 열었다. "옛날 대참사 파티 관련해서 소문을 들은 게 있는데, 이게 EPQ 과제 수행하는 데 단서가 될 수도 있을 것 같단 말이지. 근데 증거가 필요하거든? 은밀하게 해야 하는 일은 여기서부터인데 말야."

핍은 카라의 호기심을 돋우면서도 맥스의 이름은 꺼내지 않고, 또 카라도 언니 걱정을 안 할 정도로만 가볍게 이야기했다. 부디 이 작전이 먹혀야 할 텐데.

"오오, 무슨 소문인데?" 카라가 물었다.

핍은 카라를 너무 잘 알았다.

"아직 확실한 건 없어. 일단 옛날 파티 사진을 좀 확인해봐야 할 것 같아. 그래서 네 도움이 필요한 거거든."

"좋아, 말해봐."

"맥스 헤이스팅스 페이스북은 위장용이잖아, 왜, 나중에 취업할 때랑 대학 갈 때 대비해서. 가명을 쓰는 진짜 계정이 있긴 한데 비공개란 말야. 나한텐 나오미 언니가 태그된 게시물만 나오거든."

"그러니까 지금 언니 계정으로 페이스북 로그인을 해서 맥스가 올린 옛날 사진을 보고 싶다, 그 말이야?"

"빙고." 핍은 침대에 앉아 노트북을 가까이 끌고 왔다.

"가능은 하지." 카라의 목소리에서 흥분이 느껴졌다. "엄밀히 말해서 우리가 언니를 스토킹하는 건 아니니까. 예전에 언니가 그 빨강 머리 베네딕트 컴버배치 닮은 애랑 사귀는 사인지 아닌지 알아보려고 하면서 나도 어쩔 도리가 없었던 적이 있긴 했지. 엄밀히 우리가 무슨 규칙을 어기거나 하는 건 아니고 말야. **그쵸, 아빠?** 그리고 솔직히 언니도 비밀번호 주기적으로 바꾸는 습관은 좀 들여야 해. 비번 하나로 다 돌려 쓴다니까."

"너 지금 언니 컴퓨터 쓸 수 있어?" 핍이 물었다.

"여는 중."

정적 너머로 자판 두드리는 소리, 마우스 패드를 클릭하는 소리만 들려왔다. 지금쯤 우스꽝스러우리만치 커다랗게 머리를 말아 올린 카라의 모습이 눈에 선했다. 카라는 잠옷을 입으면 언제나 머리를 그렇게 둘둘 말아 올렸다. 물론 카라는 집에서 거의 대부분은 잠옷 차림이었고 말이다.

"됐어, 아직 언니 계정으로 로그인돼 있어. 나 지금 들어와 있어."

"보안 설정 클릭해봐."

"응."

"내가 여기서 다른 기기로 로그인한 걸 언니가 알면 안 되니까 로그인 알림 박스에 체크 해제해줘."

"됐어."

"좋아. 그것만 도와주면 돼."

"아쉽다. 내 EPQ보다 훨씬 스릴 있었는데."

"그러게 왜 곰팡이 같은 주제를 골랐니."

카라는 나오미의 이메일 주소를 불러주었고 핍은 카라가 불러주는 대로 로그인 창에 입력했다.

"비번은 Isobel0610이야."

"좋았어." 핍이 비밀번호를 입력했다. "고마워, 동지. 이제 임무 해제야."

"알겠어. 근데 혹시 언니가 알게 되면 바로 너 때문이라고 얘기한다?"

"알았어." 핍이 대답했다.

"좋아. 뿅. 아빠가 난리다. 재밌는 거 있음 알려줘."

"그럴게." 물론 있어도 알려주긴 어려울 테지만 핍은 일단 대답했다.

전화를 끊고 핍은 노트북 앞에 앉아 페이스북 로그인 버튼을 눌렀다.

나오미의 뉴스피드를 빠르게 훑어보았다. 엉뚱한 고양이 영상, 고배속 요리 동영상, 석양이나 분위기 좋은 사진에 (문법 다 틀린) 동기 부여성 멘트 넣은 이미지 등등 핍의 뉴스피드와 그리 다르지 않았다.

핍은 검색창에 '낸시 탄고툇츠'를 검색한 다음 맥스의 프로필을 클릭했다. 로딩중을 알리는 원이 사라지고 페이지가 나타났다. 타임라인에는 다채로운 색과 웃는 얼굴들이 가득했다.

맥스의 페이스북 계정이 두 개인 이유는 딱 봐도 뻔했다. 맥스라면 밖에서 뭘 하고 다니는지 절대 부모님 모르게 하고 싶을 것이다. 맥스의 사진 다수가 클럽이나 바에서 찍은 것들이었다. 금발 머리는 땀에 절어 이마에 붙어 있고 턱은 내밀고 있고 풀린 눈으로는 어딜 보고 있는지 알 수 없었다. 대부분 여자들 어깨에 팔을 두른 채 카메라를 향해 혀를 내밀어 보이기 일쑤였고 셔츠엔 술을 쏟은 자국이 남아 있었다. 모두 최근 타임라인의 사진들이었다.

핍은 사진 항목을 클릭해 2012년으로 스크롤을 내렸다. 한 80장씩 몇 번이나 스크롤을 내리니 로딩을 한참 기다린 후에야 과거의 낸시 탄고툇츠 사진들을 확인할 수 있었다. 클럽 아니면 바, 초점 없는 눈, 대부분 비슷한 사진들이었다. 중간에 잠깐 스키여행 사진도 있었는데, 맥스가 눈밭에서 영화 〈보랏〉 주인공이 입었던 남성용 비키니 차림으로 서 있는 모습이었다.

끝없이 이어지는 스크롤에 지친 핍은 휴대폰을 열어, 반쯤 듣다가 끝내지 못한 실제 범죄 사건 팟캐스트를 재생했다. 그러다 드디어 2012년 사진이 나왔다. 일단 핍은 곧장 1월부터 살펴보기로 했다.

대부분은 다른 사람들과 함께 찍은 맥스의 사진들이었다. 맥스가 중앙에서 미소를 짓고 있거나, 아니면 뭔가 바보 같은 짓을 하는 맥스를 보고 다른 사람들이 웃고 있거나 하는 사진들. 나오미, 제이크, 밀리, 샐, 모두 단골로 등장하는 인물들이었다. 핍은 맥스가 샐의 볼을 핥고 있고 샐은 정작 카메라를 보며 환한 미소를 짓고 있는 사진을 한참이고 쳐다보았다. 거나하게 취한, 행복한 두 사람을 번갈아 살펴보면서 핍은 혹시 두 사람 사이에 있었을지 모를 안타까운 비밀의 단서를 찾아 헤맸다.

핍은 여러 사람이 함께 찍은 사진들을 특히 주의 깊게 살펴보았다. 혹시 배경에 앤디의 얼굴이 있진 않은지, 맥스의 손에 의심스러운 무언가가 들려 있진 않은지, 혹은 맥스가 다른 여학생이 들고 있는 잔에 지나치게 가까이 있지는 않은지 등등. 가뜩이나 노트북 불빛에 눈도 피로한데 대참사 파티 사진을 앞뒤로 얼마나 많이 넘겨보았던지 이제 사진들은 흡사 스톱모션 애니메이션처럼 보였다. 또다시 오른쪽으로 사진을 넘기자 드디어 그날 밤 사진이 나오기 시작했다. 핍의 눈과 머리는 다시금 날카롭고 차분해졌다.

핍은 노트북 화면에 더욱 가까이 다가갔다.

앤디가 실종된 그날 밤 찍은 사진은 총 10장이 올라와 있었다. 모두의 옷차림이며 맥스네 집 소파가 이미 낯이 익었다. 나오미가 찍은 3장, 밀리가 찍은 6장, 모두 합해 그날 밤 찍은 사진은 총 19장이었다. 앤디 벨의 마지막 순간과 공존하는 시간들을 담은 19장의 사진들.

갑자기 바르르 몸이 떨려와 핍은 발 위로 이불을 끌어다 덮었다. 맥스의 사진도 밀리, 나오미의 사진들과 그리 다르진 않았다. 사진 속에서는 맥스와 제이크가 게임기를 들고 화면을 뚫어져라 쳐다보고 있다든가, 밀리와 맥스의 얼굴에 바보 같은 필터를 씌워놓았다든가, 앞에서 사진을 찍는 줄 모르고 나오미가 뒤편에서 자기 폰을 내려다보고 있다든가 하는 모습이었다. 다섯 번째에 해당하는 친구 없이 네 명의 친구들만이 프레임에 담겨 있었다. 세간의 주장에 따르면 다섯 번째 친구인 샐은 이 네 명과 어울리는 대신 누군가를 죽이러 나가고 없었다.

핍의 눈에 무언가가 포착된 건 바로 그때였다. 밀리, 나오미의 사진을 볼 땐 그냥 우연이겠거니 했지만 맥스의 사진에서마저 그렇다면 그냥 넘길 일은 아니었다. 세 명이 모두 그날 밤 사진을 23일 월요일 밤 9:30~10:00에 올렸다. 앤디의 실종 이후 그렇게 어수선한 상황에서 세 사람이 하나같이 같은 날 비슷한 시간대에 이 사진들을 올렸다는 게 좀 이상하지 않은가? 그리고 이 사진들을 왜 올린 거지? 나오미 말론 친구들과 경찰에 샐의 알리바이를 털어놓기로 결정한 게 월요일 밤이었다고 했다. 이 사진들을 공개하는 게 그 결심의 첫 단계이기라도 한 건가? 샐이 실은 그 자리에 없었다는 말을 하고 싶어서?

핍은 업로드 시각과 관련된 의문을 메모한 다음 저장을 누르고 노트북을 닫았다. 이제 잠자리에 들 준비를 하면서 입에 칫솔을 문 채 노래를 흥얼대며 내일 할 일을 정리했다. '마거릿 애트우드 에세이 마무리할 것.' 핍은 여기에 밑줄을 세 번이나 그었다.

침대에 누워 책을 한 세 단락쯤 읽고 나니 더는 글이 머릿속에 들어오지 않고 피곤해졌다. 핍은 겨우 불을 끄고 잠이 들었다.

뭔가 갑자기 이상한 느낌이 들어 핍은 벌떡 일어나 앉았다. 침대맡에 등을 기대고 앉아 정신이 들 때까지 눈을 비볐다. 휴대폰의 홈 버튼을 누르자 화면의 불빛에 눈이 부셨다. 아직 새벽 4시 47분이었다.

왜 잠이 깬 거지? 밖에서 여우가 울기라도 했나? 꿈을 꿨나?

바로 그때 어떤 생각이 번쩍 뇌리를 스쳤다. 말로 옮기긴 너무 막연하고 성급하고 형체도 없는, 아주 희미한 생각이었지만 그렇다고 단순히 잠결에 든 생각은 아니었다. 다행히 핍은 자신을 사로잡은 그 생각의 정체를 파악했다.

핍은 재빨리 침대에서 내려왔다. 차가운 방 안 공기가 맨살에 닿았고 핍의 숨결은 순식간에 유령처럼 변했다. 핍은 책상에서 노트북을 다시 침대로 가져온 다음 이불로 몸을 둘둘 감았다. 노트북을 열자 화면의 불빛에 다시 눈이 부셨다. 인상을 찡그린 채 페이스북을 열었다. 아직 나오미 계정으로 로그인이 되어 있는 상태였다. 핍은 다시 낸시 탄고팃츠 페이스북에서 그날 밤 사진들을 찬찬히 살펴보았다.

사진들을 전부 빠르게 한번 훑어본 다음 한 장 한 장 다시 천천히 살펴보았다. 핍은 끝에서 두 번째 사진에서 스크롤을 멈췄다. 네 명의 친구가 모두 한 장의 사진에 담겨 있었다. 나오미는 시선을 아래로 향한 채 카메라에 등을 보이고 앉아 있었다. 비록 나오미는 뒷배경으로 보이긴 했지만 나오미 손에 들린 휴대폰 잠금화면과 그 안의 작은 흰 숫자는 식별이 가능했다. 사진 속 나오미는 휴대폰 화면을 들여다보는 중이었다. 사진의 초점은 소파 앞에 서 있는 맥스와 밀리, 제이크 세 사람에게 맞춰져 있었다. 밀리가 가운데 서서 맥스와 제이크 어깨에 각각 팔을 걸치고 웃고 있었고, 맥스는 여전히 한쪽 손에 게임기를 든 채였다. 맨 오른쪽에 있는 제이크의 손은 거의 프레임 밖으로 사라져 보이지 않았다.

핍은 몸이 떨려왔지만 추위 때문은 아니었다.

씩 웃고 있는 친구들을 이렇게 한 프레임에 담으려면 카메라는 최소 1.5미터 거리에 있었단 얘기다.

쥐 죽은 듯한 정적 속에서 핍은 혼잣말로 속삭였다. "이 사진은 누가 찍은 거지?"

# 26

샐이다.

이건 샐이 찍은 거라고밖에 볼 수가 없다.

방 안의 차가운 공기에도 불구하고 뜨거운 피는 온몸을 빠르게 휘젓고 있었고 심장은 미친 듯이 요동쳤다.

핍은 기계적으로 움직였다. 지금 머릿속에선 너무 많은 생각들이 한꺼번에 흘러나와 도무지 정리가 되지 않았다. 그럼에도 손은 무얼 해야 하는지 알고 있는 듯했다. 잠시 후 핍의 컴퓨터에선 포토샵 시험판 다운로드가 완료됐다. 핍은 맥스의 사진을 저장한 다음 포토샵에서 사진을 열었다. 매끄러운 아일랜드 억양의 남자가 튜토리얼 영상에서 알려준 대로 핍은 사진을 확대하고 샤픈 효과를 주었다.

갑자기 피부가 확 달아올랐다. 핍은 흠칫 놀라 자리에서 물러나 앉았다.

의심의 여지가 없었다. 나오미의 휴대폰 화면에는 00:09라고 되어 있었다.

샐의 친구들은 샐이 10시 반에 맥스 집을 떠났다고 주장했지만, 그 네 명의 친구 모두가 자정을 9분 지난 시점에 한 사진에 담겼다. 정황상 이 네 사람 중 누군가가 이 사진을 찍었다고 볼 수는 없었다.

그날 밤 맥스의 부모님은 집을 비웠고 그 집엔 이들 다섯 명 외엔 아무도 없었다. 그리고 10시 반에 샐은 맥스 집을 떠났고 여자친구를 살해하러 갔다. 이게 지금까지 맥스 무리의 주장이었다.

그리고 바로 지금, 핍은 그들의 주장이 새빨간 거짓말이었단 증거를 눈앞에 두고 있었다. 자정이 지난 시각에도 그 집에는 다섯 번째 인물이 남아 있었다. 그게 샐이 아니라면 대체 누구란 말인가?

핍은 확대한 사진의 위쪽 끝까지 스크롤을 올려보았다. 소파 저 뒤편으로는 창문이 있었다. 그리고 창문 유리 한가운데에 휴대폰 카메라 플래시가 반사돼 있었다. 창밖의 어둠 때문에 휴대폰을 든 사람을 식별할 순 없었다. 하지만 깜깜한 주변 배경에 대비되어 밝은 흰색 불빛 언저리로 희미하게 청색이 투영돼 보였다. 그날 밤 샐이 입고 있었던, 지금도 라비가 가끔 입는 바로 그 코듀로이 셔츠와 같은 청색이었다. 라비의 이름을 떠올리자, 이 사진을 보는 라비의 모습을 상상하자 핍은 배 속이 꼬이듯 아파왔다.

핍은 확대한 이미지를 문서로 추출한 다음 나오미가 휴대폰을 들고 있는 부분과 창문에 비친 플래시 부분만 각각 잘라내 기하여 새 페이지에 저장했다. 그리고 원본 저장파일과 잘라낸 파일들을 모두 책상에 있는 무선 프린터로 전송했다. 달리는 증기기관차마냥 프린터는 식식대며 한 장 한 장 사진을 출력했다. 부드러운 그 소음을 배경 삼아 핍은 잠시 눈을 감았다.

"핍, 엄마 청소하러 들어가도 되니?"

핍이 번쩍 눈을 떴다. 웅크린 자세로 잠이 들어 엉덩이부터 목까지 몸 오른쪽 전체가 아팠다.

"아직 자고 있는 거야?" 엄마가 문을 열었다. "게으름뱅이가 따로 없네. 지금 1시 반이야. 당연히 일어나 있는 줄 알았더니."

"아뇨. 그……" 대답을 하려는데 목이 건조하고 따끔거리는 것 같았다. "그냥 피곤해서요. 몸이 별로 안 좋아요. 조쉬 방부터 청소하시면 안 돼요?"

엄마는 동작을 멈추고 핍을 쳐다보았다. 걱정 어린 눈길이었다.

"핍, 너 EPQ로 너무 무리하는 건 아니지? 과제라면 우리 전에도 얘기했었잖니."

"아니에요, 정말로요."

엄마가 문을 닫자 핍은 침대에서 나왔다. 그러다가 하마터면 노트북을 떨어뜨릴 뻔했다. 핍은 짙은 녹색 스웨터 위에 멜빵바지를 걸치고 한바탕 씨름을 하며 머리를 빗고 나갈 준비를 했다. 사진 출력물 세 장을 파일에 넣고 가방을 챙겼다. 그런 다음 휴대폰 최근 통화목록에서 번호를 찾아 전화를 걸었다.

"라비!"

"경관님, 어쩐 일이야?"

"10분 후 선배 집 앞에서 봐요. 차 갖고 갈게요."

"알았어. 오늘 메뉴는 뭐야, 또 협박이야? 사이드 메뉴로 무단침……"

"농담할 일 아니에요. 10분 후에 봐요."

조수석에 앉은 라비의 머리가 거의 차 지붕에 닿을락 말락 했다. 라비는 사진 출력물을 손에 들고 한참이나 입을 다물지 못했다.

두 사람은 침묵 속에 나란히 앉아 있었다. 핍은 사진 속 창문에 흐릿하게 청색 빛이 투영된 부분을 손가락으로 만지작대는 라비의 모습을 말없이 지켜보았다.

"형은 경찰에 거짓말하지 않았어." 한참 후에야 마침내 라비가 입을 열었다.

"응, 거짓말이 아니었어요." 핍이 대꾸했다. "처음 진술대로 12시 15분쯤 맥스네 집을 나왔던 것 같아요. 거짓말은 친구들이 했죠. 이유는 모르겠지만 화요일에 친구들이 거짓말을 하면서 샐 알리바이를 없애버렸죠."

"이걸로 봐선 형은 무죄야, 핍." 라비는 커다랗고 둥근 눈으로 핍의 눈을 쳐다보았다.

"그거 확인하려고 여기 온 거잖아요."

핍은 문을 열고 차에서 내렸다. 라비를 태우고 곧장 위빌로드로 달려와서 숲 갓길에 차를 세운 터였다. 차에는 비상등을 켜두었다. 라비도 차에서 내려 핍의 뒤를 따라갔다.

"어떻게 확인할 건데?"

"기정사실화되기 전에 확실하게 해둬야죠." 핍은 라비와 속도를 맞추면서 말했다. "확실하게 할 방법은 앤디 벨 살인 현장을 재현하는 것밖에 없고요. 이제 샐이 맥스 집에서 출발한 시간이 달라졌으니까 그 시간을 기준 삼아서, 그때 나왔다고 해도 과연 앤디를 죽일 만한 시간이 있었을지 확인해보게요."

두 사람은 왼쪽으로 방향을 꺾은 다음 튜더레인로를 따라 맥스 헤이스팅스네 집 앞까지 터벅터벅 걸어갔다. 5년 반 전 이 모든 일의 발단이 된 집이었다.

핍은 휴대폰을 꺼냈다. "일단 샐이 유죄라고 가정하자고요." 핍이 설명했다. "샐이 그 사진을 찍어주고 나서 곧바로 맥스네 집을 나왔다고 쳐요, 12시 10분쯤. 선배 아버지가 샐이 그날 몇 시쯤 집에 들어왔다고 했었죠?"

"12시 50분쯤." 라비가 대답했다.

"좋아요. 기억에 오류가 조금 있을 수도 있으니 12시 55분쯤 도착했다 쳐요. 그럼 샐이 맥스네 집을 나와서부터 집에 도착하기까지 이런저런 시간 다 합해 45분 정도 걸린 거예요. 앤디를 죽이고 시신을 유기하는 데 시간이 얼마나 드는진 몰라도 최소한의 시간만 써야 하니까 빨리 움직여야 해요."

"평범한 고등학생들은 일요일에 주로 집에서 TV를 보는데 말야." 라비가 말했다.

"그런가요. 이제 시간 잽니다…… 시-작."

핍은 그 자리에서 휙 돌아서서 조금 전 걸어왔던 길을 다시 힘차게 걸어가기 시작했다. 경보와 느린 조깅 사이쯤 되는 속도의 걸음걸이였다. 라비도 핍 옆에서 같이 걸었다. 8분 47초 후 두 사람은 핍의 차에 도착했다. 핍의 가슴은 이미 쿵쾅거리며 뛰고 있었다. 여기가 샐과 앤디가 만난 지점이었다.

"좋아요." 핍은 시동을 걸고 차를 도로로 끌고 나왔다. "이건 앤디 차고, 앤디가 샐을 태웠어요. 앤디가 조금 일찍 나왔다고 쳐요. 이제 이론적으로 살인이 가능할 법한 조용한 지점을 찾아가는 거예요."

얼마 가지 않아 라비가 한 곳을 가리켰다.

"저기." 라비가 말했다. "저기 조용하고 외진 곳 있네. 여기서 세워."

핍은 산울타리가 무성한 좁은 흙길에 차를 세웠다. 굽이진 이 시골길을 쭉 따라가면 농장이 나온다는 안내판이 있었다. 수풀 길 중간에 약간 널찍해진 갓길이었다. "이제 내려요. 혈흔은 차 앞쪽엔 없었고 트렁크에만 있었죠."

라비가 차 앞으로 빙 돌아 핍 쪽으로 건너오는 동안 핍은 째깍대고 흘러가는 스톱워치를 흘긋 확인했다. 15:29, 15:30······.

"좋아요. 이제 두 사람이 싸우기 시작하고, 다툼이 점점 격해지죠. 앤디가 마약을 파는 문제 때문인지, 아니면 비밀의 연상남 때문인지는 몰라요. 샐은 화가 나 있고 앤디는 소리를 치고 있어요." 핍은 가상의 샐-앤디 다툼 신이 진행되는 동안 공중에 손을 휘저으며 시간의 흐름을 가늠했다. "지금쯤 샐이 길가에서 돌을 하나 찾았어요. 아니면 앤디 차 안에서 뭔가 묵직한 도구 같은 걸 찾았다 쳐요. 이제 샐한테 앤디를 죽일 시간을 40초 정도 주죠."

두 사람은 기다렸다.

"자, 이제 앤디는 죽었어요." 핍이 자갈길을 가리키며 말했다. "샐이 트렁크를 열고······" 이어 트렁크를 열었다. "앤디 시신을 들어 올려요." 핍은 팔을 내민 채 몸을 숙인 뒤 충분한 시간을 두고 시신을 들어 올리는 척 연기했다. "그런 다음 앤디를 트렁크에 넣어요. 여기서 혈흔이 나왔죠." 핍은 카펫이 깔린 트렁크 바닥에 시신을 내려놓는 척한 다음 뒤로 물러나 트렁크를 닫았다.

"이제 다시 차로 돌아가자." 라비가 말했다.

핍은 시간을 확인했다. 20:02, 20:03…… 이어 후진기어를 넣고 다시 큰길로 나갔다.

"이제 샐이 운전대를 잡았어요. 샐 지문이 운전대랑 계기판 사방에 묻었죠. 샐은 앤디 시신을 어떻게 유기할까 생각 중이에요. 으슥한 곳 중에 제일 가까운 데가 롯지우드 숲이에요. 그럼 샐은 아마 여기서 위빌로드를 빠져나오겠죠." 핍이 차를 돌렸다. 이제 왼편에 숲이 보였다.

"샐은 차를 최대한 숲 가까이 가지고 가야 할 거야." 라비가 말했다.

두 사람은 마땅한 장소를 찾아 조금 더 주변을 둘러보았고 마침내 나무가 터널처럼 우거져 있는 으슥한 길을 발견했다.

"저기다." 둘 다 한 지점을 가리켰다. 핍은 깜빡이를 켜고 숲이 끝나는 지점의 갓길에 차를 세웠다.

"여기가 맥스네 집에서 제일 가까운 숲이니까 경찰이 수백 번은 족히 수색을 했겠죠." 핍이 말했다. "그렇지만 샐이 시신을 여기 아주 잘 묻어놓은 걸로 하자고요."

핍과 라비는 다시 한번 차에서 내렸다.

26:18.

"샐이 트렁크를 열고 앤디 시신을 꺼내요." 그 장면을 재연하는 핍을 지켜보며 라비는 잠시 이를 악무는 듯했다. 아마도 라비는 꿈속에서 한없이 다정했던 친형이 피 묻은 시신을 숲속으로 끌고 가는 장면을 수도 없이 보았을 것이다. 하지만 어쩌면 오늘 이후로 다시는 그런 악몽을 꾸지 않아도 될지 모른다.

"시신이 있으니까 숲속으로 한참 들어가야 했겠죠." 핍은 허리를 숙인 채 뒷걸음질로 시신을 끌고 가는 척 흉내를 냈다.

"이 정도면 꽤 외지고 길에서도 안 보이겠다." 나무가 우거진 사이로 한 60미터쯤 들어왔을 때 라비가 말했다.

"넵." 핍은 이곳에 앤디의 시신을 놓는 척했다.

29:48.

"됐어요. 이제 늘 관건이었던 구덩이를 팔 차례인데…… 시신을 숨길 만큼 깊은 구멍을 샐이 어떻게 그렇게 빨리 팠을까 하는 의문이 있죠. 하지만 여기 와서 보니까……" 핍은 햇살이 내리쬐는 나무들을 훑어보았다. "이 숲엔 쓰러진 나무들이 꽤 있네요. 어쩌면 샐이 구덩이를 깊이 팔 필요가 없었을지도 모르겠어요. 딱 저렇게 적당한 얕은 도랑 같은 걸 찾았는지도 모르죠." 핍은 이끼가 끼어 있는 큰 구덩이를 가리켰다. 구덩이 위로 쓰러진 나무의 마른 뿌리들이 엉겨 붙은 채 땅 위로 솟아 있었다.

"그래도 더 깊은 구덩이가 필요하긴 했을 거야." 라비가 말했다. "아직도 시신은 발견되지 않았잖아. 구덩이 파는 데 3~4분은 주자."

"동의해요."

정해둔 시간이 되자 핍은 앤디의 시신을 구덩이로 끌고 오는 척했다. "이제 샐은 다시 흙이나 주변에 돌 같은 걸로 구덩이를 메우겠죠."

"그럼 메워야지." 라비의 표정은 이제 단호했다. 라비는 신발 끝으로 흙을 파서 구덩이 위에 뿌렸다.

핍도 라비를 따라 진흙과 나뭇잎, 나뭇가지 등을 도랑으로 밀어 넣었다. 라비는 무릎을 꿇고 양팔로 흙을 가득 쓸어온 다음 가상의 앤디 시신을 덮었다.

"좋아요." 구덩이를 덮는 일이 마무리되자 핍이 말했다. 핍의 시선은 그러나 여전히 그 구덩이가 있던 자리를 떠나지 않고 있었다. "이제 시신을 묻었으니까 샐은 집에 가야죠."

37:59.

두 사람은 가볍게 달려가 핍의 차에 올라탔다. 차 바닥에 진흙이 잔뜩 튀었다. 전진과 후진을 반복하며 차를 돌리는 와중에 성미 급한 사륜구동 운전자가 경적을 울려대서 핍은 험한 말을 참을 수가 없었다. 경적 소리가 귓가에 맴돌았다.

두 사람은 다시 위빌로드로 돌아왔다. "자, 이제 샐은 하위 바워스의 집이 있는 로머클로즈로 차를 끌고 가서 거기다 앤디의 차를 버리기로 해요."

몇 분 후 두 사람은 로머클로즈에 도착했고, 핍은 하위의 집에서 보이지 않는 자리에 차를 세웠다. 핍은 차에서 내려 문을 잠갔다.

"이제부터 우리 집까지 걸어가는 거지." 라비는 말을 마침과 동시에 거의 뛰다시피 걷고 있는 핍과 속도를 맞추어 갔다. 두 사람은 너무 집중한 나머지 말할 여유조차 없었다. 바삐 움직이는 발만 쳐다보며 두 사람은 샐이 그날 밤 걸었을, 아니 걸어갔다고들 **주장하는** 그 길을 따라 걸었다.

라비의 집에 도착했을 때는 두 사람 모두 숨이 차고 땀이 난 상태였다. 번들거리며 솟은 땀 때문에 핍은 윗입술이 간지러웠다. 핍은 소매로 땀을 닦은 다음 휴대폰을 꺼내 타이머의 정지 버튼을 눌렀다.

화면의 숫자가 순식간에 핍을 파고들더니 배 속 저 깊숙이에 사뿐히 자리를 잡았다. 핍은 라비를 올려다보았다.

"왜?" 궁금한 라비의 눈이 커졌다.

"자, 우리가 맥스네 집에서 선배 집까지 최대 45분의 시간을 줬단 말이죠. 그리고 가능한 한 제일 가까운 거리로 그날 밤 동선을 재현했어요. 그것도 말도 안 될 정도로 빠르게 재현을 했다고요."

"응, 이렇게 바쁜 살인이 또 있을까 싶지. 그래서?"

핍은 휴대폰을 들어 라비에게 타이머를 보여주었다.

"58분 19초." 라비가 소리 내어 숫자를 읽었다.

"선배." 핍은 떨리는 입술로 라비를 불렀고 이내 커다란 미소를 지었다. "샐은 살인을 할 시간조차 없었어요. 샐 짓이 아니에요. 그 사진이 증거예요."

"젠장." 라비는 입을 틀어막은 채 고개를 저으며 뒷걸음질을 쳤다. "형 짓이 아니었어. 형은 아무 짓도 하지 않았어."

라비는 그제야 반응하기 시작했다. 아직 의심 어린 짧은 웃음소리가 터져 나왔다. 얼굴에는 서서히 미소가 퍼졌다. 근육 하나하나가 차례차례 움직이듯 그렇게 서서히 번지는 미소였다. 다시 웃음이 터져 나왔다. 너무나 순수하고 따스한 라비의 그 웃음소리에 핍은 볼이 다 달아오르는 느낌이었다.

라비는 하늘을 올려다보았고, 그렇게 웃고 있는 라비의 얼굴에 태양이 내리쬐었다. 라비는 이내 하늘을 향해 소리를 질렀다. 눈을 꼭 감고 목을 꼿꼿이 세운 채 하늘을 향해 포효했다.

길 건너에서 사람들이 라비를 쳐다보았다. 집 안에서 커튼을 홱 치는 사람들도 있었다. 하지만 그런 시선 따윈 지금 라비에게 아무 상관 없단 걸 핍은 알고 있었다. 그리고 이렇게 기쁨과 슬픔이 뒤섞인 복잡한 감정 그 자체를 있는 그대로 받아들이는 라비의 모습을 지켜보는 핍도 남들 시선 따윈 안중에 없었다.

라비가 핍을 쳐다보았다. 포효는 이제 다시 웃음으로 변했다. 라비는 핍을 번쩍 들어 올린 다음 제자리에서 몇 번이나 빙글빙글 돌았다. 핍도 웃었다. 핍의 눈가는 촉촉했고 가슴속에서는 따스하고 벅찬 소용돌이가 휘몰아쳤다.

"우리가 해냈어!" 라비가 너무 어설프게 내려놓는 바람에 하마터면 핍이 넘어질 뻔했다. 갑자기 당황한 듯 라비는 눈물을 닦으며 한 걸음 물러섰다. "우리가 정말로 해냈어. 이 정도면 되나? 경찰에 그 사진을 들고 가면 되려나?"

"잘 모르겠어요." 이 행복의 순간을 라비에게서 앗아가고 싶진 않았지만, 핍은 정말 자신이 없었다. "어쩌면 이 정도로 충분히 재수사가 가능할 수도 있고, 혹은 아닐 수도 있겠죠. 하지만 먼저 답을 들어야 해요. 샐의 친구들이 왜 거짓말을 했는지, 샐의 알리바이를 왜 없애버린 건지 그걸 알아야 하잖아요."

라비가 발걸음을 옮기다 그 자리에 멈춰 섰다. "나오미한테 물어보자고?"

핍이 고개를 끄덕이자 라비는 부정적이었다.

"그건 너 혼자 해야 할 것 같다. 내가 있으면 나오미는 말 못 해. 정말 말 그대로 말이 안 나올걸. 작년에 우연히 마주친 적 있는데 날 보자마자 눈물보가 터지더라."

"정말요? 하지만 선배야말로 그 이유를 알아야 할 사람인걸요."

"내 말 들어. 나는 같이 안 가는 게 나아. 조심하고."

"알겠어요. 끝나고 바로 전화할게요."

픕은 어떻게 인사를 하고 가야 좋을지 알 수가 없었다. 그저 라비의 팔에 가볍게 손을 올린 다음 그대로 자리를 떴다. 라비의 표정이 픕의 눈에 아른거렸다.

## 27

핍은 로머클로즈에 세워둔 차를 향해 걸어갔다. 돌아가는 발걸음은 훨씬 가벼웠다. 이제는 확실해졌으니 말이다. 샐 싱은 앤디 벨을 죽이지 않았어. 핍은 마치 주문이라도 외듯 발걸음에 맞춰 마음속으로 그 말을 되뇌었다.

핍은 카라에게 전화를 걸었다.

"어, 핍. 어쩐 일이야?" 카라가 전화를 받았다.

"뭐해?" 핍이 물었다.

"언니랑 맥스랑 같이 '브렉퍼스트 클럽' 찍는 중. 과제 클럽이라고 해야 하나? 아무튼 언니랑 오빠는 취업 준비하고 난 EPQ 하는 중이야. 나 혼자서는 집중 잘 못하잖아."

핍은 가슴이 답답해졌다. "지금 맥스랑 언니랑 다 집에 있다고?"

"응."

"아빠도 계셔?"

"아니, 아빠는 라일라 고모네 가셨어."

"좋아, 지금 갈게." 핍이 말했다. "10분 있다 봐."

"알겠어. 너의 집중력을 내가 쪽쪽 빨아먹어주마."

핍은 인사를 하고 전화를 끊었다. 카라 때문에 죄책감이 들어 괴로웠다. 잠시 후 무슨 일이 벌어질진 모르지만 그 자리에 있단 이유만으로 카라는 졸지에 이 일에 휘말리게 될 터였다. 핍은 지금 과제를 하러 가는 게 아니라 품 안에 칼을 숨기고 가는 거니까 말이다.

카라가 문을 열어주었다. 카라는 펭귄 잠옷 차림에 곰 발바닥 슬리퍼를 신고 있었다.

"왔어?" 카라는 이미 헝클어져 있는 핍의 머리를 문지르며 말했다. "즐거운 일요일! *Mi club de homeworko es su club de homeworko(내 과제 클럽은 곧 네 과제 클럽이니라)*."

핍은 문을 닫고 카라를 따라 부엌으로 들어갔다.

"대화 금지야." 카라가 문을 잡아주며 말했다. "맥스처럼 시끄럽게 타이핑하는 것도 금지."

부엌으로 들어가자 식탁에 나란히 앉은 맥스와 나오미가 보였다. 두 사람 앞에는 노트북과 종이들이 널려 있었고 손에는 김이 모락모락 나는 머그잔이 쥐어져 있었다. 카라의 자리는 그 반대편이었다. 키보드 위로 종이며 공책이며 펜이 어지럽게 놓여 있었다.

"핍, 안녕." 나오미가 웃어 보였다. "잘 지냈어?"

"네, 언니. 잘 지냈어요." 갑자기 핍의 목소리가 거칠어졌다.

핍이 맥스를 쳐다보자 맥스는 즉시 시선을 피하면서 컵 안의 뿌연 갈색 차만 내려다보고 있었다.

"맥스 선배, 안녕하세요." 핍은 맥스가 더는 시선을 피하지 못하도록 콕 집어 인사했다.

맥스는 입을 다문 채 입꼬리만 살짝 올려 보였다. 카라와 나오미의 눈에는 그게 인사로 보였을지 모르지만 맥스가 실은 인상을 쓴 것인 줄 핍은 알고 있었다.

핍은 식탁으로 걸어가 맥스 바로 맞은편에 가방을 내려놓았다. 가방이 쿵 소리를 내면서 식탁 위 노트북 세 대의 화면이 모두 흔들렸다.

"핍이 과제를 워낙 좋아해서 말이죠." 카라가 맥스에게 설명했다. "거의 너 죽고 나 죽자 수준으로 과제에 덤벼든다니까요."

카라는 다시 제 자리에 앉아 마우스 패드를 움직여서 컴퓨터를 작업 모드로 돌려놓았다. "자, 앉아." 카라가 발로 의자를 당겨주며 말했다. 의자 다리가 바닥에 끌리면서 끼익 소리가 났다.

"별일 없지, 핍?" 나오미가 물었다. "차 한잔 줄까?"

"뭘 보냐?" 맥스가 끼어들었다.

"맥스!" 나오미가 공책으로 맥스의 팔을 세게 내려쳤다.

옆에서 카라가 무슨 일인지 혼란스러워하는 게 느껴졌다. 그러나 핍은 나오미와 맥스에게서 눈을 떼지 않았다. 두 사람을 보고 있자니 코평수가 절로 넓어지고 가슴속 저 깊숙한 곳에서부터 화가 치밀어 올랐다. 두 사람을 직접 마주하기 전까지는 이런 감정이 들 거라고 미처 생각하지 못했다. 오히려 안심이 될 줄 알았다. 다 끝났으니까, 원래 핍과 라비가 계획했던 대로 원하는 결과를 확인했으니까 말이다. 그러나 두 사람의 얼굴을 보니 화가 부글부글 끓어올랐다. 이건 이제 사소한 거짓말이나 무고한 기억의 오류 정도가 아니었다. 계산된 거짓말이었고, 그로 인해 한 사람의 인생이 송두리째 뒤집혀버렸다. 사진 속에 숨겨져 있던 치명적인 배신이었다. 그리고 그 이유를 알아낼 때까지 핍은 그냥 모른 척하고 있지 않을 터였다.

"일단 오늘은 예의상 온 거예요." 핍의 목소리가 떨리고 있었다. "왜냐면 나오미 언니, 언니는 지금껏 나한테 거의 친언니나 다름없는 사람이었으니까요. 맥스 선배, 선배한텐 내가 딱히 빚진 건 없는 것 같네요."

"핍, 대체 무슨 소리야?" 카라가 이제 걱정스러운 목소리로 물었다.

핍은 가방을 열고 플라스틱 파일을 꺼낸 다음 파일 속에서 세 장의 출력물을 꺼내 맥스와 나오미 앞에 늘어놓았다.

"경찰서 가기 전에 설명할 기회를 드릴게요. 낸시 탄고팃츠 씨, 뭐 할 말 없어요?" 핍이 맥스를 노려보았다.

"이번엔 또 뭔데?" 맥스가 코웃음을 쳤다.

"이 사진, 낸시 본인께서 올린 사진이에요. 앤디 벨이 실종된 그날 밤 사진 맞죠?"

"맞아." 나오미가 조용히 대답했다. "그런데 왜……."

"샐이 10시 반쯤 맥스 선배네 집을 나가서 앤디를 죽이러 갔다는 바로 그날 밤이죠?"

"그래. 그날 맞아." 맥스가 쏘아붙였다. "그래서 네가 하고 싶은 말이 뭔데?"

"다짜고짜 화부터 내기 전에 일단 사진을 보면 내가 지금 무슨 말을 하려는지 충분히 알 텐데요." 핍도 지지 않았다. "선배는 확실히 세심한 스타일은 아닌가 봐요. 하긴 세심한 사람이었으면 애초에 이 사진을 올리지도 않았겠죠. 설명을 해드리죠. 선배와 나오미 언니, 밀리, 제이크, 전부 이 사진에 담겨 있죠."

"그런데?" 맥스가 물었다.

"그럼 낸시 탄고팃츠 씨, 이 네 명의 사진을 찍은 건 누구죠?"

핍은 사진을 보고 있던 나오미의 눈이 커지며 입이 벌어지는 걸 눈치챘다.

"좋아, 그래." 맥스가 대답했다. "샐이 찍었나 보지. 알다시피 개도 그날 밤 우리 집에 왔었으니까. 가기 전에 찍었나 보지."

"시도는 좋았어요. 그런데 말이죠……"

"내 휴대폰." 나오미가 고개를 숙였다. 나오미가 그 사진을 잡으려고 팔을 뻗었다. "휴대폰 화면에 시간이 보여."

맥스는 말없이 사진 출력물을 내려다보았고 표정이 굳기 시작했다.

"숫자는 거의 보이지도 않는데. 네가 사진을 만졌겠지." 맥스가 대꾸했다.

"아뇨, 선배의 페이스북에 올라온 사진 그대로 저장한 거예요. 아, 걱정 마세요. 알아보니까 선배가 지금 사진을 지워도 경찰에서 열람이 가능하다고 하더라고요. 경찰이 보면 무척 흥미로워할 테죠."

나오미가 맥스를 쳐다보았다. 나오미의 뺨이 달아오르고 있었다. "왜 제대로 확인을 안 했어?"

"조용히 해." 맥스가 나직한 목소리로, 단호하게 말했다.

"사실대로 말해야 해." 나오미가 제 의자를 뒤로 밀었고 바닥에 의자 다리가 날카롭게 끌리는 소리가 났다. 신경이 거슬리는 소리였다.

"나오미, 조용히 하라고." 맥스가 다시 말했다.

"세상에." 나오미는 이제 자리에서 일어나 안절부절못하고 서성이기 시작했다. "말을 해야……."

"그 입 좀 다물어!" 맥스가 벌떡 일어나 나오미의 어깨를 잡았다. "아무 말도 하지 마."

"맥스, 쟤 경찰서 정말 찾아가. 핍, 내 말 맞지?" 나오미의 콧방울 옆으로 눈물이 고였다. "사실대로 말해야 해."

맥스는 가빠지는 숨을 크게 들이마시고 나오미와 핍을 번갈아가며 쳐다보았다.

"재수가 없으려니까 진짜." 맥스가 갑자기 버럭 소리를 치더니 나오미에게서 손을 떼고 식탁 다리를 발로 찼다.

"대체 무슨 일이야?" 카라가 핍의 소매를 당기며 물었다.

"언니, 이야기해주세요." 핍이 말했다.

맥스는 의자에 털썩 등을 기대고 앉았다. 나풀대던 금발 머리는 이제 얼굴 주변으로 축 가라앉아 있었다. "굳이 이러는 이유가 뭐지?" 맥스가 핍을 쳐다보았다. "왜 가만있는 걸 굳이 긁어 부스럼을 만드는데?"

핍은 맥스의 말을 무시했다. "언니, 얘기해주세요." 핍이 다시금 나오미에게 말했다. "샐은 그날 밤 10시 반에 맥스 선배 집을 떠난 게 아니죠. 12시 15분, 원래 경찰에 말했던 대로 그 시각에 선배 집을 떠났어요, 그렇죠? 샐은 거짓말을 해달라고 부탁한 적이 없었어요. 알리바이가 있었으니까. 언니랑 같이 있었잖아요. 샐은 한 번도 경찰에 거짓말을 한 적이 없어요. 언니와 언니 친구들은 화요일에 거짓말을 했고요. 그 거짓말로 샐의 알리바이를 없애버렸죠."

눈물이 차올라 나오미의 눈이 가늘어졌다. 나오미는 카라를, 그리고 서서히 시선을 돌려 핍을 쳐다보았다. 그런 다음 고개를 끄덕였다.

핍이 눈을 깜박였다. "왜요?"

# 28

"왜 그랬어요?" 나오미가 한참을 말없이 자기 발만 내려다보고 있자 핍이 다시 물었다.

"그러라고 했어." 나오미가 코를 훌쩍였다. "그러라고 시킨 사람이 있었어."

"그게 무슨 소리예요?"

"우리들, 그러니까 맥스랑 제이크랑 밀리랑 나랑 모두 월요일 밤에 문자를 받았어. 알 수 없는 번호로 온 문자였는데, 문제의 그날 밤 샐이랑 찍은 사진을 전부 지우라고 했어. 화요일에 학교 가면 교장 선생님을 찾아가서 경찰에 진술하겠다고 얘기하라고, 그리고 경찰에는 사실 샐이 맥스네 집을 떠난 건 10시 반이었는데 샐이 거짓말을 해달라고 부탁을 해서 그랬다고 얘기하라고 했어."

"시킨다고 그대로 했다고요? 왜요?" 핍이 물었다.

"왜냐면……" 눈물을 참느라 나오미의 얼굴이 일그러졌. "왜냐면 우리 비밀을 알고 있었거든. 과거에 우리가 한 짓을 알고 있었어."

더는 참지 못하고 나오미가 손으로 얼굴을 감싸 쥐며 울음을 터뜨렸다. 나오미의 괴로운 울음소리는 손밖으로 새어 나오지 못하고 손안에 갇혔다. 카라가 벌떡 일어나 언니에게 달려갔다.

떨고 있는 나오미의 허리에 팔을 두른 채 카라는 핍을 쳐다보았다. 카라의 창백한 얼굴에 두려움이 서려 있었다.

"맥스?" 핍이 이번엔 맥스를 향했다.

맥스는 손을 가만히 두지 못하고 있었다. 시선은 그대로 제 손에 머문 채 맥스가 목을 가다듬었다. "음…… 2011년 마지막 날 밤에 일이 좀 있었어. 좋은 일은 아니고. 말하자면 우리가 벌인 일인데."

"'우리'?" 나오미가 식식대며 말했다. "'우리'라고 했니? 다 너 때문에 생긴 일이거든. 네가 우릴 그 일로 끌고 들어간 거지. 우리가 그 남잘 거기 두고 온 것도 너 때문이고."

"거짓말 마. 당시 우리 다 동의한 일이었어." 맥스가 말했다.

"난 충격을 받은 상태였어. 겁도 났고."

"언니?" 핍이 나오미에게 대답을 재촉했다.

"우리 다 같이 음…… 다 같이 아머섬에 있는 작은 클럽에 갔었어." 나오미가 입을 열었다.

"임페리얼 볼트요?"

"응. 그리고 우리 전부 다 진탕 취했지. 클럽이 문을 닫을 때쯤엔 택시를 잡는 게 거의 불가능했어. 우리 대기번호는 70번인가 그렇고 바깥 날씨는 추워 죽을 것 같았지. 그때 맥스가 자긴 술 그렇게 많이 안 마셨다면서 운전할 수 있다고 했어. 그러더니 나랑 밀리랑 제이크를 모두 설득해서 차에 태웠어. 갈 땐 우리 전부 다 맥스 차를 타고 갔었거든. 바보 같은 짓이었지. 아, 정말이지 과거로 돌아가서 딱 한 순간만 바꿀 수 있다면 주저하지 않고 그날로 돌아가 맥스 차를 타지 않을 텐데……." 나오미는 이제 침착함을 조금 되찾았다.

"샐은 없었나요?" 핍이 물었다.

"없었어." 나오미가 대답했다. "샐이 있었다면 좋았겠지. 샐이라면 우리가 그런 바보 같은 짓을 하게 내버려 두지 않았을 테니까. 샐은 그날 밤 동생이랑 있었어. 아무튼 그래서 우리 못지않게 취했던 맥스가 A413번 도로를 미친 듯이 달렸지. 그때가 4시 정도였는데 도로에 다른 차들이 하나도 없었어. 그리고 그때······." 다시 눈물이 흘렀다. "그때······."

"어디선가 웬 남자가 나타났어." 맥스가 끼어들었다.

"아니, 아니야. 그 사람은 갓길에 서 있었어. 네가 중심을 잃고 운전대를 살짝 놓쳤던 거지. 난 기억나."

"네 기억은 나랑은 아주 다른가 보지." 맥스가 발끈하며 쏘아붙였다. "그 남자는 우리 차에 치였고 차가 빙그르르 돌았어. 차가 멈춰 선 다음 나는 길가에 차를 세웠고 상황을 살펴보러 우리 다 차에서 내렸지."

"세상에, 피가 얼마나 많이 나던지." 나오미가 울먹였다. "그리고 그 남자 다리가 완전히 꺾여 있었어."

"우린 그 사람이 정말 죽은 줄 알았어. 됐어?" 맥스가 말을 이었다. "아직 숨을 쉬고 있나 보니까 숨이 멎은 것 같았다고. 이미 가망이 없다고, 구급차를 부르긴 늦었다고 판단했어. 게다가 우리 다 술에 취한 상태였기 때문에 구급차를 불러도 문제가 커질 건 뻔한 일이었지. 기소되면 감옥에 갈 수도 있을 것이고. 그래서 우리 다 그냥 가기로 동의한 거야."

"맥스가 그렇게 시킨 거지." 나오미가 정정했다. "네가 우리 머릿속을 훤히 꿰뚫어 보면서 동의하라고 겁을 줬잖아. 발각되면 너야말로 진짜 큰 문제였으니까."

"다 같이 동의한 일이었어, 나오미. **우리 넷 다.**" 맥스가 언성을 높였다. 그의 얼굴에 붉은 기운이 올라왔다. "그리고 다 같이 우리 집으로 돌아왔지. 부모님은 두바이에 계셨거든. 일단 세차를 한 다음 우리 집 바로 앞에 있는 나무를 들이받았어. 우리 부모님은 전혀 의심하지 않고 몇 주 후에 다시 새 차를 사주셨지."

이제는 카라도 울고 있었다. 카라는 나오미가 보기 전에 눈물을 닦았다.

"그 남잔 죽었나요?" 핍이 물었다.

나오미가 고개를 저었다. "몇 주간 의식불명 상태로 있다가 회복했어. 하지만…… 하지만……" 나오미의 얼굴이 고통으로 주름졌다. "하반신 마비가 됐어. 지금은 휠체어를 타. 우리가 그 사람한테 그런 몹쓸 짓을 한 거야. 그냥 두고 가는 게 아니었는데."

나오미는 울면서 간신히 숨을 가다듬었다. 모두들 아무 말이 없었다.

"어떻게 알게 됐는지 모르겠어." 맥스가 마침내 입을 열었다. "아무튼 누군가는 우리가 한 짓을 알고 있었지. 시키는 대로 하지 않으면 그날 밤 일을 경찰에 신고하겠다고 했고. 그래서였어. 그래서 사진을 지운 거고, 그래서 경찰에 거짓말을 했지."

"하지만 누가 어떻게 그 일을 알게 될 수가 있었죠?" 핍이 물었다.

"우리도 모르겠어." 나오미가 말했다. "우린 정말 아무한테도 말 안 했어. 나도 물론 절대 얘기한 적 없고."

"나도 마찬가지야." 맥스도 덧붙였다.

나오미가 코를 훌쩍이며 맥스를 쳐다보았다.

"왜?" 맥스가 나오미를 쳐다보았다.

"나랑 다른 애들은 그 일을 흘린 게 너라고 생각했어."

"아, 그러셔?" 맥스가 쏘아붙였다.

"너는 거의 매일 밤 몸을 못 가눌 정도로 취하곤 했으니까."

"난 아무한테도 얘기 안 했어." 맥스가 다시 핍 쪽을 돌아보며 말했다. "누가 그 일을 알아낸 건진 나도 전혀 몰라."

"비밀스러운 얘기 흘리는 걸론 선배가 전적이 좀 있네요." 핍이 말했다. "나오미 언니, 맥스 선배가 어쩌다 보니 언니가 앤디 실종 날 밤 잠시 자리를 비웠단 얘길 했었어요. 언닌 어디 있었어요? 진실을 알고 싶어요."

"샐이랑 같이 있었어." 나오미가 대답했다. "앤디 일로 위층에서 조용히 따로 얘기하고 싶다고 해서. 앤디 때문에 샐이 뭔가 화가 나 있었어. 무슨 일인지 말해주진 않았고, 샐 말론 자기랑 단둘이 있을 때의 앤디는 전혀 다른 사람인데, 남들을 대하는 앤디 모습은 도저히 참고 볼 수가 없다고 했어. 그러면서 그날 밤 앤디랑 헤어지겠다고 마음을 먹었지. 그렇게 마음을 먹고 나서는…… 그런 후엔 샐의 마음이 편해진 것 같았어."

"정리를 좀 해볼세요." 핍이 말했다. "샐은 그날 밤 12시 15분까지 맥스 선배네 집에서 언니네 무리랑 함께 있었어요. 월요일, 누군가 언니네 무리를 협박하면서 그날 밤 샐 흔적을 다 지우고 경찰에는 샐이 10시 반에 떠났다고 진술하라고 했어요. 다음 날, 샐이 실종됐고 숲속에서 시신으로 발견됐어요. 이게 무슨 뜻인지 알아요? 아느냐고요?"

맥스는 고개를 숙인 채 엄지손톱 주변의 거스러미만 뜯고 있었다. 나오미는 다시금 얼굴을 가렸다.

"샐은 아무 짓도 하지 않았어요."

"그거야 우리도 모르는 거지." 맥스가 말했다.

"샐은 아무 짓도 하지 않았어요. 누군가 앤디를 죽였고, 합리적인 의심이 들 여지가 없을 만큼 샐이 앤디를 죽인 것처럼 꾸민 다음 샐을 죽였죠. 여러분의 절친이었던 샐은 아무 짓도 하지 않았다고요. 언니도, 선배도 지난 5년간 그 사실을 알고 있었고요."

"미안해," 나오미가 흐느꼈다. "정말정말 미안해. 뭘 어떻게 해야 좋을지 알 수가 없었어. 뭘 어쩔 수조차 없는 상황이었어. 샐이 시신으로 발견될 줄은 정말이지 상상도 못 했어. 그냥 우리는 지시만 잘 따르면 된다고 생각했어. 그럼 경찰은 경찰대로 앤디를 납치한 범인도 찾고, 샐도 누명을 벗고 우리 모두 안전할 줄 알았지. 이건 그냥 사소한 거짓말이다, 당시엔 그렇게 생각했어. 물론 지금은 우리가 무슨 짓을 한 건지 잘 알아."

"그 **사소한 거짓말** 때문에 샐은 목숨을 잃었어요." 아까는 화가 나서 배가 아프기까지 하더니 이제는 배가 아프기보다 슬픈 감정이 핍을 더 압도했다.

"그건 모르는 일이지." 맥스가 끼어들었다. "여전히 앤디 일에 샐이 관련돼 있을 가능성은 있어."

"샐은 그럴 시간도 없었어요." 핍이 대꾸했다.

"그 사진은 그래서 어쩔 건데?" 맥스가 조용히 물었다.

핍이 나오미를 쳐다보았다. 붉게 달아오른 얼굴에는 고통스러움이 얼룩져 있었다. 카라는 언니의 손을 잡고 핍을 쳐다보았다. 카라의 눈물이 볼을 타고 흘러내렸다.

"맥스." 핍이 입을 열었다. "선배가 앤디를 죽였어요?"

"뭐?" 맥스는 벌떡 일어나 흘러내린 머리를 쓸어넘겼다. "아니, 난 그날 밤 내내 집에 있었거든."

"나오미 언니랑 밀리 언니가 자러 가고 없을 때 밖에 나갔을 수도 있는 거 아닌가요."

"안 나갔어, 됐어?"

"앤디한테 무슨 일이 있었는지 선배는 알아요?"

"아니, 난 몰라."

"핍." 카라가 마침내 입을 열었다. "경찰에 안 가면 안 돼? 제발. 엄마에 이어 이제 언니까지 잃고 싶지 않아." 카라의 아랫입술이 떨리고 있었고 흐느낌을 간신히 참느라 얼굴은 일그러져 있었다. 나오미는 카라에게 팔을 두르고 동생을 꼭 안았다.

카라와 나오미 두 사람을 지켜보고 있자니 무력하고 공허한 기분이 들어 핍은 목이 다 아렸다. 대체 어떻게 해야 하지? 과연 핍이 할 수 있는 일이 있긴 한 걸까? 어쨌거나 이 사진을 들고 갔을 때 경찰이 무슨 조치라도 취할 것인지는 핍도 알 수 없었다. 그러나 경찰이 이 사진을 심각하게 받아들인다면 카라는 언니를 잃게 될 것이고, 그럼 그건 핍의 잘못이 된다. 카라에게 그럴 순 없다. 하지만 라비는 어쩌고? 샐은 죄가 없었고 이제 와서 샐의 누명을 벗기는 일을 포기한단 건 말도 안 되는 일이었다. 이 상황을 해결할 방법은 딱 하나였다.

"경찰엔 안 갈게요." 핍이 입을 열었다.

맥스가 한숨을 내쉬었다. 입가에 번지는 희미한 웃음을 간신히 참는 맥스의 모습에 핍은 구역질이 날 것 같았다.

"선배 때문은 아니고," 핍이 꼬집어 말했다. "나오미 언니를 봐서요. 그리고 선배의 그 모든 실수로 인해서 나오미 언니가 괴로웠기 때문에. 딱히 선배는 죄책감 같은 것도 없어 보이지만, 아무튼 언젠가는 그 대가를 꼭 치르길 바라요."

"맥스 탓만은 아니고 내 실수이기도 해." 나오미가 조용히 말했다. "나도 같이 한 거지."

카라가 핍에게 다가가 핍을 꼭 안았다. 핍의 스웨터에 카라의 눈물이 스며들었다.

맥스는 아무 말 없이 노트북과 공책을 챙긴 다음 어깨에 가방을 걸쳐 메고 자리를 떠났다.

카라는 싱크대로 가 얼굴을 씻고 언니에게 물 한 잔을 떠다 주었다. 조용한 부엌의 침묵을 깬 건 나오미였다.

"이렇게 돼서 미안해." 나오미가 말했다.

"알아요." 핍이 대답했다. "언니 마음 그런 줄 알아요. 그 사진은 경찰에 가져가지 않을게요. 경찰을 찾아가는 편이 더 쉬운 길이긴 하지만, 샐의 무죄를 입증하기 위해 샐의 알리바이가 필요한 건 아니니까요. 다른 방법을 찾을게요."

"그게 무슨 소리야?" 나오미가 코를 훌쩍이며 물었다.

"언니 일은 숨겨달라고 했죠? 그럴 거예요. 하지만 샐에 대한 진실만큼은 숨길 수 없어요." 핍은 침을 삼켰다. 목구멍이 따가웠다. "이 모든 짓을 벌인 사람, 앤디와 샐을 죽인 사람을 찾아낼 거예요. 샐의 누명을 벗기면서도 동시에 언니를 보호할 수 있는 방법은 그것뿐이에요."

나오미는 핍을 안고 눈물로 얼룩진 얼굴을 핍의 어깨에 파묻었다. "그렇게 해줘. 샐은 아무 죄도 없었는데. 그날 이후 매일매일이 괴로웠어."

핍은 나오미의 머리를 쓰다듬으며 가장 가까운 친구, 자매나 다름없는 카라를 바라보았다. 부담감이 어깨를 짓눌렀다. 갑자기 전보다 세상이 훅 무거워진 느낌이었다.

피파 피츠-아모비
EPQ 2017. 10. 16.

## 활동일지 31

샐은 무죄다.

학교에 있는 내내 그 한마디가 띠종이처럼 머릿속을 휘감고 다녔다. 처음엔 이 EPQ 과제가 단순히 희망에 기반한 추측 정도에 지나지 않았을지 모르지만, 이젠 아니다. 이제는 어릴 적 샐이 나에게 잘 대해줬단 이유로 내 직감만 믿고 돌진하는 게 아니다. 이제는 사랑했던 친형, 자신이 알던 친형의 모습이 가짜가 아니었길 바라는 라비의 바람이 다가 아니다. 이건 진짜다. 이제 '어쩌면', '그럴지도 모르는', '그렇다고 알려진' 같은 불확실성의 조각들은 없어졌다. 샐싱은 앤디 벨을 죽이지 않았다. 자살하지도 않았다.

무고한 생명이 희생됐건만 이 동네 사람들은 험한 말을 하고 무고한 청년을 악당으로 만들었다. 하지만 악당이란 게 그렇게 만들어질 수 있는 존재라면, 얼마든지 그 존재가 와해될 수도 있는 것이다. 5년 반 전 리틀 킬턴에서 십 대 청소년 두 명이 살해됐다. 그리고 그 살인범을 찾기 위한 단서가 여기 있다. 라비와 나, 그리고 끝이 보이질 않는 이 워드 문서가 그 단서가 될 것이다.

학교 끝나고 라비를 만나러 다녀왔다(집에 이제 막 들어왔다). 공원에서 날이 저물도록 세 시간이 넘게 이야기를 나누었다. 샐의 친구들이 샐의 알리바이를 지워버린 이유를 전해주자 라비는 길길이 뛰진 않았지만 화가 났다. 정작 아무도 해치지 않은 샐은 누군가에게 죽임을 당하고 살인범 누명까지 뒤집어썼는데 나오미와 맥스 헤이스팅스는 지금껏 책임은 다 피하고 벌도 받지 않았다니, 그건 공정하지 않다고 라비는 주장했다.

맞는 말이었다. 이 사건은 어딜 봐도 공정한 구석이 없다. 하지만 나오미는 절대 샐에게 피해를 주려는 의도는 없었다. 그건 나오미의 표정에서도 충분히 알 수 있었고 그 이후 나오미의 삶을 봐도 의심의 여지가 없었다. 나오미는 겁에 질려 그런 행동을 한 거고, 그건 나도 충분히 이해가 된다. 물론 라비도 머리로는 이해한다. 단지 나오미를 용서할 수 있을지 자신이 없을 뿐.

과연 경찰이 그 사진을 보고 수사를 재개할지 솔직히 모르겠다고 하자 라비는 얼굴이 어두워졌다. 애초에 내가 경찰 이야기를 꺼낸 건 맥스와 나오미의 입을 열 목적이었다. 경찰은 내가 이미지를 조작했다고 생각하고 맥스의 페이스북 계정에 대해 수색영장 자체를 신청하지 않을 수도 있다. 물론 맥스는 이미 사진을 지운 상태다.

라비는 경찰이 자기보단 날 더 믿을 거라는데, 난 솔직히 과연 그럴지 의문이다. 웬 여고생이 찾아와서 사진 각도가 어떻다느니, 휴대폰 화면에 콩알만 하게 보이는 숫자가 어떻다느니 해봤자 경찰이 과연 귀담아들을까? 특히나 샐에게 확연하게 불리한 증거가 있는데 말이다. 게다가 내가 아무리 애를 써봤자 다니엘 다 실바가 날 원천 차단해버릴 가능성도 있다.

문제는 또 있었다. 라비는 내가 나오미를 감싸려는 이유를 처음에 잘 이해하지 못했다. 나는 카라와 나오미가 나한테 자매, 가족이나 다름없는 존재들이고 그때 벌어진 일에 대해 나오미는 비록 책임이 있을지언정 카라는 아무 죄도 없다고 설명했다.

내가 나오미를 궁지로 몰아붙인나면, 그래서 엄마를 잃은 카라가 나 때문에 이제 언니까지 잃게 된다면, 난 무척이나 괴로울 것이다. 나는 라비에게 이건 후퇴가 아니라고, 샐의 누명을 벗기기 위해 알리바이가 꼭 필요한 건 아니라고 장담했다. 그냥 진짜 살인범만 찾으면 된다고.

그래서 우리는 합의점에 다다랐다. 3주의 시간을 더 갖기로 했다. 그 3주 동안 살인범을 찾아내든지, 아니면 용의자를 확정 지을 수 있는 확실한 증거를 찾든지 하기로 했다. 3주 후에도 결론이 나지 않으면 라비와 그 사진을 들고 경찰에 찾아가 경찰의 조치를 기다리기로 했다.

상황은 여기까지다. 이제 3주 안에 내가 살인범을 찾아내든지 아니면 나오미-카라 자매의 인생을 산산조각 내든지, 둘 중 하나다. 그토록 오래 이 순간을 기다려왔을 라비에게 시간을 더 달라고 하는 건 혹시 지나친 부탁이었을까?

샐-라비 형제와 나오미-카라 자매 사이에서, 옳고 그름 사이에서 중심을 잡을 수가 없다. 사실 이제는 무엇이 옳고 무엇이 그른지 판단조차 서지 않는다. 모든 게 흙탕물처럼 뒤섞여버렸다. 내가 하는 일이 정의를 찾는 일이라고 믿었는데, 이제는 정말 그런지조차 의문이다. 내가 알던 그 정의의 소녀는 이 사건을 풀어나가는 과정에서 사라져버렸다.

하지만 지금은 그런 생각을 할 여유가 없다. 한시가 급하다. 그림 관련 인물 목록에는 이제 다섯 명의 용의자들이 있다. 나오미는 용의자에서 제외했다. 나오미가 그날 밤 맥스네 집에서 잠깐 자리를 비운 것이라든지, 샐 관련해서 무언가 물어보면 유독 어색하게 굴었다든지 등등 나오미에 대한 의심은 이제 해소가 되었다.

용의자들을 그림으로 정리해보았다.

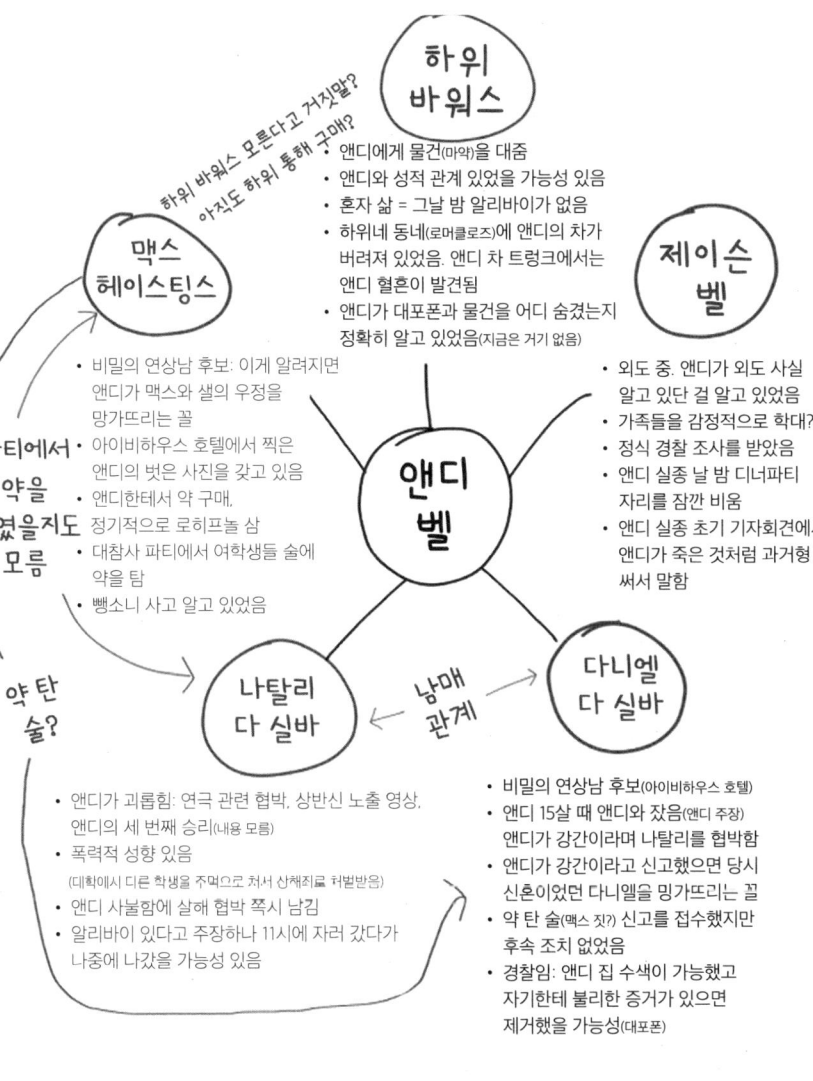

내 앞으로 보낸 협박 쪽지랑 문자 외에 살인범과 직접 연결고리가 되는 단서가 또 있는데, 맥스의 뺑소니 사고를 알고 있었단 점이다. 일단 맥스는 당사자니까 그 사고를 알고 있었던 게 당연하다. 맥스가 앤디를 죽인 다음 샐한테 뒤집어씌우려고 다른 친구들과 마찬가지로 자기도 협박받은 척했을 수도 있다.

하지만 나오미 말처럼 맥스는 늘 파티 중이었고, 늘 술이며 약에 취해 있었다. 그런 맥스이니 자기도 모르는 새 누군가에게 뺑소니 사고를 털어놓았을 가능성도 있다. 나탈리 다 실바라든가 하위 바워스라든가. 아니면 앤디 벨 앞에서 얘기를 했다가 그 후에 앤디가 저들에게 이야기한 것인지도 모른다.

다니엘 다 실바는 교통사고 접수를 담당하던 현직 경찰관이었다. 어쩌면 다니엘 다 실바가 그 연결고리였으려나? 혹은 그날 밤 이 용의자들 중 그 도로에 있다가 사고를 직접 목격한 사람이 있었을지도? 그럼 다섯 명 중 누가 됐든 그 사고를 알고 있다가 제 입맛대로 이용했을 가능성이 있으니까 말이다. 하지만 뺑소니 사고 관련해서는 여전히 맥스가 가장 유력한 용의자다.

물론 맥스는 앤디 실종 관련 주요 시간대에 거의 알리바이가 있긴 하지만, 그래도 왠지 *맥스가 의심스럽다*. 나오미와 밀리가 자러 갔을 때 맥스가 집을 나갔을 수도 있다. 앤디가 12시 45분에 부모님을 모시러 가기로 했으니까 맥스가 그 전에만 앤디를 납치했다면 불가능한 얘기도 아니다. 혹은 하위가 시작을 하고 맥스가 마무리를 하러 갔다든가?

맥스는 그날 밤 집 밖을 나가지 않았다고 했지만 맥스 말은 못 믿는다. 맥스는 내가 경찰서에 가지 않을 줄 알았다. 맥스는 내가 나오미를 경찰에 신고할 리 없다고 생각했고, 그래서 정직하게 대답할 필요도 없었다. 흡사 〈캐치 22〉에 나오는 딜레마 같다. 나오미를 보호하자니 졸지에 맥스까지 보호해주게 되어버렸다.

새로운 정보를 통해 얻은 또 다른 단서라면 살인범이 맥스와 나오미, 밀리, 제이크의 휴대폰 번호를 (어떻게인진 몰라도) 전부 알고 있었단 사실이다(내 번호도 물론이고 말이다). 그렇다고 딱히 범위가 좁혀지지는 않는다. 맥스는 친구들이니까 당연히 번호를 다 알고 있었을 테고, 하위도 충분히 그렇게 번호를 구할 수 있었을 것이다.

나탈리 다 실바도 나오미랑 잘 지냈으니까 아마 번호를 다 알 수 있었을 것이다. 다니엘은 나탈리를 통해 번호를 알게 됐을 수 있다. 이 지점에선 제이슨 벨이 약간 애매한데, 제이슨 벨이 앤디를 죽였고 앤디 휴대폰을 봤으면 안 될 것도 없다. 앤디 휴대폰에 저들의 번호가 다 저장돼 있었을 테니 말이다.

아아. 전혀 범위를 좁히지 못했건만 이 와중에도 시간은 계속 흘러간다. 가능성이 있는 단서란 단서는 전부 추적해봐야 할 것이다. 그러다가 허술한 지점을 찾아 실을 당기면 그때는 얽히고설킨 이 진실의 실타래도 우르르 풀리겠지. 그리고! 그놈의 마거릿 애트우드 에세이도 끝내야 한다!

## 29

핍은 현관문에 열쇠를 꽂고 문을 밀어 열었다. 바니가 문 앞까지 마중 나와 가족들 목소리가 들리는 쪽으로 핍을 안내했다.

"우리 딸 왔구나." 거실로 들어서는 핍을 보고 빅터가 말했다. "우리도 이제 막 들어왔어. 엄마랑 아빠는 뭣 좀 먹으려고 하는데, 너는 어때? 카라 집에서 먹고 왔니? 조쉬는 샘네 집에서 먹었대."

"네, 먹고 왔어요." 핍이 말했다. 카라랑 같이 먹긴 했는데 대화는 거의 하지 않았다. 카라는 일주일 내내 학교에서 별로 말이 없었다. 핍도 이해했다. 핍의 EPQ 때문에 카라 가족의 일상이 뒤흔들리고 있었다. 카라의 삶이 이제 진실을 찾는 핍의 여정에 달려 있었다. 지난 일요일 맥스가 떠난 다음 카라와 나오미는 핍에게 누가 진짜 범인이라고 생각하는지 물어보았다. 비록 맥스를 의심하고는 있었지만 핍은 나오미에게 맥스와 가까이 지내지 말라고 경고했을 뿐 그 이상은 아무 말도 하지 않았다. 살인범이 협박을 해올 수도 있다고 생각하면 두 사람에게 앤디의 비밀을 공유할 순 없었다. 그건 핍이 짊어질 짐이었다.

"학부모의 밤은 괜찮았어요?" 핍이 물었다.

"응, 괜찮았어." 리앤이 조쉬의 머리를 쓰다듬으며 말했다. "과학이랑 수학에서 좀 나아지고 있다네. 그렇지, 조쉬?"

조쉬는 거실 탁자에서 레고 블록을 가지고 놀며 고개를 끄덕였다.

"반에서 자꾸 코미디언 역할을 도맡으려는 경향이 있다는 스펠러 선생님 말씀이 있긴 했지만 말이야." 아빠가 조쉬에게 심각한 듯한 표정을 지어 보였다.

"그렇군요. 누굴 닮아 그럴까요?" 핍도 아빠에게 똑같은 표정을 지어 보였다.

아빠는 하, 하고 웃더니 자기 무릎을 치며 말했다. "어허, 어른 놀리는 거 아니야."

"그럴 시간도 없거든요." 핍이 대꾸했다. "할 일이 남았는데 족히 몇 시간은 걸릴 것 같아요." 핍은 거실을 나와 계단을 향해 걸어가며 말했다.

"딸." 엄마가 한숨을 쉬었다. "공부든 숙제든 지나치게 열심히 하는 거 아니니?"

"그런 게 어딨어요." 핍은 계단을 올라가며 손을 흔들었다.

2층으로 올라온 핍은 바로 방에 들어가지 않고 문 앞에 서서 방 안을 한참 쳐다보며 서 있었다. 문이 살짝 열려 있었는데 왠지 오늘 아침 학교에 가기 전 기억하던 모습과 어딘가 달라진 것 같았다. 오늘 아침 조쉬는 카우보이모자를 쓰고 양손에는 아빠의 애프터 쉐이브를 한 병씩 든 채 2층으로 올라와 "향수의 무법자가 나가신다. 이봐, 우리 둘 같이 살긴 이 집은 너무 작아." 하면서 서부영화 놀이에 한창이었다. 핍은 행여 제 방에 역한 브레이브 옴므 향이 남을까 부리나케 방 안으로 들어가 문을 닫았었다. 잠깐, 그게 어제 아침 일이던가? 이번 주 내내 잠을 설쳐서 하루하루의 기억이 도무지 정확하지가 않다.

"혹시 오늘 제 방에 들어가셨어요?" 핍이 아래층을 향해 소리 쳤다.

"아니, 집에 이제 막 들어왔는걸." 엄마가 대답했다.

핍은 방으로 들어가 침대 위에 가방을 내려놓았다. 책상으로 다가가 책상 위를 훑어보는데 딱 봐도 무언가 잘못돼 있었다. 노트북 화면이 열려 있었다. 핍은 항상, 정말이지 매일 아침 나갈 때 늘 노트북 화면을 닫았다. 전원 버튼을 누르고 컴퓨터가 켜지는 동안 컴퓨터 옆 가지런히 정리해두었던 출력물이 흐트러져 있는 것이 눈에 들어왔다. 누군가 거기서 한 장을 꺼내 다른 출력물 맨 위에 올려두었다.

문제의 그 사진이었다. 샐의 알리바이를 증명하는 사진 말이다. 핍은 그 사진을 맨 위에 올려두지 않았다.

노트북이 띵동 하며 시작음을 울렸고 화면에는 홈 스크린이 나타났다. 노트북도 원래 핍이 두고 나간 그 상태가 아니었다. 크롬창은 최소화돼 있고 작업표시줄에는 핍이 가장 최근 작성했던 활동일지 워드 문서가 열려 있었다. 핍은 활동일지를 클릭해보았다. 문서가 열리자 용의자 그림 바로 아래 페이지가 떴다.

핍은 숨이 멎을 듯 놀랐다.

마지막으로 작성해둔 내용 바로 아래 누군가가 메모를 적어둔 것이었다. **당장 그만둬, 피파.**

그것도 수백 줄이 넘게 적혀 있었다. A4 용지로 네 장이나 되었다.

갑자기 심장이 멈추고 딱정벌레 수천 마리가 핍의 피부 아래를 기어다니는 것 같은 느낌이 들었다. 핍은 키보드에서 손을 떼고 물끄러미 키보드를 내려다보았다. 살인범이 이 방에 왔었다. 핍의 방에 들어와 핍의 물건을 만졌다. 핍의 수사 기록을 열어보고 핍의 노트북 자판을 눌렀다.

무려 핍의 집에 들어와서 말이다.

핍은 자리에서 일어나 아래층으로 내려갔다.

"엄마, 있죠." 핍은 숨 막히는 공포를 꾹 참고 평소처럼 말하려고 애를 썼다. "오늘 혹시 누가 집에 왔다 갔어요?"

"글쎄, 엄마는 오늘 내내 일하다 바로 학부모의 밤 갔는데. 왜?"

"아, 아무것도 아니에요." 핍이 둘러댔다. "책 한 권 주문한 게 있는데 오늘 올 줄 알았거든요. 아, 그리고 실은…… 학교에서 들은 소문이긴 한데요. 요즘에 무단침입을 당한 집들이 꽤 있는데, 비상열쇠 숨겨놓은 걸 찾아서 쓴다는 거예요. 그 사람들 잡힐 때까진 우리 집 비상열쇠도 치워두면 어떨까 해서요."

"어머, 정말? 그러게, 그럼 거기 두면 안 되지."

"제가 가서 치울게요." 핍은 미끄러지지 않도록 조심하면서 현관으로 서둘러 나갔다.

문을 열자 차가운 10월의 밤공기가 달아오른 얼굴을 단숨에 식혔다. 핍은 무릎을 굽혀 문 앞 도어매트 한쪽 모서리를 들추었다. 열쇠에 집 안 복도의 불빛이 반사되어 핍을 비추었다. 열쇠는 원래 자리가 아닌 그 옆에 놓여 있었다. 열쇠가 오래 놓여 있던 흙바닥에는 열쇠 자국이 남아 있었다. 핍은 허리를 숙여 열쇠를 집어 들었다. 차가운 금속이 닿자 손가락이 아려왔.

핍은 떨면서 이불 속에 반듯이 누웠다. 눈을 감고 주변의 소리에 귀를 기울였다. 집 안 어디에선가 끼익하는 소리가 났다. 누가 집에 들어오려고 시도하는 걸까? 아니면 그냥 이따금씩 부모님 방 창문을 때리는 버드나무 소리였을까?

현관 쪽에서 쿵 소리가 들렸다. 핍은 벌떡 일어났다. 이웃집에서 차문을 쾅 닫았을까, 아니면 누가 침입을 시도하는 건가?

핍은 창문 쪽으로 걸어갔다. 침대에서 일어난 것도 벌써 열여섯 번째다. 커튼 한쪽을 들추고 밖을 내다보았다. 어두웠다. 밤의 짙은 남색이 모든 것을 감춰버린 가운데 진입로에 서 있는 차들만이 창백한 달빛에 반짝이고 있었다. 어둠 속에 누가 숨어 있을까? 핍을 지켜보면서? 혹시 어둠 속에서 파문이 일며 사람의 형체가 나타나진 않을까 한참을 지켜보았다.

핍은 다시 커튼 자락을 내려놓고 침대로 돌아가 누웠다. 간신히 체온으로 데워두었던 이불 속은 벌써 다시 차가워져 있었다. 핍은 또다시 떨면서 이불 속에 누웠다. 휴대폰 시계는 벌써 새벽 3시를 넘어가고 있었다.

가을바람에 창문이 흔들리자 심장이 곧이라도 목구멍까지 튀어나올 기세였다. 핍은 다시 이불을 걷고 침대 밖으로 나왔다. 이번에는 발꿈치를 들고 조용히 방 밖으로 나가 조쉬의 방문을 열어보았다. 조쉬는 곤히 잠들어 있었다. 평화로운 조쉬의 얼굴 위로 파란색 별 모양 무드등이 비치고 있었다.

핍은 조쉬의 침대 발치로 기어 올라간 다음 조쉬를 피해 베개 끝에 자리를 잡았다. 핍이 이불을 살짝 당기자 조쉬가 소리를 냈지만 잠이 깨진 않았다. 이불 속은 무척 따뜻했다. 그리고 핍이 여기서 지켜보고 있다면 조쉬도 안전할 것이다.

핍은 그렇게 조쉬 옆에 누워 조쉬의 깊은 숨소리를 들으며 조쉬의 체온으로 몸을 녹였다. 빙글빙글 돌아가는 파란 별들을 한참 바라보고 있자니 어지러웠고 이내 눈이 주체할 수 없이 무거워졌다.

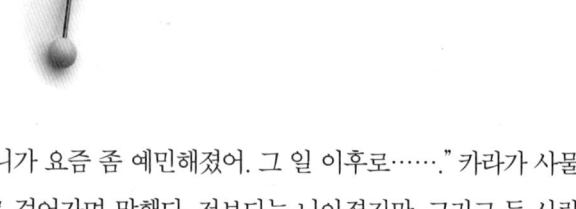

# 30

"언니가 요즘 좀 예민해졌어. 그 일 이후로……." 카라가 사물함으로 걸어가며 말했다. 전보다는 나아졌지만, 그리고 두 사람 다 아닌 척했지만, 아직도 두 사람 사이에는 단단한 어색함이 남아 있었다.

핍은 뭐라 대꾸해야 좋을지 알 수가 없었다.

"뭐, 언니가 그런 게 하루 이틀 일은 아니지만 요즘은 더 그렇다고." 어쨌거나 카라는 이야기를 이어갔다. "어제는 다른 방에서 아빠가 언니를 부르니까 난리를 치면서 부엌으로 휴대폰을 던져버리는 거야. 물론 완전히 박살나서 오늘 아침 수리하러 보냈지."

"아." 핍은 사물함을 열고 책을 넣었다. "혹시 언니 그럼 대체 폰 필요해? 최근에 엄마가 폰을 바꾸셨는데 아직 옛날 폰 갖고 있거든."

"아니야, 괜찮아. 몇 년 전에 쓰던 거 찾았어. 언니 심카드 바로 넣어 쓰진 못하는데 요금이 좀 남은 선불폰이 있더라고. 지금은 그 정도면 될 거야."

"언닌 괜찮은 거야?" 핍이 물었다.

"모르겠어. 언니가 안 괜찮은 지는 꽤 오래됐지. 특히나 엄마 돌아가신 이후론 더더욱. 근데 그것 말고도 늘 언니가 뭔가 힘들어하는 게 더 있단 느낌이긴 해."

핍은 사물함을 닫고 카라와 함께 걸어갔다. 화장으로 덧칠해서 겨우 가린 눈 밑 다크서클하며 거미 다리 같은 눈 안의 실핏줄을 부디 카라가 눈치채지 못하길 바랐다. 이제는 잠을 청하고 말고 할 상황이 아니었다. 케임브리지에 에세이는 보냈지만 이제는 한숨 돌릴 틈도 없이 ELAT 시험공부를 해야 했다. 나오미와 카라를 보호하기 위해 정해놓은 시간은 매일같이 째깍째깍 흘러가며 조금씩 줄어들고 있었다. 그리고 겨우 잠이 들어도 이번엔 꿈속에서 어두운 형체가 어딘가 숨어 핍을 지켜보았다.

"괜찮을 거야." 핍이 말했다. "정말로."

카라는 핍의 손을 꼭 한번 잡아주고는 돌아서 다른 방향으로 걸어갔다.

영어 수업을 들으러 가던 핍은 다른 교실 앞에서 급히 멈춰섰다. 복도 바닥에 신발 마찰음이 요란하게 났다. 저쪽에서 보이시한 백발의 쇼트커트에 짙게 스모키 화장을 한 여자가 핍 쪽으로 터덜터덜 걸어오고 있었다.

"나탈리?" 핍의 목소리가 가볍게 떨렸다.

나탈리 다 실바가 천천히 다가오더니 핍의 바로 앞에서 걸음을 멈췄다. 나탈리는 웃지도, 손을 흔들지도 않았다. 핍을 정면으로 쳐다보지도 않았다.

"여기서 뭐 하세요?" 핍이 물었다. 운동화에 양말을 올려 신긴 했지만 나탈리의 발목에는 전자발찌가 불거져 나와 있었다.

"그래, 페니. 네가 내 인생에 사사건건 관심이 많단 걸 내가 깜박했다."

"페니 아니고 피파요."

"그거나 저거나." 나탈리의 윗입술이 들리면서 냉소가 튀어나왔다. "변태 같은 과제 때문에 꼭 알아야겠다 하시면 내가 또 말씀을 드려야지. 난 이제 공식적으로 바닥을 쳤어. 부모님도 더는 못 도와주겠다 하시고 취업도 안 돼. 방금 교장 선생님한테 예전에 오빠가 하던 경비 자리 달라고 부탁했어. 근데 폭력 전과범은 못 써준다네. 앤디 후폭풍이 참 대단하지. 이렇게나 오래 들러붙어 있을 줄이야."

"유감이에요." 핍이 말했다.

"아니." 나탈리는 그러고는 성큼성큼 발길을 옮겼다. 나탈리가 지나가며 핍의 머리가 펄럭였다. "네가 퍽이나 유감이겠다."


점심시간이 끝나고 핍은 러시아 역사 교과서를 가지러 다시 사물함에 들렀다. 사물함 문을 열자 책 위에 놓인 쪽지 한 장이 보였다. 접혀 있는 인쇄용지였는데, 아마도 사물함 문틈 위쪽으로 밀어 넣은 모양이었다.

심장이 철렁했다. 주위를 둘러보았지만 핍을 주시하는 시선은 없었다. 핍은 쪽지에 손을 뻗었다.

***마지막 경고다, 피파. 그만둬.***

핍은 검은 잉크로 인쇄된 그 쪽지를 더는 읽어보지 않고 다시 접어 역사 교과서 표지 안에 끼워 넣었다. 그리고 두 손으로 책을 꺼낸 다음 사물함 문을 닫았다.

이제 분명해졌다. 누군가 핍에게 겁을 주려 하고 있다. 집에서도, 학교에서도 핍을 지켜보고 있다고 협박하고 있다. 그리고 그 협박은 먹혔다. 핍은 이제 두려움에 잠도 설치고 지난 이틀 밤은 어두운 창밖을 내다보고 있기도 했다. 하지만 핍도 낮에는 밤보다 합리적이었다. 정말로 핍이나 핍의 가족을 해칠 생각이 있는 사람이면 이미 핍이든 누구든 해치고도 남았을 것이다. 협박을 받았다고 포기할 수는 없다. 섈과 라비를, 카라와 나오미를 포기할 순 없다. 그러기엔 너무 멀리 왔고, 앞으로 가는 길은 점점 더 힘들어질 것이다.

리틀 킬턴에 살인범이 숨어 있다. 살인범은 핍의 가장 최근 작성 활동일지를 읽었고 이제 반응을 보이고 있다. 그 말인즉, 핍의 추리가 제대로 맞아가고 있단 뜻이었다. 경고는 어디까지나 경고일 뿐이었다. 그렇게 생각해야만 했다. 잠 못 드는 밤 침대에 누워 핍은 스스로 그렇게 되뇌어야 했다. 그리고 정체 모를 협박범이 핍을 조여온다 한들, 핍 역시 그자의 정체에 점점 가까워지고 있었다.

핍은 책등으로 교실 문을 밀었다. 문이 생각보다 너무 활짝 열렸다.

"아야." 교실에 있던 엘리엇이 문에 팔꿈치를 부딪쳤다.

문은 다시 핍 쪽으로 열렸고 핍은 발을 헛디디면서 교과서를 떨어뜨렸다.

"죄송해요, 엘…… 워드 선생님. 거기 계신 줄 몰랐어요."

"괜찮아." 엘리엇이 씩 웃었다. "설마 암살 시도는 아닐 테고, 배움에 대한 너의 열정이라고 해석하마."

"요즘 1930년대 러시아 부분 다루고 있긴 하잖아요."

"아, 그래." 엘리엇은 허리를 숙여 핍의 책을 주워주며 말했다.

"그럼 사실상 시위였네?"

책 속에서 빠진 쪽지가 미끄러지듯 바닥으로 떨어졌고, 접힌 부분이 바닥에 닿으면서 쪽지의 한쪽 면이 펼쳐졌다. 핍은 잽싸게 쪽지를 잡아 공처럼 뭉개버렸다.

"핍?"

엘리엇이 핍과 눈을 마주 보려 했지만 핍은 모른 척 앞만 쳐다보았다.

"핍, 괜찮니?" 엘리엇이 물었다.

"넵." 핍은 입을 다문 채 살짝 미소를 띠면서 고개를 끄덕였다. 조금도 안 괜찮다고 대답하고 싶었지만 그 말은 속으로 꾹 눌러 삼켰다. "괜찮아요."

"핍." 엘리엇이 부드럽게 말했다. "혹시 학교에서 누가 널 괴롭히면 꼭 얘기해야 해. 혼자만 끙끙 앓는 건 좋지 않아."

"그런 거 아니에요." 핍이 엘리엇을 돌아보며 말했다. "진짜 괜찮아요."

"핍?"

"괜찮아요, 선생님." 막 다른 학생들이 조잘대며 교실로 들어오고 있었다.

핍은 엘리엇의 손에서 교과서를 받아든 다음 자기 자리로 향했다. 자리로 가는 내내 엘리엇의 시선이 느껴졌다.

"어이, 핍." 코너가 핍의 옆자리에 가방을 내려놓으며 말했다. "점심 후에 안 보이더라." 그러더니 이렇게 속삭였다. "근데 너랑 카라랑 왜 그렇게 찬바람이 불어? 너네 싸웠냐?"

"아니." 핍이 대답했다. "우린 괜찮아. 아무 일도 없어."

피파 피츠-아모비
EPQ 2017. 10. 21.

## 활동일지 33

사물함에서 그 쪽지를 발견하기 불과 몇 시간 전 학교에서 나탈리 다 실바를 마주친 건 사실이다. 나탈리가 사물함에 살해 협박 쪽지를 남긴 전적이 있는 만큼 그 시점에서 나탈리를 마주친 사실을 그냥 무시해버릴 순 없다.

그리고 나탈리가 유력 용의자 후보이긴 하지만 확실한 건 아무것도 없다. 킬턴같이 작은 동네에선 관련이 있어 보이는 일이 순전히 우연이기도 하고, 또 반대로 우연인 것 같은 일이 전혀 우연이 아니기도 하다. 킬턴 그래머 스쿨은 이 동네 유일의 고등학교다. 여기서 아는 사람을 봤다고 그 사람이 살인범이라고 할 순 없다.

용의자 대부분이 이 학교와 관련이 있다. 맥스 헤이스팅스와 나탈리 다 실바 모두 이 학교를 다녔었고, 다니엘 다 실바는 여기서 경비로 일한 적이 있다. 제이슨 벨의 두 딸 모두 이 학교를 다녔다. 하위 바워스는 킬턴 그래머 스쿨을 다녔는지 아닌지 모르겠다. 이 사람 정보는 인터넷에서 전혀 찾을 수가 없다.

하지만 내가 여기 다니는 건 용의자 모두 알고 있을 것이다. 날 미행했을 수도 있고 금요일 아침 내가 카라랑 사물함 앞에서 이야기하고 있을 때 날 지켜보고 있었을 수도 있다. 학교에 무슨 대단한 보안 체계가 있는 것도 아니고, 누구든 출입이 가능하니까 말이다.

그러니까 어쩌면 나탈리일 수도 있고, 혹은 다른 사람일 가능성도 있다. 결국 다시 원점으로 돌아왔다. 범인은 누구인가? 시간은 흘러가고 있고 내 손가락은 아직도 누구 하나 딱 꼬집어 가리키지 못하고 있다.

지금까지 라비와 알아낸 정보를 모두 종합해볼 때, 여전히 가장 중요한 단서는 앤디의 대포폰인 것 같다. 대포폰은 사라졌지만 찾을 수만 있다면, 혹은 누가 그걸 갖고 있는지만 알면 그것으로 우리의 임무는 끝이다. 휴대폰은 실체가 있는 물리적인 증거다. 경찰을 찾아가려면 딱 그 대포폰 같은 게 필요하다. 프린터로 인쇄한 사진을 들고 가서 여기 흐릿한 숫자가 관건이라고 해봤자 경찰이 듣는 척도 안 할지 모르지만, 피해자가 비밀리에 사용하던 휴대폰이라고 하면 아무도 그냥 무시하진 못할 것이다.

그래, 전에는 앤디가 죽을 당시 그 대포폰을 가지고 있었고, 앤디의 죽음과 함께 그 대포폰도 영원히 사라졌다고 생각했다. 하지만 그렇지 않을 가능성을 생각해보자. 앤디가 집을 나와 차를 몰고 가던 중 납치됐다고 하자. 그런 다음 살해됐고, 시신은 유기됐다고 치자. 그럼 살인범은 생각하겠지. '대포폰에 나와 관련된 단서가 있을 수도 있는데, 혹시 경찰이 수색 중에 찾으면 어떡하지?'

그렇다면 범인은 대포폰을 찾으러 갔겠지. 대포폰의 존재를 확실히 알고 있었다고 생각되는 사람은 맥스와 하위, 이 두 사람이다. 다니엘 다 실바가 비밀의 연상남이라면 그 역시 이 폰의 존재를 알고 있었을 것이다. 하위는 심지어 숨겨놓은 장소까지 알고 있었다.

이들 중 하나가 앤디를 살해한 다음 앤디네 집에 가서 다른 사람들 눈에 띄기 전에 대포폰을 감추었다면? 베카 벨에게 몇 가지 더 물어볼 것들이 생겼다. 과연 대답을 해줄지 모르겠지만 일단 시도는 해봐야겠다.

# 31

건물을 향해 걸어가는데 핍은 배 속에 철조망이라도 돋은 것마냥 긴장이 됐다. 작은 건물의 전면은 유리창으로 되어 있고 문 옆에는 '킬턴 메일'이라고 되어 있는 조그마한 금속 문패가 걸려 있었다. 월요일 아침인데도 활기라곤 느껴지지 않는 곳이었다. 아래쪽 창문으로도 안에 사람이 있다는 기척이 전혀 느껴지지 않았다.

핍은 문 옆 벽에 붙은 벨을 눌렀다. 벨소리의 이명이 귓속에 맴돌았다. 이명을 무시하고 있자니 잠시 후 스피커 너머로 기계음 섞인 선명하지 않은 목소리가 들려왔다.

"누구시죠?"

"아, 안녕하세요. 베카 벨 씨를 만나러 왔는데요."

"네." 목소리가 대답했다. "문 열어드릴게요. 문이 좀 뻑뻑하니까 세게 미셔야 해요."

요란한 삑 소리와 함께 문이 열렸다. 문을 안쪽으로 밀고 엉덩이로 문을 고정하려 했지만 문은 딸깍하는 소리와 함께 고정되지 않고 안쪽으로 더 움직였다. 핍은 사무실 안으로 들어가 문을 닫고 차디찬 작은 방 안에 덩그러니 서 있었다. 소파가 세 개, 탁자가 두 개 있었고 사람들은 전혀 보이지 않았다.

"계세요?" 핍이 소리쳤다.

문이 열리고 한 남자가 베이지색 롱코트 목깃을 휙 세우며 걸어 나왔다. 귀 위쪽으로 짧게 자른 짙은 머리, 칙칙한 피부 톤의 소유자였다. 스탠리 포브스였다.

"아." 남자는 핍을 보고 걸음을 멈췄다. "지금 막 나가려던 참이라서요. 누구……시죠?"

스탠리 포브스는 눈을 가늘게 뜨고 아래턱을 내민 채 한참이나 핍을 들여다보았다. 핍은 목덜미에 소름이 돋았다. 방 안이 추웠다.

"베카를 만나러 왔어요." 핍이 말했다.

"아, 그렇군요." 스탠리 포브스는 이를 보이지 않고 웃었다. "오늘은 전부 안쪽 방에 있어요. 앞쪽 방은 난방이 고장 나서요. 저쪽입니다." 스탠리 포브스는 자기가 막 나온 문을 가리켜 보였다.

"감사합니다." 핍이 말했다. 스탠리 포브스는 이미 사무실 정문을 나서고 있었다. 이내 문이 쾅 닫혔고 핍은 허공에 대고 감사 인사를 한 꼴이 됐다.

핍은 안쪽으로 들어가 문을 밀었다. 짧은 복도를 따라가면 더 큰 사무실 공간이 나왔다. 안쪽 사무실은 벽마다 책상이 네 개씩 붙여져 있었고, 책상마다 신문이 가득 쌓여 있었다. 사무실 안에서는 여자 세 명이 일을 하고 있었다. 제각각 자기 자리에서 부지런히 타자를 치는 소리만이 방 안을 가득 메우고 있고, 아무도 핍의 존재를 알아채지 못했다.

핍은 베카 벨을 향해 걸어갔다. 베카 벨은 목이 드러나게 짧은 금발 머리를 하나로 묶고 있었다.

"안녕하세요." 핍이 베카에게 인사했다.

베카가 핍 쪽으로 회전의자를 돌렸고, 다른 두 명이 고개를 들었다. "아." 베카가 입을 열었다. "날 만나러 온 사람이 너였니? 학교에 있을 시간 아닌가?"

"네, 죄송해요. 지금은 중간 방학이라서요." 라비와 함께 벨 집에 몰래 들어갔다가 들키기 직전까지 갔던 그 일을 떠올리자 핍은 긴장이 되어 베카의 눈빛을 피했다. 대신 베카 어깨 너머로 보이는 컴퓨터 스크린을 쳐다보았다.

베카가 핍의 시선을 의식하고 문서창을 최소화하려고 돌아앉았다.

"미안. 신문에 실릴 첫 기사인데 난 초고는 워낙 막 쓰는 편이라서. 남한텐 안 보이고 싶어." 베카가 씩 웃었다.

"뭐에 관한 기사인데요?" 핍이 물었다.

"아, 킬턴 나가자마자 시카모어로드 끝에 위치한 농가가 있는데, 그 집에 관한 기사야. 11년째 방치돼 있는 낡은 농가인데 잘 안 팔리는 모양이야." 베카는 핍을 올려다보며 말을 이어나갔다. "이웃 몇몇이 농가를 사서 용도변경을 하고 펍으로 개조하려 한다는데 난 그걸 반대하는 입장에서 기사를 쓰고 있지."

다른 두 명 중 한 명이 끼어들었다. "그 부근 사는 형제가 있는데 사기 괜찮은 것 같다고 하더라고. 조금만 걸어가면 생맥주라니, 벌써부터 황홀한 거지." 여자는 안개 고동 소리마냥 요란하게 웃으며 다른 동료를 쳐다보았다.

베카는 어깨를 으쓱하곤 스웨터 소매를 만지작대며 제 손을 쳐다보았다. "저는 그냥 그 집도 얼마든지 따스한 가정집이 될 수 있을 것 같아서요." 베카가 대꾸했다. "몇 년 전에 아빠가 그 집을 사기 일보 직전까지 갔었는데 그 후에 그런 일이 생기면서 결국은 무산됐거든요. 아빠가 마음을 바꾸지 않았다면 어떻게 됐을까, 늘 그런 생각을 했었어요."

다른 두 명의 타자 소리가 조용해졌다.

"아아, 베카." 여자가 말했다. "그런 이유가 있었는진 전혀 몰랐어. 내가 아주 형편없는 소릴 한 것 같네." 여자는 자기 이마를 탁 때렸다. "오늘은 차 당번 내가 할게."

"아니에요, 신경 쓰지 마세요." 베카는 조그맣게 미소를 지어 보였다.

다른 두 명은 어느새 하던 일로 돌아갔다.

"피파라고 했던가?" 베카가 조용히 말했다. "오늘은 무슨 일일까? 혹시 전에도 했던 이야기 관련된 거라면, 난 관여하고 싶지 않단 뜻을 분명히 밝힌 것 같은데."

"저 정말 진심인데요." 핍이 목소리를 낮추었다. "아주 중요한 일이에요. 정말로요. 잠깐이면 되니까 제발요."

베카는 머뭇거리며 커다란 파란 눈동자로 핍을 잠시 쳐다보았다.

"알았어." 베카가 자리에서 일어섰다. "바깥쪽 사무실로 가자."

다시 돌아온 바깥쪽 방은 더 춥게 느껴졌다. 베카는 소파 가까이에 자리를 잡고 다리를 꼬았다. 핍은 베카를 마주 보고 앉았다.

"음, 어떻게 얘기해야 할지……." 핍은 갑자기 어디서부터 얘길 할 것이며 또 어디까지 말할 것인지 자신이 없어졌다. 핍은 앤디와 똑 닮은 베카의 얼굴을 가만히 들여다보았다.

"무슨 얘기길래?" 베카가 물었다.

이제 본론으로 들어갈 때였다. "그러니까 제가 조사를 하다가 알게 됐는데, 언니분이 파티에서 마약을 팔았던 것 같더라고요."

핍의 말에 베카의 단정한 눈썹이 구겨졌다. 믿을 수 없다는 표정이었다. "무슨 소리야. 그럴 리가." 베카가 대꾸했다.

"죄송해요. 하지만 여러 사람한테 확인한 이야기예요." 핍이 말했다.

"언니가 그럴 리가 없잖아."

"앤디에게 물건을 대주던 공급책이 거래할 때 쓰라고 비밀폰, 대포폰을 줬어요." 핍은 베카가 믿든 믿지 못하든 일단 말을 이어갔다. "그 사람 말론 앤디가 대포폰이랑 물건을 옷장 속에 숨겼다고 했고요."

"미안한데, 너 아무래도 누구한테 속은 것 같다." 베카는 고개를 절레절레 저었다. "언니가 약을 팔았다니 무슨 소리야."

"알아요, 믿어지지가 않죠." 핍이 말했다. "그런데 알고 보니 앤디는 비밀이 참 많은 사람이었더라고요. 이것도 그런 비밀 중 하나였고요. 경찰 수색 중엔 앤디 방에서 대포폰이 나오지 않았으니까 혹시 앤디 실종 이후 누가 앤디 방에 들어갔는지 알 수 있을까 해서……."

"그게 무슨…… 하지만……" 베카는 여전히 당혹스러워하며 고개를 저었다. "아무도 안 들어갔지. 집 전체가 출입이 통제됐는걸."

"제 말은 경찰 오기 전에요. 앤디가 집을 나가고 부모님께서 딸이 실종된 걸 알게 되시기 전에요. 혹시 집에 누가 몰래 들어온 흔적 같은 건 없었나요? 그때 뭘 하고 있었나요? 자고 있었나요?"

"나는…… 난……" 베카의 목소리가 갈라졌다. "아니, 모르겠어. 자고 있진 않았어. 아래층에서 TV를 보고 있었지. 하지만……."

"맥스 헤이스팅스라고 아세요?" 베카가 다시 부정하기 전에 핍은 재빨리 질문을 날렸다.

베카가 혼란스러운 표정으로 핍을 빤히 쳐다보았다. "음, 알아. 샐 친구 아니었나? 금발 머리."

"그 사람이 혹시 앤디 실종 이후에 집 주변을 어슬렁대거나 한 적은 없었나요?"

"아니." 베카가 재빨리 대답했다. "없었어. 왜……."

"그럼 다니엘 다 실바는요? 이 사람 아세요?" 핍은 베카가 깊이 생각하기 전에 대답을 들을 요량으로 속도전으로 질문을 던지는 수법을 썼다.

"다니엘." 베카가 대답했다. "응, 알지. 아빠랑 친했으니까."

핍이 실눈을 떴다. "다니엘 다 실바가 아버님이랑 친한 사이였다고요?"

"응." 베카가 코를 훌쩍였다. "학교 경비 일 관둔 후에 잠깐 아빠 밑에서 일한 적이 있었어. 아빠가 청소회사를 운영하시거든. 아빠가 다니엘을 워낙 아껴서 사무직으로 승진을 시켜줬지. 경찰에 지원해보라고 아빠가 설득도 하고 견습 기간 내내 원조도 해줬는걸. 아직도 잘 지내는진 잘 모르겠네. 아빠랑은 이야기를 안 해서."

"그럼 다니엘을 자주 봤나요?"

"종종. 가끔 놀러 와서 저녁을 먹고 가곤 했어. 이게 언니 일이랑 무슨 상관인데?"

"다니엘은 언니분 실종 당시 경찰이었어요. 혹시 앤디 사건도 담당했나요?"

"응, 그렇지. 아빠가 신고했을 때 다니엘이 제일 먼저 대응을 해주기도 했고."

핍은 자기도 모르는 새 소파 쿠션에 손을 얹은 채 점점 베카 쪽으로 몸이 기울고 있었다. "다니엘이 집안 수색도 했나요?"

"응. 다니엘이랑 다른 여자 경찰이 와서 우리 진술도 받고 1차 수색도 했어."

"다니엘이 앤디 방도 수색했으려나요?"

"아마 그랬을걸." 베카는 어깨를 으쓱했다. "이런 걸 왜 물어보는지 모르겠다. 뭔가 거짓 정보를 듣고 헛다리를 짚고 있는 것 같은데, 언닌 마약이랑은 전혀 상관없었어."

"다니엘 다 실바가 앤디 방에 먼저 들어갔을 가능성이 있단 거죠." 베카에게 하는 말이라기보다 핍 스스로에게 하는 말이었다.

"그게 무슨 상관인데?" 이제 베카의 목소리에는 짜증이 묻어나기 시작했다. "그날 밤 일어난 일은 다 알고 있잖아. 샐이 언니를 죽였어. 언니가 됐든 누가 됐든, 그때 뭘 하고 있었는진 중요하지 않아."

"그게 샐 짓인지는 모르겠네요." 핍은 눈을 크게 떠 보였다. "과연 정말 샐 짓인지 전 의문이에요. 그리고 제가 곧 증명해 보일 수 있을 것 같고요."

피파 피츠-아모비
EPQ 2017. 10. 23.

## 활동일지 34

샐이 진짜 범인이 아니라는 내 가설을 베카 벨은 별로 마음에 들어 하지 않는 것 같다. 나한테 가달라고 한 것을 보면 말이다. 놀랄 일도 아니다. 지금까지 5년 반이란 시간 동안 샐이 언니를 죽인 범인이라고 믿어왔고 그 시간 동안 언니에 대한 슬픔을 묻어왔을 텐데, 갑자기 웬 여고생이 나타나서 구린 진실을 파헤치고 댁이 알던 것은 사실이 아니라고 하는 셈이니 말이다.

하지만 라비와 내가 이제 곧 앤디와 샐을 죽인 진짜 범인을 찾아내면 베카도, 킬턴 주민들도 우리 말을 믿을 수밖에 없게 될 것이다.

베카와의 대화 이후 가장 유력한 용의자 후보가 다시 바뀌게 될 것 같다. 용의자들 두 명의 강력한 연관 고리를 찾아냈고(다니엘 다 실바-제이슨 벨이 또 다른 한 팀의 공범들일까?), 다니엘과 관련해서 내가 의심스러워했던 부분도 확인이 됐다.

다니엘은 앤디 실종 이후 앤디 방에 들어갈 기회가 있었고, 심지어 그 방을 가장 먼저 수색했을 가능성도 높다! 그러니까 다니엘에겐 대포폰을 찾아 숨기고 앤디의 인생에서 자신의 흔적을 지워버릴 완벽한 기회가 있었을 것이다.

온라인 검색으로는 다니엘에 대한 쓸 만한 정보가 별반 없다. 하지만 킬턴 템스밸리 경찰서 웹사이트에 이런 안내문이 떠 있었다.

> ### 킬턴 주민 공청회
>
> 지역 경찰업무 관련하여 문의와 관심 있으신 주민들께서는 직접 참석하셔서 <u>발언의 기회</u>를 가지시기 바랍니다.
>
> **공청회 일정**
>
> 회의명: 킬턴 주민 공청회
> 일자: 2017. 10. 24. (화)
> 시간: 12:00 - 1:00
> 장소: 리틀 킬턴 도서관

킬턴 경찰 인력은 정식으로 배정된 경찰관 다섯 명과 치안 보조경찰 두 명뿐이다. 다니엘은 분명 공청회에 참석할 것이다. 물론 다니엘이 입을 열 것 같지는 않다.

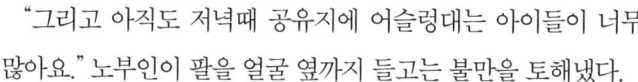

# 32

 "그리고 아직도 저녁때 공유지에 어슬렁대는 아이들이 너무 많아요." 노부인이 팔을 얼굴 옆까지 들고는 불만을 토해냈다.

 "페이버섬 부인, 전에도 말씀드렸었죠." 컬이 탱글탱글 살아 있는 머리를 한 여성 경찰관이 말했다. "그 친구들이 무슨 반사회적 모의를 하는 게 아니고요, 그냥 학교 끝나고 축구를 하는 거랍니다."

 공청회 참석자는 겨우 열두 명뿐이었다. 핍은 밝은 노란색 플라스틱 의자에 앉아 있었다. 도서관은 어둡고 공기는 탁했다. 낡은 장서들 냄새, 노인들 냄새가 물씬 풍겨왔다.

 공청회는 느리고 따분하게 진행됐지만 핍은 날카로운 시선을 유지한 채 경계심을 늦추지 않았다. 공청회에는 총 세 명의 경찰관이 참석했고, 그중 한 명이 다니엘 다 실바였다. 검은색 유니폼 차림의 다니엘은 예상보다 키가 더 컸다. 옅은 갈색에 곱슬기 있는 머리는 뒤로 빗어 넘겼고, 수염은 깔끔하게 깎은 상태였다. 좁은 들창코에 입술은 두텁고 길었다. 핍은 혹시라도 다니엘이 눈치챌까 싶어 의식적으로 다니엘을 오래 쳐다보고 있지 않으려고 했다.

 핍이 앉은 자리에서 세 자리 건너 또 다른 낯익은 얼굴이 보였다. 그 남자가 갑자기 경찰을 향해 손바닥을 펴 보이며 자리에서 일어섰다.

"《킬턴 메일》스탠리 포브스 기자입니다. 저희 독자 투고 가운데 아직도 시내 중심가에서 과속을 지적하는 의견이 자주 나옵니다. 이 문제는 해결책이 있는지요?"

이번엔 다니엘이 앞으로 나왔다. 다니엘은 스탠리에게 자리에 앉으라고 고갯짓을 해 보인 다음 대답했다. "의견 감사합니다. 말씀하신 지역에 대해서는 이미 여러 가지 교통정리 조치를 취한 상태입니다. 과속 단속 확대 이야기도 나왔고요. 계속해서 우려가 제기되면 다시 내부 검토를 진행하도록 하겠습니다."

페이버셤 부인이 거북이 같은 속도로 두 가지 추가 불편 사항을 접수한 다음에야 공청회는 마무리됐다.

"경찰업무 관련 다른 불편 사항이나 우려가 있으신 주민들께서는," 세 번째 경찰은 누가 봐도 페이버셤 부인과 시선을 마주치지 않으려 애를 쓰고 있었다. "뒤편에 비치된 양식에 내용을 기재하여주시기 바랍니다." 경찰은 손으로 양식이 있는 곳을 가리켜 보였다. "저희에게 직접 하실 이야기가 있는 주민분들께서는 공청회 종료 후 10분을 적극 활용해주시기 바랍니다."

너무 적극적으로 보이고 싶지는 않아서 일단 기다렸다. 다니엘이 도서관 자원봉사자와 이야기가 끝난 것 같아 핍은 그제야 자리에서 일어나 그에게 다가갔다.

"안녕하세요." 핍이 인사했다.

"안녕." 다니엘이 웃으며 대답했다. "이런 자리에 오는 주민치고 드물게 굉장히 젊은 축에 속하는 분이 오셨네."

핍은 어깨를 으쓱해 보였다. "정의와 범죄에 관심이 많아서요."

"킬턴에선 흥미진진한 사건은 잘 없는데. 그냥 얼쩡대는 애들이랑 과속 차량 정도지."

다니엘의 말대로라면 참 좋겠지만 말이다.

"수상하게 연어를 들고 있는 사람을 체포하는 그런 일은 없으신가 봐요?" 핍은 어색하게 웃었다.

다니엘은 멍한 표정으로 핍을 쳐다보았다.

"아, 그게 그…… 영국법상 범죄잖아요." 핍은 얼굴이 달아오르는 것이 느껴졌다. 긴장될 땐 다른 사람들처럼 평범하게 그냥 머리카락이나 만지작대면 좋으련만. "1986년 연어법에 따르면 수상하게 연어를…… 아니에요, 됐어요." 핍은 고개를 저었다. "그냥 질문이 몇 가지 있어서요."

"해봐." 다니엘이 말했다. "연어 질문만 아니라면 말야."

"그건 아니에요." 핍은 입에 주먹을 대고 가볍게 헛기침을 한 다음 고개를 들었다. "5~6년 전 일인데, 킬턴 그래머 스쿨 학생들이 다니던 하우스 파티에서 약물이랑 술에 약을 탔다고 신고 들어왔던 건 혹시 기억나세요?"

다니엘은 입을 꾹 다물고 인상을 쓰면서 곰곰이 생각해보는 듯했다.

"아니. 그런 건 기억에 없는데. 범죄 신고할 게 있는 거니?"

핍은 고개를 저었다. "아니요. 맥스 헤이스팅스를 아세요?"

다니엘은 어깨를 으쓱해 보이더니 대답했다. "헤이스팅스 부부는 조금 알지. 견습 기간 끝나고 처음 혼자 출동을 나간 게 그 집이었거든."

"무슨 일로요?"

"아, 별건 아니고 그 집 아들이 집 앞 나무에 차를 들이받았어. 보험 때문에 경찰에 신고 접수를 해야 해서. 왜 그러지?"

"그냥요." 핍은 아무렇지 않은 척해 보였다. 다니엘이 이제 자리를 뜨려고 발을 움직였다. "한 가지만 더요."

"뭔데?"

"앤디 벨 실종 건으로 경찰 신고가 들어갔을 때 경관님이 처음 대응을 하셨잖아요. 그 집을 처음 수색한 것도 경관님이고요."

다니엘이 고개를 끄덕였다. 다니엘의 시선이 날카로워졌다.

"혹시 이해관계의 충돌 같은 문젠 없었나요? 경관님이 워낙 제이슨 벨 씨랑 가까운 사이였잖아요."

"아니, 전혀." 다니엘이 딱 잘라 대답했다. "이 유니폼을 입고 있을 땐 난 프로니까. 그나저나 네 질문들이 좀 거슬린단 말은 해둬야겠어. 그럼 이만."

다니엘이 자리를 뜨려고 하는데 바로 그때 뒤에서 한 여자가 나타나 다니엘과 핍 사이에 끼어들었다. 여자는 밝은색 긴 금발 머리에 코에는 주근깨가 있었고 원피스 앞섶으로 거대한 배가 솟아 있었다. 족히 7개월은 되어 보이는 배였다.

"안녕." 여자는 굳이 꾸며낸 쾌활한 목소리로 핍에게 인사했다. "난 이 사람 아내야. 이이가 어린 여자랑 이야기하는 일은 저엉말 드문데 말야. 자기는 평소 이 사람 스타일도 아니거든."

"킴." 다니엘은 여자의 등 뒤로 팔을 두르며 말했다. "가자."

"누군데?"

"공청회 참석한 주민이야. 나도 잘 몰라." 다니엘은 아내를 다른 쪽으로 데려갔다.

나가는 길에 핍은 다시 한번 어깨 너머로 다니엘을 쳐다보았다. 다니엘은 아내와 함께 서서 페이퍼셤 부인과 이야기를 나누며 의식적으로 핍 쪽을 쳐다보지 않으려 하고 있었다. 핍은 문을 열고 밖으로 나갔고 차가운 공기에 카키색 외투를 더욱 꼭 여몄다. 라비가 길 저 끝 카페 앞에서 핍을 기다리고 있었다.

"선밴 안 들어오길 잘했네요." 핍이 라비에게 다가가 말했다. "나한테도 벌써 그리 사근사근하진 않았어요. 스탠리 포브스 기자도 왔었고요."

"차암 훌륭한 기자지." 라비는 찬 바람을 피해 주머니에 손을 찔러넣으며 빈정댔다. "새로운 내용은 없고?"

"아, 있죠." 핍은 라비와 거리를 좁히면서 라비를 바람막이 삼았다. "다니엘이 한 가지 흘린 정보가 있는데, 의식했는지 아닌지 모르겠어요."

"극적인 연출은 그만하고 그냥 말해주면 안 돼?"

"미안합니다. 다니엘이 헤이스팅스 부부를 안다는 거예요. 맥스가 집 앞 나무를 차로 들이받았을 때 경찰 신고를 수리한 사람이 자기래요."

"아." 라비의 입이 벌어졌다. "그럼 다니엘은…… 다니엘이 뺑소니 사고도 알고 있었을까?"

"그럴 가능성도 있죠."

핍의 손은 이제 너무 얼어서 손가락이 곧게 펴지지도 않았다. 핍이 이제 그만 돌아가자고 하려던 차에 라비가 그 자리에서 얼어붙었다. 라비의 시선은 핍의 등 뒤쪽 무언가를 향해 있었다.

핍이 뒤를 돌았다.

다니엘 다 실바와 스탠리 포브스가 막 도서관을 나오고 있었다. 그들의 등 뒤로 문이 쾅 닫히는 소리가 났다. 두 사람은 낮은 목소리로 대화를 나누고 있었는데 다니엘이 뭔가 부지런히 손짓을 동원하며 설명을 하는 중이었다. 스탠리가 부엉이처럼 고개를 돌리며 주변을 살피다 핍과 라비를 발견했다.

스탠리의 눈이 차가워졌다. 라비와 핍을 쳐다보는 스탠리의 시선은 흡사 혹독한 겨울바람 같았다. 다니엘의 시선도 스탠리를 뒤따랐지만 다니엘의 시선은 핍에게만 고정되었다. 역시 날카롭고 매서운 눈빛이었다.

라비가 핍의 손을 잡았다. "가자."

## 33

"자, 바니." 핍은 허리를 숙여 타탄체크 목걸이에서 목줄을 떼주며 말했다. "이제 가서 놀아."

바니는 처진 눈꼬리에 웃는 얼굴로 핍을 올려다보았다. 목줄을 떼고 핍이 허리를 펴자 바니는 잽싸게 질척한 오솔길로 달려가 새끼 강아지마냥 나무 사이를 뛰어다녔다.

엄마 말이 맞았다. 산책을 하긴 조금 늦은 시간이었다. 벌써 숲은 어두워지고 있었고 가을이 곳곳에 내려앉은 나무들 사이로 보이는 하늘은 회색 물감을 휘저어놓은 듯했다. 지금이 5시 45분, 날씨 앱에 따르면 2분 안에 해가 진다고 했다. 핍도 밖에 오래 있을 생각은 아니었다. 그냥 잠깐 책상을 벗어나 환기가 필요했을 뿐이었다. 공기가 필요했고, 공간이 필요했다.

핍은 온종일 다음 주 있을 시험공부를 했다가, 용의자들 이름을 한참 노려보았다가 했다. 용의자들 이름을 너무 오래 노려보고 있있더니 눈동자가 몰리는 느낌이 들었다. 그러다 급기야는 알파벳의 각 선이 제멋대로 춤을 추며 살아나더니 이름이 모두 뒤섞여 보이기에 이르렀다.

이제 뭘 어떻게 해야 할지 핍은 알 수가 없었다. 다니엘 다 실바의 부인과 이야기를 해봐야 할지도 모르겠다. 딱 봐도 사이가 좋은 부부는 아니었으니 말이다. 왜, 무슨 비밀이 있기에 두 사람의 사이가 나빠진 걸까? 아니면 그냥 대포폰에만 집중하는 게 맞을까? 대포폰의 존재를 아는 용의자들 집에 몰래 들어가 수색하는 걸 고민해봐야 하나?

아니, 됐다. 지금은 앤디 벨 일은 잠시 접어두고 머리를 식히려고 산책을 나온 거다. 핍은 주머니에서 이어폰을 꺼내 줄을 풀었다. 그런 다음 이어폰을 귀에 꽂고 실제 범죄 사건 팟캐스트를 열어 전에 듣다가 만 에피소드를 재생했다. 낙엽 밟히는 소리가 시끄러워 팟캐스트 볼륨을 잔뜩 올려야 했다.

핍은 살해된 다른 소녀의 이야기를 들으며 앤디 벨에 대한 생각은 접어두려고 노력했다.

숲속의 짧은 둘레길로 들어서서 앙상한 나뭇가지들 그림자만 쳐다보며 걸었다. 주변이 점점 어두워지면서 그림자도 점차 옅어졌다. 땅거미가 어둠으로 바뀌자 핍은 큰길로 더 빠르게 나갈 수 있게 둘레길을 벗어나 나무가 우거진 숲길로 들어갔다. 10미터 전방에 큰길로 향하는 공원 문이 보이자 핍은 바니를 불렀다.

공원 문에 다다라 핍은 팟캐스트를 멈추고 휴대폰에 이어폰 줄을 감았다.

"바니, 가자." 핍이 주머니에 휴대폰을 넣으며 바니를 다시 불렀다.

큰길에 차가 한 대 빠르게 지나갔다. 차 쪽을 쳐다보았지만 헤드라이트 불빛에 너무 눈이 부셔 앞이 잘 보이지 않았다.

"멍멍이!" 이번엔 더 크고 높은 목소리로 바니를 불렀다. "집에 가자, 바니!"

어둠 속 나무들은 꼼짝 않고 서 있었다.

핍은 침으로 입술을 적신 다음 휘파람을 불었다.

"바니! 누나 여기 있어. 바니!"

바삐 낙엽을 밟으며 달려오는 소리가 들리지 않았다. 나무 사이로 금빛의 날쌘 움직임도 보이지 않았다. 아무런 소리도, 움직임도 없었다.

발끝에서부터 손끝까지 차가운 공포가 퍼져나갔다.

"바-니!" 이제 핍의 목소리는 갈라지고 있었다.

핍은 나무가 어둠처럼 드리운 숲속으로 왔던 길을 다시 달려갔다.

"바니." 핍은 둘레길을 달려가며 애타게 바니를 불렀다. 손에는 빈 목줄만이 큰 아치를 그리며 달랑대고 있었다.

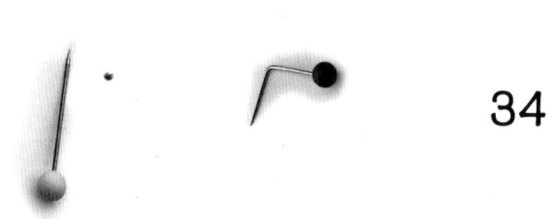

## 34

"엄마! 아빠!" 핍은 현관문을 열다가 도어매트에 발이 걸려 넘어지는 바람에 무릎을 꿇고 앉은 자세가 되었다. 입술 사이로 스며든 눈물이 따가웠다. "아빠!"

빅터가 부엌에서 나왔다.

"핍?" 핍을 본 빅터가 심각하게 물었다. "피파, 왜 그래? 무슨 일이야?"

아빠의 도움으로 핍은 몸을 추스르며 일어났다.

"바니가 없어졌어요. 아무리 불러도 안 와요. 숲으로 다시 돌아가 이름 부르면서 샅샅이 뒤졌는데도 없어요. 없어졌어요. 어떡해요? 바니를 잃어버렸어요, 아빠."

이제 엄마와 조쉬까지 복도로 나와 있었다.

아빠가 핍의 팔을 꼭 잡았다. "괜찮아, 핍." 그러고서 예의 그 밝고 따스한 목소리로 말했다. "찾을 수 있어. 걱정하지 마."

빅터는 계단 아래 수납장에서 두꺼운 패딩 코트와 손전등 두 개를 꺼내 들고 나왔다. 그러곤 일단 핍에게 장갑을 끼운 다음 손전등 하나를 넘겨주었다.

두 사람이 다시 숲으로 돌아갔을 땐 어둠이 훨씬 깊고 무거워져 있었다. 핍은 아빠와 함께 자기가 걸어왔던 길을 다시 따라 걸어갔다. 두 개의 흰 불빛이 어둠을 비추었다.

"바니!" 빅터가 쩌렁쩌렁한 목소리로 바니를 불렀다. 나무 사이로 아빠의 목소리가 메아리쳐 울렸다.

그로부터 두 시간 후 아빠는 이제 집에 돌아가자고 했다. 춥디추운 두 시간이었다.

"바니 찾을 때까진 안 들어가요!" 핍이 코를 훌쩍였다.

"핍, 아빠 말 들어." 빅터가 핍을 돌아보았다. 손전등 불빛은 두 사람의 발 언저리를 비추고 있었다. "지금은 날이 너무 어두워. 바니는 아침에 찾을 수 있어. 아마 어딘가 다른 길로 샌 모양인데 하룻밤 정도는 괜찮아."

핍은 말없이 늦은 저녁을 먹고 곧장 잠자리에 들었다. 부모님 모두 핍의 방으로 올라와 딸의 침대에 앉았다. 핍은 울음을 참으려 애를 썼고, 엄마는 그런 딸의 머리를 쓰다듬었다.

"죄송해요. 정말 죄송해요."

"딸, 네 잘못 아니야." 엄마가 말했다. "걱정하지 마. 바니는 돌아올 거야. 이제 힘들어도 눈 좀 붙이자."

핍은 눈을 붙이지 못했다. 굳이 눈을 붙이려고 시도도 안 했다. 한 가지 생각이 집요하게 핍을 괴롭혔다. 혹시 이게 정말로 핍의 잘못인 거면? 핍이 마지막 경고를 무시했기 때문에 이런 일이 벌어진 거면 어떡하지? 혹시 바니가 그냥 길을 잃은 게 아니라 누가 데려간 거라면? 대체 왜 그렇게 방심하고 있었을까?

온 가족이 부엌에 앉아 이른 아침을 먹었다. 아무도 배가 고프지 않았다. 아빠는 이미 회사에 전화해 휴가를 낸 터였다. 아빠 역시 잠을 많이 자지 못한 듯했다. 아빠는 시리얼을 먹으며 가족들이 각각 할 일들을 정리했다. 아빠와 핍은 다시 숲에 가 본 다음 수색 범위를 넓혀 집집마다 찾아가 문을 두드리며 바니를 보았는지 물어볼 것이다. 엄마와 조쉬는 일단 집에 남아서 실종 전단지를 만든 다음 시내로 나가 전단지를 붙이고 사람들에게도 나눠줄 것이다. 그 일이 끝나면 다시 전부 모여 다른 공원을 수색하러 간다.

숲속에서 들려오는 개 짖는 소리에 핍의 가슴은 빠르게 뛰었지만, 다른 가족이 산책을 시키던 중인 비글 두 마리와 래브라도들이었다. 그 가족은 골든 리트리버는 보지 못했다고, 하지만 이제부터라도 유심히 살펴보겠다고 했다.

두 번째로 숲을 돌 때쯤엔 핍의 목소리가 쉬어 있었다. 핍과 빅터는 마틴센드웨이 가를 따라 집집마다 문을 두드렸다. 길 잃은 개를 보았다는 사람은 아무도 없었다.

이른 오후, 조용한 숲속에서 문자를 알리는 기차음 소리가 울렸다.

"엄마니?" 아빠가 물었다.

"아뇨." 핍은 문자를 읽으며 대답했다. 라비였다. *시내에서 바니를 찾는 전단지를 봤어. 괜찮은 거야? 도움 필요하면 얘기해.*

추위에 굳어버린 손가락 때문에 핍은 답장을 할 수가 없었다.

두 사람은 잠깐 샌드위치를 사러 갔다가 다시 수색을 이어갔고, 곧 엄마와 조쉬까지 합류했다. 온 가족이 숲속을, 개인 사유지인 농장을 터덜터덜 걸어가며 바니를 애타게 불렀다. 바니를 부르는 가족들의 목소리가 바람을 타고 흩어졌다.

그러나 세상은 이들 편이 아니었다. 다시 어둠이 내렸다.

진이 다 빠져서 집으로 돌아온 핍은 말없이 음식만 깨작댔다. 아빠가 시내에서 타이 음식을 포장해 온 터였다. 엄마가 분위기 전환 차원에서 디즈니 영화를 배경으로 틀어두었지만 핍은 그저 지렁이처럼 포크를 둘둘 감싸고 있는 면만 내려다보고 있었다.

주머니에서 울리는 문자음에 핍은 포크를 떨어뜨렸다.

탁자 위에 접시를 내려놓고 휴대폰을 꺼냈다. 휴대폰 화면에서 나오는 빛이 핍의 얼굴을 비추었다.

핍은 눈을 꼭 감은 채 공포심을 떨쳐버리고 입을 꾹 다물고 있으려 노력했다. 애써 표정 관리를 하며 화면을 아래쪽으로 해서 소파에 휴대폰을 내려놓았다.

"누구니?" 엄마가 물었다.

"카라요." 아니었다. 발신인은 '알 수 없음'이었다.

*다시 개를 보고 싶나?*

## 35

이튿날 아침 11시, 두 번째 문자가 왔다.

재택근무 중이었던 빅터는 8시쯤 핍의 방에 와서 다시 바니를 찾으러 나가보겠다며, 점심때쯤 돌아올 거라고 했다.

"넌 집에서 공부해." 아빠가 말했다. "이번 시험은 아주 중요하니까. 바니는 우리한테 맡기고."

핍은 고개를 끄덕였다. 한편으론 안심이 됐다. 불러도 오지 않을 걸 뻔히 알면서 가족들과 함께 바니의 이름을 부르고 다닐 수 있을지 자신이 없었다. 바니는 길을 잃은 게 아니다. 바니는 앤디 벨을 죽인 그 살인범이 데려간 거다.

하지만 왜 협박을 진지하게 받아들이지 않았을까 자문하며 스스로를 탓할 여유는 없었다. 적수가 없다고 자신만만해했던 게 너무나 바보 같았다. 핍은 이제 그냥 바니를 어서 데려오고 싶었다. 중요한 건 그뿐이었다.

가족들이 나가고 두 시간쯤 흘렀을 때 핍의 휴대폰이 울렸다. 그 소리에 화들짝 놀라 들고 있던 커피잔이 흔들리는 바람에 이불 위로 커피가 튀었다. 핍은 휴대폰을 들어 문자를 몇 번이고 읽었다.

*과제 저장한 컴퓨터랑 USB든 하드드라이브든 몽땅 다 들고 테니스클럽 주차장으로 올 것. 오른편 나무들 쪽으로 100걸음*

*가서 기다려. 아무한테도 말하지 말고 혼자 나올 것. 지시대로만 하면 개는 돌려준다.*

핍은 벌떡 일어났다. 그 바람에 침대에 커피가 더 튀었다. 핍은 두려운 마음에 압도되어 아무것도 하지 못하는 상태가 될까 봐 그 전에 서둘러 잠옷을 벗고 스웨터와 청바지를 입었다. 배낭 지퍼를 열고 거꾸로 뒤집어 교과서며 다이어리며 바닥에 모두 쏟아버린 다음 노트북 충전 플러그를 빼고 노트북과 충전기를 가방에 넣었다. 과제를 저장해둔 USB 스틱 두 개는 모두 책상 중간 서랍 안에 들어 있었다. 핍은 서랍에서 그것들을 꺼내 노트북과 함께 가방 안에 집어넣었다.

핍은 아래층으로 달려 내려갔다. 서둘러 가방을 휙 둘러멨다가 그 무게에 하마터면 넘어질 뻔했다. 워커 부츠를 신고 코트를 걸친 다음 복도의 탁자에서 차 열쇠를 집어 들었다. 생각할 시간이 없었다. 생각이란 걸 하려고 행동을 멈추는 순간 불안함이 닥쳐올 것이고, 그럼 바니를 영원히 잃게 될 것이다.

바깥의 찬 바람이 목과 손가락에 와 닿았다. 핍은 얼른 달려가 차에 올라탔다. 차를 빼는데 운전대를 잡은 손이 끈적이고 떨렸다.

협박 문자에서 말한 장소까지는 5분이 걸렸다. 느릿느릿 움직이던 앞차만 아니었어도 더 빨리 도착했을 것이다. 핍은 앞차에 바짝 붙어 얼마나 눈치를 줬는지 모른다.

핍은 테니스코트 너머에 있는 주차장으로 들어섰고 가까운 구역에 차를 세웠다. 조수석에서 가방을 꺼내 곧장 주차장 경계에 있는 나무 방향을 향해 걸어갔다.

콘크리트 바닥에서 흙길로 넘어가기 전 핍은 잠시 걸음을 멈추고 주변을 둘러보았다. 테니스코트에서는 아이들 클럽활동이 한창이라 기합 소리, 공 때리는 소리가 들려오고 있었다. 이제 갓 걸음마를 뗀 꼬맹이들을 데리고 차 옆에서 수다를 떨고 있는 두어 명의 엄마들도 보였다. 핍을 주시하고 있는 시선은 없었다. 낯익은 차도 없었다. 낯익은 사람도 물론 없었다. 누군가 지켜보고 있다 한들 핍으로서는 알 수가 없었다.

다시 나무 쪽을 향해 걷기 시작했다. 핍은 한 걸음 한 걸음 옮길 때마다 머릿속으로 발걸음 수를 세면서 행여 보폭이 너무 길거나 짧진 않았는지, 혹시나 협박범이 말했던 그 자리가 아닌 곳으로 가게 되면 어떡하지, 걱정이 되었다.

30걸음쯤 가서는 심장이 너무 심하게 뛰어 숨이 다 막혀왔다.

60걸음쯤 가서는 땀이 나 가슴과 팔 밑의 피부가 불편해졌다.

94발짝까지 가서는 조용히 중얼대기 시작했다. "제발, 제발, 제발."

마침내 나무 방향으로 100걸음이 되는 지점에서 핍은 멈춰섰다. 그리고 기다렸다.

주변에는 아무것도 없었다. 반쯤 벌거벗은 나무들이 듬성듬성 그림자를 만들고 있었고, 붉고 색 바랜 노란 낙엽들이 흙 위를 덮고 있을 뿐이었다.

위쪽에서 길고 높은 휘파람 소리가 들려왔다. 짧은 네 번의 휘파람 소리였다. 핍은 하늘을 쳐다보았다. 붉은 솔개가 날개를 활짝 펼치고 희뿌연 햇살을 가로질러 날아가고 있었다. 새는 시야에서 멀어졌고 핍은 또다시 혼자가 되었다.

1분쯤 후 주머니 속에서 휴대폰이 울렸다. 핍은 휴대폰을 꺼내 문자를 읽었다.

*다 부순 다음 거기 둬. 지금까지 알게 된 건 아무한테도 말하지 않는다. 더는 앤디 일로 캐묻고 다니지 마. 이제 끝이다.*

핍은 문자를 몇 번이고 읽고 또 읽었다. 그런 다음 크게 숨을 한번 들이마시고 휴대폰을 넣었다. 어디선가 핍을 지켜보고 있을 살인범의 시선이 한여름 햇살보다도 더 따갑게 느껴졌다.

무릎을 꿇고 핍은 가방을 바닥에 내려놓은 다음 노트북과 충전기, USB 스틱 두 개를 꺼냈다. 우수수 떨어진 낙엽 위에 이것들을 펼쳐놓고 노트북 화면을 열었다.

눈에 눈물이 고였고 시야가 흐려졌다. 핍은 자리에서 일어나 부츠 굽으로 첫 번째 USB 스틱을 밟았다. 플라스틱 케이스 한쪽에 금이 가면서 곧 떨어져 나갔다. 금속으로 된 연결부위가 구부러졌다. 핍은 다시 스틱을 발로 밟았고, 왼발 굽으로 다른 USB 스틱을 밟았다. 부품에 금이 가고 두 동강이 날 때까지 사정없이 밟았다.

그리고 다시 노트북을 보았다. 화면에는 희미한 햇살 한줄기가 반사되어 보였다. 발을 들어 노트북을 밟는 동안 유리 화면에 핍의 어두운 실루엣이 아른댔다. 경첩에 붙어 있던 화면은 이제 낙엽 위에 키보드처럼 평평하게 누웠고, 화면 위에는 굵직하게 여러 줄 금이 갔다.

핍은 다시 노트북을 밟았다. 턱에 처음으로 눈물이 맺혔다. 이번엔 키보드를 밟았다. 부츠 굽과 함께 자판 여러 개가 우수수 떨어져 나와 흙 위로 흩어졌다. 부츠 굽으로 사정없이 내리

치자 화면 유리에 금이 갔고 금속 케이스가 떨어져 나갔다.

핍은 노트북 위에 서서 기계를 밟고 또 밟았다. 눈물이 끝도 없이 뺨을 타고 흘러내렸다.

이제 키보드를 덮고 있던 금속마저 날아가고 마더보드와 쿨링팬이 드러났다. 핍의 발길질에 녹색 서킷보드가 여러 조각으로 갈라졌고 작은 팬은 조각이 나서 날아가버렸다. 핍은 다시 노트북을 발로 짓이기다 기계에 발이 걸려 뒤로 나자빠지고 말았다. 그래도 낙엽이 깔린 흙바닥은 폭신했다.

핍은 잠시 그 자리에 그대로 누운 채 울었다. 그런 다음 일어나 앉아 노트북을 집어 들었다. 부서진 화면이 경첩 한 개에 간신히 매달려 있었다. 핍은 가까이 있는 나무 기둥에 노트북을 힘껏 던졌다. 이제 노트북은 산산조각이 나서 나무뿌리 사이사이로 흩어졌다.

핍은 그대로 앉은 채 기침을 하며 숨이 돌아오길 기다렸다. 소금기 때문에 얼굴 피부가 따가웠다.

그렇게 계속 기다렸다.

이제 뭘 어떻게 해야 하는 건지 알 수가 없었다. 협박범이 시키는 건 다 했다. 그럼 바니를 여기로 보내줄 건가? 기다리는 수밖에 없다. 다른 문자가 올 때까지 기다리는 거다. 핍은 바니의 이름을 부르며 기다렸다.

30분이 넘었다. 아무 일도 일어나지 않았다. 문자는 없었다. 바니도 돌아오지 않았다. 테니스코트에서 들려오는 희미한 아이들 기합 소리 외엔 아무런 소리도 들리지 않았다.

핍은 자리에서 일어났다. 발바닥이 부츠에 닿자 쓰라리고 아팠다. 핍은 빈 가방을 집어 들고 마지막으로 산산조각 난 노트북을 다시 한번 돌아본 다음 걸어갔다.

"어디 갔었니?" 집에 들어오는 핍을 보고 아빠가 물었다.

핍은 테니스코트 주차장에 세워놓은 차 안에 잠시 앉아 있다 오는 길이었다. 집에 돌아오기 전 일단 빨갛게 부은 눈부터 가라앉혀야 했다.

"집에선 집중이 잘 안 돼 카페에 공부하러 갔었어요." 핍이 조용히 말했다.

"그랬구나." 아빠가 부드러운 미소를 지으며 말했다. "장소를 바꾸는 게 집중하는 데 도움이 될 때가 있지."

"아빠, 그런데……" 거짓말을 하려니 괴로웠다. "일이 좀 생겼어요. 어떻게 된 건지 모르겠는데, 잠깐 화장실을 다녀와 보니 노트북이 없어진 거예요. 아무도 본 사람이 없대요. 도둑맞았나 봐요." 핍은 스크래치가 난 부츠를 내려다보았다. "그냥 자리에 두고 가지 말았어야 했는데, 죄송해요."

아빠는 핍의 말을 끊으며 가만히 안아주었다. 지금 핍에게 필요했던 것도 딱 바로 이런 따뜻한 품이었다. "무슨 바보 같은 소리야, 새로 사면 되지. 그런 건 하나도 중요하지 않아. 너만 괜찮으면 돼. 아빤 다른 건 상관없어."

"전 괜찮아요. 오늘 아침엔 혹시 무슨 소식이라도 있었어요?"

"아직은 없는데 오후에 엄마랑 조쉬가 다시 나가볼 거고, 아빠도 보호소에 전화를 좀 돌려볼 생각이야. 금방 찾을 수 있을 거다."

핍은 고개를 끄덕이며 아빠의 팔을 풀었다. 바니는 돌아올 것이다. 협박범이 시키는 대로 다 했으니까. 가족들에게 뭐라고 이야기라도 하고 싶었다. 가족들의 근심을 덜어주고 싶었다. 하지만 그럴 수는 없었다. 이건 앤디 벨과 관련된 또 다른 비밀이었고, 핍 혼자 짊어지고 가야 하는 거였다.

그나저나 정말 핍이 앤디 벨 사건을 여기서 이대로 접을 수 있을까? 샐 싱이 한 짓이 아닌 걸 알면서, 진짜 살인범이 핍과 같이 킬턴을 누비고 다니는 걸 뻔히 알면서 그 사실을 과연 모른 척할 수 있을까? 모른 척해야만 한다. 아닌가? 지난 10년간 핍이 사랑했던, 그리고 핍 이상으로 그 사랑을 되돌려주었던 바니를 생각해서. 그리고 핍 가족의 안전을 위해서 그래야 했다. 라비의 안전을 위한 길이기도 했다. 여기서 그만 접어야 한다고 라비를 어떻게 설득하지? 라비도 포기해야 한다. 그렇지 않으면 숲에서 발견될 다음 희생자가 라비가 될지도 모른다. 그런 위험을 계속 짊어지고 갈 순 없다. 이젠 안전하지 않다. 선택의 여지가 없다. 앤디 벨 일을 여기서 관두기로 결심하니 부서진 노트북 조각조각이 가슴에 와 박힌 듯 아팠다. 숨을 쉴 때마다 그 조각들이 핍의 가슴을 찌르고 갈라놓는 것 같았다.

핍은 제 방 책상 앞에 앉아 ELAT 기출문제를 보고 있었다. 날이 어두워져 방금 막 버섯 모양의 탁상용 스탠드도 켰다. 핍은 휴대폰 스피커로 〈글래디에이터〉 사운드트랙을 들으며 현악 소리에 맞춰 펜을 움직였다. 밖에서 문을 두드리는 소리에 핍은 음악을 멈췄다.

"네." 핍은 문 쪽으로 회전의자를 돌렸다.

아빠가 방에 들어와 문을 닫았다. "공부하느라 바쁘구나, 우리 딸."

핍은 고개를 끄덕였다.

아빠는 핍에게 다가가 책상에 기대어 다리를 쭉 폈다.

"핍." 아빠가 부드럽게 말했다. "바니를 찾았대."

핍은 갑자기 목에서 숨이 턱 막혔다. "찾았는데 아빠 표정은 왜 그래요?"

"어쩌다 추락을 했나 봐. 강에서 발견됐대." 아빠는 허리를 굽혀 핍의 손을 잡았다. "이런 소식 전하게 돼서 미안하다. 바니가 물에 빠져 죽었대."

핍은 의자를 밀며 아빠에게서 떨어졌다. 그리고 세차게 고개를 저었다.

"아니에요. 그럴 리가 없어요. 그러기로 한 게 아니…… 아뇨, 그럴 리가 없는데……."

"믿기 힘들겠지만," 아빠의 아랫입술이 떨렸다. "바니가 죽었어. 내일 바니를 정원에 묻자."

"아니요, 그럴 리가 없어요!" 아빠의 품을 밀어내며 핍은 세차게 부정했다. "아니요, 바니는 안 죽었어요. 그러면 안 돼요." 핍은 울부짖었다. 뜨거운 눈물이 빠르게 턱 보조개로 흘러내렸다. "바니가 죽어선 안 돼요. 그럴 순 없어요. 그건…… 그건……."

핍은 무릎부터 털썩 바닥으로 주저앉았다. 그리고 다리를 가슴까지 끌어모았다. 가슴속에서는 말로 형용할 수 없을 만큼 고통스러운 상처가 벌어졌.

"다 제 잘못이에요." 핍은 무릎에 얼굴을 묻은 채 말했고, 목소리는 잘 들리지 않았다. "죄송해요. 너무너무 죄송해요."

빅터가 옆에 앉아 핍에게 팔을 둘렀다. "핍, 절대 네 탓은 하지 마. 바니가 그렇게 된 게 절대 네 탓은 아니란다."

"그러면 안 되는 거잖아요, 아빠." 핍은 아빠의 가슴팍에 대고 울부짖었다. "왜 이런 일이 일어나죠? 그냥 바니만 돌아오면 되는데. 바니만 돌아오면 된다고요."

"아빠도 그래." 빅터가 속삭였다.

두 사람은 오랫동안 그렇게 바닥에 나란히 앉아 함께 울었다. 엄마와 조쉬가 올라오는 소리조차 듣지 못했는데 어느샌가 두 사람이 옆에 다가와 있었다. 조쉬가 핍의 무릎에 앉아 어깨에 고개를 기댄 후에야 기척을 느꼈다.

"그러면 안 되는 거예요."

## 36

핍의 가족은 오후에 바니를 묻어주었다. 핍과 조쉬는 봄이 되면 바니의 무덤 위에 해바라기를 심을 계획이었다. 딱 바니처럼 행복한 금색 꽃을.

카라와 로렌이 핍을 보러 왔다. 카라는 핍의 가족들을 위해 쿠키도 구워 왔다. 핍은 제대로 대화를 나눌 수가 없었다. 입을 열려고만 하면 울음 아니면 분노의 포효가 되어버렸다. 말을 하려고만 하면 마음속에 동요가 일었다. 화를 내기엔 너무 슬프고, 그렇다고 슬퍼하고만 있기엔 너무 화가 나는 터무니없는 그 감정을 주체할 수가 없었다. 카라와 로렌은 오래 있지 못하고 갔다.

벌써 저녁이었다. 귓가에 웅웅대는 소리가 맴돌았다. 하루가 저물어가는 동안 슬픔은 단단해졌고 이제 핍의 감정도 무뎌졌다. 바니는 돌아오지 않을 것이었다. 그리고 그 누구에게도 왜냐고 물을 수 없었다. 아무에게도 말 못 할 비밀, 그 일로 인한 죄책감이 그중에서도 가장 무거웠다.

누군가 가볍게 핍의 방문을 두드렸다. 핍은 아무것도 쓰지 않은 깨끗한 종이 위에 펜을 내려놓았다.

"네." 핍은 작은 목소리로 대답했다. 목이 다 쉬어 있었다.

문이 열리고 라비가 방으로 들어왔다.

"안녕." 라비가 짙은 머리칼을 얼굴 뒤로 넘기며 인사했다. "잘 지냈어?"

"그다지요. 어쩐 일이에요?"

"네가 답이 없길래 걱정이 돼서. 오늘 아침에 보니 바니 찾는 전단지를 다 뗐더라고. 너희 아버지께 방금 다 들었어." 라비는 방문을 닫고 문에 기대어 섰다. "정말 유감이야, 핍. 진짜 위로가 되어서라기보다 딱히 달리 할 수 있는 말이 없을 때 하는 말인 줄은 아는데, 그래도 유감이야."

"이게 유감이라고 생각해야 할 사람은 딱 한 명이죠." 핍은 빈 종이를 내려다보며 말했다.

라비가 한숨을 쉬었다. "맞아, 사랑하는 상대가 죽으면 스스로를 원망하게 되지. 나도 그랬어, 핍. 그리고 그게 내 잘못이 아니란 걸 깨닫기까지, 때로는 나쁜 일이 그냥 일어나기도 한다는 걸 알기까지는 오랜 시간이 걸렸고. 그 후론 그래도 마음이 좀 편해졌어. 부디 넌 그걸 더 빨리 깨달았으면 좋겠다."

핍은 어깨만 한번 으쓱하고 말았다.

"그리고 또 하고 싶은 말이 있는데……" 라비가 목을 가다듬었다. "형 일로는 전혀 미안해하지 마. 3주 후에 사진 들고 경찰서 가기로 한 거 있잖아, 그거 너무 신경 쓸 것 없어. 나오미와 카라가 너한테 얼마나 중요한 존재인지 알아. 기한은 그냥 무시해도 돼. 이미 너는 120% 네 몫을 했고 지금은 좀 쉬어야 할 때인 것 같아. 이런 일도 있었고, 또 곧 케임브리지 시험도 있잖아." 라비는 뒤통수를 긁적였고 긴 앞머리가 다시 눈가를 가렸다. "이제는 형 짓이 아니란 걸 내가 알고 있으니까. 아무리 남들은 모른다고 해도 말야. 이미 5년도 넘게 기다렸는데, 조금 더 기다리는 게 뭐 대수겠어? 그동안 나도 나대로 우리가 지금까지 찾은 단서를 좀 더 살펴볼게."

핍은 가슴이 아파왔다. 마음이 공허했다. 라비에게 상처를 주어야만 한다. 방법은 그것뿐이었다. 라비를 포기시키려면, 라비가 안전하려면 그게 유일한 방법이었다. 정체는 모르지만 앤디와 샐을 죽인 그자는 얼마든지 다시 살인을 할 수 있다는 것을 보여주었다. 라비를 그 희생양으로 만들 순 없었다.

핍은 라비를 똑바로 쳐다볼 수가 없었다. 애를 쓰지 않아도 상냥함이 배어 나오는 얼굴, 형과 꼭 빼닮은 완벽한 미소, 당장이라도 빠져들 것 같은 너무나도 깊은 그 갈색 눈동자를 도저히 마주할 수 없었다. 그래서 핍은 라비를 쳐다보지 않고 말했다.

"이제 이 일은 관두기로 했어요. 접었어요."

라비가 허리를 바로 세웠다. "그게 무슨 소리야?"

"이제 EPQ 접었다고요. 담당 선생님께 주제를 바꾸든지, 아님 그냥 포기할 거라고 이메일 보냈어요. 정리 끝났어요."

"하지만…… 이해가 안 돼." 라비는 첫 번째 타격에 상처받은 목소리였다. "이건 그냥 단순한 수행평가 과제가 아니잖아. 우리 형 일이고, 진짜 이 동네에서 실세 있었던 일이라고. 그렇게 그냥 관둘 순 없어. 그럼 우리 형은 어떡하고?"

핍도 샐을 생각했다. 그 어떤 무엇보다도 샐이라면 자신의 동생이 자신처럼 숲속에서 목숨을 잃게 되길 원하지 않을 터였다.

"미안해요. 그래도 끝난 일이에요."

"아니, 무슨…… 핍, 내 눈을 봐." 라비가 말했다.

핍은 쳐다보지 않았다.

라비는 책상 쪽으로 다가와 그 앞에 쭈그리고 앉아 의자에 앉아 있는 핍을 올려다보았다.

"왜 그러는데? 지금 뭔가 이상해. 넌 그럴 애가 아니……."

"그냥 난 여기까지인 것 같아요." 핍은 그렇게 대답하곤 라비를 쳐다보았다. 라비를 보자마자 후회가 밀려왔다. 이제 말을 이어가기 더 어려웠다. "난 못 해요. 누가 죽였는지 난 몰라요. 나는 범인 못 찾아요. 이제 끝이에요."

"우린 같이 찾아낼 수 있어." 라비의 표정에서 절박함이 깊이 묻어났다. "**우리가** 알아낼 수 있다고."

"나는 못 해요. 나같이 평범한 여고생이 무슨 수로요."

"웬 바보가 너한테 그런 말을 한 적이 있었지. 하지만 넌 그냥 여고생이 아닌걸. 넌 그 이름도 대단한 '피파 피츠-아모비'란 말야." 라비는 씩 웃었다. 지금까지 본 것 중에 가장 슬픈 미소였다. "그리고 이 세상에 너 같은 사람은 다시없을걸. 내가 하는 농담에 웃는 걸 보면 네가 분명 정상은 아니거든. 거의 다 왔어, 핍. 우린 이제 형이 범인이 아니란 것도 알잖아. 누군가 앤디를 죽이고 형한테 누명을 씌운 다음 형을 죽였다고 밝혀냈잖아. 여기서 이대로 관둘 순 없어. 나한테 약속했잖아. 너도 나만큼 진실을 밝히고 싶어하잖아."

"마음이 변했어요." 핍은 동요하지 않고 말했다. "이런다고 내 마음이 바뀌진 않아요. 앤디 벨 일은 이제 끝이에요. 샐 사건도 마찬가지고요."

"하지만 형은 죄가 없는걸."

"그게 나랑 무슨 상관이에요."

"네가 상관이 있게 만들었잖아." 라비는 자리에서 일어섰다. 라비의 목소리가 점점 커지고 있었다. "네가 네 멋대로 내 인생에 끼어들어서 있는 줄도 몰랐던 기회를 나한테 만들어줬잖아. 이제 와서 그걸 다시 빼앗는 거야? 난 네가 필요해, 핍. 너도 알잖아. 네가 이렇게 관두면 안 돼. 이건 너답지 않아."

"미안해요."

두 사람 사이에 정적이 흘렀다. 심장이 열두 번도 더 뛰는 동안 핍은 끝내 바닥에서 시선을 떼지 않았다.

"좋아." 라비가 차갑게 말했다. "네가 왜 이러는진 모르겠지만, 알겠어. 나 혼자라도 경찰서에 갈 거야. 형 알리바이 사진 보내줘."

"못 보내요. 노트북을 누가 훔쳐 갔어요."

라비의 시선은 핍의 책상 위를 향했다. 라비는 당장 책상 위의 노트며 문서들을 살피기 시작했다. 라비의 눈빛은 절박했다.

"인쇄해놓은 사진은 어딨어?" 라비가 핍을 돌아보며 말했다. 라비의 손에 들린 노트들이 구겨져 있었다.

"내가 찢어버렸어요. 이제 없어요." 핍이 대답했다.

라비의 눈빛은 불이 붙은 듯 매서웠고 핍은 그대로 힘이 빠져버렸다.

"왜 그래? 너 대체 왜 이러는데?" 라비의 손에서 종이들이 우수수 떨어졌다. 종이들은 마치 절단된 날개처럼 활강하며 핍의 발치에 흩어졌다.

"왜냐면 더는 이 일에 관여하고 싶지 않으니까요. 애초에 시작하는 게 아니었어요."

"이건 아니잖아!" 라비의 목에 넝쿨처럼 핏줄이 돋았다. "우리 형은 죄가 없는데, 겨우 하나 찾은 그 증거를 네가 지금 없애버렸어. 지금 관둔다고? 핍, 너도 그럼 이 동네 사람들이랑 다를 거 하나도 없어. 우리 집 벽에 '쓰레기'라고 써놓고 우리 집 창문 부수고 간 사람들이랑 네가 뭐가 다른데? 학교에서 날 괴롭히던 애들, 그렇고 그런 시선으로 날 보던 애들이랑 뭐가 달라? 아니, 넌 걔들보다 더 나빠. 걔들은 그나마 형이 범인이라고 생각했으니 그랬지."

"미안해요." 핍이 조용히 말했다.

"아니, 나야말로 미안하지." 라비의 목소리가 무너지고 있었다. 라비는 분노의 눈물을 소매로 닦으며 문으로 향했다. "사람을 완전히 잘못 본 내가 미안하지. 넌 그냥 여고생이 맞았네. 그것도 잔인한 여고생. 앤디 벨처럼."

라비는 방을 나갔고 눈물을 훔치며 계단을 내려갔다.

핍은 떠나는 라비의 모습을 지켜보았다.

현관문이 열렸다 닫혔다. 문이 닫히는 소리를 듣고 나서야 핍은 주먹을 꼭 쥐고 책상을 내리쳤다. 그 충격에 연필꽂이가 바닥으로 떨어지면서 펜도 전부 흩어졌다.

핍은 양손을 둥그렇게 모아 손안의 동굴에 대고 소리를 질렀다.

라비는 이제 핍을 증오했다. 대신 라비는 안전할 것이다.

# 37

 다음 날 핍은 한창 거실에서 조쉬에게 체스를 가르치고 있었다. 첫 번째 연습게임이 거의 마무리되어가고 있었다. 핍은 어떻게든 조쉬가 이기도록 해주고 싶었지만, 이제 체스판 위에 조쉬 말이라곤 킹이랑 폰 두 개뿐이었다. 조쉬는 '폰'을 자꾸만 '프론'이라고 불렀다.

 그때 누군가 현관문을 두드렸다. 갑자기 마음 깊숙한 곳에서부터 바니의 부재가 느껴졌다. 이제 손님에게 인사하러 반질반질한 마룻바닥을 잽싸게 달려가는 발톱 소리가 더는 없었다.

 엄마가 복도로 나가 문을 열었다.

 엄마의 목소리가 거실까지 들려왔다. "아, 라비 왔구나."

 핍은 깜짝 놀라 위장이 목구멍까지 튀어나올 뻔했다.

 당황한 핍은 자기 말을 내려놓고 거실 밖으로 나갔다. 이제 핍은 불안하다 못해 무서워졌다. 어제 그런 일을 겪고도 라비는 왜 또 찾아온 거지? 얼마나 대단한 인내심의 소유자길래 핍을 다시 보러 올 수가 있는 거지? 설마 너무 절박해서 핍의 부모님을 붙들고 지금까지 있었던 일을 다 털어놓으면서 핍을 밀어붙여 경찰에 신고하도록 하려는 걸까? 핍은 경찰서엔 절대 안 간다. 그랬다가 또 누가 죽는 꼴을 보고 싶진 않다.

 복도로 나가자 문 앞에서 라비가 커다란 스포츠 백팩 지퍼를 열고 가방에서 뭔가를 꺼내려던 중이었다.

"위로가 되었으면 좋겠다고 저희 엄마가 보내셨어요." 라비는 커다란 밀폐용기 두 통을 꺼냈다. "치킨 커리예요. 혹시나 요리할 의욕이 없으실 수도 있으니까 아주머니랑 음, 가족분들 드시라고요."

"어머." 리앤은 라비가 내민 그릇을 받아들며 말했다. "그렇게까지 마음을 써주시다니. 고마워. 들어와, 들어와. 어머니껜 직접 감사 인사라도 하고 싶은데 전화번호 좀 알려줄래?"

"라비?" 핍이 그제야 아는 척을 했다.

"안녕, 문제아 친구." 라비가 부드럽게 인사했다. "잠깐 얘기 좀 할래?"

핍의 방으로 올라가 라비는 방문을 닫고 카펫 위에 가방을 내려놓았다.

"음……" 핍이 더듬더듬 입을 열었다. 무슨 일인지 짐작이라도 해보려고 핍은 라비의 얼굴을 찬찬히 살폈다. "선배가 왜 다시 온 건지 이유를 모르겠네요."

라비는 핍 쪽으로 한 발짝 가볍게 다가갔다. "밤새도록 생각을 했지. 정말 말 그대로 밤이 새도록 생각을 하다 동이 터서야 잠이 들었어. 그리고 내가 내린 결론은, 이 상황이 납득이 되려면 이유는 딱 하나란 거야. 왜냐? 난 핍 널 아니까. 난 널 잘못 보지 않았어."

"나는……"

"바니를 잃어버린 게 아니라 누가 바니를 납치한 거지? 누군가 널 협박하면서 바니를 데려가 죽인 거지? 네가 형이랑 앤디 벨 일 얘기 못 하게 하려고."

방 안에는 두터운 침묵이 내려앉았다.

핍은 고개를 끄덕였고 얼굴에는 눈물이 흘러내리고 있었다.

"울지 마." 라비는 핍에게 한 발 더 가까이 다가갔다. 그리고 핍을 끌어당겨 핍의 어깨에 팔을 둘렀다. "내가 있잖아. 걱정하지 마, 괜찮아."

핍은 라비의 품에 기댔다. 그동안 핍을 괴롭히던 모든 것들, 그 모든 괴로움이며 그간 혼자 속으로 삼켜야 했던 비밀들이 모두 스르륵 빠져나갔다. 핍은 손톱으로 손바닥을 찌르며 울음을 그치려 해보았다.

"이제 무슨 일인지 얘기해줘." 한참 후 라비가 팔을 풀며 말했다.

하지만 막상 핍의 입에서는 제대로 된 설명이 튀어나오지 않았다. 대신 핍은 휴대폰을 꺼내 '알 수 없음'에게서 온 문자를 클릭해 보여주었다. 라비의 눈이 빠르게 문자를 읽어 내려갔다.

"세상에." 라비는 눈을 크게 뜨고 핍을 쳐다보았다. "뭐 이런 게 다 있어."

"날 속였어요." 핍이 훌쩍였다. "나한텐 바니를 돌려준다 해놓고 바니를 죽였어."

"너한테 문자를 보낸 게 처음이 아니네." 라비가 스크롤을 올리며 말했다. "처음 문자를 받은 게 10월 8일인데."

"그것도 처음은 아니에요." 핍은 책상 맨 아래 서랍을 열어 인쇄용지 두 장을 꺼내 라비에게 건넸다. 그러고는 왼쪽 종이를 가리키며 설명했다. "이건 9월 1일, 친구들이랑 숲으로 캠핑 갔을 때 내 침낭 안에 들어 있었던 쪽지예요. 그날 우리를 지켜보는 눈이 있었거든요. 다른 건……" 이번엔 다른 쪽지를 가리키며 핍이 말을 이었다. "지난 금요일 내 사물함에 들어 있던 쪽지고요. 난 물론 쪽지 내용을 무시하고 계속 조사를 했고, 그래서 바니가 죽은 거예요. 내가 오만했기 때문에, 적수가 없을 거라고 자신만만해했는데 실은 그렇지 않았기 때문에. 여기서 관둬야 해요. 어제 일은…… 미안해요. 선배한테 관두란 말을 어떻게 해야 좋을지 모르겠더라고요. 선배한테 미움받는 대신 선배가 안전해진다면 그걸로 충분하다고 생각했어요."

"난 어지간해선 중간에 관두지 않아." 라비는 쪽지를 보며 말했다. "그리고 아직 끝이 아냐."

"끝 맞아요." 핍은 쪽지를 받아 책상에 내려놓았다. "바니가 죽었어요. 다음 타자는 누가 될 것 같아요? 선배? 나? 살인범이 여기 왔었어요. 우리 집에, 내 방에 왔다고요. 내가 그동안 조사한 내용도 다 읽고 내가 작성하던 활동일지에 경고 메시지까지 남겨놨어요. 아홉 살 아이가 사는 이 집에 살인범이 다녀갔다니까요. 이 일을 계속했다가는 위험해질 사람들이 너무 많아요. 당장에 선배 부모님께 이제 하나뿐인 아들까지 잃게 할 순 없어요." 핍이 말을 멈췄다. 순간 머릿속에 끔찍한 장면이 스쳐 지나갔다. 낙엽이 깔린 숲길에 라비와 조쉬가 누워 있는 모습이 상상되자 핍은 잠시 말을 잇지 못했다. "우리가 어디까지 알아냈는지 살인범도 다 알아요. 살인범이 이긴 거예요. 우린 잃을 게 너무 많아요. 샐의 누명을 끝까지 벗겨주지 못하게 된 건 미안해요. 그건 진심이에요."

"협박받은 거 왜 나한텐 말 안 했어?" 라비가 물었다.

"처음에는 장난 같은 건 줄 알았어요." 핍은 가볍게 어깨를 으쓱해 보였다. "다만 선배가 알게 되면 혹시라도 일을 관두자고 할까봐 말하고 싶지 않았어요. 그다음부턴 이게 비밀이 되어버렸으니 중간에 어떻게 얘기할 방법이 없었고요. 정말 말뿐이라고 생각했어요. 충분히 내 선에서 감당할 수 있을 줄 알았어요. 바보였죠. 이제 내 실수에 대한 대가를 치렀고요."

"넌 바보가 아니야. 지금까지 형에 대한 네 판단이 모두 맞았잖아." 라비가 말했다. "형은 죄가 없어. 우리야 그게 사실인 걸 이젠 알지만, 그것만으론 안 돼. 형은 마지막 순간까지도 선량하고 좋은 사람이었어. 모두가 그 사실을 알아야 해. 그래야 형도, 우리 부모님도 억울하지 않지. 정작 이제 그 사실을 증명할 사진조차 없긴 하지만 말야."

"사진은 아직 있어요." 핍은 아래 서랍에서 출력한 사진을 꺼내 라비에게 건네주었다. "당연히 이거야 안 버렸죠. 근데 어차피 이제 별로 도움도 안 돼요."

"왜?"

"진짜 범인이 날 주시하고 있으니까요. 우리를 지켜보고 있다니까요. 우리가 경찰서에 이 사진을 들고 갔다고 쳐요. 행여라도 경찰에서 우리 말을 안 믿으면, 우리가 포토샵으로 사진을 조작했다든가 그렇게 생각하면, 그럼 그때는 너무 늦은 거죠. 그게 우리의 마지막 카드인데, 그게 전혀 강력하지 않은 거잖아요. 그럼 그다음엔 어떻게 될까요? 조쉬를 납치할까요? 선배를 납치하려나요? 사람 목숨이 달린 일이에요." 핍은 침대에 앉아 양말에 인 보풀을 뜯었다. "빼도 박도 못하는 그런 확실한 증거가 있어야 하는데, 이 사진으론 턱도 없어요. 이 사진은 엄청난 해석이 필요한 데다, 심지어 온라인상에선 이미 삭제된걸요. 경찰이 우리 말을 믿을 이유가 없죠. 샐 싱의 동생이랑 어떤 여고생 하나가 하는 얘기잖아요. 당장 나조차도 못 믿겠는데요. 누가 봐도 범죄 피해자인 여학생에 대해 우리 주장은 터무니없는 얘기처럼 들릴 테고, 선배도 이 동네 경찰들이 샐을 어떻게 생각하는진 잘 알잖아요. 동네 주민들은 물론이고요. 그 사진 하나에 우리 목숨을 걸 순 없어요."

"그래, 그럴 순 없지." 라비는 책상에 사진을 내려놓으며 고개를 끄덕였다. "네 말이 맞아. 그리고 유력 용의자 중에 경찰이 있기도 하고. 경찰을 찾아가는 건 별로 좋은 생각은 아닌 것 같다. 아무리 경찰이 우리 말을 믿고 수사를 재개한다 해도 그 방식으로는 실제 살인범을 찾아내기까지 시간이 오래 걸리겠지. 우리한텐 그 정도 시간은 없고." 라비는 바퀴 달린 의자를 침대 가까이 밀고 가서 등받이를 앞으로 한 채 핍을 마주 보고 앉았다. "그럼 결국 우리가 직접 살인범을 찾아내는 수밖엔 방법이 없네."

"그건 안 돼요······."

"정말 여기서 관두는 게 최선일까? 정말 그렇게 생각해? 앤디 벨을, 우리 형을, 네 개를 죽인 사람이 아직도 킬턴을 활보하고 다니는데, 너 같으면 불안하지 않아? 살인범이, 범죄자가 널 지켜보고 있는데? 그렇게 계속 지낼 수 있을 것 같아?"

"그럴 수밖에 없잖아요."

"넌 그렇게 똑똑한 애가 지금은 또 어떻게 이렇게 바보 같니."
라비는 의자 등받이에 팔꿈치를 기대고 턱을 괴었다.

"바니가 죽었어요." 핍이 말했다.

"우리 형도 죽었고. 그럼 우린 여기서 어떻게 해야 할까?" 라비는 자세를 바로 하고 앉았다. 라비의 짙은 눈동자에서 대담한 용기가 반짝였다. "그냥 다 잊고 몸 사리며 지낼까? 살인범이 우릴 지켜보면서 거리를 활보하고 다니는 동안 우린 그냥 모르는 척 일상생활을 할까? 아니면 그 살인범과 맞서 싸울래? 살인범의 정체를 밝혀내고 자기가 한 짓에 대한 대가를 치르게 하는 건? 더는 아무도 해치지 못하도록 철창에 가둬버리는 건?"

"우리가 계속 조사하면 눈치챌걸요." 핍이 말했다.

"아니, 우리만 조심하면 모를 거야. 이제 용의자든 누구든 절대 직접 접촉하진 말아야겠지. 분명 우리가 지금까지 조사한 내용 중에 답은 있어. 넌 대외적으로 EPQ 포기했다고 하고, 우리 둘만 아는 걸로 해야지."

핍은 아무 말 하지 않았다.

"아직도 마음이 안 바뀌었으면," 라비는 자기 가방 쪽으로 걸어갔다. "내 노트북 가져왔으니까 다 끝날 때까진 이걸 써." 라비는 노트북을 꺼내어 보였다.

"하지만……."

"이젠 네 거야. 시험공부 할 때 쓰든, 활동일지나 인터뷰 중에 생각나는 게 있으면 기록하든 네 마음대로 해. 나도 메모를 좀 남겨뒀어. 그동안 조사한 것들이야 다 날아갔지만……."

"안 날아갔어요." 핍이 말했다.

"뭐?"

"평소에도 혹시나 싶어서 뭐든 늘 나한테 메일 쓰기로 저장해 놓거든요." 라비의 표정이 환해지고 있었다. "아니 내가 그럼 그렇게 막 나가는 애인 줄 알았어요?"

"아, 아니죠. 핍 경관님이 신중한 분인 건 잘 알고 있었습죠. 그럼 승낙하는 거야? 아님 나도 뇌물로 머핀이라도 구워 와야 해?"

핍은 노트북을 향해 손을 뻗었다.

"알겠어요." 핍이 말했다. "우리는 풀어야 할 살인사건이 두 건이나 있으니까."

두 사람은 관련 자료를 모조리 출력했다. 그간 핍이 작성한 활동일지며 앤디의 다이어리, 용의자들 사진, 주차장에서 찍힌 하위와 스탠리 포브스의 사진, 제이슨 벨과 재혼한 부인 사진, 아이비하우스 호텔과 맥스 헤이스팅스네 집 사진, 신문에서 자주 쓰던 앤디 사진, 검은색 타이를 맨 벨 가족들 사진, 샐이 카메라를 보고 윙크하며 손을 흔들고 있는 사진, 클로에인 척 핍이 엠마 허튼에게 보낸 문자, BBC 기자를 사칭하고 보낸 이메일, 로히프놀 복용 시 효과와 부작용 관련 정보, 킬턴 그래머 스쿨 사진, 다니엘 다 실바를 비롯한 경찰들의 벨 자택 수색 사진, 대포폰 관련 기사, 샐에 대해 스탠리 포브스가 작성한 기사, 나탈리 다 실바와 신체 상해죄 관련 내용, 로머클로즈 일대 지도와 하위의 집 옆 검은색 푸조 206 사진, 2011년 새해 첫날 A413 도로에서 있었던 뺑소니 사고 기사, '알 수 없음'이 보낸 문자

캡처본, 날짜와 장소가 명시된 협박 쪽지 스캔본까지 모두.

그리고 이 자료들을 전부 카펫 위에 늘어놓았다.

"그다지 친환경적이진 않네." 라비가 말했다. "근데 이런 살인 사건 재구성 메모판 같은 거 꼭 한번 만들어보곤 싶었어."

"나도요. 나머지 필요한 물품들도 이미 다 준비돼 있고요." 핍은 책상 서랍을 열고 색색의 압정과 빨간 실패를 꺼냈다.

"평소에 서랍 속에 빨간 실을 넣어둔다고?" 라비가 물었다.

"다른 색도 있어요."

"아무렴 그러시겠죠."

핍은 책상 앞에 걸린 코르크 메모판을 가져온 다음 핍과 친구들, 조쉬, 바니의 사진 등등과 학교 시간표, 마야 안젤루의 명언 같은 것들 다 떼어내고 정리를 시작했다.

두 사람은 바닥에 앉아 납작한 은색 압정으로 차근차근 자료를 정리하기 시작했다. 앤디와 샐 사진을 중앙에 두고, 각 관련 인물 주변으로는 관련 자료를 겹쳐 꽂았다. 이제 실과 유색 압정으로 인물들 간 연결고리를 표시하려던 차에 핍의 휴대폰이 울렸다. 저장되지 않은 번호였다.

핍은 녹색 버튼을 눌렀다. "여보세요?"

"핍, 나 나오미야."

"어, 언니. 이상하네? 언니 번호가 저장이 안 돼 있어요."

"아, 이거 임시폰이라서. 내 휴대폰이 지금 수리 중이라 임시폰 쓰고 있거든."

"아, 맞다. 카라한테 들은 것 같아요. 근데 언니 어쩐 일이에요?"

"주말에 친구 집 가 있어서 바니 이야기 이제야 들었어. 힘내, 핍. 괜찮은 거지?"

"아직은 안 괜찮은데, 곧 나아지겠죠."

"그리고 지금은 때가 아닌 것 같기도 하지만 그래도…… 내 친구네 사촌이 케임브리지에서 영문학 전공한대. 너만 괜찮으면 시험이랑 면접 관련해 팁이라도 얻을 수 있으면 좋지 않을까 해서."

"그럼 저야 좋죠. 그럼요, 도움 되죠. 안 그래도 공부는 하고 있는데 좀 진도가 안 나가서요." 핍은 메모판 위에서 한창 작업 중인 라비를 빤히 쳐다보았다.

"알겠어. 그럼 친구한테 얘기해서 사촌에게 연락 달라고 할게. 시험이 목요일이던가?"

"맞아요."

"혹시 그 전에 못 볼 수도 있으니까 지금 말할게. 시험 잘 봐, 핍. 넌 잘할 거야."

핍이 전화를 끊자마자 라비가 기다렸다는 듯이 말했다. "자, 조사를 더 해볼 수 있는 여지가 있는 단서라면 현재로서는 아이비하우스 호텔과 앤디 다이어리에 있던 전화번호랑……" 라비가 그 자료를 가리키며 말했다. "대포폰이 있어. 뺑소니 사고랑 맥스 일당과 네 전화번호를 알고 있는지 여부도 단서가 되겠고. 어쩌면 우리가 너무 복잡하게 생각하는 건지도 몰라." 라비가 핍을 빤히 쳐다보았다. "내가 보기엔 결국 이게 다 한 사람을 향하는 것 같단 말이지."

"맥스요?"

"확실한 것에만 초점을 맞추자." 라비가 말했다. "만약, 혹시, 이런 추정은 다 빼고. 뺑소니 사고를 직접적으로 알고 있는 사람은 여기서 맥스가 유일하지."

"그렇죠."

"나오미, 밀리, 제이크의 전화번호를 알고 있는 사람도 맥스뿐이고. 네 번호 포함."

"나탈리와 하위도 번호를 알고 있을 수도 있어요."

"맞아, 알고 있을 수도 있지만 지금은 확실한 것만 보자고 했으니까." 라비는 메모판의 맥스 가까이로 움직여 갔다. "본인 말로는 그냥 찾았다고 하지만 맥스는 아이비하우스 호텔에서 찍은 앤디의 벗은 사진을 갖고 있어. 그러니까 아이비하우스 호텔에서 앤디를 만난 사람은 아마 맥스겠지. 맥스는 앤디한테서 로히프놀을 샀고 파티에 간 여자애들은 약을 탄 술을 마셨어. 맥스는 아마 그 여자애들을 추행했겠지. 맥스가 확실히 문제가 많긴 해."

핍도 한때 그렇게 추리했었다. 이 추리를 따라가면 라비도 이제 곧 벽에 부딪힐 것이다.

"또," 라비가 말을 이어갔다. "맥스는 네 번호를 아는 유일한 사람이기도 하지."

"그건 아니에요." 핍이 대꾸했다. "나틸리 다 실바한테 전화 인터뷰 시도한 적이 있으니까 나탈리도 내 번호를 알아요. 하위도 알죠. 그때 내가 확인하려고 깜박 내 번호 안 지우고 전화한 적이 있으니까. 그리고 그 직후에 처음으로 협박 문자를 받기도 했고요."

"아."

"그리고 샐 실종 당시 맥스는 학교에서 경찰한테 진술을 하고 있었죠."

라비가 다시 뒤로 물러났다. "지금 우리가 뭔가를 분명 놓치고 있는데 말야."

"연결고리부터 마저 구성해보죠." 핍은 압정이 든 통을 흔들어 보였다. 라비는 통을 받아든 다음 빨간 실을 잘랐다.

"좋아. 다 실바 남매는 당연히 관련이 있는 사이지. 다니엘 다 실바는 앤디의 아빠와 관련이 있고, 맥스하고도 관련이 있네. 맥스의 차 사고를 접수한 게 다니엘이니까. 뺑소니 사고를 알고 있었을 수도 있고."

"맞아요. 어쩌면 약물 일도 눈감아줬을지 모르고요."

"좋아." 라비는 압정에 실을 감은 다음 메모판에 꽂으려다 제 엄지를 찌르고 말았다. 빨간 피가 한 방울 묻어났다.

"아니 지금 중대한 살인사건 수사 중인데, 여기는 피 좀 안 흘렸으면 좋겠는데요."

핍의 농담에 라비는 압정을 던지는 척했다. "음, 맥스도 하위를 알고 있고 둘 다 앤디의 마약 거래와 관련이 있었어." 라비는 세 사람의 얼굴 주변에 손가락으로 둥글게 원을 그렸다.

"맞아요. 그리고 맥스는 나탈리와 학교를 같이 다녔고," 핍이 손가락으로 메모판을 짚었다. "나탈리도 약 탄 술을 마셨단 소문이 있었죠."

이제 빨간 실이 거미줄처럼 메모판을 뒤덮고 있었다.

"그러니까 기본적으로……" 라비가 핍을 쳐다보았다. "전부

서로 간접적으로는 관련이 있네. 한쪽에선 하위를 시작으로, 다른 쪽에서는 제이슨 벨을 시작으로. 어쩌면 이 다섯 명 모두 범인인지도 몰라."

"이러다 나중엔 쌍둥이설까지 나오겠어요. 알고 보니 누군가 쌍둥이였고, 범인은 그 쌍둥이 동생이더라. 두둥."

## 38

핍의 친구들은 학교에서 내내 곧 깨질 것 같은 유리그릇 다루듯 핍을 대했다. 바니 이름은 입도 벙긋 않고 줄곧 다른 이야기만 했고, 로렌은 마지막 남은 자파 케이크*를 핍에게 양보했다. 코너는 점심 먹을 때 가장자리에 앉은 핍이 대화에서 소외될까 봐 일행의 가운데 자리를 내주었고, 카라는 그냥 줄곧 옆에 함께 있어주었다. 카라는 핍에게 말을 걸어야 할 때와 걸지 말아야 할 때를 이미 잘 알고 있었다. 친구들 아무도 큰 소리로 웃지 않았고, 웃음이 터질 때마다 핍의 눈치를 살폈다.

핍은 ELAT 논술 기출문제를 훑어보면서 다른 잡생각은 최대한 비우려고 애쓰며 하루를 보냈다. 한편으로 워드 선생님의 역사 수업과 웰시 선생님의 정치 수업을 듣는 척하며 머릿속으로 논술 연습을 해보기도 했다. 모건 선생님은 복도에서 핍을 보고 그 동글납작한 얼굴로 심각한 표정을 지어 보이며 지금 이 시점에서 EPQ 주제를 바꾸는 게 어려운 이유에 대해 일장 연설을 했다. 핍은 한 귀로 듣고 한 귀로 흘리며 그냥 "네." 하고 자리를 피했고, 모건 선생님은 "요즘 십 대들이란." 하면서 혀를 찼다.

학교에서 돌아오자마자 핍은 곧장 책상에 앉아 라비의 노트

---

* 오렌지잼을 바른 스펀지케이크에 초콜릿을 입힌 영국 과자.

북을 켰다. 눈 주변에는 다크서클이 올라와 있었지만 저녁을 먹은 후 밤까지 공부를 더 할 계획이었다. 엄마는 핍이 바니 때문에 잠을 못 자는 줄로 생각했다. 하지만 핍이 잠을 자지 못하는 건 잘 시간이 없어서였다.

핍은 브라우저를 열고 트립어드바이저의 아이비하우스 호텔 페이지를 열었다. 이건 핍이 맡기로 했다. 라비는 앤디 다이어리에 적혀 있던 전화번호를 추적하기로 했다. 이미 2012년 3~4월에 호텔 리뷰를 남긴 이용자들한테 이 호텔에서 금발의 여학생을 본 적 있느냐고 메시지를 남겨둔 터였다. 아직은 아무도 답이 없었다.

그다음 핍은 실제 예약 사이트를 살펴보았다. '문의하기' 페이지에는 전화번호와 '문의사항이 있으면 언제든 연락주세요!'라는 친절한 문구도 적혀 있었다. 어쩌면 호텔 주인 할머니 친척인 척하면서 과거 아이비하우스 호텔 예약 내역을 확인할 수 있을지도 모른다. 그렇게 안 될 수도 있지만 그래도 시도는 해봐야 했다. 이렇게 조사하다 보면 비밀의 연상남 정체도 밝힐 수 있을지 모른다.

핍은 휴대폰 잠금을 풀고 전화 앱을 클릭했다. 바로 최근 통화목록이 열렸다. 키패드를 열어 트립어드바이저 전화번호를 입력하는 중에 갑자기 핍의 손가락이 느려졌다. 그리고 번호를 누르던 손가락이 멈췄다. 머릿속 생각이 정리되기까지 핍은 한참이나 제 손가락을 내려다보고 있었다.

"잠깐." 핍은 거의 소리를 지르다시피 외치고서 최근 통화목록을 엄지손가락으로 스크롤했다.

핍은 목록 맨 위, 어제 나오미에게서 걸려온 통화 기록을 한참이나 쳐다보았다. 나오미가 쓰고 있던 그 임시 번호 말이다. 그 번호는 어딘가 이상하고 불길한 느낌이 들었다.

의자를 얼마나 세게 박차고 일어났던지 의자가 팽그르르 돌면서 책상에 부딪혔다. 손에는 휴대폰을 든 채 핍은 무릎을 꿇고 앉아 침대 아래 숨겨두었던 메모판을 꺼냈다. 핍의 시선은 곧장 앤디 부분으로 향했다. 미소 짓고 있는 앤디의 사진 옆에 정리해둔 출력물을 뒤졌다.

찾았다. 앤디의 다이어리 사진. 낙서처럼 쓰여 있던 전화번호, 그리고 그 옆에는 핍이 기록해놓은 번호들이 있었다. 핍은 휴대폰을 들고 나오미의 임시폰 번호와 다이어리에 적혀 있던 번호를 비교했다.

'07700900476'이었다.

핍이 적어둔 12가지 조합의 숫자와 일치하는 건 하나도 없었다. 하지만 아주 근접했다. 핍은 뒤에서 세 번째 숫자가 7 아니면 9라고 생각했다. 혹시 그게 흘려 쓴 글씨였고, 실은 4였다면?

핍은 바닥에 털썩 주저앉았다. 이걸 확인할 방법은 없었다. 전화번호 위에 그는 펜 자국을 지워내고 애초 앤디가 썼던 번호를 확인할 수는 없는 노릇이니 말이다. 하지만 나오미가 옛날에 쓰던 폰 번호와 앤디가 다이어리에 적어둔 번호가 우연히도 비슷할 가능성은 돼지가 하늘을 날고 천지가 개벽할 가능성에 수렴할 것이다. 같은 번호라고밖엔 생각되지 않았다. 그래야 말이 되었다.

그렇다면 이건 어떻게 해석해야 하지? 앤디가 자기 남자친구의 친한 친구 번호를 적어둔 거니까 이제 별로 의미 없는 단서 아닌가? 상관없는 번호니까 단서에서는 제외할 수도 있었다.

하지만 왜 이렇게 불길한 느낌이 드는 거지?

그건 아마도 맥스를 유력한 용의자라고 볼 때 나오미는 더더욱 유력한 용의자가 될 수 있기 때문일 것이다. 나오미는 뺑소니 사고를 알고 있었다. 맥스, 밀리, 제이크의 전화번호도 알고, 핍의 전화번호도 알았다. 밀리가 잠든 후 나오미가 맥스의 집을 나와 12시 45분 이전에 앤디를 납치하는 시나리오도 여전히 가능했다. 나오미는 샐의 가장 친한 친구였다. 나오미는 핍과 카라가 숲속에서 캠핑 중인 것도 알고 있었고, 핍이 바니와 어느 숲으로 산책을 가는지도 알고 있었다. 그리고 그 숲은 샐의 시신이 발견된 곳이기도 했다.

핍이 지금까지 알아낸 내용만으로도 나오미는 잃을 것이 많았다. 하지만 혹시 그것보다 더한 게 있다면? 혹시 나오미가 앤디와 샐의 죽음과 관련이 있다면?

핍이 한참 넘겨짚는 것일 수도 있었다. 핍의 머리는 지쳐 있었고 제대로 된 사고가 되지 않았다. 어쩌면 이건 앤디가 별 뜻 없이 적어둔 번호일지도 모르고, 이것만으론 나오미와 굳이 연관을 지을 수도 없었다. 그러나 핍이 그 의미를 재 깨닫기도 전에 직감이 먼저 반응한 무언가가 있는 건 분명했다.

나오미를 관련 인물 목록에서 제외한 후에도 살인범에게서 쪽지가 왔었다. 사물함에 들어 있던, 프린터로 출력한 쪽지 말이다. 학기 초 핍은 그 집 프린터의 모든 인쇄 기록을 저장하도록 카라의 노트북을 설정해두었었다.
  나오미가 정말 관련돼 있다면 이제 픱도 확인할 수 있는 확실한 방법이 있었다.

## 39

나오미의 손에는 칼이 들려 있었다. 핍은 한 걸음 뒤로 물러섰다.

"조심해요." 핍이 말했다.

"으아악!" 나오미가 고개를 저었다. "양쪽 눈이 짝짝이 됐어."

나오미는 핍과 카라 쪽으로 핼러윈 호박을 돌려 얼굴을 보여주었다.

"약간 트럼프 같은데." 카라가 킬킬댔다.

"원래 의도는 사악한 고양이였어." 나오미는 호박 속을 담은 그릇 옆에 칼을 내려놓았다.

"생업은 포기하면 안 되겠네." 카라는 손에 묻은 끈적한 호박 속을 닦아내고 찬장 쪽으로 어슬렁어슬렁 걸어갔다.

"일단 생업이란 게 생기면 말이지."

"아, 진짜." 카라는 뒤꿈치를 들고 찬장을 들여다보더니 투덜댔다. "과자 두 봉지 사온 거 어쨌냐? 아빠랑 같이 사온 지 진짜 이틀 됐다."

"내가 어떻게 알아? 내가 안 먹었어."

나오미가 핍의 호박을 보러 왔다.

"핍, 너는 뭘 의도하고 만든 거야?"

"사우론의 눈*이요." 핍이 조용히 대답했다.

"아니면 불타는 처녀막이거나." 카라는 과자 대신 바나나를 집어 들었다.

"듣고 보니까 무섭다." 나오미가 웃음을 터뜨렸다.

아니, 진짜 무서운 건 지금 이 상황이겠죠.

핍과 카라가 학교를 마치고 돌아오자 나오미는 이미 집에서 핼러윈 호박이며 칼이며, 준비를 다 끝내두었다. 아직까진 핍이 몰래 빠져나갈 기회가 없었다.

"언니," 핍이 입을 열었다. "엊그제 전화 줘서 고마워요. 케임브리지 시험 관련해서 언니 친구 사촌분한테 이메일 받았어요. 진짜 도움 많이 됐어요."

"아, 잘됐네." 나오미가 미소를 지었다. "별거 아닌데, 뭘."

"언니 폰은 그럼 언제 받을 수 있대요?"

"그러고 보니 원래 말한 날짜가 내일이긴 하다. 뭐가 그렇게 오래 걸리는지."

핍은 입을 다물고 고개를 끄덕이면서 공감하는 듯한 표정을 지어 보였다. "용케 아직 심이 살아 있는 옛날 폰이 있었네요. 그거라도 갖고 있었으니 다행이에요."

"아빠 거긴 한데 아무튼 다행이긴 해. 게다가 요금도 18파운드나 남아 있었다니까. 내가 갖고 있던 건 이미 기한 만료였어."

핍은 하마터면 손에서 칼을 놓칠 뻔했다. 귓가에 흐르던 서스펜스 배경음악이 점점 커지고 있었다.

---

* 영화 〈반지의 제왕〉에 등장하는 요새 '바랏두르' 정상에 있는 거대한 불꽃 눈으로 여성의 질 모양이 연상되기도 한다.

"심카드가 아저씨 거였어요?"

"응." 나오미는 혀까지 빼물고 호박을 조각하는 데 열중하고 있었다. "카라가 아빠 책상에서 찾았어. 잡동사니 서랍 아래쪽에 처박혀 있더라고. 원래 집집마다 못 쓰는 충전기랑 외국 동전 같은 거 넣어두는 화폐랑 뭐 그런 거 들어 있는 서랍이 있는 법이잖아."

이제 귓가에 울리던 배경음악은 경고음으로 바뀌면서 핍의 머릿속에서 요란하게 울려댔다. 갑자기 토할 것 같은 기분이 들었다. 목 저 깊숙이에서 시큼한 맛이 나는 것 같았다.

엘리엇의 심카드였다. 엘리엇의 전화번호가 앤디의 다이어리에 적혀 있었다. 앤디는 실종 전 친구들 앞에서 워드 선생님을 개자식이라고 불렀다고 했다.

엘리엇이라.

"핍, 너 괜찮아?" 카라가 자기 핼러윈 호박 안에 불을 켠 초를 집어넣으며 물었다. 호박은 이제 생명을 얻었다.

"응." 핍은 고개를 지나치리만큼 격하게 끄덕였다. "그냥, 음…… 배가 좀 고파서."

"과자라도 주고 싶은데 늘 그렇듯 또 사라졌네. 토스트 해줄까?"

"아…… 괜찮아."

"널 사랑하니까 먹이는 거야." 카라가 말했다.

핍은 입안이 끈적하고 씁쓸해졌다. 아냐, 어쩌면 핍이 의심하는 그런 상황은 아닐지도 모른다. 어쩌면 엘리엇이 앤디에게 과외를 해준다고 한 걸지도, 그래서 앤디가 엘리엇 번호를 적어둔 것일지도 모른다. 어쩌면. 엘리엇이 아닐지도 모른다. 핍은 일단 숨을 고르고 진정할 필요가 있었다. 이건 아무런 증거도 되지 않았다.

하지만 증거를 확인할 방법은 있었다.

"호박 조각하는 동안 으스스한 핼러윈 음악을 배경으로 틀면 좋을 것 같은데." 핍이 말했다. "카라, 네 노트북 잠깐 써도 돼?"

"응, 내 침대에 있어."

핍은 부엌문을 닫고 계단을 뛰어 올라 카라의 방으로 달려갔다. 그러곤 노트북을 옆구리에 끼고 조용히 아래층으로 내려왔다. 심장이 쿵쾅대고 있었다. 이제 머릿속에서 울리는 경고음보다 쿵쾅대는 핍의 심장 소리가 더 크게 들리는 듯했다.

핍은 엘리엇의 서재에 몰래 들어가 조용히 문을 닫고 잠시 엘리엇의 책상에 놓인 프린터를 쳐다보았다. 핍이 적갈색 가죽 의자에 카라의 노트북을 내려놓고 무릎을 꿇고 앉아 화면을 여는 동안 이소벨 워드 여사가 그린 그림 속 무지개색 인물들이 핍을 지켜보았다.

화면이 켜지자 핍은 제어판을 클릭, '장치 및 프린터'를 열었다. 그리고 프린터 '프레디 프린츠 주니어'에 마우스를 대고 우클릭을 한 다음 숨을 잠시 멈추고 메뉴를 열어 처음 항목 '인쇄 작업 목록 보기'를 클릭했다.

화면에 작은 파란색 테두리의 창이 떴다. 창 위쪽에는 '문서 이름', '상태', '소유자', '페이지 수', '크기', '제출'이라는 6개의 열 이름이 보였다.

그동안 인쇄한 문서들이 잔뜩 보였다. 어제 카라가 뽑은 '자기소개서 2차' 문서, 며칠 전 인쇄한 '엘리엇 컴: 글루텐 프리 쿠키 레시피'도 보였다. '나오미: 2017 이력서, 자원봉사 지원서, 커버레터, 커버레터 2'는 여러 줄 있었다.

핍의 사물함에 쪽지가 들어 있던 날은 10월 20일이었다. 핍은 '제출' 항목을 살펴보며 아래로 스크롤을 내렸다.

핍도 손가락으로 인쇄 기록을 따라갔다. 10월 19일 밤 11시 40분 '엘리엇 컴'에서 'MS 워드 - 문서 1'이 출력된 기록이 있었다. 이름 없는, 저장되지 않은 문서였다.

핍은 그 문서를 우클릭했다. 마우스패드에 핍의 땀과 손가락 자국이 그대로 남았다. 다시 작은 드롭다운 메뉴가 나타났다. 이제 핍은 숨쉬기조차 힘들 정도였다. 간신히 '다시 시작'을 클릭했다.

뒤에서 프린터가 작동하는 소리가 들렸다. 핍은 자기도 모르게 움찔하고는 발바닥 앞쪽으로 중심을 잡은 채 뒤를 돌아보았다. 맨 윗장 종이가 프린터에 빨려 들어가고 있었다.

프린터가 본격적으로 인쇄를 시작하자 핍은 허리를 펴고 일어섰다. 그리고 프린터에서 용지를 조금씩 뿜어내는 동안 한 걸음씩 프린터로 다가갔다. 이제 배출구에 흰 종이와 그 위에 찍힌 검은색 잉크가 조금씩 보이기 시작했다.

드디어 인쇄가 끝나고 프린터기 출력물을 뱉어냈다.

핍은 프린터를 향해 손을 뻗었다.

그리고 출력물을 들어 반대 면으로 넘겨보았다.

***마지막 경고다, 피파. 그만둬.***

# 40

아무 말도 나오지 않았다.

핍은 한참 출력물을 내려다보다가 고개를 저었다.

뭐랄까, 원초적이고 말로 형용할 수 없는 느낌이 핍을 압도했다. 무감각한 분노에 뒤이어 공포가 덮쳐왔다. 핍의 몸 구석구석 배신의 아픔이 퍼져나갔다.

핍은 휘청이며 뒤로 물러나 창밖을 내다보았다. 날이 저물고 있었다.

'알 수 없음'은 엘리엇 워드였다.

엘리엇이 살인자였다. 엘리엇이 앤디를, 샐을 죽였다. 바니를 죽였다.

반쯤 시든 나무들이 바람에 흔들리며 핍에게 손짓하고 있었다. 핍은 유리창에 비친 제 모습을 바라보며 다시금 그때 그 순간을 떠올려보았다. 역사 수업을 들으러 가서 엘리엇과 맞부딪혔던, 그리고 바닥에 쪽지를 떨어뜨렸던 순간. 그때 그 쪽지는 엘리엇이 핍에게 보낸 거였다. 엘리엇은 상냥한 거짓 얼굴로 혹시 누가 핍을 괴롭히느냐고 물었다. 그리고 바니의 죽음으로 슬퍼하던 핍의 가족을 위로한답시고 카라 편에 구운 쿠키를 들려 보냈었다.

거짓말. 모두가 거짓말이었다. 핍에게 지금껏 아빠 같은 존재이던 엘리엇이었다. 핍과 카라를 위해 정원에서 섬세한 보물찾기 놀이를 할 수 있게 준비해주던 엘리엇이었다. 핍에게 놀러 와서 신으라고 카라 자매와 똑같은 곰발 슬리퍼를 사주던, 시시한 농담 따먹기를 하며 금세 웃음을 터뜨리던 엘리엇이었다. 그 엘리엇이 살인자였다. 파스텔색 셔츠에 두꺼운 뿔테 안경으로 위장한, 양의 탈을 쓴 늑대였다.

카라가 핍을 찾는 소리가 들렸다.

핍은 출력한 종이를 접어 외투 주머니에 넣었다.

"뭐가 이렇게 오래 걸려." 부엌으로 들어오는 핍을 보고 카라가 말했다.

"화장실." 핍은 카라 앞에 노트북을 내려놓으며 말했다.

"나 집에 갈래. 상태가 별로 안 좋아. 그리고 이제 이틀 남았으니까 진짜 시험공부도 해야 할 것 같고."

"아." 카라가 인상을 찡그렸다. "로렌 곧 올 텐데 다 같이 〈블레어 위치〉 보면 안 돼? 아빠도 그러라고 했는데. 이참에 공포영화도 못 보는 겁쟁이라고 아빠 놀려먹을 기회인데."

"아저씬 어디 계셔? 과외 중?"

"핍, 너 우리 집 처음 와? 과외는 월수목이잖아. 학교에서 늦게까지 일이 좀 있으시다나 봐."

"아, 그렇지. 미안, 요즘 요일 개념이 없어서." 핍은 잠시 말을 멈추고 생각했다. "근데 너희 아빠는 과외 왜 하시는 거야? 돈이 필요해서는 아닐 거 아냐."

"왜?" 카라가 되물었다. "외가가 부자니까 돈은 안 필요할 텐데, 왜냐?"

"응."

"그냥 좋아서 하시는 걸 거야." 나오미가 자기 핼러윈 호박 안에 초를 넣으며 말했다. "아마 역사 얘기를 떠들 기회만 있으면 자기 돈 내주고라도 과외할 사람이 아빠라서."

"언제 시작하셨었죠?" 핍이 말했다.

"음." 나오미가 천장을 쳐다보며 잠시 생각하는 듯했다. "내가 막 대학 갈 때쯤 시작하셨을걸."

"그럼 5년 넘은 거네요?"

"그런 것 같아." 나오미가 대답했다. "아빠한테 직접 물어봐. 마침 아빠 차 소리 들린 것 같은데."

핍은 그 자리에서 얼음이 됐다. 전신에 소름이 돋았다.

"그러게요. 지금은 일단 집에 가야 할 것 같아요. 카라, 미안해." 핍은 가방을 들었다. 창문 너머로 헤드라이트 불빛이 꺼지는 것이 보였다.

"바보 같은 소리." 카라는 걱정스러운 눈빛이었다. "알겠어. 그럼 나중에 부담 좀 없어지면 너랑 나랑 따로 핼러윈 다시 할까?"

"그래."

열쇠 소리가 들렸고 이내 뒷문이 활짝 열렸다. 다용도실을 지나는 발소리가 들려왔다.

엘리엇이 문간에 서 있었다. 따듯한 집 안에 들어오자 엘리엇의 안경알 가장자리에 김이 서렸다. 엘리엇은 세 사람을 보고 미소를 지은 다음 가방을 내려놓고 조리대에 비닐봉지를 올려놓았다.

"안녕, 얘들아." 엘리엇이 말했다. "세상에, 교사들은 자기 목소리 듣는 게 그렇게 좋은가 봐. 인생 통틀어 제일 긴 회의였어."

핍은 애써 웃어 보였다.

"와, 호박들이 아주 무시무시한데." 엘리엇은 눈을 깜박이며 말했다. 얼굴에 커다란 웃음이 번졌다. "핍, 저녁 먹고 갈 거니? 마침 핼러윈 감자도 사왔는데."

엘리엇은 냉동감자 봉지를 흔들어 보이며 유령 소리를 내었다.

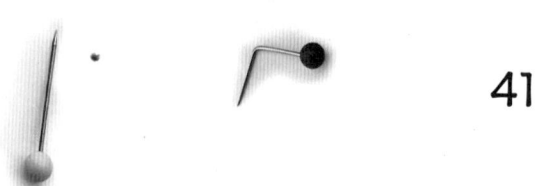

# 41

핍이 집에 도착하자 엄마와 아빠는 해리포터로 분장한 조쉬와 핼러윈 사탕을 받으러 나가려고 준비를 하고 있었다.

"같이 가자, 딸." 영화 〈고스트버스터즈〉의 마시멜로맨 복장을 한 아빠가 말했다. 엄마가 뒤에서 지퍼를 올려주고 있었다.

"저는 집에서 공부해야죠." 핍은 거절했다. "그리고 꼬맹이들 오면 사탕도 줘야 하고요."

"하루만 쉬면 안 되겠어?" 엄마가 물었다.

"네, 안 돼요. 죄송해요."

"알았어. 사탕은 문 옆에 뒀어."

"네. 이따 봐요."

조쉬가 요술봉을 흔들며 소리쳤다. "**아씨오** 캔디."

아빠가 마시멜로맨 머리통을 들고 조쉬의 뒤를 따랐고 이어 엄마가 핍의 머리에 키스해주곤 문을 닫고 나갔다.

핍은 유리창으로 가족들이 나가는 모습을 지켜보다가 모두가 차량 진입로를 거의 벗어날 때쯤 휴대폰을 꺼내 라비에게 문자를 보냈다. *지금 바로 우리 집에서 봐요!*

라비는 손에 든 머그잔을 내려다보았다.

"워드 선생님이라니." 라비가 고개를 저었다. "그럴 리가 없어."

"근데 그렇다니까요." 테이블 아래서 핍의 무릎이 덜덜 떨리고 있었다. "앤디가 실종된 날 밤 알리바이도 없어요. 그건 내가 알지. 왜냐? 그 집 큰딸은 그날 밤 내내 맥스네 집에 있었고 그 집 둘째 딸은 우리 집에서 잤거든요."

라비는 한숨을 내쉬었다. 라비의 한숨에 우유 섞인 머그컵 안의 차가 흔들렸다. 라비의 차도 이미 핍의 차만큼 차갑게 식었을 것이다.

"그리고 샐이 죽은 날인 화요일도 알리바이가 없어요. 그날 병가를 냈기 때문에. 이건 선생님이 나한테 직접 말한 거예요."

"하지만 형은 워드 선생님을 정말 좋아했는걸." 라비가 작은 목소리로 말했다. 라비가 그토록 작은 목소리로 말하는 건 핍도 처음 들었다.

"나도 알아요."

갑자기 두 사람 사이의 테이블이 거대하게 느껴졌다.

"그럼 워드 선생님이 앤디가 만나던 비밀의 연상남인 거야?" 라비가 잠시 뜸을 들이다 다시 입을 열었다. "앤디가 아이비하우스 호텔에서 만난 사람이 워드 선생님?"

"그럴 수도 있죠. 앤디는 그 사람을 망가뜨릴 수 있다고 했어요. 엘리엇은 교사고, 신뢰가 필요한 자리에 있는 사람이죠. 혹시 앤디가 두 사람 일을 입이라도 벙긋했다면 엘리엇은 엄청난 후폭풍에 휘말렸을 거예요. 형사사건으로 기소되고 감옥에도 갔겠죠." 핍은 손도 대지 않은 자기 찻잔을 내려다보았다. 차 표면에 자신의 모습이 비쳐 보였다. "앤디는 그리고 실종되기 며칠 전 친구들 앞에서 엘리엇을 개자식이라고 불렀어요. 엘리엇 말론 앤디가 다른 학생을 괴롭히고 나체 영상을 유포한 걸 알게 되어 자기가 앤디 아버지에게 그 얘길 했다, 그래서 앤디가 자길 그렇게 부른 거라고 했어요. 하지만 어쩌면 그게 다가 아닌지도 몰라요."

"엘리엇이 뺑소니 사고를 어떻게 알았을까? 나오미가 말했을까?"

"그건 아닐 것 같아요. 나오미는 아무한테도 말 안 했다고 했어요. 어떻게 알았는진 모르겠어요."

"아직도 명확하게 풀리지 않는 구석들이 있는걸." 라비가 말했다.

"알아요. 하지만 엘리엇이에요. 날 협박한 사람, 바니를 죽인 사람이 엘리엇이라고요."

"알겠어." 라비는 핍을 쳐다보았다. 커다란 라비의 눈동자가 지쳐 보였다. "그럼 그걸 어떻게 증명할 수 있지?"

핍은 제 컵을 옆으로 밀고 테이블에 기대었다. "엘리엇은 일주일에 세 번 과외를 하러 가요. 어젯밤까지만 해도 난 그게 전혀 이상하다고 생각을 안 했죠. 그 집은 근데 돈 걱정은 안 해도 되거든요? 카라네 엄마 생명보험에서 나오는 돈이 일단 꽤 있고, 카라네 외조부모님도 부자인 데다 아직 살아 계시고요. 그리고 엘리엇도 학교에서 학과장이니까 아마 월급이 꽤 될 거란 말이에요. 엘리엇이 과외를 시작한 게 2012년부터라니까 5년 조금 넘은 거예요."

"그래서?"

"그러니까 내 말은, 엘리엇이 실은 일주일에 세 번 과외를 하러 가는 게 아닐 수도 있지 않느냐는 거죠. 혹시…… 앤디의 시신을 묻은 곳에 간다든가? 이를테면 앤디의 무덤에 속죄를 하러 가는 건지도 모른단 거죠."

라비의 앞이마와 콧등에 주름이 잡혔다. "일주일에 세 번씩, 매주 속죄를 하러 간다?"

"그건 좀 이상하긴 하네요." 핍이 인정했다. "혹시 그럼…… 앤디를 **만나러** 간다면요?" 얼결에 꺼낸 말이었지만 막상 얘기하고 보니 어쩌면 가능한 일일지도 모르겠단 생각이 들었다. "앤디가 아직 살아 있고 엘리엇이 어딘가에 앤디를 가둬두고 있는 거죠. 그리고 일주일에 세 번씩 앤디를 보러 가는 거예요."

라비는 다시금 동의하기 힘들단 표정을 지어 보였다.

거의 잊고 있던 기억이 새삼 핍의 머릿속을 파고들었다. "과자가 없어졌어요." 핍이 중얼거렸다.

"뭐라고?"

핍은 생각에 잠겨 이리저리 눈을 굴렸다. "과자가 자꾸 없어졌어요." 핍이 이번엔 조금 더 크게 말했다. "카라가 집에서 자꾸 음식이 없어진다고 했어요. 분명히 아빠가 막 사 온 걸 자기가 봤다는데. 세상에, 엘리엇이 앤디를 어딘가에 데리고 있는 거예요."

"핍 경관님, 그건 좀 성급한 결론이 아닌가 싶은데요."

"엘리엇이 매주 어딜 가는지 알아야겠어요." 핍은 갑자기 등 뒤에 뭐라도 돋은 것처럼 허리를 똑바로 세우고 앉았다. "내일이 수요일, 그럼 과외 가는 날이에요."

"실제로 선생님이 과외를 가는 게 맞으면?"

"실제로 과외를 가는 게 아니면요?"

"그럼 미행을 하자는 거야?" 라비가 물었다.

"아뇨." 핍은 좋은 생각이 있다는 듯이 말했다. "더 나은 생각이 있죠. 선배 휴대폰 좀 줘봐요."

라비는 군말 없이 주머니에서 휴대폰을 꺼내 테이블 위에 놓고 핍 쪽으로 밀어주었다.

"비밀번호는요?" 핍이 물었다.

"1122. 뭐 하는 거야?"

"선배 휴대폰이랑 내 폰이랑 친구찾기를 활성화해놓을 거예요." 핍은 앱을 클릭해 자기 휴대폰에 초대장을 보낸 다음 자기 휴대폰에서 초대장을 열고 수락을 눌렀다. "이제 우리는 계속 서로의 위치를 공유할 수 있는 거죠. 그러면," 핍은 공중에 제 휴대폰을 흔들어 보였다. "우린 추적 장치가 생기는 거고요."

"나 지금 좀 겁먹었어." 라비가 말했다.

"내일 학교 끝나고 엘리엇 차에 내 휴대폰을 두고 올 거예요."

"어떻게?"

"방법이야 어떻게든 생각해내야죠."

"혼자선 절대 따라가지 마, 핍." 라비가 앞으로 몸을 기울이며 말했다. 라비의 눈빛에는 흔들림이 없었다. "정말로."

그때 누군가 현관문을 두드렸다.

핍이 자리에서 벌떡 일어났고 라비는 핍을 따라 복도로 나갔다. 핍이 사탕이 담긴 그릇을 들고 문을 열었다.

사탕을 요구하는 꼬맹이들이었다.

"와, 너희 진짜 무섭다." 뱀파이어 분장을 한 두 명은 핍도 알아볼 수 있었다. 세 집 건너 사는 야들리 부부네 아이들이었다.
 핍은 사탕 그릇을 낮추어주었고 아이들 여섯은 앞다투어 그릇 쪽으로 몰려들며 손을 내밀었다.
 아이들이 서로 다투어가며 취향대로 사탕을 고르는 동안 핍은 아이들 뒤편에 서 있는 어른들에게 미소를 지어 보였다. 그들의 시선은 핍 뒤편에 서 있는 라비에게 고정돼 있었다.
 두 명의 여자가 서로 딱 붙어 서서 라비를 쳐다보며 입을 손으로 가린 채 들리지 않는 작은 소리로 자기들끼리 속닥였다.

## 42

"어쩌다가?" 카라가 물었다.

"모르겠어. 정치 수업 끝나고 계단 내려오면서 발을 헛디뎠는데, 아무래도 발을 삐었나 봐."

핍은 카라 앞에서 가짜로 다리를 절어 보였다.

"오늘 학교도 걸어왔는데. 차 안 갖고 왔거든." 핍이 연기를 이어갔다. "망했다. 엄마도 늦게까지 일 있다고 했는데."

"우리 아빠 차 같이 타고 가면 되지." 카라는 핍의 겨드랑이에 팔을 끼고 사물함까지 핍을 부축했다. 그런 다음 핍에게서 교과서를 받아들고 사물함 안에 이미 잔뜩 쌓아놓은 책들 위에 핍의 교과서를 얹었다. "차가 있는데 왜 굳이 걸어? 이해가 안 되네. 난 지금 언니가 와 있어서 내 차도 못 쓰는 처지인데."

"그냥 걷고 싶더라고. 이젠 바니랑 산책한단 구실도 없어졌으니까."

카라는 안타까운 표정을 짓고는 사물함 문을 닫았다. "그럼 같이 가자. 주차장까지 절뚝거리면서 가야 할 거 아냐. 다행이네. 나 오늘 보디빌더 저리 가라잖아. 어제 팔굽혀펴기 제대로 아홉 번이나 했거든."

"제대로 아홉 번?" 핍이 씩 웃었다.

"그럼. 네가 날을 아주 제대로 잡았어." 카라가 팔에 힘을 주며 근육을 만들어 보였다.

그런 카라를 지켜보는 핍의 마음은 부서지는 듯했다. 몇 번이나 '제발, 제발, 제발' 빌었는지 모른다. 어떤 결과가 나오든 간에 카라가 이렇게 행복하고 바보 같은 모습을 부디 잃지 않기를 핍은 간절히 바랐다.

서로를 지지대 삼아 두 사람은 복도를 비틀거리고 걸어가 옆문으로 나갔다.

차가운 바람이 코를 때렸고 핍은 바람 때문에 눈을 가늘게 떴다. 두 사람은 천천히 뒤쪽으로 돌아 교사 주차장 쪽으로 향했다. 카라는 걸어가는 길에 핼러윈 날 밤 다 같이 영화를 보며 있었던 일을 자세히 이야기해주었다. 카라가 아빠 언급을 할 때마다 핍은 긴장이 됐다.

엘리엇은 이미 자기 차 옆에서 기다리고 서 있었다.

"이제 왔구나." 엘리엇이 카라를 보더니 말했다. "무슨 일이야?"

"핍이 발목을 삐었어요." 카라가 뒷문을 열며 대답했다. "그리고 핍네 엄마는 늦게까지 일이 있으시대요. 오늘 우리가 핍 데려다주면 안 돼요?"

"안 될 게 있나." 엘리엇은 핍의 팔을 부축하면서 핍이 차에 탈 수 있게 도와주었다.

엘리엇의 피부가 핍의 피부에 닿았다.

핍은 움츠러들지 않으려고 안간힘을 썼다.

가방을 옆에 잘 놓아둔 다음 핍은 엘리엇이 뒷좌석 문을 닫고 운전석에 올라타는 모습을 지켜보았다. 카라와 핍이 안전벨트를 매자 엘리엇이 시동을 켰다.

"어쩌다가 그런 거니, 핍?" 엘리엇은 주차장에서 진입로로 나가려다 길을 건너는 학생들을 보고 그들이 다 지나갈 때까지 차를 세우고 기다렸다.

"모르겠어요. 그냥 발을 잘못 디뎠나 봐요."

"응급실은 안 가도 되겠니?"

"괜찮아요. 한 이틀 있으면 낫겠죠." 핍은 휴대폰을 꺼내 무음으로 되어 있는지 확인했다. 온종일 전원을 거의 꺼놓은 덕분에 배터리는 가득이었다.

카라가 라디오 채널을 돌리기 시작하자 엘리엇이 카라의 손을 탁 때렸다.

"내 차니까 음악도 내가 고른다. 유치해도 참아." 그러더니 엘리엇이 핍을 불렀다. "핍?"

핍은 깜짝 놀라 하마터면 휴대폰을 떨어뜨릴 뻔했다.

"발목이 부었니?"

"음……" 핍은 손에 휴대폰을 쥔 채 허리를 숙였다. 그리고 발목을 만지는 척하면서 팔목을 꺾어 뒷좌석 깊숙이 휴대폰을 밀어 넣었다. "약간이요." 핍은 다시 허리를 폈다. 피가 쏠려 얼굴이 붉어졌다. "심각하진 않고요."

"그래, 그럼 괜찮아." 엘리엇은 시내 중심가로 접어들며 말했다. "이따 집에 가서 앉을 때는 발목을 높이 올려놓고 있어라."

"네, 그럴게요." 핍은 그렇게 대답하며 백미러로 엘리엇과 눈을 마주쳤다. "그러고 보니 오늘 과외 가시는 날 아니에요? 저 때문에 늦으시면 어떡해요? 어디로 가세요?"

"아, 걱정하지 마." 엘리엇은 왼쪽 길로 들어서며 말했다. 핍의 집 방향이었다. "올드 아머셤이라서 별로 멀지 않아."

"휴, 다행이에요."

카라가 엘리엇에게 오늘 저녁 메뉴는 뭐냐고 물었고, 엘리엇은 서행으로 핍의 집 진입로로 들어섰다.

"어, 어머니 집에 계시네." 엘리엇은 리앤의 차를 향해 고갯짓을 해 보였다.

"그래요?" 심장이 뛰기 시작했다. 덩달아 주변의 공기도 요동치는 게 행여 눈에 보일까봐 핍은 겁이 났다. "오늘 집 보여주러 간다고 하셨는데, 막판에 취소됐나 봐요. 미리 확인할걸, 죄송해요."

"무슨 바보 같은 소리야." 엘리엇이 핍 쪽을 돌아보았다. "집 앞까지 부축해줄까?"

"아니요." 핍은 재빨리 가방을 집어 들었다. "아니에요, 괜찮아요. 감사합니다."

핍은 차문을 열고 내릴 준비를 했다.

"잠깐만," 카라가 핍을 불렀다.

핍은 얼어붙었다. '제발 휴대폰 봤다는 얘기만 아니길. 제발.'

"내일 너 시험 치기 전에 볼 수 있어?"

"아." 핍은 다시 숨을 쉴 수 있었다. "아니, 사무실에 등록하고 바로 시험 보는 교실로 가야 해."

"그래. 그럼 파이팅~!!!" 카라는 말꼬리를 길게 빼며 말했다. "잘할 거야. 그럼 시험 끝나고 너 보러 갈게."

"그래, 핍. 행운을 빈다." 엘리엇이 씩 웃었다. "지금은 다리가 부서지도록 잘하고 오라는 관용구도 못 쓰겠네."*

핍이 소리 내어 웃었다. 메아리라도 울리는 듯한 공허한 웃음이었다. "감사합니다. 오늘 데려다주셔서 감사해요." 핍은 차문에 기대 인사한 다음 문을 닫았다.

핍은 귀를 쫑긋 세운 채 엘리엇의 차가 진입로를 빠져나가는 소리를 확인하고 집까지 다리를 절뚝이며 걸어갔다. 현관문을 연 다음에서야 절뚝거리는 연기를 멈췄다.

"왔니? 차 끓여줄까?" 엄마가 부엌에서 핍을 맞이했다.

"음, 됐어요." 핍은 문간에서 어슬렁대며 말했다. "좀 이따 시험공부 도와주러 라비가 올 거예요."

엄마는 의심스러운 표정이었다.

"왜요?"

"엄마가 우리 딸을 잘 아는데 말이야." 엄마는 채반에 버섯을 씻었다. "우리 딸은 공부를 혼자 하는 타입이거든. 그룹 과제라도 있으면 다른 애들 울리는 게 주특기고. 라비랑 같이 공부를 한다…… 그래, 그렇단 말이지." 엄마는 다시금 같은 표정을 지어 보였다. "문은 꼭 열어두고."

"아, 정말. 알았다고요."

막 계단을 올라가려는데 라비인 듯한 그림자가 현관문을 두드렸다.

---

* '다리가 부러져라(break a leg)'가 행운을 빈다는 뜻의 표현이 된 기원은 16세기 셰익스피어 시대까지 거슬러 올라간다. 원래는 무릎을 구부려 인사한다는 뜻으로, 무대 위 배우가 관객들에게 그렇게 인사를 한다는 것은 성공적인 연기를 펼쳐 보였다는 의미이므로 지금의 뜻이 되었다고 한다.

핍이 문을 열어주었다. 라비는 리앤에게 인사한 다음 핍을 따라 2층으로 올라갔다.

"문은 닫지 마세요." 라비가 방문을 닫으려고 하자 핍이 말했다.

핍은 침대에 양반다리를 하고 앉았고 라비는 책상 의자를 빼서 핍을 마주 보고 앉았다.

"다 잘 됐어?" 라비가 물었다.

"네, 뒷좌석 아래 뒀어요."

"좋아."

라비는 자기 폰 잠금을 열고 친구찾기 앱을 켰다. 핍은 라비에게 더 가까이 다가가 앉았다. 두 사람은 머리가 서로 닿을락 말락 할 정도로 붙어 앉아서 라비 휴대폰 화면의 지도를 내려다보았다.

핍의 폰 위치를 보여주는 작은 오렌지색 점은 호그힐에 있는 카라네 집 밖에 정지해 있었다. 라비가 새로고침을 눌렀지만 위치는 변하지 않았다.

"아직 집인가 보네." 핍이 말했다.

복도에서 발소리가 들려오더니 조쉬가 문 앞에 나타났다.

"누나." 조쉬가 곱슬머리를 만지작대며 물었다. "라비 형이랑 축구 게임하면 안 돼?"

라비와 핍은 서로를 쳐다보았다.

"음, 지금은 조금 그래." 핍이 대답했다. "지금은 조금 바쁘거든."

"이따 형 내려가면 같이 게임하자. 알았지?" 라비가 말했다.

"알겠어." 조쉬는 항복하듯 팔을 들어 보인 다음 사라졌다.

"움직이기 시작했어." 라비가 지도를 새로고침 하며 말했다.

"어디로요?"

"지금은 호그힐 따라 내려가는 중. 로터리 못 갔어."

오렌지색 점이 실시간으로 움직이지 않아 두 사람은 계속해서 새로고침을 누르고 기다렸다. 그러면 오렌지색 점은 축지법마냥 저만치 움직여 있었다. 점이 로터리에서 멈췄다.

"새로고침 해봐요." 핍이 기다리지 못하고 말했다. "좌회전 안 하면, 그럼 아머샴으로 가는 거 아니니까요."

새로고침 선이 빙글빙글 돌면서 희미해졌다. 로딩중, 또 로딩중이었다. 드디어 새로고침은 되었지만 오렌지색 점은 사라졌다.

"어디 갔죠?"

라비는 엘리엇의 위치를 확인하기 위해 지도를 이리저리 움직였다.

"잠깐만요. 저기 있다. A413 도로 타고 북쪽으로 가네요." 핍이 말했다.

두 사람은 서로를 쳐다보았다.

"아머샴 방향은 아니네." 라비가 말했다.

"그러게요, 아니네요."

다음 11분 동안 두 사람은 엘리엇의 움직임을 지도 위에서 따라갔다. 물론 라비가 엄지로 새로고침을 누를 때마다 엘리엇의 위치는 저만치 이동해 있었다.

"웬도버 근처야." 라비가 핍의 표정을 보더니 물었다. "왜?"

"카라네가 킬턴으로 이사 오기 전에 살던 데가 웬도버거든요. 내가 카라를 알기 전에요."

"차를 돌렸어." 라비의 말에 핍은 다시 화면을 내려다보았다. "밀엔드로드라는 길로 들어섰어."

핍은 지도상의 하얀색 길 위에 멈춰 있는 오렌지색 점을 지켜보았다. "새로고침 해봐요."

"하고 있어. 여기서 멈춘 것 같아." 라비는 다시 새로고침을 해보았다. 한 1초쯤 로딩이 되더니 멈췄다. 오렌지색 점은 그 자리 그대로였다. 다시 라비가 새로고침을 해보아도 여전히 움직이지 않고 있었다.

"여기서 차를 세웠나 봐요." 핍은 라비의 손목을 잡고 방향을 틀면서 지도를 더 자세히 살펴보았다. 그런 다음 자리에서 일어나 책상에서 라비의 노트북을 들고 와 무릎 위에 놓았다. "어딘지 확인해보죠."

핍은 브라우저를 열고 구글 지도를 열었다. 그런 다음 '밀엔드로드, 웬도버'를 검색하고 위성 모드로 전환했다.

"이 길로 얼마나 들어갔을까요? 이쯤 되려나요?" 핍이 화면을 가리켰다.

"좀 더 왼쪽인 것 같아."

"좋아요." 핍은 작은 오렌지색 사람 모형을 길 위에 올려놓았다. 스트리트 뷰가 켜졌다.

나무와 관목으로 둘러싸인 좁은 시골길이 보였다. 전체 보기로 화면을 키우자 나무들이 햇빛을 받아 반짝이는 모습이 눈에 들어왔다. 길에서 조금 떨어져 한쪽으로 집들이 서 있었다.

"이 집일까요?" 핍은 작은 벽돌집을 가리켰다. 집의 경계를 이루는 나무와 전봇대 뒤로 흰색 차고 문이 살짝 보였다.

"음……" 라비는 휴대폰에서 노트북으로 시선을 옮겼다. "그 집 아니면 그 왼쪽 집, 둘 중 하나야."

핍은 거리 번호를 확인했다. "42번지 아니면 44번지란 거네요."

"워드 선생님네가 예전에 살던 집 주소가 거기 맞아?" 라비가 물었다. 핍도 그것까진 알지 못했다. 핍은 어깨를 으쓱해 보였다. "카라한테 물어볼 순 있잖아?"

"있죠. 연기랑 거짓말이라면 연습깨나 해봤으니까요." 핍의 배 속은 요동치고 있었고 목은 꽉 막히는 것 같았다. "제일 친한 친구가 카라인데, 소중한 내 친구의 인생이 망가져버릴지도 몰라요. 이것 때문에 모두, 모든 게 다 망가져버릴 거라고요."

라비가 핍의 손을 잡았다. "이제 다 왔어, 핍."

"이제 다 끝났죠." 핍이 말했다. "오늘 밤 당장 찾아가서 엘리엇이 뭘 숨기고 있는지 알아보죠. 앤디가 살아 있을지도 몰라요."

"그건 정말 그냥 추측이잖아."

"이게 다 추측에서 시작된 일인걸요." 핍은 제 손을 빼내어 지끈지끈한 머리를 짚었다. "이대로 질질 끌 순 없어요."

"좋아." 라비가 부드럽게 말했다. "당연히 질질 끌지는 않을 거야. 하지만 오늘 밤 말고 내일 하자. 넌 카라한테 엘리엇이 있는 곳 주소를 확인해봐. 혹시 카라네 옛날 집 주소인지 아닌지. 그리고 내일 학교 마치고 밤에, 엘리엇 없을 때 가서 대체 엘리엇이 거기서 뭘 하는 건지 알아보자. 아니면 경찰에 익명으로 신고를 하고 그 주소로 경찰을 부르든가. 아무튼 지금은 아냐, 핍. 오늘 밤 여기 네 인생을 걸 순 없어. 그건 내가 용납 못 해. 네가 케임브리지 입학시험 망치는 꼴은 내가 못 봐. 넌 지금부터 시험공부를 하다가 바로 잠자리에 드는 거야. 알겠어?"

"하지만······."

"'하지만' 같은 건 없어, 경관님." 라비가 핍을 한참이고 쳐다보았다. 갑자기 라비의 눈빛이 날카로워졌다. "워드 선생님 때문에 이미 너무 많은 사람들 인생이 망가졌어. 네 인생까지 망가지도록 내버려 둘 순 없어, 알겠어?"

"알겠어요." 핍이 조용히 대답했다.

"좋아." 라비는 핍의 손을 잡고 핍을 침대에서 끌어내 의자에 앉혔다. 그런 다음 의자를 밀어 핍을 책상 앞에 그대로 앉혀두곤 손에 펜을 쥐여주었다. "앤디 벨이랑 형 일은 앞으로 18시간 동안은 완전히 잊어버리는 거야. 그리고 10시 반에는 꼭 침대에 눕는 걸로."

핍은 라비를 쳐다보았다. 저 상냥한 눈, 심각한 표정. 핍은 무슨 말을 해야 할지, 어떤 기분이 드는 게 정상인지 알 수가 없었다. 핍은 웃음과 울음과 비명 사이 어디쯤 놓인 낭떠러지에 서 있었다.

## 43

 '아래 지문은 모두 죄의식을 표현한 글에서 일부 발췌한 것으로, 발간일 순으로 나열되어 있습니다. 각 지문을 상세히 읽고 문제에 답하시오.'

 머릿속에서 째깍대는 시계 소리가 요란하게 울렸다. 핍은 다시 한번 답안지를 펼쳐보았다. 시험 감독관은 책상에 발을 올리고 앉아 책등이 너덜너덜한 책을 읽는 데 열중해 있었다. 시험장은 정원이 30명인 교실이었지만 텅텅 비어 있었고, 교실 한가운데 흔들리는 작은 책상과 의자가 핍의 자리였다. 시험 시간은 벌써 3분이 흘러 있었다.

 핍은 시계 소리는 무시하라고 스스로 되뇌며 고개를 숙이고 펜을 놀리기 시작했다.

 감독관이 펜을 내려놓으라고 했다. 핍은 이미 49초 전에 답안지 작성을 마치고 초침의 움직임을 눈으로 쫓던 중이었다. 핍은 답안지를 덮은 다음 교실을 나서며 감독관에게 제출했다.

 핍은 일부 지문에서 등장인물이 잘못된 행동을 하며 수동 화법을 통해 책임을 전가하려고 한다는 점에 대해 기술했다. 어젯밤엔 잠도 일곱 시간 가까이 잤고, 시험도 그럭저럭 잘 본 것 같았다.

시험을 마치고 나오니 거의 점심시간이었다. 복도에서 막 방향을 꺾는데 카라가 핍을 불렀다.

"핍!"

핍은 다리를 절뚝거려야 한다는 걸 겨우 기억해냈다.

"어땠어?" 카라가 다가와 물었다.

"그냥 뭐, 괜찮은 것 같아."

"와! 이제 자유의 몸이네." 카라는 축하의 의미로 핍의 팔을 대신 흔들어주었다. "발목은 좀 어때?"

"그럭저럭 괜찮아. 내일이면 다 나을 것 같아."

"아, 참. 네 생각이 맞았어." 카라가 주머니를 뒤적이더니 핍의 휴대폰을 꺼냈다. "아빠 차에 네가 두고 간 게 있긴 하더라. 뒷좌석 밑에 깔려 있더라고."

핍이 휴대폰을 받아들었다. "아, 어쩌다 떨어뜨렸을까."

"이제 자유의 몸이 된 걸 축하해야지. 내일 우리 집에 다 같이 모여서 게임 나잇 같은 거 할까?" 카라가 말했다.

"그래, 괜찮을 것 같아."

마침내 대화가 잦아들자 핍은 입을 열었다. "참, 엄마가 오늘 고객한테 보여주기로 한 집이 웬도버 밀엔드로드에 있대. 너희 거기 살지 않았나?"

"맞아, 신기하네."

"44번지라던네."

"아, 우리는 42번지였어."

"요즘도 아빠 거기 가셔?" 핍은 별로 관심 없는 척 높낮이 없는 건조한 목소리로 물었다.

"아니, 옛날에 팔았지." 카라가 대답했다. "이사를 하고도 그 집을 안 팔고 있었던 건 그때 엄마가 막 할머니한테 상속받은 게 꽤 있어서였어. 엄마가 그림을 그리는 동안은 추가 수입도 얻을 겸 세를 준 건데, 엄마가 돌아가시고 한 2년 후에 아빠가 팔았을걸."

핍은 고개를 끄덕였다. 엘리엇은 그동안 줄곧 거짓말을 해온 모양이었다. 그것도 5년이 넘는 시간 동안.

핍은 점심시간 내내 몽유병자 꼴이었다. 점심시간이 끝나고 카라와 헤어지려는 참에 핍은 발을 절뚝이며 카라를 꼭 껴안았다.

"이거 왜 이러셔." 카라가 핍의 팔을 벗기며 물었다. "너 무슨 일 있어?"

"그런 거 없고요." 카라를 보며 핍은 어둡고 뒤틀리고 공허한 슬픔을 느꼈다. 괴로웠다. 도대체가 하나부터 열까지 다 말이 되지 않았다. 핍은 카라를 보내고 싶지 않았다. 보낼 수 있을 것 같지도 않았다. 그래도 보내야 했다.

역사 수업을 들으러 가는 길에 코너가 핍을 발견하고 핍이 사양했음에도 불구하고 계단 오르는 걸 부축해주었다. 교실에는 파스텔 그린 셔츠를 입은 엘리엇이 책상에 걸터앉아 있었다. 핍은 균형을 잃은 듯 비틀거리며 평소 앉던 앞줄의 자리를 지나쳐 맨 뒤쪽 자리에 가 앉았다. 뒷자리로 걸어가며 핍은 한 번도 엘리엇을 쳐다보지 않았다.

수업은 끝날 기미가 안 보였다. 시계를 쳐다볼 때마다 시간이 핍을 비웃는 듯했다. 핍은 수업 내내 엘리엇을 피해 다른 곳에 시선을 두었다. 엘리엇을 쳐다볼 생각은 없었다. 아니, 쳐다볼 수가 없었다. 교실 안 공기가 무슨 젤리라도 되는 것처럼 끈적해서 핍은 숨을 제대로 쉴 수가 없었다.

"흥미로운 점은," 엘리엇이 말했다. "6년 전 스탈린의 주치의였던 알렉산드르 먀스니코프의 일기가 공개됐는데, 이 주치의는 스탈린에게 뇌 질환이 있었고 어쩌면 이 질환이 스탈린의 의사결정 능력이나 편집증에 영향을 주었을 수도 있다고 보았단 거지. 그러니까……."

그때 종이 울리며 엘리엇의 입을 막았다.

핍은 자리에서 벌떡 일어났다. 종 때문이 아니라 '일기' 때문이었다. 엘리엇이 '일기'라고 하는 순간 갑자기 아귀가 맞아떨어지는 것 같았다. 머릿속을 맴돌고 있던 단어들이 천천히 제자리를 찾아갔다.

학생들은 가방을 챙겨 문을 향해 우르르 몰려 나갔다. 핍은 맨 뒤에서 다리를 절며 마지막으로 교실을 나섰다.

"잠깐만, 피파." 엘리엇이 뒤에서 핍을 불렀다.

핍은 마지못해 뒤를 돌아보았다.

"시험은 어땠니?" 엘리엇이 물었다.

"그냥 괜찮았어요."

"아, 다행이다." 엘리엇이 미소를 지었다. "그럼 이제 좀 쉴 수 있겠구나."

핍은 영혼 없는 미소로 대답을 대신하고 다리를 절뚝이며 교실을 나섰다. 더는 엘리엇이 볼 수 없는 지점에 이르자 핍은 절뚝이던 연기를 멈추고 달리기 시작했다. 마지막 정치 수업이 남왔건 말건 상관없었다. '일기.' 달리는 내내 엘리엇의 그 목소리가 핍의 귓가를 맴돌았다. 핍은 쉬지 않고 달려 차에 오른 다음 문을 쾅 닫고 운전대를 잡았다.

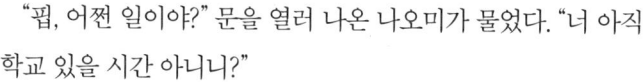

# 44

"핍, 어쩐 일이야?" 문을 열러 나온 나오미가 물었다. "너 아직 학교 있을 시간 아니니?"

"공강 시간이 있어서요." 핍은 최대한 숨을 고르며 대답했다. "언니한테 물어보고 싶은 게 있어요."

"핍, 너 괜찮아?"

"언니 말예요, 엄마 돌아가신 후 불안 증세랑 우울증 때문에 상담받으러 다니잖아요." 핍은 섬세하게 배려해서 말할 여유가 없었다.

나오미는 의아한 표정으로 핍을 쳐다보았다. 나오미의 눈이 반짝이고 있었다. "응."

"언니 상담 선생님도 언니한테 일기 쓰래요?"

나오미가 고개를 끄덕였다. "일종의 스트레스 관리법이지. 실제로 도움도 되고. 열여섯 살 때부터 일기를 썼어."

"그럼 뺑소니 사고 이야기도 일기에 썼어요?"

핍을 바라보는 나오미의 눈가에 주름이 잡혔다. "응. 당연히 썼지. 쓸 수밖에 없었어. 충격을 받은 상태인데 아무한테도 털어놓을 수가 없었으니까. 일기장은 나 빼곤 아무도 못 봤어."

핍은 손을 둥글게 모아 입김을 불었다.

"협박범이 일기를 보고 알았을까?" 나오미는 고개를 저었다.

"아냐, 그럴 리는 없어. 일기장은 항상 자물쇠 걸어서 방 안에 숨겨두는걸."

"이만 가볼게요, 언니. 미안해요."

핍은 서둘러 차로 돌아갔다.

"핍! 피파!" 나오미가 불렀지만 핍은 돌아보지 않았다.

핍이 막 차량 진입로로 들어서는데 집에 엄마의 차가 주차돼 있는 게 보였다. 하지만 막상 들어가자 집 안은 조용했다. 현관문이 열리는 소리에도 아무 인기척이 없었다. 복도를 걸어가는데 콩닥콩닥 뛰는 핍의 맥박 소리 말고 다른 소리가 들려왔다. 엄마의 울음소리였다.

거실 입구에서 핍은 소파 위로 보이는 엄마의 뒷모습을 지켜보고 서 있었다. 엄마는 양손으로 휴대폰을 들고 있었고, 휴대폰에서는 녹음된 작은 목소리가 흘러나오고 있었다.

"엄마?"

"아, 핍이구나. 깜짝이야." 엄마가 휴대폰을 멈추고 빠르게 눈가를 닦았다. "일찍 왔네. 그래, 시험은 잘 봤어?" 엄마는 옆에 있던 애꿎은 쿠션만 툭툭 때리면서 눈물로 얼룩진 얼굴을 수습했다. "시험문제는 뭐 나왔어? 이리 와서 얘기 좀 해봐."

"엄마, 왜 그래요? 무슨 일이에요?"

"아, 아무것도 아니야. 진짜 아무것도 아냐." 엄마는 글썽이는 눈으로 핍에게 미소를 지었다. "바니 사진을 보고 있었는데 2년 전 크리스마스에 찍은 영상이 나오는 거야. 바니가 테이블을 빙 돌면서 한 사람 한 사람 돌아가며 자꾸 신발을 주는데…… 이

영상을 자꾸만 보고 있게 되네."

핍이 다가가 뒤에서 엄마를 꼭 껴안았다. "엄마가 슬프다니까 저도 슬퍼요." 핍은 엄마의 머리칼에 대고 속삭였다.

"슬픈 건 아냐." 엄마가 훌쩍였다. "슬프다기보단 행복한 기억이지. 바니는 참 착한 개였어."

핍은 엄마 옆에 나란히 앉아 바니의 사진과 영상을 넘겨보았다. 공중으로 높이 점프하던 바니, 눈을 먹으려던 바니, 진공청소기에 대고 짖는 바니, 네 발을 다 든 채 바닥에 퍼져 누운 바니, 핍에겐 귀를 맡기고 조쉬에겐 배를 맡긴 바니…… 두 사람은 한참을 그렇게 앉아 바니의 기억들을 보며 웃었다. 그리고 조쉬를 데리러 가야 한다며 엄마가 일어섰다.

"알겠어요. 전 올라가서 낮잠 좀 잘래요." 핍이 말했다.

거짓말이었다. 핍은 제 방에 올라가 시간을 확인한 다음 방 안을 서성였다. 시간이 흐르기를 기다렸다. 공포가 분노로 타올랐다. 그렇게 서성이고라도 있지 않으면 비명이라도 내지를 터였다. 목요일, 엘리엇이 과외를 가는 날이니까 그 집에 가 있을 것이다.

5시가 넘어가자 핍은 휴대폰 충전기를 뽑은 다음 카키색 외투를 걸쳤다.

"로렌네 집에 좀 갔다 올게요." 핍은 부엌에 대고 소리쳤다. 엄마는 부엌에서 조쉬의 수학 숙제를 봐주고 있었다. "다녀올게요."

핍은 차에 올라탄 다음 머리를 정수리 끝까지 올려 묶었다. 휴대폰을 열자 라비에게서 장문의 문자들이 와 있었다. 핍은 답장을 보냈다. *괜찮았어요, 고마워요. 저녁 먹고 선배 집으로 갈 게요. 그때 경찰에 전화해요.* 역시 거짓말이었다. 하지만 거짓말이라면 이제 핍도 능숙했다. 라비라면 핍을 가지 못하게 할 것이다.

핍은 휴대폰에서 지도를 열어 위치를 검색한 다음 길안내를 시작했다.

딱딱한 기계음의 목소리가 휴대폰에서 흘러나왔다. '웬도버 밀엔드로드 42번지로 길안내를 시작합니다.'

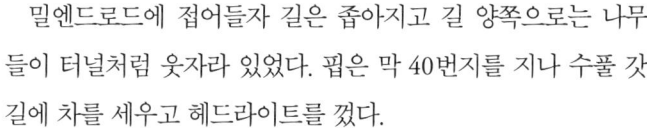

# 45

밀엔드로드에 접어들자 길은 좁아지고 길 양쪽으로는 나무들이 터널처럼 웃자라 있었다. 핍은 막 40번지를 지나 수풀 갓길에 차를 세우고 헤드라이트를 껐다.

심장이 미친 듯이 쿵쾅댔다. 머리카락 한 올 한 올, 피부 한 겹 한 겹이 살아 있고 찌릿찌릿 전기가 통하는 듯했다.

핍은 휴대폰을 꺼내 컵홀더에 세운 다음 999번을 눌렀다.

신호가 두 번 울리고 안내 음성이 들렸다. "안녕하세요, 긴급전화 서비스입니다. 필요하신 서비스를 말씀해주세요."

"경찰이요." 핍이 말했다.

"지금 연결하겠습니다."

"여보세요?" 수화기 너머로 다른 목소리가 들려왔다. "경찰입니다. 긴급 신고건으로 전화 주셨나요?"

"저는 피파 피츠-아모비라고 하고요." 핍의 목소리가 떨렸다. "리틀 킬턴에 살아요. 장난 전화 아니니까 진지하게 들어주세요. 웬뉴버 밀엔드로드 42번지로 출동해주세요. 이곳에 지금 엘리엇 워드라는 남자가 있는데, 이 사람이 5년 전 킬턴에서 앤디 벨이란 여학생을 납치해 이 집에 가둬놓고 있어요. 이 남자가 샐 싱이라는 남학생도 살해했어요. 앤디 벨 사건을 담당하셨던 리처드 호킨스 경사님께 연락 부탁드려요. 앤디는 집 안에 살아 있는 것 같아요. 제가 지금 저 집에 들어가보려고 하는데, 혹시 위험한 일이 생길 수도 있을 것 같아요. 빠른 시간 내에 출동해주시면 감사하겠습니다."

"잠깐만요, 피파. 지금 전화를 걸고 있는 곳은 어디죠?"

"조금 전 말씀드린 주소 바로 앞에 있어요. 이제 저 집에 들어가보려고요."

"좋아요, 들어가지 말고 기다리세요. 그 지역으로 경찰을 배치하겠습니다. 피파, 혹시……"

"전 지금 들어갈 거예요. 빨리 보내주세요."

"피파, 들어가지 말고 기다리세요."

"죄송해요, 기다릴 순 없어요."

핍은 전화기를 들었다. 수화기 너머로 아직도 핍의 이름을 부르는 경찰 목소리가 들렸지만 핍은 그대로 전화를 끊었다.

이제 핍은 차에서 내려 42번지 쪽으로 길을 건넜다. 작은 붉은 벽돌집 앞 차량 진입로에 엘리엇의 차가 주차돼 있었다. 아래층 창문으로 새어 나오는 빛이 짙게 내리는 어둠을 밀어내고 있었다.

집에 더 가까이 다가가자 동작 감지등이 작동하면서 눈이 아플 정도로 적나라하고 밝은 불빛이 진입로를 비추었다. 핍은 눈을 가린 채 불빛을 마주하고 걸어갔다. 문을 향해 걸어가는 동안 나무만큼이나 큰 그림자가 핍의 발을 따라 움직였다.

핍은 문을 두드렸다. 세 번 크게.

안에서 기척이 들렸다. 그리고 이내 조용해졌다.

다시 문을 두드렸다. 주먹 옆면으로 문을 몇 번이고 때렸다.

문 안쪽에서 노란불이 켜지더니 간유리 너머로 문을 향해 걸어오는 흐릿한 형체가 보였다.

체인, 그리고 미닫이 키가 열렸고 묵직한 딸깍 소리와 함께 드디어 문이 열렸다.

핍 앞에 나타난 사람은 엘리엇이었다. 엘리엇은 학교에서 입고 있던 바로 그 파스텔 그린 셔츠 차림에, 어깨 위에는 짙은 색 오븐 장갑을 걸치고 있었다.

"핍?" 엘리엇의 목소리에 공포가 묻어났다. "네가 여기…… 여기는 어쩐 일이지?"

핍은 안경 너머로 커다래진 엘리엇의 눈을 똑바로 쳐다보았다.

"난 그냥……" 엘리엇이 말했다. "나는 그냥……."

핍은 고개를 저었다. "곧 경찰이 올 거예요. 10분 드릴게요." 핍은 문턱에 한 발을 걸치고 섰다. "저한테 설명이라도 좀 해보세요. 그래야 저도 이 상황에서 어떻게든 따님들을 돕죠. 싱 가족도 이제 진실을 알아야 하고요."

엘리엇의 얼굴색이 창백해졌다. 엘리엇은 비틀비틀 뒷걸음질을 치더니 벽에 털썩 기댔다. 그러곤 손가락으로 눈을 꾹 누르더니 긴 숨을 내뱉었다. "끝이구나." 엘리엇이 조용히 말했다. "드디어 끝났어."

"시간이 별로 없어요." 핍의 목소리는 예상 밖으로 훨씬 용감했다.

"그래, 좋아. 들어오겠니?"

핍은 망설였다. 금방이라도 위장이 튀어나올 것처럼 배 속이 울렁거렸다. 그래도 경찰이 오는 중이었다. 괜찮을 것이다. 들어가야 한다. "경찰을 위해 문은 열어두죠." 그런 다음 핍은 엘리엇을 따라 안으로 들어갔다. 엘리엇과는 세 발짝 정도 거리를 유지했다.

엘리엇은 오른쪽으로 핍을 안내하더니 부엌으로 들어갔다. 가구는 전혀 없었지만 조리대에는 음식과 조리도구가 놓여 있었고, 심지어 양념통도 갖춰져 있었다. 조리대에 놓인 건면 파스타 봉지 옆에 열쇠가 반짝이고 있었다. 엘리엇은 허리를 숙여 스토브 불을 껐고, 핍은 최대한 엘리엇과 거리를 두려 부엌 반대편으로 걸어갔다.

"칼은 거기 두고 물러나세요." 핍이 말했다.

"핍, 내가 너한테 어떻게……."

"칼은 두고 물러나세요."

엘리엇이 뒤로 물러나 핍의 반대편 쪽 벽에 섰다.

"여기 있죠? 그렇죠?" 핍이 물었다. "앤디가 이 집에 살아 있는 거죠?"

"맞아."

따뜻한 외투를 입었는데도 핍은 바르르 몸이 떨려왔다.

"2012년 3월 앤디랑 만나고 계셨죠. 처음부터 얘기해주세요. 시간이 별로 없어요."

"그…… 그런 건…… 아니야." 엘리엇이 말을 더듬었다. "그건……." 엘리엇은 양손으로 머리를 붙잡으며 괴로워했다.

"사실대로 말해요!"

엘리엇은 훌쩍이며 자세를 바로 했다. "좋아." 엘리엇이 입을 열었다. "2월 말이었어. 앤디가…… 나한테 관심을 보이기 시작했어. 앤디는 내 학생은 아니지. 역사를 듣지 않았으니까. 하지만 복도에서 날 따라오며 안부를 묻고는 했어. 그런 관심이, 글쎄다, 그냥…… 나쁘지 않았어. 이소벨이 죽고 너무 외로웠으니까. 그러다 앤디가 내 전화번호를 묻기 시작했지. 이 시점까지만 해도 아무 일 없었어. 키스도, 아무 짓도 하지 않았어. 하지만 앤디가 계속 요구를 했지. 난 앤디에게 부적절한 일이라고 얘기했어. 하지만 어느새 내가 휴대폰 가게에 가서 심카드를 사고 남들 눈을 피해 앤디와 몰래 통화를 하고 있더군. 왜 그랬는진 나도 모르겠다. 잠시 이소벨의 빈자리를 잊을 수 있을 것 같아서였는지도 모르겠어. 그냥 누군가 대화할 상대가 필요했어. 밤에만 그 심카드를 썼기 때문에 나오미는 아무것도 보지 못했지. 그렇게 우린 문자를 주고받기 시작했어. 앤디는 내가 이소벨 이야기를 하는 것도, 나오미와 카라 걱정을 하는 것도 다 들어줬어."

"시간이 별로 없어요." 핍의 목소리는 차가웠다.

"그래." 엘리엇이 훌쩍였다. "그러다 앤디가 학교 밖에서 만나자고 제안을 했어. 호텔 같은 곳에서. 앤디에게 그건 절대 안 된다고 얘기했어. 하지만 잠깐 이성을 잃고 나약해져서 어느새 난 또 예약을 하고 있더군. 앤디는 집요하려면 얼마든지 집요해질 수 있었지. 날짜며 시간까지 다 정했지만 막판에 카라가 수두에 걸려 약속을 취소했어. 난 앤디와의 관계를 끝내려고 했지. 이 시점에서 과연 우리 사이에 관계라고 부를 만한 게 있었는지 모르겠다만, 아무튼 그랬어. 그런데 앤디가 다시 만남을 요구했어. 그리고 난 그다음 주 다시 방을 잡았지."

"챌폰트의 아이비하우스 호텔에 말이죠."

엘리엇이 고개를 끄덕였다. "그게 처음이었어." 수치심에 엘리엇의 목소리가 낮아졌다. "밤을 같이 보내진 않았어. 아이들을 집에 혼자 둘 순 없었으니까. 그냥 두어 시간 있다 나왔지."

"그래서 앤디랑 잤어요?"

엘리엇은 아무 말 하지 않았다.

"앤디는 열일곱 살이었어요! 당신 딸이랑 같은 나이였다고요. 당신은 선생님이었고요. 앤디는 성숙하지 않았고 당신은 그걸 이용했어요. 어른이면 어른답게 행동했어야죠."

"네가 말하지 않아도 이미 충분히 스스로 혐오하고 있단다. 다시는 이런 일이 있으면 안 된다고, 없던 일로 하려고도 해봤다. 하지만 앤디가 못 하게 했지. 앤디는 날 신고하겠다고 협박하기 시작했어. 수업을 하고 있는데 불쑥 찾아와서는 교실 안에 벗고 있는 자기 사진을 숨겨뒀으니 남들 눈에 띄기 전에 찾으라는 둥 겁을 줬지. 그래서 결국 그다음 주 다시 호텔엘 갔어. 안 가면 앤디가 무슨 짓을 할지 몰라서. 이걸 관계라고 해야 할지 뭐라 해야 할지 모르겠다만 앤디도 곧 이런 관계에 흥미를 잃을 줄 알았어."

엘리엇은 잠시 말을 멈추고 목덜미를 만지작댔다.

"그게 마지막이었다. 딱 두 번. 그리고 부활절 방학이 됐어. 난 아이들과 이소벨의 부모님 댁에 가 있었고, 그러면서 이성을 되찾았지. 앤디에게 문자를 해서 끝이라고, 신고를 하든 어쨌든 마음대로 하라고 했다. 앤디는 부활절 방학이 끝난 후에도 내가 자기 뜻대로 해주지 않으면 날 망가뜨려버리겠다고 답장을 했지. 앤디가 원하는 게 뭐였는진 나도 모르고. 딱 그때, 정말 순전히 우연한 기회로 내가 앤디의 약점을 잡게 됐지. 앤디가 온라인상에서 다른 여학생을 괴롭힌단 사실을 알게 됐고, 전에 이야기한 것처럼 난 앤디 아버지에게 전화를 했다. 개선되지 않으면 학교에 보고하겠다, 그럼 앤디는 퇴학을 당할 수도 있다고. 나도 맞불을 놓겠단 거였지. 물론 앤디도 그게 무슨 뜻인진 충분히 이해했어. 앤디는 우리 관계를 빌미로 날 감옥으로 보낼 수 있었지만, 난 앤디를 퇴학시키고 앤디의 미래를 망쳐버릴 수 있었지. 결국 우린 그렇게 대치했고, 난 그걸로 끝일 줄 알았어."

"4월 20일 금요일엔 앤디를 왜 납치한 거죠?"

"그건 그런 게 아니고……." 엘리엇이 말을 이었다. "전혀 그런 게 아니야. 그날 밤 집에 혼자 있는데 앤디가 찾아왔어. 10시쯤이었던 것 같다. 앤디는 화가 나 있었어. 화가 아주 많이 나 있었지. 나더러 불쌍하고 역겨운 사람이라면서, 자기가 나랑 만난 건 오로지 옥스퍼드에 가고 싶어서였다고 했어. 내가 샐 입시를 도와준 걸 알고 말이야. 앤디는 샐 혼자 보낼 순 없다고 했어. 자긴 집을 나가야 한다고, 킬턴에선 살 수가 없다고, 킬턴을 떠야 한다고 울부짖었어. 어떻게든 앤디를 진정시켜보려고 했지만 앤디는 진정하려는 시도도 하지 않았어. 그리고 앤디는 나에게 상처 주는 방법을 아주 정확히 알고 있었지."

엘리엇이 천천히 눈을 끔벅였다.

"앤디는 서재로 달려가 이소벨이 죽기 전 그린 그림들, 그 무지개 그림들을 찢어버리기 시작했어. 난 앤디에게 그만 멈춰달라고 소리쳤어. 앤디는 벌써 그림 두 점을 망가뜨렸고 이제 내가 가장 좋아하는 그림까지 찢어버릴 기세였지. 그리고 난……난 그냥 앤디를 막을 생각으로 그 애를 밀었어. 다치게 하려는 의도는 전혀 없었어. 하지만 앤디는 뒤로 나자빠졌고 책상에 머리를 부딪혔어. 세게." 엘리엇이 코를 훌쩍였다. "앤디가 바닥으로 쓰러졌고 머리에선 피가 났어. 의식은 있었지만 제정신은 아니었지. 서둘러 구급상자를 가지러 갔다 오니 현관문이 열려 있고 앤디는 이미 가고 없었어. 차고도 비어 있었고 아무 소리도 못 들었으니 차는 안 가지고 왔던 게 분명하고. 앤디는 그냥 그렇게 두 발로 걸어 나가선 사라져버렸지. 앤디의 휴대폰만 서재 바닥에 떨어져 있었다. 아마 실랑이 중에 떨어졌겠지."

엘리엇이 이야기를 이어갔다. "다음 날 나오미한테서 앤디가 실종됐단 말을 들었어. 앤디는 머리에 피를 흘리며 그 상태로 우리 집을 나가선 그대로 사라진 거지. 주말이 지나면서 나는 무서워지기 시작했다. 내가 앤디를 죽인 줄 알았어. 앤디가 그렇게 머리 부상을 입은 채 나가 방황하다가 정신을 잃고 어딘가에서 쓰러져 죽은 줄 알았어. 도랑 같은 데 빠졌겠지, 그럼 앤디가 발견되는 건 시간문제겠거니 생각했지. 그리고 앤디가 발견되면 섬유조직이나 지문 같은 데서 날 지목하는 단서가 나올 것 같았고. 결국 나 스스로를 보호하려면 더 유력한 용의자를 제시하는 수밖에 없었어. 그게 아이들을 지키는 방법이기도 했다. 아이들에게 부모라곤 이제 나뿐이었으니까. 내가 앤디 살인범으로 잡혀가면 나오미가 버티지 못할 것 같았어. 카라는 겨우 열두 살이었고."

"변명할 만큼 시간이 많지 않아요." 핍이 말했다. "그래서 샐싱에게 누명을 씌운 거군요. 뺑소니 사고는 나오미가 심리치료 목적으로 쓴 일기를 읽고 알게 됐고요."

"당연히 읽었지. 혹시나 나오미가 자살 생각을 하지는 않는지 알아야 했으니까."

"그걸 빌미로 샐 알리바이를 없애버리라고 나오미 일당을 협박했고요. 그럼 화요일은요?"

"병가를 내고 아이들을 학교에 데려다줬어. 밖에서 기다렸다가 샐이 주차장에 혼자 있을 때 가서 말을 걸었다. 샐은 앤디가 사라져서 힘들어하고 있었어. 그래서 나는 샐의 집으로 가서 이야기를 하자고 했다. 원래는 샐 집에서 칼을 쓸 계획이었어. 그러다 욕실에 있는 수면제를 보고 숲에 데려가기로 마음을 바꿨다. 그게 더 친절한 것 같아서. 샐의 가족들이 직접 시신을 발견하는 것보단 나을 것 같았어. 같이 차를 마시면서 처음엔 두통약이라고 알약을 세 개 줬다. 샐에게는 숲에 나가야 한다고 설득했지. 직접 앤디를 찾으러 가면 무력감이 좀 나아질 거라고. 샐은 내 말을 믿었어. 내가 집 안에서 가죽 장갑을 끼고 있는데도 날 의심하지 않았지. 난 샐네 집 부엌에서 비닐봉지를 챙겨 숲으로 나갔다. 충분히 숲속으로 들어갔다 싶을 때 들고 간 접이식 칼을 샐 목에 들이대면서 샐에게 약을 더 먹였지."

엘리엇의 목소리가 갈라졌다. 볼에는 눈물이 한줄기 흘러내렸다. "샐에게는 이게 널 돕는 길이라고, 너도 누군가에게 공격을 받은 것처럼 꾸미면 용의자 후보에선 벗어날 거라고 했어. 샐은 수면제를 몇 알 더 삼켰고 곧 고통스러워하기 시작했어.

샐을 못 움직이게 하고 약을 더 먹였지. 샐이 슬슬 잠이 들기에 옥스퍼드 이야기를 해줬다. 도서관이 얼마나 훌륭한지, 다들 옷을 갖춰 입고 참석하는 저녁 정찬은 또 어떤지, 옥스퍼드의 봄은 또 얼마나 아름다운지 등등 말이야. 행복한 생각을 하면서 잠들 수 있게. 샐이 의식을 잃었길래 그때 샐 머리에 비닐봉지를 씌웠고 샐이 숨을 거둘 때 손을 잡아주었지."

눈앞의 이 남자에게 핍은 이제 일말의 동정심도 남지 않았다. 지난 11년간의 기억은 사라지고 없었다. 이제 핍 앞에 서 있는 건 낯선 남자였다.

"그런 다음에 샐 휴대폰으로 샐 아버지에게 자백 문자를 보냈고요."

엘리엇은 고개를 끄덕였다. 엘리엇은 손바닥으로 눈물을 훔쳤다.

"앤디의 피는 어떻게 된 거죠?"

"책상 아래쪽에 말라붙어 있었어. 처음 청소했을 때 놓친 부분이 있어서 거기 묻은 피를 샐 손톱 밑에 족집게로 약간 묻혀 놓았지. 그리고 마지막으로 앤디의 휴대폰을 샐의 주머니에 넣은 다음 샐을 그 자리에 두고 왔다. 샐을 죽이고 싶진 않았어. 그냥 우리 아이들을 지키고 싶었을 뿐이었다. 안 그래도 이미 충분히 힘든 아이들이었으니까. 샐이 죽어 마땅한 건 아니지만 우리 딸들도 그건 마찬가지였지. 어쩔 수가 없었다."

핍은 눈물을 참으려고 고개를 들었다. 그의 잘못을 따질 시간이 없었다.

"시간이 더 흐르고 내가 무슨 일을 저지른 건지 그제야 실감이 나기 시작했다." 엘리엇이 울부짖었다. "앤디가 머리를 다쳐 죽은 거라면 이미 앤디를 찾고도 남았어야 했지. 그러더니 앤디의 차가 발견됐고 트렁크에서 혈흔이 나왔어. 우리 집을 나가고 나서도 충분히 운전할 정도의 상태였던 거야. 난 괜히 겁을 먹고, 앤디가 아직 치명적인 상태도 아니었는데 그런 줄로 착각했지. 하지만 이미 때는 늦어버렸어. 샐은 이미 죽었고, 샐은 살인범이 됐어. 수사는 종결됐고 모든 게 끝났어."

"다 끝났는데 어쩌다 앤디가 이 집에 갇혀 있게 된 거죠?"

핍의 말에 분노가 느껴졌다. 엘리엇은 핍의 말에 움찔했다.

"7월 말이었어. 차를 몰고 집으로 가는 길에 앤디를 보았지. 앤디는 위컴 시내에서 킬턴 방향으로 걸어가고 있었어. 차를 세웠지. 앤디는 누가 봐도 약물 중독에…… 힘든 생활을 해온 것 같았어. 비쩍 말라 있었고 행색도 형편없었어. 이 집에 오게 된 건 그래서야. 앤디를 집에 돌려보낼 순 없었어. 앤디를 돌려보내면 샐이 살해당한 게 탄로 날 테니까. 나는 약에 취해 정신이 없던 앤디를 차에 태웠어. 그리고 앤디에게 집에 갈 수 없는 이유를 설명하면서 내가 돌봐주겠다고 했지. 막 이 집을 팔려고 내놓은 상태였지만 취소하고 앤디를 여기로 데려왔어."

"그럼 그 몇 달 동안 앤디는 어디서 뭘 한 거죠? 실종된 그날 밤 앤디한텐 무슨 일이 있었던 건데요?" 시간이 흐르고 있었고 핍은 다급해졌다.

"자세한 건 앤디도 기억하지 못하고 있어. 아마 뇌진탕이었던 것 같다. 그냥 어딘가로 도망치고 싶었다고만 하더구나. 약을 하던 친구를 찾아갔더니 그 친구가 앤디를 어딘가로 데려갔는데, 그곳에서 다른 사람들과 같이 지내는 게 안전하지 않다고 느꼈던 모양이야. 그래서 집으로 돌아가려고 그곳에서 도망쳤다나 봐. 그때 일은 앤디가 별로 얘기하고 싶어하지 않아."

"하위 바우어스인가." 핍이 나직이 중얼댔다. "앤디는 어딨죠?"

"다락방에." 엘리엇의 시선이 조리대 위의 열쇠를 향했다. "앤디를 위해 다락방을 예쁘게 꾸며줬어. 단열도 하고 합판도 세우고 바닥재도 제대로 깔고. 앤디가 직접 벽지도 골랐지. 창문은 없지만 스탠드를 많이 놓아두었어. 네 눈엔 내가 괴물 같겠지만 난 그때 그 호텔에서 이후로 단 한 번도 앤디를 만지지 않았어. 그런 불미스러운 일은 전혀 없었어. 앤디도 예전과는 달라졌고. 아예 다른 사람이 됐지. 이젠 차분하고 감사할 줄도 알아. 자기 방에도 음식은 있지만 내가 주중에 세 번, 주말에 한 번 와서 요리도 해주고 그때 나와서 씻기도 해. 그리고 같이 다락방에 앉아 TV를 본다. 앤디도 전혀 지루해하지 않아."

"앤디가 다락방에 갇혀 있고, 저게 그 방 열쇠라고요?" 핍이 손가락으로 가리켰다.

엘리엇이 고개를 끄덕였다.

그때 바깥에서 차바퀴 마찰음이 들려왔다.

"경찰 조사 중에 뺑소니 사고랑 샐 알리바이 가지고 거짓말 시킨 얘긴 하지 마세요." 핍은 서둘러 말했다. "어차피 자백하면 그 사실은 필요 없으니까. 이 일 때문에 카라가 가족들을 잃고 혼자가 돼선 안 되죠. 이제부턴 제가 나오미 언니와 카라를 지킬 거예요."

차문이 쾅 닫히는 소리가 났다.

"왜 그런 짓을 했는지 어쩌면 이해가 될 것도 같네요." 핍이 말했다. "그렇다고 용서받을 수 있단 건 아니에요. 당신은 자기 목숨을 지키려고 샐의 목숨을 앗아갔어요. 샐의 가족을 고통에 빠뜨렸어요."

"경찰이다!" 현관문 쪽에서 나는 소리였다.

"벨 가족도 당신 때문에 5년을 슬퍼했어요. 게다가 우리 집에 침입해서 나를, 우리 가족을 협박했고요."

"미안하다."

복도에서 묵직한 발소리가 들려왔다.

"당신이 바니를 죽였어요."

엘리엇의 얼굴이 일그러졌다. "핍, 무슨 소리인지 잘 모르겠구나. 나는……."

"경찰이다." 이제 경찰이 부엌까지 들어왔다. 경찰모 테두리가 불빛에 반사돼 반짝 빛났다. 여성 경찰관이 그 뒤를 따라 들어오며 엘리엇과 핍을 번갈아 쳐다보았다. 여성 경찰관이 고개를 돌릴 때마다 단단하게 올려 묶은 머리가 함께 움직였다.

"무슨 상황이죠?" 여성 경찰이 물었다.

핍은 엘리엇을 쳐다보았다. 엘리엇도 핍의 시선을 피하지 않았다. 엘리엇은 허리를 펴고 손목을 내밀었다.

"앤디 벨 납치 및 감금죄로 저를 체포하시면 됩니다." 엘리엇은 여성 경찰관을 똑바로 쳐다보며 말했다.

"샐 싱 살인죄도요." 핍이 말을 보탰다.

두 경찰관은 서로를 한참 쳐다보다가 둘 중 하나가 먼저 고개를 끄덕였다. 여성 경찰관이 엘리엇 쪽으로 움직였고, 남자 경찰관은 어깨에 찬 무전기 버튼을 눌렀다. 그런 다음 복도로 나가 무전기에 대고 무언가 이야기를 했다.

경찰 두 명 모두 핍 쪽으로 등을 보이고 있을 때 핍은 잽싸게 조리대로 달려가 열쇠를 낚아챘다. 그리고 다락방으로 향했다.

"거기!" 남자 경찰관이 소리쳤다.

계단을 오르자 천장 아래 작은 흰색 다락방 입구가 보였다. 손잡이와 금속 링이 달린 나무 틀에 커다란 자물쇠가 걸려 있었고, 그 아래 2단짜리 작은 사다리가 놓여 있었다.

핍은 계단을 올라 손을 뻗어 자물쇠에 열쇠를 꽂았다. 자물쇠는 요란한 소리를 내며 바닥에 떨어졌다. 경찰관이 핍의 뒤를 쫓아 계단을 올라왔다. 핍은 손잡이를 돌린 다음 아래쪽으로 열리는 다락방 문을 피해 고개를 숙였다.

머리 위로 보이는 구멍을 통해 노란 불빛이 새어 나왔다. 극적인 음악과 폭발음, 시끄러운 미국식 억양이 들려왔다. 핍은 다락방 사다리를 바닥까지 잡아당겼다. 경찰관은 이제 거의 가까이 와 있었다.

"기다려요." 경찰관이 소리쳤다.

핍은 계단을 올라갔다. 계단의 금속 난간에 닿는 손바닥이 축축하고 끈적거렸다.

핍은 다락방 입구 위로 머리를 빼꼼히 내밀어 주변을 둘러보았다. 플로어 조명이 여러 개 있어 방 안은 환했고 벽은 흰색과 검은색 꽃무늬 벽지로 장식돼 있었다. 다락방 한쪽에는 미니 냉장고가, 그 위에는 주전자와 전자레인지가 있었고 선반에는 음식과 책이 놓여 있었다. 방 가운데에는 폭신한 핑크색 러그가 깔려 있고 그 뒤로는 커다란 평면 TV가 보였다. TV 화면은 이제 막 정지 상태였다.

거기 그녀가 있었다.

색색의 쿠션이 잔뜩 쌓여 있는 침대 위에 양반다리를 하고 앉아 있었다. 카라와 나오미가 입고 있던 것과 같은 파란색 펭귄 무늬 파자마를 입고서. 커다랗고 강렬한 눈으로 그녀는 핍을 쳐다보았다. 전보다 나이는 조금 들어 보이고 살도 약간 찐 모습이었다. 머리색도 예전보다 좀 더 짙었고 피부는 훨씬 창백했다. 손에는 TV 리모컨을 든 채 입을 벌리고 핍을 쳐다보는 그녀의 무릎에는 재미 다저스 쿠키 한 봉이 놓여 있었다.

"안녕하세요. 피파예요."

"안녕, 난 앤디야."

하지만 그녀는 앤디가 아니었다.

## 46

핍은 노란 불빛 쪽으로 더 가까이 다가갔다. 머릿속을 가득 채운 사이렌 소리를 잠재우려 차분히 숨을 쉬어보았다. 그런 다음 눈을 가늘게 뜨고 다시 눈앞에 보이는 얼굴을 살펴보았다.

조금 더 가까이서 보니 확연히 달랐다. 입술 선도 좀 달랐고, 눈매도 알고 있던 것보다 처져 있었다. 광대뼈도 더 낮았다. 시간이 가져온 변화라고 할 수 있는 사항들은 아니었다.

지난 몇 달간 핍은 앤디의 사진을 보고 또 보았다. 이제 앤디 벨이라면 핍은 얼굴선 하나, 굴곡 하나하나까지 눈 감고도 그릴 수 있었다.

저 사람은 앤디가 아니었다.

핍은 갑자기 공중에 붕 뜬 것처럼 아무 감각이 없어졌고 현실감이 들지 않았다.

"앤디가 아니네요." 핍이 조용히 말했다. 밑에서 경찰관이 사다리를 타고 올라와 핍의 어깨에 손을 올렸다.

나무들 사이로 바람의 울음소리가 들려왔고, 밀엔드로드 42번지는 파란 불빛으로 훤했다. 이제 네 대의 경찰차가 얼추 앞뒤로 사각 진영을 만든 채 진입로를 메우고 있었다. 리처드 호킨스 경사도 보였다. 5년 전 기자회견에서 입고 있었던 바로 그

검정 외투를 걸친 호킨스 경사가 집 안으로 들어가고 있었다.

여성 경찰관이 핍의 진술을 청취하려 질문을 하고 있었지만 핍은 경찰관의 말이 귀에 들어오지 않았다. 한마디 한마디가 그냥 절벽에서 굴러떨어지는 돌처럼 날아가버렸다. 상쾌한 공기를 들이마시는 데에 집중하고 있자니 경찰이 엘리엇을 데리고 나왔다. 두 명의 경찰관이 양쪽에서 엘리엇을 연행했고 엘리엇의 손은 등 뒤에서 수갑이 채워진 상태였다. 깜박이는 파란 불빛이 흐느끼는 엘리엇의 젖은 얼굴을 비추었다. 엘리엇의 울음소리에 핍은 마치 아주 오래된, 본능적인 공포가 몸 안에서 깨어나는 듯했다. 자신의 인생이 이제 끝이란 걸 알게 된 인간의 모습이었다. 엘리엇은 정말 다락방의 저 여자가 앤디라고 믿은 걸까? 지금까지 그 믿음에 기대어온 건가? 경찰은 엘리엇의 고개를 숙이게 한 다음 엘리엇을 차에 태웠다. 핍은 우거진 나무 터널이 차의 끝자락을 삼킬 때까지 엘리엇이 탄 차를 지켜보고 서 있었다.

핍이 경찰에게 제 연락처를 불러주던 중 뒤에서 차문이 쾅 닫히는 소리가 들렸다.

"핍!" 라비의 목소리가 바람에 실려왔다.

라비의 목소리가 자석이라도 되듯 핍은 목소리를 향해 달렸다. 진입로 끝자락에서 핍은 라비에게 딜려갔고 라비는 두 팔로 핍을 꼭 안아주었다. 두 사람은 세찬 바람에 단단히 서로를 붙잡고 서 있었다.

"괜찮아?" 라비는 핍을 안고 있던 팔을 풀고 핍의 얼굴을 마주하며 물었다.

"네. 여긴 어떻게 알고 왔어요?"

"나?" 라비는 자기 가슴을 탁탁 쳐 보였다. "온다던 네가 안 오길래 친구찾기를 켜봤지. 왜 혼자 온 거야?" 라비는 핍 뒤편의 경찰차와 경찰을 처다보았다.

"이것 말곤 방법이 없었어요. 왜 그랬는지 물어봐야 하니까. 선배가 더 오랫동안 진실을 기다려야 할까봐 나라도 물어봐야 했어요."

핍은 입을 벙긋해 보았지만 좀처럼 이야기가 흘러나오지 않았다. 한 번, 두 번, 세 번의 시도 끝에 핍은 그제야 라비에게 모든 이야기를 해줄 수 있었다. 바람에 흔들리는 나무들 아래 서서, 끊임없이 주변을 비추는 파란 불빛에 포위되어 핍은 라비에게 샐이 어떻게 죽었는지 이야기해주었다. 라비의 얼굴에 눈물이 쏟아졌고 핍은 유감이라고 했다. 그래봐야 조금의 위로도 되지 않겠지만, 그래도 유감이란 말 빼곤 달리 뭐라 할 수 있는 위로의 말이 없었다.

"유감일 필요 없어." 라비의 목소리에는 웃음과 울음이 뒤섞여 있었다. "형이 살아 돌아올 순 없겠지. 하지만 어떻게 보면 형을 되찾은 거나 다름없어. 형은 죄 없이 누명을 썼고, 살해당했어. 이제 세상이 그걸 알게 되겠지."

두 사람은 돌아서서 리처드 호킨스 경사가 집에서 여자를 데리고 나오는 모습을 지켜보았다. 여자는 어깨에 연보라색 담요를 덮고 있었다.

"앤디 아니지?" 라비가 말했다.

"앤디랑 많이 닮긴 했어요." 핍이 대답했다.

여자는 마치 바깥세상을 다시 배우기라도 하듯 휘둥그레 뜬 눈으로 주변을 두리번댔다. 호킨스 경사가 여자와 함께 차에 올라탔고, 유니폼 차림의 경찰 두 명이 앞좌석에 탔다.

엘리엇이 어떻게 길 가던 이 여자를 보고 앤디라고 생각할 수가 있었는지 핍은 도무지 이해할 수 없었다. 환영이었을까? 자신이 샐에게 저지른 짓에 대해 일종의 속죄로 앤디라도 살아 있다고 믿고 싶었던 걸까? 아니면 그냥 공포심에 눈이 멀었나?

공포심 때문이란 것이 라비의 생각이었다. 엘리엇은 앤디 벨이 아직 살아 있고 집으로 돌아올 거란 생각이 들자 겁에 질려 샐을 죽인 것이고, 그 공포심이 극에 달해 결국 비슷한 금발의 여자를 보곤 앤디라고 스스로를 설득할 지경에 이른 거라고 말이다. 그래서 결국 그 여자와 함께 그 끔찍한 공포를 다락방에 그대로 가둬버리고 싶었던 거라고 했다.

핍은 경찰차가 떠나는 모습을 지켜보며 고개를 끄덕였다. "그냥 나는…… 하필이면 앤디랑 비슷한 얼굴에 비슷한 머리 스타일을 한 여자가 하필 그때 엘리엇 옆을 지나간 우연 탓이지 싶어요."

아직 풀리지 않은 의문은 남아 있었다. 그날 밤 앤디가 그렇게 엘리엇의 집을 떠난 후 그럼 앤디 벨에게는 진짜 무슨 일이 벌어진 걸까?

핍의 진술을 청취한 경찰관이 따스한 미소를 띠며 다가왔다. "집에 데려다줄까요?"

"아니요, 괜찮아요." 핍이 대답했다. "제 차를 가지고 왔어요."

핍은 라비를 제 차에 태웠다. 혼자 다시 집까지 운전을 하고 가기에는 라비가 너무 떨고 있었다. 그리고 핍도 내심 혼자 있고 싶지 않았다.

핍은 시동을 걸고 불빛이 어두워지기 전 백미러로 자기 얼굴을 확인했다. 핍의 얼굴은 잿빛에 수척했고, 눈은 푹 꺼져 있었다. 핍은 지쳐 있었다. 말로 표현할 수 없을 정도로 지쳐 있었다.

"드디어 부모님께 다 털어놓을 수 있겠어." 다시 웬도버 큰길로 접어들자 라비가 말했다. "어디서부터 얘길 시작해야 할지도 모르겠다."

헤드라이트 불빛이 '리틀 킬턴에 오신 것을 환영합니다'라고 쓰인 표지판을 비추었다. 차가 빠르게 표지판을 지나치며 동네로 접어들자 표지판의 글자들이 그림자처럼 번졌다. 핍은 시내 중심가로 들어서서 라비네 집으로 향하던 중 로터리에서 잠시 정지했다. 로터리 반대편 길가에 차 한 대가 서 있었다. 차는 눈부실 정도로 밝게 헤드라이트를 켜고 있었다.

"왜 안 가고 있지?" 핍은 노란 가로등 불빛이 여러 줄 비치는 짙은 색 네모난 차를 쳐다보며 말했다.

"글쎄." 라비가 말했다. "그냥 가."

핍은 천천히 로터리를 돌았다. 길가의 차는 여전히 움직이지 않고 있었다. 더는 헤드라이트 불빛에 눈이 부시지 않을 만큼 거리가 좁혀지자 핍은 속도를 줄이며 호기심에 그 차 안을 들여다보았다.

"세상에." 라비가 말했다.

앤디 벨 가족이었다. 세 명 모두 차에 타고 있었다. 운전석에 앉은 건 제이슨 벨이었다. 그의 얼굴은 붉고 눈물 자국으로 얼룩져 있었다. 제이슨 벨은 손으로 운전대를 내리치면서 무어라 분노의 말을 내뱉는 듯했다. 던 벨은 그 옆에서 조용히 입을 벌린 채 울고 있었다. 혼란과 고통 속에 숨을 쉴 때마다 던 벨의 몸이 들썩이고 있었다.

좀 더 거리가 좁혀지자 뒷좌석의 베카가 보였다. 창백한 베카의 얼굴은 차가운 창문에 눌려 있었다. 찌푸린 인상, 살짝 벌어진 입술, 초점 없는 눈으로 베카는 조용히 앞만 바라보고 있었다.

핍의 차가 벨 가족의 차를 지나치는 순간 베카의 눈이 핍을 향하며 초점이 돌아왔다. 찰나의 눈빛에 무언가 의식이 돌아온 것 같았다. 그 눈에서 무언가 무겁고 긴급한, 두려움 같은 것이 느껴졌다.

벨 가족의 차를 완전히 지나가자 그제야 라비는 참고 있던 숨을 내쉬었다.

"이미 얘기 들었을까?" 라비가 입을 열었다.

"이제 막 들었나 봐요. 그 여자는 계속 자기 이름이 앤디 벨이라고 했어요. 어쩌면 가족들이 가서 공식적으로 그 사람이 앤디 벨이 아니라는 확인을 해줘야 하는지도 모르죠."

핍은 백미러로 벨 가족의 차를 지켜보았다. 드디어 살아 돌아온 딸을 만나러 벨 가족의 차가 움직이기 시작했다. 어차피 금세 다시 잃어버릴 딸이었지만 말이다.

## 47

밤이 깊도록 핍은 부모님 침대 발치에 앉아 있었다. 핍만이 아니라 핍의 어깨를 짓눌러온 부담, 핍의 이야기, 모두 그 자리에 함께했다. 이야기를 모두 털어놓는 일은 그간 그 모든 것들을 짊어지고 버텨온 시간만큼 힘이 들었다.

가장 힘든 부분은 역시 카라였다. 휴대폰 화면의 시계가 밤 10시를 알렸고 핍도 더는 미룰 수 없었다. 하지만 파란색 통화 버튼 위를 맴돌던 핍의 엄지는 결국 버튼을 누르지 못했다. 핍이 사랑하는 친구는 이제 영원히 뒤집혀버린 세계를, 어둡고 이상한 세계를 마주해야 한다. 그 말을 핍은 카라에게 차마 제 입으로 할 수가 없었다. 내가 더 강인한 사람이었다면 좋았을걸, 핍은 생각했다. 그러나 핍도 더는 오만하게 스스로를 과신하지 않았다. 핍도 얼마든지 나약해질 수 있었다. 핍은 문자창을 열어 문자를 입력하기 시작했다.

*전화로 이야기하는 게 맞겠지만 도저히 직접 이야기를 할 자신도, 네 목소리를 들을 자신도 없었어. 비겁하지만 어쩔 수가 없어. 정말 미안해. 범인은 너희 아빠였어, 카라. 너희 아빠가 샐싱을 죽였어. 그리고 너희 아빠는 옛날 너희 웬도버 집에 앤디 벨이라고 착각한 여자를 감금해둔 죄로 경찰에 체포됐어. 나오미 언니 일은 안심해도 돼. 그건 내가 장담해. 대체 왜 그런 짓*

*을 하신 건지는 네가 들을 준비가 되면 이야기해줄게. 정말 미안해. 이 수렁에서 내가 널 끌어내줄 수 있다면 얼마나 좋을까…… 사랑해, 카라.*

핍은 부모님 방에 그대로 앉아 몇 번이나 문자를 읽고 또 읽은 다음 전송 버튼을 눌렀다. 둥글게 모은 양손 위에 놓인 휴대폰 화면으로 눈물이 후드득 떨어졌다.

눈을 뜨니 벌써 오후 2시였다. 엄마는 핍에게 늦은 아침을 만들어주었다. 학교를 가는 건 당연히 불가능했다. 그 이야기는 아무도 입 밖으로 꺼내지 않았다. 더는 할 말도 없었다. 아직은. 핍의 머릿속에는 아직도 앤디 벨에 관한 의문이 하나 남아 있었다. 어떻게 아직까지도 풀리지 않은 수수께끼가 남아 있을 수 있는 걸까.

핍은 열일곱 번이나 카라에게 전화를 걸었지만 카라는 답이 없었다. 나오미의 전화도 마찬가지였다.

그날 오후 엄마는 조쉬를 데리러 다녀오는 길에 카라네 집 앞을 지나왔다. 카라네 집에는 아무도 없고, 차도 없었다고 했다.

"아마 라일라 고모네 가 있을 거예요." 핍은 그러곤 다시 통화 버튼을 눌렀다.

아빠는 일찍 퇴근을 했다. 핍의 가족은 거실에 둘러앉아 예전 퀴즈쇼 에피소드 재방송을 보았다. 평소 같았으면 서로 앞다투어 답을 맞히겠다고 소란스러웠을 핍과 아빠였지만, 오늘은 아무도 말이 없었다. 가끔 조쉬 머리 너머로 몰래 서로를 살피는 시선만 오갈 뿐, 긴장과 슬픔의 공기만이 가족들 사이를 감돌고 있었다.

그때 누군가 현관문을 두드렸다. 핍은 그 분위기를 탈출하고자 자리에서 벌떡 일어났다. 그리고 요란한 손염색 스타일의 잠옷 차림 그대로 가서 문을 열었다. 찬 공기에 발가락이 시렸다.

라비였다. 라비의 등 뒤에는 미리 연습이라도 한 것처럼 완벽한 간격을 두고 라비의 부모님이 서 있었다.

"핍 경관님, 안녕." 핍을 보고 라비가 씩 웃으며 인사했다. "여긴 우리 엄마야." 라비는 게임쇼 호스트마냥 부모님을 소개했다. 검은 머리를 양 갈래로 땋은 라비의 엄마 니샤가 핍에게 미소를 지어 보였다. "여긴 우리 아빠." 라비의 아빠 모한은 한 손으로 거대한 꽃다발을 들고 서서 핍에게 고개를 숙여 보였다. 모한의 턱 끝이 꽃다발에 살짝 닿았다. 모한의 다른 한 손에는 초콜릿 한 상자가 들려 있었다. "엄마, 아빠." 라비가 말했다. "얘가 제가 말한 핍이에요."

"안녕하세요." 핍은 정중하게 인사를 건넸지만 라비 가족들의 인사 소리에 묻혔다.

"경찰 전화를 받았어." 라비가 입을 열었다. "경찰서에 가니 우릴 앉혀놓고 전부 설명해주더라. 우린 이미 다 아는 얘기였지만 말야. 일단 기소 후에 기자회견을 열 계획이래. 형이 억울하게 누명을 쓴 부분에 대해선 성명을 낼 거고."

핍의 엄마와 아빠가 현관으로 나왔다. 아빠의 묵직한 발소리가 핍의 등 뒤에서 멈췄고, 라비는 다시 빅터에게 부모님을 소개했다. 리앤은 예전에, 그러니까 15년 전 이들 부부에게 집을 판 적이 있어 면식이 있었다.

"그래서 우리 가족 다 같이 너한테 감사 인사를 하러 왔어."

라비가 말을 이었다. "핍, 다 네 덕분이야."

"어떤 말을 해야 좋을지도 사실 잘 모르겠다." 라비 형제와 꼭 닮은 동그란 니샤의 눈이 반짝반짝 빛났다. "우리 라비와 핍, 너희가 진상을 파헤친 덕분에 우리도 아들을 되찾았단다. 너희 덕분에 샐이 우리 품에 다시 돌아왔어. 이게 얼마나 큰 의미인지 말로는 다 설명하지 못하겠구나."

"이건 감사의 표시란다." 모한은 몸을 살짝 기울여 핍에게 꽃과 초콜릿을 건넸다. "죽은 아들의 누명을 벗겨준 사람한테 감사 인사를 할 땐 어떤 선물을 해야 하는지 우리도 영 모르겠더란 말이지."

"구글 검색을 해도 결과가 별로 없더라." 라비가 부연했다.

"감사합니다. 잠깐 들어오시겠어요?" 핍이 말했다.

"그래요, 들어오세요." 리앤이 거들었다. "저는 찻물을 좀 올릴게요."

집 안으로 들어서던 라비가 갑자기 핍의 팔을 잡고 끌어당기더니 핍을 꼭 안았고, 꽃다발이 두 사람 품 안에서 찌그러졌다. 라비는 핍의 머리칼에 대고 웃음을 터뜨렸다. 라비가 핍을 놓아주자 이번엔 니샤가 한 걸음 앞으로 나오더니 핍을 꼭 안았다. 니샤에게서 따스한 가정의 냄새, 여름밤 같은 달콤한 향수 냄새가 났다. 그러더니 어느새 이 여섯 명은 모두 서로를 번갈아가며 부둥켜안았다. 웃음을 지으며 포옹을 나누는 이들의 눈가에 눈물이 맺혀 있었다.

그리고 바로 그렇게, 라비의 가족은 찌그러진 꽃다발과 릴레이 포옹으로 핍의 집을 감돌던 혼란스럽고 숨 막히는 슬픔을 모두 문밖으로 몰아냈다. 그렇게 문을 활짝 열고 적어도 잠시 동안은 유령을 밖으로 쫓아버릴 수 있었다. 샐이 누명을 벗은 것, 그것만큼은 분명한 해피엔딩이었다. 싱 가족은 지난 몇 년간 자신들의 어깨를 짓누르던 그 막중한 무게에서 이제 막 해방된 터였다. 때때로 이들에게 닥쳐오던 그 모든 상처와 의구심은 이 순간을 위해 존재했다고 해도 과언이 아니었다.

"뭐 하는 거예요?" 조쉬가 당황스러운 듯 작은 목소리로 물었다.

두 가족은 거실에 앉아 급히 차려낸 애프터눈 티 풀코스를 함께 나누었다.

"그럼 혹시 내일 밤 불꽃놀이에도 가시나요?" 빅터가 물었다.

"안 그래도 올해는 나가보자고 할 참이에요." 니샤는 남편을, 그런 다음 아들을 한 번씩 쳐다보며 말했다. "올해는 가야죠. 그 이후론…… 처음이네요. 그래도 이제 상황이 달라졌으니까요. 불꽃놀이가 그 새로운 시작이고요."

"네, 가고 싶어요. 저희 집에선 거의 안 보이거든요." 라비도 끼어들었다.

"아주 좋은데요." 빅터가 손바닥을 마주치며 말했다. "거기서 만나는 건 어떠세요? 7시까지 음료 파는 천막 앞에서 만나죠."

조쉬가 얼른 샌드위치를 우물우물 삼키더니 자리에서 일어나 암송을 했다.

"기억하라, 11월 5일 화약 음모 사건을. 화약의 반역을 어찌하여 잊어야 하는지 나는 알지 못하노라."*

물론 리틀 킬턴 사람들도 11월 5일 화약 음모 사건을 잊은 건 아니다. 단지 바비큐 파는 청년들이 토요일 장사가 더 낫겠거니 생각해서 행사를 5일 대신 4일로 옮기기로 한 것뿐이다. 핍은 그렇게 많은 인파 사이에서 과연 의문의 눈초리들을 감당할 준비가 되었는지 아직 자신이 없었다.

"저는 물 좀 더 끓여올게요." 핍은 빈 주전자를 들고 부엌으로 갔다.

주전자 스위치를 누르고 핍이 주전자에 비친 왜곡된 자신의 모습을 내려다보고 있으려니 곧 주전자에 왜곡된 라비의 모습도 비쳐 보였다.

"오늘 말이 별로 없네." 라비가 말을 걸었다. "이 거대한 뇌 속엔 지금 뭐가 들어 있나 그래? 사실 답이야 뭐 뻔하지. 앤디 일 생각하고 있는 거지?"

"다 끝난 일이라곤 못 하겠는걸요. 아직 끝나지 않았으니까." 핍이 대답했다.

"핍, 원래 네가 세웠던 계획은 모두 완수했어. 형은 죄가 없었다는 것도 밝혀냈고, 형에게 어떤 일이 벌어진 건지도 이제 알았지."

"하지만 앤디에게 어떤 일이 벌어진 건진 아직 모르잖아요. 그날 밤 앤디가 엘리엇 집을 떠난 이후부터 앤디는 여태껏 실종 상태인걸요."

---

* 영국에서 매년 11월 5일은 '가이 포크스의 밤'으로 불린다. 1605년 11월 5일 가이 포크스 일당이 당시 영국 왕 제임스 1세 암살을 시도했다가 실패한 것을 기념하는 날. 조쉬가 암송하는 것은 이날을 기념하는 '11월 5일의 노래'다.

"핍, 그건 이제 네 몫이 아니야. 경찰이 앤디 사건 수사를 재개했으니까 그 일은 경찰에게 맡겨둬. 넌 충분히 할 만큼 했어."

"나도 알아요." 핍도 진심이었다. 핍은 지쳤다. 이 모든 일에서 손을 떼고 휴식을 취할 때였다. 이제 제 몫이 아닌 일은 어깨에서 덜어내도 되었다. 마지막 남은 앤디 벨 수수께끼는 이제 핍의 몫이 아니었다.

라비 말이 맞았다. 두 사람의 몫은 끝났다.

# 48

정말 내다 버릴 작정이었다.

이미 결심도 했다. 이제 핍이 할 일은 끝났으니 사건 재구성 차원에서 만든 메모판도 굳이 가지고 있을 이유가 없었다. 이제 앤디 벨 사건 해결을 위해 세워둔 골조를 해체하고 그 아래 핍에게 남은 것은 무엇인지 돌아볼 차례였다. 핍은 본격 실행에 옮겼다. 압정을 하나씩 빼고 메모판에 꽂혀 있던 자료들을 미리 준비한 쓰레기봉투에 차곡차곡 집어넣었다.

시작은 분명 그랬는데 어느새 핍은 또 그 자료들을 꼼꼼히 다시 살펴보고 있었다. 활동일지를 다시 읽어보고 손가락으로 유력 용의자들을 이은 빨간 실을 따라가도 보고 용의자들의 사진을 한참 노려보기도 했다.

이제 이 사건에서 손을 뗐다고 핍은 자신했었다. 조쉬와 보드게임을 하면서, 옛날 미국 시트콤 재방송을 보면서, 엄마와 브라우니를 구우면서, 그리고 엄마 눈을 피해 브라우니 반죽을 몰래 입안에 털어 넣으면서, 핍은 앤디 벨 생각을 전혀 하지 않았다. 그런데도 메모판의 앤디 사진을 아주 잠깐, 그것도 그냥 아무 생각 없이 쳐다본 순간 핍은 순식간에 이 사건에 다시 빨려들었다.

불꽃놀이에 가려면 이제 옷을 갈아입어야 할 때였지만 정작 핍은 바닥에 무릎을 꿇고 앉아 메모판을 살펴보는 데 정신이 팔려 있었다. 정말 쓰레기봉투에 처분해 넣은 자료들도 일부 있었다. 아이비하우스 호텔 관련 자료, 앤디 다이어리에 적혀 있었던 전화번호, 뺑소니 사고 관련 자료, 도둑맞은 샐의 알리바이, 맥스가 교실 뒤편에서 찾았다는 앤디의 나체 사진, '알 수 없음'에게서 온 쪽지와 문자…… 엘리엇 워드를 지목했던 단서들은 전부 폐기 처분행이었다.

하지만 여기 추가할 수 있는 정보도 있었다. 핍은 이제 앤디가 실종됐던 날 밤 앤디의 소재에 보다 많은 정보를 알고 있었다. 핍은 프린터로 뽑은 킬턴 지도 위에 파란색 마커펜으로 뭔가를 적기 시작했다.

앤디는 엘리엇 집에 갔다가 얼마 후 머리에 심각한 부상을 입고 그곳을 떠났다. 핍은 호그힐에 있는 엘리엇의 집에 동그라미를 쳤다. 엘리엇 말론 그때가 10시경이었다지만 아마 정확하지 않은 것일 듯하다. 시간 관련해서 엘리엇과 베카의 진술이 일치하지 않는데, 베카의 진술은 CCTV로 확인된 부분이었다. 앤디는 밤 10시 40분경 차를 몰고 시내 방향으로 나갔다. 엘리엇의 집에 찾아간 시점은 그때가 맞을 것이다. 핍은 점선을 그리고 시간을 적었다. 그래, 엘리엇이 착각한 거다. 그게 아니라면 앤디가 머리를 다치고 집에 돌아왔다가 다시 나갔다는 얘기인데, 그랬다면 베카가 경찰에 그 이야기를 했을 것이다. 그러니까 이제 앤디를 마지막으로 본 사람은 베카가 아닌 엘리엇이었다.

하지만 그렇다면…… 핍은 펜 끝을 잘근잘근 씹으며 생각에 잠겼다. 엘리엇은 앤디가 차를 가져오지 않았다고 했다. 엘리엇은 앤디가 걸어왔다고 생각하고 있었다. 지도상으로 말도 안 되는 소리는 아니었다. 앤디의 집에서 엘리엇의 집은 꽤나 가까웠고, 교회를 가로질러 보행자용 다리만 건너면 도보로도 금방이었다. 아마 차를 갖고 가기보다 걷는 쪽이 더 빨랐을 거다. 핍은 머리를 긁적였다. 하지만 그것도 말이 안 되는 것이, CCTV에 분명 앤디의 차가 찍혔으니 앤디는 차를 몰고 나간 게 맞는다. 엘리엇 집 근처에 주차를 했는데 약간 거리가 있어서 엘리엇이 혹시 알지 못했을 수도 있다.

그럼 그 지점에서부터 앤디가 어떻게 그렇게 감쪽같이 사라진 거지? 호그힐에서부터 하위의 집 인근에 앤디의 피가 묻은 앤디의 차가 세워져 있기까지 앤디의 종적이 묘연했다.

핍은 펜 끝으로 지도를 톡톡 치면서 용의자들을 다시금 찬찬히 훑어보았다. 하위, 맥스, 나탈리, 다니엘, 제이슨 순으로 핍은 시선을 옮겨갔다. 리틀 킬턴에 살인자가 두 명 있었다. 한 명은 자신이 앤디를 죽인 줄 알고 그 책임을 모면하려 샐을 죽였다. 다른 한 사람은 실제로 앤디 벨을 죽였다. 핍을 쳐다보고 있는 이 얼굴들 중 앤디 벨을 죽인 건 누구일까?

살인범은 두 명이었고 핍의 수사를 막으려던 건 한 명이었다. 그렇다는 건 즉…….

잠깐.

핍은 눈을 감고 손으로 얼굴을 가린 채 잠시 머릿속을 더듬어보았다. 번뜩이는 생각이 떠올랐다가 이내 시들해지기를 반복했다. 그리고 머릿속에 문득 한 장면이 떠올랐다. 경찰이 막 들이닥칠 당시 핍은 엘리엇에게 당신이 바니를 죽였다고, 당신을 용서할 수 없다고 했다. 핍의 말에 엘리엇은 미간을 좁혔고 얼굴이 일그러졌다. 이제 와 돌이켜보니 엘리엇의 그 표정은 후회가 아니었다. 그건 혼란스러움이었다.

엘리엇이 하려던 말을 이제 핍도 알 것 같았다. "핍, 무슨 소리인지 잘 모르겠구나. 나는……." **바니를 죽이지 않았어.**

핍은 다급하게 고꾸라져 있던 쓰레기봉투를 뒤적거렸다. 쓰레기봉투에서 마구잡이로 꺼낸 자료들로 방은 난장판이 됐다. 드디어 핍이 찾고 있던 자료가 보였다. 핍은 한 손엔 캠핑 중 발견한 쪽지와 사물함에 들어 있던 쪽지를, 그리고 다른 한 손으로는 '알 수 없음'으로부터 받은 문자를 출력한 종이를 집어 들었다.

이 쪽지와 문자들은 한 사람이 보낸 게 아니었다. 지금 와서 보니 너무나 명백했다.

형식만 다른 게 아니라 어투도 달랐다. 프린터로 출력한, 엘리엇이 쓴 협박 쪽지는 피파의 이름을 부르고 있었고 협박 내용도 직설적이지 않았다. 핍의 EPQ 활동일지에 적어둔 협박 메시지도 마찬가지였다. 하지만 '알 수 없음'은 핍을 '멍청한 년'이라고 불렀고 협박도 훨씬 직설적이고 노골적이었다. '알 수 없음'은 핍에게 노트북을 부수게 하고 핍의 개를 죽였다.

핍은 뒤로 물러나 앉아 숨을 크게 쉬어보았다. 살인범은 두 명의 각기 다른 사람이었다. 엘리엇은 '알 수 없음'이 아니었고 바니도 죽이지 않았다. 그건 진짜 앤디를 죽인 자의 짓이었다.

"핍, 서둘러! 벌써 불꽃 터지기 시작했어." 아빠가 아래층에서 소리쳤다.

핍은 방문을 살짝 열고 소리쳤다. "먼저들 가세요. 제가 알아서 찾아갈게요."

"뭐? 안 돼. 얼른 내려와, 딸."

"저 그냥…… 그냥 카라한테 전화 몇 번만 더 해보려고요. 카라랑 꼭 얘기해야 한단 말이에요. 오래 걸리진 않을 거예요. 그냥, 먼저 가세요, 아빠. 제가 찾아갈게요."

"알겠다, 그럼." 아빠가 대답했다.

"20분 안에는 출발할게요. 정말로요." 핍이 소리쳤다.

"알았어. 못 찾으면 전화하고."

현관문이 쾅 닫히는 소리가 들렸다. 핍은 메모판에서 물러나 앉았다. '알 수 없음'에게서 받은 문자를 든 손이 떨리고 있었다. 핍은 활동일지를 살펴보며 이 문자들을 받은 시점을 확인해보았다. 첫 번째 문자를 받은 것은 핍이 하위 바우스를 찾아내 라비와 함께 그에게 접근해서 앤디의 마약 거래 사실과 맥스의 로히프놀 구입 사실을 알아낸 직후였다. 바니가 납치된 건 중간 방학이 있던 주였다. 그사이에는 사건이 꽤 많았다. 스탠리 포브스와는 두 번이나 마주쳤고 베카를 만나러 가기도 했으며 공청회에서는 다니엘과도 이야기를 했다.

핍은 종이를 구겨 방 한구석으로 던져버렸다. 종이공을 던지며 핍의 입에서 흘러나온 소리는 자신의 귀에도 낯설 정도였다. 아직도 용의자가 너무 많았다. 이제 엘리엇의 비밀이 밝혀졌고 샐은 누명을 벗었으니 앤디의 살인범은 그럼 복수를 궁리하고 있을까? 이제 협박을 실행에 옮길까? 과연 핍이 지금 집에 이렇게 혼자 남아 있는 건 안전할까?

핍은 사진을 하나하나 노려보았다. 그리고 파란색 마커로 커다랗게 제이슨 벨의 얼굴에 가위표를 그었다. 제이슨 벨은 아니다. 핍은 차 안에 앉아 있던 제이슨 벨의 표정을 보았다. 아마 형사에게서 전화를 받은 후였을 것이다. 제이슨 벨, 던 벨의 얼굴에는 눈물과 분노와 혼란스러움이 뒤섞여 있었다. 그러나 이들 두 사람의 눈에는 다른 감정, 아주 작은 희망도 반짝이고 있었다. 비록 주변에서 앤디의 죽음을 기정사실로 여겼다 하더라도 제이슨 벨과 던 벨은 어쩌면 딸이 어딘가에 아직 살아 있을 것이란 희망을 품고 있었는지도 모른다. 제이슨 벨의 그 반응, 그 얼굴은 꾸며낸 것이 아니었다. 진실이 거기 있었다.

진실은 얼굴에 있다······.

핍은 앤디의 가족사진을 집어 든 다음 그 사진을 한참이고 쳐다보았다. 앤디의 부모님, 여동생 베카의 눈을 한참 동안 들여다보았다.

모든 것이 한순간에 명확해지진 않았다.

다만 작은 깜박임이 조금씩 이어졌다. 그리고 핍의 기억에 불을 지피기 시작했다.

사건의 조각들이 차례차례 열을 맞추어가고 있었다.

핍은 메모판에서 관련된 자료들을 떼어냈다. 활동일지 3번 스탠리 포브스 인터뷰, 활동일지 10번 엠마 허튼 인터뷰 (1), 활동일지 20번 벨 가족 관련 제스 워커 인터뷰, 맥스가 앤디에게 약을 샀다는 내용을 기록한 활동일지 21번, 하위 바워스 및 앤디의 마약 거래 내용을 기록한 23번 일지, 하우스 파티 중 약물 사용과 관련된 내용을 적었던 28번과 29번 일지, 커다랗게 대

문자로 '대포폰을 가져간 것은 누구?'라고 적은 라비의 메모, 앤디가 엘리엇 집을 떠난 시각과 관련된 엘리엇의 진술 등등.

핍은 이 자료들을 다시금 살펴보았다. 그리고 답을 찾았다.

살인범의 얼굴과 이름이 드러났다.

죽기 전 앤디를 마지막으로 본 사람이었다.

다만 한 가지 마지막으로 확인할 것이 남아 있었다. 핍은 휴대폰을 꺼내 연락처를 스크롤한 다음 전화를 걸었다.

"여보세요?"

"맥스, 질문이 하나 있어요."

"관심 없어. 내가 뭐라든? 날 의심하더니 아니었지. 얘기는 전해 들었어. 워드 선생님이었다며."

"잘됐네요. 그럼 경찰이 이제 제 말을 꽤 신뢰하고 있다는 것도 잘 아시겠네요. 엘리엇에게 뺑소니 사고 이야기는 꺼내지 말라고 해뒀는데, 선배가 제 질문에 제대로 답 안 하면 당장 경찰에 전화하는 수가 있어요."

"네가 퍽이나 그러겠다."

"못할 것 있나요? 나오미 언니 입장에서 더 나빠질 것도 없는데요, 뭐. 딱히 제가 주저할 이유가 없죠." 핍은 겁을 주었다.

"궁금한 게 뭔데?" 맥스가 퉁명스럽게 물었다.

핍은 일단 대화를 멈추고 스피커폰으로 전환한 후 녹음 앱을 열었다. 그리고 빨간색 녹음 버튼을 눌렀다. 버튼 소리를 숨기려 핍은 요란하게 코를 훌쩍였다.

"2012년 3월 파티에서 선배가 베카 벨한테 약 먹이고 강간했어요?"

"뭐? 아니. 너 미쳤구나."

"지금 저한테 거짓말 안 하는 게 좋을걸요." 핍은 전화기에 대고 으름장을 놓았다. "그러다 진짜 선배 인생 망쳐버리는 수가 있으니까. 다시 묻습니다. 그날 선배가 베카 술에 로히프놀을 타고 베카랑 잤나요?"

맥스는 헛기침을 했다.

"그래, 하지만…… 강간은 아니었어. 걘 거부하지 않았다고."

"약을 먹였으니까 그렇죠. 이 변태 강간범아!" 핍이 소리쳤다. "지금 본인이 무슨 짓을 저지른 건지도 모르죠?"

핍은 전화를 끊고 녹음을 멈춘 다음 잠금 버튼을 눌렀다. 어두워진 화면에 반사된 핍의 날카로운 눈초리가 핍을 쳐다보고 있었다.

죽기 전 앤디를 마지막으로 본 사람은 베카였다. 언제나 베카였다.

핍은 베카의 사진을 쳐다보며 눈을 깜박였다. 이제 핍은 결심이 섰다.

## 49

 갓길 턱에 들어서자 차가 덜컹였다. 핍은 그대로 거기 차를 세우고 어둑어둑해진 거리로 나와 현관 앞으로 걸어갔다. 그리고 문을 두드렸다.

 저녁 바람에 문 옆에 걸린 풍경이 끊임없이 댕그랑대고 있었다.

 현관문이 열리고 문틈으로 베카의 얼굴이 보였다. 핍을 확인한 베카는 문을 활짝 열었다.

 "아, 피파구나." 베카가 인사했다.

 "안녕하세요. 저 그냥…… 혹시 괜찮으신가 해서 와봤어요. 목요일 밤 차에 타고 계신 걸 봤는데……."

 "응." 베카가 고개를 끄덕였다. "형사님께 들었어. 네가 엘리엇 워드 씨 일을 밝혀냈다며."

 "네, 유감이죠."

 "들어올래?" 베카는 한 걸음 뒤로 물러나 핍에게 입구를 내주었다.

 "감사합니다."

 핍은 베카를 지나쳐 복도로 걸어갔다. 몇 주 전 라비와 함께 몰래 들어왔던 곳이다. 베카는 얼굴에 미소를 띤 채 파스텔 블루 톤의 부엌으로 핍을 안내했다.

"차 마실래?"

"아니요, 괜찮아요."

"정말? 나도 마침 한잔 마시려던 참이라서."

"그럼 사양하지 않을게요. 우유 없이 블랙으로 주세요. 감사합니다."

핍은 부엌 테이블에 자리를 잡았다. 허리를 곧게 세우고 다리는 긴장한 채 핍은 베카가 찬장에서 꽃무늬 머그잔 두 개를 꺼내 티백을 넣고 주전자에서 갓 끓인 뜨거운 물을 따르는 모습을 지켜보았다.

"잠깐만 실례할게." 베카가 말했다. "티슈 좀 가져오게."

베카가 방을 나서는데 핍의 주머니에서 기차 경적음이 울렸다. 라비의 문자였다. *어이, 경관님. 어디야?* 핍은 휴대폰을 무음으로 바꾸고 외투 안에 넣은 다음 지퍼를 잠갔.

베카가 소매에 티슈를 끼운 채 다시 부엌으로 돌아왔다. 베카는 차를 들고 와 핍 앞에 놓아주었다.

"감사합니다." 핍이 말하고는 차를 한 모금 마셨다. 너무 뜨겁지 않고 마시기 좋은 온도였다. 딱 지금 핍에게 필요한 것이었다. 떨리는 손 때문에 핍은 뭔가 진정할 수 있는 게 필요했다.

그때 검은 고양이가 꼬리를 바짝 세우고 부엌으로 들어와 핍의 발목에 머리를 비벼댔다. 베카는 고양이를 쫓아냈다.

"부모님은 어떠셔요?" 핍이 물었다.

"별로 좋을 건 없지." 베카가 대답했다. "그 여자가 언니가 아닌 걸 확인하고 엄마는 트라우마 치료 목적으로 재활 시설을 들어가시기로 했고, 아빠는 전부 고소해버리겠다 하시고."

"그 여자가 누군지는 혹시 밝혀졌나요?" 핍은 입가에서 컵을 떼지 않고 말했다.

"응, 오늘 아침 아빠한테서 전화가 왔어. 아일라 조던이라고, 실종자 명단에 있던 사람이라네. 스물세 살, 밀튼카인즈 출신이고 학습장애가 있어서 정신연령이 열두 살 수준이래. 가정에 문제가 있어서 집을 도망친 전적도 여러 번이고 마약 소지 기록도 있다고 하고." 베카는 짧은 머리를 만지작댔다. "경찰 말론 그 여자가 무척 혼란스러워하고 있대. 워드 선생님을 기쁘게 하려고 언니인 척하는 생활을 꽤 오래 한 모양이야. 실제로 자기가 리틀 킬턴 출신의 앤디 벨이라고 믿고 있다나."

핍은 차를 한 모금 크게 들이켰다. 침묵이 두 사람 사이를 메우는 동안 핍은 머릿속 말들을 정리했다. 입안이 바짝바짝 말라왔고 두 배는 빠르게 뛰는 심장 소리가 입안까지 메아리치는 듯했다. 핍은 컵을 내려놓지 않고 차를 모두 비웠다.

"앤디처럼 보이긴 했어요." 핍이 마침내 입을 열었다. "저도 처음엔 앤디인 줄 알았으니까요. 제이슨 씨와 던 씨는 어쩌면 앤디가 살아 있을지 모른단 희망을 품고 계셨던 것 같던데요. 경찰과 제가 틀렸을지도 모른다는 얼굴이었어요. 하지만 그쪽은 이미 알고 있었던 거죠?"

베카가 자기 컵을 내려놓고 핍을 쳐다보았다.

"그쪽 표정은 부모님 표정과는 사뭇 다르던데요. 당신은 혼란스러운 것 같았어요. 겁먹은 듯 보였고요. 언니가 아닌 줄 당신은 알고 있었겠죠. 언니를 죽인 건 베카, 당신이었으니까."

베카는 움직이지 않았다. 고양이가 테이블 위로 뛰어올랐지만 베카는 여전히 꼼짝도 하지 않았다.

"2012년 3월 당신은 제스 워커와 대참사 파티에 갔죠." 핍이 말을 이었다. "그리고 그곳에서 사고를 당했어요. 기억이 나지 않지만 뭔가 잘못됐단 건 알았죠. 그래서 제스 워커에게 사후피임약을 같이 사러 가자고 했고요. 상대가 누군지 묻는 제스에게 아무 말도 하지 못한 건 제스가 짐작한 것처럼 부끄러워서가 아니라 당신도 상대가 누군지 알지 못했기 때문이었죠. 그날 무슨 일이 있었던 건지, 누구와 그런 일이 벌어진 건지 당신은 알지 못했어요. 일종의 기억상실 때문이었죠. 누군가 당신 술에 로히프놀을 탄 다음 당신을 추행했거든요."

베카는 아무런 감정의 동요 없이 벌거벗은 마네킹처럼 그 자리에 가만히 앉아 있었다. 마치 조금이라도 몸을 움직이면 언니의 어두운 그림자가 흩어져버릴까 무섭기라도 한 것처럼. 그리고 베카는 눈물을 흘리기 시작했다. 피라미 같은 눈물이 뺨을 타고 흘러내렸고 베카의 턱이 들썩였다. 핍은 베카의 눈을 들여다보았고 그 안에서 진실을 보았다. 그리고 가슴이 아파왔다. 무언가 차갑고 끈적한 것이 심장에 엉겨 붙은 것 같았다. 지금은 진실이 쾌거가 아니었다. 진실은 그냥 저 깊은 곳에서 부식되어가던 슬픔일 뿐이었다.

"아주 끔찍하고 외로웠겠죠. 상상도 안 돼요." 감정적으로 동요된 핍이 말을 이어갔다. "뭔가 안 좋은 일이 있었는데 기억은 안 나니 얼마나 괴로웠을까요. 아무도 당신을 도와줄 수 없다고 생각했겠죠. 당신은 잘못한 것도 없고 부끄러워할 일을 한 것도 아니었는데 말이에요. 하지만 처음엔 그런 생각이 들지 않았겠죠. 그래서 병원에 찾아갔고요. 그런 다음에는요? 그날 밤 무슨 일이 있었던 건지 알아내기로 결심했나요? 누구의 책임인지?"

베카는 알아보기 힘들 정도로 희미하게 고개를 끄덕였다.

"누군가 술에 약을 탔다는 걸 깨닫고, 그게 누군지 찾아보기 시작한 거죠? 하우스 파티에서 약을 산 사람, 판 사람이 누구인지 추적해본 거죠. 그리고 결국 친언니가 그 일에 관련된 사실을 알게 된 거고요. 4월 20일 금요일 밤, 대체 무슨 일이 있었던 건가요? 앤디가 엘리엇 집에서 돌아왔을 때 대체 무슨 일이 벌어진 거죠?"

"내가 알아낸 거라고 해봐야 언니가 대마초랑 MDMA를 판 적이 있다더라는 정도였어." 베카가 시선을 떨구고 눈물을 닦으며 말했다. "그래서 언니가 나가고 없을 때 언니 방을 뒤졌어. 그랬더니 언니가 숨겨놓은 휴대폰이랑 약이 나왔고. 휴대폰을 열어보니 연락처는 전부 한 글자로만 저장돼 있었어. 그래도 메시지를 읽어보니 언니한테서 로히프놀을 산 사람은 누군지 찾을 수 있었어. 문자 중에 언니가 그 사람 이름을 언급한 적이 있었거든."

"맥스 헤이스팅스 말이죠."

"이제 됐다고, 알았으니까 이제 됐다고, 생각했어." 베카가 울먹였다. "이제 그럼 나도 어느 정도 마음의 정리를 할 수 있겠다 싶었지. 언니가 돌아오면 일단 언니에게 이야기를 할 생각이었어. 울면서 그간의 일을 다 털어놓으면 언니는 나한테 진심으로 사과를 하겠지, 그리고 내 편이 되어서 그 자식한테 어떻게든 대가를 치르게끔 해주겠거니 생각했어. 드디어 그 일을 누군가에게 털어놓을 수 있게 된다는 것도 위안이 됐지만 무엇보다 내 편인 언니가 필요했어. 언니에게 바란 건 그게 다였어."

핍은 눈물을 닦았다. 몸이 떨리고 기운이 빠지는 느낌이었다.

"그리고 언니가 돌아왔지."

"머리를 다친 채로 말이죠?"

"아니, 그땐 나도 몰랐어. 전혀 눈치채지 못했어. 언니가 그냥 여기 부엌에 앉아 있는데 나도 더는 기다릴 수가 없었어. 언니한테 어떻게든 말을 해야 했어." 베카의 목소리가 갈라졌다. "내 이야기를 다 듣더니 언니는 그냥 날 빤히 쳐다보고 앉아선 자긴 관심 없다는 거야. 난 어떻게든 설명을 해보려고 했지만 언니는 듣는 척도 하지 않았어. 그냥 아무한테도 말하지 말라고, 이러다 나 때문에 자기가 곤란해질 수 있다고만 했어. 언니가 자리를 피하려고 하길래 난 언니 앞을 막아섰어. 언닌 나더러 뚱뚱하고 못생긴 앤디 벨 아류 주제에 나랑 자고 싶어한 남자가 있었다는 데에 감사하라고 했어. 그러더니 날 그냥 밀치고 가려고 했지. 그래서 나도 언니를 다시 밀면서 대화를 계속하려고 하다 보니 우리 둘 다 몸싸움이 격해졌고…… 그리고…… 너무 순식간이었어."

베카는 말을 이었다. "언니가 바닥에 쓰러졌어. 딱히 그렇게 세게 민 것 같진 않았는데 언니 눈이 감겨 있었어. 그러더니 언니 상태가 이상해졌어. 얼굴이며 머리카락이며 다 정상이 아니었어." 베카가 흐느꼈다. "언닌 토하고 막 기침을 하면서 제대로 숨을 쉬지 못했어. 난…… 난 그냥 그 상태로 얼음이 돼버렸어. 이유는 나도 모르겠어. 그냥 언니한테 화가 났어. 지금 돌이켜

봐도 내가 그때 뭔가 작정을 하고 그런 건지 아닌지조차 잘 모르겠어. 무슨 생각을 했는지도 기억이 안 나고, 난 그냥 그 자리에 가만히 서 있기만 했어. 언니가 죽어가고 있는 줄 분명 알았을 텐데 아무것도 하지 않고 그대로 가만히 서 있었지."

베카는 갑자기 시선을 돌려 문 옆 부엌 타일 한쪽을 쳐다보았다. 아마 사건이 일어난 지점인 것 같았다.

"그러더니 언니가 더는 움직이지 않았어. 내가 무슨 짓을 한 건가 그제야 정신이 들었지. 겁이 나서 언니 입을 닦아도 봤지만 언닌 이미 죽어 있었어. 정말이지 가능하기만 하다면 시간을 거꾸로 돌리고 싶었어. 그날 이후 하루도 빠짐없이 그런 마음이었어. 하지만 너무 늦어버렸지. 그제야 언니 머리에 피가 묻어 있는 게 보였어. 난 내가 한 짓인 줄 알았어. 지난 5년 내내 내가 한 짓인 줄 알고 살다가 불과 이틀 전에야 언니가 워드 선생님 집에서 머리를 다쳐 온 거였단 사실을 알게 됐지. 그래봤자 물론 달라질 건 없어. 어차피 언니가 질식해서 죽게 내버려 둔 건 나였으니까. 죽어가는 언니를 지켜보면서도 난 아무것도 하지 않았어. 언니가 다친 게 나 때문인 줄 알았으니까, 언니 팔에 생긴 상처며 몸싸움의 흔적도 나 때문이었으니까, 어차피 부모님이든 누구든 내가 언니를 죽이고 싶어했던 걸로 생각했겠지. 왜냐면 언닌 늘 나보다 훨씬 뛰어난 사람이었거든. 부모님도 언닐 더 아꼈지."

"시신을 앤디의 차 트렁크에 실은 게 베카 당신인 거죠?" 핍은 갑자기 머리가 너무 무겁게 느껴져 균형을 잡으려고 상체를 조금 앞으로 숙였다.

"차는 차고에 있었고 내가 언니를 차까지 끌고 갔지. 그런 힘이 어디서 났나 몰라. 이젠 기억도 다 흐릿해졌어. 다큐멘터리 같은 데서 본 대로 나는 집 안을 깨끗하게 청소했어. 어떤 표백제를 써야 하는지도 알고 있었지."

"그리고 그날 밤 당신은 차를 몰고 집을 나섰죠." 핍이 말했다. "10시 40분경 CCTV에 찍힌, 시내 중심가를 지나는 앤디의 차를 운전한 것도 당신이었고요. 당신은 앤디를 차에 싣고 아마…… 시카모어로드의 낡은 농장으로 갔을 거예요. 그 농장에 대해 기사를 쓴 것도 누가 그 농장을 사서 복원하는 것을 원치 않았기 때문일 테고요. 앤디를 그곳에 묻었나요?"

"묻지 않았어. 언니는 오수 정화조에 있어." 베카가 훌쩍였다.

핍은 부드럽게 고개를 끄덕였다. 머리가 조금 멍했지만 그래도 앤디의 마지막 순간까지 어떻게든 이야기를 들어보려고 했다. "그런 다음 차를 버리고 집까지 걸어왔고요. 앤디의 차를 왜 로머클로즈에 버렸죠?"

"언니랑 거래하는 마약상이 거기 산단 걸 언니 비밀폰을 보고 알게 됐어. 거기 차를 남겨두면 경찰이 관련성을 찾아내서 그 사람이 유력한 용의자가 될 거라고 생각했지."

"난데없이 샐이 살인범 누명을 쓰고 그대로 사건이 종료됐을 땐 무슨 생각이 들던가요?"

베카는 어깨를 으쓱해 보였다. "글쎄. 일종의 계시인지도 모르겠다고 생각했던 것 같아. 그걸로 난 용서를 받았다는 계시. 물론 나 스스로는 절대 용서가 되지 않았지만."

"그로부터 5년 후, 내가 그 사건을 다시 파헤치기 시작했어요. 당신은 내 번호를 스탠리를 통해 알게 됐겠죠. 인터뷰 때문에 스탠리 기자에게 내 번호가 있었을 테고요."

"웬 고등학생이 과제를 한답시고 그 사건을 조사하는데 샐은 범인이 아니라고 하더라는 이야기를 스탠리에게 들었어. 난 겁이 났지. 샐이 무고하단 걸 네가 입증해버리면 난 다른 용의자가 필요하니까. 언니가 남몰래 만나는 사람이 있단 건 언니 비밀폰을 보고 알고 있었어. E라고 저장된 상대와 아이비하우스 호텔에서 만나기로 한 문자가 있었거든. 이 E라는 사람이 누군지 찾아내려고 호텔에도 찾아가봤지만 성과는 없었어. 그 주인장 할머니가 별로 기억이 또렷하진 않으시더라고. 몇 주 후 역 주차장에 있는 널 봤어. 앤디가 거래하던 마약상이 거기서 일하는 걸 그때 알았지. 마약상을 따라가는 네 뒤를 밟았어. 네가 샐 동생과 함께 그 집에 들어가는 것도 봤어. 난 그냥 널 막으려던 것뿐이었어."

"나한테 처음 문자를 보낸 게 그때군요. 하지만 그 문자론 날 막지 못했고요. 내가 당신 사무실에 찾아가서 대포폰이며 맥스 헤이스팅스 이야기를 하니까 진실이 탄로 나는 건 이제 시간문제라고 생각했나요? 그래서 우리 바니를 죽이고 자료를 전부 없애라고 했나요?"

"미안해." 베카는 시선을 떨구었다. "너희 집 개를 죽일 생각은 아니었어. 개는 풀어줬어. 정말이야. 그런데 날이 어두웠고, 그래서 아마 방향을 잃고 강에 빠진 것 같아."

핍의 숨이 가빠왔다. 사고였건 아니건 바니는 이제 돌아오지 못한다.

"내가 얼마나 아끼던 개인데." 핍은 어지러웠고 의식이 점점 흐릿해졌다. "그래도 난 당신을 용서해요, 베카. 그러니까 이렇게 찾아왔고요. 내가 이만큼 알아냈으면 경찰이 알아내는 것도 시간문제일 거예요. 특히나 경찰이 수사를 재개한 이 시점에서는요. 엘리엇이 입을 열면 당신 진술에 허점이 드러날 거예요." 핍은 빠르게 말했다. 자꾸만 혀가 꼬였다. "당신은 죄를 지었어요. 언니를 죽게 그대로 내버려 뒀으니까. 그건 당신이 더 잘 알 테죠. 하지만 당신도 억울한 부분이 있다고 생각해요. 이게 다 당신이 자초한 일은 아니니까요. 오늘 여기 온 목적은 경고를 해주기 위해서예요. 법은 당신을 불쌍히 여겨주지 않아요. 그러니 떠나세요. 이곳을 떠나 당신의 삶을 살 수 있는 곳으로 가세요. 이제 곧 경찰이 들이닥칠 거예요."

핍은 베카를 쳐다보았다. 분명 베카가 무어라 말을 하고 있는데 핍의 귀에는 아무 소리도 들리지 않았다. 그저 귓속에 딱정벌레 한 마리가 들어앉은 것처럼 웅웅대는 소리뿐이었다. 베카와 마주 앉은 테이블이 빙빙 돌기 시작했고 유령이 눈꺼풀을 잡아당기기라도 하는 것처럼 눈꺼풀이 무거워졌다.

"나…… 나는……." 핍은 이제 말을 더듬고 있었다. 주변이 침침해졌고 딱 하나, 눈앞의 빈 컵만이 흔들리며 공중에 여러 색을 흩뿌리고 있었다. "차에 뭐…… 뭘…… 넣었죠?"

"언니 옷장 속에 맥스의 약이 몇 알 남아 있었어. 내가 아껴뒀지."

베카의 목소리는 크고 선명했다. 날카로운 웃음소리가 핍의 양쪽 귀에 차례로 메아리쳤다.

핍은 의자를 밀고 일어나보려고 했지만 왼쪽 다리에 도무지 힘이 들어가지 않았다. 다리에 힘이 빠지면서 핍은 아일랜드 식탁에 부딪혔다. 무언가 쾅 부서지면서 그 조각들이 마치 조각난 구름처럼 공중을 떠다녔다. 온 세상이 빙빙 돌았고 부엌이 휘청거렸다.

핍은 간신히 싱크대로 건너가 몸을 기대고 목구멍에 손가락을 밀어 넣어 진한 갈색의 고약한 액체를 토해냈다. 핍이 다시 구역질을 하는데 베카의 목소리가 들려왔다. "뭐든 하긴 할 거야. 해야지. 그런데 어차피 증거는 없어. 핍 너, 그리고 네가 알고 있는 정보가 다인걸. 미안해. 나도 이러기 싫어. 그러게 내가 손 떼라고 경고했잖아." 베카는 가까이 있는 것 같기도, 멀리 있는 것 같기도 했다.

핍은 휘청거리며 뒤로 물러나 입을 닦았다. 다시 부엌이 핑핑 돌았다. 핍을 향해 떨리는 손을 뻗고 있는 베카가 보였다.

"안 돼." 핍은 소리를 질러보았지만 목소리가 입 밖으로 나오지 않았다. 핍은 재빨리 뒤로 몸을 피한 다음 아일랜드 식탁 쪽으로 옆걸음질을 쳤다. 다행히 바 의자가 손에 닿아서 거기 의지해 몸을 일으켰다. 핍은 의자를 움켜쥐고 그대로 내던졌다. 의자는 베카의 다리에 명중했다. 우당탕하고 머리가 지끈거릴 정도로 시끄러운 소리가 났다.

핍은 복도의 벽을 향해 달려갔다. 귓가에는 웅웅대는 소리가 여전했고 어깨는 욱신댔다. 핍은 휘청거리거나 방향을 잃지 않도록 벽에 기대어 현관까지 걸어갔다. 현관문은 굳게 잠겨 있었다. 그러나 눈을 깜박이자 어느새 현관문이 열렸고 핍은 어찌어

찌 문밖으로 나왔다.

날은 어두웠고 세상은 핑그르르 돌았다. 하늘에는 밝은 색색의 버섯과 폭탄 구름과 반짝이는 불빛들이 보였다. 공유지 쪽에서 천지가 개벽하는 것 같은 요란한 소리와 함께 불꽃놀이가 한창이었다. 핍은 두 발로 일어서 색색의 빛을 향해, 숲 쪽으로 달려갔다.

나무들이 삐걱대며 두 발로 걷고 있었다. 핍의 발은 감각이 없었다. 어디 있는지조차 느껴지지 않았다. 다시금 반짝이는 하늘에서 우르릉 요란한 소리가 들려왔다. 이제 핍은 앞도 보이지 않았다.

핍은 눈 대신 손의 감각에 의지하려 손을 뻗었다. 다시 우지끈 소리가 들리더니 이번엔 눈앞에 베카가 나타났다.

베카는 핍을 밀었고 핍은 그대로 나뭇잎과 진흙 위에 나자빠졌다. 베카가 손을 쫙 편 채 서서히 핍에게 다가왔고…… 그 순간 갑자기 힘이 솟아났다. 온 힘을 다리에 모아 핍은 거세게 발길질을 했다. 이제 베카도 땅바닥에 나가떨어졌다. 짙은 낙엽들에 가려 베카의 모습이 잘 보이지 않았다.

"나는 다…… 당신을…… 도…… 도우려고 했어." 핍이 더듬더듬 말했다.

핍은 돌아서서 네발로 기었다. 팔이 꼭 다리 같고 다리가 꼭 팔 같았다. 핍은 허우적대며 간신히 감각 없는 발을 딛고 베카에게서 도망쳤다. 교회 쪽으로 향했다.

폭죽 소리가 연달아 들려왔다. 등 뒤에서 세상의 종말이 다가오는 것 같았다. 하늘은 자꾸만 핍을 향해 내려앉았고 덩달아

나무들도 자꾸만 춤을 추며 빙빙 돌았다. 핍은 나무들을 붙들고 간신히 앞으로 나아갔다. 그러다 다시금 나무를 붙들었지만 손에 닿은 감촉은 나무가 아닌 사람의 피부 같았다.

갑자기 핍의 손에 붙들린 존재가 핍을 향해 돌진하더니 양손으로 핍을 꽉 붙들었다. 두 사람은 바닥에 나뒹굴었다. 핍의 머리가 나무 기둥에 세차게 부딪혔고, 축축한 액체 한 줄기가 얼굴 위로 흘러내렸다. 입에서 피 맛이 느껴졌다. 적색이 핍의 눈언저리를 가득 채우면서 다시 시야가 어두워졌고 베카가 핍 위에 올라탔다. 목에서 무언가 차가운 것이 느껴져 핍은 목을 더듬어보았다. 손가락이었다. 핍은 제 목을 감은 손가락을 비틀어보았지만 손은 말을 듣지 않았다.

"제발." 핍의 목소리가 간신히 입 밖으로 튀어나왔지만 숨은 돌아오지 않았다.

핍의 팔은 낙엽 사이에서 움직이지 않았다. 말을 듣지 않았다.

핍은 베카의 눈을 들여다보았다. '이 사람은 날 어디에 버릴지 알고 있어. 아무도 날 찾지 못하겠지. 어두운, 아주 어두운 곳에 난 앤디 벨과 함께 누워 있게 될 거야.'

이제 핍의 팔다리에는 아무런 감각이 없었다. 핍도 서서히 그 길을 따라가고 있었다.

"나한테도 너 같은 사람이 있었으면 좋았을길." 베카카 울부짖었다. "나한텐 우리 언니뿐이었어. 아빠한테서 벗어날 방법은 언니밖에 없었지. 맥스 일이 있고 나서 나한테 희망은 언니뿐이었어. 그런데 언닌 관심이 없대. 어쩌면 언닌 단 한 번도 나에게 관심이 없었는지도 모르지. 난 이제 이 방법 말

곧 벗어날 도리가 없어. 나도 이러고 싶진 않아. 미안해."

숨을 쉰다는 게 어떤 건지조차 핍은 이제 기억나지 않았다.

핍은 가늘게 실눈을 떴다. 불꽃이 보였다.

이제 리틀 킬턴에는 더 짙은 어둠이 깔렸다. 그러나 어둠 속의 그 무지개 불꽃은 꽤나 장관이었다. 완전한 암흑이 닥쳐오기 전 마지막 두 눈으로 목격하는 것치고 참 예쁜 광경이었다.

갑자기 차가운 손가락이 느슨해졌다. 더는 손가락이 느껴지지 않았다.

핍이 첫 숨을 삼키는데 목이 찢어지듯 아파왔다. 암흑은 사라지고 땅에서는 더 큰 소리가 들려왔다.

"못 하겠어." 베카는 두 손으로 제 양팔을 감쌌다. "못 해."

그때 우르르 몰려오는 발소리가 들렸다. 그림자가 두 사람 위를 덮치더니 베카를 끌어냈다. 소리는 더욱 커졌다. 외침과 비명, 그리고 익숙한 목소리. "이제 괜찮아, 핍."

핍이 고개를 돌리자 아빠가 보였다. 아빠는 울부짖으며 몸부림을 치는 베카를 제압하고 있었다.

핍의 뒤에서는 또 다른 사람이 핍을 일으켜 앉히려 하고 있었다. 그러나 핍은 흐르는 강물처럼 힘없이 손아귀를 빠져나갔다.

"경관님, 숨 좀 쉬어봐." 라비가 핍의 머리를 쓸어내리며 말했다. "우리가 왔어. 이제 괜찮아."

"라비, 얘가 왜 이러지?"

"히프놀." 핍이 라비를 쳐다보며 속삭이듯 말했다. "차에······ 로히프놀."

"라비, 어서 구급차를 불러. 경찰에도 전화하고."

소리가 또 멀어졌다. 이제 다시 색색의 불꽃과 라비의 목소리만 남았다. 떨리는 라비의 목소리가 라비의 가슴팍에서 핍의 등으로 전해지며 핍의 감각을 되돌리고 있었다.

"베카가 앤디를 죽게 내버려 뒀어요." 핍은 말했다. 그렇게 말한 것 같았다. "하지만 베카가 도망가게 해줘야 돼. 베카도 억울해요. 억울해."

킬턴이 깜박였다.

"잊어버릴지도 몰라. 기억…… 상실이 될…… 수도 있어요. 앤디 정화조에 있어요. 농장…… 시카모어에……."

"괜찮아, 핍." 라비는 핍이 정신을 잃지 않도록 핍을 꼭 붙든 채 핍을 안정시켰다. "다 끝났어. 이제 정말 끝이야. 나 여기 있으니까 걱정 마."

"어떻게 찾았어요?"

"아직 친구찾기가 켜져 있었어." 라비가 핍에게 휴대폰을 들어 보여주었다. 친구찾기 지도 화면에 오렌지색 점이 희미하게 보였다. "네가 여기 있는 걸 보자마자 알았지."

킬턴이 깜박였다.

"괜찮아, 핍. 내가 여기 있잖아. 괜찮을 거야."

깜박.

라비와 핍의 아빠가 다시 이야기를 나누었다. 두 사람의 대화가 핍의 귀에까지 들리지는 않았다. 소리가 너무 작았다. 핍은 더는 두 사람을 볼 수 없었다. 핍의 눈이 하늘이 되어 그 안에서 불꽃이 터지고 있었다. 폭죽 같은 꽃들의 향연이 붉게 터졌다. 붉은빛과 반짝임이 이어졌다.

그러다가 핍은 다시 정신이 들었다. 차고 축축한 땅 위에 누운 채 귓가에 라비의 숨결이 느껴졌다. 나무 사이로 비치는 파란 불빛 사이에서 검은 유니폼들이 뿜어져 나오고 있었다.

핍은 반짝이는 파란 불빛과 불꽃놀이를 지켜보았다.

소리는 들리지 않았다. 그저 헐떡이는 숨과 불꽃과 빛뿐이었다.

빨강. 파랑. 빨강.

그리고 파랑. 빠…… 가…… 아…….

"경관님, 밖에 사람 장난 아니네."

"진짜요?"

"응, 한 200명 되려나."

핍도 소리를 들을 수 있었다. 삼삼오오 이야기 소리, 달그락대는 의자 소리…… 청중이 강당에 모여 있다는 게 느껴졌다.

핍은 무대 옆 대기실에서 기다리는 중이었다. 발표 자료를 손에 들고 있었더니 손가락 땀 때문에 잉크가 다 번지고 있었다.

다른 학생들은 이미 이번 주 초에 EPQ 과제 발표를 끝낸 터였다. 그 발표회 때에도 진행자는 물론, 소규모지만 청중도 있었다. 하지만 핍의 EPQ는 교장 선생님 말을 빌리자면, 일종의 '이벤트'로 진행하면 어떻겠냐는 게 학교와 시험 위원회 측 입장이었다. 물론 핍에게 선택권이란 전혀 없었다. 학교 측은 온라인 및 지역신문 《킬턴 메일》에 광고를 했다. 언론사 기자들한테도 초대장을 보냈다. 핍도 아까 장비랑 카메라를 싣고 온 BBC 차량을 보았다.

"긴장돼?" 라비가 물었다.

"그걸 꼭 물어봐야 알아요?"

앤디 벨 사건의 뒷이야기가 공개되자 전국구 신문이며 TV에 몇 주씩 보도가 이어졌다. 그야말로 언론의 호들갑이 정점에 달했을 때 핍은 케임브리지 면접을 보러 갔다. 교수들 두 명이 핍을 알아보곤 감탄하며 사건과 관련하여 별의별 질문을 던져댔다. 물론 합격 통보까지는 오래 걸리지 않았다.

그 몇 주 동안 핍은 사실상 킬턴의 숨은 비밀들과 한 몸이나 다름없었다. 다만 한 가지, 가장 사랑하는 친구를 보호하려 핍이 저 깊숙이 묻어둔 영원한 비밀만큼은 절대 입 밖으로 꺼내지 않았다. 카라는 병원에서 핍의 곁을 한시도 떠나지 않았다.

"이따 다시 와도 돼?" 라비가 물었다.

"그럼요. 카라랑 나오미 언니도 저녁 먹으러 들른대요."

또각또각 날카로운 구두 굽 소리가 들려왔다. 커튼과 한창 씨름을 하더니 드디어 모건 선생님이 고개를 내밀었다.

"무대는 이제 다 준비됐단다, 피파. 연사만 준비되면 시작해도 될 것 같아."

"알겠습니다. 금방 나갈게요."

"그럼 난 이만 자리에 가서 앉을게." 다시 두 사람만 남자 라비가 핍에게 말했다.

그러곤 미소 지으며 핍의 머리에 손을 얹고 허리를 숙여 핍의 이마에 자기 이마를 지긋이 가져다 대었다. 핍이 케임브리지 면접을 보러 기차에 오를 적에도 라비는 이렇게 이마를 맞대면서 핍의 슬픔과 두통과 긴장을 절반은 자기가 가져가겠다고 했었다. 부정적인 감정과 기운이 반으로 줄면 그 자리에 좋은 기운이 들어올 수 있다면서 말이다.

라비는 핍에게 키스했고, 핍은 날아갈 듯한 기분이 되어 반짝반짝 빛이 났다.

"무대를 장악해버리는 거야."

"그럴게요."

"참." 문 앞에서 라비가 마지막으로 뒤를 돌아보며 말했다. "나한테 반해서 과제를 시작한 거란 얘긴 하지 말고. 뭐랄까, 좀 더 고상한 이유를 대는 게 낫겠어."

"당장 나가요."

"발끈하긴. 이렇게 매력적인 날 두고 너도 어쩔 순 없었겠지." 라비가 씩 웃었다. "내 이름이 '라비-싱ravishing', 매력 그 자체 잖니."

"설명씩이나 필요한 거면 별로 재밌는 농담은 아닌 건데요." 핍이 말했다. "이제 가요."

핍은 대기실에 조금 더 앉아 시작 멘트를 나직이 읊어보았다. 그리고 드디어 무대로 나갔다.

사람들은 어수선했다. 청중의 한 절반쯤이 차분하게 박수를 치기 시작했다. 카메라맨은 청중을 카메라에 담기 시작했고, 청중은 이제 쥐 죽은 듯 조용히 핍을 지켜보았다. 핍이 움직일 때마다 핍을 좇는 사람들의 시선이 꼭 무슨 들판 가득 핀 양귀비꽃 같았다.

앞줄에 앉아 있던 핍의 아빠가 일어나 손가락으로 휘파람을 불며 소리쳤다. "우리 딸 멋있다!" 핍의 엄마는 황급히 아빠를 자리에 앉히고 옆자리에 앉은 니샤 싱과 눈빛을 주고받았다.

핍은 성큼성큼 연단으로 걸어가 대본을 평평하게 펼쳤다.

"안녕하세요." 조용한 강당에 삑 하고 마이크 소음이 울렸다. 여기저기서 카메라 셔터 소리도 터져 나왔다. "저는 핍이라고 합니다. 잡학 지식이라면 나름 자신이 있는 편이죠. 키보드 한 줄만 가지고 쓸 수 있는 가장 긴 영어 단어는 '타이프라이터 typewriter'이고요, 역사상 가장 짧은 전쟁은 38분짜리 영국 대 잔지바르 전쟁이라죠. 제가 이 과제를 하면서 저 자신은 물론 친구들, 가족들까지 위험에 빠뜨렸단 사실도 알고 있습니다. 이 과제로 인해 많은 사람들의 삶이 바뀌었지만, 그 변화가 모두 좋은 것만은 아닌 것도 잘 압니다. 하지만 제가 알지 못하는 것도 많습니다." 핍은 잠시 말을 멈췄다. "왜 아직도 이 마을에서 무슨 일이 벌어진 건지 언론과 이 마을 사람들은 이해하지 못할까요? 그건 저도 아직 모르겠습니다. 언론은 저더러 앤디 벨의 진실을 파헤친 영재라고 합니다. 그러나 정작 그런 기사들에서 샐과 라비 싱 형제 이야기는 별로 하지 않았죠. 제가 이 과제를 하기로 결심한 건 샐 싱 때문이었습니다. 샐 싱의 진실을 찾기 위해서였어요."

그때 익숙한 얼굴이 눈에 들어왔다. 세 번째 줄, 스탠리 포브스가 공책을 펼쳐 무언가를 부지런히 적고 있었다. 핍은 아직도 저 기자의 실체가 궁금했다. 관련 인물로 이름을 올렸던 사람들, 이 사건과 관련해서 한 번은 등장했던 그 모든 사람들의 이야기와 비밀이 궁금했다. 리틀 킬턴에 여전히 숨겨진 비밀이, 아무도 파헤치지 않은 진실이, 풀리지 않은 의문들이 도사리고 있었다. 그러나 이 마을에는 그런 어둠의 구석들이 너무 많았다. 핍은 이제 자신이 그 구석 하나하나에 전부 빛을 비추어 보일 순 없단 사실을 받아들였다.

스탠리 기자 바로 뒷줄에는 핍의 친구들이 앉아 있었다. 카라의 얼굴은 보이지 않았다. 이 모든 일을 이겨낼 만큼 용감한 카라였지만, 오늘만큼은 카라도 감당하기 어렵다고 판단한 모양이었다.

"제가 이 과제를 시작할 당시엔," 핍이 말을 이었다. "이로 인해 네 사람이 수갑을 차게 될 거라곤 생각도 못 했습니다. 5년간을 자기만의 감옥에 갇혀 있다 나온 사람도 있었고요. 엘리엇 워드는 샐 싱 살인죄, 아일라 조던 유괴죄, 사법방해죄를 모두 인정했고 다음 주 구형 심사를 앞두고 있습니다. 베카 벨은 중대 과실에 따른 살인죄, 합법적 매장 방해죄, 사법방해죄 혐의로 올해 중 재판을 받게 됩니다. 맥스 헤이스팅스는 성추행 4건 및 강간 2건 혐의로 기소되어 역시 올해 중으로 재판이 예정돼 있습니다. 하위 바워스는 통제대상 약물 공급 및 판매 목적 소지 혐의에 대해 유죄를 인정했습니다."

핍은 대본을 넘기며 목을 가다듬었다.

"그렇다면 2012년 4월 20일 금요일, 그날 밤 일은 누구를 탓해야 할까요? 그날 밤, 그리고 그 이후 며칠간의 일에 대해 꼭 형사적 처벌이 아니더라도 도덕적 비난을 면할 수 없는 사람들은 있을 것 같습니다. 엘리엇 워드, 하위 바워스, 맥스 헤이스팅스, 베카 벨, 제이슨 벨…… 모두 책임이 있겠죠. 그리고 무엇보다 앤디 벨을 빼놓을 순 없을 것입니다. 앤디 벨은 모범적인 학생은 아니었습니다. 하지만 사람들은 앤디를 아름다운 범죄 피해자로만 규정했을 뿐 앤디의 부적절한 면모는 애써 모른 척했죠. 그런 건 사람들이 원하는 이야기가 아니었기 때문입니다. 진실은 사뭇 달랐습니다. 앤디 벨은 자신이 원하는 바를 달성하기 위해 협박도 서슴지 않는 학교폭력 가해자였습니다. 앤디 벨은 오용이나 남용 우려 따윈 전혀 안중에도 없이 약물을 판매했죠. 과연 자신이 판매한 약물이 성폭력에 이용됐단 걸 앤디 본인도 알고 있었는지는 지금으로선 알 길이 없습니다. 다만 한 가지 확실한 게 있다면, 자신의 친동생이 그 사실에 대한 책임을 물었을 때 앤디는 연민조차 보이지 않았단 것입니다."

핍은 이야기를 이어갔다. "하지만 그런 앤디 벨이라 하더라도, 진실을 더욱 깊이 들여다보면 결국 그 역시 연약하고 남의 시선에서 자유롭지 못한 십 대 여학생이었을 뿐입니다. 그리고 그건 타인의 욕망의 대상이 되는 외모만이 유일한 가치라고 가르친 앤디의 아버지 탓이었고요. 앤디에게 집은 괴로운 곳, 자신의 존재 가치가 작아지는 곳이었습니다. 그리고 앤디는 그 집을 떠나 자신의 가치와 자신의 미래를 스스로 결정할 수 있는 여성이 될 기회를 결국 갖지 못했습니다."

핍의 목소리는 차분했다. "이 이야기에도 괴물 같은 이들이 있습니다. 그럼에도 저는 이 이야기 속 인물들을 무조건 악당으로 매도해버릴 순 없을 것 같습니다. 결국 이 이야기는 제각각 절박함을 지니고 있던 이들이 충돌하며 발생한 비극이기 때문입니다. 그러나 딱 한 명만큼은 마지막 순간까지도 선량함을 잃지 않았습니다. 바로 샐 싱이 그러했죠."

핍은 고개를 들어 부모님 사이에 앉은 라비를 바라보았다.

"이 자리를 빌려 고백하고 싶은 것이 있습니다. 사실 저는 EPQ 지침대로 이 과제를 혼자 수행하지 않았습니다. 저 혼자서는 과제를 해내지 못했을 겁니다. 그러니까 아마 제 EPQ는 실격 처리돼야 하겠죠."

객석에서 헉 소리가 터져 나왔고 그중에는 모건 선생님도 있었다. 킥킥대며 웃는 반응도 몇몇 있었다.

"라비 싱이 없었다면 저는 이 사건을 해결하지 못했을 겁니다. 아니, 이렇게 살아 있지도 못했겠죠. 그러니 샐 싱 이야기라고 하면 그 어떤 누구보다도 친동생이 적임자일 겁니다. 마침 모두들 이렇게 모여 계시니 좋은 기회네요. 여러분, 라비 싱입니다."

자리에 앉아 있던 라비는 눈을 둥그렇게 뜨고 핍을 쳐다보았다. 라비는 핍이 평소 좋아하는 표정을 짓고 있었다. 대체 뭐 하는 짓이냐며 나무라는 듯한 그 표정 말이다. 그러나 핍은 이 관문이 라비에게 꼭 거쳐야 하는 것임을 알고 있었다. 그리고 라비도 모르지 않았다.

핍은 라비에게 고갯짓을 해 보였고 라비가 마침내 자리에서 일어났다. 빅터도 일어나 다시금 손가락으로 휘파람을 불면서 그 커다란 손을 서로 맞부딪히며 박수를 쳐주었다. 객석의 일부 학생들도 라비가 무대로 올라가자 박수를 보냈다.

라비가 무대 위에 서자 핍은 뒤로 물러나 마이크를 비워주었다. 핍에게 윙크를 한 뒤 뒤통수를 긁적이며 연단에 올라서는 라비를 보고 핍은 약간 자랑스러운 기분이 들었다. 당장 어제 라비는 핍에게 다시 시험을 치겠다고, 그리고 법 공부를 하겠다고 얘기한 터였다.

"음…… 안녕하세요." 이번에도 라비의 인사에 마이크는 끼익 소리를 냈다. "무대에 올라올 거라고는 전혀 예상을 못 했는데…… 그래도 한 여학생이 A학점까지 포기해가면서 저한테 이런 기회를 주는 일이 흔친 않으니까요." 객석에서 따스한 웃음소리가 조용히 퍼져나갔다. "형 이야기라면 따로 준비하고 말 것도 없습니다. 6년째 그 준비를 한 상태로 살아왔으니까요. 형은 그냥 좋은 사람 정도가 아니라 훌륭한 사람이었습니다. 형은 친절했습니다. 과할 정도로 친절했죠. 늘 다른 사람을 도왔어요. 남들을 돕는 일이라면 형은 귀찮아한 적이 없었습니다. 형은 늘 남부터 생각하는 사람이었어요. 어릴 적 제가 카펫에 음료수를 쏟은 적이 있는데, 제가 혼나지 않게 형이 대신 뒤집어썼던 기억이 납니다. 앗, 엄마, 죄송해요. 언젠가는 엄마도 알게 되실 일이라곤 생각했어요."

객석에서 더 큰 웃음소리가 터져 나왔다.

"형은 장난기도 많았습니다. 웃음소리는 또 얼마나 이상했던지요. 형이 웃으면 같이 따라 웃을 수밖에 없었습니다. 아, 맞아요. 형은 잠 못 드는 동생을 위해 침대에서 읽을 수 있는 만화도 그려줬습니다. 지금도 형이 그려준 만화는 다 갖고 있지요. 그리고 형은 엄청나게 똑똑했어요. 운명이 형에게서 생을 그렇게 앗아가지만 않았더라면 형은 아마 엄청난 일을 해냈을 겁니다. 형이 없는 이 세상은 형이 살아 있던 세상만큼 밝고 환할 순 없을 겁니다." 라비의 목소리가 갈라졌다. "동생의 입장에서 샐 싱은 최고의 형이었습니다. 이 말을 형 살아생전에 해줄 수 있었더라면 참 좋았을 텐데요. 그래도 최소한 지금은 이렇게 여러분 앞에서 이야기할 수 있고, 여러분도 제 말이 거짓이 아니란 걸 알고 있으니 다행입니다."

라비는 핍을 돌아보았다. 반짝이는 눈으로 라비는 핍을 찾고 있었다. 핍은 앞으로 나와 라비 옆에 섰다. 그리고 마무리 발언을 하려 마이크 가까이 몸을 기울였다.

"마지막으로 이 이야기 속 또 다른 주인공은 바로 리틀 킬턴 주민들, 우리 모두입니다. 아름다운 한 영혼을 괴물로 만들어버린 건 우리였습니다. 평화로운 한 가정을 유령의 집으로 만든 건 우리였습니다. 앞으로 이런 일이 다시는 없어야 합니다."

핍은 연단 뒤로 손을 뻗어 라비의 손을 잡았다. 핍의 손가락 끝은 라비의 손등 관절 사이사이에 자리 잡았고, 깍지 낀 두 사람의 손은 애초부터 그랬던 것처럼 완벽한 하나를 이루었다.

"질문 있으신가요?"

**감사의 말**

제 컴퓨터 속 워드 파일, 혹은 제 머릿속 아이디어에 지나지 않았을 이야기가 이렇게 책으로 만들어진 데에는 많은 분들의 도움이 있었습니다. 먼저 쿨하고 침착한 초특급 에이전트 샘 코프랜드 님, 늘 맞는 말만 해서 짜증나지만 같이 일할 수 있어 영광이었습니다. 절 믿고 선택해준 점, 평생 감사히 생각할 거예요.

『핍의 살인 사건 안내서』를 출간해준 에그몽 출판사에도 감사드립니다. 알리 두걸, 린지 헤븐, 그리고 소라야 부아자위 님, 이 이야기의 정수를 알아봐주시고 저에게도 깨우쳐주신 여러분의 열정에 감사드려요. 린지 에디터 님, 길잡이가 돼주셔서 감사합니다. 에이미 세인트 존슨 님, 이 책을 처음으로 읽고 높이 평가해주신 점 감사드립니다. 실질적으로 이 책을 지금처럼 만들어주신 사라 레빈슨 님, 예쁜 표지 디자인해주신 리지 가디너 님, 완벽한 책을 만들어주셔서 감사합니다. 멜리사 하이드너, 제니 로만, 그리고 마케팅 홍보팀 여러분, 특히 헤디 라이슨 님, 훌륭한 교정 감사하고 시오반 맥더못 님, 청소년문학컨벤션(YALC) 등등 여러모로 애써주셔서 감사합니다. 에밀리 핀 & 대니 프라이스 님, YALC 캠페인은 최고였어요.

또한 소셜미디어 여왕 재스 반살 님, 감사드립니다. 트레이시 필립스 & 저작권 팀 여러분, 이 이야기를 다른 나라 독자들과 함께 나눌 수 있게 도와주셔서 감사합니다.

아낌없는 지지를 보내준 2019년 데뷔 그룹, 고맙습니다. 특히 사바나, 야스민, 캐티아, 루시, 사라, 조셉, 그리고 저의 에이전시이자 자매 출판사의 아이샤에게 감사 인사 남깁니다. 친구들과 함께이기에 책을 출간하는 일도 그리 두렵지 않았습니다.

왓츠앱 그룹 '플라워 헌스(이름 참 그렇지만 이제 출간된 책에 이렇게 떡하니 실렸으니 이름도 못 바꿔요.)' 멤버 여러분, 10년 이상 제 친구가 되어주시고 제가 글 쓴다고 잠수탔을 때에도 이해해주셔서 고맙습니다. 엘스페스, 루시, 앨리스, 제 책의 첫 독자가 돼주어 고맙습니다.

피터 & 게이, 지속적인 응원 고맙습니다. 이 책의 초기 버전을 읽어주고 두 번째 책을 쓸 때 그렇게 좋은 환경을 제공해준 점도 고마워요. 케이티, 처음 이 책을 알아봐주고 펍의 영감을 주어 감사합니다.

에이미 언니, 어릴 적 언니 방에 몰래 들어가 〈로스트〉 보게 해줘서 고마워. 추리물을 좋아하게 된 것도 다 그 영향이야. 내 동생 올리비아, 빨간 노트 습작부터 내가 쓴 모든 이야기의 독자가 돼주어 고마워.

엘리자베스 크로, 당신은 내 가장 첫 독자예요. 정말 감사합니다. 다니엘 & 조지, 너희는 귀여워서 여기 이름 올려준다. 적절한 나이가 되기 전까지 이 책을 읽지는 말자.

엄마, 아빠, 감사합니다. 이야기와 책과 영화와 게임이 있는 어린 시절을 보내게 해주셔서 고맙습니다. 『툼레이더』와 『해리포터』 시절이 있었기에 지금의 제가 있겠지요. 무엇보다 남들이 못 한다고 할 때 언제나 넌 할 수 있다고 말해줘서 고마워요. 우리가 해냈어요. 그리고 벤, 내가 눈물과 짜증과 실패와 걱정과 승리의 모든 순간을 겪는 동안 항상 곁에 있어주었지. 너 없인 지금의 나도 없었을 거야.

마지막으로 이 책을 고르고 또 끝까지 읽어주신 독자분들께 감사드립니다. 여러분의 그 행동이 저에게 어떤 의미인지 여러분은 모르실 거예요.

**역자 후기**

## 범죄소설의 새로운 트렌드가 궁금하다면……

불과 몇 년 전까지만 해도 범죄소설, 추리소설계의 핵심 키워드는 '북유럽'이었다. 스티그 라르손의 『밀레니엄』 시리즈가 전 세계적으로 대대적인 성공을 거두면서 페르 발뢰와 마이 셰발, 헤닝 만켈, 유시 아들레르올센 등 '그들끼리만 알던' 북유럽 범죄소설 작가들도 국제적 인기 대열에 합류했고, 덕분에 한국 독자들도 그 수혜를 누려왔다.

북유럽 범죄소설의 인기는 여전히 건재하지만 최근 이 분야에서 새롭게 떠오르는 키워드가 있다면 '트루 크라임'이 아닐까 싶다. 실제 범죄 사건을 기반으로 한 일종의 탐사보도 저작물을 주로 통칭하는 이 표현은 이제 그 인기에 힘입어 거의 장르가 되어가는 추세다. 어느 영상 스트리밍 서비스에서든 '트루 크라임' 다큐멘터리 시리즈를 찾아보기 어렵지 않고, 언론에서도 앞다투어 '왜 사람들은 트루 크라임을 좋아하는가'에 대한 분석을 내놓고 있는 것을 보면 말이다.

이러한 트렌드를 적절하게 반영해 걸출한 데뷔소설을 펴낸 작가가 있으니, 바로 홀리 잭슨이다. 『핍의 살인 사건 안내서』는 주로 경찰, 형사, 변호사 등이 사건을 해결하는 전통적인 범죄소설과는 달리 평범한 (그러나 똑똑한) 여고생 핍이 이미 종결된 살인사건에 의문을 품고 재수사에 나선다는 내용을 담고 있다. 이 데뷔작으로 잭슨은 2020년 영국 대형서점 워터스톤스의 아동문학상, 영국 아동청소년 문학상인 카네기 메달상 후보에 올랐으며, 결국 그해 영국 아동문학상을 수상했다. 영국 《가디언》지는 홀리 잭슨을 앞으로 주목할 만한 작가로 꼽기도 했다.

물론 이 소설은 범죄 실화를 소비하는 트렌드에 영향을 받았을 뿐, 실제 있었던 사건을 바탕으로 한 이야기는 아니다. 때문에 실제 사건을 소재로 하는 작품들에 비해 생동감이 떨어지는 게 아닐까 하는 의구심이 들 수도 있겠다. 그러나 잭슨의 소설을 청소년 소설이라고 가벼이 여겨서는 안 될 일이다. 살인은 물론 학교폭력, 청소년 약물남용, 가정 내 정서적 학대, 인종적 편견과 그러한 편견을 소비하는 사회의 행태 등에 이르기까지, 결코 가볍지 않은 현실 세계의 문제들을 가감 없이 다루고 있기 때문이다. 결국 '트루 크라임'을 소비하는 이유가 인간 본성의 어두운 측면에 대한 호기심 때문이라면, 단순한 자극의 추구를 넘어, 나라면 그 상황에서 어떻게 했을까 생각해볼 계기를 마련해 준다는 점 때문이라면, 그 매력은 철저히 허구의 이야기일지언정 잭슨의 소설에서도 충분히 건재하다고 하겠다.

탄탄한 줄거리와 긴장감, 매력 만점 주인공을 일회성으로만 소비하기 아깝단 생각이 드는 독자들에게 희소식이 있는데, 아마추어 탐정 핍을 주인공으로 한 시리즈가 계속 이어진다는 사실이다. 여느 범죄소설, 추리소설처럼 '피파 피츠-아모비' 역시 시리즈물로 명맥을 이어갈 모양이다. 자신만만하고 용감한, 쉽게 꺾이지 않는 여고생 핍의 모험에 즐겁게 함께했던 독자라면 앞으로 계속될 피파 피츠-아모비의 종횡무진 활약을 기대해보아도 좋을 것 같다.

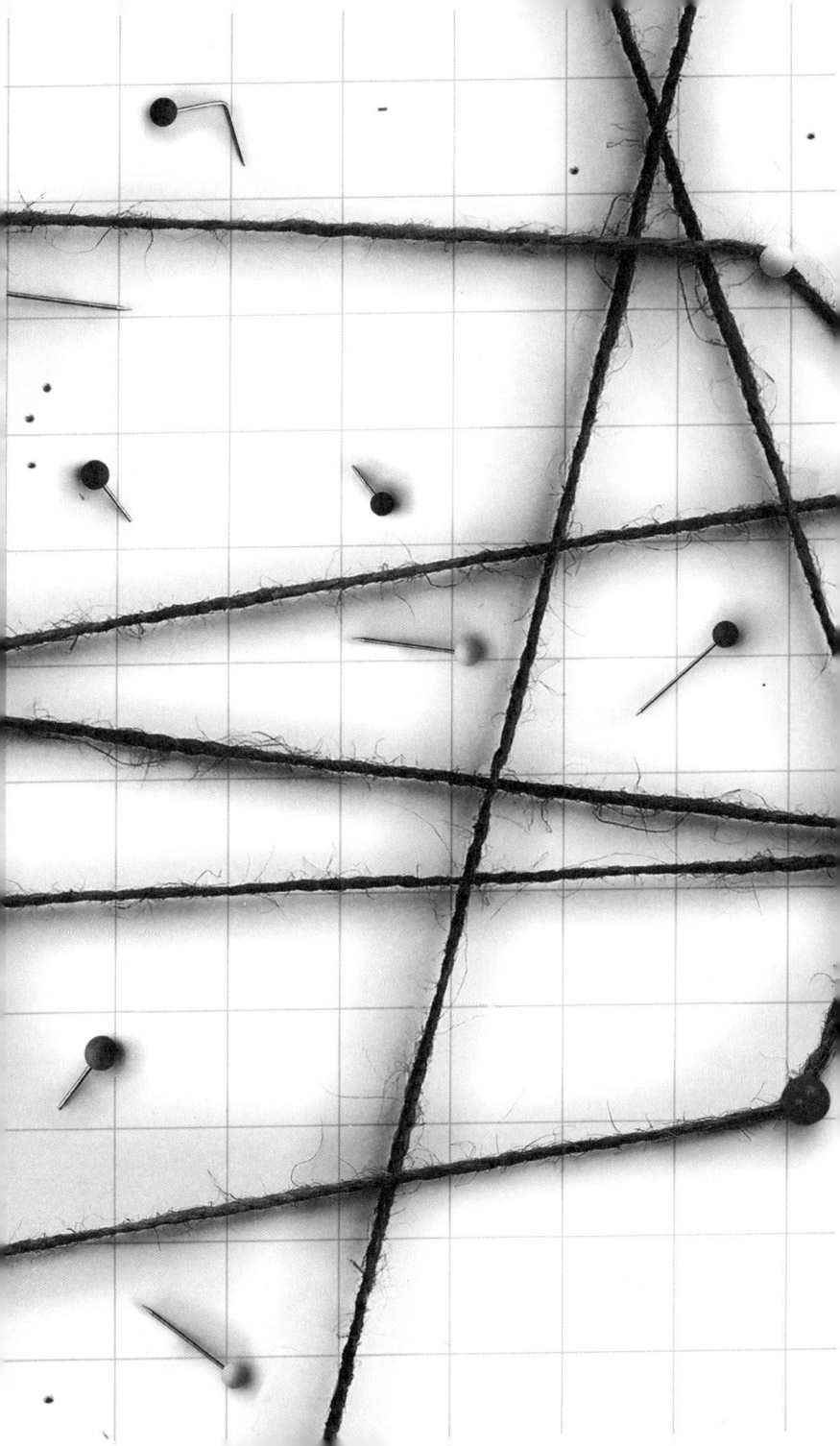

"즐길 거리가 많은 소설. 문장에서 대단한 에너지가 느껴지고 인물 묘사도 훌륭하다."
— 추리소설 『경정 로이 그레이스』 시리즈 저자, 피터 제임스

"책을 펼치기 전 녹다운될 준빌 하시길. 어둡고 위험하고 복잡한 줄거리에 정말 말 그대로 심장이 두근댔다. 이렇게 이야기에 중독된 건 처음이다. 홀리 잭슨이 유명해지는 건 시간문제다."
— 『괜찮음의 정반대』 저자, 로라 스티븐

"반전을 거듭하는 매력적인 이야기. 그리고 매우 영리한 소설."
— 『비밀을 지키는 것에 대한 진실』 저자, 서배너 브라운

"처음부터 끝까지 울고 웃으며 (이제는 친구 삼고 싶은) 핍과 함께 나도 사건을 풀어보고자 했다. 반전은 전혀 예상하지 못했다. 홀리 잭슨은 압도적인 데뷔작을 내놓았다."
— 『우리의 타이거하트』 저자, 아이샤 부시비

"정말이지 대단한 결말! 천재적이다."

— 『우리가 말하지 않은 것』 저자, 야스민 라만

"흥미진진한 소설. 반전의 반전을 거듭하며 막판까지 긴장의 끈을 놓을 수 없다. 잘 짜인 줄거리, 흥미롭고 다양한 등장인물, 팽팽한 긴장감, 서서히 진행되는 로맨스, 거기에 유머 감각까지 갖춘 책."

— 《북트러스트》

"거미줄처럼 얽히고설킨 등장인물들과 갖가지 동기들로 독자를 예상 못 한 방향으로 끌고 간다. 긴장감을 즐기는 추리소설 독자에겐 선물 같은 책이 될 것이다."

— 《커커스리뷰》

**옮긴이 장여정** 이화여자대학교 통번역대학원을 졸업하고 현재 번역가로 활동 중이다. 옮긴 작품으로는 『세상에서 가장 작은 도서관』, 『파묻힌 거짓말』, 『아무것도 끝나지 않았어』, 『왼손잡이 숙녀』, 『답장할게, 꼭』 등이 있다.

**핍의 살인 사건 안내서**
- 여고생 핍의 사건 파일 1

초판 1쇄 발행·2023년 4월 28일
개정판 1쇄 발행·2025년 7월 31일

지은이   홀리 잭슨
옮긴이   장여정
펴낸이   김요안
편집     강희진

펴낸곳   북레시피
주소     서울시 마포구 신수로 59-1
전화     02-716-1228
팩스     02-6442-9684
이메일   bookrecipe2015@naver.com | esop98@hanmail.net
홈페이지 bookrecipe.co.kr
등록     2015년 4월 24일(제2015-000141호)
창립     2015년 9월 9일

ISBN 979-11-93551-42-4  43840

종이·화인페이퍼 | 인쇄·삼신문화사 | 후가공·금성LSM | 제본·대흥제책